当代中国
文学书馆

春暖乌蒙

曾令云 著

中国文联出版社

图书在版编目（CIP）数据

春暖乌蒙 / 曾令云著. --北京：中国文联出版社，
2017. 12（2023. 3 重印）
ISBN 978－7－5190－3275－3

Ⅰ.①春… Ⅱ.①曾… Ⅲ.①报告文学—中国—当代
Ⅳ.①I25

中国版本图书馆 CIP 数据核字（2017）第 301903 号

著　　者　曾令云
责任编辑　郭　锋
责任校对　李佳莹
装帧设计　中联华文

出版发行　中国文联出版社有限公司
地　　址　北京市朝阳区农展馆南里 10 号　　邮编　100125
电　　话　010－85923025（发行部）　　85923091（总编室）
经　　销　全国新华书店等
印　　刷　三河市华东印刷有限公司

开　　本　880 毫米×1230 毫米　　1/32
印　　张　16. 75
字　　数　423 千字
版　　次　2023 年 3 月第 1 版第 2 次印刷
定　　价　85. 00 元

序

云南省人民政府副省长　张祖林

贫困问题是一个世界性难题，反贫困是人类共同面临的历史任务。改革开放以来，我国政府主导的大规模开发式扶贫战略成效显著，已经使6亿多人脱贫，令我国成为全球首个实现联合国千年发展目标贫困人口减半的国家，走出一条广受世界赞誉的"中国式扶贫"道路，随着2020年全面建成小康社会关键节点的不断迫近，"中国式扶贫"面临着最后的考验。

全面建成小康社会，最艰巨、最繁重的任务在农村，特别是在贫困地区。没有农村的小康，特别是没有贫困地区的小康，就不会有全面建成的小康社会。作为一个发展中国家，我国农业人口占从业人口的绝大部分。虽然改革开放以来经济持续发展，农民收入水平持续提高，但农村贫困问题依然十分严重。十八大以来，以习近平同志为核心的党中央，高度重视扶贫工作，而以举国之力发起的"中国式扶贫"，也开始了最后的冲刺：到2020年，实现农村贫困人口全部脱贫，所有贫困县"摘帽"。22个省份立下军令状，若不能限期完成任务，省委书记或省长将被问责。时间紧，任务重，扶贫之路最后一程该如何走？

2013年11月，习近平总书记在湖南湘西考察时首次提出了"精准扶贫"，此后又在多种场合进一步阐述并丰富这一概念的内涵，提出扶贫开发"贵在精准，重在精准，成败之举在于精准"的全新的扶贫思路。

多年来，我国的扶贫工作一直持续推进，根据形势的不同政策几经调整：从"救济式扶贫"到"开发式扶贫"；从"区域性扶贫"到"整村推进""整乡推进"，再到"扶贫入户"。而要实现贫困人口的完全如期脱贫，贫困县全部摘帽，就必须改革曾经的扶贫思路和扶贫方式。习总书记"精准扶贫"理念的提出，变大水漫灌为精准滴灌，使过去眉毛胡子一把抓的扶贫，变得更有针对性、操作性和指导性。让我们全面建成小康社会的"最后路程"走得更稳一些，步履更坚实一些。

全面建成小康社会，一个都不能少。这是中国共产党人对国家、对民族的大担当和"但愿苍生俱饱暖"的大情怀。地处祖国西南边疆的云南，是中国贫困县最多的省区之一。2015年1月，习近平总书记新年首个调研地点选择了云南，调研期间，总书记强调，扶贫开发是我们第一个百年奋斗目标的重点工作，任务艰巨，时不我待。他要求扶贫工作要增强紧迫感，真抓实干，决不能让困难地区和困难群众掉队。两年以后的2017年1月，总理李克强来到云南昭通市看望困难群众，他一直牵挂这里的扶贫工作，因为昭通市不仅是云南，也是全国贫困面积最大、贫困情况最复杂、贫困程度最深的地区之一，全市11个县区中，有10个县区被列入国家扶贫开发重点县。云南每5个贫困人员中，就有1个是昭通人。可以说昭通能否如期实现脱贫，不仅关系到云南小康社会的实现，也关系到全国能否如期建成小康社会。

自强不息、坚韧不拔的昭通人，在新世纪之初奋力投入到攻坚拔寨、决胜小康的战斗中来。全市把脱贫攻坚作为昭通"十三五"期间头等大事和第一民生工程来抓，5.6万名干部职工进村入户，深入到扶贫工作的第一线，按照基础设施、产业扶持、教育培训、农村危房改造、扶贫生态移民、结对帮扶等"六个到村到户"的精准扶贫思路，在乌蒙山腹地，开展了人类史上令人动容的脱贫革命。

作家曾令云的《春暖乌蒙》一书，就是在精准扶贫的大背景下，通过半年多的实地采访和田野调查，再经几个月呕心沥血的潜心创作，才终于完成的一部关于昭通扶贫工作的长篇报告文学。为完成这部书稿，作者夜以继日做了大量的案头工作，查阅了卷帙浩繁的扶贫资料，并多次跋山涉水，翻沟过坎，餐风露宿，忍受着无数次日晒雨淋、风吹雪凌的侵袭，深入到昭通市的昭阳、鲁甸、镇雄、彝良、威信、盐津、大关、永善等贫困区县和艰苦偏远的贫困乡村，行程达数千公里，与县区领导沟通，把握全县的扶贫思路和惠民政策；与挂钩扶贫的干部交谈，了解他们在扶贫一线的工作和生活；与乡村干部座谈，掌握贫困乡村存在的最大的问题和困难；到贫困群众家中实地勘察，了解他们的所思、所盼和所想；还亲自到市、县相关部门协调项目、资金，力所能及地为贫困乡村反映和解决迫在眉睫的最大困难，从中采集到了大量的第一手素材，从而使得这部书稿内容翔实生动，有着极强的感染力。

作为一位昭通籍作家，曾令云一直心系家乡，情牵百姓。多年来，他的创作一直扎根昭通，扎根生活，以饱满的激情，写尽了那块土地百年的历史和沧桑。他通过小说或报告文学的形式，呈现了国学大师姜亮夫、著名军事家罗炳辉、工商巨擘李耀廷以及龙云、卢汉等昭通近现代历史人物的精彩人生；他创作的《豆沙关》《小草坝》《云兴街》《乐马厂》《龙氏家祠》，再现了昭通百年的历史风云；他的《怪胎》《浮世幻影》《相约水富》，让我们看到了社会变革中人物的命运与悲欢。这些作品，长的上百万字，短的也有几十万字。从20世纪80年代开始到今天的几十年间，曾令云以昭通人特有的吃苦耐劳的精神，共创作了五部戏剧，三部电视连续剧剧本，十三部长篇小说，七部长篇纪实文学，总字数已多达一千六百多万字,是昭通和云南少有的高产作家。"为什么我的眼里常含泪水?因为我对这土地爱得深沉",在解释自己丰产的原因时,他说:"我是昭通人民的儿子,是这块土地给了我创作的灵气,只要生命不息,我就会用文字来报答桑梓父老对我的舐犊之情,养育之恩。"

曾令云的作品,接昭通地气、人气和文气,写尽了滇东北高原时间的大漠与历史的孤烟。他有如一位经验丰富的医生,用手术刀,以文学的方式,多角度、多层次、全方位剖析了昭通的历史与现实。作为一位有着多年底层生活体验,后来又做了领导干部的作家,曾令云对文学有着特别的认识,他的写作,既能人又能出,通常以一人一地为载体,借助丰富的想象,挖掘经国大事在故土留下的痕迹。这也让他的作品,成为了解历史、了解社会、了解时代的窗口,具有很高的社会学和历史学价值。

皇皇40余万字的长篇报告文学《春暖乌蒙》完成以后,在中国有着巨大影响的文学杂志《十月》曾以特刊的方式,全文刊载,并由《十月》杂志社在北京组织有关专家和学者进行了研讨。与会的专家学者认为这部作品是曾令云先生献给故乡的又一部力作,是他对昭通近年来扶贫工作的歌吟,是深人生活、扎根人民最直接的成果,也是全国最早涉及"精准扶贫"重大现实题材的长篇作品。该书以全景的方式、翔实的素材、生动的故事、感人的细节,写出了昭通精准扶贫、精准脱贫工作的动人华章。这部作品,既揭示了昭通深度贫困的原因,又写出了昭通实施精准扶贫之后的变化、各级领导干部的担当、驻村扶贫干部的奉献以及贫困群众的拼搏,充满了催人奋进的正能量。它彰显了昭通人的精神,让乌蒙山腹地伟大的精准扶贫实践成为了可供借鉴和学习的"昭通样板"和"昭通经验"。

是为序。

第一章

习近平总书记说过："我们的人民热爱生活，期盼有更好的教育、更稳定的工作、更满意的收人、更可靠的社会保障、更高水平的医疗卫生服务、更舒适的居住条件、更优美的环境，期盼孩子们能成长得更好、工作得更好、生活得更好。人民对美好生活的向往，就是我们的奋斗目标。"

遵照习近平总书记的教导，不忘初心，继续前进。从去年底开始，昭通市600万各族人民群众在市委、市政府的带领下，在当年红军曾召开过扎西会议，做出过使红军转危为安重大决策的滇东北；经历过乌蒙回旋战，被革命先烈之鲜血浸润过的热土上，擂响了攻坚拔寨，决胜小康的鼙鼓……

昭通位于云南的东北部，东西最宽处241公里，南北最长处234公里，总面积2.3万平方公里。东南与贵州威宁、赫章和毕节接壤，西北隔金沙江与四川省的会东、宁南、金阳、雷波、屏山和宜宾等县市相望，东北部隔南广河与琪县、筠连、兴文和叙永相连。

全市地势西南高，东北低。境内的最高点是巧家的药山，海拔4041米，它由云岭分支的尖山、玉屏山、绛云露山气势磅礴，逶迤蜿蜒于巧家而派生出大药山、轿顶山、大红山、堂狼山和赖石山等56座山岭，其中数大药山雄奇险峻、气象万千。

海拔最低的是水富县城的中嘴，仅有267米。

山脉由两大山系组成，东北包括鲁甸、昭阳、大关、盐津、彝良东北部和威信、镇雄全部，为乌蒙山脉西伸之尾端，它占全市总面积的一半。西南部包括绥江、水富、永善和延伸至大关、昭阳、鲁甸三个县区的西南部分，为横断山脉凉山山系五莲峰分支东伸的边缘。

昭通境内有大小河流 393 条，均属长江水系，并属由雨水补给的高原河流类型。主要河流有金沙江，它在昭通的流程长达 458 公里，牛栏江之流程为 113 公里，大关河及洛泽河之流程为 306 公里。水能资源是昭通最突出且最有优势的资源，其蕴藏量超过 3000 万千瓦，占全国水能蕴藏量的 3.1%，全省的 20% 以上。现在已建成溪洛渡和向家坝两项水电、水利枢纽工程。前者装机容量 1200 万千瓦，蓄水 193 亿立方米；后者装机容量为 600 万千瓦，蓄水也超百亿方。装机容量为 1260 万千瓦的巧家白鹤滩水电、水利枢纽工程的前期工作已经启动，一旦建成，加上牛栏江和洛泽河、关河等河流的梯级电站，装机容量便可接近 2800 万千瓦。

昭通 93% 为山地，平地只有 7%，按地理位置划分，大体可分为南干北湿两大区域。东北面的镇雄等县，面积占全市的 70% 左右，阴雨多、日照少，冷涝冰冻严重，农作物成熟较晚且常常受到自然灾害的侵扰，农民生计艰难。而西南的巧家等县，面积占全市的 30%，日照时间长、温度高，常年干旱。

昭通因受江河水流的切割、冲刷，造成山岭河谷交错，沟壑峡谷纵横，雄奇险峻，山大坡陡、道路崎岖，大有"昭通行路之难、难于上青天"之慨。

2000 年时统计，全市有耕地 608 万亩，其中水田只有 62 万亩左右，500 多万亩为旱地，还有 70% 处在阴雨多、日照少，冷涝冰冻严重的二半山区和山区。十多年来，无序的房地产和各种名目的圈地及农村无法遏止的乱修乱建的乱象丛生，且征用和占用的都是好田好地，现在耕地还有多少就可想而知。而人口却膨胀很快，2000年时的统计，全市总人口为497.56万人，十多年过去了，全市总人口已经突破600万人，这么多人要吃饭，将何以为继啊？

南滇锁钥，西蜀咽喉的昭通，是蜀王杜宇的崛起之地。公元前6世纪，他率领部落，沿朱提江顺流而下，翻山越岭、披荆斩棘，历尽千辛万苦，开辟了一条通往四川的羊肠小道，历经5年，几百人的部落，颠沛流离，到达成都平原时不足百人。公元前500多年，杜宇在四川双流建立了蜀国，从而创造了三星堆文明，人称其为望帝。那时的蜀国，北至陕西八百里秦川，南到苍苍茫茫的云贵高原，西接峰峦叠嶂的横断山脉，东以涪江为界和重庆相连，蜀国之大，让人叹为观止。

杜宇教民务农，植桑养蚕，纺纱织锦，蜀国随处沃野丰腴、阡陌纵横、小桥流水、男耕女织，从而结束了蜀国历史上的蒙昧阶段，为开发成都平原奠定了坚实的基础。杜宇死后，老百姓感念他开凿了昭通到四川的通道，把农耕文明带到了四川平原，祈愿他化作了催耕催种的子规鸟，故唐诗有"望帝春心托杜鹃""子规啼血杜鹃红"的千古绝唱。

就在这风起云涌的战国时期，中国大地烽烟滚滚，群雄争霸，华夏大地最终将以一个怎样的政治格局、地理版图、文化面貌出现在世界东方，历史等待的就是具有雄才大略的霸主。那时的秦国，在"商鞅变法"之后国富兵强，四面扩张，试图一举扫除群雄，从而激起诸侯国联合攻秦。秦国虽然倾力战胜了攻秦的联军，但却使秦国统一中原的战略计划受阻，甚至几乎落空。于是，秦惠文王在朝廷上发起了一次改变中国历史走向的战略大辩论。大臣中有人主张吞并弱小的韩国，有人则主张攻打地广人稀的楚国，而以司马错、田贵为首的一派则力主伐蜀。他们认为："蜀有桀、纣之乱，国富饶，得其布帛金银，足供军用。水通于楚，有巴之劲卒，浮大泊船以东向楚，楚地可得。得蜀则得楚，楚亡而天下定矣。"

秦惠文王听后，思虑再三，颇具胆魄地采纳了司马错、田贵的战略主张，决定先取蜀地。事后证明，巴蜀地区丰饶的物资、充足的人力资源和东向伐楚的战略地位，最终帮助秦朝统一了天下。故历史记载曰："蜀既属楚，秦日益富强而制诸侯。"又载道："兼并六国，自蜀始。"

昭通人杜宇披荆斩棘，以超人的胆略和气魄建立了富强的天府之国，而目光远大的政治家，根据当时的形势，得出只有占有蜀、经营蜀，才能为统一全国提供强大的财力、人力资源，才能有一个强大的战略基地。当时，秦国在完成统一六国的战争期间，派往蜀地的官员如甘茂、司马错和张若等，都是有名的政治家、军事家，足见秦国的君王对蜀地的重视。经过数十年的经营，当巴蜀完全稳定下来之后，才选派通晓天文地理、视察水脉和精晓农业的李冰于公元前277年到蜀任郡守。李冰颇知自己身上的重担，要使巴蜀源源不断地为秦统一全国输送物资，首先必须根治岷江连年带给成都平原的水旱灾害，增强航运能力，使蜀地的物资能经水路直接出川，为达到目的，他必须疏通并建设长江黄金水道。所以，修筑都江堰这个基础工程，是中华民族从割据走向统一，具有战略意义的重大措施。修筑了都江堰，不仅根治了成都平原的水旱灾害，使成都平原的数百万亩土地得以灌溉，做到旱涝保收，而且增强了航运能力，秦国才有可能实施统一六国的战略和向西南谋求发展的宏图。正确的决策和基础设施的建成，使秦国最终实现了自己的战略目的，使中国在秦始皇时代成为崛起于世界东方的强大帝国，把社会发展推向了一个崭新的时期。

昭通还是历代王朝经略云南的桥头堡。唐德宗真元十年，御使中丞袁滋奉命来云南，册封异牟寻为南诏王，袁滋持节从西安到成都，因通往云南的南夷道被吐蕃截断。西川节度使事先派巡官监察御史马益率千余士兵筑路于横江西岸，开凿石门关。时年九月，袁滋来到石门关，看到在刀砍斧削，壁立千仞的悬崖峭壁上筑路，极为感慨，为真实记下这民族团结、国家统一的千古之绝唱，刻石题名记事。从此，盐津豆沙关唐袁滋摩崖，为历史的发展、社会的进步、文化的传播与熏陶，做出了有力的见证。

秦开五尺道，汉置郡县，巴蜀文化、中原文化、荆楚文化和夜郎文化，在这里和滇文化交汇融合，昭通成为西南开发较早的地区。使瑰丽灿烂，集包容性、独特性为一炉的朱提文化，在云南历史上，熠熠闪烁着神奇炫目的光芒。山川雄奇、物产丰富的昭通，在民国时期曾有小昆明之称，民风朴实、文化厚重、钟灵毓秀、人杰地灵。在这块古老的土地上，孕育了古代披荆斩棘、建立蜀国、创造了三星堆文明的望帝杜宇；养活了被诸葛亮七擒七纵，最终降蜀的孟获；成就了民国时期金戈铁马、叱咤风云的爱国将领龙云、卢汉；走出了饮誉神州、泰山北斗的国学大师姜亮夫；产生了我党、我军的优秀儿女罗炳辉、刘平楷、李国柱。云南的近代史，从某种意义上讲，就是昭通的历史。长期以来，昭通人为如此辉煌、多姿的人文历史忘情地激动和自豪过，并深深地陶醉和骄傲过。而社会的发展却是辩证统一的，昭通人也为灿烂的历史背上了沉重的包袱，甚至背负了不该背负的十字架，如牛负重、举步维艰，付出了极为惨重、血和泪凝成的代价……

那是 1978 年 9 月。

地处昭阳区西梁山的大山包公社，春播虽来迟了近一个月，但以后一段不太短的日子里，却是少有的风调雨顺。先后点播的洋芋、荞子长势极好，间植其中的燕麦正在拔节，即欲扬花，碧玉一般，生机勃勃，蜿蜒起伏的山峦变成了一块块色彩斑斓的织锦。丰收在望，因连年歉收、不得温饱而罩在社员脸上的阴霾便一扫而光了，满是沧桑的脸庞上总算有了久违的笑容。

这天中午，地处公社所在地、阳窝大队属下之妇女突击队的队员刚刚吃完午饭，还来不及收拾低矮饭桌上狼藉且土俗粗糙的碗筷，哺育期的小媳妇正忙着抓紧时间给娃娃喂点奶的时候，却传来妇女队长清脆的哨音，一阵强似一阵，哨音是在催促突击队员赶快丢掉手中的家务活儿，立即到场园上集合。好几个妇女骂骂咧咧地走到门框处，往外看去，只见突击队长张凤英已举着毛主席的画像，英姿飒爽地站在场园中央，她的旁边站着高举妇女突击队旗帜的王小翠姑娘。见状，在家里的突击队员只得草草地将来不及洗的碗筷放进吊锅里，就是还在喂奶的妇女也万般无奈，便将婴儿背在背上，拿起锄头，便无脚撩手地跑到场园那里。转瞬，四五十个妇女便齐刷刷地列队站好了，张凤英听完各小队的人数报告后，便朗声说道：

"今天下午薅小河边那片洋芋，不管干到什么时候，都得把它薅完，不达目的，誓不罢休！"

大多队员一听，便在心里诅咒张凤英在做丧德事，小河边那片洋芋地足有百亩，一个下午，别说是拖儿带女的妇女，就是五大三粗的男子汉也无法薅完，真是使牛不知牛辛苦。但嘴上还是高声吼道：下定决心，不怕牺牲，排除万难，去争取胜利。她们就怕罚扣工分和再薅一遍的惩治。

到了地里，那些带着奶娃娃的妇女，把孩子从背上放下来，便用羊毛操制的小披毡将熟睡的孩子裹紧，放在地梗上睡着。穷人家的娃娃命贱，既不怕蛇咬蚂蟥叮，更不怕虫虫蚂蚁咬，只要肚子不饿，就是醒了，也只会低低地哼几声，闭上眼睛又酣然入梦了。大山包的不少娃娃，就是在这样的环境里，顽强地生存下来，并长大成人的。

两个小时很快就过去了，张凤英汗流浃背，站在地绠上，用几近沙哑的嗓子又高声地吼道：

"姐妹们，今天的任务重，就不要歇气了，要喂奶的，忙着喂了，继续薅洋芋，不喂奶的，不许杵在那里磨洋工，大家互相监督，不听打招呼的，除了扣工分，晚上还得开批斗会。"

突击队长的话，在那时犹如圣旨，没有人敢反对，否则把你列为另类，就在劫难逃了。但是，不少的人，总有磨洋工的本事，她们的办法就是猫盖屎。即是随便刨点软土盖了洋芋窝窝，就算癖过了，除了张凤英外，任何人都没有深耕并且把杂草除掉，因为任务太重了。

又过了半个时辰，突然刮起了大风，转瞬，一团团乌云便从鸡公山那边蜂涌扑来，暴雨即将倾盆而下。那些带着奶娃娃的妇女，丢掉锄头，就忙着去照料娃娃，其他的不等张凤英发命令，也想拔腿就跑……张凤英见状，急了，忙着高声制止道：雨都还没有下，你们跑什么，刀山敢上、火海敢闯的勇气哪里去了……她的话都还没有说完，狂风暴雨便席卷而来，来不及躲避的人，转瞬便被淋成了落汤鸡。受到惊吓的婴儿，号啕大哭起来，但和电闪雷鸣的暴风骤雨相比，他们的哭声，犹如秋后的苍蝇、蚊子那般低低哀鸣。但母亲却真真实实地听到了，她们难过得撕肝裂肺，心似乎都在流血……瓢泼的暴风雨中，备受摧残的洋芋棵棵也几乎全部仆在地上，只有张凤英还岿然不动地站在洋芋地里。又一阵狂风卷来，插在河边绳子上的毛主席画像，来回摇晃了几下，便被卷进浊浪滚滚的河里。张凤英见状，发疯一般向河边跑去，又毅然决然地跳到河里，她在波涛中连连挣扎了几下，终于站起来了，转瞬又被冲倒。但她看见了毛主席的画像，时而被卷到河底，时而又浮到水面。她暗暗下定决心，自己就是被洪水卷走，也不能让毛主席他老人家的画像被大水冲得无踪无影，若是这样，她的罪孽就太深重了……她昏昏沉沉地随波逐流着，拼命地挣扎着，总算将毛主席的画像紧紧地抓在自己手里，潜意识中，她还在默念着下定决心，不怕牺牲……她就是被洪水冲走，也要和毛主席的画像死在一起。张凤英最后被民兵连长救上岸来，此时，她已被洪水顺流卷出去七八十米开外……

在公社卫生所，从部队退伍的民兵连长，将张凤英担在自己的大腿上，连连颠了十多下，她灌到胃里的水终于连呕带咳地吐出来了。她醒来的第一件事，就是向放在墙边的毛主席画像扑去，因为洪水的冲刷，画像支离破碎，已面目全非了。张凤英一下跪在地上，紧紧地将那幅残缺的画像抱在自己胸前，号啕大哭道：

"毛主席啊……我有罪啊，我没有保护好您老人家……我有罪呀，我不配当突击队长，更不配当共产党员啊……"

在场的好几个人都想说：张队长，在大山包，大人、娃娃都知道你最忠于毛主席了。但是他老人家都逝世两年了，你还搞这种形式做啥子嘛，只要心诚，比什么都重要。要说有罪，你姓张的真是难逃干系，你今天若不把他老人家的画像举到地里，插在河埂上，也不会被风吹到洪水里，毛主席的画像更不会被洪水冲烂掉，你这种人真是早不该当大队干部了，害得大家跟着你受罪……然而，谁都不愿说，更不敢说，就怕被扣上反对毛主席的帽子，这样就大祸临头了。

这时，公社党委李书记闻讯急匆匆地赶来了，当众就表扬了张凤英，并说她是大山包独一无二的英雄模范，公社要很快形成先进材料，报给县委。我明天就在阳窝召开社员大会，除宣传、表彰张凤英的先进事迹外，还要奖励给妇女突击队一张更新、更大的毛主席画像。

张凤英在20年前就曾是公社扫除文盲的先进典型。那时县上提的口号就是，文化厚重且薪火不断的昭通，应该出几个郭沫若和鲁迅。大山包的公社书记就说：山杳晃里也能飞出金凤凰，大山包就应该出高尔基这样的大文豪。那时已有娃娃的张凤英就被树为扫除文盲的先进典型，材料里清楚地写道：她只上了半年的夜校，因怀着对党、对毛主席的深厚感情，起早贪黑地学习，梦里都在背诵扫盲课本中的生词，所以她能认、能写三千字。这个标准，就是初中毕业生也算得上是最拔尖的学生了。其实，那时的张凤英只能歪歪扭扭地写出自己的名字和记工分，其他的便茫然不知所措，在那个热昏的年代，什么牛都敢吹，什么大话都敢说。这次，她因为冒着生命危险，扑进洪水里抢救毛主席的画像，被评为全县学习毛主席著作的积极分子，县委书记还亲自点名让她在大会上交流学习心得。李书记接到电话，十分兴奋，不知是为了标榜自己领导有方，还是心怀阴暗，他便信口开河地说道：书记，她之所以心里装着毛主席，就是天天背诵"老三篇"的结果……县委书记惊喜地打断他的话，问道：她还是中学毕业的？李书记不假思索，也不考虑会有什么后果，十分肯定地说道：报告书记，她没有上过学，是通过夜校才抹掉文盲帽子的，她是凭着对毛主席的深厚感情背"老三篇"的。县委书记便十分激动地说道：老李，这简直就是个奇人，在经验交流会上就让她背诵毛主席的《愚公移山》，让大家开开眼界。

放下电话，李书记就叫办公室的主任把张凤英叫到公社来了，开腔便把县委书记的指示对她说了。张凤英一听，急了，忙道：

"李书记，我不识字，怎地背得他老人家的'老三篇'嘛？"

"你不是通过夜校扫文盲，认得并会写三千字嘛。"

"李书记，那时的话就有点吹牛，20年了，就是认得一些字，也还给老师了。"

"不行，我已向县委书记夸了海口，还给老师了，再向老师要回来，只要对毛主席真正怀有深厚的感情，别说一篇，就是全文背诵'老三篇'，你也没有任何问题。"

"李书记，我今年满过45岁了，记性……"

"不行！这是政治任务，否则，我俩都交不了差。拼上老命也得背，说不定成名了，你就不再是突击队长，县委书记吭声气，被录用为公社的干部，你就可以农转非了。"

从那天起，张凤英就不再带领妇女突击队的社员下地癖洋芋和荞子，而是在阳窝小学刘校长的辅导下背诵《愚公移山》。之前，李书记就对他俩十分严肃且认真地说道：

"只要对毛主席怀有深厚的无产阶级感情，只有想不到的事情，没有办不到的事情。给你俩10天时间，若背不出《愚公移山》，你张凤英这20多年的努力、拼搏就是假的。你姓刘的校长也就别当了，卷起铺盖，到曾家沟单小去……"

毕竟是张凤英，刘校长教一句，她背一句，反反复复五六天，她竟然通过死记，硬把毛主席的《愚公移山》背得滚瓜烂熟了。但是，刘校长随便从文章中找出一个字，她就根本读不出音来，真是"小和尚念经，有口无心"，而他却不敢说这样的话。这下，张凤英的劲儿来了，还叫刘校长教她把《为人民服务》也背下来，她还说：毛主席他老人家的文章，是专门写给穷人读的革命文章，只要是革命者，随便下点儿功夫就记得了。刘校长哭笑不得，却不敢泼冷水，他不愿充军去曾家沟，那里365天，至少有300天是云遮雾绕，是个淫雨靠靠、寒风刺骨的地方。因为气候恶劣，不少人刚刚降临到这个世界上来，就患有先天性心脏病。此外，刘校长更不愿意当反对别人学习毛主席著作的现行反革命分子。张凤英起早贪黑地跟着刘校长背，就是吃饭的时候，她也会情不自禁地背几句，就是夜里说梦话，她也要让老伴听到"我们都是来自五湖四海，为了一个共同的革命目标……"的句子。

那天，李书记叫人把张凤英和刘校长都叫到公社，说道：后天，我就要带着大山包参加经验交流会的代表到昭通城，张队长的《愚公移山》能不能背诵了……不等书记把话说完，张凤英便抢过话来，兴高采烈地说道：

"书记，我不仅能背《愚公移山》，还能一字不差地背《为人民服务》……"

"真的？"李书记十分惊诧，却显出兴奋。

"李书记，她真的能一字不差地把毛主席这两篇文章背出来。"刘校长十分肯定且喜形于色地说道。

"简直就是奇迹，张队长，你现在就背。"

张凤英在大山包出头露面20多年，什么场面都见过，训练有素，不会心慌，故一字不差地背诵了《愚公移山》和《为人民服务》两篇文章。最先，李书记有些瞠目结舌，继而便有些忘乎所以地说道：我们大山包又放了一颗政治卫星，不识字的文盲能背"老三篇"，只有在社会主义的中国才能做到。你刘校长的水平也就超过了大学教授，这种事换个地方，比登天还难。

刘校长如释重负，抖声颤气地问道：

"李书记，我还去不去曾家沟？"

"不去了，我要提拔你为公社教办的主任。"

张凤英的兴趣来了，接过李朝仁的话，淡而无闲地说道：

"书记，你说过，只要我背得《愚公移山》，就把公社的书记让我当，说话算不算数，我当了，你当啥子嘛？"

"那你说说，我该当什么呢？"

张凤英笑笑，爽朗地说道：

"李书记，你在大山包把毛主席的旗帜举上了天，你就该到县上当书记、县长。"

就在张凤英站在人民会场的台子上，为学习毛主席著作的积极分子和全县机关干部背诵《愚公移山》时，大山包天气骤变，竟然在阴历的七月底，下了一场足有三寸深的雪，第二天黎明时分，又抖了一场霜。很快铁幕一般的乌云随着一阵南风散去了，天空显得格外湛蓝、透明，随即火红的太阳喷薄而出了，又把灿烂的阳光洒在大山包磅礴、逶迤的峰峦之上。

中午时分，在阳光的普照和暖风的吹拂下，雪和霜完全融化了，而大山包却遭受了几十年未遇的毁灭性灾难。完全扬花的洋芋、荞子被雪凌和霜冻摧毁了，变脸变色地扑倒在地上，很快就完全蔫了，变成一堆堆枯枝烂叶。正在拔节茁壮成长的燕麦也无法幸免，它们还来不及孕穗扬花，便被无情的灾难扼杀于胚胎之……

那时，通信手段极为落后，待公社李书记得到受灾的准确消息已是傍晚。此时，他正带着张凤英在昭通县中为师生背诵《愚公移山》，一脸的得意。县委办公室的小陈匆匆赶到学校，气急败坏地说道：李书记，大山包今天遭受了前所未有的冰凌天气，洋芋、荞子全完了，书记叫你赶快回去，组织社员生产自救……他一听就蒙了，便软瘫瘫地坐在石坎上。

李书记好半天才回过神来，便一路小跑地去了县委会，县委书记不愿见他，也怕引火烧身，叫办公室主任转告他说：连夜赶回去，组织社员生产自救，有什么话以后再说。不要平时嫌官小，事情来了又承担不起……

李书记带着张凤英等4人徒步赶回大山包时，天已大亮，还没有走到冷饭沟，看见的全是倒伏的洋芋、荞子和燕麦，并且完全朽烂了。他站在那里，不断地哀叹道：

"天真是不容跳蚤长大啊……"

大山包土地贫瘠、气候恶劣，一年只出产一季，并且天灾不断，加上人祸，平常年间，社员就无法解决温饱，处在半饱半饥之中，加上衣服单薄、褴褛，其状让人惨不忍睹，潸然泪下。因为海拔高、天气寒冷，连树都无法生长，阳窝附近，除了稀稀疏疏有几棵生命力极强的松树和杨树外，就是零零星星且十分耐寒的荆棘。人工栽的树，十年过去了，非但没有长成枝繁叶茂的大树，相反变得格外沧桑、衰老，就像瘦小、弯腰驼背并孤苦凄凉的老人，一副苟延残喘的神态。所以，省里有领导来昭通，去了大山包，都颇为感叹地说道：简直不敢相信，大山包竟然有两万多人居住，并且能顽强地生存下来……

大山包的无霜期，全年不会超过百天，那里没有煤炭，机关所用的煤，都是从百里之外的昭通运上去的。豆腐盘成肉价钱，农民卖一百斤洋芋，还买不到一百斤煤炭，所以当地农民烧的燃料，便是就地取材的海堡。它是枯草被雨水冲到低洼处，经泥土长时间掩埋后，炭化后的泥炭混合物，农民将它用侧刀从低洼处取来，晒干，便权当燃料。所以，大山包的农民，最炫目的财富，就是房前屋后堆积如山的海堡。我曾测过海堡的发热量，就是泥土含量少的，也超不过千卡，即是说，十斤海堡的发热量，最多相当于一斤质地好的煤炭。加之大山包气候寒冷、水凉，欲煮熟一顿饭，或者煮熟一锅猪食，将消耗多少海堡，是不言而喻的，仅此一点，就可以看出大山包农民的生存是何等艰难。其实，由于大山包的人口增加，草场的退化，导致生态的破坏，欲挖到海堡已经十分艰难。解放初期，广袤丰茂的草场，每亩草地，可放牧羊20只，到八九十年代，20亩草场，亦养不壮一只羊了。大山包的生存状态，到了十分严重的程度，而各级党委、政府却手长衣袖短，处于十分尴尬的境况。我在昭阳区工作时，为保护大山包的牧场，除不准开垦草场种植粮食作物，更不准开采海堡为燃料，县委、县政府曾动议采取补助的形式，定量供应煤炭。但最终还是流产了，一是昭通县连工资都不能按时发，常常是捉襟见肘，短期补助点儿，尚可勉强坚持，时间久了，财政根本无法负担。更为麻烦且揪心的事情是农民根本拿不出买炭时需要自己承担的费用，结果一件好事，因为贫困而放弃了。万般无奈，农民没有饭吃，只得开荒，没有燃料，只得挖海堡，导致大山包的生态遭到严重破坏，从而进人了导致贫困的恶性循环。

李书记回到大山包，立即召开了紧急会议研究生产自救。会上，大家七嘴八舌、各抒己见，争论的焦点，就是觉得县委书记太官僚，他根本不知道大山包的特殊情况，嘴唇一搭，就叫社员生产自救。大山包一年只能种一季，现在唯一的办法，只能靠国家救济，否则，社员就只能外出逃荒，或者坐在家里等死。李书记急了，呵斥道：我也不是穿棉短裤的日脓包，你们哪个有这点本事，直接去跟县委书记讲，我就把这个讨口要饭的公社党委书记让给他。大家便不说话了，面面相觑，却在心里骂道：你当书记的不敢说实话，为的就是公社党委书记的这顶乌纱，你有尿本事，就让你去跟天斗嘛。见状，李书记只得无可奈何地说道：这场灾害，荞子和燕麦算是颗粒无收了，就是割来做饲料都不行。但洋芋还多少有点收成，得抓紧时间把它刨出来，留在地里，三五天就霉烂了。从现在开始，公社机关的所有干部都下到大队去，组织社员抢收洋芋，靠它多少能熬些日子。和尚讨婆娘无法了，只有走一步看一步，看来我这个党委书记是做到头了。

没有成熟的洋芋刨出来，大点儿的和鸡蛋差不多，一般的仅有鸽子蛋大，更多的才只有拇指大小。在大山包，它至少还需四五十天方可完全成熟。根据那个时候的分配原则，基本口粮占七成，工分粮占三成，而大多社员分到的洋芋，绝大部分就是鸽子蛋大小的细儿儿。从大队到各生产小队，几个队干部和他们身边的人，以及亲亲戚戚，早在夜里，就把个头大的洋芋私分了，社员知道这些情况，却没有人敢说。山高皇帝远，这些保甲长全是土皇帝，身边又有一帮打手，谁把他们得罪了，命如蝼蚁的老百姓，不死也得脱层皮。自然灾害加人祸，犹如雪上加霜，在转瞬之间，就把大山包的老百姓推入苦难的深渊……

大山包的农民，仅靠生产队分到的那点儿根本没有成熟的小洋芋，加上自留地里的山地萝卜、蔓菁，终于没有熬到初冬，几乎所有的人家都断粮了。之前，县上也曾打过几次电话，询问大山包的灾情和生产自救的情况，以及社员的生活状况。李书记却隐瞒了实情，在"左"的思潮影响甚至主导下，谁也不敢说实话，社会主义的中国，不能出现什么饥寒交迫，只有阶级敌人，才用如此恶毒的语言攻击社会主义。而大山包恰恰是这种状况，李书记不愿当现行反革命，更不愿被捕入狱，他只得编造谎言说道：书记，荞子和燕麦算是绝收了，但种植的面积不大，而大面积的洋芋，今年点种得早，已长到六七成，损失不大。我们已组织公社机关干部下到生产队，发动社员全部抢收了，并分到社员手里。只是……县委书记听他欲言又止，嗔怒道：有什么话和困难就干干脆脆地说，别这样吞吞吐吐，共产党员应襟怀坦白。李书记知道上级领导嘴上说得好听，心里却另有打算，最终他还是隐瞒了实情，轻描淡写地说道：书记，可能进人冬腊月时，会有些缺粮的插花户，所以要求书记给我们一些返销粮的指标，以解少部分社员的燃眉之急。县委书记便慨然答应了，叫他按程序逐级上报，他会给有关领导打招呼，一句话，不能饿死一个人。

进人阴历十月，大山包几乎所有的人家都断炊了，连山茅野菜都采不到。万般无奈，各生产队只得把饿得瘦骨嶙峋的牛羊杀了，僧多粥少，没有熬几天，大山包的农民终于走进了绝境。万般无奈，只得到炎山、水磨、新街和塘房，找亲戚朋友借点粮食，并答应今年借一斤苞谷，明年秋还两斤荞子或斤半燕麦。那时，虽粉碎了"四人帮"，但在"两个凡是"的束缚下，战略重点还没有转移，拨乱反正更没有起步，春寒料峭，用陈云同志的话来说，还有些阴风惨惨。"宁要社会主义的草，也不要资本主义苗"的余毒，在当权者的头脑中仍根深蒂固，谁也不敢越雷池半步，几乎所有的精力，都用在阶级斗争上了。所以，那个时候，穷鬼拉着饿鬼扯的状况，仍是一个普遍现象，谁家有闲钱余粮借给你嘛？大多外出借粮的农民，只能空手而归，却无法搬石头去砸天。

为张凤英举突击队旗帜的王小翠，她姑妈早年就嫁到鲁甸水磨去了，一家人饿得清口水淌，她爹只得厚着脸皮去了姐姐家，进了门，见姐姐家的日子也过得十分窘迫，照样是家徒四壁。姐姐家有三个儿子，都十八九、二十多岁，长得五大三粗，牯牛一般，最小的姑娘也有十六岁了。姐姐讲起家里的窘况，更是潸然泪下，一家人都是全劳动力，每年的工分是生产队最多的，无人匹敌。分配时，把基本口粮分了，工分粮便分不了多少，不如别人多生一个娃娃的粮食多，故在生产队，几乎年年缺粮的就是王小翠的姑妈家。正因为如此，那时的聪明人都清楚，与其脸朝黄土背朝天地劳苦，不如在家闲着多生娃娃，既满足了人的自然渴求，又有了粮食，且不被风吹雨淋，其乐无穷矣。所以，昭通的人口在很长一段时间里，毫无节制地膨胀，让这片土地不堪重负，造成绝对贫困人口最多的时候接近三百万。

1998年深秋，我去过镇雄的一个村社，它距县城七八公里。在那里，我走访了十来家农户，有一家大大小小生了11个孩子，7男4女，父母只有四十六七岁，3个儿子已娶妻生子，3家的7个娃娃，竟比他们的叔叔还要大。那天中午，全家20多口人挤在堂屋里吃饭，那种场面极为壮观，我随便估量了一下蒸饭的甑子，足有一米高，在镇雄有烟煤的熏烤下，黑黝黝的，犹如木漆刷过一般。我问女主人，为什么生这么多的娃娃，一天三顿，仅柴米油盐都不得了。她轻松地笑道：娃娃要来了，我抵挡得住？现在困难点，他们长大成人了就好了。我又问她道：你家有多少土地，一年能产多少粮食？她说：我们村里，人均只有耕地七分，我们家的地，只能栽点蔬菜，粮食全到街上买来吃，他爹和几个儿子就经常到城里打短工，到矿上帮人背煤炭……我无言以对，除了感叹噫嘻，还能再说什么呢。

在那个村子，最少的人家也有五六个娃娃，并且大多数人家的父母只45岁左右就荣升公婆了。昭通两万多平方公里的贫瘠山地，并且很大一部分又是高寒山区，试问：怎么养得活这几百万人口啊？

王小翠的姑妈，尽管自己家里也十分拮据，好歹匀出三五十斤苞谷让兄弟背回大山包去，但却是杯水车薪。饥寒交迫的一家人，就是天天熬点稀饭，苟延残喘，也没有坚持过十天。最终，19岁的王小翠以50斤苞谷为聘礼，嫁到鲁甸水磨那边，是姑妈牵的线。小伙子那天背着50斤苞谷到了大山包，当即就把王小翠接走了。爹妈十分欢喜，连连对王小翠说道：翠翠，你糠箩跳到米箩里了，以后再不会饿肚子了……小翠也似乎很高兴，只觉得丈夫三十挂零了，年纪是有些偏大，但生在大山包的姑娘，又能嫁什么样的小伙子呢？何况，她走了以后，屋里不仅有了50斤苞谷，还少了一个吃饭的人。

进入仲冬，返销粮的指标下来了，因为李书记隐瞒了实情、说了假话，所批指标只能解决一点燃眉之急。即使这样，大小队长一伙仍然捷足先登，占去相当的数量，落到一般灾民头上的指标就少得可怜。尽管如此，不少的灾民拿着粮食指标，却没有钱去粮管所买苞谷，有些趁火打劫的机关工作人员，愿意出钱买回苞谷，和灾民平分。然后又将苞谷拿到炎山、大寨等处的黑市上去卖，从中牟利。大山包的灾民，被逼到什么样的一种生存状态，可想而知。就在这时，曾被大山包公安特派员通缉捉拿的盗牛贼周连成悄悄地回来了，他的归来，不仅给爹妈和兄弟、妹妹带回来了应急的食物，而且在大山包激起了轩然大波。3年前，队上的一头牛不见了，真是放屁赖穷人，大队长和民兵营长都十分肯定地认为：是周连成内外勾结，把牛偷到外地卖了，否则，这个吊儿郎当的混混，怎会平白穿起了一件崭新的蓝布中山服？其实，买衣服的钱，是周连成帮炎山人背花椒到昭通进行所谓的投机倒把得到的酬劳，故高价买了这件纱卡机布料的中山服。这是他长到三十来岁，穿得最好的一件衣服了。他爹妈知道民兵营长的厉害，便对儿子说：连成，只要大队长和民兵营长盯上了你，就是有一百张嘴也无法说清，因为人家不会听你的，黄泥巴抹在裤裆上，不是屎，也是屎。赶快跑到外边躲几天，凭你这一身力气，帮人挑泥卖水，也饿不死。周连成这一跑，就阴错阳差到了三江口林场，当上了伐木的临时工。半个月前，他爹给他去了一封信，告诉了他大山包的灾情，叫他好歹给家里寄点粮票和钱回来，否则就见不到爹妈和弟妹了。

周连成离开三江口时特别准备了足有30斤的蕨粉，到了昭通城，他又摸到黑市上买了一挂腊肉和十来斤挂面，捆成一袋，连夜赶回大山包。当晚，他就为家里的每个人煮了小半碗，爹妈不答应，叫他多煮点，吃饱了肚子，就是死了也值得。周连成说：饿狠了，肠子变细，得慢慢来，否则一顿就撑死了。我这次冒着危险回来，就想把爹妈、弟妹和亲亲戚戚带出去，就是愿意跟我走的乡亲也一起到三江口去。他又说：这些年，三江口的大树都砍得差不多了，留下一大片、一大片的荒山，随便开点荒，不施肥料，庄稼一年两季。烧的更是方便，满山遍野都是枝枝杈杈的烧柴。大山包这个屙屎不生蛆的地方不能待了，否则，早晚得饿死、冻死的，活人不能让尿憋死。

周连成回来，并动员他的亲亲戚戚跟他去三江口的消息不胫而走。周围团转的乡亲闻讯，便相互秘密串联，为了活命，愿意携家带口跟他到三江口去。两三天时间，便在他身边聚集了两百多人。为慎重起见，大家又选出五六个人先随他到三江口看看，并选定落脚的地方，其中就有小队上的队长、会计和保管员。因为事情来得突然，又十分急迫，他们昼夜兼程，第二天中午就到了昭通城，周连成又把他们带到木材公司，并搭上了前往三江口拉木料的货车。

这几个人去了三江口，回到大山包，硬是把即将要去的地方说成了天堂。于是约定，由周连成带上两个乡亲进城联系运输公司的客车，在家的做好充分准备，车一到就启程。

早已家徒四壁、生计陷入绝境的灾民，现在手里唯一的财产就是低矮、破败的茅草房和堆在房前屋后的海堡，除此之外，便一无所有。而海堡只有当地农民在用，大山包机关、学校烧的都是昭通运来的、价钱十分昂贵的煤炭。尚能卖几块钱的东西，就是草房上拆下来的楼枕和房梁杆杆，饥寒交迫的灾民就只有拆房子卖杆杆了。

那天，时逢赶场，拆了房子的灾民，便三三两两地扛了杆杆到阳窝街子上叫卖，一个时辰过去了，被烟熏火燎的杆杆却无人问津。又饿又冷的灾民，一合计，就觉得公社最有钱，便把杆杆扛到公社大院。公社正欲盖厕所和猪厩，正愁买不到杆杆，负责行政的人不知请示了哪位公社领导，竟然同意放开收购灾民从茅屋上拆下来的杆杆。两三天时间，以每根二元到四元不等的价钱，公社便购买了灾民的两三千根杆杆，偌大的公社大院，堆积如山，就连房前屋后的空隙处也塞得满满当当。

翘首以盼、望眼欲穿的灾民，终于得到消息，明天接他们进城的客车就来了。欣喜若狂又无家可归的灾民，带上简单而破烂的行囊，子夜时分便不约而同地集中到阳窝小镇上来了，并通通蜷曲在公社五大所，所谓高楼大厦的屋檐下。时令已进隆冬，夜里寒风呼啸，雪凌飞舞，搅得周天寒彻，气温降到零下 20 摄氏度左右。又饿又冷的灾民万般无奈，便去抱来拆房子时丢下的茅草，就在背风的屋檐下，费尽九牛二虎之力，生起了大火。一堆，两堆，十几堆，全生在公社五大所的屋檐底下……

半夜时分，不知是公社的哪位领导起夜上厕所，他居高临下，看见了阳窝街上，五大所的高楼大厦屋檐下，燃着熊熊的烈火。在阶级斗争为纲的年月里，他不及多想，便料定是阶级敌人裹胁、煽动贫下中农暴动，正欲抢劫粮管所、营业所和供销社……他吓得灵魂出窍了，急匆匆地打开办公室的门，就给县委拨去了紧急报警的电话：

"不好了，大山包的社员在阶级敌人的挑动和裹胁下，暴动了！现在已经包围了粮管所、营业所和供销社……"

得到报告的县委值班室，立即通报了书记、县长，事关大局，岂敢怠慢，很快就组织、调动公安和武警的四五十人，全副武装，前往大山包镇压反革命暴乱。

满载着公安干警和武警的货车，开足马力，赶到大山包时，已是上午九点多。那天夜里，天气奇冷，赶到大山包公社时，他们全被冻僵了，无法下车，几乎由别人抬下来的，并很快送到会议室里，烤了半个小时左右的火，方慢慢回过神来。此时，他们才知道，县委和县政府不仅受骗了，而且还演了如此一场滑天下之大稽的闹剧。目睹疑痴痴站在屋檐下，冷得瑟瑟发抖，即将背井离乡、逃难到三江口的村民，无不潜然泪下……

当天下午五点左右，县委书记、县长和副书记驱车赶到大山包，他们立即召开了紧急会议，才知毁灭性的灾害将农民推人了绝境……县委领导之所以没有给予足够的重视，是完全听信了李书记的假话，加之山高路远，交通极为不便，没有到大山包进行调查研究，根本不知道大山包的真实情况。但是，书记和县长还是大发雷霆，斥责道：明明是受灾的社员饥寒交迫，无法在大山包生存下去了，想集体逃荒到三江口，受了什么人的引诱和教唆，你们竟然一点都不知道。他叫什么名字，现在在什么地方？李书记答道：他叫周连成，因盗牛成了通缉犯，就跑得无影无踪，后来才知道去了三江口。县长更是大发脾气地吼道：你们堂堂的大山包党委，竟然被这样一个人牵着鼻子走，闹了这么一个天大的笑话，他难道有三头六臂，现在就把他抓来，让我们见识一下。李书记沮丧地说道：县里来平息暴乱的汽车也许还在小石岩的时候，他就潜逃得不知去向……县委书记不等他把话说完，又喝问道：说社员已经包围了粮管所、营业所和供销社，你们在座的是谁向县上报的警？

公社的几个领导和机关的工作人员，一个个沁着脑壳，几乎夹到裤裆里了，任何人都不吭气。不管书记、县长如何怒骂，平时对农民张牙舞爪的土皇帝，都装出一副死猪不怕开水烫的样子。

这时，县长突然叫李书记的名字，他战战兢兢地抬起头来，一双无神的眼睛凝视着县长，县长便问他道："你这也不知道，那也不知道，社员拆了房子，把楼枕、房梁杆杆都贱卖给你们公社了，你知道不知道？"

李书记却说道："不知道，但我错了……"

以后，不管县委书记、县长如何怒骂、斥责，他始终低着头，不讲半句话。

县委书记见状，侧头和县长及副书记简单交换了意见，该如何处理这件事情，心里有数了，便指示道：

"事已至此，安抚无家可归且饥寒交加的灾民是头等大事，县委决定成立工作组，除武警的战士回昭通外，公安的全部留下作为工作队员，公社需全力配合，将功补过。目前做好三件事：第一，为稳定人心，每家先发给50斤苞谷，待社员完全稳定下来后，依照城市人口的标准，按月供应粮食，直到明年秋收为止，每家每户发给临时购粮证，按月供给；第二，谁打烂的锅，谁补好，动员公社所有的机关干部，把收购来的杆杆送到拆了房子的各家各户，并负责重新修好；第三，工作组不参与具体工作，协助、监督公社做好上述工作，特别是做好灾民的思想和安抚工作。"

待书记把话讲完，一直没有吭气的县委副书记才说道：

"大山包公社出了这么大的事情，在全县，乃至全区影响极坏，省里也知道了这件事，完全是我们的工作失误造成的，公社班子的每个成员都有不可推卸的责任。如何处理，县委暂不做决定、留下时间、留下机会，让你们在今后的工作中总结经验教训，以观后效，将功补过，再酌情定夺。"

最后，这位副书记特别强调：我虽是工作组长，但县上的工作太忙，只能由公安的侯副局长多留在这里几天，主要工作得靠大山包党委，你们打烂的坛子，就得让你们补好。

那天夜里，书记、县长躺在大山包公社招待所的床上，辗转反侧，就是无法入睡，他俩的思绪很乱，何去何从，他俩亦是一筹莫展。灾民虽按城市人口的标准给了粮食，勉强可以熬到来年秋收。但房子是无法修好的，天寒地冻，不知灾民如何挺过去，他们心里想到的，怪千怪万，就是怪大山包的农民生错了地方……

第二天上午，书记、县长和副书记离开了大山包，他们本该去看看无家可归的灾民，却怕背鼓上门找锤打，处理失当，毁了自己的前程。他们决定按月供给灾民勉强生存下来的粮食，似乎在他们的职权范围内，已经大着胆子开了先例，这相当于开仓放粮了。这可是深挖洞、广积粮的战备粮啊！

当时，我正被抽调在公安局工作，不仅随武警吃够苦头，去了大山包，而且成为工作队员被留在了大山包。那天，张凤英就在公安局对面的人民会场里背诵《愚公移山》，出于好奇，我专门拿着"老三篇"的单行本去了会场，她真的一字不漏、一字不错，且十分顺畅地背诵了。最后叫她谈体会，她有一句话，38年过去了，至今我还记得清清楚楚，她说：只要心里有毛主席，别说背诵他老人家的一篇文章，就是把大山包变成乐居、洒渔那样的鱼米之乡，也能办得到。所以，我对张凤英的印象极为深刻，便独自去了她的家里。空旷的堂屋冷飕飕的，我尽管穿着棉衣，也不禁打起冷战，她五十多岁的丈夫得了肺心病，半倚半靠地坐在火塘边的土墩上，为抵御寒冷，他的身上裹着破烂且有污垢的被子。地上挖个坑，权当火塘的中间燃烧着砖头大小的海堡，看得见有微微红色的火焰，屋里却弥漫着海堡燃烧时散发出来的腐臭。吊锅里煮着带叶的蔓菁，儿女都去粮管所排队领粮了，门背后的簸箕里，放着十多个鸡蛋大小的洋芋和几个还没有完全成熟的蔓菁。家徒四壁，屋里没有一件让人看得上眼的东西。张凤英因满头都是炫目的光环，又身兼数职，工分在全生产队是最高的。那次她在十天左右的时间里能背诵《为人民服务》和《愚公移山》，得到的工分，够全劳力苦两个月。在平时，她家在大山包的日子是较为富裕的，宽敞的瓦房，时时得到公社的额外关照。可见大山包的贫困，在那时已经到了触目惊心的程度。

张凤英很热情，招呼我坐到火塘边，开口就几分自责地说道：

"小同志，我的工作没有做好，让阶级敌人钻了空子，闹出这么大的事来。天寒地冻，害你们连夜赶来，教训极为深刻，我有不可推卸的责任。"

"事先你知不知道有些社员要逃到三江口去？"

"知道，但劝不住。"张凤英说道，"我也到公社汇报了，书记说，肚子饿了要吃饭，谁也挡不住，我们又拿不出救济粮，自谋生路也是好事。书记还说，难关过去了，到时他们还会回来的，在中国，没有迁移户口，黑人黑户在哪里都无法立足，搞不好还被公安当流窜犯抓了。在大山包，他们被饿死了，我们就难逃干系，到时吃不完兜着走。所以，这种事情，见到了，得睁只眼闭只眼，万不能穿山甲打摆子，战栗抖壳的。"

我听后，便十分纳闷地又问道：

"既然如此，为什么还向县委和县政府汇报说，农民已经包围粮管所、信用社，要暴动了。"

张凤英却不以为然地说道：

"不知是公社上的哪位领导汇报的，我不知道。但阶级斗争，一抓就灵，不是你们来了，这么多的社员就跟着周连成这个偷牛盗马的坏分子走掉了。"

当时，我笑了，却说道：

"我看你家也极为困难，也许早就断炊了，你就不想跟他们到三江口去，也许是条出路……"

不等我说完，张凤英就把话抢过去，十分肯定地说道：

"小同志，大山包再穷再苦，它也是毛主席带领革命志士，用鲜血和生命打下来的。现在，毛主席把它交给了我们，我们就得守住它，困难是暂时的，我就是饿死、冻死，也不离开大山包。"

这时，张凤英的老伴突然硬撑着坐了起来，他连连咳喘了好大一会儿，脸色铁青，她忙着拿过一个土碗，就往吊锅里舀出一点汤，递给老伴。他没有接，却愣怔鼓眼，恶狠狠地说道：

"张凤英，老子病成这个样子，快死了，就想吃碗稠乎乎的苞谷稀饭，你都没有这点本事……"她老伴说到这里，又咳又喘了好一阵，才强打精神，几分挖苦地说道："大山包就数你张凤英革命，乱了这么多年，乡里乡亲都让你得罪了，政府也没有赏你一个红顶子……"

张凤英有些眦了，对老伴反唇相讥道：

"老局血的，死无良心，周连成这个小杂种现在跑得无影无踪，他给你什么了吗？现在家家户户的救济粮也是党和毛主席给的，你有本事，就不要吃嘛。"

"有我的一份，我……"张凤英的老伴欲言又止。

此时，我显得既尴尬，又狼狈，只好告辞走了。面对张凤英老俩，我感慨良多，这些极为纯朴的山民，他们的奢望，就是劳苦一生，能解决起码的温饱，但却为什么这么难啊？

大山包公社的机关工作人员，按照收购杆杆时灾民留下的领款收据，先后将房子上拆下的杆杆送到了各家各户。而灾民却无法将已拆掉的房子再复原，只好将杆杆搭在原来的断垣残壁上，把原来的烂草随便铺上，勉强能遮风挡雪。有些就只能在墙角搭个权权房，再到大山包和炎山交界的地方，砍来一些耐寒的荆棘枝条，搭在上面，混一段时间再说。

每月按城市人口标准供应的苞谷，虽不够灾民吃，但却可以维持生存，加上任何一家的海堡都没有卖出，煮饭和取暖便可勉强应付，否则，就更雪上加霜了。

我在大山包待了半月左右，快临近春节了，加之确实无事可做，便撤回来了。临走之前，我去了好几个生产队，所到之处，境况如旧，任何人都无力回天。所有的灾民，家家户户的老老少少，从早到晚，就相互依偎、蜷曲在冒着青烟，同时也散发着腐臭味的火塘边，让人潜然泪下地苦度着寒冷而又漫长的隆冬……

我小时候，也经历过家徒四壁、半饥半饱的苦痛生活，和大山包的灾民相比，真是天壤之别啊！从那个时候开始，我懂得了什么才是真正的、深层次的贫穷。也从那个时候开始，我从未间断地参加了扶贫攻坚的工作，直到退休，但是却收效甚微，而其中的酸甜苦辣、喜怒哀乐，却历历在目，感受极深……

从大山包回到城里，中央召开了十一届三中全会，邓小平等老一辈无产阶级革命家，挽狂澜于既倒，毅然决然地放弃了阶级斗争为纲的治国方略，实现了以经济建设为中心的战略转移，和煦、温暖的春风吹进了乌蒙山。

1980年，我走上了领导岗位，担任了昭通县委的宣传部长。也就是在这年隆冬时节，我专程去了大山包，距那次集体逃荒已整整两年了，我就想看看，极端贫困导致灾难深重的农民，现在的生活如何了。到了大山包，得知李书记在三中全会后被停职检查，便回到城里闭门思过，也不知是因为郁郁寡欢，还是早有沉疴在身，不久便病入膏肓，虽经多方救治，他还是带着深深的遗憾、几许忏悔和几许不平，悄然地离开了这个喧腾的世界。他是一个悲剧人物，其实，他一个仅为科级的大山包党委书记，面对毁灭性的天灾和饥寒啼号的灾民，也是无力回天的。至于他谎报、隐瞒灾情，在那个谎话、空话、套话满天飞的时代，大大小小的官员，谁不如此？就是有点党性、正直的少数领导，也早靠边站了。动乱、悲哀的时代，必然衍生出悲剧性的人物……

张凤英的老伴没有熬过那年春节，带着解脱的欣慰和没有过上一天好日子的遗憾亦过早地走了，他还不满60岁。好在家里为他早准备了棺木，草草地装殓了，就埋在阳窝对面的小山峦上。而张凤英唯一的遗憾是，除了少许的亲戚和邻居外，便没有其他的人来送他，她更没有能力招待他们吃一顿丧饭。我想去她家看看，走到阳窝街上，她的邻居告诉我说，她女婿从部队转业后，分在城里工作了，今年姑娘生了娃娃，她便进城照料女婿一家人去了，已走了两三个月。张凤英是个颇具传奇色彩的农村妇女，在极"左"

思潮的影响下，她的人格被扭曲了，她的所作所为，让人啼笑皆非。大山包不需要她了，我为她默默祈祷：但愿她在自己的有生之年，丢掉那些可悲可笑的追求，融入这个日新月异的社会，在女儿家里过上真正幸福、美满的生活。

当年拆了房子的灾民，三年时间过去了，几乎没有一家有能力重新把自己赖以安居乐业的房子修起来。但是，当年只能搭个权权房的农民，在自己原有的四周土墙，夯上几板新土，把杆杆斜斜地架上去，又用砍来的荆条编成椽皮，盖上新收割的燕麦草，成了没有楼的简易房子。潮湿的地上，垫着石块，上面铺了厚厚的燕麦草和荞草，再铺上一块自制的披毡，就是寒冬也还是暖和的。需要放牧的农民，不管刮风下雨、滴水成冰的时候，都得披上垫在所谓床上的披毡，既可当雨衣穿，又可御寒。尽管如此，农户的穷困，要不是亲眼看见，谁也不会相信，而各级政府却无力帮助他们。

其实，大山包的农民生存艰难，而当时的昭通县也是人不敷出，捉襟见肘，常常是拆东墙补西墙，举步维艰。那时的机关干部、教师和全由财政供养的人员，一般情况下，都不能按月发工资，往往一拖就是一两个月，甚至两三个月。而大多数人的工资都较低，只能勉强解决一家人的温饱，上有老下有小的人，真是苦不堪言。当时，我和爱人每月的工资加起来，就是80元左右，除了年迈的父母外，还有一对儿女，若不精打细算和按时发工资，日子便过得十分窘迫。遇到拖延时间发工资和家人有个三病三痛，只有靠岳父接济，他是边纵地下党的，工资较高点，又只一个人开销，相对有些闲钱余米。

当时，昭通县只有三辆国产的吉普车，县委、县政府各一辆，留下一辆应急。1981年的元宵节，我随书记、县长到炎山慰问，一辆吉普车上竟然挤了7个人，我和统战部长，就只能蜷曲在后备厢里。从昭通到炎山，近150公里的低等级土路，是怎么熬过去的，现在想起来，还感到阵阵后怕。十年内乱，国民经济几乎到了崩溃的边缘，那时中国的每一个人，都在咬紧牙关，为灾难付出代价。所以，对大山包的灾民，各级党政领导，不知说了多少空话、假话，其根本就是贫穷，马瘦毛长，人穷志短啊。直到1980年底，近四十万元的救济购粮款，县委和政府也没有付给大山包粮管所。万般无奈，县粮食局只得将这笔钱作为呆账记录在案了事。

一度以阶级斗争为纲，以后又在"四人帮"的干扰、破坏下，经历了十年动乱，神州大地，特别是高寒山区，没有一个地方不贫穷。现昭阳区的宁边村，有个叫偏坡寨的苗族聚居区，在那荒山野岭中，稀稀疏疏地分布着二三十家，全是低矮、简陋的茅草房。他们缺水，更没有电。只能出产一点洋芋、荞子，偏南一点的山地，可以种一些苞谷。1981年，我去过那里，刚到鲍家地的一处建筑工地，看见一个四十多岁、两条腿高位截肢的残疾人，他竟然在这里打工。他用两个膝盖着地，背砖上房，有脚有手的正常人，汗流浃背，如牛负重般地挑砖上房，其状已经十分可怜。而他仅仅在膝盖上垫点棕皮，艰难地踯躅于脚手架上，让人看了，铁石心肠也会潜然泪下。经过询问，我才知道他是偏坡寨的苗族同胞，1958年"大跃进"时，他只有23岁，在生产队炸石头修台地的时候，不幸被滚下的石头砸断双腿，为保住生命，只有高位截肢。他为了挣几块钱买盐巴、煤油，给读书的娃娃买铅笔和书本，从偏坡寨爬十来里，到鲍家地煤矿的建筑工地打工。他每天半夜就起来，吃了饭，带上妻子为他准备的洋芋，或者荞粑粑，几乎是手脚并用爬到鲍家地时，天才微微发亮。待其他工人上班时，他已来回背了好几转砖，并整整齐齐地码在脚手架上，等着收料员来清点。傍晚，往往是太阳快要落山了，才拖着几乎散架的上半身，艰难地又爬回去，他每天就只能睡上三四个小时。中午，其他工人下班了，他也坚持不住的时候，就蜷曲在草皮上，睡上半个时辰。

见此，我们几个同行的人都流泪了，几个人几乎倾其所有，才凑了七八块钱送给他。他却不要，说道：这文钱，个个都难苦，你们的也是血汗钱……我不管他说什么，硬塞在他的手里，转身怆然离去了，其情其景，三十多年过去了，在我的脑海里，始终挥之不去……

这样的苦难和贫困，地委所在地的昭通县如此，其他各县，特别是镇雄、彝良和永善、巧家更是不言而喻了。

在师专时，我有个学生叫朱宁，他的家就在永善黄华的干坡坡上。因为没有水，种上庄稼经常绝收，故家里十分困难，读中学时，几乎就是靠学校发给的那点可怜的助学金维持生活，咬着牙读完高中的。到了师专，为了凑齐他的学习用具和书本的费用，他的父母便栽点蔬菜，每逢赶集天，就背到镇上去卖，来回得走三四十里山路。但每满满地背去一箩，只卖得三五元钱，一年下来，就是父母分文不用，也只能攒下几十元钱。开学时，父母把一小张一小张的钱理齐，折叠好，用旧报纸包了，他便带到学校来。每当急用时，他就从枕头底下摸出几张来，眼里便噙满泪水，这哪里是面值五角、一元的皱巴巴的人民币啊，它分明是父母的血和汗啊！

在他读书的三年多时间里，父母不分寒暑，风雨无阻，来回于通往集镇的坎坷、崎岖的山路，哪儿有一块权且歇脚的石头，哪儿有一棵可供乘凉的大树，老马识途的父母都能闭着眼睛找到。有时直到散集了，蔬菜都还没有卖完，父母只得饿着肚子，又把晒得蔫塌塌的，被乡镇上那些领工资的人翻得散乱不堪的蔬菜背回来。走在路上，实在又累又饿了，只得扑在路边的小溪旁，掬几捧凉水喝下。多少年了，父母除了在集镇上买过盐巴和煤油，其他的东西几乎没有买过，为的是让朱宁在学校安心读书，能买必要的学习用具和书本。老俩任劳任怨，含辛茹苦，献出了自己生命的全部内涵。

在学校时，我曾问过朱宁的家庭情况，他告诉我，他家六口人，有十多亩土地，由于严重缺水，每年点种下去，不遇天干大旱，干坡坡上还能收获一些全家赖以生存的苞谷，好歹能解决温饱。若遇大旱，除了能收割一些瘦弱干枯的苞谷草外，便没有什么粮食。有些时候，一年到头，吃的就是政府供应的返销粮，每月就是十多斤，得添些糠、菜，方可勉强度日，就是人畜饮水也得跑三五里的路才能挑到。而山那边却有一大股清流白白地流进金沙江，农民想把它引过来，苦于没有凿岩开渠的钱，只能望水兴叹。政府也是儿多母苦，捉襟见肘，根本无法拿出几十万元钱来修渠引水，为了不让农民断炊，他们已费尽了移山心力。

升三年级的那个暑假结束，朱宁没有按时到学校报到，事后我才知道，他被弟弟砍伤了大腿。那天，父母叫他弟弟把刚出炉的烤烟挑到集镇的烟叶收购站卖了，并反复叮嘱道：老二，你哥哥只有最后一年了，他明年毕业当老师了，家里的穷困就会有所好转。所以，卖烤烟的钱你不能乱用，他到学校要用钱，不能耽误了哥哥的大事。朱宁的弟弟心里憋着气，却不敢说，他只不耐烦地点了点头。父母知道二儿子的心事，也不责怪他，这些年为了让哥哥安心读书，也苦了他啊。

老二把那五六十斤烤烟挑到集镇上，很快就卖了，他领了近两百元的烟款，先到小食摊上吃了一大碗面，他确实饿了。走在街上，又热又渴，他又买了一瓶矿泉水，又吃又喝用去了十块钱。当天恰逢赶集，遍街都是琳琅满目的商品，他走到一个商店门口，一双成都产的白色球鞋吸引了他，他便驻足，目不转睛地凝视着那双鞋子。这是他心仪很久的球鞋啊，几次想买，但想到哥哥在师专读书，全家人都得省口落牙支持他把三年大学读完，于是便不情愿地放弃了。此时，商店的老板娘看出了小伙子的心思，笑容可掬地对他说道：小伙子，这双运动鞋38码，正配得上你，我进来十多双，就剩这一双了，过来试试嘛。老二十分想买，但想到临出门时父母的叮嘱，他定定地看了球鞋几眼，还是依依不舍地离开了。走在路上，他便想：哥哥因为考取了昭通师专，便成了全家的宝贝，老少都围着他转。有好吃的东西，父母就把它藏起来，等哥哥放假了，才舍得拿出来一家人享用。一家老老少少面朝黄土背朝天地苦，常常餐风宿雨，汗流浃背，而在昭通读书的哥哥，没有这些劳苦，细皮嫩肉。就是放假回家了，父母也不让他去干重活，处处关照他，只差没有把哥哥供在神龛上。老二就想，烤烟是他一挑水一挑水浇大的，今天又是他挑到街上卖的，买一双球鞋，也是理所当然的。想到这里，他便转身回到那家商店，几经讨价还价，他便硬着心肠，花了60元钱，将那双白色的球鞋买下了。

回到家里，老二将余下的120多元钱交给母亲，老人数数，便问：老二，五六十斤烤烟，至少得卖190元，其他的钱呢？老二便说我用了。母亲就说：几十块钱啊，你买啥子了？老二回答：我60元买了一双球鞋。母亲急了，嗔怒地说道：老二啊，你怎么这样不懂事呀，你哥哥……不等母亲把话说完，老二抢过来，就粗暴地吼道：妈，你也太不公平了，我黄汗白流地来回跑十多里山路拉水来浇烤烟，今天也是我挑到街上卖的，哥哥干什么了？母亲见二儿子第一次发脾气，忙赔笑脸欲说什么，二儿子却流眼抹泪地吼道：这个家，我待不下去了……说着转身就跑出了家门。

等到二儿子回来的时候，已是晚上十点多，朱宁看了一会儿书也去睡了，只有父母还呆呆地坐在堂屋里，老俩都觉得有些对不起二儿子，但没有办法，再苦再累，就只剩一年了，明年大儿子毕业就好了。老俩见二儿子回来了，也不再责怪他，一味地安慰，并叫他早早洗脚睡了，明天还得去打烤烟，忙着卖了，把你哥哥回学校要用的钱凑够。老二沁着脑壳，不说一句话，老俩叮嘱他快洗脚去睡了后，就默默地去了自己的房间。

约莫半个时辰，老俩突然被大儿子的呼救声惊醒，父母忙起身点燃灯，去了两个儿子睡觉的地方。见状，老俩吓蒙了，好半天才回过神来，只见大儿子的大腿被砍了五寸左右的口子，鲜血喷涌，家里砍柴的斧子丢在一边，二儿子却不见了踪影……大儿子的神志却十分清醒，他紧紧地扼住大腿的上部，忙叫爹妈快去灶里捧点烧尽的草木灰来，糊在伤口上，然后再去卫生所做最后的处理，否则这只脚便残废了……

老二无法忍受父母对哥哥的偏爱，他鬼迷心窍，就想将哥哥砍死，自己也不想活了……但当他掀开被子，举起斧子的时候，他没有向哥哥的头上砍去，而是不轻不重地砍了哥哥的大腿一斧子……他没有勇气砍第二下，丢了斧子，发疯一般地夺路逃走了。

朱宁被爹妈送到卫生所，很快清理了创面，缝了二十多针。毕竟是一奶同胞，老二下手时忍了一下，没有伤及骨头，加之朱宁年轻，气饱力壮，10天不到便痊愈了，他只向学校请了一个星期的假。事后，他没有怪罪弟弟，更没有报案，他心里充满的是自责和内疚。为了他读书，从中学到师专，近十年的时间，父母和弟弟、妹妹为他付出的太多太多了。那天，当他见到弟弟时，一下子跪在他的面前，失声痛哭道：哥不怪你，更不恨你，是哥对不起全家……老二也扑通跪下来，两兄弟抱头，更是号啕大哭起来。坐在旁边的父母也哽咽道：都是你爹、你妈没有本事……朱宁却说道：爹、妈，老俩为这个家如牛负重，已把心血全给了我们四兄妹，只是我们这里太穷、太穷，我拼命读书，只想让一家人过得好一点……

以后，我离开师专，又回到地委工作，便专门去了黄华，这是后话。

经济文化的落后和政治上的歧视，像两只魔爪，将昭通推向了贫困的死角。所以，到2000年之初，昭通四百多万人口中，竟有二百多万人处于温饱线之下。即是说，他们中的不少人，穿衣、吃饭、喝水、住房和读书基本没有什么保证，处在一种叫人惨不忍睹、潸然泪下的境况……

　　造成昭通这种贫困人口多且层次深的根本原因，是人口无节制地增长过快，分布异常稠密，使这片贫瘠的土地不堪重负，还有毁林开荒，导致过度地开发、垦殖，从而陷入自然生态的恶性循环。昭通犹如未老先衰的母亲，佝偻而羸弱，成了挺不直腰杆的弯虾。面对几百万嗷嗷待哺的婴儿，她干瘪的乳房，却没有泉水般涌流的乳汁，只有苦涩的眼泪。加之极"左"思潮的影响，昭通成了龙卢安陇四大家族的封建堡垒，让无辜而受歧视的昭通人背上了这沉重的十字架。这无疑是洒向母亲心灵创伤的盐巴，昭通成了云南被遗忘的角落……从新中国建立，到粉碎"四人帮"，再到改革开放的20多年的时间里，昭通基本没有什么大中型基础设施的建设项目。而省上从昭通调拨而去的物资，在全省是首屈一指的，一段时期，昆明人吃的三个鸡蛋中，有一个便是从昭通调拨去的，猪、牛、羊肉，大体亦是如此。而昭通得到的就是当权者时时受到的表扬和年底颁发给昭通的无关痛痒的奖旗。就基础设施建设而言，和曲靖、玉溪、大理及楚雄等地州相比，昔日亭亭玉立、楚楚动人的小昆明，成了明日黄花。春风难度乌蒙山，不少人谈昭通而色变，在他们的心目中，昭通便是蛮荒的代名词，很少有人问津，更谈不上尽力扶持。到1985年前后，昭通和邻近的宜宾、毕节、六盘水、西昌和本省的曲靖、玉溪相比，至少落后20年。昭通师范专科学校，是在粉碎"四人帮"之后不久就建立的，省内其他的好几所学校，均在昭通师专之后建立。1989年我奉调到昭通师专时，刚刚举行过十周年校庆，别的地州刚建了五六年的师专，不管是校园建设，教学设备，教师和学生的待遇，都是昭通师专无法比拟的。曲靖、楚雄、玉溪、文山几所师专，校级领导和副教授以上的骨干教师，居住的均是独门独户、带花园的小别墅。而昭通师专，为分到一套只有70平方米或55平方米的砖混结构的所谓讲师楼，争得不可开交，甚至口出恶言。刚分来不久的年轻教师，更是无立锥之地，万般无奈，只得将原师范留下的教室，用砖砌了，隔成十来平方米、大小不等的单人宿舍。以后，这些教师就用这样的陋室娶妻生子，不少教师直到儿女都上小学了，一家几口还蜗居在这样简陋的房子里。我和校长也多次找过地委、行署，刚刚开口，领导便反问：你们是要吃饭，还是要宿舍，老实告诉你，本月的工资，直到现在还没有着落。师专在昭通，算是天堂了，至少每月的工资、学生的生活费还能按时发，不少机关干部、事业单位职工的工资，到月底都没有把握发，县上就更困难了，好几个县已两个月没有发工资了。我只有瞠目结舌，那时的师专，属地方负担，省上间或给点设备和基础建设的费用。所以，昭通师专学生的人均拨款，只有昆明、玉溪、楚雄、曲靖的一半左右，故只能维持简单的生存。正因为如此，教学水平高的教师留不住，人才流失相当严重。有一对夫妇，省上的一所大学经过考察要他俩，但调动需我签字，我的心情十分矛盾，人往高处走，这是人的天性，我不能误了他俩，但又不能放，一动百摇，学校就无法办下去。把夫妇俩惹毗了，他俩索性把被子抱来我的办公室，安营扎寨，和我死磨，最后我万般无奈，只得成全别人。昭通太穷了，所以人文环境就差，如何留住各类人才，感情留人固然重要，但有优良的环境和有条件让人充分施展自己的才华，才是最为重要的。

在极"左"思潮的影响和禁锢下，就是外地派来昭通的领导，到了这里，也是战栗抖壳，如履薄冰，他们生怕和龙卢安陇划不清界限。所以，说话做事，往往是宁左勿右，那个时候，最怕犯的错误就是政治错误，一旦在政治上出了问题，包括其家属，就万劫不复了。所以，该说的话不敢说，该做的事不敢做，你若向上反映了昭通的实际困难，就说你攻击和否定社会主义、否定党的领导。三年自然灾害的时候，加上人祸，昭通陷入绝境，不少人得了泡肿病，万般无奈，只得挖观音土吃，导致肠子堵塞，励不出屎来，活活被憋死。昭通已经出现饿浮遍野的惨状，危急关头，绥江的县委书记连青、县长朱君和冒着撤职进监狱的危险，拿出仓库的粮食，以救濒于死亡的灾民。结果，他二人被打成右倾机会主义分子，被撤职查办，直到粉碎"四人帮"，拨乱反正，落实政策了，他俩才得以平反，连青任了地纪委书记、朱君和任了地区文化局长，他俩都是早年就参加了革命的老同志。连青是新四军的营教导员，南下到了昭通，朱君和 1938 年就加入了中国共产党，离休时享受老红军待遇。两位老革命说了真话、做了真事，尚且如此，竟蒙冤含屈二十多年。前车之鉴，其他的领导便噤若寒蝉，谁也不敢说真话，更不敢反映昭通贫穷的实际情况。就因为龙卢安陇，昭通人竟背负了近四十年的十字架,昭通苦矣！1980 年前后，国家给云南的文化经费是人均 8 角钱，而昆明当时得到的是人均 3 元，就是曲靖、红河和大理，也是人均 1 元以上，而昭通仅为 9 分钱。当时的昭通县文化馆和博物馆挤在一起办公，冬天来了，无钱购买煤炭，只得由职工从家里自带。1985 年，成立昭通地区文联，每年的办公加事业费仅有两万元，两年后增至 2.5 万元，这个标准，直到 90 年代末，方得以改观，但仍是杯水车薪。

昭通虽然如此贫困，但生命力极强，其表现就是人口无节制地膨胀，从而使昭通进入了越穷越生，越生越穷的怪圈。1980 年之前，是农村的分配政策刺激了生育。那时多一个娃娃，就多一份占分配总额 70% 的基本口粮，所以在农村，一家赛着一家的拼命生，这样的结果，严重地损害了群众的生产积极性。1980 年秋收时，连下了十多天的阴雨，昭通坝子已经成熟的水稻开始倒伏，亟待收割，否则就烂在田里了。县委、政府心急如焚，为不让已经到手的粮食毁于阴雨，便紧急组织工作组到农村动员、组织社员抢收，我便去了洒渔公社。

这里是昭通闻名遐迩的鱼米之乡，我到了那里，一家一家地走访，就是动员群众去抢收水稻，否则辛苦一年，就将毁于一旦。尽管工作队员苦口婆心，用昭通人的话说，嘴都嚼出鲜血来了，许多社员仍不为所动，几乎所有的人都说：我们再也不养那些只吃不做的白癫子了，就是让谷子全烂在田里，要饿，大家一起挨饿……那时，正是搞土地承包的前夜，四川一部分地区也遭遇这样的状况，时任省委书记的赵紫阳就敢说：谁下田割的归谁。结果，一天一夜，伏在水里的稻谷全抢收起来了。而我们却不敢说这样的话，眼睁睁地看着到手的水稻有不少倒在水田里被泡烂，但谁也没有办法，只能感叹噫嘻……

土地承包到户后，调动了农民的生产积极性，极大地解放了农村的社会生产力。

联产承包到户的农民觉得今后有奔头了，自己不管苦多少，交掉国家的，就是自己的了，故甩开膀子地劳作。也就是这个时候，村社一级名存实亡，似乎无事可做了，大、小队和党支部成了一个空架子。乡镇一级，也长长地舒了一口气，更觉得农村让他们管的事情不多了，各家各户会自己把自己的事情做好，便疏于履行自己的职责，结果计划生育成了空当，直到无法控制了，才倍感决堤，但却为时晚矣，严重超计划的娃娃已经生下来了。从而形成人口多，承包的耕地少而无法养活全家，这种导致贫困的家庭，除了年年给予返销救济粮外，一时还真的没有解决的好办法。我曾到过一户土地承包后无节制超生的人家，男主人参加过抗美援朝，当过文艺兵，女主人是土改、互助组和人民公社的积极分子，当过妇女主任，并人了党。我去时，老俩十分乐观，而家庭却十分贫困，家徒四壁且居住拥挤。他有七个孩子，稀奇的是全是儿子，土地承包时，他只有五个人的土地，现在大的几个儿子都成亲生了子女，三代同堂，老老少少二十多个人。只能养活五个人的土地和粮食，现在是二十多个人生活，必僧多粥少，生计相当窘迫。我看他家的猪油罐，除了少许的油渍糊在罐底，便空空如也，可见他家很久没有沾油腥了。但主人却笑眯乐呵地对我说：我没有搞好计划生育，给国家和个人添了不少麻烦，但是党和政府都十分关照我、照顾我，没有忘记我这个志愿军战士，他们帮我找生产、生活门路，就想帮我脱贫致富。现在，我的娃儿渐渐长大，再过几年就可外出打工，我保证少则三年，多则五年，就想法抹掉这顶贫穷帽子，否则，夫妇俩就不是老共产党员。现在不知老俩是否还健在，家里的生活如何了，我不得而知，但愿几个儿子长大成人了，并且外出打工，过上了小康生活。

人口急剧膨胀，毁林开荒和盗伐、贩卖木材，便成了新常态，各级党委、政府心急如焚，又万般无奈，因为法不责众。从而导致已经百孔千疮、十分脆弱的生态环境雪上加霜，昭通在相当一段时间里，越砍越穷，越穷越砍，水土流失严重，灾害频繁且贫瘠、破碎的土地，真是无法养活几百万饥寒啼号的人们……

西汉末年，四川梓潼人文齐在朱提担任犍为南部都督时，率领朱提彝族先民和汉族的人民群众"穿龙池、溉稻田、为民兴利。"据大多研究昭通地方史的专家、学者论证表明，所谓龙池，即是今天的大龙洞。我曾做过认真、细致的观察，大龙洞出水口的岩穹之上，虽有玉骨冰清、玲珑剔透的钟乳石，但也有着刀削斧砍的深深痕迹。大龙洞，九箐十三峰，苍茫碧翠，涵养活水，使清泉渝然仰出，万世不绝。每年，春秋望日，皎洁恬淡的月光，透过山岩之上的树隙，映在碧潭之中，然后又反射于岩穹之上，从而出现了龙潭映月的天下奇观。文齐开渠引水，绕山成湖，烟雨氤氲，烟波浩渺，古往今来，便是昭通人澄怀、游览、观光之胜地，更是骚人墨客抒怀的绝好去处。

龙洞泉水，流入昭通坝子，纵横南北，灌溉良田，滋养生灵，那时的昭通坝子，将是一番什么样的景色啊！从龙洞延伸出来的灌渠，经乾隆时扩宽加深，称其为利济河，取灵源活水，以安天命之意。所冠之名，何等准确、贴切，何等情深义重！利济河水，清澈见底，流金泻玉，卵石斑驳，鱼翔浅底，虾戏碧波，两岸垂柳拂堤，翠竹婆娑。早晨，霞蒸雾绕，如诗如画，使人如痴如醉，碧绿丛中，小桥流水，青瓦白墙，农舍参差，鸡鸣狗吠，男耕女织。傍晚，太阳的余晖，洒在利济河上，流光溢彩，牧童归来，山歌悠长，横骑牛背，短笛声声，炊烟缕缕，袅袅上升，好一幅五谷丰登、六畜兴旺的画面。

坝子的西南边低洼，而葡萄井和昭鲁河出水口的落差又相距不大，使得簸箕湾和葫芦口一带形成风光独特的千顷池。现在黑泥地周围油黑肥厚的沃土，便是水草腐烂，长期积淀而成。永丰有打渔村，可见那时的千顷池，必是水鸟群聚，烟波浩瀚，水天一色，渔舟唱晚。小时候，簸箕湾是昭通人远足、旅游观光的胜地，我便和同学、伙伴去那儿，放眼簸箕湾周围那一望无垠的纳水田，水深齐胸，碧波荡漾，野鸭、大雁和秧鸡比比皆是，让人目不暇接。第二年，春和景明，农民放水耕耘时，纳水田的鱼虾几近成熟，昭通的大街小巷便摆着巴掌大小、金黄、鲜活的鲤壳鱼。那种诗情画意般的生活，那种赏心悦目的惬意，现在想起来，似乎就在昨天。

咸丰年间，昭通知县沈升遴在利济河上修筑了三道坝，并修了现在的望海楼。因南方属火，当时便冠名曰：火神庙，其意就是乞求火神护佑昭通人风调雨顺，年年丰衣足食，直到晚清，才将火神庙改成望海楼。即登斯楼矣，极目远眺，万顷碧波的纳水田便奔来眼底，喜茫茫，空阔无边，倍觉心旷神怡……

头道坝在官坝桥之上，依次下来，直到现在的牛角湾附近。坝全由头道沟的青石砌成，坝址上，隔一米左右，塑有刻上槽的石柱。河堤两岸，修有涵洞，东西都是大片、大片的良田，一望无垠，一直延伸到现在的清官亭和市委大院的墙后。春播时期，在石柱的槽上闸上木方，提高利济河的水位，清澈的龙洞水便顺着河堤上的涵洞，先流进水沟，再流进各家各户的稻田。知县沈升遴就利用地势的高差，实现了自动灌溉，从不阻塞，更不会因抢水而争吵、斗殴。因为在春播前，各家各户，就把流经自己稻田的水沟清淤畅通了，那时，真是阡陌纵横，沟渠如织，一直延续到新中国成立后的50年代。我小时候，结伴到二道坝挑沙浸水，到了那里，就先在河里学游泳，差不多了，才往桶里舀满水挑回家来，我游泳就是在二道坝学会的，那里是我儿时的乐土。不知从什么时候，这条昭通人的生命之河，成为藏污纳垢、倾倒垃圾、臭气熏天、蚊蝇肆虐的伤心河。这些年，两边的农田都莫名其妙地消失了，成为开发商趋之若鹜的角斗场，碧玉如练、晶莹剔透的利济河，只能刻骨铭心地留在了昭通人感慨万千的记忆中……

历史上，昭通搞过几次屯田，特别是凿宽凿深了葡萄井处的老鸦岩，千顷池的水便顺昭鲁河排泄而流往洒渔河，从而形成现在的万亩肥田沃地。民国时期，安恩溥修秃尾河、千顷池又露出一片绿洲，龙云先生的胞妹龙志桢，便收留了那些因日寇入侵而背井离乡流亡昭通的难民，并发给他们适当的生产工具和生活用品，从而使他们定居下来，并组合成了新民村。至今，那里的老百姓一谈起往事，就对龙志桢油然而生一种景仰和感激之情。中国的老百姓，谁为他们做过一点好事，他们便会铭刻在心，津津乐道，滴水之恩，当涌泉相报。

大龙洞，是养育昭通人的生命之泉，更是昭通人想家、恋乡，启迪人文的灵光之泉，它赋予了昭通人生命之灵气，铸就了昭通人的灵魂。它宛如一颗镶嵌在滇东北高原上的璀璨明珠，熠熠生辉。富饶的土地，绚丽多姿的自然风光，优美恬淡的居住环境和闲适的生活，深深地吸引着南来北往的商贾和各类能工巧匠，他们沿着昔日的五尺道，带着希望，带着神往，带着憧憬，进入昭通。他们带来了吴越软语、荆楚文化，故在《红楼梦》和《金瓶梅》里，有着不少的昭通话。更带来了中原的奔放豪迈，天府之国的精华。昭通成了荆楚文化、中原文化、巴蜀文化和滇黔文化交汇融合的桥头堡，从而形成了纳百川的大海，积淀了非常厚重的朱提文化。智者乐水，昭通因龙洞而孕育发展了昭鲁坝子的农耕文明；仁者乐山，昭通更因莽莽苍苍的原始大森林和瑰丽多彩的自然生态环境，以及海纳百川的人文环境，吸引人才，不管在政治、经济还是文化方面，都曾有过让人羡慕的荣耀。

我父亲也和其他仰慕昭鲁坝子的人，在何红斌外公的带领下，从四川隆昌，带着各自的手艺，在抗战前来到昭通，并在这里娶亲生了子女，一待就是七八十年，不少的人已四世同堂。

50 年代，昭通城四周的山峦，都是绿荫蔽日、郁郁葱葱的森林，犹如现在的大小凤凰山，八角亭背后，水厂和老党校那片地方也是森林。改土归流后，昭通总兵徐成贞又修建了省耕塘，可浇灌田地一万多亩，并形成长年不断的东门河，且河水清澈、碧澄。当年的昭通师范学校就建在这条小河边，它便成了学生洗衣服和戏水玩乐的地方，水一直往南流去，到迎丰桥和瓦窑河的交汇处后，流人中沟缚。我在师范学校读书时，站在省耕塘绿草如茵的堤缚上，极目远眺，环峰若翠屏，长流如玉带，成为昭通城的一处极佳的景点。耕云播雨，五谷丰登，禾熟谷黄，民享福祉，我们徜徉于此人文自然的美景之中，闲情逸趣，让人神思遐想，不啻洞天福地。

就因为昭通城四周的生态环境极佳，1958 年之前未拆去四城门时，晚上八点左右，就得关城门，怕的是山上的野兽进城骚扰市民，甚至叼走娃娃。当年，我家就住在和怀远街交接的云兴街，那天中午吃饭的时候，我家邻居的一个小姑娘，坐在门槛上吃饭。突然，不知从哪儿跑过一头豹子，咬住小姑娘的脖子，就往怀远街上跑，好在街坊邻居和路人边大声喊叫边奋力追赶，叼着小姑娘的豹子便在现市住建局的大门处放下小姑娘，只顾逃命去了。

1961年，我在昭一中读初二，那是星期天的下午，突然一只老虎跑进校园，悠闲地逛了一会儿，又漫步去了礼堂背后的小山包上，蹲在一块岩石上，便不想走了。这一幕恰巧被两个帮学校挑水的工友看见了。当时常有老虎、豹子和狼跑到城里和郊外，骚扰老百姓，并叼走鸡、鸭，甚至已长至五六十斤重的猪、羊。故政府便组织民兵追捕，或者在它们经常出没的地方，放上有毒药的食物，以防止它侵害娃娃和牲畜。两个工友便肯定这只虎一定吃了放有毒药的食物，被毒得昏昏沉沉的了，肯定没有力量伤害人。他俩于是拿上扁担，就向礼堂后跑去，寻思一旦捕获，仅仅卖虎骨和虎皮，就是一笔可观的钱，他俩就可不再为学校挑水了。他俩很快逼近老虎，它却岿然不动，一副被药毒昏的样子，个头大的小伙子提着扁担，迷着脑壳往前冲，年纪较大的工友却落在后面。临近了，跑在后面的那个工友，想试试老虎是否有反应，便将手中的扁担向老虎掷去，老虎受到惊扰便发眦了，两人便慌忙转身就跑。说时迟，那时快，老虎纵身一跳，便骑在小伙子的后背上，张嘴就想咬他的脑壳，他本能地拿起扁担往后面老虎的头上戳去，老虎便从他背上滑下来，而小伙子的胳膊却被老虎抓下两坨血淋淋的肉……他俩的这些举动，被星期天没有上街的同学看见了，便齐声高喊老虎吃人了！警卫连的哨兵听见了，握上美式冲锋枪，便去追赶老虎，这时又奔出十多个战士。那只老虎也许吃了有毒的食物，跑得并不快，结果被警卫连的解放军追到花果山处击毙了。于是，将老虎拖到小山包上，吊起来，就剥皮剔骨肢解了，在场的同学，只要愿意，战士便给每人割了一坨肉。十多天后，警卫连的官兵便敲锣打鼓，将虎骨和虎皮送到地区医药公司。那个受伤的工友，因是临时工，药材公司便为他报销了医疗费，还适当地给了一些营养费。殊不知，"文化大革命"中，地委书记王子贤、副专员赵葆印，不知遭谁人陷害，说虎骨被王子贤泡药酒喝掉了，虎皮被赵葆印做了虎皮交椅。可怜两个出生入死的老革命，不仅被打成走资派，还被戴上腐败堕落分子的帽子。

城周围姑且如此，那逶迤磅礴的大山深处，更是百鸟啾鸣，飞禽走兽出没，全是绿荫遮天蔽日的原始大森林。

读初中时，我们几个同学曾随杨永智去过青岗岭的鞋衣沟，他爸爸因受迫害，从县三小校长的位置上，发配到那里的一个单小当教师。下了尘土飞扬、坎坷不平的昭麻公路，行不到三里路，便进入鞋衣沟，弯弯曲曲，宽窄不等，约有五公里长。中间有一条幽森流淌的溪水，清澈透明，鱼翔浅底，拳头大小的牛蛙跳来跳去，生机勃勃。溪水的左右便是进出白沙村寨的小径。溪堤两旁全是比人高的马樱花、山茶和野樱桃，时逢马樱和山茶盛开，姹紫嫣红，如烟如霞。而野樱桃花期已过，繁茂的枝条缀满了黄豆大小、青绿色的小樱桃。溪流的两岸，却是壁立千仞、嵯峨葱茏的山峦，绿荫遮天蔽日，似乎遮得十里鞋衣沟看不到阳光，所以，它便成了让人沉醉的清凉世界。走不到百米，但见路边的山峦上，有人工挖凿的坑洞，杨永智告诉我们，这是1958年大炼钢铁的时候留下的，有人说山体的岩石是锈红色的，一定有富铁矿，于是凿岩挖矿。庆幸的是折腾了两个多月，却没有挖到可供冶炼的铁矿石，鞋衣沟当时总算躲过了一劫。杨老先生任教的学校，修在青山绿水中，是白墙红瓦的一栋平房，只有一间教室，另一间是办公室兼卧室和厨房。大凡单小，即是一位教师在同一间教室里，分别上几个年级的课，可见教师上课之难，学生听课也特别艰难，互相干扰，必心猿意马。

教室远处，便是峰峦叠嶂、连绵不断的大山，郁郁葱葱，直插云端……杨先生的教室背后，就是以松树为主的一大片杂木林，时逢树林中的杨梅成熟，我们饱饱地吃了一顿红豆酸菜汤泡苞谷饭后，便上山摘杨梅。殊不知，我们几个同学竟吃掉先生一个星期的口粮，我们走了以后，不知先生是如何熬过来的。

我们进了林子，便躺在松软的落叶和草地上，闭着眼睛，不管把手伸向何方，随便摸摸，便可把又红又大，成熟得很透的杨梅摘了放进嘴里。那种惬意，那种欢悦，犹如孙悟空在偷吃王母娘娘的蟠桃那样甜蜜。吃够了，便动手采摘一些放在背篓里，几个同学没有跑多远，便摘了满满的一背篓。因需忙着回去上晚自习，我们匆匆离别先生，便踏上了回学校的路。结果，走不出三五里，尽管四个同学轮换着背杨梅，还是不堪重负，特别到了北门五孔桥，真是举步维艰，双腿犹如灌了铅一般，万般无奈，只得挑着个大且熟透的杨梅边走边吃，不满意的边走边丢，到了学校，就只剩下不足十斤，于是拿到教室，分给全班男女同学享受。此事过去半个多世纪了，现在想起来，似乎还在昨天，奇怪的是，现在不管吃到什么杨梅，都觉得远远不如当年在鞋衣沟摘的，这段经历，刻骨铭心，成了始终挥之不去的童年记忆。

1981年，我随县委书记、县长去靖安，车到青岗岭时，我便神采飞扬地讲起了我曾去过的鞋衣沟，他们也兴趣骤增，硬要去眼见为实，领略一番那里的自然风光。车走出三五公里，便没有路了，我们一行便徒步进去，走了约莫一个时辰，还不见其踪影，他们便嗔怪我不是带错了路，就是这里根本没有我所描述的人间仙境。而我却蛮有把握，直到看见了杨先生当年白沙小学的房子了，仍不见郁郁葱葱、山峦叠嶂的青山绿水。就在我茫然不知所措之时，迎面走来一对扛着板锄的中年夫妇，我便上前询问，那男的诡谲一笑，调侃道：你们几位城里来的同志，现在才睡醒觉，这里就是鞋衣沟啊，只是你们来迟了，再也看不到十几二十年前的鞋衣沟了。"文化大革命"，你们有政府发工资，供应粮食，就在城里搞武斗，抓走资派，我们农老二也学着在乡下毁林开荒，现在全种上苞谷、洋芋了。要看到原来的鞋衣沟，就只有等来世了……我们几个凝痴痴地看着这对中年夫妇，半天吭不出气来，只有悲哀和叹息。

昭阳区苏家院镇，闻名遐迩的便是木瓜林的大米，据传曾是贡米，皇帝是否亲自吃过，不得而知，但货真价实的木瓜林大米，堪称米中珍品。我在师范读书时，一个同学的家就住在那里，我曾随他去过家里，他母亲便用沙罐为我们焖了米饭。烘烤成熟后，当揭开盖子，一股特有的清香味便扑鼻而来，让你欲罢不能，转瞬便垂涎欲滴。再看沙罐里的米饭，沁蓝沁蓝的，表面一层的饭，似乎颗颗都竖起来那般，吃在嘴里，香软而有弹性，没有菜，也想吃他两大碗，和之相比，真是天下无米矣。为此，我专门对那里的生态环境，做过认真的考察：苏家院坝子西边的一处边缘，有不大的三座小山，上面全是枝繁叶茂的松树，它们围在一起，山下便形成马蹄形，足有三十亩的一湾水田。秋去冬来，山上便因落叶形成厚厚的一层腐质土，里面含有微量元素和有机养料，遇到下雨和冰雪融化，这些水稻急需的养料，便被冲进马蹄形的那三十亩水田。从而得天地之灵气，这些水稻便长得格外好，且含有人体所需要的各种有益的物质，木瓜林的大米便饮誉昭通城。新中国成立前，它是富商巨贾和达官显贵的专用品，老百姓只能闻其名，而不得尝其味，只得望米兴叹。"文革"前，公社和生产队的头头脑脑，则利用自己的职权，瞒产私分了，也许连栽种、管理它的普通社员，也难吃到它。到1980年底，搞土地承包时，我去过那里，抬眼望去，已面目全非，那三座小山不见了，山上青翠的松树也荡然无存了。取而代之的是苞谷和洋芋，虽多收了一点粮食，但到土地承包时，不少的人家并没有解决温饱。不少的农民把生产队分到的大米，拿到城里卖了，又买成苞谷回去，只有这样方可少饿几天肚子。就是这样，毁掉了昭通含金量极高的一个名牌，木瓜林大米变成了昭通人无法忘怀的乡愁……

洒渔烟柳是昭通的八景之一，是曾让多少文人墨客为之倾倒，为之动情，为之抒怀歌唱的美景。但我在乐居和洒渔却没有真正领略过洒渔烟柳，却在苏家院不经意中目睹了。1965年的暑假，我们师范学校的二十多个学生，在生物课唐老师的带领下，到苏家院和鲁甸交界的顺山去采集动植物标本。顺山也是一个极为美丽的地方，去到那里，但见所有的民居都掩映在绿荫和花丛之中，每家的房前屋后，都潺潺流淌着清澈的泉水。村里有一棵硕大的树，碧绿的阔叶之间，正绽放着红色而鲜艳的花朵，如烟如霞，十分壮观。我们问老师，他也没有见过，更叫不出其名字。那里的耕地，就沿着村子中间的那条小河左右两岸的平缓地方分布，山上全是各色各样的树，看不到一星半点儿的荒山，蝉噪鸟啾，鸡鸣狗吠，分明就是陶渊明笔下的世外桃源。晚上，顺山生产队的支书向我们介绍了情况，他告诉我们说，靠山吃山，就是不种庄稼顺山两三百人也饿不死，满山遍野的板栗、核桃和其他各种各样的野果，还有河沟里的鱼虾和石蚌。不说别的，不少的农民光靠捡菌子卖，一年收入就达四五百元，用它买粮食，也够吃半年，队上还有上千只羊和几十头牛。队长说，只要有青山绿水在，不管外面有多大的天灾人祸，这里都不会饿肚子。

一个星期很快就过去了，我们离开顺山的时候，共采集动植物标本4000多件，大点的动物就有竹鼠、松鼠、野兔、山龟和飞禽等。至于教生物的唐老师怎么会把我们带到顺山去，后来我才知道，1957年反右斗争时，他曾被下放到那里劳动改造过一年。所以才因祸得福，熟知了那堪称昭通动植物园的顺山。

那天，天刚破晓，我们满载成果，踏上了返校的归路，翻过一座山梁，但见东方的天空，彩霞飞舞，幻化无穷，它预示着朝阳将喷薄而出。我们的心情蓦然之间便激动起来，我疾步绕过一片树林，瞠过一条清澈见底的小溪，奋力爬上山坳，极目远眺，迤那坝子尽收眼底。时值夏季，早已返青的秧苗正拔节分蘖，碧绿欲滴，犹如大自然为迤那坝子铺上了一块色彩斑斓的织锦。初升的阳光洒在田野上，霞蒸雾绕，气象万千。清晨的迤那河，静静地流淌，好似一条玉带，系在窈窕淑女纤细柔美的酥腰上，两岸婆娑的垂柳温情脉脉，烟雨氤氲中，忽隐忽现，像初恋的情人，让你魂牵梦萦，这分明就是我梦寐以求而又无法领略、感悟的洒渔烟柳……洒渔河没有流经苏家院（迤那）坝子，而那梦幻一般的景色，五十多年过去了，却刻骨铭心地留在了我的记忆中。现在顺山是一番什么样子，因我的发小和挚友谢守铭生前曾在那里租用了点土地种核桃，我和张孝洪等朋友去顺山看望过他。去到那里，我感到是那样地陌生，我不敢相信，我魂牵梦萦的顺山竟然成了梦幻中的海市蜃楼……

在我的记忆中，昭通自然生态遭到毁灭性的浩劫曾有过三次，局部的破坏在没有完全解决温饱的地方，却是常态。直到最近两三年，这种乱砍滥伐和盗伐的现象才得以节制，昭通脆弱的生态方逐渐得以修复。

在"大炼钢铁铜"那热昏的年代，尽管我们付出了血和泪的代价，国家的钢铁产量始终没有达到年产 1800 万吨的指标。而那时，频传的喜报，大多是有水分的浮夸虚报，即使炼出了钢铁，很多也是粗制滥造的废钢铁。当年《人民日报》曾发布消息说：时任国家副主席的宋庆龄，她支砌在中南海内的小高炉，炼出了优质的钢，并在一片欢呼声中，钢水出炉，钢花四溅……这岂不滑天下之大稽？别的地方我不太清楚，而昭通在"大炼钢铁铜"的群众运动中，钢铁没有炼出来，却让老百姓怨声载道的同时，生态遭致毁灭性的破坏。那时，还没有找到铁矿石时，就强迫家家户户把铁锅砸了，门扣和箱子的铜、铁锁扣砸了，用来炼铁、炼铜。"大炼钢铁铜"的群众运动一旦兴起，就无法按科学规律办事，全民上山找矿，一旦发现少许的鸡窝矿，就敲锣打鼓向县委、地委报喜，于是千军万马奔赴第一线。几乎所有的山峦，都被挖得百孔千疮，并且就地砌起小高炉，就地砍伐树木烧木炭，大炼钢铁铜，但大多得不偿失。那时，听说盘河发现储量极大、品质极高的铜矿，地、县一声号令，上万人便蜂拥前往盘河。不仅有机关干部，中学也停课了，师生打着红旗，唱着革命歌曲去了，还有劳动改造的右派分子。他们有的砍树烧木炭，有的打矿洞挖矿，有的日夜站在小高炉前冶炼，一天 24 小时，几乎每分钟都有捷报传来。结果盘河的大树砍光了，山体疮痍满目，生态遭致严重的损坏，昔日的青山绿水变成了穷山恶水。折腾了近一年，钢铁铜都没有炼出来，其实那里的铁矿和铜矿，就是零零星星的一点鸡窝矿，且规模极小。盘河本来就是基础极差的一个高寒山区，经此劫难，犹如雪上加霜，本来就十分贫困的农民，几乎陷人绝境，变得更加贫困。20 世纪 80 年代初，我曾连续去盘河组织过三次苗族花山节，之前，那里的集镇上没有饭店，我们就动员了好几家城里的小食店到那里经营。但经营结果极差，去到盘河的小食店，连本带利，还不够支付请县车队拉炊具到那里的运费。而当地农民，几乎没有一个能买碗米线或面条吃，那时还没有放开粮食市场，农民既没有粮票，又没有钱，他们只得从家里背着煮熟的洋芋或烤制的荞粑粑，大多则光着脚板，从山路上赶来集镇，欢庆自己一年一度的盛大节日。就是城里人，除了我们因工作必去的以外，其余基本没有什么人前往凑热闹，因为路途遥远，又没有任何交通工具。只有做小生意，赶溜溜场的城里人，半夜就起来，或挑，或背着自己欲卖的小商品赶到盘河。结果，那里的购买能力太低，除了卖掉一些各色花线、花边外，间或能卖掉一两双水鞋。盘河阴暗潮湿，若需穿鞋子，水鞋是必备的。

1958 年前后的"大炼钢铁铜"，既然是群众运动，必然在中国的每一个角落遍地开花，波及千家万户的每一个人。昭通的所有地县肯定都积极响应，干得热火朝天，和其他的地方相比，只能有过之而无不及。因为它是龙卢安陇的封建堡垒，任何一个领导都怕戴上右倾、甚至用消极对待的行为来为四大家族喊冤叫屈的反革命帽子，从而变成龙卢安陇的残渣余孽。若是这样，就死有余辜了。所以，到处开山劈地找矿、挖矿，到处建立小高炉和满山遍野砍伐树林烧木炭，生态环境遭到严重破坏就在所难免。

昭通这块贫瘠苦寒的大地，因"大炼钢铁铜"导致百孔千疮的惨况都还没有得以平复，又遭十年动乱的浩劫。那时，几乎所有的党政机关都瘫痪了，沉渣浮起，在"四人帮"的猖獗下，好人受气，坏人当道，为所欲为。珍稀的金丝楠木、黄花梨等树木惨遭盗伐，甚至很多千年古树也难逃劫难，时间之长，破坏之重，几乎到了触目惊心的程度。大树被砍了，不少的农民也不让残留的小树继续生长，三五成群，又彻底地毁林开荒。葱绿苍翠的顺山、冀衣沟和木瓜林，就是那个时候被毁林开荒的。因我孤陋寡闻，亲眼见到的地方仅是生我养我的昭通坝子周围，其他的县便没有目睹。但是，从80年代始，不管省上的哪位领导到昭通视察工作，他们不管在任何场合，都无不颇为感慨，且十分痛心地说道：昭通之所以如此贫困，根本的原因就是人口膨胀和山河破碎，导致自然灾害不断，且十分严重。若不解决这两个根本性的问题，昭通永远都无法改变贫困……

实情确实如此，但谁来改变且如何改变这种窘况？大家都只会用嘴说说而已，长期以来，却没有太大、太实际的行动。结果，使昭通越砍越穷，越穷越砍，自己将自己推进极端贫困、痛苦的深渊。到80年代初，昭通人口四百多万，其中竟有二百三十多万没有解决温饱。用那时的标准来衡量，即是说：人均有粮不足两百公斤，现金收人没有超过三百元，不少农村，特别是老少边的山区，农民缺衣少食，没有房子住，人畜饮水极为困难，娃娃没有书读的现象也极为普遍。不少人家居住的房子是根本没有什么墙体的权权房，甚至有的人家还蜗居在山洞里。省委书记令狐安对此曾有过极为生动的描写：

"茅屋泥墙破板床，脸青肌瘦皮肤黄。

春城一席红楼宴，深山贫家十年粮。"

作为党高级干部的省委书记，他能看到这些，并且生动、形象、准确且愤世嫉俗而又无可奈何地把它公开发表出来，令人由衷佩服，敬意油然而生。但面对昭通如此让人流泪痛心的贫困，要从根本上改变它，他似乎也有些无能为力，只能感叹噫嘻……可见，基层就更加无可奈何了。在80年代，我在昭通县工作时，常随县委书记、县长到永丰、苏家院和乐居、洒渔、苏甲等乡镇，督促、检查、制止乱砍滥伐和偷盗木料的事情却收效甚微。洒渔公社的党委书记李世昌，就因为带民兵去制止、捉拿那些偷伐者，结果暴力执法，将一个农民活活打伤后致死，加上他本人的其他罪恶，被判了15年有期徒刑。我们到乡镇上，不管书记、县长如何批评、指责，如何强调问题的严重性，基层领导都是一味认错，一味信誓旦旦，而乱砍滥伐的现象却屡禁不止，甚至日趋严重。有一次，我随他们去了洒渔，那里远比其他乡镇的情况严重，县委书记、县长就垮下脸来，十分严肃地批评并责令他们限时改变这种状况。殊不知，憋着一肚子气的乡党委书记，实在控制不住自己的情绪，悠悠地顶了一句说道：我这个书记实在无能，你们有本事，请你们来试试，我们究竟该怎么办，就有榜样了。县委书记、县长一听就火了，当即就决定试就试嘛，我们就不相信，真的没有王法了……

那天，县委书记、县长就叫办公室将坝区几个乡镇的书记、乡长、镇长通知到洒渔来，参加如何治理乱砍滥伐和盗砍树木的现场会议，同时又调来了十多个警察。

盗伐林木的农民，白天很少露面，几乎都是天黑以后才行动，并且盗伐的目标就是洒渔和苏甲交界的地方，那里森林茂密，大多是直径在30公分到50公分的松树。若砍到一棵树径在三十公分左右的松树，可卖十多二十元钱；若是四五十公分的，可卖三五十元，甚至上百元。一个月，若出去偷伐两次，远比一个机关干部的工资高，就是到自由市场上买成苞谷，也足够一个四口之家吃半月以上。这样的好事，哪里去找嘛，故每个人都愿意铤而走险，就是被抓着了，最多关押三五个小时，没收掉盗伐的杆杆，教育认错后就叫你走了。以后有机会，并约到伴了，再来砍树，太贫困了，活人不能让尿憋死，几乎所有的农民都觉得砍自己山上的树，犯不了多大的法。

待乡镇书记和乡长、镇长到洒渔后，县委书记、县长先开了紧急会议，反复强调道：昭通县就剩苏甲、洒渔这点连片的山林了，不能再放任下去了，否则我们都难逃干系，让昭通的青山绿水都变成光山秃岭，我们愧对子孙不说，对国家、人民而言，我们都是罪人啊……乡镇的领导听了，颇受触动，都觉得县委书记、县长把话说到这种份儿上，也是万般无奈呀，真是该下狠心管管了。但是说来说去，又一筹莫展，大家心里都明白，若不从根本上解决农民群众的温饱问题，要刹住这股乱砍滥伐和盗伐的歪风邪气，真是比登天还难。

那天，大家吃完晚饭，很快天就黑了，约莫晚上九点多，这时值勤的民警进来报告，对面山上，已见星星点点的电筒光，或者火把燃烧的光芒。于是大家便分左中右三路前往堵截，临出发时，县长还特别强调，教育劝导为主，不能动手动脚的，他们都是农民群众。这些人迅速跑过洒渔街头，就往山脚跑去，但还没有跑出 30 米，蓦然出现的景象把他们惊得目瞪口呆。得到报告的县委书记、县长和其他乡镇领导都一起涌到洒渔乡院子大门外的公路上，放眼看去：黑黢黢的远山处，一条由火把和手电筒组成的火龙，连绵数百米，逶迤蜿蜒，向着靖安方向行进。人数足有五六百，气势壮观、磅礴，其情其景，只能在电影镜头里和电视画面上见到，在场的所有领导都有些蒙了，好大一会儿，方回过神来，县长只得有些沮丧地说道：这是一次有组织、有领导的集体盗伐事件，参与的农民多达五六百人，为避免不必要的冲突，取消这次行动……

事后我们才知道，这次盗伐木料的人几乎全是靖安、洒渔和苏甲的农民，他们主要是确定盗伐的地点，做的是策应工作。而靖安那帮人，早已和大关那边贩卖木材的人联系好，约定时间、地点交货，随即便能得到现金。所以，那几百盗伐木料的农民扛着杆杆，步行二三十里，进入靖安地界后，便有事先联系好的几辆货车等在那里，因为人多势众，谁也不敢干涉。其实，这些农民提心吊胆，汗流浃背，如牛负重地忙乎了一天一夜，体力好的壮汉，能挣三四十元，一般的就只能挣一二十元。刚砍下的松树，就是在密林里修去树皮，砍去尖尖，也有百多斤重，粗壮一点的，则接近或超过二百斤，他们是用自己的血汗，才能挣到这点钱。在乡镇、大队干部的引领下，我曾去过靖安几家盗伐木料的农民家，向他们宣传乱砍滥伐的害处。他们听后却泪流满面地对我说道：这些道理都懂，也知道自己在做害国家、害子孙的丧德事，但不砍，又没有办法啊。粮食不够吃，还得买煤油、盐巴，给娃娃买书本、笔墨，没有钱，又不能去偷、去抢。其实在农村，去偷去抢，也是一句空话，家家都穷，真是穷鬼拉着饿鬼扯，万般无奈，双眼就只有盯着山上的松林，谁让我们一生下来，就是苦命的农老二啊……

面对家徒四壁、生计艰难、窘迫的农家，我的心十分纠结，却又万般无奈，当时的地、县领导，谁也没有回天之力。那时，因十年动乱，国民经济到了崩溃的边缘，虽然粉碎了"四人帮"，战略重心开始了转移，但还没有从极"左"思潮干扰、破坏的桎梏中完全解放出来，经济也才开始慢慢复苏，渐渐有了点起色，偌大的国家正经历着凤凰涅槃。

以后，为了禁止乱砍滥伐和盗伐，各乡镇组织民兵配合公安，加强了联防、巡逻，但只能治标，而无法治本。任何人都知道，若不从根本上解决地区二百三十多万贫困人口的温饱问题，要想彻底保住已遭到砍伐、破坏的山林，是极其困难的，活着的人，必须穿衣吃饭，人的生存权是首要的。

　　瀚然仰出，万世不竭的大龙洞泉水，已滋养了昭通坝子两千多年的文明，据西南正史《华阳国志》记载，汉平帝元始一年，犍为南部都尉，梓潼人文齐，历经五年，于朱提"穿龙池、溉稻田、为民兴利"。清乾隆二十九年，昭通镇总兵佟国英首倡整修龙洞，从而出现了筑坝、建闸、修桥、置斋宫房舍、翠竹绿柳、曲池回廊的景观。不但改善了龙洞水源蓄水和调配功能，也使龙洞青山、翠谷、钟乳、溶洞气象万千。龙洞之水，大多为地表水，洞深处，有暗河伏流，当年文齐就带领能工巧匠疏暗流，凿苍穹，使龙洞成为现在的样子。其灵源活水，之所以养育昭通坝子两千多年，根本原因就是大龙洞九箐十三峰的背后，有一片称之为季家老林的水源涵养地。所以，龙洞水的大小，完全取决于季家老林的生态环境。解放初期，就是春冬干旱时期，龙洞水的流量也始终保持在每秒 24 立方米以上。若遇雨水天，大龙洞的泉水奔腾而出，但当你置身于洞穹处，双目凝视时，池水水波不兴，静如处子，其根本原因就在于泉水太清澈碧澄矣，可见季家老林的生态之好。小时候，在我清晰的记忆中，利济河水似乎没有断过，常年四季都在潺潺流淌，犹如一条玉带，从北向南，系在昭通坝子柔美的腰际上。而北闸水库更如一块镶嵌在大龙洞和闸心场之间的翡翠。原来，水库的中间筑着长两里左右的长堤，两旁间植垂柳、桃树，每年时值春光明媚、生意盎然的时候，长堤上桃红柳绿，颇有西湖苏堤的韵味。大龙洞是昭通人游览的胜地，每逢二月初八，城里的人便趋之若鹜，取道趣马门，出李子园，顺螃蟹河直到闸心场。这里是下四川、上云南的必经之路，故十分繁华、热闹。饭店、旅社和各种小食店云集，故可吃到地道的腊肉、豆花和凉粉，以及其他的风味小吃。吃饱喝足后，顺长堤直接进入大龙洞，那种惬意、欢悦，至今老一点儿的城里人还记忆犹新，成了挥之不去的乡愁。不知从什么时候开始，长堤上的桃树、柳树不见了，渐渐地，长堤也不翼而飞了，水库亦显得格外地破败，成了水位时而低、时而浑、时而清的蓄水塘。更为痛心的是，还没有进入 80年代，大龙洞的水位就急剧下降，平均每秒的出水量只有 9 立方米。而城里的人口逐年增加，当年撤县设昭通小市，上报的人口为 14万，龙洞水无法满足城里人的需求，常常停水。我为了一担水，必须夜里四五点时就起床排队，否则连做饭的水都没有。小时候，城里没有水，可到城外的河里挑沙浸水，而 80 年代初的利济河、东门小河和中沟缏早成臭气熏天、蚊蝇肆虐的污水河。恰恰龙洞无水的孟春时节，也是农村春播正忙的季节，城乡争水几近白热，农民万般无奈，只得破了从龙洞到城里的输水管，抢水以点播，矛盾十分尖锐。一旦发生这样的抢水冲突，往往需公安出面强行抓他几个人，风波方得以暂时缓解，而老百姓求神拜佛，只愿苍天有眼，快降点儿及时雨，以解燃眉之急，但春旱恰恰又是昭通气候的一个特征。这种窘况，一直延续到修好了渔洞水库，方得以彻底解决，可见任何一项惠民的基础设施建设，对昭通而言，都命运攸关。而造成大龙洞水源锐减的根本原因，便是季家老林遭致毁灭性的破坏。

原来广袤无边的季家老林，古树参天，遮天蔽日，到了 80 年代，连进山砍一根板锄把儿粗细的树木都感到困难了。春旱时，急需水的时候，大龙洞的水几近枯涸，雨季来临时，不能涵养和过滤雨水的季家老林，便使洪水倾泻而下，通过地下暗流，咆哮、奔腾直入大龙洞。于是，大龙洞内洪水滔天，漫过堤岸、护栏，肆虐无羁，庙里浊浪翻滚，到处水深齐腰……几天后，待洪水退去后，庙子的前前后后，留下足有五寸深的淤泥，昔日的游览胜地，成了让人心惊胆战的地狱。好在大龙洞庙子里的房屋，全是木框架结构和高石脚的建筑，否则不知垮塌了多少次。

地、县下属的木材公司和林场，按长官的意志，过度地砍伐，加之只伐不植，对昭通的生态环境的破坏，也是有目共睹的。我们知道，小草坝和三江口都是动植物多样、古树参天的原始大森林。

经过三四十年的砍伐，除了悬崖峭壁，伐木工人无法驻足、问津的地方，还有零星且品种珍稀、奇特的古树外，其他的地方已是满目疮痍，剩下的仅是自生自灭的小树和灌木了。

现为水富县的原始森林铜锣坝，近十万亩山林，在十年动乱中却没有遭到破坏，直到现在还保留着其原始状态。它原来属盐津和绥江的区划范围内，因建云天化而设水富县，便从两县划出来归水富县管辖。铜锣坝之所以没有遭到人为的破坏，得力于原永善县县委书记肖正林。"文革"中，他被打成走资派，便靠边站了，为避免不必要的麻烦，他约上与自己志同道合的林业局局长，来到铜锣坝，一待就是好几年。铜锣坝的深山密林里，散居着十多家苗族同胞，故这里除有一个林业管理站外，还有供销社下属的购销店，专门负责收购山货药材和为山民提供盐巴、煤油等生活必需品。肖正林进了铜锣坝很快就和这里的人处得很熟，他告诉别人：自己是靠边站的走资派，到这里，就只想做一件事，为铜锣坝站岗放哨，保护好这里的飞禽走兽和原始森林，不受偷猎者和盗伐者的糟蹋、破坏。林业管理站的工作人员和善良、纯朴的苗族同胞便非常支持他的想法，并加入到他的行动中来。所以，想来这里偷猎和盗伐的人，便望而却步，尽管外面很乱，铜锣坝却如世外桃源。肖正林用自己对党和人民的赤诚，做出了他自己觉得极为平常的事，而在我心目中，却是惊天地、泣鬼神的壮举，他不愧是优秀的共产党员。

前些年，我曾几次去过铜锣坝，并在那里写出了长篇纪实文学《扎西会议》的前三章。

那天，我和谢守铭、陈孝宁几位挚友，在护林员的带领下，用了整整一个上午，方转了铜锣坝的一个角落，但感受却是刻骨铭心的。我看到一棵大树自然倒下了，但在它腐朽的身躯上，却长出四五棵生机勃勃的红枫，因营养充足，每片枫叶都有我们的手掌大，足让人惊叹。我虔诚地伫立在那棵倒伏的大树前，强烈地感悟到"生生不息谓之道"的真谛，它正是大自然发展的客观规律。走不远，我们便来到一个小山梁上，这里有上百棵硕大、笔直的参天古树，径围需三个大人合抱，其直径接近一米六。我们几个人走着、走着，其中陈孝宁不小心滑了一跤，屁股坐在地上，顺陡峭的山坡滑下一米多远，却不见泥土，因为长年积累的腐殖质太厚了，差不多有一尺左右。此时，我们听见了淙淙的流水声，便循着泉水声走过去，那里是一条清澈见底的小溪流。而它的两岸却长着树冠硕大的琪桐，有人称它为植物活化石，在中国的不少山林中，已见不到它的倩影。当年，周恩来总理到日内瓦参加一个国际会议，在他下榻的宾馆院子里看到了琪桐树。时值季春，正是琪桐开花的时候，碧绿、茂密的树冠上，缀满了乳白色的花朵，犹如一只只展翅欲飞的鸽子。之后，周总理听宾馆主人介绍说：我们国家原没有琪桐，是我们的传教士从你们中国带回来的，因为它太漂亮，我们都十分喜欢它，故发展很快……周总理听后，若有所思，主人见状，便笑眯眯且十分尊崇地说道：若总理喜欢，这次就带两棵树苗回去，它应该回自己的老家去。

其实，琪桐在当年的小草坝、三江口比比皆是，它不仅花瓣硕大、漂亮，且木质细腻，木纹窈窕、清晰，色彩沁红，颇受世人喜爱。80年代，昭通曾掀起过一场自制家具的热潮，小草坝、三江口的琪桐便首当其冲，难逃厄运，现在所剩不多。而铜锣坝的琪桐却完全保护下来了，更值得欣喜的是，最近十多年来，水富县林业局在铜锣坝搞了好几个苗圃基地，仅我见到的不少待移栽的琪桐，已有二三十公分的胸径。

在溪水边，我们不仅看到了缀满了鸽子花的琪桐，而且还看到了高达两三公尺，花是重瓣的野山茶树，满树怒放着上千朵如云如霞的茶花，十分壮观，让人流连忘返……

我们在铜锣坝待了两三天，所吃的菜蔬，都是在山上亲手采摘的，况且只要出门三四百米，采摘回来的蔬菜就吃不完，除了遍地的竹笋、青菜、韭菜外，还有随处可摘的鱼腥草，且十分鲜嫩，足有人的小指头粗细。刺老苞，就更让人不敢相信了，昭通市场上，其梢子长的也就五六寸，而铜锣坝的刺老苞，均在一尺以上，随便扳两枝回来就够五六个人狠狠吃一顿了。

粉碎"四人帮"后，肖正林官复原职，并从县上调到地委组织部工作，职务变了，但对铜锣坝那片近十万亩的原始森林，初心不改，感情不变。我们现在还能领略铜锣坝的原始群落的神韵，真的得感谢肖正林的那份真爱和执着，并永远记住他……

第二章

习近平总书记说："我们党已经走过了 95 年的历程，但我们要永远保持建党时中国共产党人的奋斗精神，永远保持对人民的赤子之心……全党同志一定要不忘初心，继续前进。"

从粉碎"四人帮"到拨乱反正，再到以经济建设为中心的战略转移，昭通各级党委和政府，不忘初心，继续前进，都始终把人民对美好生活的向往，作为自己义不容辞且十分神圣的奋斗目标。但是，因为昭通的人口无节制地膨胀，生态环境遭致严重的破坏和基础设施极差等诸多原因，昭通的贫困人口一直居高不下，直到现在仍超过一百万，且贫困程度深。正因为如此，昭通的扶贫攻坚，三十多年来，必然在跋涉一条坎坷、崎岖，又荆棘遍野、苦苦挣扎的道路……

20 世纪 80 年代初，整个国家，在彻底肃清"四人帮"的流毒，实现拨乱反正的基础上，开始了如火如荼的经济建设。劫后余生的中国，完全解放了社会生产力，显示出了极大的创造力，到处春意盎然，生机勃勃。

然而，春风难度乌蒙山，那时的昭通虽不再说"宁要社会主义的草，也不要资本主义苗"的荒谬言论，但极"左"思潮的幽灵还四处游荡，一个典型的标志就是割资本主义的尾巴。一些当权者对土地承包到户牢骚满腹，甚至攻击道：辛辛苦苦几十年，一觉睡到新中国成立前……他们的观点仍然觉得：严重的问题是教育农民，在农村仍然要割资本主义的尾巴，土地承包了，不少的农民仍没有自主经营权，搞得他们无所适从。有些地方，索性放弃领导，什么事都不管，放任自流，使得不少的农民，不能从党的政策中得到实惠，因而不可能通过土地承包来改变贫穷……

1985年，那是一个黄金地、白玉天，昭通坝子硕果累累，稻熟谷满的季节。一天上午十点左右，时任总书记的胡耀邦同志在贵州省委书记胡锦涛和云南省委领导的陪同下，从贵州乘直升机来到昭通。在圆宝山空指招待所，他对随行的领导说道：先找一个距昭通近一点的县走走，看看情况。工作人员拿出地图，他看后便确定先去鲁甸，并提出吃点饭马上就走。工作人员告诉他说，大食堂里战士们的饭菜刚刚做好，给总书记准备的午餐即将开始，总书记劳累了，是不是先休息一会儿再吃饭。胡耀邦却笑眯眯地说道：我到如此贫困的高寒山区来，就想多看几个地方，多了解一些情况，哪有条件让我四平八稳地休息嘛，工作要紧啊。说着，他迈开步子，独自去了战士们就餐的大食堂，随便拿过一个碗来，揭开大甑子的盖儿，盛了一碗饭，坐到桌子边，随便拈了点儿为战士准备的菜，极简单却十分香甜地吃了午饭。他又随便地喝了半碗菜汤，放下碗，便噔噔地走出饭堂，上了北京牌的中巴车，沿着坑坑洼洼的公路，颠簸着去了鲁甸……

下午，胡耀邦总书记匆匆忙忙赶回昭通后，在极简陋的会议室里，坐在人造革沙发上，听取了行署专员赵本久的汇报。总书记对昭通的贫困有了初步的了解后，便对昭通的经济发展、社会进步，作了重要指示，字字珠玑。会议结束，他欲离开地委大院时，地委副书记张福崇见机会难得，便请总书记为扎西纪念馆题名。胡耀邦非常高兴，欣然同意，忙叫取来文房四宝，在场的领导忙着收拾出一张办公桌，铺上宣纸，他便款款地走过去，提起毛笔，蘸了墨汁，熟练地笔走龙蛇，一气呵成，写下了"扎西会议会址"六个神采飘逸的大字。

胡耀邦到昭通，正处在中国从极"左"思潮的桎梏中挣脱出来，百废待兴，大张旗鼓地进行拨乱反正的关键时刻。所以，他不仅带来了党中央温暖如春的灿烂阳光，而且带来了我们党重新恢复的思想路线：即实事求是，一切从实际出发，实践是检验真理的唯一标准。从而在昭通促进了以农民增收致富为具体内容的新观念和解放思想的大讨论。进一步明确了交足国家的、留够集体的，剩下的就是自己的。总书记不管走到哪里，都是用这样通俗、明了的语言诠释联产承包责任制的本质，让昭通的每一个干部思想豁然开朗了，不再钻牛角尖。很快，广大农村家喻户晓，人人皆知，从而巩固了农村经济改革的成果，调整了农村的生产关系，极大地解放了农村的社会生产力，昭通二万多平方公里的土地上，春意盎然、生机勃勃，出现了一幅国泰民安的瑰丽景象。

但是，深层次且触目惊心的贫困，仅靠调整农村生产关系是远远不够的，几年后，昭通农村经济便开始了萎缩。社会进步和昭通农业基础设施严重滞后的矛盾，社会主义商品经济的发展和传统、落后农业导致的生态环境严重恶化之间的矛盾，人口急剧膨胀、变迁和耕地逐年减少之间的矛盾，农业发展需要人、财、物、科技投入和农民又无力负担之间的矛盾日趋显现，并且十分尖锐。而这些矛盾，昭通各级党委、政府又无力解决，使农村又重新陷入尴尬、贫困的局面。

可见，受地域环境的明显差异和天灾人祸的影响、干扰，基础设施必然严重滞后，加之生态恶化，昭通的经济发展和社会进步和兄弟州市相比，至少落后15年，乃至20年。

就在这个时候，国家向全世界宣布：在20世纪末，解决十多亿人的温饱，从整体上全面进入小康社会。国家擂响了扶贫攻坚的鼙鼓，昭通的十一个县市，便不同程度地列为了国家扶贫的对象。为使各项扶贫措施落实到贫困地区，中央和国务院专门在陕西召开了全国扶贫攻坚的会议，时任昭通行署专员的梁公卿奉命参加了会议。开幕那天，主持会议的国务院有关领导陈俊生特意把梁公卿请到主席台上，向中央、国务院参加会议的相关领导和各省市的领导庄重而诙谐地介绍道：

"这位云南昭通地区的行署专员梁公卿，是我们国家目前最穷的一个专员，四百多万人口中，还有二百三十万没有完全解决温饱……"不等陈俊生把话讲完，全场哗然，好半天，他又继续说了最后一句话："以后，在座的诸位领导，兄弟省市和地州，都要关心昭通地区的脱贫致富。"

那次会议后，云南省委、省政府便特别关心昭通的扶贫攻坚，他们认为：云南的扶贫攻坚，有条件时当然可以锦上添花，但最根本、最实在的是雪中送炭。解放四十多年了，昭通的四百多万人口中，还有百分之四十以上的人没有解决温饱，我们不能让这些贫困人口有饭吃、有衣穿、有房子住、有水喝和娃娃有书读，还叫什么共产党嘛？我们还有什么理由奢谈什么为人民服务嘛？昭通贫穷的原因是开发过早，垦殖过度，生态遭到严重破坏；人口过多，几近膨胀，二万三千平方公里的贫瘠土地上，无法养活需要吃喝拉撒、要穿衣住宿、要读书和就业的芸芸众生；基础设施特差、欠账特多，构成昭通经济、文化落后，交通闭塞和社会发育不良的现状。和云南较为发达的地区相比，恍若隔世。改革开放后，这些较为发达的地区，利用自己优异的资源和较为完善的基础设施，在党的富民政策指引下，突飞猛进，锦上添花。而昭通却像一头羸弱的老牛，吃着枯焦的草，担负着超过自己体力的重活，举步维艰，挣扎在温饱线上……

辩证法告诉我们：内因是事物变化的依据，外因是变化的条件，内因通过外因起作用，二者是辩证统一的。我们提倡自力更生，艰苦奋斗，用自己的双手改变贫穷落后的面貌，重铸昭通的辉煌。但是，昭通仅靠自己的力量，来解决历史和现实形成的贫困，真有点危乎高哉，昭通之道太难，难于上青天。昭通只有在中央、省委适时且适当的帮助和扶持下，才能充分发挥自己的主观能动性，使自己顽强地站立起来，否则，只会越来越穷，和发达地州市的差距越来越大。正因为如此，当时的省委、省政府便确定了云南扶贫攻坚，昭通是主战场的战略方针。明确地提出了，昭通不脱贫，云南就无法脱贫，它还直接影响到全国 20 世纪末，完全解决温饱，总体向小康推进的社会历史进程。

就在昭通扶贫攻坚欲跨越历史的关键时刻，1995 年 10 月，时任代总理的朱镕基从北京起飞，越过河北、河南广袤的平原和八百里秦川，进入天府之国的锦绣河山，渐渐临近乌蒙磅礴的昭通。经过一番科学和心理素质的考验，在地勤人员胆战心惊地指挥、导航下，朱镕基代总理的专机穿过阴冷的云层和茫茫重雾，突然刺破铁幕一般的天空，稳稳地降落在秋风瑟瑟、淫雨霏霏的机场上。在机场迎接朱镕基的云南省、地领导，欣喜若狂地奔向停机坪，专机的舱门打开了，总理满面春风、笑容可掬地走下舷梯。昭通厚重的历史又翻开了新的一页，与此同时，扶贫攻坚也向前大大地迈进了一步。

以后几年的时间里，在朱镕基总理的亲切关怀下，镇雄、巧家和永善三个库容均在几千万方以上的中型水库，在国家水利部、省水利厅的直接帮助下，资金完全落实并相继开工了，进展神速。渔洞水库南北灌渠工程的配套资金，在朱镕基总理的帮助、协调下，逐步得到解决且完全落实了，不仅修了南灌渠，紧接着北灌渠亦开工建设。更为精彩的是，因为有了渔洞水库，昭通城市的饮用水和生活用水也彻底地解决了，昭通市民不再为水而发愁了。从南北灌渠建成那天开始，清粼粼的甘霖，顺着南北灌渠，使昭鲁坝子 30 多万亩肥田沃地得到了适时的灌溉，昭通农业的基础设施发生了划时代的变化。

之后，朱镕基总理还在昭通行署给国务院的问题专报上，作了非常明确而又关怀备至的批示。随即国家交通部长黄镇东带着总理的嘱托，亲自到昭通实地考察公路建设，并为昭通公路的建设出谋划策，提供了非常有效、有力的帮助。使昭通终于有了一条贯穿南北的二级路，当我们乘车驰往水富和昆明时，当时那种舒适、那种惬意，连做梦都不敢想。国庆五十周年，云南在昆明举办成就展时，昭通展馆就用一块醒目的展板，专门展示了这条二级路，之后新华图书社还专门发了昭通的一组照片，这使穷困的昭通人倍感欣慰。

中央、国务院为保护长江这条母亲河而启动的长保工程，刚刚拉开序幕，朱镕基又赶赴云南，在滇西召开了部分省、地领导参加的恢复长江流域生态环境的座谈会，专门研究、部署长江上游的环境保护。会议开幕前夕，朱镕基又想到了昭通，专门邀请了时任地委书记的杨应楠和行署专员晏友琼参加会议，并且在特别忙碌的会议中，挤出珍贵的休息时间，听取了他俩简短却精辟的工作汇报。总理听完后，对昭通几年来的经济发展、社会进步给予了充分的肯定。特别是扶贫攻坚有了新的起色，有一部分赤贫的农民越过了温饱线，朱镕基倍感欣慰，鼓励和希望他俩努力工作，重铸昭通辉煌。

2000年时，我去永善，竟然偶遇已毕业多年，时任中学教师的朱宁，他一见我，便恭恭敬敬地致礼，而后开腔就对我高兴地说道：老师，永善修了蒿枝坝水库后，首先受益的就是我们黄华那片干坡坡。蒿枝坝的水沿灌渠流下后，便可直接流向那片往日干涸的土地，甚至可以自动浇灌，现在成了让人羡慕的宝地了。请老师跟学生去看看啊。我欣然答应，便随他去了。汽车随山路行了不到5公里，眼前便是郁郁葱葱且望不到边的果树林和庄稼地。此时，正是夕阳西下的时候，我站在公路边，极目远眺，满山遍野的脐橙、桠柑碧叶生辉，金橘耀眼，层层叠叠，犹如人间仙境。朱宁兴致勃勃地对我说道：老师，因为有水了，我们不仅引来了台湾的青枣，还有美国、法国的枇杷、葡萄、李子，甚至还引来了以色列甜味果子型的番茄，黄河河套的优质西瓜，北京早熟、晚熟的中华水蜜桃。朱宁请我到他家的地里看看，就在公路下面不到200米的地方，他家在这里有十多亩土地，现在有五六亩改成了水田，又留下两三亩种苞谷和红苕喂猪，其余的全成了果园。他家的果树，除了本乡本土极为优质的水果外，引进的全是美国、法国和日本最时髦的新潮水果。他欣喜地对我说道：老师，我家的果树明年就挂果了，到时老师一定再来黄华一次，除欣赏硕果累累的果园外，让老师不仅吃个够，还带几箱回昭通去。他又对我说，今天是双休日，家里忙不过来，他是专门回家帮父母干活的，明后两年，溪洛渡开工建设了，正赶上他家的各色水果也上市了。我便对他说：朱宁，到时你父母也就不到集镇上卖白菜了。他没有说话，眼泪便夺眶而出了，看得出，那种不堪回首的贫穷，是那样地刻骨铭心，叫人一辈子也忘不了。少顷，他转忧为喜，脸庞上便绽出笑容，连连对我说道：老师，父母永远都不会再来回走二三十里的山路，到集镇上卖白菜了，现在有粮食了，我们家每年都要卖六七头猪、两千多斤大米，还有西瓜和橘子，都是我弟弟开着客货两用车送到集镇上，有时还运往昭通。昨天，我和弟弟去了一趟井底坝，满街的大房子上都挂着水电部和三峡总公司下属工程公司的牌子，一条短短的大街上，各种牌子就有五十多块，看来溪洛渡要开工了。我说：现在已万事俱备，就等国家一声令下了，想必不会超过明年。他频频点头，欣喜万分地说道：当年在课堂上，老师曾对我们讲过，贫穷不是社会主义，我理解不深，现在我们这里真是天上人间，这才叫社会主义。临分手时，他邀请我去他家新修的房子坐坐，并告诉我说：原来的旧瓦房拆掉了，就在原址上新盖了一栋两楼一底的钢筋水泥的楼房……在回永善县城的路上，我的心里潮起潮落，感慨万千，就因为朱镕基总理的关怀，修了蒿枝坝和云荞水库，就把老百姓盯心盯肝盼了几十年的难事解决了，让昔日的荒山变成了五谷丰登、瓜果飘香的人间天堂。

可见，基础设施对于昭通的脱贫致富举足轻重、命运攸关。朱镕基总理到昭通，不仅恢复了内昆铁路的重建和增修了南北大通道的二级路，而且新建了镇雄、永善和巧家的三个中型水库。这些建成的基础设施延伸、惠及到哪儿，得益的一方穷苦老百姓很快就能解决温饱，甚至不少穷苦老百姓，还因此脱贫致富。2000 年以后，尽管昭通的贫困面还很大，贫困度还很深，但是不少的局部地区，还是出现了可喜而深刻的变化……

2002 年 7 月 15 日，昭鲁坝子丽日中天，阡陌纵横、堆金砌玉、千顷碧波、郁郁葱葱……

时任中共中央政治局常委、中央军委副主席、中华人民共和国副主席的胡锦涛，到云南视察扶贫开发工作。作为云南扶贫攻坚的主战场，通过二十多年努力，有所改变的昭通，便成了他首选的地方。

下午，在市委书记杨应楠、市长王建华和相关领导的陪同下，胡锦涛驱车前往靖安五星，看望那里的九十多户苗族同胞。五星是一个极为偏僻、边远的苗族小山寨，几十户人家，几乎家家生计窘迫，家徒四壁，屋里除一个烧柴的火塘和吊在木制吊钩上的铸铁罐外，便没有什么看得上眼的东西。大多数村民穿的是破旧的衣服，睡的是山茅野草，吃的是苦荞、洋芋和苞谷，喝的是山沟里积下来的雨水，很多人家的财产加起来，价值不足百元。其实，拿到市场上，除了他们用生命织上了全部梦想的花衣服，作为苗家儿女的服饰藏品，尚可卖几文钱外，其余的东西，你若是丢在城里的大街小巷，一旦被环卫站的值勤人员发现，说你乱扔垃圾，污染了环境，轻则批评教育，重则还得罚款。爱美之心，人皆有之，城里不少有钱的贵妇人，戴的是钻戒、铂金的项链和翡翠、玛瑙的耳坠。身着的是上千元一件的时装，若遇冬天，一件貂皮大衣便价值万元，甚至几万元。满身珠光宝气、雍容华贵，用的香水、胭脂口红大多都是高档的，甚至是从法国进口的，搞一个疗程的美容，少则几百元、上千元，多则五六千元。而五星苗寨的小姑娘，十七八岁了，没有见过化妆品，更没有用过，她们插在头上的，不是山上采摘的野花，就是用毛线自己编织的蝴蝶结，而这些毛线，是从乡街子上一两角钱一尺买来的。有的小姑娘还把废电池上的塑料盖取下来，视为奇物，珍爱地用红线穿好，当成耳环把它缀在自己的耳朵上。

到胡锦涛来昭通视察时，我们的扶贫攻坚仗已打了近二十年，尽管那个时候，国家还不像现在这样强大而富有，拿不出太多的钱用在扶贫攻坚上。故谈不上精准，脱贫出列的数字不实，颇有水分，甚至虚报、瞒报，粉饰太平，但因农村基础设施的建设有了长足的发展，很多赤贫的地方，还是发生了质的变化，这是不争的事实。以昭阳区为例，就是像大山包、宁边、盘河和五星这样的特困村，也发生了有目共睹的大变化，甚至还涌现了不少因产业而致富的典型村社。曾让朱镕基流泪的宁边村，在各级党委、政府的扶持和八方支援下，加上自己的努力奋斗，亦发生了巨大的变化。到2000年时，大多数农民不再是一天三顿都吃洋芋，而吃上大米了，春节来临时，一半以上的人家，还杀了过年猪，腌制了腊肉。杨长才和他周围的十多家邻居，居住的不再是低矮、破烂的茅草房，换成了砖混结构、一楼一底的新房子，并做到了人畜分离。家家都有了换洗衣服，做到了冬有棉衣，夏有单衣，冰冻有反帮皮鞋穿。有一家的小姑娘，初中毕业后，还考取了昆明卫校，很快就毕业了，她的理想，就是回到宁边，为乡亲服务，减少他们的病痛。村子里安装了通往各家各户的自来水，铁路十七局还为宁边修了一条宽畅、笔直的大街，又专门在街旁设了市场。从那天起，宁边的村民赶场，不再来回跑四五十里到小龙洞，就在自己的家门口便可买卖，就连贵州距宁边不远的村民，也到这里赶集，往日萧瑟、孤凄的荒村，变得热闹而有了生气。之前，省委书记令狐安到昭通视察工作，专程去了宁边，他想看看杨长才几家极为贫困的农户，现在的日子过得怎么样了。他走进村子，第一眼就看见原来破烂不堪、惨不忍睹的茅草房不见了，变成了砖混的小洋楼。走进杨长才的家里，屋里光滑的水泥地面上，除了堆放着洋芋、山地萝卜和荞子外，还有了黄豆、苞谷和大米，春节时杀了一头猪，厨房里还挂着百多斤烟熏过的腊肉。说到朱镕基总理对宁边的关心和爱护，杨长才的眼泪不禁夺眶而出……令狐安又去了好几家农户，他们一日三餐除了吃些洋芋、荞麦外，甑子里是白生生的大米饭。他欣喜之余，揭开甑盖儿，拿起勺子，舀了一勺放在手掌上，就喜笑颜开，香喷喷地吃起来。当他得知，宁边村大多数农民的住房都有了不同层次的改善，但还有三十多户仍住在草房里时，当即就把省扶贫办主任和铁梁叫到身边，叮嘱道：

"你们赶快研究出一个办法，争取在新世纪的第一年，把宁边村农民的住房，全部解决掉。"

那天，胡锦涛一行所乘坐的汽车，就奔驰在昭通有史以来的第一条高等级公路上。放眼窗外，远山嵯峨如黛，近处丘陵起伏，漫山绿透，苍翠欲滴，犹如碧波万顷的大海。汽车下了公路，进入乡间便道，这里别有一番景色扑面而来，时而闪过参差不齐，错落有致的村子。新修的房子，至少是经过改造，白墙瓦舍，全都掩映在翠竹碧树之中，那里鸡鸣狗吠、雀鸟啾啾、流水叮当……胡锦涛一行，置身于图画之中，倍感心旷神怡，倏地，旅途的劳累，顿时消除。五星的苗族同胞，听说胡锦涛来了，身着色彩缤纷的节日盛装，喜气洋洋，翘首以盼，早已等在村口，他们是在国家扶贫攻坚的政策引领和扶持下得以初步脱贫的。五星是除宁边外昭阳区的又一个典型。

下午四点左右，当汽车刚刚驰临村子，苗族同胞便响起热烈的掌声，昭阳区和靖安乡的基层领导便疾步上前，胡锦涛满脸堆笑，和他们握手问好，然后笑眯眯地走向苗族同胞，表现出深厚的鱼水之情。

进入村子，首先扑入眼帘的是几间土墙青瓦的平房，区委书记张纪华告诉胡锦涛同志说：

"锦涛同志，这是五星小学。"

胡锦涛凝视着简陋低矮的平房，说道：

"咱们进去瞧瞧。"

教室的窗子很小，没有玻璃，透过牛肋般的窗棂，洒进几缕阳光，潮湿的房子有少许的光亮。胡锦涛和其他领导这才看清土墙上斑驳、粗糙的黑板，它已失却了本来的面目，留着怎么也擦不掉的粉笔痕迹。地面凸凸凹凹，坎坷不平，长短不齐的课桌已破烂不堪，站在旁边的张纪华告诉胡锦涛说：

"锦涛同志，这是所单小，只有一至四年级，学生也不多，现在学生放暑假了。"

胡锦涛顺着课桌之间的通道，在教室里来回走了几步，神色凝重、思绪万千……这时，五星苗寨村的主任王国华走近胡锦涛，非常兴奋、非常自豪地介绍道：

"锦涛同志，我们村的这所单小，条件很差，但从创办到现在，已培养了6个大学生，27个中专生，还有6人考入了城区的中学，现正在城里读高中。这里的老师教书育人很负责，学生也很努力、用功。"

蓦地，胡锦涛的脸庞上绽出了满意、赞许的笑容，心情怡然，兴致勃勃地说道：

"不错、不错，真是山窝窝里飞出了金凤凰。放假了，还有老师在吗？我想见见他们。"

王国华忙满脸堆笑，说道：

"锦涛同志，校长李光富就是本地人，他没有特别的事情，不会走哪去，还在宿舍里。"

胡锦涛兴致很高，笑眯乐呵地说道：

"咱们到教师宿舍去，见见这位李校长。"

校长李光富万万没有想到，胡锦涛会主动提出要见见他这个身处边远闭塞山区而又默默无闻的单小教师，真有点受宠若惊，激动、兴奋难抑。他和胡锦涛握手时，右手似乎在不停地颤抖，胡锦涛却异常兴奋地说道：

"李校长，这里是所单小，条件又差，还出了几个大学生和二十多个中专生，你们的工作很出色啊。开学了，要替我谢谢其他的各位老师。"

李光富惊喜万分，却手足无措，木讷地说道：

"锦涛同志，我们的工作还有很大的差距，以后还需更加努力地工作，多为国家培养人才。"

胡锦涛不断地点着头，高兴地笑着，少顷又问道：

"李校长，你们学校的条件很差，老师能不能按月领到工资？"

李光富不假思索，爽朗地回答道：

"锦涛同志，我们听说，昭阳区的财政很困难，人不敷出，得市里补助。但是，农村学校的教师工资，政府不管想什么办法，都是按月发的，从不拖欠。我当山区的教师好多年了，还没有遇上领不到工资的时候。"

胡锦涛连连点头，喜悦、欢欣之色溢于言表，又说道：

"党和国家很重视教育，它是我们强国富民、振兴中华的根本所在。现在教师的工资，比公务员的还要高，你们一定要好好地干，把教学工作搞好，再多出一些大学生、中专生，边远山区的脱贫致富才有希望，才有保证。"

李光富深受鼓舞，连连点头，诚恳地表示道：

"锦涛同志，党和国家非常重视教育，我们已深切地体会到，今天，您对我们的希望和要求我们也记住了。今年开学的第一件事，我就要把中央领导对我们山村小学的关心、爱护和鼓舞向老师和学生传达。我们决不辜负您的厚望，把学校办好。"

胡锦涛满意地笑了。

走出李光富简陋的宿舍，站在教室前的空地上一看，半山腰处，掩映在万绿丛中的那一栋栋整齐划一的小楼房尽收眼底，显示出少有的恬静、温馨和祥和，胡锦涛显出几分陶醉。靖安乡党委书记何枢便告诉道：

"锦涛同志，这些年来，中央和省委都很重视苗族同胞的脱贫致富，在解决温饱的同时，又实施了安居工程，全村91户苗族同胞，告别了茅草房和权权房，全部搬进了安居房。"

胡锦涛听后，颇为欣慰，说道：

"小何，你是这里的党委书记，熟悉情况，你就给咱们当向导，到几家农户看看。"

顺着花木扶疏的林荫小道，胡锦涛走进农民张正光的家，一番亲切的问候后，他便异常关心地问道：

"老乡，家里几口人？生活过得如何？粮食够不够吃？今年的粮食能不能接上茬？"

老实、敦厚而又纯朴的张正光，没有读过几年书，不太懂汉语，他没有完全听懂胡锦涛的话，他憨厚地望着胡锦涛，只顾笑，不知该如何回答。市委书记杨应楠看着一脸窘态的张正光，便笑眯眯地对他说道：

"锦涛同志问你，现在家里还有没有粮食？"

张正光听懂了，连连笑道：

"有、有，楼上还有好几挂去年的苞谷，完全可以接到今年秋收打下的新粮。"

村主任王国华很了解张正光家的实际情况，接过他的话，又对胡锦涛说道：

"张正光去前年刚分家，底子薄，在生产、生活上，还有很多困难，在我们五星村，他算得上较为贫困的。加上他没有上过几年学，文化水平低，农业科技措施用得少，又没有什么创收的办法和路子，比起村子里的其他农户，在种植和养殖上的效益都不高。他家现在虽然解决了温饱，但没有完全脱贫，我们还得继续帮扶他，让他过上好日子。"

胡锦涛笑了，赞许地说道：

"我相信，有党的富民政策，有你们的扶持帮助，他会很快迎头赶上，通过我们大家的共同努力，共同富裕了，才是社会主义的本质要求。"

欲离开张正光的家时，胡锦涛从工作人员手中接过慰问品递给他，张正光热泪盈眶、激动万分、嘴嗫嚅着，竟然说不出一句感谢的话。

出了张正光的家门，空地上早站满了身着苗族服装的群众，他们见胡锦涛笑容可掬地向他们走来，便情不自禁地鼓起掌来，带着芦笙的苗族同胞，竟然情不自禁地吹奏起来。胡锦涛向群众频频招手，朗声问好，气氛骤然热烈起来，他快步走过去，拉住一个叫王国光的农民问道：

"老乡，你现在的生活过得怎样？"

王国光幸福地笑了，爽朗地回答道：

"勉强过得去。"

胡锦涛接过他的话，又问道：

"老乡，你说说，比过去差，还是比过去好？"

不等王国光回答，站在一旁的苗族老大娘抢先喜滋滋地回答道：

"说实在话，我们现在的日子，不知比过去好了多少倍。"

胡锦涛同志亲切地望着各位父老乡亲，满面春风，仍是那样慈祥地笑着。转瞬之间，夹道两旁的群众便不那么拘谨，更没有了拘束，倏地围向胡锦涛。气氛变得更加热烈、和谐，便你一言、我一语地说道：

"党的富民政策好啊……"

"日子真是一年比一年好……"

"现在有吃的、有用的，过去连想都不敢想……"

"我们不仅有了洗衣机，还有了电视机，有的人家，还有了摩托和电冰箱。"

这时，有一个农民，突然对胡锦涛说道：

"王国光刚才还说，他家的日子只是勉强过得去。其实，在我们五星，他家的日子过得很好，算得上村子里最富的。"

这个农民的话音刚落，另一个插进话来又说道：

"王国光是复员军人，见多识广，脑壳灵，主意多，这些年，他靠养牛、养羊，搞短途运输发了财。"

"现在六月间都快完了，他家的楼上还挂着好多块腊肉，到今年春节，都吃不掉。"

这个抢着说话的农民，把站在胡锦涛周围的农民都逗笑了。颇受感染的胡锦涛亦难抑兴奋，转头就问王国光道：

"你真是寨子里的富裕户？"

王国光这才点点头，回答道：

"现在的日子，是比他们过得好，算得上富裕的……"胡锦涛满意地点点头，对王国光嘱托道：

"你是复员军人，受过党和人民的多年培养教育，你要带好头，不但自己要富，而且要带动周围的群众致富。"

王国光点着头，心领神会，并一再表示，要牢记胡锦涛的希望和教诲，致富思源，不忘村子里的乡亲父老。胡锦涛见他背着一个小孩，天真、活泼，又极可爱，指着问他道：

"这孩子十分可爱，是不是你孙子？"王国光如实作了回答，胡锦涛又问道："你们村有没有实行计划生育？"

村主任王国华便回答道：

"报告锦涛同志，我们五星苗族村的计划生育工作搞得很好，多次受到市、区的表彰，九十多户人家，大多就只有两个娃娃，不足之处，就是有十多户人家，两个娃娃的间隔时间短了点。"

胡锦涛欣喜之余，意味深长地对围着他的村民说道：

"你们这里是贫困山区，一定要搞好计划生育，人多了，负担重，不管怎么劳苦，都过不上好日子。现在你们大多数人家，只解决了温饱的问题，若不计划生育，还会返贫的，娃娃少点，日子就会越过越好。"

周围的村民没有说话，他们的脸庞上绽放着自豪而幸福的笑容，默默地记住了胡锦涛的话。这时，胡锦涛转身，对陪着他的省市领导说道：

"刚才，咱们去了一家贫困户，现在，我还想去一家寨子里比较富裕的农户家看看。"

张文跃家的小楼房掩映在翠竹绿树之中，四周花木扶疏，小桥流水，玉佩声响。张文跃一家听说胡锦涛要去他家，欣喜若狂，忙出家门迎候。满脸堆笑的胡锦涛走进他家宽敞、明亮、整洁、舒适的客厅，全家人欢喜得不能自已，省委领导便乐呵呵地说道：

"老乡，中央领导看望你们来了。"

主人张文跃异常兴奋和激动，走过去紧紧地握着胡锦涛的手，久久地，久久地不愿放下。转瞬之间，他深深地感到，似乎有一股暖流掠过全身，他无法强抑自己的感情，双手都有些微微颤抖。市委书记杨应楠见张文跃那种激动、那种兴奋，情之所至，亦受到感染，便故意问道：

"老乡，你知不知道，这位中央领导叫什么名字？"

张文跃的眼里闪着幸福的泪光，脸庞上挂着灿烂的笑容，他不假思索，爽朗地回答道：

"我知道，中央首长的名字叫胡锦涛。"

张文跃毫无顾忌，直呼其名，这使胡锦涛感到十分惬意和亲切，便爽朗地笑了，其他的人也颇为感慨，亦不约而同地笑了，屋子里充满了快乐的气氛，犹如春风拂过，泛起一泓碧水阵阵的涟漪。此时的张文跃显得有些局促和难为情，他指指平柜上的彩色电视机，不好意思，但却充满自豪和喜悦地对胡锦涛说道：

"在电视里，我们经常看到您在做报告。"

说着，夫妇俩便热情招呼胡锦涛坐到铺有绒毯的沙发上。他落座后，又把张文跃夫妇叫过来，才亲切地问道：

"老乡，你这台电视买了几年了？"

"也就是两三年时间。"张文跃的两眼幸福而激动地凝视着胡锦涛熟悉而慈祥的笑脸，又说道，"5年前，我家里很穷，别说买电视机，就连温饱都没有完全解决。那时候，把能吃的粗粮、杂粮都算进去，人均口粮也没有超过300斤，经常是腊月尾就没有粮食吃了。用点零钱就更困难，不管你怎么想办法、卖力气，就是挣不到钱，全家一年苦到头，就是几千块钱，刨去籽种、化肥和农药，逢年过节想给娃娃添件新衣服都没有办法。党中央知道这些情况后，就特别关心我们少数民族，昭通又把我们高寒山区的苗寨列为扶持的重点。拨来专款，又派来工作组，在我们寨子里搞扶贫开发和温饱工程，我就顺势贷了一些款，买了牛、羊和猪，先搞养殖，种庄稼的肥料也有了，两三年就解决了温饱。"这时的胡锦涛慈祥地微笑着、静静地听着，也不打断他的话，张文跃又说道："我有个儿子，大学毕业了，分在靖安中学当了老师，去年我算了一下，全家的人均收入就超过1400元，人均有粮近千斤，现在我家还养有大小牲畜七八头。其实，我们五星苗寨，家家吃饭都没有问题，更看不到下雪天还光脚板，穿着一层单衣服的。五星苗寨改变了原来的穷样子，得力于国家给寨子里通了电，通了自来水，91户家家都住上了新房子。还修了公路，一直通到外面的大柏油公路，我们到城里，只要一个小时左右，所以，很多人家买了小马车，有的还买了农用车，帮人跑运输……"

胡锦涛刚进村子时，见到一辆全新的农用车停在村口的路边，此时突然想起，便问道：

"老乡，停在村口的那辆崭新的农用车，是不是你家的？"

张文跃肯定地点点头，脆生生地回答道："是，买回家来，还不到四个月。"

这些年来，胡锦涛走遍西部的山山水水，到过不少的贫困山区，和不少还没有完全摆脱贫困的农民群众促膝谈心，共同谋划脱贫之路，想方设法帮助他们改变贫困。那次，胡耀邦总书记到昭通视察，就是时任贵州省委书记的胡锦涛陪同总书记，从贵州境内起飞，乘直升机来昭通的，他到了圆宝山后，便转回贵州了。但他对昭通的印象太深刻了，就是贫困落后，其程度跟毕节差不多，甚至在某些方面，穷困远远超过毕节。近几年，中央把扶贫的重点放在大西部，其决策是非常正确的，像昭通这样的地方，若得不到中央和省委的重点扶持，若不加强基础设施的投入和建设，若不控制人口的快速增长并尽快恢复生态环境，要真正摆脱贫困，是无法想象的。胡锦涛凝视着张文跃几分得意的神情，突然十分关切地问道：

"老乡，你现在的日子好过了，你是不是很满足，今后你还会不会有什么打算？"

张文跃不假思索，笑而答道：

"我家的生活，比起 5 年前，真是发生了很大的变化，但距党中央奔小康的目标还差得很远。要把日子过得很好，就得从科技人手，现在我们特别缺的就是科技知识，只能怪以前读的书太少，只能把希望放在下一代身上。"

胡锦涛满意地点点头，又关切地问道：

"你想得很远、很好，老乡，你觉得要实现这些打算，还有什么困难？"

"要科技致富，就得有文化知识，我们就希望各级领导要重视贫困山区的教育，帮助我们把五星小学修一下，让娃娃有个好的学习环境，多出几个人才。这样的大事，政府不出面帮我们解决，靠我们村里几十户人家，是没有任何办法的……"

张文跃的回答，道出了全村老老少少的心声，胡锦涛听后，还是那样认真、那样和善、那样平静，更是那样兴致勃勃。张文跃更没有什么顾忌了，他沉吟片刻，又说道："还有我们进出村子的道路也很差，进进出出，不方便，特别是下雨、下雪后，再好的车都会陷在稀泥塘里。政府有能力，也帮我们适当解决一下。"

胡锦涛听了，频频点头，叫张文跃放心，他欣喜地说道："老乡，刚才你们的书记已说了，年底就给你们修新学校。"

杨应楠也笑逐颜开，接过胡锦涛的话，非常明确地说道："老张同志，最多让孩子们再委屈一个学期，刚才胡副主席已经说了，今年底就动工。"

张文跃听了，拍手打巴掌，快乐得就像个孩子。

张文跃家门外的空地上，苗族同胞越聚越多，不仅有五星的苗族同胞，邻村的苗族同胞闻讯也赶来了。此时此刻，他们难抑内心的激动和兴奋，情不自禁地吹响了芦笙。转瞬，悠扬、婉转的芦笙旋律，便飘荡在村前村后。随着芦笙轻快的节奏，男男女女、老老少少的苗族同胞便跳起了欢快、优美的芦笙舞。胡锦涛刚刚走出张文跃家的大门，就被苗族同胞的轻歌曼舞陶醉了。看到初步走出贫困、基本解决温饱的苗族同胞手舞足蹈，欢快得就像一大群花蝴蝶，他便情不自禁，兴致勃勃地叫上随他一起来五星的省市领导，融进苗族同胞那花似锦、歌如潮的欢乐海洋……

苗族同胞，从古至今，就是一个能歌善舞的民族，他们善良、纯朴，与世无争，显得非常地大度达观。他们又是一个不畏艰难险阻，不畏强势、吃苦耐劳、极易满足，而又非常乐观的民族。今天，胡锦涛和省、市领导，与他们一起跳起了苗家自己的芦笙舞，内心的喜悦和激动溢于言表，简直就像举行盛大而隆重的节日。胡锦涛融在国泰民安、歌舞升平的祥和气氛中，也思绪万千：改革开放和扶贫攻坚这二十多年来，960 万平方公里的神州大地上，开始出现莺歌燕舞、流水潺潺的盛世景象，看到昭通原来连温饱都无法解决的苗族同胞现在正步步走向安居乐业，他能不感慨万端、心旷神怡？

这时，一家苗族父女二人，走到胡锦涛身旁，盛情而诚挚地邀请他合影留念，他没有任何犹豫，没有任何推辞，笑眯乐呵，欣然答应。摄影师举起相机，对准焦距，按动快门，为极普通的苗族父女留下瞬息之间的永恒纪念。成百上千的苗族同胞为分享这家父女的幸福和荣誉，触景生情，欢快的芦笙变成了热烈的掌声。同时，不约而同地向胡锦涛涌来，很快就围成了一个大圈。他站在群众中间，怀着对人民的挚爱之情，发表了简短的讲话：

"亲爱的昭通五星苗族村的苗族同胞们，在这里我代表党中央向你们致以最亲切的问候。这几年，你们在国家扶贫开发政策的指引下，在省委、省政府和昭通各级党政领导的带领下，作出了艰苦的努力奋斗，扶贫攻坚取得了成绩，使五星苗族村发生了可喜的变化。91 户苗族同胞，家家都住上了新房，人均占有粮食突破了 300 公斤，现金收人也有了增加，我感到非常的高兴和由衷的欣慰。希望五星的苗族同胞，在昭通各级党委和政府的领导下，继续发扬自力更生、艰苦奋斗的精神，搞好扶贫开发，把五星苗族村建设得更加美好！"

掌声、欢呼声骤起，响彻五星的苗族村寨，响彻靖安的青山绿水，响彻昭通的万里云天！

离开五星苗族村，汽车行驶在回昭通的路上，途中，和胡锦涛同车的杨应楠及王建华，见缝插针，不失时机地向胡锦涛讲起渔洞水库三下三上那可歌可泣的往事，讲起在中央、国务院的亲切关怀下，水库如今已建成蓄水的诗情画意般的过程。毕业于清华大学水利系的高才生胡锦涛一听，便激起了极大的兴趣，就想前往一睹渔洞水库的雄姿。这个日程事先没有安排，加之从五星出来已近傍晚，谁也不好擅作主张，只得面面相觑，一时没有了主意。省委领导十分了解杨应楠和王建华的苦衷和此时此刻的心情，边远的昭通距北京几千公里之遥，加之共和国幅员辽阔、人口众多，日理万机的胡锦涛来一次昭通极不容易，今天，真是千载难逢的机遇。谁都渴望胡锦涛在昭通多看几个地方，多了解一些昭通的贫困状况，以便昭通在今后西部大开发的若干重大决策中，能成为一颗举足轻重的棋子，获得中央更多的精神力量和扶持力度。于是便笑眯眯地说道：

"既然如此，路也不远，就请锦涛同志到渔洞水库看看。"

汽车穿过书有"仁者爱山，智者治水"的牌坊，驰上渔洞水库的专用公路。时值洒渔坝子的水稻拔节、分蘖已经完成，开始扬花孕穗的时令，百里沃野，阡陌纵横，碧绿如毯，一望无垠，汽车行驶在笔直的柏油公路上，大有人在图画之中的感觉。渔洞水库的大坝是砌石灌浆大坝，犹如古罗马的城堡、巍巍然矗立在青山峡谷之中，它截断二龙山之云雨，拦住居乐河滚滚之波涛，高峡出平湖、万壑藏碧玉。胡锦涛一行走上大坝，早已等候在那里的渔洞管理局的副局长贺德刚、王明荣满面春风地迎上来，握手问候之后，胡锦涛很内行且专业地问道：

"渔洞水库是什么坝型，它蓄水多少，总投资多少？"

贺德刚在渔洞水库建设初期，便从昭通电力局调到渔洞水库主管技术，近八年的修建时间里，他和其他的工程技术人员一道，餐风宿雨，一直摸爬滚打在工地上。砌在大坝上的每一块石条和浇灌在大坝上的每一斗混凝土，他似乎都很熟悉。在我的眼里，砌在大坝上的，不仅是一块块石条，而且是贺德刚和其他工程技术人员的一滴滴心血。在工地上他不以副指挥长自居，不因自己主管技术到处指手画脚、好为人师，而是始终把自己当成一名极普通的工人。每天都头戴安全帽，身穿工作服，脚踏水鞋或反帮皮鞋，从工地这端，跑到工地那端，渴了，掬一捧山泉；饿了，啃几口干粮；困了，遇上午休，把安全帽往脸上一扣，倒在工地旁的草地上，便酣然入梦了。所以，他十分熟悉渔洞水库，就像熟悉自己的孩子那样，听了胡锦涛的问话，他不假思索，不慌不忙，如数家珍地汇报道：

"胡副主席，渔洞水库为砌石重力坝，坝高 87 米，长 227 米，蓄水 3.65 亿立方米，总投资 3.6 亿元。1996 年 6 月下闸蓄水，近四年的运行，一切良好，各项指标完全达到设计的要求。"

听了贺德刚简练、明快且准确的回答，胡锦涛频频点头，非常满意，他沿着大堤的一侧，看了看南北灌渠和城市供水的取水口，又问道：

"渔洞水库除了农业灌溉，还有哪些功能，现在发挥的功能如何？"

贺德刚就像回答老师的提问那样，平心静气，沉稳凝练地侃侃答道：

"报告锦涛同志，渔洞水库的农业灌溉，主要覆盖昭鲁坝子，它通过全长 390 公里的南北灌渠和 20 条支灌渠及 12 座抽水站，把水引到昭鲁坝子。它灌溉的农田超过 32 万亩，这样就可以把昭鲁坝子灌溉面积的比例，由 25% 提高到 87%。渔洞水库的水质很好，除了灌溉，还可保证 1 亿立方米的城市供水和工业用水，去年已向城市供水 1000 万立方米。"

这时，时任市水利局的副局长王明荣接过贺德刚的话来，又汇报道：

"锦涛同志，三五年后，城市供水可达到 4 千万方左右，工业用水现在还没有启动，它现在的功能，主要是农业灌溉。再过几年，南北灌渠都完工了，就能保证昭鲁坝子 32 万亩农田适时得到灌溉。"

胡锦涛转过身来，面前的渔洞水库，犹如一颗镶嵌在滇东北高原的明珠，烟波浩渺，水天一色。它凝聚着昭通几代人的憧憬和追求，凝聚着党中央、国务院的亲切关怀，它是滇字第一号水利枢纽的民心工程，更是昭通摆脱贫困、奔向小康的希望工程。胡锦涛想尽快地、充分地发挥渔洞水库的经济效益和社会效益，对昭通来讲，是极为现实而重要的，于是又问道：

"南北灌渠都完工了吗？现在，昭鲁坝子的农田是不是都用上了渔洞水库的水了？"

杨应楠忙回答道：

"锦涛同志，南灌渠现在基本完工，鲁甸和昭阳以南的农田大多可以受益了，北灌渠还有不少扫尾工作，如果资金能保障，可力争在今年底完工。"

胡锦涛面带笑容，说道：

"渔洞水库的修建到投入使用，你们做了很多卓有成效的工作，老百姓都用上了这里的水，这是一件让人非常喜欢的大事。我只有一个希望，要加紧搞好配套工程，才能让渔洞水库，充分地发挥作用。"

杨应楠和王建华连连点头应诺，表示一定按胡锦涛同志的指示办。王建华又恳诚地说道：

"锦涛同志，南北灌渠通过我们的努力，年底可望全部完工。但是，20条支渠和12个抽水站，还得投入大量的资金，这对我们昭通来说，还有很大的困难，我们希望中央一如既往，再给我们一些帮助，我们一定把工作做得更好，让党中央放心。"

胡锦涛非常理解昭通的贫穷和困难，同时也特别理解在这里工作的各位领导之苦衷，当即便指示道：

"你们实事求是地反映情况，合情合理，搞好渔洞水库的配套工程，还有什么困难，还需要解决什么问题，你们尽快形成请示，按有关程序，报国家水利部，他们会根据昭通的实际，帮助你们解决困难的。"

事实上，这些年在党中央、国务院的关心帮助下，从国家水利部到云南水利厅，对渔洞水库的修建及配套工程的启动，都给予了全力以赴的支持帮助。用时任副省长黄炳生的话来说：我们省上为了关心帮助渔洞水库的建设和使它尽早地发挥效益，几乎是寅吃卯粮，把其他的款项都凑给你们昭通，可以说竭尽全力了。正因为如此，南北灌渠不仅适时开工，还比原计划提前完成了，目的是让昭通尽快受益，尽快脱贫。

离开大坝，胡锦涛又到电子计算机室听了对渔洞水库自动监控系统的介绍，看了工程技术人员的现场演示，进入程序后，近800平方公里流域的进水情况，通过自动控制系统，都清清楚楚地显示在荧光屏上，科学技术是生产力，在这里得到了体现。

渔洞水库是竖在昭通人民心中的一块丰碑，它对昭通政治、经济和社会的发展，如同一座里程碑。可以想象在中央的扶持下，南北灌渠，包括其他所有的配套工程一旦完工，昭鲁坝子在其琼浆玉液的润泽之下，将是一幅多么瑰丽璀璨的画面。春天，纵横交错的沟渠，流水潺潺、波光粼粼，返青的麦苗，一望无垠，犹如一块巨大的地毯，铺在秀美的昭鲁坝子；夏天，广袤的原野，绿油油的庄稼、果树，枝叶相连，漫无边际，南风掠过，碧波翻滚，显示着生命的蓬勃和自然的神韵；秋高气爽，风清云丽，昭鲁坝子堆金砌玉，硕果累累，田野里笑语阵阵，情歌悠长。到那时，现在破旧、凌乱的农舍不见了，取而代之的是珠江三角洲那种万绿丛中一栋栋别墅式的小楼房，门前小桥流水，花团锦簇，绿荫如盖，瓜果满枝，农民安居乐业，沉浸在温馨、甜美的小康之中。那时，更有挥洒自如的大手笔，将渔洞之水引进市区，修筑一条穿城而过的运河。岸上，亭台水榭、飞檐画栋、修竹娉婷、林木婆娑、回廊曲径、绿草茵茵、品茶清心，吟诗作对，畅怀抒情，雅趣横生，楚河汉界，黑白驰骋，斗智斗勇，其乐无穷。游人如织，兴致盎然，恋人依依，如痴如醉。翁妪欢聚，轻歌曼舞，升平盛世，颐养天年。河中，水清如练，游船似梭，笙歌鼓瑟，倩影倒映。

霓虹闪烁，花漾微波，此景只应天上有，疑是琼台瑶池落人间……未来的昭通，将成为清凉世界，避暑胜地、旅游休憩的热点。但愿这种期望，不要成为我十多年前一时冲动的神往，渔洞水库建成了，当权者只要想做它，就是近在咫尺的现实，难道它还有渔洞水库三上三下难吗？渔洞水库，滇东北高原的一颗瑰丽的明珠，它犹如一双秋水澄澈、含情脉脉的眼睛，看着昭通儿女从梦想走向现实，从贫困走向小康，从黯淡走向辉煌。看着养育了叱咤风云的罗炳辉、刘平楷、龙云、卢汉，熏陶造就了学富五车、蜚声神州的姜亮夫的这块杜鹃啼血的红土地，将涌现更多的人杰，去开创更加瑰丽多姿的明天。

修筑渔洞水库的工程技术人员和工人，绝大多数都是我们昭通本乡本土的，我的同学贺德刚便是负责工程技术的副总指挥。他们为修筑渔洞水库餐风宿雨、披星戴月、筚路蓝缕、殚精竭虑，做出了卓杰的贡献。我在这里书写十多年前的那件事时，特别写了上面这段文字，因为贺德刚前年因病医治无效，离我们而去了，他是建设渔洞水库的功臣，我们应该永远记住他。

胡锦涛一行离开渔洞水库时，已是傍晚，这时的渔洞坝子又是另一番景色。炊烟袅袅、牧歌悠悠，晚霞中的洒渔河泛着耀眼的金光，连天接地的稻田，俨然成了一块偌大的碧玉，晚风吹来，波起潮落，晶莹剔透。奔波了一天的胡锦涛，劳累顿消，神采飞扬，非常地惬意。

之后，在胡锦涛的关心、爱护下，配套工程的资金陆续到位了。在工程技术人员和工人们的努力下，南北灌渠和支渠、抽水站便提前完工了，受益的昭鲁坝子，到处莺歌燕舞，流水潺潺。而最为受益的除了苏家院、乐居、洒渔、土城和永丰外，鲁甸所辖的茨院、文屏也得天独厚。胡锦涛当年去过的三甲村，更是锦上添花，仅凭人均少得可怜的土地，就把日子过得很好。

2000年之前，三甲村就接近四千人而人均占有土地不到七分，当土地是农民群众唯一赖以生存的物质基础时，人和土地之间的矛盾便十分尖锐。邻里之间，甚至骨肉之间，常常为了一板锄田埂，两三巴掌旱地，不惜唇枪舌剑，甚至拳脚相加。就是亲兄弟和父母分家时，什么事都可以商量，唯独土地，寸权必争，寸土不让，丈量时，几乎精确到小数点后面两位。谁都知道，有土地才有粮食，土地是农民赖以生存和发展的最基本条件，争夺土地，就是争夺生存空间。有时候，父母还没有丈量完，兄弟间便早已恶言相加，父母便捶胸顿足，呼天抢地地哽咽道：老天呀，我是作了什么孽，才遭此报应啊！娃娃呀，你们为了争巴掌那么大点儿的一块土地，打得头破血流，还不如提斧子把你爹妈砍了，老天呀……可见只离昭通城不足5公里的三甲村，生存亦是十分艰难的。

渔洞水库修好了，清凌凌的水，顺着整齐划一的沟渠流进了三甲村的田地。刚上任的村支书王绍礼和社主任黄训奎便把稳定粮食生产当成首要的任务来抓，粮食不稳，三甲村不稳，农民群众没有饭吃，什么事情都有可能发生。但是，有了旱涝保收的渔洞，仍按传统的方式来耕种，祖祖辈辈搞了那么多年，就只有这点收成，要改变这种状况，最关键、最重要的是引人科技。现在有了灌溉的渔洞水，从而改善了农业生产的基础条件，所以，必须不断提高复种指数和单位产量。他们采取的措施就是把三甲村1500多亩旱地全部实行良种化、地膜化和定向移栽，1400多亩水田，全部采用旱地育秧，同时进行浅插稀栽。当时，永丰镇的党委书记童世新是我的学生，现在讲起渔洞和农业生产来，他却变成了我的老师，他告诉我说：这样做，有利于分权、发棵，可以大幅度提高产量。我听懂了，就理论而言，这样便可充分利用太阳的光和热，使之充分进行光合作用，从而保证了农作物的充分成熟。那时的三甲村，因为做到了旱涝保收，不管旱地还是水田，每亩的产量都保证在1400斤左右，不少的地块还超过1500斤。

去年，三甲村人均有粮 750 斤，并且都是大米和苞谷。我问过好几个村民，都说：现在大米就够吃了，苞谷全用来喂猪，油水重点儿的人家，大米都吃不完。昭通坝子的气候特点是冬春干旱，所以大多水田都是雷响田，只有少数的田块能得到灌溉，而按时令栽插。所以，每到栽插时，县上都得组织工作组下乡去，目的就是分水，杜绝因抢水栽插而发生群体性斗殴。就是守在洒渔河旁的乐居、洒渔也是常常因春旱无法栽插，有些年，万般无奈之下，只好把水田变成旱地。不少的水田变成旱地后，因昭鲁坝子十春九旱，万般无奈，索性将弯就弯，便始终没有恢复过来，这是一种倒退。

1985 年，胡耀邦到昭通，把"实事求是，一切从实际出发，实践是检验真理的唯一标准"的思想路线带到了昭通。春风终于度过了乌蒙山，使封闭落后的昭通在很短的时间内，从"左"的思想观念影响的桎梏中解放出来，非常顺利地完善和巩固、发展了土地承包的伟大变革。从而，按照生产力发展的水平，进一步调整了生产关系，极大地调动了广大农民群众的生产积极性，不少农民便在很短的时间内告别了饥饿。从而真切地体味到社会主义制度自我完善、自我发展而带来的优越性。

1995 年 10 月，朱镕基克服因天气恶劣而带来的重重阻碍，到昭通视察，当他看到共和国的土地上，还有如此贫瘠的地方，流下了心酸的眼泪。他深切地感到昭通之所以贫穷，不是干部群众素质低下，也不是他们不努力，而是自然环境恶劣、基础设施严重滞后的结果。他认为：不修内昆铁路，不加速农业基础设施的建设，昭通是永远摆脱不了贫困的。他当即决定恢复内昆铁路的建设，启动建设镇雄大水沟、永善云荞和巧家炉房三个中型水库，决定帮助渔洞水库枢纽配套工程尽快启动，让老百姓早一点受益。之后，朱镕基又对昭通的公路建设和退耕还林这些根本性的大事给予了极大的关怀和支持。可以肯定地说，没有中央、国务院以及有关部门的支持、帮助，昭通就没有现在这个样子。永善的黄华、务基，就只能死死地守在那大片、大片炎热而枯焦的土地挨饿、受穷，甚至县城，就是守着金沙江，市民也无法解决饮水的致命问题。

胡锦涛来昭通，听取了杨应楠和王建华的汇报和要求，更是当即指示，如何科学管理好渔洞水库，让老百姓尽快得到更多的好处，要尽快形成条文。如何解决南北灌渠的资金，他叫昭通尽快形成请示报告，由他直接协调有关部门帮助解决。他还不放心，又叫过办公室负责人，当面告诉说，要记住此件事，回去一定将我的意见告诉汪部长。在胡锦涛离开昭通不到一个月，国家计委和国家水利部通知云南及昭通有关部门，迅速带上渔洞水库南北灌渠的资料、设计和预算，到北京做详细汇报，以便研究、笃定。以后，在中央、国务院的扶持、帮助下，不仅批准了设计和预算，资金也很快到位了，渔洞水库终于成了云南天字第一号水库，它真正成了昭通的生命之源。正因为如此，省委、省政府便把昭通列为云南扶贫攻坚的主战场。时任省长的徐荣凯几次来昭通，都若有所思地说道：

要使昭通早摆脱贫困，重铸辉煌，根本的问题就是先解决基础设施建设，否则昭通就无法走出困境。

胡耀邦、朱镕基和胡锦涛在十多年的时间内，先后来到昭通，不仅使昭通的基础设施发生了划时代的根本改变，使上百万贫困农民得到了福祉，很快就解决了温饱，不少的还走上了富裕的道路。更为重要的是，他们的到来，让云南和昭通的各级党委和政府很快就形成一个共识，昭通要全面建成小康，不解决农民温饱，不解决两百多万农民真正意义上的脱贫致富，是根本不可能的。昭通因为历史和现实的诸多原因，思想不解放，开拓创新的路子不宽，改革开放的胆子不大，还没有完全形成尽快发展经济，推进社会全面进步的人文环境；昭通的发展速度不快，和全国、全省相比，和周边地区相比，存在着较大的差距，少则 10 年、多则 15 年，并且有逐步加大的趋势；财政收支的矛盾极大，昭通几乎没有自己的支柱产业，财政一旦后劲有限，不少的刚性支出逐年增长，收入增长却十分缓慢，短时间内财政捉襟见肘、拆东墙补西墙的窘状还无法改变；财政收入的窘迫，严重地制约着昭通物质文明、精神文明和政治文明的建设；除昭鲁坝子外，昭通 23000 平方公里的土地，有 93% 是高寒山区、山区和二半山区，生态环境差、自然条件恶劣，甚至到了无灾不成年的程度。那时，全市的人口已超过五百万，儿多母苦，已经到了不堪重负的境地。条件差，严重地制约着昭通的可持续发展，所以，必须加倍努力，以更快的速度发展自己，方能慢慢地缩短和发达地区的差距。

胡耀邦、朱镕基和胡锦涛视察昭通，带给我们的是基础设施建设的黄金时代，它犹如无边的春潮滚滚而来，昭通有了让人感慨的变化，这是有目共睹的不争事实。昭通的贫穷、落后是暂时的，他们离开昭通时，就非常恳切而真诚地希望我们继续发扬不畏艰难、顽强奋斗的优良传统，抓住机遇，开拓奋进，推动昭通的经济发展和社会进步。

昭通的扶贫攻坚，经历了一个漫长而艰难的历程，若从 20 世纪 80 年代初算起，已近 40 年。那时，昭通的总人口已突破 400 万，而没有越过温饱线的贫困人口却超过 230 万，按当时的标准，即是说，他们没有房子住，只能蜷曲在低矮破烂的茅草房里，或是在根本没有墙体的杈杈房里居住；缺衣少粮，生计十分窘迫；没有干净的水喝，只能饮用河沟里不干不净的水和残存在坑坑洼洼里的雨水；适龄儿童无法就近上学，少则跑三五里，多则跑十多里山路到单小就学，十分艰难，就是进了学校的，也多无法坚持，辍学和流失现象尤为严重，弄得老师有心无力，只能勉强应付，这样的状况，谈何教学质量，山旮旯里，很难飞出金凤凰；看病十分困难，越贫困的地方，越没有诊所，更没有医院，就是有医疗条件的，贫困农民也根本无钱看病；故小病拖成大病、大病拖成不治之症，不少刚刚解决温饱的农户，又因生病而返贫。当年，我曾去过好几家这样的农户，其状况惨不忍睹，让人潸然泪下，而我又无力解决，只能扼腕叹息……到朱镕基1995年10月来昭通时，人口接近500万，贫困人口只增不减，所以，他到宁边村后，就流泪了，若再走进距宁边村不远的偏坡寨，他就会更加触目惊心。他万万没有想到，在共和国的土地上，还有如此贫穷的村落。无法控制住人口几近膨胀的增加，扶贫攻坚只能是一个无底洞，脱贫的无法抵消因种种原因返贫和新增加的贫困人口，这是一个多么可怕的怪圈，而恰恰又让昭通遭遇上了……

朱镕基和胡锦涛的先后到来，真正为昭通带来了福祉。在他俩的帮助、扶持下，昭通相继建成了内昆铁路昭通段，渔洞水库南北灌渠的枢纽工程，昭通到水富的高等级公路和镇雄、永善、巧家的三个中型水库等基础设施。润泽延伸到哪里，哪里的农民便脱贫了，并且十分稳定，不少的更是因之而致富了，成了一方的能人，可见，大中型基础设施的建设不仅显示了国家的实力，而且对人类的生存、发展，举足轻重，命运攸关。

随着国家日益富强，昭通在扶贫攻坚上，迎来了千载难逢的绝好机会，但因为云南省委书记白恩培的10年贪腐，从而淡漠和忽视了脱贫致富的根本。他为了贪腐，就搞独领风骚的大昆明，便在昆明大拆大建，严重地侵害老百姓的利益，结果弄得民怨沸腾，社会矛盾加剧。上有所好、下必行焉，几个别有用心的权势者争相效仿，最后成了贪赃枉法的腐败分子，做了他的殉葬人，不少的地州市领导无所适从，举步维艰，从而失去了扶贫攻坚的黄金时代，甚至走了不少弯路。结果借着大搞社会主义新农村这个时髦的口号，搞肥肉上添膘的形式主义和形象工程，从根本上忽视了扶贫攻坚。不少的地州市，都把社会主义新农村搞在上级领导看得见、可参观的富裕地区，结果占了大片、大片的好田好地，修了一条街，又一条街的别墅式洋房。房子修好后，崭新的室内没有家具和摆设，为了政绩，就叫挂钩的机关单位，用公款购买时髦的家具和摆设送去。其结果是，国家用于扶贫的钱都花在面子和形象工程上了，高寒山区那些尚未解决温饱的农民却饥寒啼号，嗷嗷待哺……闲暇之时，我去过好几个漂亮的新农村，不少得益的农民仍住在老房子里，却不感谢搞形象工程的领导。觉得名义上是政府照顾的新房子，其实他们手里提着的是一个死人脑壳，有点让人啼笑皆非。不少的地方修了整齐划一的铺面，鳞次栉比，非常壮观，现在却关门闭户，冷冷清清，万户萧瑟鬼唱歌，成了鬼城，从而形成了极大的浪费。这种情况，几乎遍及全省各地，只是规模大小、层次高低有别。白恩培贪腐了10年，害了云南10年，阻碍了云南10年发展，真是一点儿不假，这是云南的悲哀和不幸，好在他已得到了应有的惩罚，被永远钉在了历史的耻辱柱上。

欲使农村彻底摆脱贫困，走上富裕，城市化是不可避免的历史趋势。城市的出现是商业发展的必然产物，标志着人类正逐步摆脱自然的束缚和对其的依赖，实现从农耕时代向工业时代的转变，随着工业革命的深入，第一产业向第二、第三产业扩展，城市化不断出现新的水平。所以，城市化程度的高低，标志着社会经济的发展和人类从蒙昧向文明的飞跃，无疑是人类社会发展的阶梯。而事物发展的客观规律则是对立统一的，即经济的发展决定着城市化的进程，同样城市化又反作用于经济的发展和社会的进步。作为昭通人，我们曾为历史上有过的辉煌而感到骄傲和自豪，也为昭通一度冠以小昆明的誉称而陶醉。然而，在20世纪80年代末和90年代初，当年那些昭通人不屑一顾的地方，现在高楼崛起、气势恢宏、街道宽敞、绿树成荫、花团锦簇，草地茵茵、路灯耀眼、霓虹生辉，充分显示了都市的气派和文化底蕴。就是不少当年名不见经传的小县城，转瞬之间也颇具规模，风姿绰约，让人目不暇接。

20世纪70年代末我曾去过玉溪，整条主街上，除花灯戏院和百货大楼外，其余的地方，与我们南顺城三官庙那里差不多，满街都是墙高一米左右的露天厕所，其数量让你不敢相信，又简陋得让人不堪人目。就是曲靖，它的那条颇有点历史的主街，若讲街道的宽敞，房屋的气派、高大和整洁，远远不如昭通当年的怀远街。若和四川凉山的西昌、贵州的毕节及水城相比，简直就是小巫见大巫，不能同日而语。结果，改革开放仅仅过去20年，昭通再和它们相比，可谓惭愧之极，即便是昭通的近邻会泽，其城市的建设和社会、经济的发展，至少领先昭通15年。21世纪初，昭通人便有了羞耻感，奋起直追，建成了现在这个样子，而夜礼斌、王敏正和马吉林功不可没，我们不应忘记他们。

昭通要尽快摆脱贫困，跃上一个新台阶，城市化是一个无法避开的关键，把昭阳中心城市建成全市政治、经济、文化的中心，已迫在眉睫，势在必行。

所谓政治、经济、文化中心，即通过高效、民主、法治的行政管理，通过人口的流动，信息流动，经济的发展，社会的进步，使中心城市的生产力能向其他县城和村镇释放和辐射，使中心城市的生产方式、思维方式、文化观念和生活方式能向其他县城及村镇扩散、辐射，在农村不断摆脱贫困的基础上，缩小城乡差距，实现社会的全面进步。正因为如此，我们该做的事情还很多，归结起来，至少有如下几个方面：

第一，昭阳中心城市全市政治、经济、文化中心的地位是历史形成的，基础设施在中心城市大规模聚集便是发展的必然。所以，要有大局意识，应集中人力、物力、财力，保证中心城市的地位，舍此，无法形成中心。在聚集过程中，应有超前意识、战略眼光，面对世界和未来。最近，市委、市政府已经开工和即将开工的21个社会事业项目，就是事关教育、卫生、民生的基础设施建设。它包括 14 所普通高中，4 所职业教育学校，3 个县级综合医院，能新增高中生 5 万名，医院床位 4500 个，这样，便可补齐昭通高中教育和医疗卫生的短板。新中国成立前，昭通城之所以有小昆明之称，是因其除了拥有中西合璧的城市建筑和宽敞的大街，还有着完善的文化、教育、卫生和其他基础设施。那时，中心城市人口不足五万，它却有省立二中（即现今的昭一中）和明诚中学两所完中，而明诚中学则是由龙云的胞妹龙志桢资助创办的。还有专收初中生的昭通县中学。省立二中的校长先后由毕业于日本帝国大学的肖瑞麟、张本钊、张本均和姜思敏先生担任。肖瑞麟从日本学成归来，谢绝了昆明乃至北京、上海的同人相邀，毅然决然回到生他养他的桑梓之地，创办了体用学堂，它为省立二中的前身。体用学堂取两广总督张之洞"中学为体，西学为用"之意。他先办了三届师范，其目的是为今后在昭通开办新学准备师资。他刚刚做完为昭通储备教师的事情后，便奉省政府之命，离开家乡任了普洱道尹，管辖现在的思茅、西双版纳和德宏。更值得称颂的是，他还为昭通留下了《榴花馆记》等鸿篇巨制，至今仍润泽着昭通后学的茁壮成长。以后便由张本钊、张本钧两兄弟先后担任省立二中的校长，两位先辈离世后，由姜思敏先生担任。之后，姜思敏先生受龙志桢相请，担任了明诚中学的校长，荐由盐津人戴宏猷担任，戴先生亦毕业于日本早稻田大学。之后他去了南京国民党中央军校，任了主任教官。抗战爆发后，他奉调到江西上饶第三战区司令长官杜津明麾下任政治部主任，挂少将军衔。戴先生离任后，由永善人邓子琴担任省立二中的校长。邓子琴毕业于昭通省立二中，后考入南京中央大学，中学时，他和姜亮夫、刘平楷、西北军副总司令杨德亮同班。邓子琴亦是国学大师，为研究佛教的知名专家，以后成为西南大学的终身教授。昭通县中的校长包鸣泉，不仅是昭通，乃至云南有名的书法家，而且是饱读诗书的大学问家。民国昭通县志由龙云任主编，杨履乾、包鸣泉两人任主笔编撰，昭通解放后，此部县志基本被焚毁殆尽，包先生亦遭到迫害。改革开放后，昭通费尽移山心力，方在上海图书馆找到一部，几经恳求，才影印一部带回故乡，后经有关部门的努力，以此为蓝本，才影印了一部分，使民国时的昭通县志重见了天日。

那时，昭通有两所由传教士柏格理和修女格兰丁创办的惠东医院及西门大医院，柏格理逝世后，由姜亮夫毕业于华西医科大学的堂哥姜慕清任了院长。格兰丁女士逝于昭通，就埋葬在凤凰山，世界红十字会为表彰、纪念她为贫苦民众解除病痛和崇高的敬业精神，以及不远万里来到昭通的献身精神，设立了世界护士节。柏格理不仅把现代医学和现代教育带到了昭通，而且把足球、篮球和游泳等体育项目带到昭通。他还把山区苗族青年吴性纯培养成华西医科大学的博士研究生，吴性纯毕业归来后，同样任过惠东医院之院长。其实，昭通的马铃薯之所以称为洋芋，是因为柏格理从欧洲引种过来的。之后，他离开了昭通，到现在贵州的石门坎创办中学，那里是民族杂居的高寒山区，生存环境十分恶劣，但他却一直坚持到与世长辞。日本东京帝国大学毕业的昭通人陈宗华，是蔡锷的同窗好友，更是昭通知名学者陈孝宁的爷爷。他先后在弥勒、永善任了县长，但最长的时间仅为半年，就夺冠而归，去到石门坎中学当了教师，柏格理逝世后，陈宗华先生还为他写了墓志铭。

那时昭通几所中学的校长，都是学富五车，才高八斗的大学问家，又特别地崇德、敬业，加之唐继尧、龙云、卢汉的重视，便吸引了全省不少颇有名气的教师来到昭通。除了姜思孝、姜思敬、姜思让和姜思敏四兄弟外，还有刘盛填、戴澍春、名画家陈世贤等。姜氏四兄弟，有三个是前清的举人，姜亮夫的父亲姜思让前往北京参加科考，恰遇戊戌变法，便参与了公车上书。后来他在张开儒、赵端的引荐下加入了同盟会，并受命留在北京负责联络、宣传，为了不暴露自己的身份，他考入京师大学堂，以学校为掩护，建立同盟会在北京的联络点。毕业后，他到湖北仙桃任了法院院长，同时参加了武昌起义。直到袁世凯窃取了胜利果实，他才愤愤然回到昭通，并接受四弟姜思敏的相聘，任了省立二中的国文教师。

戴仁甫在北京参加过五四运动，回到云南后，因仰慕省立二中英才济济，便来到昭通，因而把马列主义和新文化带到了昭通。他在学生中宣传马列主义，提倡白话文，在课堂之外，组织学生读《新青年》《每周评论》《剩余价值新学说》和《共产主义ABC》。

1925年5月30日，英日帝国主义在上海残杀工人顾正红，全国学生纷纷声讨、支援，掀起了反帝爱国的革命运动。昭通在进步教师和学生的带动组织下，以省立二中为核心，组织了示威游行，并捣毁了英、美烟草在昭通的分公司，如火如荼的爱国运动对昭通民众影响极深。

只有基础设施的聚集，才能使中心城市具有文化和商业气氛。才能使九秩朱提，弦歌不断，钟毓润泽、菁华砥砺，始终秉承其民好学、文脉相袭的传统。

各种生产要素的聚集，是城市化的一个重要标志。只有通过生产要素的聚集，使商品生产获得资本增长的一般条件，使社会的扩大再生产逐步朝集约化发展，才能降低成本，减少流通环节，提高商品的竞争力，创造比孤立和分散更高的社会生产力。因而，要从我们现有的资源出发，把开发利用和城市化有机地结合起来，认真规划、分步实施，这样才能充分利用城市提供的各种生产要素。沿街设点，见路摆摊，是小生产的交换方式，它体现了自然经济在交换过程中的偶然性和随意性，和社会主义的市场经济是格格不入的。

现在昭通市委、市政府紧紧围绕新型城镇化战略，倾力、扎实推进昭阳中心城市的"卫生城市、园林城市、平安城市、文明城市"的创建工作,它是各种生产要素聚集的大手笔和经典之作。市委、市政府就十分清楚地认识到:要站在新的起点上,加快推进昭通新型城镇化的建设,作为富民强市,跨越发展的重大战略,作为决战小康的重大举措。只有这样,才能重塑昭通对内对外的良好形象,不断加强昭通的吸引力和凝聚力,从而促进经济的发展和社会的进步。

第二,昭阳中心城市,在我的记忆中,几十年来,就是一个脏乱差挤的城市。20世纪70年代,一位省委领导来昭通视察,只在街上逛了一下,便十分厌恶地说道:整个昭通真是共产党领导下的国民党市场……到了80年代,开始了所谓的城市建设,但根本没有什么规划,全凭长官意志办事。时而往南发展,时而又从北规划,时而西边修点,以后又往东边弄一下,搞得整个中心城市支离破碎,老百姓便戏谑道:赵领导东修、钱领导西修、孙领导南修、李领导北修,修来修去,害羞。城市管理更是无可奈何,遇到省上的卫生检查团来了,突击打扫,还叫消防车拉水冲洗街道,群众就十分反感,便说:老百姓吃水都困难,还用水厂净化过的水来冲洗大街,为的就是红顶子……检查团走了,又是土基遇水,返本还源,市民愕然,不知是什么原因。其实,得不到广大市民的支持,其根本原因,就是一日曝之,十日寒之,为的就是应付。今年春节,我上街闲逛,突然看见昭通欲共创卫生、园林、平安、文明城市,因见得多了,便不以为然。结果,春节过后的清明前后,共创四城的行动,便悄然兴起,转瞬,就形成暴风骤雨之势。市委书记范华平、市长郭大进身先士卒,带领昭阳区党政领导,始终走在整治昭通城乡环境的第一线。并顶住重重压力,用了10天左右的时间,拆除了私自建造的300多座烧砖和冶炼的砖窑及冶炼炉,随即又拆除了不少乱修乱建的各种房屋,现在此项工作仍方兴未艾、如火如荼,让市民刮目相看,颇为感慨……紧接着,综合执法队又雄赳赳、气昂昂地走上各条大街小巷,雷厉风行地整治交通、卫生和乱摆摊设点的恶习，以及晚上乌烟瘴气的烧烤摊。与此同时，昭通几条主要的交通枢纽进行升级改造。当我看到截断交通，围起隔板，便分外担忧，一旦开工，又不知拖到猴年马月，给我们这些垂垂老矣且步履蹒跚的老朽出行，不知带来多少麻烦啊！更为感叹的是，本来就十分拥挤而无序的交通将变得更加混乱，昭通苦矣。殊不知，一条长约一两公里的大道，左右轮换施工和通车，多则十天，少则四五天，就焕然一新。紧接着，便用整齐划一的青石板和瓷砖修砌人行道和盲人的专用通道。这些工人训练有素，技艺娴熟，他们餐风宿雨，通宵达旦，他们挥汗如雨，砥砺拼搏，费尽移山心力。当我七八天后出家门时，眼前已旧貌换新颜，看到的是环卫、园林的工人在清洗刚刚竣工的人行道和枝繁叶茂、苍翠欲滴的桂花树。

一天，我在回家的路上，偶遇我曾教过的一个学生，他是团结路段政府方的负责人，我便问他说：这段路的升级改造，包括要降低桥面的坡度，你一两个月能不能完成？他便笑了，回答道：老师，只需十天，并且我还在区政府立下了军令状，若完不成就引咎辞职。我一听，便感到十分惊叹，觉得是天方夜谭，他便请我进入施工现场见识一番。我边看、边听他讲解，倍感昭通是翻天覆地了，从清理路基，铺垫特别的丝网，到浇筑按比例混合好的沥青、沙石骨料，并平整碾压成型，全是一条龙的机械化和自动化。其铺垫的规范和速度，让我瞠目结舌。其景，我只在2007年去悉尼时看到过，他们却没有铺垫丝网，当时，我就颇为感叹，不知在自己的有生之年，能否在中国，特别在我们昭通，用如此先进的技术和设备修筑柏油路。殊不知，只过了七八年，我的梦想便实现了。那天，学生还特别告诉我说：在柏油下层铺上这种由我们国家发明，且强度极高，用特殊材料制成的丝网，能使道路不仅经久耐用，而且不易变形，而这些修路的设备全是我们区城建公司的。我开了眼界，为自己的孤陋寡闻倍感惭愧的同时，对家乡的自豪感和荣誉感便油然而生……

其实，现在的昭阳中心城市，通过综合执法队两三个月的认真、负责的管理，发生了质的飞跃。我们已很难再看到满街满巷乱停乱放的各种机械车辆，也看不到那些无知无识的二杆子，旁若无人般，横冲直撞地把汽车开到人行道上来的野蛮行为。各种摊点和晚上的烧烤摊再也没有占人行道经营，几乎所有的摊铺都搬到屋里经营，就是农民自产自销和批发、零售的小摊点，也大多自觉地进入了市场。刚刚整顿时，我还看到一群一帮的工作人员，穿着制服，白天、晚上地在街上撵在街道经营的摊点和干涉乱停乱放、胡乱行驶的车辆，甚至还常常发生口角之争。近来，综合执法队员东奔西忙，嘶声呐喊的情况渐渐减少，甚至很少见到他们匆匆忙忙的身影，取而代之的是一派平安、文明的景象。其实，昭通人还是很爱自己的城市，很有自尊和自豪感的。只要各级党委、政府不搞花架子、不搞形式、不搞面子和形象工程，真抓实干，为大多数市民带来卫生、园林、平安、文明的福祉，让中心城市一改往日的面貌，恢复小昆明的荣耀。市民便很快把这种自豪感和荣誉感转化为热爱并创建美好家园的自觉行动。实践不容置疑地证明了，不管任何一级党委、政府，只要从人民的利益出发，说得少而干得多，就会得到人民群众的拥护和爱戴。所以革命导师列宁曾认为：任何无政府主义，都是对机会主义的反抗。

现在，不管阴晴还是风雨交加，大街的人行道上，都有环卫工人坚持在自己的工作岗位上，默默无闻，用自己辛勤的劳动，不仅清扫路上的垃圾，而且用高压水车冲洗道路，虽不能说一尘不染，但干净、整洁、光彩照人，却一点不假。那天，我从教师小区出发，从南走到西，绕到清官亭，再顺南北顺城街，经过风霞路回到家里，历时两个半小时。我脱下皮鞋，底下竟然没有沾一星半点儿的泥巴和污物，让我不胜感慨。

因昭通是一个夏无酷热的避暑胜地，便有成千上万的候鸟似的四川、重庆人来此避暑休闲，盛夏又因是假期，更有昭通在外苦读的莘莘学子和在外定居，而又记住了乡愁的昭通人回到这座城市。当他们刚刚踏上这片极为熟悉的热土，就深深地感到昭阳中心城市变得卫生、文明了，便高兴得手舞足蹈，喜不自禁，而深深地爱上了这座城市，这是我们期盼已久，却没有做到的。自然从内心感慨道：脏乱差挤的昭阳中心城市终于换了人间！正因为如此，市长郭大进经常爱说一句话：辉煌是干出来的，不是等来的，更不是靠说出来的。空谈误国，实干兴邦，这是颠扑不破的真理。

第三，在城市化发展的过程中，要有足够的文化含量，就大文化而言，它是人类物质文明和精神文明成果的总和。马克思主义的基本观点告诉我们，人类要生存发展，必须不断地向自然界获取赖以生存的物质资料，若哪一天停止了这样的活动，人类也就完结了。而人类向自然界获取物质的这种活动，一开始就是有目的的、社会的、实践的。所以，马克思认为：人的本质就在于他们的社会性，在社会生产力十分低下的条件下，人类只有这样，才能抵御和战胜各种自然灾难的困扰和侵袭，顽强地生存下来，并得到不断的发展。人的社会性，决定了人与人之间在获取物质的过程中，必须发生各种各样的联系和交流，从而创造了物质文明和精神文明，如何推动这两个文明向新的高度发展，其关键是传承。而昭通这块古老的土地，是最先接受中原文化、荆楚文化和巴蜀文化浸润和洗礼的地方，文明的血脉从昭通广袤、肥沃的土地上流过，向滇南滇中渗透。于是，这块土地上产生了云南第一块汉碑，这块被海内外称为天下瑰宝的孟孝琚碑，以其碑文洗练、隽永、哀婉、字字珠玑、感情内敛、沉郁而真挚，特别是书体遒劲而苍远、方峻秀媚、疏散天然，默默地见证着这块土地的辉煌。当滇池地区的青铜文化寿终正寝、慢慢落下帷幕之后，这里的群山之间却炉火正旺，崛起了更加灿烂的青铜文化，无可争辩地成了中国的汉洗之乡，从而铸就了辉煌的朱提文化。

昭通人杰地灵，源于其民好学，故群星璀璨。昭阳的中心城市，应该充分地体现出这水木清华、文脉不断、弦歌不辍、人才辈出的历史传承风貌。

依鄙人之见，城市的文化，很大程度渗透和体现在城市的建筑之中。每一条街道，每一处公共设施，每一座楼房，都以一种特殊的表现形式，铸就了这座城市的文化标志。它充分体现着决策者、建筑者和管理者的品位。居住在这座城市的不少人们在这座城市出生、成长、工作和生活，直到寿终正寝，不管任何时候，都受到建筑文化的熏陶。一条颇有文化的街道，一座体现着厚重文化的建筑，诸如西陡街、云兴街和怀远街、文渊街和凤池书院、禹王宫、陕西庙、川庙、黑神庙、龙氏家祠、李家祠堂等。它们的存在，随时随地且在不经意中，启迪着人们的思想，使人们增长知识，培育人们对这座城市的思想感情。一些人因故离开了这座城市，不管到了什么地方，甚至漂洋过海、浪迹天涯，而最让他魂牵梦萦的便是这座城市有文化艺术品位的建筑。建筑记录了这个城市的历史，历史丰富了这个城市建筑的内涵，人们从种种建筑风格，便可洞见那个时代，读懂那个时代的历史、那个时代的风俗。随着时间的推移，多少年过去了，要让人们从城市建筑中品味到如久窖而芳香四溢的琼浆玉液，而如痴如醉。我们的希望是昭阳中心城市，就不要再出现让人扼腕叹息、哭笑不得的建筑，更不能让我们的子孙背负让人耻笑的十字架。

既然文化是人类物质文明和精神文明的总和，那么，文化含量必须体现在物质生活和精神生活的聚集上，从产业角度上讲，即是第三产业的聚集。一个城市第三产业是否发达，取决于社会的再分配能力，即市民的富裕和幸福程度。随着经济的发展和社会的进步，市民的生活必然提高，市民生活的集约化必然成为另一种趋势，而最能反映这种趋势的是家务劳动的社会化。这样的结果，不仅实现了更为科学合理的社会分工，而且促进了第三产业的发展，扩大了就业的范围和机会，同时节约资源和能源，减少污染。我们现在正想方设法加速城市化程度推进的同时，必须解决一个棘手且带有根本性的问题，即离开土地的农民，是否能融人这个城市并成为这个城市的主人。缩小城乡居民思想观念、思维方式和生活方式上的差异，便是我们各级党委和政府需要长期且坚韧不拔的努力方能实现的，否则因文化差异而产生的矛盾冲突便不可避免。由于实现了生活的集约化，对于大多数市民来说，工作之余便有了更多的闲暇时间，这样便可以从事个人的兴趣和智力开发，营造高雅的精神生活环境，提高人民的生活质量。文化学者余秋雨说道：文化的最终目标是在人世间普及爱和善良。又是一种手手相递的炬火，未必耀眼却温暖人心。文化的魅力，就在于摆脱实用，摆脱功利，走向仪式。政府的职能，就是千方百计营造一个良好的经济环境和生活环境，用以满足市民日益增长的对物质文化的需求。

第四，城市化的显著特点是人口的增加。在这个问题上，我们曾寄托于溪洛渡、向家坝和白鹤滩三个巨型电站的建成和81亿吨储量褐煤的开发利用，把昭阳中心城市建成一个以能源输出，煤化工为主体的新兴工业城市，人口约50万人。现在溪洛渡和向家坝两个电站建成了，白鹤滩也即将开工，以褐煤开发利用的煤化工亦变得极不现实，原来设想涌人昭通的各类科技、工程人才及其家属和投资第一、二、三产业的人员，便留在了规划的蓝图中。以后，又陆陆续续进来了诸如工投、文投等国有企业，还有名噪一时的国际玩具城。而他们的到来，并未给昭通带来高端科技和前沿产业，主打的还是房地产，喧腾一时后，便偃旗息鼓，叫苦不迭。好在其资本是国家的，否则就哭不出好声气，对此，什么人都可以不负责任。在此浪潮的冲击下，昭通的工业园区也如雨后春笋，应运而生，拔地而起。但十多年过去了，建在火车站附近的工业园区里，容纳和充塞的无外乎就是一些传统的手工业作坊。生产的就是面条、米线、酱、醋和糕点，白天去那里，还能见到一些工人，到了晚上，其情其景，只有在蒲松龄先生的笔下方可看到。脱离昭通实际的高科技工业革命，有的胎死母腹，有的先天不足，有的后天营养欠缺，只能苟延残喘，其命运也只能行将就木，没有第二条路可走。

前车之覆，后车之鉴。欲使昭阳中心城市的人口增加，唯有倚靠产业和事业，还有卫生、园林、平安、文明的软实力，舍此，除了再次折腾外，别无他法。而支撑昭阳中心城市化进程的产业是什么呢？我的回答十分简单，便是昭鲁一体的绿色园林，避暑胜地的人文景观。昭鲁坝子得天独厚，钟灵毓秀，是四面山环水绕必生气的风水宝地，有历史记载以来，没有出过什么大灾大难的福地。昭鲁这个接近500平方公里的坝子，之所以得天独厚，就在于它尽采天地之灵气，故形成特殊的地理环境和气候环境。早晚温差大，加之土壤中的微量元素独特，使得昭鲁坝子出产的水果和菜蔬与同品种的有了很大的差别。昭通的蒜苗声名远播，驰名天下，炒肉时，蒜苗和肉不会远远地分离，而是紧紧地粘在一起，水乳交融，使肉香而回甜，很有滋味，让人惬意之余，会觉得吃了昭通的蒜苗，天下无蒜苗矣。其原因就在于它的含糖量高，炒熟后的蒜苗，不像其他味如嚼木渣那样。洋芋更是如此，它不仅香甜酥软，而且有一种面糊糊的感觉，不像其他地方的洋芋水乍乍、木杵杵的，昭鲁坝子的洋芋让人百吃不厌，无怪乎，它可以当饭吃。今年7月中旬，来自美国、澳大利亚、约旦、巴基斯坦等国家和四川、贵州、云南的专家、学者及有关领导在昭通举行了马铃薯国际论坛。专家、学者认为：昭通的洋芋色彩光亮、个头均匀，昭通应是不可多得的洋芋生产基地。水果就更不一样，昭阳区杨家湾和鲁甸小寨的樱桃，粒大水足、红彤彤的却不轻飘、妖媚，它沉稳、厚重、典雅而有气质。它鲜嫩得使人发颤，哪怕用手轻轻一摸，就会破裂，吃在嘴里，更是美不可言，蜜甜中带有微微的果酸，其回味却是浓郁的蜂蜜味道。昭通的苹果更是誉满神州，其鲜嫩甜脆、口感极好，你若咬一口果形端庄、色泽浓艳、稳重、硕大的红富士，便发会现金黄色的果肉中有一颗颗的玻璃体，我称它为苹果中的舍利子。可见在昭鲁坝子这山环水绕、富含太空微波的环境里，水果和蔬菜的肉质结构也是与众不同的，我敢肯定，其分子量一定和其他同类水果及蔬菜有明显的差别。

随着对太空的不断观测探索和研究，科学家们发现，微波遍及整个宇宙，且没有发射中心，它只对应着一个绝对温度3K，科学家就把宇宙空间发现的电磁波叫作3K微波背景辐射。有一个人们都知道的常识，电视台和电台通过天线发射的电磁波，其中心是该台的发射天线，它能传播多远的距离，取决于发射系统的功率。但不管功率多大，它的传播距离总归有限，而且其能量随着距离的延伸而不断衰减，直至消亡。而宇宙的微波没有发射中心，它遍布整个太空，并且不会随时间和空间而衰减，更不会消亡。3K微波背景的发现，足可证明宇宙是因为原来温度太高而发生大爆炸，现在科学家在宇宙空间测到的这个绝对温度3K（-270℃），恰恰就是宇宙大爆炸的余温。

其实，微波在中国人眼里，就是天地之灵气所以，凡如昭鲁坝子这样微波充裕的盆地，便可称为钟灵毓秀、物华天宝。微波在宇宙中是直线传播的，它外形犹如一个巨大的铁锅，所以，凡接收微波的天线都是铁锅形的喇叭口。微波能穿透电离层，遍布整个宇宙太空，并且是宽频带的，故信息量特大，它完全可以提供宇宙整体性演化全过程的信息。它是全天候的，不受雷电、雨晴和风雪的干扰。从被发现到大规模应用，微波把全人类带进了一个崭新的科学天地。其实，中国人发现和利用微波已经有几千年了，但却缺乏总结提炼并形成理论，因它又来自天外，人为地把它罩上了一层玄妙的面纱，变得朦朦胧胧，让人不得其解，甚至被人极不公正地说成是封建迷信。中国古人对人类赖以生存的地球乃至宇宙，其正确且客观的认识，远远走在世界前列。张衡就把地球看成地，大气层视为天，其形状犹如煮熟的鸡蛋，蛋黄为地球，蛋白为天。包括对地球在发展过程中的自然现象，诸如地震等的认知，其见解都是十分精辟的。从这个认识出发，昭鲁坝子这种地理环境，就是一个接收、吸纳微波的天线，因而造就了昭鲁坝子的富饶、美丽、得天独厚。如果我们仔细观察，便不难发现，不少的树叶和花朵都是勺形的，它就能采天地之灵气，让自己生长得枝繁叶茂，若要枯萎落叶了，树叶便伸展了。所以，有位印度科学家，就用香蕉叶略加匹配，用作电视的接收天线，效果极好。中国人练气功，就是通过不断的调整自己的姿势和呼吸节奏，使自己的身体变成锅形的接收天线，从而把宇宙间的微波信号集纳到自己的身体中来。母乳不需检验就可以让婴儿直接吸食，就是母亲沉疴在身、病人膏盲，甚至有传染性很强的疾病，婴儿绝不会因吸食母乳而被传染，因为母乳早经宇宙间的微波净化了。这就叫天地之造化，你不承认都没有办法。人既然是一个可以不断调整的微波天线，即是一个小宇宙，便可通过不间断的刻苦锻炼，尽量多采集天地之灵气，若是这样，发育就十分正常且思维敏锐、理智；反之，则是一脸的冬瓜灰、一副无精打采、病恹恹的样子，因为其人心不净，丢不掉不属于自己的东西。

人的经络是中国人发现的，至今已有 3000 多年的历史，古人在论述中，非常清楚地表明经络就在人体表面和深层之间。三国时，神医华佗在前人研究、探索的基础上，发现并标出经络的穴位图，简直就是神来之笔，至今无人超越，始终在临床上广泛应用。只要你找准穴位，按照一定的手法和穴位的深浅，将银针搓捻进去，立即便有酸、麻、木、痛、胀的感觉，继而疼痛消除，疾病去矣，真是妙手回春。对经络和针灸学颇有研究，又很有造诣的医生，不仅能用针灸治疗患者的不少病痛，且还可用针灸麻醉进行外科手术。韩非在《扁鹊见蔡桓公》一文写道："疾在肌肤，针石之所及也……"即是说疾病在肌肉和皮肤之间，扎扎银针或者石针，便可手到病除。我在北京中央档案馆里，就在清朝的一份档案里，目睹了针灸麻醉进行开颅手术的记载。中国的考古学家，在西部发掘一处古人的陵墓时，就发现一个3000多年前的头盖骨上有一个鸽子蛋大小，却十分规则的洞，更让人惊诧的是洞的内侧骨质，经碳的同位素测定后，新旧相差5个月左右。即是说这个头盖骨是做过开颅手术的，否则他的创面不会这样规整、平滑，手术后，他不仅活了5个月左右，而且头盖骨还长出了新的骨质，他接受外科手术时，也许就采用针灸麻醉。可见，中国古人对经络的认识，简直到了出神入化的境地，经现代科学研究的成果表明：微波是可以穿透人体的，其穿透能力和深度，是跟微波的频率成反比，若要达到表面和深度之间，它需要频率2000兆赫到5000兆赫的电磁波。而我称之为天地之灵气的微波，其频率就在4000多兆赫，所以，我认为：至今解剖学还没有发现，现代医学又无法解释，而又客观存在的经络，就是人的气路。在这条路上经过的灵气，就是人体吸收了宇宙大爆炸留下的微波，它成了人体生命的一部分，从而左右着人体极微妙的变化。我亲自领略过对气功颇有造诣之人的神韵，让我感悟到，他特异的生理功能就在于把吸纳人体的微波变成了气，意到气到，集中到一点上来，从而显示出超人的功夫。我认为：气功是真实的，它是微波在人的经络中的储备和聚集，故是物质的、唯物的。但让微波在人的经络聚集并能把它集中到一点上来，却不是每个人都能做到的，只有极少的人有此天赋。姚明天生就是打篮球的，郎朗天生就是弹钢琴的。人和人有差别，修炼者之间的深浅不同，是客观存在的，不承认天赋之不同，姚明和郎朗，还包括不少的偶像，真的就不值钱了，个个都能当曹雪芹、陈寅恪和鲁迅，就不能成其世道矣。就是极"左"路线的影响达到登峰造极的1958年，当时提的口号也只能是每个县出10个郭沫若、10个鲁迅啊……

昭鲁坝子是块福地，从科学的角度，它比昭通的任何一个地方，弥漫的微波都多，从而构成了它极为特殊的自然环境和气候环境。所以，在加速昭阳中心城市化的过程中，不能舍近求远，当全力经营、打造上天赐予我们的这块土地，把昭鲁坝子建成连接两个城市的大花园。正因为如此，我们从现在起，至少要做如下几件事：

首先，应通过地方立法，竭尽全力保护这块风水宝地，不能再在当阳的肥田沃地里乱修房盖屋，不能再大片大片地搞房地产和其他可有可无的建筑。沿昭鲁大道两旁，应采取宜果则果，宜花则花，宜点播庄稼、栽种蔬菜，则顺其自然。其实，成片的稻谷，也是一道十分抢眼的风景线，春末夏初，秧苗返青了，昭鲁坝子犹如铺了一块毛茸茸的碧毯。若站在卢氏家祠的小松山上，或九龙山、凤凰山上，极目远眺，一望无垠的织锦，带给人的是心旷神怡。到了盛夏，正是稻子拔节、扬花、抽穗的季节，特别是清晨，在灿烂的朝阳下，霞蒸雾绕，变幻莫测，配上点缀其中、忽隐忽现的中西合璧的别墅，犹如海市蜃楼，更是蓬莱仙岛。各级党委、政府通过各种形式，培养引导沿途的农户，改变固有的陈规陋习、生活方式，学会待人接物和相关的经营技艺，提高文明素质，乡村旅游必成为昭鲁坝子的发展趋势，最终成为昭通脱贫致富的支柱产业。这种设想，不是水中月、镜中花，只要我们坚韧不拔地努力干下去，梦想并不遥远。家住沙漠边的张希望，能带领农户，坚持在沙漠里种树，用 25 年的时间，使 5000 多平方公里的沙漠变成绿洲，从而令世界瞩目，让国人赞叹不已。而我们几十万居住在昭鲁坝子的农民和昭阳、鲁甸的十套坚强的领导班子，把不足 500 平方公里、已经初具青山绿水规模的昭鲁坝子，打造成能吸引外地人来昭通乡村旅游的大花园就这么难吗？其实，这也是昭通人的共同梦想。

现在，昭通市委、市政府同时启动了攻坚拔寨，决胜小康，文化、教育、卫生和交通、城市化建设的几个战略。半年时间的巨变，就让昭通人备受鼓舞，赞叹不已。城市化建设，不仅让"四城共创"初见成效，而且继北京飞昭通的航线开通之后，7月，昭通到深圳的航线亦开通了，以后到香港、澳门和澳大利亚、新西兰就十分便捷。今年元旦时，我去了一趟宜宾，就看见了从成都到贵阳，通过威信、镇雄的高铁，横跨长江的铁桥已开始铺轨，凭现代化的建设速度，很快就将进入威信。重庆到昆明的渝昆高铁，听说今年底也即将开工，以后我们去昆明、重庆，无非就是一两个小时，别人来昭通避暑和旅游也十分便捷。县县通高速的项目，更是即将启动，有望在2020年之前通车，昭通成为西南的交通枢纽，已不再是昏昏然的梦呓。

经济发展了，社会进步了，昭鲁坝子宜农则农、宜果则果、宜花则花，再把碧澄的渔洞水引来，让它穿城而过，必将成为花木扶疏、争相斗艳、风动鸟鸣的生态大花园了。加之夏无酷暑，冬无严寒，如此优美、温馨，适宜生态旅游和颐养天年的环境，肯定能吸引众多向往世外桃源的人到这儿小住和定居。因为昭阳中心城市在西南大地上位置适中，且环境幽静养人，是人们趋之若鹜的最佳选择，所以城市人口必然增加。这是一个不以人们意志为转移的客观规律，中国已有了不少这样的城市。

我们翘首以盼，并奔放、热情地张开我们的双臂，拥抱梦想成为现实的这一天！

习近平总书记说：

"抓民生要抓住人民最关心、最直接、最现实的利益问题，抓住最需要的人群，一件事情接着一件事情办，一年接着一年干，锲而不舍向前走。"

习总书记的这段话，不可辩驳地证明了中国共产党与中华民族的命运和前途是紧密相连的，95年前，中国共产党从民族危亡的困境中出发，寻找中国人民的幸福和民族通往复兴的道路。95年以来，正是我们的革命先烈，抛头颅、洒热血，前仆后继，推翻了三座大山，开启了社会主义探索和发展之路。人民日报社论这样写道："95年波澜壮阔，中华儿女在党的领导下开创了富强、民主、文明、和谐的光明前景。67年励精图治，一个曾经饱受屈辱的国家重新走上康庄大道。38年改革开放，我们离民族复兴的梦想从未如此之近。中国共产党团结带领人民在这片古老的土地上，书写了人类发展史上的壮丽史诗，一个生机盎然的社会主义中国巍然屹立在世界东方。历史充分证明，只有中国共产党才能救中国，只有中国共产党才能发展中国。"

今天的中国，正攀行在通向又一个高峰的最具挑战性的路上。到我们党成立一百年时，我们就要实现第一个奋斗目标，全面建成小康社会。

昭通在如何摆脱贫困，走向富裕的道路上，30多年来，也曾做过艰难的探索和努力，也不可避免地走过不少坎坷不平和荆棘遍野的道路，在极为艰难和困苦的条件下，为现在积累了不少的经验和教训。但因种种原因，也留下一些遗憾和无奈……

习近平总书记在宁夏固原考察时说道：

"全国还有5000万贫困人口，到2020年一定要实现全部脱贫目标。这是我最关心的事情。"

昭通在1985年前后，人口400多万，没有解决温饱的贫困人口是230万，到了1995年，昭通的人口接近500万，贫困人口似乎有增无减，仍然保持在200多万这个数字上。这个数字是否准确，有无水分，值得研究，但昭通的贫困面大且颇有深度，这是不可置疑的事实。如今20年又很快地过去了，现在的贫困人口仍突破100万，达到134万。13亿多的中国人口中，还有5000万贫困人口，即是说，在25—30个人中，还有一个贫困的人，按现在的标准定，此人的年收入还没有达到2885元。而昭通则4.5个人中，就有一个这样的贫困人口，每个月的收入没有达到250元。我不知道，全国的地级市有多少个，但我知道，百万人口以上的贫困地级市，全国只有 5 个，昭通便是全省独一无二，贫困人口达到 134 万的地级市。所以，昭通不脱贫，云南便无法脱贫，昭通仍是云南攻坚拔寨、决胜小康的主战场，其艰难困苦可想而知，昭通必破釜沉舟！

如何正确认识昭通的过去、现在和未来，如何加快发展进程，全面建成小康社会，谱写好"中国梦"昭通篇章，市委、市政府的头脑是十分清醒的。在今年初的市委三届十次会议上，市委书记范华平就代表常委会在深刻认识昭通区位条件独特、资源禀赋良好、人文历史厚重和人力资源丰富是推动昭通发展的四大优势外，还明确提出了制约昭通发展的六大短板。一是贫困面大、贫困程度深，现在全市仍有贫困乡镇 85 个，贫困村 825 个，贫困人口 133.67 万，贫困发生率达 25.7%，比全国、全省分别高出 16.9 个和 8 个百分点。二是基础设施薄弱。二级及以上公路的比例仅为 7%，每百平方公里的公路密度仅为 73 公里；铁路里程短、标准低、货场窄小；水富港的年吞吐量只有 63 万吨；昭通机场的飞行条件更是差，需搬迁，否则无法适应今后的经济发展和社会进步；高寒山区、山区、二半山区的土地接近 97%，25 度以上的耕地占总耕地面积的 35%，中低产的田地则高达 60%；工程性缺水严重，耕地的有效灌溉率只有 28%，低于全省 13 个百分点，农村的人畜饮水安全和提质任务极为繁重。三是产业规模弱小，支柱产业单一，仅有种植业、畜牧业、烟草制品业、电力生产四个产业对 GDP 的贡献超过 5%；人均生产总值低于全国、全省水平。四是城镇化水平较低。2014 年底，昭通常住人口城镇化率为 35.7%，分别低于全国 19.3%、全省 6.3%。五是教育发展滞后。教育基础设施滞后，各类教育发展不协调，义务教育均衡发展差距大，教师流失严重。2014 年，昭通人均受教育年限仅为 7.4 年，分别低于全国 2.33 年、全省 1.05 年。

据我所知：新中国成立前和 20 世纪五六十年代，昭通城的常住人口不足 5 万，却有省立二中、明诚中学和昭通县中，有小学 6 所，每班学生不超过50人，同时还有不少的私立小学。昭通名人彭勤先生，就在自己的宅院办有一所私立小学，就在彭先生的斜对面，邵老师也办有一所新式教育的私立小学。而三所中学的师资雄厚、水平极高，仅次于昆明，为地州之冠，所以，从昭通走出了不少的专家、学者，在云南，乃至全国，都有昭通的一席之地。从20世纪80年代开始，昭通城区的人口就突破10万，到现在接近30万。小学非但没有增加，反而撤销了第五小学，更为滑稽的是，为了满足房地产商的地段的需求，竟然将一所众望所归、教育、教学质量颇高的实验小学从城里搬到城郊，现在这所学校的近况如何，市民自有评说。读高中，甚至比考大学难，仅以昭阳中心城市为例，其境况就十分险恶，参加高中升学考试的初中毕业生超过万人，录取者却让家长扼腕叹息，万般无奈，不少城里的娃娃只能到乡镇上的中学读高中。这样的结果，昭阳中心城市谈何为政治、经济、文化的中心，谈何城市化矣。之前，昭通以其先进的教育，吸引了不少学富五车、才高八斗的学人，趋之若鹜前来；而现在却无法留住教书育人的优秀教师，值得我们深思。市委书记范华平曾多次说过：

"今天的经济是昨天的教育，今天的教育是明天的经济。"

他还多次说道：

"知识和视野决定事业格局。教育在扶贫开发中具有决定性的战略地位。教育是经济发展的动力源泉，教育与个人收人成正相关，教育能使人获得知识、拓展视野、具有智慧，教育是人类文明进步的基石和前提。对于扶贫开发而言，教育可以预防贫困发生，减少贫困数量，阻断贫困代际相传。"

当今世界的竞争，说到底便是教育和人才的竞争。任何国家，靠天赐之资源，无论经济如何发达，最多可称之为强大，它无法雄踞于世界民族之林。只有经济高速发展，文化教育发达，方可称之为伟大。现今之中国，所要重铸的辉煌，就是伟大。六是生态敏感脆弱。昭通地处长江上游、赤水河源头，生态建设和下游流域的安全举足轻重，命运攸关。受金沙江、牛栏江、白水江等大江大河的切割、冲刷，境内海拔 2000 米以上的面积达 30%，加之土层薄且贫瘠，故植被少，高寒冷凉，水土流失占国土面积的45%，生态一旦遭到破坏，便很难修复。

尽管如此，昭通也不是孤立的，它和国家休戚相关、生死与共，所以，昭通也面临发展的机遇。习近平总书记说道："主动服务和融人国家发展战略。"就为昭通提供了千载难逢的两个大机遇，而我们值得庆幸和欣慰的是，市委、市政府紧紧地抓住了这些机遇。一是党中央、国务院、省委、省政府对昭通发展的高度关注、大力支持，为我们的发展指明了方向，而且在人力、物力和财力上亦给予了极大支持。二是"一带一路"、长江经济带等国家的重大战略，以及新一轮的西部大开发，乌蒙山片区区域发展与扶贫攻坚规划的加速实施，为我们主动且有机会融人长江经济带、成渝经济区和滇中产业新区注人了动力，提供了广阔的空间。

四大优势、六个短板和两大机遇，就是我们昭通比较准确、全面、透彻，需形成共识的市情，被市委紧紧地抓住了。并且旗帜鲜明地化作了重点突出、难点清晰、需全面实施的"六大战略"。一是实施脱贫攻坚战略，全面建成小康社会；二是实施交通先行战略，强力推进基础设施建设；三是实施产业培育战略，全面打造昭通产业的升级版；四是实施新型城镇化战略，建设滇东北明珠；五是实施教育兴昭战略，着力提升全民整体素质；六是实施生态文明战略，筑牢长江上游生态屏障。

它集中体现了昭通历史悠久与发展滞后并存、区位优势与交通不便并存、资源富集与产业弱小并存、文化厚重与教育落后并存、山川秀美与生态敏感脆弱并存的现况。因而，六大战略的提出和实践是客观的、科学的。

"六大战略"是由客观的市情决定的，它不以人们的主观意志为转移。但要完成和实现它，绝非一朝一夕之功，它需要我们面对和正视，更需要我们团结一致，坚韧不拔，为之不懈地努力奋斗。"六大战略"是昭通各级党委、政府和600万勤劳、善良的昭通人民之智慧结晶，必须坚持始终。再不可自作聪明，朝令夕改，折腾无所适从的基层领导和追求美满、幸福生活的善良人们。

市委认为："六大战略"是牵引昭通跨越发展，实现同步小康的"牛鼻子"，是有机联系的一个统一整体，它包含了目标、路径和方法。抓发展就如同走路一样，没有明确的目标，就会偏离前进的方向，自然也就失去了发展的动力和支撑的条件。同时，我们抓发展，要有统筹兼顾的大局意识，又要结合自己的实际，突出重点。要以重点攻坚为全局破题，以关键举措推动全局发展。脱贫攻坚是目标、是方向、是统领、是全面建成小康社会最艰巨的任务。习近平总书记就说过："让老百姓过上好日子是我们一切工作的出发点和落脚点。"中国共产党不忘初心，继续前进，就因为历史和人民选择了中国共产党。在我们党95年波澜壮阔的历史进程中，经历了北伐战争、土地革命，8年抗战，解放战争，最终推翻了三座大山。新中国成立了，我们又经历了抗美援朝、土地改革和改革开放……这一切的一切，为的就是让勤劳、善良的中国老百姓摆脱屈辱、奴役，过上美满、幸福的生活。

回顾昭通的扶贫攻坚，我们从只有400多万人口，而贫困人口则有230万的危局，通过30多年的努力奋斗，改变到现在600万人口，而贫困人口还剩134万左右。但我们岂能从这点变化中寻找慰藉，更不能躺在所谓的功劳簿上。到了啃硬骨头的攻坚阶段，我们任重道远，步履艰辛，人民不富、不幸福，一切都是空谈。市委、市政府认为：脱贫致富，建成小康社会，是政治、经济、社会发展的统领，而交通、产业、新型城镇化、教育文化、生态文明则是建成小康社会的路径和手段，是实现脱贫攻坚不可缺少的条件，更是促进昭通协调发展的必然抓手，没有这五项具体的战略作支撑，我们脱贫致富，建成小康社会的目标就会落空，昭通发展的美景就只能是镜中花、水中月。所以，市委、市政府反复强调，目标和路径必互相联系、互为因果、辩证统一，在这个问题上，我们各级党委、政府和600万人民群众必须形成共识，聚集人心和力量，愚公移山，彻底消除贫困，全面建成小康社会。所以，市委要求各级党委把消除贫困作为义不容辞的责任和使命，把脱贫攻坚作为最大的政治、最硬的任务、最普惠的民生工程来抓，以脱贫攻坚的实际成果赢得人民群众的信任和拥护。在实际工作中，记住习近平总书记的殷切希望："不以事艰而不为，不以任重而畏缩，倒排工期，落实责任，抓紧施工，强力推进。"

市委反复强调交通先行，就是要大力推进综合交通体系的建设，着力破解交通瓶颈的制约，逐步恢复昭通历史上通达顺畅，水陆并举，内引外联的大通道优势。

市委强调产业的培育，就是要依托昭通得天独厚、钟灵毓秀、资源独特、品质上乘的优势，加快培育一批拳头产品，壮大经济实力，让人民群众增加收益，过上美满、幸福的日子。

市委强调新型城镇化，就是要优化城乡布局，推动基础设施向农村延伸，公共服务向农村拓展。就是使城市的生产力、思维方式和生活方式向农村辐射，推动城乡协调发展。一句话，就是依托城镇化来扩大内在需求，推动昭通经济的发展。

市委强调教育兴昭，除了提高全民的整体素质，还要大力培养一大批有知识、有技术、懂管理、善经营的各类人才，只有这样才能抢占经济发展、社会进步的先机；只有这样，才能在人才的激烈竞争中，使昭通保持不败之势。

市委强调生态文明，就是要坚守生态保护的底线，推进绿色、低碳、循环发展。昭通人应志向高远、充满自信、不懈地追求。未来的昭通，必有洁净的空气、清澈的河水、茂密的森林、无垠的草地，看得见春花的绚烂，听得见夏雨的诉说，感受得到秋月的晴朗，触摸得到冬雪的精灵。无可置疑，市委提出改变昭通贫穷、落后面貌的六大战略，越来越贴近昭通的实际，越来越尊重人民群众的感受。600万昭通各族人民在以习近平同志为核心的党中央带领下，从来没有现在这样意气风发、斗志昂扬，"中国梦"昭通篇章的实现，不再遥远！

对于如何摆脱贫困，发展昭通，市委通过大量的调查研究和艰苦卓绝的努力，绘制出了和中央、省委始终保持一致，符合昭通实际，鼓舞士气，凝聚人心的蓝图。但如何变成全市干部、群众的实际行动，通过5年时间的拼搏而变成现实呢？对此，市长郭大进代表政府，擂响了气势磅礴的鼙鼓。他提出牢固树立"创新、协调、绿色、开放、共享"的五大发展理念，在省委、省政府的坚强领导下，团结带领全市各族干部群众，立足"四大优势"，正视"六大短板"，抢抓"两大机遇"，坚持以脱贫攻坚统揽经济、社会发展的全局，主动服务并融入国家和省的发展大局，全面实施脱贫攻坚，交通先行，产业培育，新型城镇化，教育兴昭和生态文明六大战略，统筹推进经济建设、政治建设、文化建设、社会建设、生态文明建设和党的建设，努力闯出一条经济、社会跨越式发展的新路子。推动全市如期全面建成小康社会，为谱写"中国梦"昭通篇奠定坚实的基础。

郭大进认为：这一指导思想和发展思路，既与党中央、省委保持了高度的一致，又突出了昭通未来发展的重点和关键途径，把人民群众的根本利益作为加快发展的出发点和落脚点。

为了落实市委的六大战略，市政府提出了"四基地一屏障一走廊"的发展定位：即把昭通建设成为滇川黔区域综合交通枢纽，云南融入长江经济带和成渝经济区的重要门户，中国面对南亚和东南亚开放的重要经济走廊，中国西部新型载能产业和高原特色的生物产业基地，长江上游重要的生态屏障，中国西南新兴旅游之目的地。

为达此目的，须引导生产要素向重点区域聚集，市政府提出了"一圈、一区、一带、一廊和一门户"的生产力优化布局。一圈则为昭鲁核心经济圈。所以，必须强化产业建设，统筹昭鲁城市规划，优先且合理布局城市的基础设施建设，其根本就是经营好昭鲁坝子这块风水宝地。只有这样，才能加快和提升核心区域的辐射、带动作用，实现昭阳与鲁甸的一体化发展。正因为如此，市政府须着力建设昭鲁坝子的综合交通枢纽，着力强化市政基础设施的建设，同时增强教育、科技、文化对昭鲁一体化的支撑。在培植新的产业时，不可偏废传统产业，必须巩固烟草及其配套产业，打造以轻工业制造、商贸物流、旅游服务、枢纽经济为重点的昭通发展核心区。充分利用溪洛渡、向家坝两座巨型电站给昭通留存的电量，加快发展水电铝等清洁、无污染的载能产业。发展建筑、建材、冶金、生物制药、绿色生物资源加工。加快昭鲁坝子的现代农业、观光农业的发展。最后形成以加工制造、商贸物流、文化旅游、现代农业为主导的综合经济区。

一区即为镇彝威革命老区经济区。土城战役后，红军北渡长江，把根据地建立在川西北的计划已无法实现。红军被迫渡过赤水河，进入威信，并在 5 天的紧迫时间里，召开了使红军转危为安的重要会议，并作出相应的决策。从而解决了遵义会议上想解决而又没有解决的几个重大问题，其历史功绩，可与日月同辉。

红军在扎西先后 5 天的时间里，在中国共产党的历史上写下了极其壮丽和辉煌的篇章。扎西也为中国革命的胜利作出了卓越的贡献。党和人民都没有忘记扎西，中央和省委，便把镇彝威三个老区作为重点扶持的对象，市委、市政府便以此为契机，重点以红色旅游带动整个旅游产业的发展。同时加快煤炭深加工的矿产业转型升级，大力发展以天麻、蔬菜、林果为主的生物产业。从而使镇彝威逐步形成以红色旅游为主导，以煤炭及化工产业、生态农业、山地畜牧业为支撑的革命老区经济区。

所谓一带，便是金沙江库区经济带。市政府的决策是以沿金沙江公路和库区航运为纽带，依托和发挥向家坝、溪洛渡和白鹤滩三大高峡平湖景观和现代大型水电工业文明景观的独特优势，大力发展旅游业。依托金沙江河谷的光热资源，大力发展魔芋、花椒、砂仁、柑橘、尤果等热区特色林果。并加强区域合作，打造与长江经济带协同开发、共同发展的对内开放的合作经济带。

一廊，就是昭水经济走廊。以昆水高速公路和内昆铁路为依托，以昭阳、水富省级工业园区两极带动，引导人口、资源、资本、信息等向轴线集中。重点发展中小水电、矿冶、化工、绿色产品加工。积极发展现代物流，构筑成渝——昭通——昆明的物流链。大力开发旅游资源，强化区域旅游集散及服务功能，主动融入滇川黔渝旅游链，构建云南连接长江经济带的经济走廊。

水富是昭通面对四川和长江经济带的门户。有着其他地方无法取代的独特优势，故须撤县设市。依托航空、高速公路、铁路、水运的综合交通优势，大力发展港口、旅游、物流、新型工业等产业，把水富打造成云南融人成渝经济区和长江经济带的门户。

市委结合昭通实际，着力攻克难点，突出重点的"六大战略"和市政府"四基地一屏障一走廊"的发展定位一经提出，就得到广大干部群众的一致好评，很快就形成共识，从而凝聚了人心和改变贫困的巨大力量。因为它指明了制约、阻碍昭通经济发展和社会进步的症结之所在，并且旗帜鲜明，不可置疑地提出了脱贫攻坚，决胜小康是目标，是方向，是统领，是全面建成小康社会最艰巨的任务。它体现了习近平总书记，人民群众所向往、所追求的美满、幸福的生活，就是我们的奋斗目标和思想，充满了温暖的人文关怀和以人为本的执政理念。任何一级组织，若不把人民的根本利益放在自己工作的首位，他们的任何决策，任何的所谓政绩，都是虚假而充满欺骗的面子工程，为的就是自己的升官发财，其下场都是不齿于人类的狗屎堆。

第三章

我记得，范华平去年5月奉命到昭通工作时，没有前呼后拥，更没有一来就高谈阔论、颐指气使、作指示、发号令。而是悄声哑气，非常低调且不惊不乍地来到滇东北的这块土地上，和相关人员简单地见面后，便轻车简从地去了各县区和乡镇，一去就近半年。这段时间，他除了回昭和到昆明参加重要的会议，处理事关昭通大局的事情外，就始终泡在基层的干部、群众之中。所以，他十分清楚昭通干部、群众心里在想什么，渴求什么。他十分清楚，昭通贫困面大且程度深的原因在哪里，自己该怎么办。他更十分清楚，阻碍昭通经济发展和社会进步的症结之所在，要在2020年之前，使昭通百万贫困人口完全脱贫，初步进入小康，市委该抓哪些大事，该怎么抓。他以为，应把彻底改变昭通百万人民群众的贫困，作为市委带领全市600万干部、群众为之奋斗的目标、方向和统领，舍此，一切都是废话、空话，到头来，老百姓只能画饼充饥。

今年初，在市委三届十次全体（扩大）会议上，范华平受市委常委会之委托，向全会做工作报告时，明确地提出了以扶贫攻坚为重点，以"六大战略"为核心的奋斗目标。与会者听后，耳目一新，精神为之一振，认为切中了昭通经济发展和社会进步滞后的要害，重点突出，主次分明，很快便达成了共识，从而变成了每个昭通人的实际行动。

"六大战略"是全市干部、群众智慧的结晶，也是范华平和郭大进等心血的凝结，没有他们的深入调查、研究，并把对市情的认识转化为智慧，就没有如此明确、透彻且具体的奋斗目标。

范华平1962年10月出生于红河泸西县城的一个贫苦家庭。父亲是泸西县城马车站的一般职工，负责调配驾驭马车的工人出勤，完成货运任务。母亲则是县城五金合作社的工人，生产的就是居家不可缺少的菜刀、斧子、剪子和门扣等铁器。他出生在这样的家庭，从小耳濡目染，便养成了勤谨、善良的秉性，有着强烈的平民意识，不狂、不骄、不浮、踏踏实实、兢兢业业。1982年，从红河州民族师范学校毕业后，他被分到泸西建设小学任教。贫家子弟，但有朝日衣食，便会自勉有加，感恩戴德，格外珍惜，踏踏实实，毫无半点懈怠。故范华平在建设小学教师的岗位上，认真、负责地传道、授业、解惑，受到同仁的赞誉，两年后，便调到泸西中枢镇教委工作，主要从事教育的行政管理。他在这里工作了3年，1987年，只有25岁的范华平，从中枢镇教委调任共青团泸西县委的副书记，很快又被提拔为团县委书记。可见他的工作是努力而勤奋的，是称职的。古人云：人心一真，便霜可飞，城可隕，金石可贯；若伪妄之人，形骸徒具，真宰已亡，对人则面目可憎，独居则形影自愧。坚持不在三更五鼓，功夫只怕一曝十寒，不精则糙，不恒则退。只有矢志不渝的执着跋涉，方能邂近最险处的壮美风景。范华平用自己的实际行动，赢得了上级党委的认可和群众的赞许，他只在团县委书记的任上干了一年，便调任泸西县向阳乡党委书记。

乡党委书记，处在基层工作的第一线，他不仅要一丝不苟执行党中央的路线、方针和政策，在政治上、思想上、行动上和中央以及各级党委高度保持一致，还得结合向阳乡的实际，创造性地贯彻、执行党中央的路线、方针和政策，以及重大的决策部署。否则，就不能把党的惠民政策深入人心，聚集力量，就不能调动广大群众的积极性，相反把自己弄成了孤家寡人，这便是领导干部最大的悲哀。

又是一个 3 年，范华平任了共青团红河州委书记，中共红河州委发现了他的潜质，是一块初见端倪的璞玉。4 年时间中，他脱产到云南省委党校经济管理大专班深造，在这里，他不仅接受了系统的马克思主义和有中国特色社会主义的理论熏陶和教育，而且掌握了专科生应该具备的专业理论和知识。这样的结果，使范华平在理论和实践相结合的过程中，得到了升华和飞跃。所以，他刚刚从省委党校毕业回到红河，州委便将他派到绿春县任了正处级的县委副书记，在这个任上，他只履职了 4 个月，便任了县委书记，一干就是 5 年。

绿春县因山清水秀、风景旖旎、气候温和、四季阳光灿烂、春风和煦而得名。它与越南毗邻，国境线长达 150 多公里，总面积 3000 多平方公里，2000 年末，全县总人口只有 20 万左右。

范华平在绿春县的那 5 年时间里，结合县情，走的是"抓粮畜保吃饭，护生态建产业"的发展路子。形成了粮畜林协调发展的格局，粮畜、橡胶、茶叶和草果成为农民收入的主要来源。2000 年时，农民人均有粮 560 公斤，现金纯收入达到人均每月 486 元，平均 4 人就有 1 头大牲畜，5 个人便有 1 头出栏的肥猪，加上羊、鸡鸭等，农民的日子过得十分滋润和美满、幸福。

全县有各类科技人员 2252 人，88 人便拥有 1 个科技人员，故绿春县的农作物和牲畜的良种率超过 40%，科技领先，源于教育。只有 20 万左右人口的绿春，竟然有中小学 423 所，教职工超过 1800 人，在校小学生 2.5 万人，中学在校生数达到 4200 人，每个乡镇都有学前班。

范华平 2001 年调任蒙自县委书记时，绿春县已初步实现"抓粮畜保吃饭，护生态建产业，打基础增后劲，兴科教强素质"的发展思路。

范华平是个喜欢读书，且善于读书的人，他深知马克思主义和建设有中国特色社会主义理论，对独当一面的县委书记是何等重要。所以，尽管工作再忙，公务缠身，他仍然用了两年的时间，在省委党校函授学院经济管理本科班读了本科。同时，又到中国社科院研究生院专修班攻读了该熟练掌握的研究生课程。使他对党的路线、方针、政策的理解、贯彻，更具有了融会贯通的理论基础和高度的自觉性。

范华平回到绿春县委书记的任上，仅仅一年的时间，他就被调任为蒙自县委书记，很快，经省委批准，他便增补为中共红河州委常委。

蒙自是云南近代最早外贸口岸和云南对外开放最早的地区，清光绪十三年率先在蒙自设了云南第一海关。紧接着法国在蒙自设了领事馆并开办了哥胪士洋行，它是近代云南最早开办的外资企业。蒙自之所以受到法国的青睐，取决于它的资源和特殊的地理环境。它东临文山，南连屏边，西接个旧，北通开远，东北又与砚山为邻，西南隔红河与金平、元阳相望。蒙自坝子有30多万亩旱涝保收的肥田沃地，故是滇中农业现代化的试验示范区。现已探明银的储量4000多吨，煤12亿吨，锰400多万吨，铅、锌接近200万吨，铜13万吨，锡接近4万吨。

范华平2001年离开绿春到蒙自后，他延续县委的发展思路，死死抓住西南大开发，昆河经济带建设，个旧开远蒙自城市群中心片区建设及州政治东移的三大机遇，充分发挥蒙自自然资源和区位两大优势，竭尽全力突破结构性矛盾突出、科技教育水平低和基础设施滞后的制约，实施科教兴蒙、可持续发展、城市化和全方位开放的四大战略。实现了绿色经济强县，新兴产业和现代化生态城市的进程，促进了经济社会的协调发展。

范华平在蒙自求真务实地拼搏苦干了6年，不仅使县委的发展思路得到延伸，补上了结构性矛盾突出、科技教育水平低和基础设施滞后的短板，实现了绿色经济和新兴产业强县的目标，并有了新的、让人赞叹的发展，同时，初步建成了现代化的生态蒙自县城。

我听不少的朋友说：范华平调离蒙自，前往曲靖市任市委副书记时，干部群众都想竭力挽留，舍不得让他走。人们看重他为人处事低调，不自以为是，更不浮躁、说得少、做得多。他像老黄牛那样，吃的是草，挤出来的是奶，默默地劳作，默默地奉献，用自己的行动，实践了一个共产党人的抱负和理想，用自己出色的工作赢得了蒙自干部、群众的爱戴与敬仰。

哲人说："太过浓艳的滋味是短暂的，能清淡一分会觉得滋味历久弥香。"范华平自来到昭通的第一天开始，便低调做人，夜以继日地做事，除了到昆明开会、带领昭通有关领导到外地考察、学习、谋划昭通的发展外，几乎没有离开过昭通。今年春节、清明节时，方抽出时间回家看看，都是迟迟离开昭通，提前回到自己的工作岗位。今年4月，我的长篇小说《相约水富》，正式由中国文联出版社公开出版发行时，我请他为拙作写序，他欣然答应后，却未提笔，我便催促他，范华平只得对我说道："手里的事情确实太忙，无法提笔，只有五月端午，利用放假、休息的时候，再为你写了……"现在读者见到的序言，确确实实是利用端午休息时间写就的，这让我十分感动，同时又深深地觉得内疚，不该为自己的私事打扰他。范华平确确实实是一个言而有信、实实在在的领导。

郭大进出生于安徽省安庆市潜山县岭头乡黄岭村一个普通的农民家庭。

潜山县地处安徽省西南部，大别山东麓，辖区内有一个国家级风景名胜区、一个省级经济开发区和一个省级旅游度假区。面积接近1700平方公里，人口58万。潜山素有"皖国古都，二乔故里，安徽之源，京剧之祖，禅宗之地，黄梅之乡"的美誉。潜山春秋时属皖国，山称皖山、水称皖水、城称皖城，安徽简称皖便源于此。

潜山属安徽省的历史文化名城，故历史悠久，文化厚重，钟灵毓秀、人杰地灵。

潜山在周朝时属皖国的都城，三国时，袁、曹、孙三家交替据有此地，皖城故成为兵家必争之重镇，不知留下了多少惊心动魄的传奇故事，从而铸就了厚重而辉煌的历史。

潜山岗川相间，丘林交错，森林覆盖率56%。东南圩贩，阡陌纵横，河湖穿插，良田相连，是全国驰名的产粮大县和名副其实的鱼米之乡。全县仅有耕地36万亩，粮食总产量却超过23万吨，人均有粮超过800斤。

潜山西部的天柱山是国家5A级风景名胜区，2011年9月，被联合国教科文组织正式批准为世界地质公园。它是大别山东延的余脉，它因天柱深藏于万山丛中，一峰高耸，千岩万壑，远近大小，莫不围绕拱拜。历史上曾被道教、佛教视为宝地。东汉名道左慈就在此炼丹得道，从南北朝起，道家先后在天柱山建过五岳祠、灵仙观天、祚宫等。佛教的二祖、三祖、四祖亦把天柱山作为传授衣钵之地，先后建过三祖寺、天柱寺和佛光寺。故唐宋时期就有"三千道人八百僧"之说。

由于天柱山风景奇特，独具优势，公元前106年，汉武帝刘彻一行南巡狩猎，自浔阳、顺江而下，登临天柱山，号曰南岳。以后，隋文帝诏改江南衡山为南岳，尽管如此，天柱山不因尊号南移而被冷落。相反因潜山县城，自汉以来，即为兵家必争之地和灿烂文化之重镇，历代达官名宦、文人学士趋之若鹜，纷至沓来。李白、白居易、李翱、李德修、王安石、苏东坡、黄庭坚、陆游、杨万里、李元阳、胡缵宗等，无不为天柱山之胜景所吸引。他们或远眺，或登临，或结庐而居，筑亭而读，或吟诗作文，刻石勒名，留下了许多传世的诗词和珍贵的人文景观。

白居易就有："天柱一峰擎日月，洞门千仞锁云雷。"王安石却有文写道："水无心而宛转，山有色而环围，穷幽深而不尽，坐石上以忘归……"这些诗文，赞颂了天柱山之雄奇壮丽，至今游人低回吟诵，流连忘返之情，无不油然而生。

唐天宝七年，李白曾渡江到皖西，一方面寄情山水，一方面求仙访道。他远眺天柱峰，挥笔写下《江上望皖公山》一诗："奇峰出奇云，秀木含秀气。青冥皖公山，巉绝称人意……"真可谓字字珠玑、笔笔含情。第二年，李白登庐山，又绕道去了天柱山，终于遂了平生夙愿，故死而无憾了。

潜山之所以成为安徽省的历史文化名城，除了它有悠久的历史外，还出了不少的名人。诸如三国时的大乔、小乔，著名才子、文学家、科学家和数学家王蕃、宝志禅师，晚唐诗人曹松、宋代宰相王珪、郡守且第一画家《五马图》的作者李公麟，明末著名状元、《金瓶梅》的修订者刘若宰，率领徽班进京的陈长庚及把京剧艺术发扬光大的余三胜、程继仙、余叔岩等。著名学者余英时，是国学大师钱穆的弟子，更是人文诺贝尔奖的获得者，杂技和黄梅戏皇后夏菊花、韩再芬无不是璀璨的明星。我从小就知道著名章回小说家张恨水就是潜山人，他原名张心远，恨水是笔名、取南唐李煜诗"自是人生长恨水长东"之意。更是鸳鸯蝴蝶派作家的领军人物，他的作品情节曲折复杂，结构布局严谨完整，将中国传统的章回小说与西洋小说的新技法融为一体，别开生面，让人拍案叫绝。他在五十多年的创作生涯中，创作了100多部通而不俗的小说，其中绝大多数是长篇，总字数远远超过两千万，堪称著作等身。众多小说中，尤以《春明外史》《金粉世家》《啼笑姻缘》和《八十一梦》四部为代表。我读过恨水先生的《金粉世家》和《啼笑因缘》两部传世小说，至今还记忆犹新，不少的精彩情节还萦绕于心，足让我赞叹不已。

1948年底，正值新旧政权交替之际，他突患中风，丧失了写作能力。新中国成立后，周恩来总理特批，聘请张恨水为文化部顾问，每月发给大米600斤。1954年，张恨水病情好转，便辞去顾问，又专事写作，并以此为生。

女儿张政回忆道：

"此时的爸爸，已经是步履蹒跚，口齿不清。爸爸伏案写作，夜深人静，只有窗前一丛茅竹的影子，和他默默相对。"

当时有人非议他的小说尽是"风花雪月，鸳鸯蝴蝶"，他从不反驳，有友人当面问起，他只是温和地反问：鸳鸯与蝴蝶，和人的感情，关系都不错，几曾见有人要扑杀鸳鸯和蝴蝶？又听谁说过，鸳鸯和蝴蝶害了人吗？

张恨水的小说影响极大，可谓空前绝后，当今所谓的畅销书作家根本无法和他相比，只应望书兴叹。仅他的《啼笑姻缘》至少出过21版，这仅仅是指正式出版的数量。如今书籍市场上最流行，最让人头痛的"盗版"问题，并非现代人的发明。在张恨水那个时代就已经存在，抗战时期，仅沦陷区便出现过上百种冒名张恨水的伪书。1956年，张恨水被邀请列席全国政协二届二次全会，茅盾把他介绍给毛泽东主席，握手时，毛主席说："还记得你，还记得你。"茅盾又说道："主席，《春明》那本书就是他写的。"张恨水连忙更正道："主席，那是伪书，我写的是《春明外史》《金粉世家》。"

可见冒名张恨水的伪书和盗版书，泛滥到什么程度，连茅盾先生都难辨真伪。

茅盾先生生前客观公允地评论道：

"在近30年来，运用章回体而能善为扬弃，使章回体延续了新生命的，应当首推张恨水先生。"

1997年，由中国社会科学院文学研究所，中国作家协会创研部等部门联合举行的"张恨水与中国通俗文学研讨会"给予了张恨水先生很高的评价：

"他的一系列最优秀的作品，热忱关心并积极再现社会现实，不仅继承了章回小说的特点，同时吸收了西方小说的某些技巧，使传统形式与现代内容相适当，章回体与新文学相融合。张恨水的小说虽通俗，却追求辞章笔法的典雅，雅俗共赏，大大提高了中国通俗文学的水平。"

郭大进就是和张恨水同住一个村子的邻居。他告诉我说：张恨水的父亲原是江西广信县城税务局的收税员，退休后回到老家后，算得上是生活优裕的财主。当时，大进的爷爷便是张家特聘的管账先生，原因是张家人口多，又靠张恨水的稿费过着衣食无忧的生活，来往和开支的钱财较频繁，故需记账的先生。直到新中国成立后，张恨水较为直系的亲人离开老家去了北京，大进的爷爷才离开张家。以后，大进的爷爷、奶奶先后逝去，便由他父亲担负起赡养他大娘、二娘的职责。他只有 10 多岁的父亲如牛负重，忙里忙外，硬撑着这个家，从而铸就了他父亲默默无闻，却十分传奇的人生。从 20 世纪 50 年代末，他父亲就是潜山县岭头乡黄岭村的大队干部，以后又任了大队的支部书记。郭大进出生在这样善良、勤劳、耕读为本的家庭里，从小耳濡目染，就从骨子里养成了勤劳、善良和刻苦努力的秉性，故平民意识极强。所以，他极痛恨那种，身居领导职位，而不为民众办事的昏庸、懒散且颐指气使、架子很大的污浊之官。土地承包之前，他父亲任黄岭村支部书记没有工资，得到的报酬是生产队评给的工分，并用它分粮食养活全家老小。土地承包后，他仍没有工资，自苦自吃，却仍当着支部书记，劳动之余，还得贯彻党的路线、方针和政策，为党员和群众排忧解难。以后，潜山县从县财政拿出一笔钱，给大队干部予以补助，大进的父亲才有了每月 150 元的生活补助。但老人不惊不喜，也无怨无悔，仍兢兢业业、踏踏实实、默默无闻做好大队党支部书记该做的事情，仍是那样厚道、纯朴。黄岭村的老老少少，仍然视他为亲人，如自己的长辈那样拥护他、支持他、爱戴他。20 世纪 90 年代，大进父亲的生活补助增加到了每月 300 元，而此时，老人已当了 30 多年的党支部书记。

2005 年，大进的父亲满 60 岁退休了，他的支部书记已当了 42 年，是他自己要求退休的。农村基层党支部书记，不属编制内的国家干部，故没有退休工资，仍由潜山县委有关部门每月补助 500 元生活费。不以物喜，不以己悲，老人仍悠然自得，不觉得自己不值得，而倍感欣慰的是，他这 42 年，仰不愧于天，俯不愧于地，坦坦荡荡处世，清清白白做人，公公正正办事，老人此生足矣。

老子主张淡泊名利，清虚恬静，无为而治，即是说：人的本性是纯朴自然的，但社会的发展使人变得十分复杂，这种复杂让人想保持人的本真越来越难。聪明过人的人喜欢耍小聪明，这种自作聪明往往抹杀了心中的正气，使自己的人格在一种巧诈中堕落。荣华富贵的人一味追求权势地位，心中充满私欲，更加远离了人的本真。纯朴自然的生活才能表现真善美的人生境界，尽管在现代社会要做到这一点不容易。但至少我们可以做到在浮华中保持几分淡泊，尽量以平常心对待生活，这样才能保留一些人的本性，做一个真实自然的人。

郭大进有这样的父亲，又有张恨水这样的邻居，对他的人格塑造是举足轻重的，他觉得：做人做事，要像自己的父亲那样鞠躬尽瘁，死而后已；读书研究学问，要像张恨水先生那样刻苦、用功，方可成为国家的有用之人才，为实现共同的中国梦，贡献自己的才华和力量，从而实现自己的人生价值。

郭大进对我说："潜山县之所以成为安徽省的历史文化名城，就因为有张恨水这样的读书人。"他奉行"流自己的汗，吃自己的饭"的人生守则，做人的姿态低到极致。张恨水自己常说，写字就是营生罢了，如同摆摊之类的小本生意，平淡如斯、实在如斯。大进还告诉我说："张恨水这个不改皖南口音的'乡下人'，很注重气节，不趋炎附势，当时，不少的达官显贵就以结交张恨水为荣。"蒋介石、宋美龄当年就到黄岭村看望张恨水，张恨水虽客气、热情接待，却让佣人送蒋介石夫妇出门。张学良派副官到潜山邀请张恨水为文化顾问，挂个虚职，月薪100块大洋，张恨水却以"君子不党"而婉言谢绝。

那天，郭大进还对我说，他一个农民的孩子，能成长为博士和市长，就是老家潜山从古至今，重视教育的结果。1900年潜山县就设官立小学堂，到1936年，全县计有高小15所，国民中学22所。新中国成立后，教育更是大有发展，就是国家拨款不能满足新修学校的前提下，群众亦纷纷主动捐资。到1986年，不足60万人的潜山县，仅小学就有668所，全县学龄儿童的入学率达98.5%，巩固率为99.4%，毕业率为95%，普及率为93.3%，升学率为50%。截至2012年，全县各类学校155所，教学点182个，中等职业学校4所，普通中学44所，在校学生接近10万人，普通高中的在校生17000人，中等职业学校在校生接近14000人。

大进说："在这种环境和氛围中，传道、授业、解惑的教师十分敬业，并形成了教书育人的强烈气氛。"学生更是在心里牢牢地树立了为中华崛起而读书的雄心和壮志，绝大多数在校生都十分刻苦、努力。加之，历史文化厚重，那里读书成风、人才辈出，潜山成为名副其实的历史文化名城。

郭大进生于1974年，受家乡历史文化的影响和熏陶，不管读小学还是中学，都十分刻苦努力，学业成绩一直名列前茅，且品学兼优，一直是老师称赞、表扬和同学仰慕的榜样。

他21岁，还在西安交大公路系公路与城市道路工程专业读书时，就光荣地加入了中国共产党，立志为共产主义理想奋斗终生。西安交大毕业后，分配到国家交通部，在公路科学所道桥部做了4年的研究实习员后，被提拔为所长办公室副主任，3年时间不到，他便被提拔为主任。在这段时间，他考入同济大学道路与交通工程系、道路与铁路工程专业攻读硕士研究生学位。毕业后回到北京，便被任命为北京路桥工程监理咨询有限公司经理。2004年他又考入西安大学公路学院道路与铁路工程专业攻读博士学位。

他在监理咨询公司经理的任上，只干了 5 年时间，便被提拔为交通部公路科学院党委副书记兼纪委书记。2012 年 11 月，调往云南省交通厅任副厅长，直到 2014 年调任昭通市委常委、副市长和市政府党组副书记。张纪华调往昆明后，郭大进接替张纪华任了昭通市委副书记、市长之职。

郭大进是一个专家、学者型的领导，省委把他派到昭通来，就是为了补齐我们这个昭明而不通达的短板。一年多以来，他在不偏废政府其他工作的情况下，对昭通的扶贫攻坚和交通建设花了大气力，从而取得了令人瞩目的发展。

去年底，昭通有了一条贯穿南北，真正意义上的高速公路。这条路虽然由省政府主导修建，但是郭大进功不可没，不能忘记他殚精竭虑、奔走呼号的努力。同时，围绕这条路，得做征地、拆迁、补偿等世上最难做的事情，舍此，后果是不堪设想的。而不少的昭通人更没有想到，去年竟在无声无息中，一条梦寐以求，北出水富融入四川、重庆的高速公路，就这么快地展现在人们的面前。当今之中国，是世界上高速公路最多、最长的国家，超过了 12 万公里，整整多了美国 55000 公里。美国用了半个世纪，才达到现在这个水平，而中国只用了短短的 20 年时间。

那天，我搭乘朋友的汽车，在圆宝山外宽敞、气派的白泥井收费站人口，很快便驰出昭通坝子，进入壁立千仞，峰峦叠嶂，逶迤磅礴的群山之中。汽车行驶的不是蜿蜒、狭窄、步步惊心的盘山公路，而是用桥梁和隧道相连的现代化公路，它设计巧妙，设施先进，一马平川。顿时之间，我恍若隔世，骄傲和自豪感便油然而生……这让我想起，当年从岔河修一条短短的柏油公路到大关，吊气伤寒，害害羞羞，竟用了 10 年左右的时间，足让来往这条路上的人苦不堪言，怨声载道。市委、市政府把交通视为阻碍昭通经济发展、社会进步的瓶颈，故将交通列为未来高速发展的战略，力争在短短四五年时间内，县县通高速，真正成为川滇黔渝的枢纽。那天从昭通到盐津，且是驾驶技艺不太娴熟的私家车业余司机，竟然一个多小时就到盐津了。汽车又行驶在青山绿水之中，让人优哉乐哉，心旷神怡，倍觉这才是赏心悦目的观光、旅游啊！

去年，昭通到重庆、成都和贵阳的航线，先后开通不久，到北京的航线又开通了，这样使昭通人的心和首都贴得更近了，似乎就近在咫尺，从而让昭通人的视线变得更加宽阔了。就在我们沉浸在这两年交通变得便捷的喜悦之中时，今年7月，昭通直飞深圳的航线又开通了。更让我倍感激动的是这么一件事：一个在广州工作的学生，他清晨去果园为我和老伴采摘了一箱驰名全国的沙湾桂圆，驱车一个小时，便乘上了深圳直飞昭通的班机。临近中午，他来到我们家，打开装有沙湾桂圆的纸箱，特意摘的几片叶子，还是那样晶莹剔透、碧绿欲滴，一大颗，一大颗的桂圆外壳上，似乎还留有南国的露水。我有些蒙了，良久方回过神来，这一切，不是梦境。他告诉我，明天飞昆明，参与一个危重病人的会诊并操刀手术后，便由昆明直飞广州。两天时间，他竟然如此从容不迫，完全源于便捷的交通。转瞬之间，便让昭通人的幸福指数提高了。

郭大进是公路桥梁工程建设的专家、学者，又是一丝不苟、有事业心、有责任感、十分敬业而勤奋的市长。他的老家在安徽，爱人是清华大学土木工程系的副教授，他和范华平一样，只身一人在昭通，便全身心地投入工作，且提出5+2和白加黑的工作日程及方法。榜样的力量是无穷的，很快，就转化为昭通干部群众精准扶贫、决胜小康的实际行动。

今年1月6日，市委三届十次会议刚刚结束，便马不停蹄地召开了扶贫开发工作会议，从而吹响了向贫困宣战的进军号角。范华平反复强调："十二五"以来，市委、市政府始终把扶贫工作作为一项重大的政治任务和民生工程；始终坚持区域开发与精准扶贫同步推进，深入实施乌蒙片区区域发展与扶贫攻坚规划，着力推进了贫困地区和贫困群众的脱贫进程。完成了 18 个乡（镇）。279 个行政村，2310 个自然村整乡、整村的推进。解决了 22.5 万户贫困群众居住茅草房和危房的问题，转移安置了贫困群众 3665 户，1.68 万人，解决和巩固了 80.63 万贫困群众的温饱问题，贫困发生率从 37.5% 下降至 25.71%，扶贫开发取得了阶段性胜利。

市委、市政府清楚地认识到，至今昭通仍有 130 多万群众处于贫困线之下，是云南脱贫攻坚任务最重的地区。要实现全面建成小康社会的目标，最首要、最艰巨的任务就是脱贫攻坚，并用它统揽经济、社会发展的全局。做到扶持对象精准，项目安排精准，资金使用精准，措施到户精准，因村派人精准，脱贫出列精准。必须挂图作战，攻坚拔寨，切实解决扶持谁的根本问题，构造协同发力的工作格局，加强驻村工作的力量，并且广泛动员社会力量参与，从而搭建扶贫平台，切实解决谁来扶贫的根本性问题。

在扶贫攻坚的战役中，要实事求是，因地制宜，一切从实际出发，切忌搞花架子，搞虚假的样板工程。做到发展生产脱贫一批，易地搬迁脱贫一批，劳动输出就业脱贫一批，探索资产收益脱贫一批，生态补偿脱贫一批，发展教育脱贫一批，恢复重建脱贫一批，用此解决怎么扶的问题。所以，必须坚持严格评估，科学设定时间表，合理有序地退出，并留出缓冲期，摘帽不摘政策，严格验收，逐户销号，脱贫到人。

市委、市政府在精准扶贫上，决心破釜沉舟，攻坚拔寨，用范华平的话来说：必须拿出敢教日月换新天的气概，鼓起不破楼兰终不还的劲头，争取到 2019 年，全市 133.67 万贫困人口全部脱贫，基本消除绝对贫困，使贫困县全部摘帽，从而进入小康。

毛主席曾说过："政治路线确定以后，干部便是决定的因素。"市委、市政府明令要求加强组织领导，健全工作机构；加大资金投人，推动资源整合；强化宣传发动，营造良好氛围；严肃工作纪律，从严督察考核，为脱贫攻坚提供坚强的组织保障。

会议结束后，范华平、郭大进等便轻车简从，深入各县、区扶贫攻坚的第一线，所到之处，他俩除了督促、检查市委扶贫开发工作会议贯彻落实的情况外，仍反复强调：以扶贫攻坚统揽经济社会发展全局，精心策划，周密部署，突出重点，合力攻坚，用心、用情、用力开展工作。范华平还特别说道："打赢脱贫攻坚战是深入学习贯彻习近平总书记考察云南重要讲话精神的具体体现，是全面建成小康社会的根本要求，是推动昭通跨越发展的现实需要。"我们必须认清形势，抓住机遇，进一步增强打赢这场攻坚战的责任感和紧迫感，抓住攻坚战中的突出问题，才能牢牢地把握中央和省委为脱贫攻坚带来的"重视程度之高前所未有，资金投人之大前所未有，要求之严前所未有，动员组织之广前所未有"的历史机遇。我们必须十分清楚地认识到，扶贫攻坚任务艰苦繁重，而四大机遇稍纵即逝，我们必须正视脱贫攻坚面临的形势和挑战，把扶贫工作作为最大的政治、最硬的任务，坚定信心，攻坚克难，全力以赴打赢这场不见硝烟的攻坚仗。

郭大进到了各县，也是不失时机地要求市级各部门、各县、区党委、政府要高度统一思想认识，牢固树立必胜的信心，坚决打赢脱贫攻坚战，绝不拖全国、全省的后腿。他认为：若要打赢脱贫攻坚战，必须高度统一上下左右各方的思想，形成牢不可破的共识；若要打赢脱贫攻坚战，必须切实加强各块的统筹协调，形成合力；若要打赢脱贫攻坚战，必须加强政策的研究，完善市级相关政策，指导县级把各项政策落地，只有这样，才能抓住机遇；若要打赢扶贫攻坚战，必须加强项目的整合实施，诸如基础设施项目、产业发展项目和公共服务项目，从而提高干部、群众的综合素质。

郭大进是一个勇于创新，而又求真务实的人，他觉得思路一变天地宽，绝不能墨守成规，否则，就会让我们在扶贫攻坚的最后战役中失去机遇。他认为要彻底打赢扶贫攻坚战，必须有拓宽思路的创新举措，他不管走到哪里，都会苦口婆心，反复强调：我们这个时候的扶贫攻坚，已经到了啃硬骨头、攻坚拔寨的冲刺阶段，面对到 2020 年前，全市 133.67 万贫困人口全面实现脱贫的目标任务，我们任何人都没有退路，也不能有退路。一定要集思广益，群策群力，在抓好常规措施的同时，拓宽思路，创新举措，采取超常规的办法，创造性地开展扶贫工作。在具体工作中，务必充分发挥自然资源的优势、人力资源的优势和各项扶贫政策的优势，做到创业扶贫和对口扶贫，确保如期完成我市的扶贫攻坚任务。

在这次市委扶贫开发会议上，除了反复强调：必须以更大的决心，更明确的思路，更精准的举措，超常规的力度，确保到 2020 年，所有的贫困人口一道迈入全面小康社会外，为使这个脱贫攻坚战的目标不致变成儿戏，不致落空，市委、市政府与各县（区）党委、政府还签订责任书，立下了军令状。

军令状在以前的很多工作上，都流于口头和形式，其根本原因，就是上下都不太认真，开会时把它当成一回事，会后便无人过问，或者没有强硬的问责措施，到头来，也不过如此而已。这次中央召开的扶贫开发工作会议，便首次要求各级党委、政府层层签订脱贫攻坚责任书，逐级立下军令状。它无可置疑地告诉我们，从扶贫攻坚的实际来看，目前扶贫攻坚的任务还没有完全落实到位，昭通市更是如此。之前，我们不少特别贫困的地方，各级党委、政府还没有把扶贫攻坚当成最大的政治任务，更没有把它摆在首位，有些地方以贫困为名要资金、要政策，却大搞形象工程、面子工程。签订责任书，立下军令状，就是要形成倒逼机制，层层压实脱贫责任。同时完善了监督问责和正向激励机制，因为签订责任书，立下军令状的人都是党委、政府的一把手。

　　要求各级党委和政府的一把手立下军令状，说明了我们市扶贫攻坚的任务还十分艰巨。从改革开放时，我们就开始了扶贫攻坚的工作，并且口号也提得十分响亮，而实际工作却不尽如人意。现在，我国的贫困人口有5000万，而昭通贫困人口上百万，全国也只有5个地、州、市，而昭通市，扶贫攻坚近40年了，还有贫困人口133.67万，都是贫困程度较深，非常难啃的硬骨头。它充分地说明了，多年制约贫困地区发展，贫困人口脱贫的深层次矛盾和问题没有完全解决，脱贫攻坚进入攻坚拔寨的冲刺阶段，立下军令状，就是务必下更大的决心，采取超常规的举措。

　　立下军令状，真正把扶贫攻坚落实为各级党委、政府的第一政治任务和"一把手工程"。脱贫攻坚是一项综合性非常高的系统工程，涉及面广，只有上升为"一把手工程"的高度，才能高位推动，更好地统筹各方面的资源和力量，攻坚克难。

　　市委扶贫开发工作会议，强调了脱贫攻坚，成败在于精准。如何做到精准，就是要解决好"扶持谁""谁来扶""怎么扶""如何退"的四个关键大问题。即是说，要把全市133.67万贫困人口的建档立卡工作做实、做细，贫困程度和贫困原因一定要搞清楚，只有这样才能因人因户施策。同时动态管理工作务必及时跟上，脱贫的销号，返贫的重新录入，确保扶真贫。

　　在"扶持谁"的问题上，就是要强调扶贫措施精准到户到人。最根本的是对贫困户针对性帮扶，提高扶贫效益。但这里特别提醒诸位格外注意，产业扶贫面临自然和市场双重风险，要发挥稳定的脱贫作用，需要一定的经营规模和竞争力，更需要龙头企业等新型经营主体引领，不是随便一个贫困户就能干得了和干得好的。如何将产业扶持和精准扶贫有机结合，值得我们深思后认真对待，万不能盲目，更不能上当受骗。那天，我去了大山包和转山包，当年的玛咖热除了留下满目疮痍和凄凉外，并没有带给农民什么好处。

现在，不少国药大师绝望地呼吁道："中医将亡于中药！"这不是什么危言耸听，而是真真实实的客观存在。一个感冒，用三五片西药，症状就得到缓解，甚至痊愈。但连吃几服中药都不见效，且价格昂贵，根本原因，就在于中药不地道了。且不说它的炮制和以次充好，就是改变它的生存环境，中药的效果便会大打折扣，因为中药材讲究原产地，是为地道，这是中国经过五千年的摸索、研究得出的规律。一旦改变它的生存环境，其药效就不行了，甚至反其道而行之。诸如鱼腥草（侧耳根），它本来生长在深山的水沟溪泉两边，没有污染，且是自然选择的结果。若用于小孩发烧，可达到立竿见影的效果。而现在则把它种在农田里，像种蔬菜那样，这样做，不仅改变了它的生存环境，而且易使其受到农田里的化肥、残余农药的浸染。成熟后，农民便挖了先当蔬菜卖，卖不掉的便晒干后作为药材卖到中药铺里。小孩肺炎发烧，且发展很快，若用野生的鱼腥草，最多两服药就可治愈，现在则不行，不管你吃几服，却越吃越重，万般无奈，只能去求西医打针、输液。云南白药中的一味万不能缺少的原料是野生重楼，别名七叶一枝花，镇雄是驰名的原产地，现在野生的重楼因为竭泽而渔地掠夺式挖掘，濒临灭绝，改为家种，包括其他的急需中药材。并且在所谓发展的口号之下，使用各种各样的壮根灵和激素，甚至搞转基因中药，使产量成倍或几倍增长，试想这样的中药材还有效吗？所以，在引导农民把中药材形成产业、规模化种植时，应慎之又慎，其关键就是得还中药的本性。

同时，在确立产业时，切忌盲目跟风，必须保持清醒的头脑，搞产业，需要人力、物力和财力的投人。如果稍有不慎，本来就十分贫困的农户，就会面临血本无回的绝境，犹如雪上加霜。蓝莓刚在昭通上市时，价格达到每市斤一百元，不少人家以把蓝莓作为水果来吃，引以为体面。其实，所谓蓝莓，便是昭通边远苦寒地方生长的沙汤果，我小时候，到鲍家地挑炭时，就常趴在路边的灌木丛中，采摘沙汤果来解馋、止渴、充饥。听说，一位基督传教士将它引种到欧洲后，又转引到美洲，变成了现在的样子。加拿大、荷兰等国，不仅有鲜果，而且制成各种饮料，甚至制成化妆品和各种保健胶囊。据宣传说，蓝莓含有可观的花青素等抗癌素，并说它只能生长在高二半山区，故昭通不少的地方都引种并发展了。但炎热的河谷地区水富也种了，照此推断，其实昭通所有的地方，应该都能栽种，可见人工培育的蓝莓已完全改变了它的生态环境。我在这里就是想提醒诸位，搞产业不能跟风，就在我们把蓝莓炒得有些过头的时候，昆明只卖15元一市斤了。

那天，我到新街，也去参观了一家连片种植豌豆的公司，老板却叫它为荷兰豆，每斤售价在13—15元，并说专供昆明市场和日本，昭通市场的售价太低了。若是这样，昆明城郊的农民难道是憨包，这样好挣的钱，为什么不挣，难道昆明种不出这种叫荷兰豆的豌豆，他们在昆明还可降低保鲜、运输的成本。若漂洋过海运输到日本，出关和入关，加之运输，岂不豆腐盘成肉价钱，不知这荷兰豆在昆明、日本卖多少钱一斤。所以，那天我便告诉农户，你们可以把地租给他，同时可以在他的公司打工，但万不能与他合伙，搞不下去，他什么时候走了，你们都不知道，你们却赔不起。所以，必须认准什么是龙头企业，农民渴望尽快改变贫困，这是人之常情，故容易轻信，但基层党委和政府一定要保持清醒的头脑，不要误导贫困农户，他们经不住折腾。

关于"怎么扶"，则要按照贫困人口的具体情况实施"五个一批"工程：通过发展生产，易地搬迁、生态补偿，发展教育脱贫一批，剩下的完全或部分丧失劳动能力的贫困人口，由社保政策兜底脱贫。

"五个一批"是主要的脱贫路径，体现了分类施策的科学扶贫思想。但市委、市政府要求各县（区）在具体工作中不能形而上学地照搬模式，而要因地制宜地探索多渠道、多元化的精准扶贫路径。但在分类施策的同时要注重综合性施策，很多贫困户是因多重原因致贫的，单一的扶贫根本难有持续性的效果。要根据家庭和个人的致贫原因，长短结合，双管齐下，确保稳定脱贫。

市委、市政府在脱贫开发会议上，特别强调：贫困退出一定要留出缓冲期，务必在一定时间内做到摘帽不摘政策。在实践过程中，因为贫困帽的含金量高，戴在头上冬暖夏凉，十分受用，不少的贫困户，甚至不少的贫困县、贫困乡镇、村社，不愿意摘帽。而精准扶贫的目标是为了精准脱贫，按照中央、国务院的统一部署，2020 年全部贫困人口都要如期脱贫，贫困户亦随之摘帽。

其实如何退出贫困，社会的关注性极高，党中央、国务院就特别要求，并作了精准设计，要求各地必须设定时间表，做到有序退出，并留出缓冲区，摘帽不摘政策。严格评估，按照摘帽标准验收，逐户销号、脱贫到人，只有这样做，方可体现科学扶贫的思想。精准扶贫不能搞立竿见影，发展产业、易地搬迁等行之有效的措施见到成效，都需要一个相当的过程，不能一蹴而就。贫困乡镇和村社，就是整个贫困县摘帽，欲提升增强它的发展能力，同样需要一个过程，从而决定了我们在具体工作中，不仅应该扶上马，还得送上一程，这是客观现实所决定的。只有这样，才能保障他们既摘了帽，又不吃亏，与此同时，还得采取奖励等正面的激励措施，调动大家提前摘帽的积极性和主动性。

我认为：在退出过程中，既要保证数量，更要保证质量，退出既要实事求是，符合条件的先退出，又要防止赖着到最后才摘帽的拖延症。更重要的是要杜绝、防止追求政绩，弄虚作假的数字脱贫。这就需要我们的工作深入实际，深入基层，踏踏实实，认真负责，出于公心，实事求是方可做到的。

所以，要杜绝赖着到最后才摘帽的拖延症和防止追求政绩，弄虚作假的数字脱贫，仅仅讲道理、提要求，还远远不够。应该建立贫困退出检查制度，把好审核关，适时开展贫困退出的监测评估，既要监测、评估退出进度的落实情况，同时，更要监测评估退出的质量。结合我们昭通的实际，监测、评估退出的质量，万万不能忽视，少数的领导为了自己的政绩，会弄虚作假，不顾质量。为防止这样的情况出现，可以组织第三方随机抽样，入户调查，对脱贫的贫困户认真算账，同时还得本人认账，只有这样，方可保证脱贫的数量和质量。

精准扶贫，拔寨攻坚，一旦形成一把手工程，全市11县区的党委、政府便雷厉风行地动起来了，并很快掀起了波澜壮阔的高潮。各县（区）委、政府纷纷召开各种层次的专题会议，并形成精准扶贫的母文件和子文件，旨在统一思想，形成共识，聚集正能量。随即，市、县区便派出驻村扶贫工作队员，他们带着嘱托和希望，带着任务，按照市委、市政府的统一部署，按时奔赴扶贫攻坚的第一线开展工作，并很快形成气候。

我曾在前面写道：范华平和郭大进是两位十分敬业，做事又十分认真、踏实的领导，他俩的风格，不说则罢，一旦安排、布置了，就抓得很紧、很实，务必交出真真实实的答卷。让花麻撩嘴、忽掩搪塞且弄虚作假的人没有了立足之地，就因为他俩不在办公室听你天花乱坠地汇报，而是到实地检查落实。做得最为精彩的是组织市直和县区有关领导，或到易地搬迁与发展产业的工地、田园，或到生态补偿及发展教育的现场，进行观摩、考察，提出各自的见解和感受，然后再由他俩点评。此招真见奇效，一下就把各级干部和基层领导的心思完全抓住了，谁优谁劣，泾渭分明，从而让每个领导深深地懂得了习近平总书记所强调的"认清形势，聚焦精准，深化扶贫，确保实效"的重大意义。

我当过大、中、小学的老师，深知讲评对百年树人的重要。一个好的老师，通过批改作业，便能知学生对知识掌握的程度和普遍存在的问题，以及自己在教学过程中的疏漏、失误。同时，还能通过讲评，树立学生中既刻苦、努力，又灵活、创新的标杆，还能让后进的同学看到自己的不足和希望。我从小学到研究生毕业，先后读了 18 年的书，但不是每位老师都愿意和能发挥水平讲评的，仅就这点，老师之间的优劣，便十分清楚。我的作家梦，源于小学四年级时的一次作文讲评，至今我还记得，老师布置的作文题是《我的母亲》。老师为什么会出这个题目，是因为我们刚刚学了朱德总司令写的《我的母亲》这篇课文。课堂上，语文课的周老师把我的作文在课堂上念了，并评讲了，结束时，她对我，也是对全班同学说道："曾令云同学，继续刻苦努力下去，将来也许能成为作家。"我当时十分感动，觉得周老师不嫌弃，更不歧视我这个穷苦人家的娃娃，她把我的心灵之窗打开了。从那天开始，我便把读书和搞文学创作当成一生孜孜不倦的追求，现在，竟然成了我的一种活法儿和生命的组成部分。

范华平、郭大进等领导精准扶贫的观摩点评，犹如老师的课堂讲评。所以，他们需要深入细致的调查研究，根据市委、市政府的部署，发现标杆、典型，看到差距，提出问题，方可一针见血地讲出一个子丑寅卯。这样做，既体现了领导敢于担当，敢于负责的气魄和胆略，更体现了领导艺术和点石成金的智慧。

现场观摩点评是从今年的四月初开始，地点就选在昭阳区的靖安、青岗岭、洒渔和永丰，其关键就是积累和总结经验，同时发现相关的问题，并以问题为导向，全面把握了全市精准扶贫初战告捷和存在问题之后，该如何办。"五一"刚刚收假，市委、市政府就组织市委常委、人大常委会主任、市政协主席、副市长、各县区党政主要领导和分管领导，市直相关部门负责人，分成两个组。由范华平、郭大进各率一个组，整整用了 7 天时间，行程 2000 多公里，奔赴 11 个县区，39 个点，交叉开展现场观摩点评。实地查看各县区易地扶贫搬迁、产业建设和重点项目的实施情况，在镇彝威三县除了观摩点评精准扶贫外，还需强力推进革命老区三年行动计划的落地生根。这种别开生面的举措，让每个参与观摩点评的领导，心灵受到了震撼，懂得了人民群众对幸福、美满生活的向往，就是我们奋斗目标的真正内涵。进一步认识到脱贫攻坚和全市发展的大局，命运攸关，且面临的任务十分繁重，时间紧迫，工作难度大。需要每一个在前线指挥作战的人，要切实增强紧迫感、责任感，更加振奋精神，正视现实，拔寨攻坚，破釜沉舟，夺取全面建成小康社会的更大胜利。

通过观摩点评，领导们看到各县区在重点项目建设、产业发展，易地搬迁等精准扶贫的现实。并学到了经验，看到了相互的差距和不足，真真切切地感到了压力，从而增强了发展自己的恒心、信心和决心。他们一致认为：彝良县立足于自己的优势，以天麻科技示范园建设为抓手，围绕天麻种植、加工、旅游，助推第一、二、三产业的融合发展。特别是不等不靠、主动作为，对每个人的启发很大，都表示要向他们学习。镇雄属人口大县、贫困大县、财政穷县，如何摆脱这种窘况？他们则是围绕"两不愁""三保障"，创新投融资方式，高起点规划，特别是高标准建设城南医院和城南中学，文化教育扶贫，给大家以高瞻远瞩之启迪。脱贫攻坚是一个长期而艰巨的系统工程，用马克思主义的观点来认识，人类对幸福、美满生活的追求是有层次、无止境的。其层次，有生存资料、享受资料和发展资料之别。生存资料，指我们的劳动所得只能满足自身生存的需要。改革开放之前和之后的一段时间，我们绝大多数人的收入，只能保证不挨饿、不受冻、勉强有遮风挡雨的住宅，就算是不错的人家。负担重的人家，若计划不好，月末年底，就显得十分窘迫，就是厚着脸皮开口向别人借也借不到。我们这一代人，都经过那种饿鬼拉着穷鬼扯的时代，现在过上如此美满、幸福的生活，犹如进了天堂一般，因为不仅有了生存资料，还有了享受资料。大多数人家不仅有了一应俱全的家电和四季衣服，而且还有了私家车和到国外旅游的闲钱余米，不少的私家车动辄就是几十万、上百万。不少人还到美容店、洗脚城和桑拿室买了月卡、年卡，随意消费，也不会引起家庭矛盾，觉得是该享受的时候了。不大不小的昭通城，竟然有上百家经营高档商品和钻石、翡翠及黄金、玛瑙的商铺，且生意兴隆，顾客盈门。所以，街上多了穿金戴银、装扮华贵的时尚女郎和风流倜傥的男人。从政治经济学的角度来看，它表明社会再分配的能力强了，必然促进第三产业的发展，更表明了经济的发展和社会的进步，昭通已开始从生存到享受过渡和发展。第三个层次，在充分满足享受的前提下，必然向发展资料过渡，就是把劳动所得的绝大部分用于智力开发与精神追求和享受。所以，马克思便说道："奴隶式的社会分工完全消失，劳动成了人们生活的第一需要，社会财富如泉水般涌流的时候，才能在我们的旗帜上写道：各尽所能，按需分配。"这便是共产党为之终生奋斗的共产主义理想。曲靖和昭通是山水相连的近邻，在历史上，我们曾利用优越的地域环境和便捷的交通，在政治、经济、文化上，对曲靖产生过极为深刻的影响。但随着时间的推移，历史的远去，我们落伍了，变为了三管三不管的死角，昭通成了明日黄花的弃妇，和曲靖相比，总体上落后了近二十年。仅就文化教育而言，就有着无法追赶的差距，今年的高考，昭通600分以上的考生有600多名，而曲靖则是2400名，仅是曲靖的四分之一多一点。考取清华、北大的我们只有6名，曲靖仅是会泽一县就有25名，差距之大，让人汗颜，值是我们深思。一句话，就是因为有一种我们自己都说不清、道不明的历史和现实的原因，导致经济和社会的发展远远赶不上曲靖，加之我们又无力，又不太重视文化、教育，差距便成了一种必然。

曲靖有一个国有林场，要养活上千的伐木工人，只得不停地砍树，用毁坏生态作为代价，简直得不偿失。前几年，范华平书记便把林业局局长叫来，开腔就问道："不再砍伐森林，为曲靖保住青山绿水，一年需要多少钱才能养活这些伐木工人？"局长便深思熟虑地答道："需 800 万元。"范华平便恳切而十分干脆地说道："每年给你一千万，把他们养起来。"条件只有两个，第一就是不再砍树，没有达到退休年龄的，以前的待遇不变，达到退休年龄的，按国家的规定办，并一包到底，第二个条件，这一千万是地方财政拿出来的，工人没有了后顾之忧，得把这些人的编制拿出来交给市政府。

这些工人的生活有了保障，又再也不用餐风宿雨地从事繁重的体力劳动，同时保住了大片的国有林，真是欣喜若狂，后续所有的事情便办得十分顺利。曲靖有了这么多的编制，不是用来照顾亲朋好友端旱涝保收的铁饭碗，而是用来在全国招聘有真才实学并十分敬业的中学教师，量才录用。如此大气魄、大胆略、大手笔，本身就是一种号召力、向心力和凝聚力。所以，昭通人便说道："宁愿跟烈汉牵马，也不愿跟瘟脓公当军师。"曲靖一时名师云集，真可谓鸽子都往旺处飞啊！而昭通却留不住名师，都往昆明和一些地州远去了。师者，传道、授业、解惑也，有了称职的各科教师，曲靖的教育和昭通相比，怎不遥遥领先呢？

昭阳区一中，起始办在城乡接合部的唐家竹林，十多年过去了，均名不见经传，没有什么造诣。最近七八年，突然崛起，且成果丰硕，在昭通有了一席之地，成了昭阳中心城市又一所让莘莘学子选择的好学校。而它的成功之道，取决于昭阳区委、区政府的重视、扶持，最近几年，他们都派出专人到四川、东北等地招聘教师，仅此一点，便旧貌换新颜。

市委书记范华平、市长郭大进曾多次说过：就是教育改变了我们的命运，昨天的教育，是今天的经济，现在的教育，就是明天的经济。所以，市委、市政府便把教育列为昭通全面建成小康社会的六大战略之一来抓，并且行动神速，它必然给昭通人带来福祉，让昭通重铸辉煌，有了大鹏展翅，扶摇直上九万里的翅膀。

昨天，昭通卫校的李昆校长来我的寒舍小坐，说道："市政府投资6亿元，重建一座包括中专在内的昭通技术医专，万事齐备，只待规划设计通过，就开工建设了……"这让我兴奋不已。

在这次观摩点评中，镇雄县高起点、高标准建了城南医院和城南中学，可以肯定未来的几年后，镇雄老百姓不仅能享受到优质的医疗保障，从而提高幸福指数。而且，还能享受到良好的初高中教育，人才必然脱颖而出，镇雄未来的发展，不可估量。因而受到市委、市政府的肯定，值得每个当权者深思。昭通的未来，取决于今天的教育，这是不容置疑的，谁抢占了这个先机，谁就把握了未来经济发展、社会进步的制高点。反之，只能向隅而泣，坐以待毙。

威信县创新易地扶贫搬迁贷款、奖补方式，从而加快了易地搬迁，提高了建设水平，取得了事半功倍的效果。特别值得肯定的是引进了致富能人魏显富，他不仅带领群众发展绿化苗木，并建立了长效的"公司＋农户"的经营发展模式，且四六分成，使贫困户增收有了保证，从而调动了生产积极性。

盐津县利用对口帮扶单位东华大学的优势，建立起电商平台，实行"农户＋企业＋互联网"的新型发展模式，增加了农民的收益，在昭通开了先河。落雁乡的易地搬迁从规划入手，系统考虑，精心设计，曲径通幽，一步一个景，着力打造农村生态，民俗旅游。

水富县大池村的紫秋葡萄庄园不仅初具规模，而且富有诗情画意，从而吸引了悠闲好耍的四川游客接踵而来。绥江则在扶持大学生创业上下了功夫，积累了经验，一旦有文化、懂科技的大学生立足家乡创业，农民的脱贫致富便如虎添翼。而绥江的半边红李子，不仅初具规模，而且形成远近闻名的品牌，以此为基础，求得发展，前景便不可限量。

永善却利用自己的优势农产品资源，筑巢求凤，引进加工企业落户工业园区，不仅提升了资源的品位，打开了销路，而且还为农户提供了就业机会，真是一举三得。

大关、鲁甸、昭阳各具特色，这里不再赘述，待叙。

市委、市政府的观摩点评，让与会者看到了在扶贫攻坚中各县颇具特色、值得借鉴的闪光点，然后扪心自问，看到了自己的不足和差距，找到了努力方向。尤为重要的是，参加观摩点评的全是市直和各县区的主要领导，因其学到了点石成金的本事和抓而不紧等于不抓的工作方法，必然让浮夸虚报、油嘴滑舌的人没有了市场。

市委、市政府花这么大的力气，下这么大的功夫，用整整7天的时间，行程2000多里，顶着酷暑，冒着风雨，不惧塌方、泥石流频发的危险，更为重要的是让参加观摩点评的县区主要领导，看到成绩的同时，亦看到自己的不足，思前想后，以利再战。到观摩点评结束时，范华平书记代表市委恳切地说道：

"我们看到成绩的同时，也要清醒地认识到，全市脱贫攻坚工作还存在很多困难和问题，主要表现在八个方面：

一是认识上有差距，表现为上热下冷，且热的程度层层递减，特别是基层干部中，不同程度地存在一些畏难情绪。还有一些干部，觉得扶贫攻坚是一把手工程，具体负责的单位是扶贫办和联席办，跟自己关系不大，主动性和积极性不高，工作便无法到位。

二是贫困对象不够精准，其原因是工作不细，该扶的没有及时得到帮扶，不该扶的则榜上有名，虽属极少数，但影响不好。

三是对政策理解不深不透，宣传也不到位。易地扶贫搬迁、农危改和地震灾后重建的政策不一样，加之宣传不够，引起群众心理不平衡，需加强耐心细致的工作。

四是挂图作战，拔寨攻坚有差距。其表现为有的地方没有挂图，或应付了事，为挂而挂，成为摆设，有的仓促上阵，忙于敷衍，导致挂图不准，数字之间出现让人啼笑皆非的矛盾。

五是规划水平不高，甚至没有规划。之所以水平不高，就是没有结合自己现有的资源、要素，缺乏统筹兼顾。如何处理生活污水，不少的地方基本没有考虑，故没有这方面的规划。更需注意的是脱贫规划与贫困户致贫的原因，脱贫的需求和脱贫的时间不符，且无项目支撑、更无资金支持。甚至个别的挂包村制订的脱贫计划仍停留在思路和想法上，根本没有任何实际行动。

六是项目推进缓慢。2014 年以来就开工建设的 61 个易地扶贫搬迁的项目，到现在还有 12 个没有完成。2016 年确立的易地扶贫搬迁项目和农危改造项目，不少的县区离全省的目标要求还有较大的差距，需加倍努力。

七是资金筹措和拨付有差距。大多数的县区超过 50%，有的县则不到 20%，甚至个别的县至今未拨。在易地扶贫搬迁和农危改造的项目贷款上，要简化程序，方便群众，不能作茧自缚。

八是驻村工作队的管理及作用发挥有待加强。其表现是工作还不够深入，浮于表面，甚至艰苦的村寨还无人问津，形成被遗忘的角落；有些单位一派了之，研究少，不愿管，不敢管，不会管，让驻村的工作队员莫衷一是，无法开展工作。值得注意的是少数工作队员经常脱岗，有的则早出晚归，没有深入下去。"

市长郭大进的思路亦十分清晰，他觉得这次观摩点评：就是让各县区和市直有关部门能在相互学习、相互交流中发现问题，找出差距，取长补短，进一步完善思路，强化措施，落实责任。为市委、市政府即将召开的全市脱贫攻坚现场观摩点评总结会暨镇彝威革命老区三年行动计划推进会做会前准备。有的放矢，形成共识，聚集力量，破釜沉舟，全面掀起扶贫攻坚战的热潮，确保这次命运攸关的硬仗取得新胜利。他掷地有声地对大家说道：

"全市还有 133 万多贫困人口，在全国 338 个地级市中是最贫困的地区，更是云南扶贫攻坚的主战场。纪恒书记要求我们'扑下身子抓落实、落地有声、不放空炮'。昭通不能如期脱贫，必然会拖全国、全省的后腿，我们便无法向中央、国务院和省委、省政府交代，我们更无颜面对 600 万昭通父老。中央和省委领导特别关心、关注昭通，今年 4 月 1 日，刘云山特别到昭通调研扶贫攻坚的工作，紧接着李纪恒书记又率省有关部门的领导，用 3 天时间到镇彝威调查研究脱贫致富的诸多工作。很快国家交通部又派出总工程师率众多专家到昭通针对地方高速公路、乡村公路的建设，进行调查研究。这些都是我们千载难逢的机遇，若抓不住，就转瞬即逝，这便是我们无法推卸的责任，所以，要切实增强脱贫攻坚是责任担当和重中之重的意识，坚定信心和决心，抢抓政策'窗口期'，坚决打赢这场脱贫致富的攻坚战。

纪恒书记要求我们昭通全体干部，要用自己脱皮的代价，来换取群众脱贫。所以，我们不能空喊口号空表决心，必须死死咬定目标，甩开膀子，苦干实干，不达目标，誓不罢休。到 2017 年，威信，2018 年，昭阳、鲁甸、盐津、镇雄、彝良、绥江，2019 年，巧家、大关、永善实现摘帽，这是市委、市政府向省委、省政府立下的军令状，也是我们向全市人民群众的承诺。故要求各县区，细化任务和责任、时间和措施，形成环环相扣，层层压实，采取一乡一策、一村一策的办法，只有这样才能补齐短板、完成任务。我特别要求，从现在起，各县区一定要精准锁定困难群众，扎实算好困难群众的增收账，严禁'数字造假'。对于弄虚作假，市委、市政府将严肃查处，决不姑息。

易地扶贫攻坚是最硬的骨头，这次观摩点评中进度较好，实践证明了，扶贫攻坚真正成了一把手工程，效果就好。只有干出来的精彩，没有等来的辉煌，不流汗、不流泪，甚至不流血，别说啃骨头，就是一般的事情，也不一定办得好。"

郭大进说到这里，仍不失时机，反复强调道：

我们不仅要抓好示范点的打造，更要注重项目的整体推进，要做到这一点，得抓好几个关键。一是仍要科学规划。要切合实际、科学合理、适度超前的原则，切忌贪大求洋，避免目标过高，让贫困户因修新房欠债，若是这样他们便无法脱贫，更要突出安全和发展两大要素。在房屋的风格上，要按照安全、适用、经济和美观的原则，和四川毗邻的县，突出川南民居的同时，也要具有地域的民族特色和传统文化的传承。确保新房、新村的建设，特色鲜明、标准适宜、风格统一，切忌五花八门和不协调，从而破坏整体效果。严格控制房屋修建的面积，负债较为严重，特别那些建档立卡的贫困户，一定要加大宣传引导，坚决杜绝盲目攀比。同时，还得尽可能避免同区域和相邻房屋建设的差距太大，群众心理失衡的情况发生。

二是严格区分搬迁对象。要针对群众关心的搬迁对象之界定、安置方式、补助标准、贷款政策等内容，加大政策宣传力度。及时回应群众的各种疑惑，让搬迁的群众愿意搬迁，并主动搬、支持搬。易地扶贫搬迁安置点要优先满足建档立卡户，原则上要做到全覆盖。各级各部门要细化并落实有关政策，严格审核程序，鼓励有条件的群众向乡镇、县城和城市转移搬迁。

三是抓好配套设施。易地搬迁不仅仅是把人搬出来，把房子建起来，配套设施必须精准规划，同步进行，全力推进。要扎实抓好水、电、路和污水、垃圾处理的设施配套建设，科学谋划安置点的教育、卫生、文化等公共资源的配套。只有这样，才能切实改善搬迁群众的生产条件，提高他们的生活质量。他们一旦安居乐业了，要通过宣传、引导、示范等手段和方法，逐渐改变旧的生活习惯，不能住进新房子，环境和生活还是老样子。

郭大进还认为驻村帮扶的干部队伍，不仅是突击队，还是智囊团，要通过压担子、加任务，充分发挥好这支队伍的作用。同时让他们在实践中敢于担当、历练成长，在扶贫攻坚中成为一支不可或缺的骨干力量。因为来自党委、政府和各种各样的机关，还有国有企业、高校等，尽管他们暂时对农村工作不太熟悉，但他们对党的政策熟悉、理解深透，人脉广、信息灵、资源多，加之有各自的学识、技能和专业特长，一旦发挥作用，便使扶贫工作如虎添翼。所以，我们要想尽一切办法，为他们搭建施展才华的平台，不要为一些琐碎的生活小事分散他们的精力，甚至不安心在农村搞扶贫攻坚。其实，还得通过他们发挥派出单位的作用，前段时间，我们就通过对接争取中铁二院、中材集团、国开行、中国铁建、同济大学等单位派出专家、学者和各类专业技术人员，支援昭通的项目建设和技术开发。各级各部门还要进一步加大对接力度，争取挂钩我市的中央部委、央企和省直部门在干部选派、政策支持、项目倾斜等方面加大对我们的扶持。最大限度地凝聚脱贫攻坚的强大合力。

贫困群众既是脱贫攻坚的对象，又是脱贫致富的主体，只有形成这样的共识，才能解决上热下冷的尴尬。所以，要充分发挥贫困群众的主体作用，增强他们脱贫致富的内在动力，营造"苦熬不如苦干，苦干更需巧干"的浓厚氛围。一是扶志气，调动发挥他们的主动性、内在力，建立信心，追逐梦想，改变那种"靠着墙根晒太阳，等着干部送小康"的惰性，奋发图强，用自己的双手，创造美好、幸福的生活。二是扶智力，在农村也要抓名师、名班主任和名校长的培养工程，加大对贫困地区的教育投入，让贫困地区的学子享有接受良好教育的平等权利。使他们提高接受教育的程度，同时采取各种形式、各种手段，适时对贫困群众进行实用技能的培训，让群众有一技或多技在身。昭通有句俗话说：家有良田万顷，不如薄技在身。在这件事情上，我深有体会：在改革前后，我因家庭贫困，加之受极"左"思潮的影响，觉得当小学教师不稳，若不讨别人喜欢了，抬了衣饭碗，何以为继啊，得有其他养家糊口的一技之长。于是，我当过木匠、漆匠、石匠、厨师，爹妈是裁缝，跟两个老人学过缝衣补裤，还自学过中医，一切都为了生存和养家糊口。现在虽不以这些一技之长养活自己和家人，但却对我的灵魂塑造举足轻重，对我的创作裨益不小，在小说中，凡涉及这些行当，我的描写、叙述举重若轻，并且基本不信口雌黄，还较为靠谱。

贫困群众是脱贫致富的主体，所以在村庄规划、产业发展、民舍建设、乡村道路和其他基础设施建设应该享有知情权、决策权、参与权和监督权。正因为如此，对项目施工的进度、工程质量，要邀请群众参与监督，实现阳光、透明的操作，这样便可避免暗箱操作，减少犯罪。

烤烟是昭鲁坝子的品牌，在昭通没有什么其他太像样的产业支撑的年月，烟草行业几乎成了昭通养家糊口的一枝独秀，所以，不管是地委、行署都对它呵护有加，生怕有什么差错，昭通似乎就断嘴壳了。所以，昭通的党政领导，从春天育秧到移栽、田间管理，最后烘烤、收购，心里的弦都是绷得紧紧的。为了防止烟叶外流，不惜动用公检法的警力，设立关卡堵截，为此还涌现了不少的英雄模范。鲁甸检察院的检察长，就是因追击倒卖烤烟的犯罪分子不幸翻车而献身的，成了全区公职人员学习的典范。有一年，我被派到洒渔，除进行社会主义教育外，一个重要的任务，就是保证洒渔的烤烟种植，得按地县分配的面积、产量，一丝不苟地完成。而洒渔的农民，根本不愿在宜粮、宜果的肥田沃地里种烤烟，他们觉得得不偿失，思想情绪颇为抵触。而我们则奉命必须强行栽种，便到田地里拔了农民种下的庄稼，由此与他们产生了严重的对立，以致工作无法进行。当时，我就有些想不通，进城找了地委的领导，并说道："土地已承包给每家每户的农民，他们便有生产、经营的自主权，而洒渔是出粮食、瓜果的鱼米之乡，他们栽种烤烟的效率不高，应该让他们自主选择，不能强制命令。"地委的领导冷冷地笑道："你还要不要领工资，师专还要不要地方财政拨钱办下去？没有了烤烟这片金叶子，我到哪儿弄钱给你发工资，给你们拨钱办师专？你这个书呆子，不当家，不知柴米油盐贵……"所以，烟厂有个领导便说道："我们烟厂随便打个喷嚏，地委、行署就会感冒。"此话虽说得狂妄，但却十分真实，因为昭通太穷，又只有烟厂这个独儿子一人挣的钱多，养活一大家人，他不知天高地厚，尚能理解。

以后，随着昭通经济的发展、社会的进步，虽然多了产业的支撑，但烟厂对昭通的影响仍举足轻重，烤烟仍是很大一部分农民脱贫致富的重要产业。布嘎、守望、小龙洞、永丰、北闸、苏家院和苏甲，尤为如此，截至目前，还没其他的产业可以取代它。这几个乡镇的不少农户，种植和烘烤烟叶，训练有素，算得上是能工巧匠，仍撑着昭阳区农业经济发展的半壁江山。所以，市委、市政府便要求昭阳区打造"乌蒙生态特色烟叶品牌"，重塑昭通烟叶生产的新形象。所以，这8个乡镇，便着力加大烟草技术的推广力度，实现绿肥种植，开展土地深翻，实施工厂化育苗，示范样板建设，推行膜下小苗移栽，实行工厂化烘烤和约时定量收购等措施，虽压缩了烟叶的面积，但却大大地提升了烟叶的品质。

今年，这8个乡镇种植的烤烟接近9万亩，而计划收购烟叶22万担，而布嘎乡卯家冲就有昭阳区引以为傲的万亩烟草产业的基地。

"五一"劳动节刚刚收假，市委副书记王忠，就带领鲁甸、巧家、镇雄、绥江和水富5个县的党政主要领导和市直有关部门的领导前往昭阳区布嘎乡烟叶种植基地观摩点评。

在布嘎卯家冲烟叶栽培基地和花鹿坪村、布嘎村和守望的水井湾村、卡子村的4万多亩烤烟都按照乌蒙生态特色烟叶的品牌着力打造。做到了整个片区按高标准起垄、规范化移栽、定点打塘、明水栽秧、环状施肥等技术要领。并于4月5日那天启动膜下小苗移栽，历经半个月，在4月20日那天全面结束移栽。

移栽了半个月的烤烟，因得到烟农精心培育和呵护，加之今年雨水好，烟叶长势极好。肥壮的枝叶，晶莹剔透，碧绿欲滴，灿烂的阳光下，熠熠生辉，犹如灯光下的翠玉，哪怕用手指轻轻地去抚摸一下，似乎就会绽裂。万亩连片，放眼看去，一望无垠，十分壮观，让前往观摩的诸位领导激动不已，心旷神怡。布嘎乡的农户，大多都种植烤烟，达到了每户 10 亩，一人 2 亩左右的水平，全乡几乎一半的农户都要靠它脱贫致富。所以，王忠副书记便点评道：昭阳区委、区政府从昭阳区的实际出发，在布嘎等 8 个乡镇的一些村社，把种植烟叶当作一项重要的产业来培育、发展，是经过认真调查研究作出的决策。所以得到烟农的拥护、支持，4765 户烟农，预计今年的收购总产值将突破 1.5 亿元人民币，刨去有关的投入，每户平均可达 3 万元以上，脱贫完全没有问题。每个县、每个地方，应以此受到启迪，结合各自实际，深入调查研究，反复思考，确定自己产业建设和发展的思路，产业的路子选对了，脱贫致富就做到了精准，加之有强劲的措施为推力，贫困户脱贫就有了切实的保障。

王忠在强调产业的同时，特别强调道："在脱贫攻坚中，产业脱贫要做到长短结合，以短为主的原则，以实现短期能赚钱，长期能致富。所以，希望各县，结合自己的实际，选准产业的项目，切忌盲目跟风和脱离自己的实际，好心办坏事，从而造成难以弥补的损失，这样的结果，就让贫困户雪上加霜了。"

之后，王忠又带领五县的党政领导和市直相关部门的领导去了靖安的大耆老和守望乡的甘河望城坡村的易地搬迁安置点进行了观摩点评。

观摩点评如此明确，如此系统、规范，是昭通市委、市政府的一个发明，它既对昭通的扶贫攻坚是一次面对面的系统督查，也让各级领导到第一线了解和掌握情况，同时还面对面地解决了一些带有普遍性的问题，真实、具体，使领导的工作十分到位，整个社会无不拍手称赞。

这次"五一"放假，郭大进市长没有回北京，仍坚持工作在第一线。借这次机会，他便对各县区的值班情况进行了抽查，发现个别单位有脱岗、离岗的情况，从而反映了这些地方干部的精神状态和工作状态。故此，他在观摩点评会上作了自己抓作风建设不够严格的自我批评。

习近平总书记在宁夏固原考察时，反复说道："全国还有5000万贫困人口，到2020年一定要实现全部脱贫目标。这是我当前最关心的事情。"

7月20日，习近平总书记在银川专门召开了东西部扶贫协作座谈会，他强调必须"认清形势，聚焦精准，深化帮扶，确保实效，切实提高工作水平，全面打赢脱贫攻坚战"。他又说："脱贫攻坚是干出来的，靠的是广大干部群众齐心干。"为此，总书记特别提出了四点要求：

第一，提高认识，加强领导。西部地区要增强紧迫感和主动性，不以事艰而不为，不以任重而畏缩，倒排工期，落实责任，抓紧施工，强力推进。东部地区要增强责任意识和大局意识，下更大气力帮助西部地区打赢脱贫攻坚战。双方党政主要负责同志要亲力亲为推动工作，把实现西部地区现行标准下的农村贫困人口如期脱贫作为主要目标，加大组织实施力度。要坚持精准扶贫、精准脱贫，把帮扶资金和项目重点向贫困村、贫困群众倾斜，扶到点上、扶到根上。要加大投入力度，东部地区根据财力增长情况，逐步增加对口帮扶的财政投入；西部地区整合用好扶贫协作和对口支援等各类资源，聚焦脱贫攻坚。

第二，完善结对，深化帮扶。要着眼于任务的适当平衡，完善省际结对关系。在此基础上，实施"携手奔小康"行动，着力推动县与县精准对接，还可以探索乡镇、行政村之间结对帮扶……要加大产业带动扶贫工作力度，着力增强贫困地区自我发展能力。

推进东部产业向西部梯度转移，把握供需关系，让市场说话，实现互利双赢，共同发展。要把东西部产业合作，优势互补作为深化供给侧结构改革的新课题，大胆探索新路。在科技创新上，西部地区要不求所有，但求所用，东部地区要舍得拿出真技术支持西部地区。

第三，明确重点，精准聚焦。产业合作、劳务协作、人才支援、资金支持都要瞄准建档立卡贫困人口脱贫精准发力。要着眼于增加就业，建立完善劳务输出对接机制，提高劳务输出脱贫的组织程度。要在发展经济的基础上，向教育、文化、卫生、科技等领域合作拓展。要继续发挥互派干部等方面的好经验、好做法，促进观念互通，思路互动，技术互学，作风互鉴。要加大对西部地区干部特别是基层干部，贫困村致富带头人的培训力度，打造一支留得住，能战斗，带不走的队伍。

第四，加强考核，确保成效。要用严格的制度来要求和监督，抓紧制定考核评价指标。要突出目标导向、结果导向，不仅要看出了多少钱，派了多少人，给了多少支持，更要看脱贫的实际成效。西部地区是脱贫攻坚的责任主体，也要纳入考核范围。

习近平总书记到宁夏，召集了全国大半的省委书记，共商他当前最关心的一件大事，提出要求外，回到北京仍余意未尽，又在各种会议和各种场合，反复强调道：

"扶贫开发到了攻克最后堡垒的阶段，所面对的多数是贫中之贫、困中之困，需要以更大的决心，更明确的思路，更精准的举措抓工作。要坚持时间服从质量，科学确定脱贫时间，不搞层层加码。要真扶贫，扶真贫，真脱贫。

抓工作，要有雄心壮志，更要有科学态度。一是领导工作要实，做到谋划实，推进实，作风实，求真务实，真抓实干。二是任务责任要实，做到分工实，追责实，分工明确，责任明确，履职激励，失职追究。三是资金保障要实，做到投入实，资金实，到位实，精打细算，用活用好，用在关键，用出效率。四是督察验收要实，做到制度实，规则实，监督实，加强检查，严格验收，既不拖延，也不虚报。"

到2020年全面建成小康社会的奋斗目标，是党的十八大提出来的，是我们党向人民，向历史作出的庄严承诺。这个宏伟的目标，是"两个一百年"奋斗目标的第一个百年奋斗目标，更是中华民族伟大复兴征程上的又一座重要里程碑。

小康社会是中华民族自古以来追求的理想社会状态，它特别符合中国发展的实际，故深得人民群众的认同和拥护、支持。其实，在改革开放之初，邓小平同志就首先用"小康"来诠释中国式现代化，并明确地提出到20世纪末，在中国建设小康社会的奋斗目标。在中国共产党的英明领导下，全国人民的奋发努力下，人民的生活发生了划时代的变化，从总体生活上进入小康社会。紧接着，党的十六大、十七大对小康社会又提出了新的发展和奋斗目标，使之越来越完善，越来越符合中国的实际和人民群众的向往、追求。正因为顺应了人民的要求，中国共产党始终抓住这个奋斗目标，带领全国人民，一件事情接着一件事情地干，始终没有停下前进的步伐，所以，中国人民便一年比一年更接近小康社会。

以习近平同志为核心的党中央提出在2020年如期建成小康社会，无论在中华民族发展历史上，还是世界发展史上和社会主义发展史上，都是史无前例，具有深刻的历史意义和现实意义。它对世界的影响也极为深刻，中华民族立于民族之林的奋斗目标，不再遥远，它离我们越来越近。全面的小康社会，是实现中华民族伟大复兴的重要基础，是中国历史上亘古未有的伟大跨越，更是中国共产党和中国人民对人类社会最伟大的贡献。

习近平总书记说："没有全民小康，就没有全面小康。"总书记讲的"小康"是发展水平，"全面"是发展的平衡性、协调性和可持续性。没有全面，便会出现不平衡、不协调和不可持续，所以，我们要始终坚持以经济建设为中心的同时，应全面推动经济建设、政治建设、文化建设、社会建设和生态文明建设，促进现代化建设的各个环节，各个方面的协调发展。

全面小康，是惠及全体人民的小康。故应坚持发展为了人民发展依靠人民，发展成果由人民共享，只有这样，才能真正造福全体人民。

习近平总书记已为我们规划好了全面建成小康社会的蓝图，在昭通已开始了决胜小康的冲刺。我们在市委、市政府的带领下，已经拧成一股绳，正以必胜的信心，昂扬的斗志，扎实的工作，朝着全面建成小康社会的宏伟目标奋勇前进。

第四章

昭阳区作为昭通市政治、经济、文化的中心，从西汉到民国上千年的历史中，曾有过让人炫目的辉煌，是源于悠久的开发，更源于这种钟灵毓秀、底蕴深厚的土地和这块土地上生生不息，勤劳智慧的人们……

公元1731年，雍正皇帝下旨曰：举前乌暗者易而昭明，前之蒙蔽者易而宣通，故改乌蒙府为昭通。同年，云南巡抚张允随奏请雍正恩准设昭通府城，并由天砥移至二木那重建。昭通总兵徐成贞，字禹峰，湖北人氏，虽武举出身，但却饱读诗书，满腹经纶，加之在九省通衢的武汉长大，便见多识广，颇有谋略。把天上九头鸟、地下湖北佬的戏谑之言放在他身上，可谓名副其实，一点儿都不觉夸张。他本是武官，来管地方的城市建设，似有越权之嫌，但责任和担当，他顾不了这么多，只求新建的昭通城能得到民众的认可。他之所以建议张允随将昭通府从天砥移至二木那，颇动过一番心思，特有讲究。其理由有三：其一，土城天砥那个地方，现在看来似乎比二木那的地势还低，却十分缺水，龙洞的泉水无法引到那里。故从建城到鄂尔泰、哈元生屠城时，人畜饮水和对农作物的灌溉均靠雨水，若遇干旱，便成灾荒。而二木那这里，却能经过灌渠将龙洞水引入昭通城，这样便可避免因天旱而出现水荒，就是以后城市规模扩大了，也没有问题。故从雍正九年到新中国成立后200多年，渝然仰出，而又万世不绝的龙洞清泉，始终滋养着昭通成千上万的生灵。其二，徐成贞最为讳忌的是，经过哈元生的屠城，天砥土城那里尸骨遍野，埋葬着不少的冤魂。古人认为：人的思维和感觉寓于人体之中，人死了灵魂便会离开人体而天马行空，灵魂不死，它无非去了另一个世界，甚至可以主宰后人的祸福。出于对祖先和死者的尊重及怀念，人们希望他们的灵魂到了另一个世界能够幸福安宁，故中国人都要为死者举行隆重而又十分复杂的祭祀礼仪。而被无辜杀戮的人便成了孤魂野鬼，他们的幽灵四处游荡，不得安宁，这样的地方必万户萧瑟鬼唱歌，人们怎能在那里安居乐业呢？其三，二木那这里风水极佳，徐成贞认为：磅礴雄健的乌蒙山，从南向东至北，在颛沟和峰峦叠嶂、气势恢宏的五莲峰交构，形成的天地之灵气，就贯于二木那，而辕门口处更是藏风聚气的风水宝地。两峰承昆仑之气，气壮而造就了昭通雄奇险峻的山峦，汇长江之源，而源远流长，形成水乳丰满的昭鲁坝子，使之阡陌纵横，肥田沃地万顷，堆金砌玉，丰盈膏腴。九龙山逶迤向南、钟灵毓秀、起伏万状，为九峰十八洼，一直延伸到回龙湾的小松山，神龙见首不见尾。你若站在小松山上，极目远眺，平畴舒展，一望无垠，波光粼粼，碧绿欲滴。昭鲁河山环水绕，九曲连环，清澈见底，流金泻玉，卵石斑驳，鱼翔浅底，炸戏碧波，两岸垂柳拂堤，翠竹婆娑。早晨，霞蒸岚起，水墨丹青，使人如痴如醉；万绿丛中，小桥流水，青瓦白墙，农舍参差，鸡鸣狗吠，男耕女织。傍晚，太阳的余晖，洒在昭鲁河上，流光溢彩，牧童归来，山歌悠悠，横骑牛背，短笛声声，炊烟袅袅上升，好一幅农耕文明的壮丽画卷。且和新建的昭通府城贯成一气，血脉不断，相得益彰。昭鲁河西出洒渔，汇入关河，再流入长江，和巴颜喀拉和昆仑一脉相承，连绵不断，并孕育了昭鲁坝子钟灵毓秀、人杰地灵的态势。更为精彩之处，离城不远的地方，苍翠葱茏的凤凰山拔地而起，得天独厚，山不在高，有仙则灵，其势佳妙，景色秀丽。北山高高地仰起，凌空欲飞，山南起伏平缓，如凤凰长长拖着的尾翼，在昭通人的眼光中，它便是神山，故为新建的府城增色不少。北走二十多里，便是九箐十三峰的大龙洞，甜如乳汁的龙洞水滋养生灵，才使昭鲁坝子气象万千、绚丽多姿。二木那，北有龙者为王而生气，南有圣者为风而生水，此乃龙风呈祥的风水宝地矣。

雍正皇帝特别御览了张允随的奏章，龙颜大悦，提起朱笔批道：

"昭通府城（恩安县为附郭），旧名乌蒙，隶四川，为土府治，有土城于天砥，丁未年，改隶云南，设流官。壬子年张允随奏请，委知府徐德裕于龙洞山之阳筑砖城，周四里九分，高一丈七尺，设四方。东曰抚镇、南曰救宁、西曰济川、北曰趣马；水洞、炮台、楼橹悉备，引渠为池。钦此。"

圣谕一到，徐成贞、徐德裕便按旨修筑了四门，并垒土筑了城墙，城内全部根据规划，定出街道和巷衢，以及集市、广场、划出衙门所在地后，所有规划中的土地均由知府衙门卖给私人修房盖屋，作为私宅，或者辟为门面。

三省总督鄂尔泰亦是一个学富五车、才高八斗的文人，欣然命笔，写出《昭通四门记》，文曰：

"乌蒙之更改为昭通也，尚其顾名思义，嘉以咸兴哉！今郡城重建，按四境所达，东至于镇雄，故名其门曰抚镇。《左传》有云，夫固谓君训众，而好镇抚之。欲训众者，能无抚镇之好乎？西至于东川，西北至四川，故名其门曰济川。《说命》曰：若济巨川，用汝作舟楫。欲作舟楫者，可无霖雨思欤？南至于威宁，故其名曰救宁。《大诰》有之曰：救宁武图功。今武功既定，救宁而安定之可也。此至于马湖，故名其门曰趣马。趣之为言，趋也，谓适马湖者，至此趋也。《周礼》有掌马之官，曰趣马。《周书》所谓趣马小引，《小雅》所谓蹶维趣马是也。皆掌马而善养之者也。旧曰乌蒙产善马，不让大宛。《荀子》有言曰：不穷其民，无失民；不穷其马，无失马。盖善御马者不尽其力矣。知御马之道，即知御民矣。人众马蕃，斯在其乎？况新辟岩疆，凛乎若柯索之驭六马，为人上者，奈何不敬之哉？故里称乌蒙，不昭不通之甚者。而曰抚镇、曰济川、曰教宁、曰趣马，则皆所以通之，而昭格、昭明，无间于上下者也。知此义者，其可以常新者乎？斯无所往不通也，亦然。"

昭通府城的规模一经定笃，并修了四道城门和城墙，而偌大的新府城不足七百家，显得格外的凄清和萧疏。原天砥的居民，除被哈元生滥杀死于非命者，不少人举家外逃，早没有了踪影。张允随万般无奈，奏请雍正恩准后，在昭通府城新建的第二年，从滇中、曲靖、澄江等地，强行迁来几千户人家。每户不计人口多寡，分给田地30亩，同时发给耕牛、农具和籽种，又发给一定的银两盖房建舍，让其安居乐业。从而使新建的昭通城，连同郊外在内，有了3000多户人家，有人耕种的土地4万多亩，遭遇灭顶之灾后的昭通渐渐有了生气。

紧接着又将建于八仙营的昭阳书院，迁入城内，更名为风池书院，它前有棂星门，入门有泮池。再进入到第二个院落，居中便是圣殿，东西有廊庑。第三个院落的中间为启圣宫，左为文昌宫、魁星楼，右边则建有明伦堂，供奉着至圣先师孔子、亚圣孟子、曾参、颜回和昭通之贤人。一年以后，风池书院投入使用，至此，昭通才有了讲学的书院、兴教的官学。

在新建风池书院的同时，徐成贞又在城北一隅拓建省耕塘，建成后可灌溉良田三千亩。徐成贞未修之前，几经探访，堪舆，觉得昭郡郭北，一望沃野，其中平岗一带，周围有荒地一万多亩，且经皇上批准，分给士兵屯田，只要有水，经过两三年耕种，一万亩荒地便可成阡陌纵横的肥田沃地。省耕塘建成两三年后，果真如此，站在绿草如茵的堤便上，极目远眺，环峰绕翠屏，长流如玉带，成为新建昭通城的一处极为佳妙的景点。耕云播雨，五谷丰登，禾熟谷黄，民享福祉，徜徉于此人文自然的美景之中，闲情逸趣，让人神思遐想，不啻洞天福地。

可见徐成贞在重铸昭通府经济繁荣、社会进步中，做了不少有益于黎民百姓的好事，为医治战乱给社会带来的创伤功不可没。昭通老百姓没有忘记他，在省耕塘附近修了徐公祠。虽然昔日的祠堂早已被岁月湮没，但老百姓饱含真挚、热情和感恩的碑记却历历在目，吟诵声犹在耳边回响……如今，它命运多舛，省耕塘不仅成了开发商手中的砝码，也将迎来更为悲惨的结局—成为藏污纳垢的化粪池。

民国时期，由于龙云、卢汉在云南主政20年，昭通人在省内外做官的，仅是地厅级以上的就接近300人，又加之修了云兴街、西陆街，昭通城称为小昆明，便成了众望所归，历史的必然，可谓是人杰地灵。

从懂事开始，我就生活在云兴街过街楼附近一个小天井的耳房里，在我的记忆中，一年四季，阳光似乎很难洒进我们一家6口人蜗居的陋室里。所谓耳房，便是天井正堂屋和厢房交界的角落处，房门小而窄，却冬暖夏凉，既然酷热的阳光都照不进去，凛冽的寒风也就无法光顾。以后，成立五星服装厂，居家周围的天井，都被征用为厂址，我家便搬到街对面，因退街扩宽道路，一处当街的半边房子里，楼上楼下，总面积不会超过40平方米，三代同堂，一住就是二三十年。在这里，我深切地体会了什么叫贫穷，郭大进在今年7月28日，昭通市"四城同创"的誓师大会后曾感慨地说道："苦难的经历总能塑造坚韧不拔的性格，它是人生最宝贵的财富。但仅是苦难还远远不够。辉煌的事业首先需要良好的社会环境，更需要不断进取的精神和认真求索的人生态度。"他说得一点不假，当年我就觉得欲要摆脱这种家徒四壁的窘况，只有拼命地读书，拼命地劳作。我的勤奋和贫民意识就是贫困造就的。尽管如此，直到现在，我哪儿都不想去，仍深深地挚爱着生我、养我、哺育我长大成人的桑梓父老；深深地挚爱着铸就了我灵魂的这块热土；渴望着她所有的儿女幸福美满。所以，我便倾尽所有的心力，拥护、支持和尽自己微薄的力量参与扶贫攻坚，做自己能做的事情，一门心思，就是要重铸小昆明的辉煌。

现在的昭阳区，属国家重点扶持的全省73个县级贫困县（区）之一，有11个建档立卡的贫困乡镇，90个贫困村，4.61万户贫困户，15.88万贫困人口。为全面打赢脱贫攻坚战，昭阳区对照"五看""六个精准""十项行动"的要求，"结穷亲，挪穷窝，换穷业，改穷貌，拔穷根，帮穷户"，突出"六抓"。从今年初，擂响攻坚拔寨、决胜小康的鼙鼓以后，昭阳区委和区政府做了几件命运攸关的事情：

及时成立了以区委书记、区长为双组长的脱贫攻坚工作领导组，使之成为一把手工程，在中国，什么事情，只要一把手真正地重视了，并身先士卒地冲锋在前，真抓实干，就没有办不好的事情。同时还成立区委书记、区长任组长和区级相关领导任副组长的美丽宜居乡村、易地扶贫搬迁、农村危房改造和抗震安居工程建设领导小组。全力抓好脱贫攻坚项目的编制，规划建设、土地使用、任务落实等命运攸关的大事。

同时，及时调整"挂包帮""转走访"联席会议成员，认真落实区级领导挂乡包村责任到人和召集人听取汇报，督察等制度，而且加大了工作推进的力度。拟定出台了驻村扶贫工作一办法九制度，健全完善了干部驻村帮扶机制，组建了90个驻村脱贫工作队，派驻省、市、区、乡驻村帮扶工作队员477名，强化基层帮扶力量。与20个乡镇、办事处签订脱贫攻坚责任书，以行政村为单元，以自然村为突破口，确定脱贫人数，出列乡村、产业建设、美丽宜居乡村及民房建设的时间表、路线图，形成倒逼机制。与此同时，各乡镇、办事处也及时成立了领导小组和工作站，明确了3—5年脱贫致富的任务，并结合换届工作，选好配强基层干部，确保工作到户，措施到户，责任到人。真正体现了政治路线确定之后，干部便是决定因素的原则和思想。

各路人马奔赴前线，进人状态后，区委、区政府根据实际，狠抓统筹，精心布局，"挪穷窝"做到因人因地制宜。所以及时修改完善了乌蒙片区"十三五"脱贫规划，编制完成了易地扶贫搬迁三年行动计划方案。其中靖安、青岗岭、大寨子等整乡推进项目实施方案也通过省级评审；区委、区政府投人1200万元专项资金，用于美丽宜居乡村规划，并聘请了同济大学的专家、教授和工程规划人员，迅速完成了17个乡镇的185个美丽宜居乡村项目点的初步规划设计。还特别严格地落实了拆一建一和公路沿线建房必须按照乡村公路离5—6米，县区公路距10米，省道距离15米及国道距离20米的建房三原则。强令在房屋建设中坚持放线到现场指导；地面标高到现场指导；第一层打板到现场指导；第二层坡屋面及外观装饰到现场指导和外立面的色泽到场指导。更为重要的是严令禁止在基本农田保护区内建房，严禁未批先建，严禁使用黏土砖、页岩砖修建房屋，严禁沿路、沿街建设，严禁超越标准底线建房。

在房屋建设的结构外形上，认真按照"坡顶青瓦两头翘，白墙灰线格子窗"的建筑风貌，使整个村庄协调、美观、大方，充满中西合璧的格调和韵味。切忌五花八门，凌乱无序，做到人文景观和自然景观的和谐统一，使昭阳的农村民居建设，既有诗画的美感，又有音乐的旋律。

区委、区政府为了杜绝各行其是，留下后遗症，在建筑面积上，根据各家各户的实际，规定了以40平方米、60平方米、80平方米和120平方米四种户型为标准。从而杜绝了相互攀比和拉账借钱盖房子，导致重新返贫的现象。

范华平和郭大进在观摩点评中，多次强调要以问题为导向，留住青山绿水，就留住了金山、银山，农户就有了短期能脱贫、长远能致富的特色产业。昭阳区便紧紧围绕脱贫攻坚三年行动计划和昭龙绿色产业发展示范带建设规划，严格按照产业强村，产业兴村，产村融合的发展思路。

2015年，习近平总书记在元旦贺词中，关怀有加，格外亲切地说道："这一年，我国发生一些重大自然灾害和安全事故，不少同胞不幸离开了我们。云南鲁甸地震就造成了600多人遇难，我们怀念他们，祝愿他们的亲人们都安好。"

刚过了十多天，总书记首次离京考察，第一站就选择了龙头山地震灾区。1月19日，昭通的天气是小到中雪，气温零下3度左右，清晨，如铁幕一般乌蒙蒙的天空，飘飘洒洒飞着雪花，直到上午9点多了，不见云开霾散。前往机场迎候习近平总书记的省委书记李纪恒、代省长陈豪、副省长张祖林和市委、市政府的领导心急如焚，担心因天气导致飞机无法降落，而使昭通不能如愿以偿。就在这个时候，阴沉沉的天空，突然绽出一抹阳光，随即飘飘洒洒的飞雪停了，阴霾尽散，一片蓝天白云，昭通大地阳光灿烂，生机勃勃。转瞬，由远而近，便传来清晰的飞机轰鸣声，就是这么一两分钟，一道银光闪过，总书记乘坐的飞机便平稳地降落在停机坪上。总书记在考察结束时，语重心长地说道："扶贫开发是我们第一个百年奋斗目标的重点工作，是最艰巨的任务。现在距实现全面建成小康社会只有五六年时间了，时不我待，扶贫开发应增强紧迫感，真抓实干，不能光喊口号，决不能让困难地区和困难群众掉队。要以更加明确的目标，更加有力的措施，更加有效的行动，深入实施精准扶贫、精准脱贫，项目安排和资金使用要提高精准度，扶在点上、根上，让贫困群众真正得到实惠。符合当地实际，才能把长远发展的基础打好，切忌形式主义。"

从那天开始，区委书记江先奎、区长陶毅就将习近平总书记的指示和嘱托变成区委、区政府的一把手工程。首先召开各种会议，传达总书记和云南省委、省政府的有关指示，研究落实精准扶贫、精准脱贫和精准发展农业产业的政策、措施和办法。力争三五年时间，把昭鲁坝子属于昭阳区的国土建成山清水秀，到处花果飘香，乡村风情浓郁，现代农业高效，集生态效益、社会效益、经济效益、景观效益为一体的昭鲁休闲、观光的农业产业区，谱写好中国梦的昭阳篇章。

具体实施此产业项目的区农业局便首先成立了以局长杨联刚为组长，副局长崔讲文、郭世龙、罗荣华为副组长的领导组。并根据昭阳区的实际，分成了永丰、风凰片区，由崔讲文负责；洒渔为一个片区，由郭世龙负责；苏家院、乐居和旧圃片区，由罗荣华负责，他们决心不辱使命，打赢扶贫攻坚，决胜小康这一战役。

农业局不负使命，很快就形成了《昭龙生态经济产业示范带昭阳片区总体规划》，得到区委的认可、区政府的批准后，便马不停蹄地付诸实际行动。到现在为止，昭阳区按照"一村一策、一户一法"的要求，整合投入各类专项资金1.15亿元，充分运用"订单运作"，集约化生产模式，开始实施20个农业庄园，100个家庭农场，100个美丽村落，5个特色集镇的"2115"工程。分片区重点发展苹果、核桃、葡萄、蔬菜等特色产业，确保每个贫困村有一个以上的农业发展项目，组织一个以上的专业合作社组织，贫困户至少参与一个增收项目，一个专业合作组织，人均有一亩以上高产稳产的农田。到我前往昭阳区采访时，全区已流转土地15万亩，建成苹果、蔬菜、牛肉等农业庄园、园区20个；示范样板基地10个；粮食、苹果、天麻、烤烟、核桃、蔬菜、优质洋芋种植面积分别达到106万亩、30.5万亩、0.5万亩、8.8万亩、50万亩、39万亩、4.5万亩。2016年的一季度，全区农牧渔业总产值达8.13亿元，同比增长了7.4%，农民人均纯收入实现835元，同比增长了8.5%。

今年初以来，根据市委、市政府全面推开，快速推进的要求，昭阳区以示范引领为重点，把易地扶贫搬迁、美丽宜居乡村建设、农村危房改造和抗震安居工程建设纳人全区脱贫攻坚的大盘子进行系统思考。通过集中投人、完善配套、环境整治等措施和方法，切实解决贫困户水、电路、气、房等基础设施建设和贫困户吃、穿、住、学、医等问题。截止到市委、市政府组织观摩点评时，纳人"三年行动计划"的 31 个点已全部启动建设。搬迁了 6839 户，其中建档立卡的 3000 户，6000 多户搬迁的家庭，已有 3909 户已开工建设。区级统筹的易地扶贫搬迁暨美丽宜居乡村建设 154 个点，启动建设的已有 28 个，总数为 8467 户，其中建档立卡 2344 户，开工建设的已有 1487 户。同时，整合资金 2.8 亿元，硬化乡村主干道 196 公里，通村串户路 228 公里，新建村级文化活动场所 5 个，改扩建学校 13 所，村级卫生室 47 个，完成 24 个贫困村和特困自然村电网改造升级任务，建设水利工程 99 个，解决了 4.46 万人的饮水安全问题。

昭阳区委、区政府在全面铺开，快速推进精准脱贫攻坚仗的同时，十分重视统一各级干部的思想，形成共识，更注重对群众的宣传、教育。今年初，在靖安镇大耆老村召开脱贫攻坚誓师大会的基础上，在全区组织召开脱贫攻坚专题培训会议 3 次，乡村干部的培训会议 100 多场次，开展农民工和农村富余劳动力技能水平培训 24 期。完成劳动力转移培训 2158 人，积极引导广大群众由"要我脱贫"转变为"我要脱贫"，从而提高了群众向往、追求幸福生活的自觉性。同时确保贫困户每户均有一人接受职业教育或技能培训，掌握一至二项实用致富技能。到 2016 年 5 月底，累计转移农村富余劳动力 17.07 万人，实现务工纯收人 11.29 亿元。

更为重要的是，区委、区政府汇总中央、省市和区级关于脱贫攻坚的文件编制成册，在群众中广为宣传，做到了家喻户晓，众所周知。

在资金的管理和整合利用，充分发挥其效益方面，昭阳区毫不含糊，狠下功夫，力求不出现任何一件节外生枝的事情。整合了农危改、易地扶贫攻坚、农业综合开发、重点村镇建设、生态治理资金3.6亿元。按照一事一议，先建后补的原则，实行差异化补助，其标准：建档立卡中的贫困户建房，户均补助不低于5万元，一般贫困户，户均补助不低于4万元；改造提升户，户均补助2万元；且在市级对"农改危"每户给予3000元补助的基础上，由区级按每户补助7000元，每年共配套1.5亿元。

今年，积极协调农发行等金融机构贷款8亿元，目前已到位4亿元，由区级财政贴息726万元。已向群众发放贷款1.0533亿元，拨付无偿补助资金1.3678亿元，为贫困群众建房提供了坚实的资金保障。

同时，昭阳区仍继续实施好跨年度项目，全面落实脱贫攻坚的"责任、权利、任务、资金"四到县制度，现第一批"四到县"切块资金3856万元，除预留1000万元作为整乡推进项目启动资金外，其余2856万元已按投向全部安排，无一分半厘的截留。

昭阳区的小龙洞乡，我对它太熟悉了，少时，从东门陡坡出发，到过宁边、鲍家地、小水井、白坟和老公司、曹家松林。在那满是沙石的公路和坎坷不平的崎岖小路上，不知留下我的多少脚印和因劳累滴下的汗水，甚至赤脚时，被石头碰破脚趾，流下的鲜血。从15岁起，为了替父母分忧解难，更为了我每月6元钱的伙食费，不管刮风下雨还是雪花飞舞，冰封大地，我都必须到小龙洞所辖的远远近近煤矿挑炭。卖给陡街照相馆，所得报酬除交学校的伙食费，还得补贴家用，和父母一道，支撑着一家5口人，顽强地生存下来。整整初二、初三的两年时间里，老师都特许我只上一早上的课，下午就去曹家松林挑炭卖，来回30多华里，每天可挣四角钱。星期天就去老公司或鲍家地，比曹家松林路虽远了一倍，但能多挣三角钱。直到初中毕业，考取师范学校，加之国家的经济有所好转，学校每月又发 8 元的伙食费，我才停下前往小龙洞各个煤矿挑炭的步伐。小龙洞让我知道并深深地体会了什么叫贫困和苦难，从而塑造了我的贫民意识和顽强拼搏的精神。所以，古稀之年了，我仍笔耕不辍，从不间断，更不敢懈怠，同时用此回报桑梓父老对我的舐犊之情、养育之恩。

对小龙洞宁边村的熟悉，了解并情有独钟，是因为我还有一个叫曾俊修的堂哥在那儿。在四川隆昌，他和我父亲是乡邻，且有裁缝的技艺，便随我父亲来到昭通，抗战胜利前夕，在这里娶亲生子，有了自己的家。1953 年，为支援抗美援朝，昭通成立了国营的五星服装厂，专为志愿军做棉衣、棉裤。1955 年，毗邻的威宁县成立民族服装厂缺乏技术工人，请求昭通支援。我的这个堂哥有手艺，又善做彝族服装，一家人便去了威宁，两三年时间，父子俩便成了民族服装厂的中流砥柱，声望颇高。在三年自然灾害的日子里，我这个堂哥一家陷入绝境，生活十分窘迫，堂嫂有个舅舅恰在宁边当医生，便劝他一家到宁边来，保证他一家的温饱不成问题。于是，堂哥便举家离开威宁，去了宁边，路过昭通，比我大十多岁的侄儿给了我一套他穿过的旧衣服。那是我平生最好的衣服啊，从那天开始，我换下褴褛的衣服，穿上它，风光了近一年，我非常感谢我这个当裁缝的侄儿。堂哥一家到了宁边，虽气候和环境远比威宁恶劣，但凭借当医生的舅舅，吃喝不愁，农民来治病，若没有钱，便会拿来炒面、荞面和洋芋充抵，甚至还有猪、羊、鸡之类的肉食，日子过得舒适、惬意。加之，爷俩都是裁缝，又有一架缝纫机，便在鲍家地煤矿那里租了点门面，开了缝补衣服的铺子，一家人觉得从威宁退职回昭通的选择是正确的。殊不知，这样的日子仅仅过了两年，"四清运动"来了，堂嫂当医生的舅舅，被定为借医病为名，行强奸、调戏妇女和敲诈勒索贫下中农的坏分子，被打进了"十八层地狱"。堂哥一家受牵连，差点被逼陷人绝境。好在堂哥一家纯朴、善良，又有一门手艺，更没做过什么对不起贫下中农的恶事，加之宁边地广人稀，好歹留了下来，成了农民。那些年，一家老小都在队上劳动，又悄悄地开了一些荒地，虽然贫困，但却能填饱肚子。

　　土地承包到户那年，因属流窜人员，没有承包到土地，威宁那边，更是无法回去。在我的帮助下，小龙洞乡出具了证明，侄儿去了威宁，费尽九牛二虎之力，总算把一家人的户口迁来了，他们一家才真正成了宁边的正式农民。以后，三个侄女成人了，先后嫁到北闸等地农村，侄儿也娶妻了，几年工夫，便生了三个儿子。宁边境内的倒马坎盛产煤炭，时有拉炭的车去宁边，间或侄儿运气好时，能搭乘拉煤的货车进城来。到了我家，父母总会让他饱饱地吃顿饭，然后忍痛割爱，省嘴落牙，再给他几把挂面，他便到南门保家店子，花几角钱住一晚上，又步行回家。我回到家时，父母说起此事，我又想起他给我的那套旧衣服，就觉得父母做得对，滴水之恩，当涌泉相报。那时，我们也不富裕，拿不出太多的东西来送他，感到十分地过意不去……一次，我带县委的慰问团到宁边去演出，20世纪80年代时没有接送的面包车，是徒步上去的，从小龙洞走到那里，各自背着道具，整整用了三个小时。此时的昭鲁坝子，已是惠风和煦，春意盎然，而宁边却是冻雨靠靠，寒风萧萧，乌蒙蒙一片，不辨牛马，让人有些毛骨悚然。在学校的操场外，经乡上的领导介绍，我见到了大队的支书，我见他胡子和衣领、披毡上，都积着一层白白的冰凌，显然，他迎着北风走了很长的路。见到我，他忙说道：昨天乡上就通知了，今天我早早地起来吃点饭，就忙着赶来了，宁边这里十分苦寒，找不到一块遮风避雨的地方，慰问演出，就只有在学校的这块坝坝上，条件太差，只有将就了。我知道为了这次慰问演出，学校专门停了一天的课，便对支书说：老徐同志，我们先做些准备，你赶快召集村民，演出完后，我们还得赶回小龙洞去。徐支书连连点头，掏出口袋里的哨子，向稀稀疏疏，且低矮、破败，全是茅草房的村子走去。转瞬，徐支书便淹没在凄风苦雨之中，但他的哨音声嘶力竭，催促村民前来学校操场看慰问演出的吼叫声不绝于耳，久久回荡……伴着呼呼的风声。

半个时辰过去了，慰问演出团的队员已化好妆，做好了全部准备，却只有十多个人，且大半是娃娃。他们站在教室外的屋檐外，穿着褴褛，好几个娃娃还赤着双脚，流着长长的清鼻涕，站在那儿瑟瑟发抖。让人一看，便会泪湿眼眶，这哪里是叫他们来观看演出，完全是来受罪……这时，徐支书来了，他的嗓子都喊哑了，一脸沮丧地对我说道：我几乎跑遍全村，家家都叫了，只是天气太寒冷，缩在家里的火坑边都嫌冷，勉强出来就怕冷病了。我无言以对，心情十分难过，却又无力回天，哽咽地对他说道：徐支书，这样的状况，是我万万没有想到的，来看演出的村民，确确实实在活受罪。不管怎么样，还是叫慰问团的演员给来的人唱几首歌，跳几个舞。团员们于是唱了两首歌，一个舞都还没有跳完，站在屋檐下的大人、娃娃实在坚持不住，都走了……徐支书过意不去，紧紧地握住我的手、十分歉意地说：实在对不起，害你们顶着寒冷，走了这么远的路，我的工作没有做好……我说道：老徐同志，怎么能怪你嘛，只怪宁边村的农民太穷了，一旦被冷病了，必然雪上加霜。他频频点着头，又说道：偏坡寨比这里还恼火，你们就别去了，居家特别分散，跑到各家各户叫人，没有大半天时间，怎么说都跑不遍。我便无奈地说道：那里的农民比这里还可怜，这么冷的天，更是无法出来。说到这里，我换了话题，说道：老徐，宁边的曾俊修是我的堂哥，我想到他家看看，不知他家住在哪点。徐支书便说道：就在前面不远的址口上，我带你去。路上，徐支书才告诉我：年前的冬月间，你这个堂哥，10多天没有见到油荤了，就怪老伴把他一家从威宁带到宁边来。因此，就吵起嘴来，曾师傅就想携家回四川老家去，说就是讨口，要着的还是米饭，天气又好。老伴便反唇相讥说：在威宁饿得活不下去了，是你要来的，不是我舅舅收下你这么一大家人，早就饿死了，你离开四川三四十年，早没有落脚的地方了。曾师傅不听老伴的劝告，便吼道：你们不去，老子一个人去！说着，一个人就冒着漫天的大雪出了家门……10多天过去了，老伴还以为他去了城里，也许就落脚在哪个亲戚朋友家，天寒地冻，也没有叫娃娃到城里找找。殊不知，他赌气离开家，还没有走到小城包，又冷、又有点病，又饿、踉踉跄跄蹒了几下，就跌进路边的一个深沟里……

过了半个多月的一个晴天，眼看要过春节了，宁边的农民便背上燕麦、荞子和山地萝卜到小龙洞赶场，有乡邻就发现路边的沟里扑着一个人。下去翻过来，才知是会缝衣服的曾师傅。堂嫂和侄儿请乡邻帮忙把他抬回去，已死了近20天，因为冰冻，遗体完好，却无力安葬。还是徐支书给了留着修村公所铺楼板的几块寸板，勉强做了一口薄板的棺材，又从公积金里拿出30块钱补助了，我那堂哥曾俊修才得以入土为安。

那天，在徐支书的引导下，我进了侄儿曾德华权且能遮风挡雨的茅草房，一家6口人才在做午饭。我见侄儿媳妇手里拿着一块也许只有二三两的羊油，在烧热的铁锅里来回擦了几下，看得见锅壁上有了油渍，便丢进几颗山上摘来的野花椒，将切成条的洋芋倒进锅，放上盐翻炒几下，倒下半碗水，放上锅盖，直到把洋芋焖熟。已近60岁的堂嫂和侄儿忙起身热情地招呼我，并有些不好意思地说道：支书来叫过了，只想吃了饭，下午天气暖和点再到学校那里……我忙说道：天气太冷，去了十多个人，都穿得很单薄，谁都受不了，就散了，我专门来看看你们。

那时，我已任了昭通县的宣传部长，每月工资45元，妻子的只是37.5元，则上需赡养年迈的父母，下需抚养一对儿女。见此窘状，我还是一狠心，从身上装着的15元中拿了10元硬塞给大我十多岁的侄儿，什么话都说不出来，默默转身，含着眼泪离开了让我刻骨铭心的茅草房。

以后，妻子所在的学校新修了一栋教室，原来用作教室的庙子，便改成了几间宿舍，妻子便分到了约有 30 平方米的宿舍。我们一家 4 口人，终于离开了三世同堂，却不到 40 平方米，蜗居了 10 多年的家，住到了学校里，一住又是 10 多年。

远在宁边的侄儿，间或还是进城来，他只去父母那里，无声无息地坐一会，吃顿饭，就去东门的客马小店住一夜，又回宁边去了，却从不来找我。大约在 1995 年的一天下午，侄儿的大儿子在两个乡邻的陪同下，气急败坏地到昭通师专来找我，那时我是师专的党委书记，见到我，他只喊了一声二爷爷，便跪在地上，号啕大哭起来。我叫他起来，有什么话好好说，这样做，在学校里影响不好。他站起来，一边哭一边告诉了找我的缘由：他近 30 岁的弟弟和几个邻居，偷偷地开了一个能爬着进出的小煤矿，已挖了三四个月，是个鸡窝矿，挖的煤除自己家用外，还有一部分出售，一家人的吃穿和娃娃读书的费用，便没有问题。端午节刚过，他兄弟吃了午饭，便去了矿上，结果还没有爬到工作面，便因缺氧闷死了。现摆在家里，无力安埋，向我借点钱……那时，我的工资已增至 700 多元，一家的生活好了许多，却没有多少闲钱余米，万般无奈，我只好到财会室破例借了 2000 元，叫他省着点，可以安埋他兄弟了。从那个月开始，按照每月扣还 200 元的计划，我足足还了 10 个月，而我命运多舛的侄儿家，屋漏又遇连夜雨，我的堂嫂也因病走了，一家人几乎陷人绝境。不久，二儿媳妇儿又丢下两个娃娃，离家出走了，第二年才知道她跑到威宁黑土河嫁给了一个死了老婆的男人。真是福不双降，祸不单行，侄儿只有两岁的儿子，因病发高烧，他们只带他在小龙洞的诊所打打针就算了，结果连连高烧，患下了小儿麻痹症。大儿媳妇不愿过这样的日子，便闹着分了家，侄儿的家更加贫困破败了……

就在朱镕基总理来宁边的第二年，内昆铁路上马了，开工不到半年，在行署多次恳求下，承担昭阳区境内的工程局拿出一笔钱，又用自己的机械，为宁边修了一条水泥路。又在这个时候，时任云南省委书记的令狐安虽没有亲自来宁边，但却指示省属有关部门，从扶贫的专项资金中，拨出一笔钱来，把朱镕基为之流泪的茅草房全部换成砖混结构的民房。侄儿和他的大儿子，在国家的扶助下，各盖了一所占地60平方米的房子，并辟有一个堂屋、两间卧室，顶上还预留出钢筋的接头，待自己以后有钱了，可以再加一层，同时还在旁边盖了猪厩。

侄儿曾德华虽和我没有任何的血缘关系，但父亲生前却多次对我说过，他爹毕竟是他从隆昌带到昭通来的，又是一个村子的乡邻，还叫他爷爷，叫我要尽力关照才对。其实，只要提起侄儿，我便想到当年在最困难的时候，他曾给过我一套旧衣服，让我没有露着屁股、光着肩臂读完了初中，便十分感激他，所以，给侄儿安埋二儿子的2000元，也没有向他索要，明确地送了他。父亲逝世后，父亲的教诲我始终铭记在心，加之日子越过越好，前些年，我每到春节时，都会叫上儿子、女儿，与妻子一道给他们送去大米等所需食品和衣服、裤子，甚至棉被。

2006年，侄儿走了，得到报丧，我们一家人都去了宁边，不仅买了大米、猪肉，还带去了不少的带皮和粉条。去到那里，我才知道，侄儿的大儿子、二儿子膝下的几兄妹都到城里打工了。那个患小儿麻痹症的儿子，还去了福建泉州，帮人打制银器，因他残废坐下打造银器后，就不想起来，也没有条件谈恋爱，更没有上街拄着拐杖游玩，他成了只挣钱，却消费很少的银匠。到他得知父亲病重，从泉州赶回来时，身上竟然有了七八万元。除了付给父亲治病和逝世后的安埋费用外，他还拿出3000元钱，到城里请了几个道士到宁边为他父亲念了三天经。见此，我有些生气，便骂他说：这是你用血汗挣来的，你怎么能这样糟践！他却说：

二爷爷，我爹如牛马那样苦了一辈子，没有过上什么好日子就死了，我不请人念这三天经，心里不安然。我便说：你与其把钱花在请道士上，还不如把房子的二楼趁势修完了。他说：二爷爷，我身上还留下两三万块钱，完全够修了。

2013年的春节将至，他哥俩突然来到我家，一是进城检审残疾证，二是给我送来了一支腌熏过的火腿，并说：他们第一次杀了一头重300斤的肥猪，并且是喂粮食长大的。伤残的侄孙又对我说：自从朱总理去过宁边村，政府对他们就格外关照，日子过得一天比一天好，他还在福建做银器，每月能挣四五千块钱。

今年6月，我到小龙洞采访，又专门去了宁边和偏坡寨，从大岩洞的万亩杜鹃林和万亩草原回来，在宁边村支书的引领下，我去了侄儿媳妇的家。现在患小儿麻痹症的小儿子和母亲住在一起，房子是新修的，还贴了瓷砖、宽敞、舒适。在精准扶贫中，是用危房改造补助的资金，加上自筹修建的，侄儿媳妇告诉我说：二叔，在北闸石场的妹夫家，现在的日子好过了，我们修房子的石头，都是他在石场凿成条石，用车拉到宁边来的。修房子时，他又带了10多个工人来帮忙，所以修得很快。我问：大儿子家的房子又修在哪里？她告诉我说，我将老房子也给了他们，装修后也很漂亮、又宽敞。

进了屋子，是磨得光亮的水泥地板，墙壁装饰的是白色的涂料，窗子是不锈钢的。我又到卧室看了，宽大的床是从城里买来的，铺着席梦思床垫，挂着仿丝的淡黄色蚊帐，是用不锈钢管做的帐架，新房一般，是患有小儿麻痹症的小儿子住的卧室。侄儿媳妇比我还大两岁，她眼睛笑得眯成了一条缝，连连说道：二叔，原来托朱总理的福，我们住进了砖瓦房，吃上了米饭，每年还杀上猪了。现在又托习总书记的福，住上了你们城里人那样的房子，吃的是大米，实在想吃了，才蒸两顿荞疙瘩饭吃，顿顿都有肉吃。这时，我抬起脑壳往门背后看去，一根杆杆上，挂着一两百斤烟熏肉，过年前腌制的。说着，她就要取支火腿让我带回去。我说：你们都有这么多的肉了，你二叔家会没有肉吗？她听后，笑了，又说道：共产党和政府真是天上的菩萨啊，让我们过上这么好的日子，做梦都想不到呀。我就问她的小儿子到哪里去了。她说：从前年开始，就没有去福建了，他嫌那里太热，更要招呼着修房子，又不放心我一个人在家里。今天，我娘俩都在山上放羊子，支书打手机来了，才知道二叔来了，他要招呼山上的羊子，走不开，就我一人下来，拿支火腿给二叔，就是儿子叮嘱我的。我就问她，你俩的日子就是靠种洋芋、荞子？她摇摇头，欣喜地说道：地还种着，但吃饭不靠洋芋、荞子了，大多用来喂猪、喂羊子。我和小儿子都有低保，加上他的残疾补助费，娘俩一个月就有 500 元，够吃、够穿了。现在病了有医保，过的简直就是神仙日子，只是……她欲言又止，我便说，有什么话，就说嘛。她才说道：我天天想着的一件事，就是给残疾儿子找个媳妇，但没有门路，儿子说，现在家家的日子都好过了，没有哪个姑娘会嫁给我……临别时，我掏出 500 元钱给侄儿媳妇，她硬不要，我对她说：你们的日子都过得这样好了，我的日子就更好，一点心意，你拿这点钱买点穿的。支书亦在旁边劝她收下，侄儿媳妇才勉勉强强地接了。

宁边村的基本脱贫，以及各项惠民政策得以落实，其关键是得到朱镕基、令狐安等从中央到省委及地方各级领导的重视、关怀，在昭通真正成了一把手工程。而和宁边相距不远的偏坡寨，就没有这么幸运，他们只能垂涎欲滴，眼鼓鼓地看着宁边，在极为艰难、困苦的环境和状况下，又苦苦地挣扎了七八年，直到 2014 年，才从难以想象的煎熬中挣扎出来……

我在读师范的时候，跟随李正清老师去过偏坡寨。任务是配合学校宣传队，现场创作一些快板、三句半、山歌等短平快的宣传内容，临场演出，目的是让当地苗族同胞有一种亲切感。那时，偏坡寨的几十户苗族同胞，就分散住在尚且能生存的山头、洼地和沟坎边，环境和气候十分恶劣，人畜饮水，更是到了难以想象的艰难程度。我就是凭勤奋读书和出卖苦力，数到初中毕业，于1964年考上师范学校的，进校后，国家便每月发给8元的伙食费。在3年天灾人祸的岁月中，我父母靠帮助人补衣服、裤子，也领不到这8元的酬劳，因为缝补的布料是严格定量的。那时，我就觉得我的家，也许就是最穷最苦的人家了，但和偏坡寨的苗族同胞相比，就不可相提并论，真是天壤之别啊。偏坡寨的民居大多是权权房，十来岁的娃娃，不仅光两脚板，不少的还赤身裸体，清鼻涕流出来了，只用手背擦擦，弄得满脸、满手背糊着的都是鼻涕。我去过几家，屋里除了权权房里散乱地堆着一些洋芋、苞谷外，就只有一个吊锅和几个脏兮兮的土碗。竹楼上，铺着睡觉的是荞草和燕麦草，很少有被子和垫单的人家。风调雨顺时，尚能勉强吃饱肚子，遇到天公不作美，只能是半饥半饱，用细糠和野菜充饥。那次，我在鲍家地的建筑工地遇到的那个没有小腿，只在膝盖处包上一点破布和棕皮，还背着砖从脚手架爬到三四楼的残疾人，就是偏坡寨的苗族同胞。

那天，我带着县委的慰问团，在宁边因没有观众而怆然离开时，按计划本想去偏坡寨的，途中我想到那里的农民居住分散，贫困程度不低于宁边，天气这么恶劣、寒冷，不是叫他们来受罪吗？于是便带着慰问团的队员，直接回了小龙洞。

在宁边村逐步改变贫穷的时候，偏坡寨依然如旧，故呼声很高。迫于种种原因，市区的领导还是经常去偏坡寨调研，所到之处，他们无不一副感叹噫嘻嘻、流眼抹泪的样子，领导们于是心潮澎湃，赌咒发誓地向围着自己的基层干部和如饥似渴、梦想改变命运的农民说道：看着你们现在还如此贫困和艰难，我流下了痛心和惭愧的泪水，我们没有做好党和人民交给的事情……回去以后，立刻召开有关会议研究，争取今年底，让住在权权房的贫困群众，搬进新房过春节，同时还要认真解决人畜饮水、娃娃读书、家家通电和温饱的问题……纯朴善良的苗族同胞听后，热烈地鼓起掌来，手都拍疼了，不少人还激动得热泪盈眶，觉得好日子有盼头了。但是，他们盼星星，盼月亮，甚至一年又一年过去了，眼睛都望穿了，等来的却是一次又一次的被欺骗……这些表过态的领导哪儿去了，偏坡寨的苗族同胞哪里知道啊！

苗族的祖先蚩尤，在只有部落的蛮荒年代，就是一个顶天立地、叱咤风云的英雄，他带领自己的部落，攻城略地，赢得了不少美丽富饶的山川河谷，扩大了自己的生存空间。更值得让苗家儿女自豪和骄傲的，先祖蚩尤利用金属来制造兵器，历史上除宝剑外，几乎颇具杀伤力的长短兵器，都是蚩尤发明的，他纵横捭阖，所向无敌，因而赢得了战神的美称。在这种情况下，他滋生了骄傲和轻敌的思想，觉得天下的所有部落，都不是他的对手。而他万万没有想到，炎黄两个力量较大的部落，就在他不知不觉中，形成联盟，并吸收了若干小的部落加入了自己的联盟。更让他想不到的是，他们把蚩尤的发明创造为我所用，招募了不少冶炼和制造兵器的工匠，日夜不停地开矿、冶炼和打造兵器。同时休养生息，蓄粮于部落之中，不停地加紧兵阵的排列和训练，渐渐变得强大起来，这些潜在并且开始初露端倪的危机，蚩尤几乎一概不知，他的优势正在渐渐地消失。据说大约距今五千年时候，在中原的涿鹿，炎黄联盟突然向蚩尤部落发起了决定双方命运的殊死大战。这场以炎黄联盟胜利，蚩尤彻底失败而告终的大战，在古人的描写中，真是惊天地，泣鬼神，飞沙走石，天昏地暗……

战幕刚刚拉开，炎黄联盟先以虎豹熊罴作先锋，铺天盖地向蚩尤的阵地冲来，随即又截断江河，意欲将战神和他的勇士淹死，从而成为虎豹熊罴的美食。蚩尤面对炎黄如此气势汹汹的攻战，毫不惧怕，巍然挺立，并请来风伯、雨师，刮起狂风，下起暴雨，从而阻止了炎黄的猛烈进攻。炎黄见蚩尤神通广大，难以取胜，同样请来九天玄女、旱魃前来助战，只听旱魃一声喊叫，顿时乌云散去，阳光普照，暴雨转瞬之间消失得无踪无影。蚩尤不解，正处在迷迷惑惑之时，九天玄女突然擂起鼙鼓，声震九百里，蚩尤被震得神不守舍，灵魂出窍，一时竟不知所措。但他毕竟是战神，稍加调整，便回过了神来，于是眼睛一陵，大雾弥漫，蚩尤便叫人鸣鼓收兵，在大雾的掩护下，逃回自己的阵地。真是天道难违，命该绝蚩尤，其实早在涿鹿大战之前，炎黄已按北斗星杓指示的方向，发明并制成了用于战争的指南车，于是在其车的指引下，炎黄联盟直捣蚩尤的大本营。一切都来得突然，毫无防备的蚩尤仓促应战，但属下的勇士已被炎黄分割包围，使蚩尤部落只有招架之功，毫无还手之力，刚刚交手就兵败如山倒。蚩尤在血与火的搏杀中，悲壮地倒下了，他的部落一直向川滇黔溃逃，少数的则逃向江南一带。那场战争从头年的二月开始，直到第二年的孟夏，这时正是杜鹃绽蕊，怒放得犹如火焰般熊熊燃烧。蚩尤部落溃逃得人困马乏的幸存者，面对满山遍野、绚丽多姿、璀璨无比，像彩霞涌动的杜鹃，倏地忘记了流血和苦难，忘记了后面还有追兵，前面还有艰险，变得心旷神怡起来。他们纷纷下马，脱掉被刀枪、弩箭撕割得支离破碎、浸透鲜血的战袍，扑到激溅着朵朵浪花的山涧里，舒舒服服地掬一捧山泉水，再洗去满身的征尘。山峦上到处是成熟的李子、杏子、杨梅和樱桃，他们兴致勃勃地奔过去，各取所需，惬意地吃着上天赐给他们的果实，他们不能因困乏和饥饿而倒下，得顽强地生存下去，以延续自己的部落。然后养精蓄锐，重整旗鼓，重新回到自己阡陌纵横，良田沃土万顷，烟雨氤氲，牧歌悠悠，青楼瓦舍，花木扶疏，小桥流水，鸡鸣狗吠，炊烟袅袅，渔舟唱晚的美丽家园。吃饱野果，喝足山泉，洗去征尘，每个人的精神为之一振，一个头领振臂高呼道：蚩尤部落的兄弟姐妹们，我们虽然失败了，但我们没有被彻底消灭，蚩尤部落的人是杀不绝，征服不了的，只要还剩一个人，就应该傲然挺立，拿起武器，拼搏到流尽最后一滴鲜血。蚩尤部落的每一个幸存者，精神没有垮，迎着太阳，沐浴着霞光，置身于杜鹃如火焰般怒放的花山，蚩尤的儿女们尽情地跳起来、唱起来，庆祝自己战胜了一个又一个的劫难！于是，欢乐、乐观的蚩尤儿女们便在花间、溪流旁舞之、蹈之、唱之，尽情地抒发自己劫后余生的欢乐。有的人吹响竹叶伴奏，有的人砍来竹子，制成一吹就能发出声音的乐器，清脆激荡，悠扬婉转，犹如天籁。他们忘记了艰难困苦，忘记了血与火的搏杀，忘记了长途跋涉，为的是避开炎黄企图灭族灭种的迁徙。他们完全融人了如大火般燃烧的花海，他们紧紧地和大自然连在了一起，叫人无法分开。这时，那个头领惊奇地发现，应把这种劫后余生的喜悦和欢乐、憧憬和神往，作为凝聚蚩尤部落的向心力，这个部落才能永远不会倒下。那天，正是五月初五，蚩尤部落有了自己凤凰涅槃、浴火重生的花山节。

历尽坎坷和艰辛，蚩尤劫后余生的子孙，有几个支系来到云贵川，他们在高高的山峦中，寻觅山花烂漫的地方定居下来，以山为伴，以花为媒，繁衍生息，顽强地生存下来了。

到了清末，虽然他们大多为奴，沦为彝族土司的娃子，但仍然不改初心，不仅在心中默默地反复吟诵不到黄河心不死的誓言，并把这种誓言形象地绣在自己的花衣裳上，披在厚实的肩臂上，他们神往着昔日山清水秀、丰腴、富饶的家园。

随着历史的发展，社会的变迁，他们赖以生存的高山，因为种种原因，变得环境恶劣，加之气候的寒冷，他们生计窘迫，举步维艰。他们日出而作，日落而息，与世无争。纯朴善良中，有着几许自卑，所以遇到什么苦难，只会默默地忍受着，不会向别人诉求，更不会到政府那里索要。他们敬奉大树，更把房子的大门，作为自己心中的图腾，有房有大门，他们便不会四处流落，就能安居乐业了……

2014 年，时任市委书记的刘建华在区委书记江先奎的陪同下去了偏坡寨，极目远眺，除了东一家、西一家，破烂不堪的茅草房外，就是植被极差，岩石裸露的穷山僻野，他俩的心情都十分沉重……踏着坎坷崎岖的羊肠小道，去了农户家，所到之处，都是家徒四壁，日子过得十分艰辛，就是 1995 年朱镕基到宁边所见到的景象。他俩感触极深，都觉得若不改变这种惨不忍睹的状况，就愧对组织的重托，愧对养他们成才的桑梓父老。于是，刘建华便对江先奎斩钉截铁地说道：先奎，说什么话都是多余的，不管有什么困难，遇到什么阻力，只能破釜沉舟，在今年底到明年初，把偏坡寨所有农户的住房问题彻底解决掉。江先奎则毫无半点犹豫，宣誓一般地说道：建华书记，只要市委、市政府的决心下了，我就敢立下军令状，按时完成偏坡寨 100 多户苗族同胞易地搬迁重建的任务。刘建华点点头，坚定地说道：军中无戏言，如何也要让偏坡寨的苗族同胞在 2015 年搬进新居过春节。

他俩没有召开群众大会，因为豪言壮语讲得太多了，善良纯朴的苗族同胞这些年，手里不知拿有多少张画有奶油蛋糕的图画，十分吸引人，却无法吃进嘴。他俩都觉得，摆在他俩面前的不是再说好听的话，而是脚踏实地去做自己该做的事情……

江先奎立下军令状后，回到城里就调兵遣将，拉开了决战偏坡寨的序幕。他经过一番深思熟虑，又征求了区长和区委副书记以及相关部门领导的意见后，便召开常委会，决定把这个攻坚的任务交给区委常委、纪委书记兼昭阳区农业农村工作领导组组长的王翼，并对他毅然决然地说道：王翼，这是一个破釜沉舟、没有任何退路的扶贫攻坚任务，只许成功，不能失败，我们不能再欺骗那些纯朴善良的苗族同胞。你有什么要求和困难，一起提出来，我们为你想办法解决。

王翼毫不含糊地说道：书记，我除了纪委的本职工作外，还兼任着农业农村工作领导组组长的职务，这也是义不容辞的硬任务。为了不顾此失彼，我需要区委给我调配一两个能坚守在易地搬迁第一线的人，方可夺取这场战役的彻底胜利。江先奎毫不含糊地说道：你要哪个人，只要在我的职权范围内，尽量满足。王翼便说道：我需抽调的是区纪委常委、办公室主任魏龙清。江先奎便点点头，说道：可以，但我需和两个副书记和组织部部长通通气，也听听他们的意见。王翼说有了挂帅冲锋陷阵的前线指挥，核心的问题就是建房所需的资金从哪里来……不等王翼说完这个问题，江先奎便说道：巧媳妇难为无米之炊，你先下去和小龙洞乡的党委、政府一道把前期工作搞扎实。建房的资金，建华书记已经有了整合所有惠民政策的资金，用于偏坡寨易地扶贫搬迁，我会马上召开有关部门领导的会议，研究如何整合的问题。你放心，决不会影响你在偏坡寨的建房进度。

最近，范华平书记和郭大进市长都跟我说过这样一句话：只要你想干点为民众带来福祉的事情，有再大的困难，都能找到解决问题的方法。江先奎、陶毅和王翼就想让偏坡寨的苗族同胞，离开简陋破败的权权房，住上窗明几净，钢筋水泥建筑，且依山傍水，集中安置的苗家新村。于是，他们便毫不犹豫地把各种惠民政策资金——易地搬迁集中安置的补助资金，灾后重建和危房改造的补助资金整合，加在一起后，便启动了偏坡寨苗族新村的建设。序幕一旦拉开，王翼带领魏龙清和小龙洞乡派到偏坡寨参与指挥、督战的领导，夜以继日地盯在那里。一家一户地走访，摸清他们的实际生活状况，征求他们对建新房的意见，落实搬迁建房的户数，并建档立卡，最后确定了各家各户的建筑面积，并张榜公布。为的是接受群众的监督，体现公平、公正，把党和政府的温暖，送到每家每户。

魏龙清和乡上派往偏坡寨的领导，经过艰苦卓绝的努力工作，最后确定易地搬迁并建新房的苗族同胞为 137 户。但在选择集中安置的地点时，遇到了实在无法绕开的难题。首先，在偏坡寨的所属区域中，无法找到能安置137户的地点，万般无奈，只得分几个安置点建房。为了以后娃娃读书、求医、用电和吃水方便，安置点还不能隔得太远。其次，在偏坡寨建房，不管你把房子建在哪里，可依山，却不能不傍水，因为偏坡寨历来缺水，人畜饮水都困难，所以选址上，只得选择以后供水方便的地方。最后，苗族是个不忘初心，有着梦想的民族，他们能歌善舞，对花山节的神往，几乎变成了一种神圣的宗教仪式，故得辟出一处能举行花山节活动的空旷地方，从而形成他们魂牵梦萦的中心。其实，随着社会政治经济文化的发展，民族的融合，花山节将成为昭通所有民族的盛大节日。所以，端午那天，城里的人都会开着私家车，成群结队地前往盘河、偏坡寨等苗族聚居的地方分享快乐，体味不一样的文化。

偏坡寨易地扶贫搬迁的民心工程，在昭通因为变成了一把手工程，实现了资金到位，建筑材料到位，工程技术人员到位和前线各路指挥到位以及设计到位。加上所有农户祖祖辈辈，梦寐以求的神往变成了现实，那种欣喜若狂在转瞬之间变成了前所未有的积极性，男女老少投工投劳，一起上阵，建筑速度出人意料。偏坡寨如期旧貌换新颜，让人一看，恍若隔世，让人有些不敢相信，等了那么多年的幸福，竟然来得这么快，喜极而泣，不分男女老少，不少的苗族同胞流泪了……

为了让偏坡寨的苗族同胞早日搬进新居，魏龙清和他坚持在第一线的战友们，呕心沥血，筚路蓝缕，披星戴月，餐风宿雨，才换来广厦百多家，尽庇困苦同胞尽开颜的这一天。历史记住了易地搬迁重建偏坡寨的决策者、规划者、建设者，就是他们在大山深处为让贫苦的苗族同胞脱贫洒下了汗水和鲜血，做出了牺牲和奉献，他们为历史记下了浓墨重彩的一笔。值得欣慰的是我目睹了这一切，感受了这一切……

那一天，我离开了宁边村，便径直去了偏坡寨。汽车刚刚翻过垭口，驰向一条细沙铺就，较为宽畅，且平坦的乡村公路，行不到一公里，扑入我眼帘的便是一排排，一栋栋中西合璧，依山而建，色调和自然景观相得益彰的崭新楼房。我的精神为之一振，这竟然是曾让我的心如刀割那般疼痛过的偏坡寨啊！我还能见到那个用破布和棕皮包着膝盖，几乎是爬着到鲍家地的建筑工地，帮人背砖爬上三四楼的残疾人吗？他现在将是一番什么模样啊？就在我胡思乱想，有些恍惚的时候，汽车便稳稳地停在村口一棵硕大的核桃树下。下得车来，迎面走来的便是村民小组长，他的服务对象，便是这个安置点的三四十户人家。绕过一条不宽的溪沟，我便顺着青石板铺砌的阶梯，站在了颇有苗族风格和韵味的中心广场，几百平方米的地面，亦是用整齐划一的青石板所铺砌，还配有小巧玲珑的楼台亭阁和嶙峋的观赏石。小广场的旁侧山丘上，修有一个公共厕所，远比昭通城内任何一个公厕漂亮、气派，美中不足是缺乏管理，也许因为不收费，没有专门的人打扫，才显出少有的肮脏。再顺着广场的另一侧台阶上去，便是学校，我抬头看去，墙内外，花木扶疏，绿荫如盖，恰逢双休日，没有学生上课，便没有进学校去。在广场上，乡上和村民小组长告诉我说：端午节时，在这里举办了整整3天的花山节庆祝活动，城里来了成千上万的人，汽车都找不到地方停。那3天，是偏坡寨自有人居住以来，最为热闹、最为欢天喜地的3天，城里来的游客，不仅看了苗族同胞的各种表演，吃了农户支着桌子卖的凉粉、炸洋芋、荞粑粑和燕麦炒面，而且还到村子里参观了新修的民居和村容，游客感慨万端，颇为赞叹。我就想：若没有区委、区政府下定决心，整合资金，派出王翼、魏龙清这样能干事、肯干事，对贫困农民有着深厚感情的干部，又身先士卒，踏踏实实地在第一线苦苦地干了一年有余，哪有如此漂亮的偏坡寨？

那天，我去了农户家，有一户颇让我感慨。主人是一位近50

岁的苗族妇女，她告诉我：就在旁边的广场上举办了3天的花山节庆祝活动，不知城里来了多少人，除了满山都是人，连公路上的小汽车也停得满当当的。娃娃外出打工的时候，拿给我一些钱。叫我在花山节时，卖凉粉和炸洋芋。我便问：儿子给了你多少钱？凉粉是自己做的？她说：没有数，估计有1000多元。洋芋是自家地里的，凉粉是到小龙洞街上买来的，自己没有的佐料，也是买来的。我又问她：3天花山节，你赚了多少钱？她便喜笑颜开地说道：昨天，我才坐下来，认认真真地数了，连本带利，差两三百块就是5000元了。我便笑着对她说道：3天花山节，你只靠卖点凉粉和炸洋芋，就脱贫了，真是天大的好事啊！她频频点头，笑着说道：广场也修好了，若政府每年多举行几次花山节，我们老百姓真是有好日子过了，就是光靠卖点凉粉、洋芋赚的钱，一年到头，我一个人都用不掉……

小龙洞乡在昭通人的眼光中，是较为苦寒的地方，它123平方公里的面积上，居住着近1万户人家，总人口超过37000人，农业人口就占了36493人。其中回族28000多人，彝、苗两个民族的总人数接近2000人，其余均为汉族，少数民族人口占全乡总人口的82%，是一个名副其实的民族乡。现在，全乡的经济收入主要是依靠粮、畜、烟、果和劳务输出，粮食作物主要是以苞谷、洋芋为主，经济林果则有苹果、核桃、板栗和樱桃。2015年，全乡人均有粮接近900斤，吃饭没有问题，人均纯收入全年仅有4000元，每月就是300来元钱。居住条件普遍不好，D级危房接近6000户，且几乎全是土坯房，其中建档立卡的贫困村有3个，全乡贫困人口接近万人。未硬化的通村公路80公里，未硬化的串户路超过150公里，几乎所有的村子，都没有诸如垃圾处理、治污的基础设施。面对如此窘况，小龙乡的党委、政府在去年10月，就在市区两级挂钩帮扶工作组协助下，完成了全乡近3000户，近万人的贫困人口的遍访工作，并建档立卡。今年初又开展了回头看，因工作细致人微，从而发现并清除了不符合贫困条件的对象 185 户 588 人，新纳人符合条件，漏建档立卡的贫困户 166 户 588 人。剔除老弱病残等完全丧失劳动力的民政兜底对象 217 户 465 人后，精准锁定了全乡贫困户 2476 户，贫困人口 8697 人，并拼尽全力，争取在 2018 年底全部脱贫，从而拉开了拔寨攻坚，决胜小康的序幕。

今年 6 月，当我以作家的身份前往小龙洞乡采访的时候，已确定并拆除危房改造的土坯房 1480 户 1610 间。开始动工建设的 1350 户，完成基础浇筑的 1310 户，有 285 户的主体建筑已完工。我每进人一个村子，见到的都是修房盖屋的热闹、欢腾场面，他们挥汗如雨，每个人的脸庞上都绽放着喜悦的笑容，似乎每张笑脸都在告诉我说：我们现在正真真实实地建造自己的新房屋，祖祖辈辈的梦想终于变成了现实。在每一个村子，农户建新房的方法都是自己筹备建筑材料，按每平方多少钱的价格包给建筑老板，自己又以打工人的身份，参与修筑自己的房屋，各算各的账。这些具有双重身份的农户因获得工钱，降低了房屋的造价，又在实践过程中学到了建筑的不少技艺，从而充当了监理的角色。但是挂包帮的每个队员和乡村干部，也没有因此而当甩手掌柜，而是忙得脚底板不落地。按市区的规定，每到放线，浇筑圈梁、打板、封顶和抿糊，装饰墙体的涂料时，挂包帮的队员必须现场指导并履行自己的职责，并且以各个阶段的照片为证，否则便是失职。毛主席曾说过这样的话："世界上怕就怕认真二字，共产党最讲认真。"按照习近平总书记的指示，精准扶贫不仅要变成一把手工程，而且负责的人员要立下军令状，到 2020 年，必须使昭通市 133.6 万贫困农村人口全部脱贫，只能这样，才能使昭通不拉全国、全省的后腿。也只有这样，才能践行习近平总书记教导的："人民群众所追求的美满、幸福生活，就是我们的奋斗目标。"

小龙洞乡易地搬迁安置和美丽乡村建设的示范点，向区委、区政府申报了 8 个点，涉及 2820 家农户 10775 人。其中有 93 户既不符合有关规定，自己也不愿搬迁只能尊重农户的选择，我到小龙洞乡采访那天，他们已拆除 3 个点上的 627 户，975 间土坯房，并开始重建，且有 344 户已完成地脚圈梁的浇筑，一层打板的 100 户，二层打板的 12 户，主体完工的 1 户。事实不可辩驳地证明了范华平、郭大进所说的话：只要认真和愿意干事，面对重重困难，总会有解决困难的办法。真是只有干出来的精彩，没有等来的辉煌，小龙洞乡很有希望，昭阳区很有希望，昭通市很有希望。当 1 万多贫困农民，带着实现梦想的喜悦搬进新居，如何持续发展，过上好日子，需要乡党委、乡政府认真考虑、谋划的时候，他们早已深思熟虑，胸有成竹。那天书记、乡长喜滋滋地告诉我说：我们始终以发展农村经济，促进农民增收为宗旨，本着结构调优、规模调大的原则，狠抓产业发展。一是巩固烤烟生产，种植区域主要在小龙洞社区和中营村，面积保证在 8560 亩，预计收购烟叶 3 万担，产值争取突破 3900 万元。二是提升苹果园的改造，计划新植果园 6770 亩，实施低产果园改造 9000 亩，苹果种植面积累计增至 18250 亩，产量达到 1.5 万吨，产值突破 4100 万元。主要集中种植在小龙洞社区、龙汛、中营，小米村却因环境，只得少量种植。三是发展核桃为主的经济林果，先后在小米村种植 12000 亩，中营村 11000 亩，总面积达到 23000 亩。预计 3 年后，有 1 万亩，每亩产值达 1000 元，产值 1000 万元，争取到 2020 年，核桃产值超过 3000 万元。四是发展畜牧产业。在发展中，需高度重视良种推广和牲畜的防疫工作，积极支持，帮助标准化、规模化的大户养殖。到今年 6 月底，我去小龙洞乡，见到因督战偏坡寨易地搬迁安置 137 户苗族同胞、如期完成任务、立下汗马功劳、被提拔为乡党委书记的魏龙清时，小龙洞乡又新增养殖场 5 个，养牛大户 24 家，养羊大户 124 家，养鸡大户 4 家。今年生猪出栏 5862 头，羊出栏 4650 只，鸡出栏近 5 万只，畜牧业产值突破

6000万元。五是粮食生产稳中有升。粮食播种面积稳定在6.5万亩左右，预计粮食总产将净增39240吨，增幅超过5%，人均有粮将接近500公斤。我曾到几片田地中看过，碧绿欲滴而黝黑壮实的苞谷长势特别喜人，因小龙洞乡多为山地，尽管今年雨水多，气温偏低，但苞谷、洋芋几乎没有受太大的影响，丰收在望。六是以大棚种植为突破口，积极培育蔬菜产业，全乡大棚蔬菜种植面积达到105亩，年产值超过300万元。我便想，若在政府的主导、帮助下，以"农业合作社＋农户"的组织形式，与小龙洞乡辖区内的中小学形成供需联盟，大棚蔬菜的种植，必然在短时期内形成订单农业。今年暑假，师专民族专科班的学生毕业20年了，为了不忘初心，继续前进，他们在昭通搞了一次纪念聚会，旨在交流工作中的经验，取长补短，共同进步。我作为当时师专的书记，他们的老师，便应邀参加了他们的聚会，交谈中，小龙洞乡中学的校长对我说：我们的学校发展很快，今年的在校生已突破1600人，老师齐心合力抓教书育人，今年初升高的统考中，总成绩仅次于区一中和区二中，名列昭阳区第三名。我听了十分高兴，除鼓励他再努力办好学校，为教育脱贫多贡献力量外，还问了学校营养餐的事情。他说：去年到今年，国家又增加了学生营养餐的标准，他们学校全年的营养餐补助超过300万元。若小龙洞中学与"合作社＋农户"形成供需联盟，把营养餐中的300万元，拿出200万元购买蔬菜和肉禽，将会使多少农户因此有了稳定的收入而脱贫啊。同时，还能让正在长身体、长知识的少年儿童吃到优质、新鲜的蔬菜、肉禽。办成此事并不难，剔除小学不算，仅仅依赖小龙洞中学，就能让学校附近的1000农户，每户每年有稳定的2000元收入，这样有百利而无一害的事，我相信昭通从上到下的各级政府都愿意做。七是加强劳动力的培训工作。据统计小龙洞乡，有一万左右的富余劳动力，通过技能培训，引导这上万的富余劳动力转移到第二、三产业方面就业。若以每人每月的酬劳为 2500 元计算，可实现产值 3 亿元。八是打造宁边村休闲观光、民族文化旅游的开发项目。按照"杜鹃之乡，魅力龙洞"的旅游形象定位，争取把宁边村建设成为具有少数民族特色风情的旅游村寨。在这件事关短期脱贫、长期致富、命运攸关的决策上，小龙洞乡党委、政府是经过一番实地考察、认真研究的，从而确立了需要精心打造的几个景点：大岩洞山体旅游景区。大岩洞山上有万亩杜鹃和山下的万亩草场；回族、彝族、苗族等村寨的民族风俗体验旅游区，此景点主要依托宁边集镇和偏坡苗寨。

宁边，因为实在太贫穷，是块让我望而却步的地方；宁边更因为始终保持着原始的生态，藏于深山无人问的质朴、美丽，又是让我魂牵梦萦、心驰神往的地方。故在小龙洞匆匆地吃了午饭，我便驱车直接去了宁边村民称之为万亩杜鹃和万亩草场的大岩洞。

那天天气极好，汽车沿着宽畅的柏油路，很快翻过鲍家地，就到了回族同胞聚居的小城包。那里原来全是低矮、破烂和简陋的土坯房，加之，又是昭鲁坝子前往宁边倒马坎等煤矿拉煤炭的必经之地。春天风沙腾起，遮天蔽日，混杂着煤炭粉末的灰尘，一层又一层地堆积在农舍的房上、窗台上，甚至卷进农舍的房屋里，落在桌椅板凳上。甚至把尘土刮进村民的脖子里，落在头发上，若遇到汗水，死死地粘在皮肤上，奇痒无比，又万般无奈。就连刚刚发芽抽叶的白杨树和核桃树的嫩叶上也糊上厚厚的一层，地里刚刚长出洋芋，苞谷叶片上，亦是如此。到了秋冬，从早到晚，淫雨霏霏、大雾茫茫、寒风凛冽、雪飞冰凌。而此时，又是城里最需要煤炭的时候，拉煤的车络绎不绝，把土路轧得坑坑洼洼，稀泥浆足有一尺深，临大路近一点的民房，墙上门上，窗户上，全是喷溅上的稀泥浆。村民无法出门，只能关着大门，蜗居在黑洞洞的屋里烤火，烧洋芋当饭吃，甚至打盹以消磨时光，这样的生活度日如年，真是苦不堪言，只能诅咒老天太不公平，为什么把他们降生在这样难以度日的地方。

　　汽车翻过鲍家地，我的眼睛突然一亮，在万绿千翠之下，一栋栋崭新且错落有致的楼房掩映其中，和大自然是那样地协调统一，显出特有的韵味。现在倒马坎那里的小煤矿，按照国家的有关规定，先后关闭了，这里几乎见不到拉煤的大卡车，硬化、宽畅、舒适的大道上能见到的却是节假日鱼贯驰来的私家小轿车。我有点不相信，几年不见，昔日破烂不堪、居住环境恶劣的小城包，转瞬之间，竟然换了人间。乡上的几位领导告诉我：小城包，是我们抓住危房改造和美丽乡村建设的机遇，用了两年不到的时间建成的。村子里除极少数的几家砖混的旧房子不愿拆除重建外，几乎所有的土坯房，还包括瓦房在内，都拆除重建了。村子里又硬化了通往各家各户的道路，不少的农户又栽了不同品种的果树，有的甚至还栽了花，村容村貌得到了意想不到的变化。农户安居乐业，幸福指数攀升了，人的素质也因居住条件和环境的改变，在潜移默化中提高了。在村子里很难见到那种衣服褴褛，蓬头垢面的人和为了一点小事情打架斗殴，争得不可开交的事情。若逢年过节来到小城包，外出打工的少男少女回来了，那种时髦的打扮，你还以为是走亲串戚的城里有钱人。有人说：贫穷是万恶之源。我觉得此话似乎有些偏颇，但细细想来，确实很有道理。在农村有个屡见不鲜的现象，就是在赡养年迈父母的时候，兄弟姐妹中，闹得不可开交，最后受苦受气，不得温饱的还是几乎耗尽自己的心血把儿女抚养成人的父母。在不愿赡养父母的儿女中，除少数禽兽不如的忤逆之子外，大多数还是因为贫穷，兄弟姐妹之间各打自己的小算盘，就怕吃亏，就怕增加负担，引起夫妻之间的矛盾。我去过昭通不少的农村，凡是富裕村寨、富裕人家，很少见不赡养父母的，相反，还因自己的孝道引以为豪，从而有了面子。就是婆媳关系不好，很多时候还是因为钱和物引起的，弄得儿子左右为难，犹如风箱里的耗子。我敢断言，随着农村逐步摆脱贫困，邻里之间，婆媳之间，兄弟姐妹之间和睦相处及仁义、孝悌的伦理道德，定会代代相传，发扬光大，从而构建风气良好的和谐社会。

汽车过了小垴包，很快就到了宁边村，再驰出两公里左右，爬上一个只有三五十米的小坡，便到了让人魂牵梦萦的大岩洞。

神奇的大自然，在亿万年沧海桑田和大山峡谷的变化之中，总会给人类一些叹为观止的馈赠，大岩洞便是大自然能震撼人们心灵的杰作。那天，我刚十分轻松地爬上那个小山坡，眼前便闪出一片茂密的草地，她碧绿得让人陶醉、晃眼，犹如天上各路神仙下凡到这里聚会，供他们席地而坐，品茗饮露地织锦；她晶莹剔透，更像一块没有任何瑕疵的碧玉，足让人的心灵感到战栗。极目远眺，除了让人可以徒步登临大岩洞仙境的那个壑口外，四周便是重重叠叠，山体各异，逶迤茫茫的奇峰秀岭。大岩洞全被繁茂的杜鹃，以及小铁子和不少叫不出名字的奇花异树所覆盖，密不透风，看不见她气象万千的峰峦是什么样子，更无法把碧绿欲滴的杜鹃丛勾勒出来。间或，树丛中，星星点点矗立着风骨嶙峋、可供观赏的奇石，因没有仔细考察、研究，不知是花岗岩，还是玄武岩，或石灰岩。但不管它属什么石种，可以肯定，它在久远的年代，也许从火山中喷发出来，更有可能从山体上崩裂下来，在绿荫如盖的杜鹃树丛中，或交错叠压，危如累卵，或孑立散处，超然物外。仔细欣赏离我较近的奇石，妙趣横生，让人神思遐想，如梦如幻，人道人禅，飘然如仙矣。此时，一切杂念，一切欲望，转瞬便被这美不胜收的景色所荡涤得特别干净、空灵。我若不是亲临其景，无论如何，都不敢相信，苦寒得让人生畏的宁边，竟然会有这样天上人间的逐梦之地。劝君不妨选胜登临，奇石碧树，参差林立，泉声清越，如击金石那般感受，足让你流连忘返，神魂颠倒……

乡上的领导和宁边的村主任对我说道：你看到的这片草地和杜鹃花林，仅仅是冰山一角。若翻过前面不远的那个垭口，又是一片望不到边的杜鹃花林，比这里大得多，中间的草原可以赛马，苍苍茫茫，一直延伸到彝良那边。所以我还想去偏坡寨苗寨，看看易地搬迁的安置，主要是因为我自以为窥一斑而知全豹，便急不可耐地想去验证。此外，我脑子里还有个大大的问号：如此价值连城的资源，为什么不开发利用，还让成千上万的农民抬着金碗讨饭吃？我便问：这万亩杜鹃花和万亩草场的林权属国家，还是属集体或者农户？村主任明确地告诉我：大部分已根据有关政策承包给了农户，小部分属集体所有，现在从集体到农户的管理都十分到位，没有乱砍滥伐，更没有毁林开荒。这两年，最害怕的事情就是成千上万的城里人，在木耳花开的时候进林子摘花，个别的还想挖两棵杜鹃或小铁子回家栽在花盆里，会造成一些损害。我们没有办法，只得叫各家各户管好自己的山林，摘花可以，但不能挖树，甚至把车开到草场上去。杜鹃盛开时，花期很长，有半月到20天，这段时间，农民不仅没有因此而获利，公倒增添了负担。我去的那天，就看见上山处的公路上，用泥石垒起了一两米高的土堆，为的是阻止游客把车开上山去，破坏了草场，这是权宜之计，却万般无奈。乡干部还告诉我：节假日和双休日，每天来宁边村大岩洞的汽车，少时有1000多辆，多的时候，超过3000辆。从宁边的集市那边，顺公路停得满满的，足有两三公路长。城里人到宁边大岩洞，不少人是慕名而来观光旅游的，一帮一伙，或全家老小。他们都带着干粮、饮料和水果，不少人还带来烧烤的火炉，搬到山上，烤制事先腌制好的鸡鸭和猪、牛、羊肉。所有的人都兴趣盎然，嬉戏欢乐，尽情享受完后，便把吃喝剩下的，全当成垃圾遍地乱扔。当城里人十分惬意，喜气洋洋打道回府后，从宁边集镇到万亩杜鹃的林子里，再到万亩碧绿如洗的草场上，留下的全是废弃的生活垃圾，所到之处，一片狼藉。双休日过去了，乡上还得拿出一两千块钱，甚至杜鹃花盛开的那段时间得拿出四五千块钱，请当地农民来清理城里人尽兴之后留下的生活垃圾。小龙洞乡，宁边村和农户真是得不偿失，用昭通人的话来说，真是又贴粑粑又贴酱。我很纳闷，便问：你们是否收取一些必要的服务费，包括停车费等？得到的回答是：不敢，没有政府的允许，乱收费是违法的。我又问：除了杜鹃花盛开那段时间，城里的人蜂拥而至，平时有没有来玩的游客？他们十分肯定地回答道：不仅有，而且车很多，若天气晴好时，少则几百辆私家车，多则一两千辆。我便说：停车的地盘是你们的，山林和草场也是你们的，收取合理的观赏和服务费，天经地义，无可非议，关键的问题是该由政府出面主导和组织，并办理相关的手续，把大岩洞变成名副其实的观光旅游景区，这是使宁边村民彻底脱贫、致富，又能持续发展的大产业。

如何才能让大岩洞这个旅游景点成为现实，光靠宁边村和小龙洞乡是不行的。市区两级政府和市区有关部门如果觉得大岩洞是个值得开发利用且能让农户脱贫，又能致富的项目，应该给予高度的重视。搞项目，需要招商引资，宁边村无法做到，只有依靠各级政府，但却不能让老板完全承包，昭通在此事情上有很多教训。搞到最后，除了还你一个遭到严重破坏，且难以修复的烂摊子外，当地农户一无所获，只有感叹噫嘻嘻。因为任何老板都是唯利是图的商人，是来赚钱的，他们根本不是为了让贫困户脱贫而来。我可以断言，一旦有哪个商人来承包了大岩洞景区的开发、经营，他肯定虚晃一枪后，不会按承诺进行投资，相反他会糟蹋、变卖珍贵的自然资源。在昭通的市场上，桩头和植株为上品的杜鹃花，特别是小铁子可以卖两三千元，或许更高的售价。如果承包过程中，有着潜在的腐败，相互之间的掠夺将会变得十分猖狂，吃亏的还是贫困农民。所以，只能以股份制的形式招商引资，让宁边村和承包了林地的农户参与进来，共同管理、共同经营，方能各得其所，皆大欢喜。所以，对大岩洞景区的开发，既不能被动等待，更不能急于求成，面对现在的实际情况，宁边村和小龙洞乡还是可以做很多事情的。首先，把大岩洞的万亩杜鹃和万亩草场管理起来，名正言顺地打出旅游景区的牌子。同时在景区的人口处，就地取材，或石质，或木质，修起一道门来，便可出售门票，加强管理。诸如禁止乱摘、乱挖、乱丢等破坏生态和景观的不文明行为。通过规范的管理，农户不仅有了收人，而且在和人打交道的过程中，能学到和悟出不少待人接物的知识，从而提高自身的素质。

其次，沿公路辟出停车场，收取停车费，规范停车。宁边村地广人稀，简单修出能停泊两三千辆小车的场地轻而易举。如遇荒坡，无非出点劳动力，如是耕地，农户便可以流转出来，凭股份分红。若是这样，公路上就不会再出现拥挤、堵塞，停放在车场的私家车也较为安全，游者便可放心大胆地享受大自然的馈赠。

最后，可以组织在烹饪上有一技之长的农户经营各色小吃。诸如烧烤、炸洋芋、凉粉、糊荞粑粑、荞茶汤和烧燕麦粑粑、炒面，甚至还有各色烤肉，只要城里人喜欢的，都可以经营。同时，还可以出租烤炉，出售各种糕点、饮料。送上门来的钱都不赚，就只能怪我们了，但更需各级政府精准组织，引导和扶持，甚至组织培训，物色并聘请带头的能人，让山民在经营过程中，增长见识，学到脱贫致富的本领。

家乡热闹起来了，并有事情做了，宁边外出打工的人，有很大一部分便会闻讯赶回来，这些人将会带回新的理念，新的思想和新的生活方式，同时带回他们的一技之长和打工挣到的钱。他们便是宁边村的新生力量和未来的希望，有他们的参与，大岩洞风景区将会如虎添翼，变得越来越好，品位越来越高，越来越吸引游客。成为昭通，乃至全省、全国集消夏、自然清新、始终保持原始生态的风景旅游区。让来自各省趋之若鹜的旅客来领略体味，历来就有"南秀北雄"之称，而岩洞却兼有秀和雄的韵味。阳春三月，风和日丽，万木争荣，杜鹃含苞待放，小铁子郁郁葱葱，百鸟啾鸣，泉水淙淙；仲夏五月，青山绿水，叶茂荫深，各色杜鹃怒放，碧绿茵茵的草场，扑地的甚子星星点点，吐露的却是可人的玫瑰红，这是大岩洞一年最瑰丽、最灿烂的季节；金秋，满山葱翠的杜鹃丛中，点缀着灿如火焰的红叶，小铁子的果实亦红透了，草场上的甚子也成熟了，变成了乳白色。游客三五成群，扑在绿茸茸的草地上，采摘甚子放在嘴里，那种舒服，那种惬意，那种沁人肺腑的甜蜜，让每一个游客不是神仙，胜似神仙。隆冬时节，群山素裹，白雪皑皑，垂冰二百丈，美不胜收。大岩洞的一年四季，景色变化万千，行走其间，移步皆景，真人间天堂，游客必行走在画图中。若我的这些想法均变成现实，必有文人骚客，受邀前来宁边大岩洞，为那些巍然矗立，嶙峋怪石题刻上"出尘""吞石""邀月""隔凡""龙颔"等想象奇特且道禅兼蓄的点睛之作，岂不妙哉。旅游的本质，便是享受文化，大岩洞旅游景区不仅有自然天成的景观，而且还具有历史人文景观，两者相得益彰，必赏心悦目。一个国家、民族的文化，左右着这个国家、民族的命运，文化是国家、民族的终极竞争力；一个景区的文化，同样左右着这个景区的命运，没有历史人文的旅游景观是没有任何竞争力的。

我等待着，渴望着我的这个设想和建议，能引起愿山民过上好日子的当权者之共鸣，不要成为昏昏然的梦呓……

靖安镇大耆老村是市级精准扶贫易地搬迁建设的示范点。从今年初以来，市委、市政府的好几次观摩点评现场会都在那里举行，市委书记范华平的党课，没有在市委或区委的礼堂里讲授，而是在大耆老的村公所里进行。他讲授的内容是"两学一做，要务求实效"，他旁征博引，但又深入浅出，且语言十分朴实，犹如在和农村普通党员促膝谈心。他认为"两学一做"延伸到全体党员，就是希望全体党员干部和普通党员，通过学习党章、党规和习近平总书记的系列讲话，进一步增强党性意识、纪律意识，更加明确自己的使命和责任。学好、学通、学透，用革命理论武装自己的头脑，努力成为一名自觉的共产主义战士，以便在工作中，既有理论知识，又有解决实际问题的能力。

而"两学一做"的关键在做，我们面对各种各样的问题和事情，不做则已，做就要做出点成效，不能嘴尖、面厚、腹中空，更不能只说不动。目前，就是围绕扶贫攻坚来做，通过扶贫攻坚，使村容村貌上新水平，群众生产、生活发生根本性的变化。围绕着服务群众来做，围绕着社会和谐稳定来做，及时了解群众的困难，帮助群众解决合理诉求，营造和谐稳定的社会环境。要围绕着遵纪守法来做，我们要求每个干部和党员要做遵纪守法的模范，通过自身的行动，赢得群众的拥护和支持。只有这样才叫"两学一做"有了成效。

老百姓常说："农村富不富，关键在支部。"要把基层党组织建设好，使之更有战斗力，只有这样才能为人民群众办好事，让老百姓得到更多的获得感……

大耆老在市区党委的关心支持下，扶贫攻坚一开始便思想明确，发展思路清晰，从而制定了"先有房住，后要致富，产村结合，美丽宜居"的目标，并发动了攻坚拔寨的决胜战役。

大耆老对我来说，并不陌生。当年知识青年到农村接受贫下中农的再教育时，我有很多同学便去了那里。因为相同的处境和命运，同学之间的感情便比读书时深了一层，所以不管相隔多远，都会想方设法相互探望访友。所以，我曾随前来炎山探望我的同学去过大耆老，近50年时间过去了，但是在我的记忆中，是那样的刻骨铭心，至今难以忘怀，它比我所在的炎山还穷，生存条件还恶劣。当时初中毕业，因为我家太穷，为找一个固定的饭碗，又能为父母分忧解难的职业，我报考了师范。因"文化大革命"，拖到1986年底才分配。在划线站队中，我因为所谓的站错了队，被公社领导在由贫下中农选拔老师的幌子下，剥夺了教书育人

的权利，叫到学校附近的生产队劳动。但公社却不敢克扣我每月
29.5 元的工资和国家供应的 30 斤粮食，在生产队劳动，却不记工
分。那次大耆老和附近生产队的八九个同学相约去了我所在的炎
山。在我那里玩了一天，两顿饭竟把我近一个月的粮食吃完了，
晚上坐在教室外的草地上，听着金沙江的涛声，唱着知青特有且
传唱火爆的歌，吃着生产队买来的橘子，直到凌晨两三点，才相
依相偎，酣然入梦。凌晨，同学们醒来了，买来的 70 多斤橘子，
不知不觉吃完了，一月的工资，也只剩下三五元钱了。万般无奈，
大家便窜进甘蔗地里，饱饱地吃了一顿甘蔗汁，就无脚撩手地往
城里的方向跑。到了渔洞，有同学提议到靖安大耆老去，于是顺
洒渔河而下，直到半夜才摸到那里。

　　时值初冬，还不到傍晚，我们就到靖安了，但却阴雨绵绵、
冷风飕飕，八九个同学完全行走在盖到脚背的稀泥浆里。此时，
饥寒交迫，那种苦痛，若不是亲身经历，现在回忆起来，谁也不
会相信。虽然每个人脚踏的都是破损的布鞋和胶鞋，但都舍不得
用它在泥浆里跋涉，只好脱下来，在河里涮涮，用手提了，便赤
着双脚走到大耆老。进了知青安置点的原大队保管室，费了很大
的力，才将用墨水瓶自制的煤油灯点燃，阴冷、潮湿的房子里，
终于有了熠熠闪烁的砖红色光亮。同学们睡的全是地铺，只在地
上铺了稻草和苞谷的外壳，有的同学垫的是毡子，有的则是破旧
的棉毯。而他们都比我好，我在炎山垫的却是破旧的草席，好在
我们学校在金沙江边，炎热少雨是它的特点，若在大耆老，我就
无法熬过寒冷的冬天。此时，又饿又乏的同学，生火的生火，刮
洋芋的刮洋芋，并把它切成块状，他们说罐里好像还有点清油，
走了一天一夜，该补充点油荤。

　　上山下乡，分在较为艰苦地方的知青，大多都是小老百姓的
娃娃，队上分了粮食和清油，知青户的同学，便将少得可怜的大
米蒸一甑，油油地炒点菜，饱饱地吃一顿。然后，便将大米和清

油分了，各人带回城，家里的父母和兄弟姐妹，也望眼欲穿，渴望舒舒服服地吃一顿新米饭和油煎油炒的家常豆腐。就是大点的洋芋，也挑出来分了，带回家交给父母，既可当饭吃，又能当菜吃。那天夜里，刮好的洋芋已切成块，但提出油罐来，却怎么也倒不出油来，费了好大的劲，才将糊在罐壁、沉在罐底的清油残渣弄出来，总算将铁锅摩了有点发亮。然后倒入洋芋块，随便搅搅，倒上水，又放点盐，用麦草编织的锅盖盖了，很快便将洋芋块焖熟了，每人盛了一海碗，便狼吞虎咽地吃下肚去。大家把碗一丢，倒在地铺上，便酣然入梦了，我却蜷曲在薄而破烂、冰冷如铁的被子里，瑟瑟发抖，思绪万千，浮想联翩，怎么也无法入睡，深秋且阴雨绵绵的大耆老，实在太冷了。

以后的几天时间里，仍然是淫雨霏霏，寒风萧瑟，铁幕一般的天空，雨雾弥漫，一片昏暗，村里村外，包括公路上，泥浆淹过脚背。我们的穿着又十分单薄、破烂，便不敢出门，只能从早到晚蜗居在屋里的火塘边，烧、煮洋芋吃。同时天南海北地神吹神侃，说来说去，就是未来的生活十分渺茫，十分悲观，不知今后知青的路在何方？

我是偷偷离开炎山的，故不能等到天晴，于是提着用火烘干的鞋子，带着十多个煮熟的洋芋和十来斤苞谷面（因我那个月的粮食被知青朋友吃光了），赤着双脚，顺原路返回了炎山。

近50年过去了，以后虽多次去过靖安，但却没有再去大耆老，那段记忆是这样的刻骨铭心。直到今年6月，因要采访脱贫攻坚、易地扶贫搬迁的情况，才带着疑虑和厚望去了大耆老村。

大耆老村位于靖安北部，面积只有12平方公里，却有农户1260户，人口4600多人，有汉、回、彝、蒙4个民族。现有耕地近8000亩，其中水田1500亩，除水稻外，还主产苞谷、洋芋，因无霜期短，除了核桃，便没有其他的水果。畜牧主要是牛羊和生猪。2015年，全村的生产总值1654万元，剔去种子、肥料等不可节省的投人外，不算劳动力投人，农民人均可支配收人为2830元。2016年初，全村建档立卡的贫困人口289户1170人，D级危房却有1008户，占总户数的80%。

那天，从圆宝山外上高速，只用了40分钟，还在高速公路上，我就清楚地看见了，一排排大棚背后，既是我挥之不去，又是那样陌生的大耆老。下了高速公路，便沿着10多公里的乡村公路进人村子，现在今非昔比了，变成了宽敞、平顺的硬化水泥路，车驰在上面，十分舒适，听到的只有涮涮的车轮摩擦声。大耆老村梦寐以求的事情就是打通制约发展的瓶颈，但是苦于没有门路，更没有修路建桥的钱，这样一个犹如牛脖子上趿拉皮的小山村，谁会用正眼看它嘛。精准扶贫，终于带给了大耆老千载难逢的机遇，国家投资1200万元，转瞬之间，就让天堑变通途，小山村旧貌换新颜，几大步就跨上了通往美满、幸福生活的康庄大道。是时，我徒步走进易地搬迁、万马战犹酣的村子，首先映人眼帘的便是易地扶贫搬迁工程的集中安置点，规模很大，据当地的领导介绍，有1008户，大多已经完工和接近完工。放眼看去，坡顶青瓦两头翘，白墙灰线格子窗的栋栋楼房，整齐划一，错落有致地矗立在万绿丛中，让我有一种置身于江南水乡的感觉。整个建筑群的背后，是平缓、起伏的山林，郁郁葱葱，层层叠叠，犹如把栋栋新建的民居，拥人自己的怀抱。它们相互映衬，相互依托，相得益彰，俨然构成了一幅色彩和谐、布局天成，颇有韵味的油画，这便是神往中，如今完全变成了现实的大耆老美丽乡村。

为了让大耆老村成为易地扶贫搬迁、集中安置和危房改造的典范，大耆老村不仅成立了脱贫攻坚工作的领导小组，还成立了现场攻坚的指挥部，组织上一旦得到强有力的保障，便真真实实成了一把手工程。除了能调动所有参加攻坚团队的自觉性、创造性和积极性外，更为重要的是它能整合、调动人力、物力和财力的最大化参与，从而实现了集中统一的领导，这样的歼灭战岂有不胜之理？所以，习近平总书记要把精准脱贫变成各省市、各地区、各村寨的一把手工程，并且要有关人员立下军令状，这就是社会主义制度无比优越的体现。

有了坚强的组织领导，还得有美丽乡村的统一规划设计，否则便各行其是，五花八门，易形成错落无序，色彩混乱，矛盾尖锐的局面，为今后的乱修乱建，提供了可乘之机。所以，必须结合当地的环境和群众各家各户的具体情况，为农户设计出美观、适用、经济且坚实的户型，供农户自行选择。根据大耆老的客观实际，以60平方米和120平方米为宜，这是不可更改的基本原则，否则就失去了统一规划设计的意义。范华平多次去过大耆老村，他反复强调：在建筑面积上，一定要把好关，做好群众的思想工作，万万不能让有些农户，新房子修好了，却债台高筑，还没有搬进新居，就返贫了。若是这样，我们的扶贫攻坚就不算精准，各级党委，一定要为农户把好关，形成规划到村，设计到户，责任到人。

那天在大耆老，我去了几家房子已经竣工的农户，因为工作细致、到位，不少有亲缘关系和一直相处较好的左邻右舍，就把他们新修的房子安排在一起，同梁共柱。这样的结果，就降低了造价，还方便了使用。他们的阳台，比城市居民的阳台，多了一个翻晒粮食的功能，一旦可以合用，面积就成倍增加，翻晒的粮食亦就成倍增加。哪家若遇红白喜事，可以共用阳台，还可辟为接待客人的地方，真是锦上添花。这样的邻居，定能和谐相处，清淡悠长，亲如一家，这是不可多得的人文景观。

所以，在大耆老村，村庄没有规划不动工，农户的房屋没有设计和最后定笃也不动工。从而形成了责任倒逼机制，同时加强技术指导，保证建筑质量和建筑风格，达到统一的要求。截至我到大耆老采访那天，易地搬迁、集中安置的农户，已拆除房屋959户，并全部开工建设，1008户中只有47户还没有动工。那天，我问过现场指挥，他对我说：打好圈梁的有 77 户，完成一层打板的 348 户，二层打板的 241 户，封顶的 19 户，完全竣工的则有 274 户。

大耆老村能如此快速推进易地搬迁，定点安置的精准脱贫，驻村的 7 名工作队员功不可没，他们从进村那天开始，便以村为家，甚至放弃节假日，长期吃住在村上。市人社局的两名队员，深入到农户家里，和村民促膝谈心，宣传政策，做耐心细致的思想和劝说工作，从而使不少的农户消除了顾虑，克服了困难，想方设法配合集中安置的各项工作，积极投入房屋建设。还有 5 名区交通局派驻大耆老村的工作队员，进村的那条长 10 多公里的主干道，就是他们发挥自己的特长组织实施的。为了这条路，他们吃苦在前，任劳任怨，夜以继日，餐风宿雨，筚路蓝缕，挥汗如雨，终于修好这条筑梦之路。

占地 30 亩的大耆老小学新建的校区，主体工程已经完工，工人正在加紧装修等扫尾工作。新学期，祖国含苞待放的花朵，将从贫瘠瘦弱的土地移栽到充满阳光雨露的肥田沃地中来，他们将在这里茁壮成长，灿烂绽放。30 亩的校园，除了教室、办公室、远道而来的教师的周转宿舍，还有运动场、花园等，一应俱全。今年初，市委三届十次全会上，市委、市政府把教育作为昭通脱贫致富，建成小康社会的战略。仅仅才过去半年，便惠及这样偏僻的山村，真让人不敢相信，抚今追昔谁都会为决策者、建设者点赞。

住宅建好了，美丽乡村的梦想实现了。但每个村民的心里都十分明白：要实现长远的致富，必有产业的支撑。何谓大耆老，顾名思义，便是最适宜老年人居住且长寿老人最多的村寨，要通过发展美丽乡村的生态旅游，把这个得天独厚、天人合一的理念宣传出去。于是在易地集中安置点处，群众自发地提供 21 亩土地，修建了一个文化活动广场，不仅丰富了当地农民群众的文化生活，陶冶了农民群众的情趣，还可为以后乡村生态旅游奠定坚实的基础。大耆老村那里，气候冷凉，最适合山茶、杜鹃等喜阴的观赏花卉的生长。当年，我虽只吃过清油脚子焖的洋芋，可见那里颇宜油菜的栽种，若在广场周围成片栽种油菜，阳春三月或初夏浓荫4月，油菜花盛开、金黄一片，极为抢眼。若广场四周和民宅花园里的茶花、杜鹃盛开了，将是一番什么样的景色啊！曲靖的罗平，因有30万亩的油菜花而闻名全国，游客趋之若鹜，带动了曲靖的旅游。由于种植油菜，政府采取了特殊的优惠政策加以扶持，富了农民，提高了罗平的品位。今年，盐津的庙坝亦搞了一个油菜花节，其热闹、蜂拥的场面，出乎组织者的意料。大耆老得天独厚，集中安置点就在横跨昭通南北的高速公路旁不远，想玩而找不到合适地点的昭通人，绝不会再舍近求远，跑到曲靖罗平去折腾自己。

尤其让我感到惊诧且兴奋的是：偌大的昭阳中心城市没有垃圾处理场，而是用车拉到三善塘等处掩埋，从而造成新的污染。凤阁桥附近虽有一个污水处理厂，但流入秃尾河、昭鲁河、洒渔河的水，仍是那样地脏和臭。黑泥地的农户，就用这样的水来种地、浇菜，然后又把菜卖到城里来，有几个当地的农民，便戏谑地对我说：你们城里的人，究竟吃了什么解药，这样经毒。而大耆老村不仅有了自动的污水处理池，而且还有了自动、无烟的垃圾焚烧炉，从而变废为宝，处理过的水可以灌溉农田，焚烧后的垃圾可以做肥料。有了这样的设备，美化了环境，从而改变了农户的很多陈规陋习，环境提高了他们的素质，从而使他们有了获得感和幸福感。

在如何发展产业的问题上，大耆老村从没有放弃探索、创新的理念和实践。前几年，永丰、三棵树等地引进了个大颗粒的甜脆豌豆，一投入市场，便得到城里人的青睐和热捧。其原因很简单，昭通人喜欢吃豌豆、蚕豆焖饭，适逢蚕豆没有上市，甜脆豌豆便独占鳌头且销路极好，一斤价格都在 3 至 4 元。用它焖出的饭，香甜可口不说，米粒和豌豆受到火腿油脂的浸濡、亮晶晶的，犹如羊脂玉一般，让人垂涎欲滴。加之，用铁锅焖蚕豆饭，因为铁离子的关系，蚕豆和饭都会有些发黑，外观不好，所以，不少的昭通人便舍蚕豆，独宠甜脆豌豆。去年，大耆老也种了不少，可能因为天气和雨水的缘故，或许还有其他什么原因，到采摘时，不仅豌豆角的外观欠佳，且颗粒小且不那么翠绿，故价钱低，且没有销路。我那天去大耆老村时，地里还留着没有采摘的豌豆，有人对我说，留在地上自然长老了，再拔来推成豌豆粉或做凉粉。也有人说，不想拔了，还值不得这点力气钱。不管怎样，得总结经验教训，为的是得出那里是否适宜甜脆豌豆生长的结论。但有个叫许超的专科生，却利用大棚种植珍稀羊肚菌成功了。那天，我不仅去了他正在扩建的大棚，中午，我又托人把有事回家的许超请来，对他进行了一次深人的采访。

许超不是大耆老村的人，因为他有知识、有技术，便被慧眼识珠的人请到大耆老来了。他现有 40 亩大棚，采取土地流转的形式租用农户的土地，每亩 400 元，凡流转了土地的农户，只要愿意，都可成为羊肚菌种植场的工人。

许超高中毕业后，考人省农业职业学院，在校 3 年，他觉得靖安的农村孩子考人省城的专科技术学院，很不容易。父母供他在昆明求学 3 年，更是极不容易，每年的书学费、住宿和伙食费，是一笔不少的开支，父母必付出移山心力。他在学校用的每一元钱，甚至每一分钱，都是父母用血汗所换来，他能在无处不飞花的昆明安心地读书、学习，是以消耗父母的生命为代价的。所以，他必须懂得珍惜，懂得勤奋刻苦，懂得只有靠知识才能改变自己和家人的命运。懂得只有掌握了科技知识，他才能服务桑梓父老，让他们尽快地摆脱贫困，过上幸福、美满的生活。3 年后，当他以双优的成绩毕业后，他没有及时地回到生他养他的桑梓之地，而是选择了宜良。这里距昆明较近，其经济发展、社会进步自然受昆明的影响、拉动，现代农业不仅在这里生根发芽，而且是蓬蓬勃勃地得到了前所未有的发展。所以，蔬菜、瓜果和花卉的栽培，科技含量高，栽培技术先进，农民的素质亦很高。他觉得自己在校3年，一般的农业栽培技术知识，在理论上还是掌握了不少，在实验动手的过程中，也学到了一些栽培技术，但回到家乡发展种植产业，心里还没有太大的把握。到宜良打工，可养活自己，给家里一些补贴，更为重要的是，他能在宜良的大棚栽培中，学到不少在学校和昭通学不到的农业栽培技术。于是，他便打理行装，毅然决然地去了宜良。到了那里，不少的雇主知道他是云南农业职业学院的毕业生，又看他身强力壮，精精灵灵，却不油嘴滑舌，便争着聘用他。他稍加思虑，便选择了一家规模大、品种多，且善于管理的种植大户，他觉得能学到技术。

在宜良的大棚蔬菜栽培中，他学到了不少的实际栽培技术，甚至还掌握了大棚内的滴灌技术和各种设备的安装。如虎添翼的许超便坦诚地向雇主辞别道：老板，我离父母到昆明来求学，以后又来这里打工，整整5年没有回老家了。平时除了给父母挂个电话，寄几百元钱回家外，便没有尽到做儿子的孝道，父母也盼我尽早回家，他们太需要我了。老板不愿让他走，竭力挽留道：你是不是觉得我亏待了你，我已经想过，马上提拔你为技术主管，并立刻为你加薪。许超笑眯眯地婉言谢绝道：你待我很好，待遇也不低，我除了回到父母身边外，就想在老家那有点偏僻的地方，也建几个蔬菜大棚。同时把自己学到的知识，传授给附近的家乡父老，我们那里太穷了，我有责任帮助他们脱贫，过上好一点的日子……老板思虑再三，觉得许超所言极是，不能为了自己，阻碍别人发展自己的事业，便慨然答应了。

回到家乡的许超，经过认真的调查研究后，觉得自己原来的想法有些脱离实际，他所在的靖安五星，和宜良无法相比。更为重要的是，在宜良不管种出什么样的蔬菜，通过便捷的交通运到昆明去，或批发，或零售，很快便被抢购一空，市场很大。而在靖安，除了农户就是农户，运到城里，便是豆腐盘成肉价钱，你卖给谁啊？加之昭阳这个中心城市发育不良，周围团转进城卖菜的农户纷至沓来，络绎不绝，从靖安把蔬菜运到城里去卖，只有傻子才会做这种蠢事。他一时没有了主意，从而陷入沉思和苦恼……天无绝人之路，有志者事竟成，他另辟蹊径，便发现了商机，欲干事情，就干点大的，于是他便决定试种羊肚菌。

羊肚菌状如山羊的千层肚而得名，它也是菌中之珍品，若讲口感和滋味，它远在猴头菇和松茸之上。其营养和所谓的药用价值，它和猴头菇、松茸相比，也不分伯仲，其实，中国人眼里，食药同宗，有营养的便有药用价值。羊肚菌不仅口感极佳，绵软松脆，还富含氨基酸、赖氨酸和谷氨酸等人体必需的营养物质，更让人趋之若鹜的是，它还富含决定人体素质的微量元素。诸如野生菌中的青头菌就含有锌，有好动症的娃娃，便是缺锌，野生菌见风青里却富含铁，生长期所含的是二价铁，食用时剥去保护层，经空气氧化而变青，成了三价铁，它能补血，贫血的人多吃见风青，极好。鸡菌生在白蚂蚁窝的上面，群居的白蚂蚁每天都会吐出透明的白色唾液，在天地灵气的造化下，它会慢慢形成有孢子的菌类，破土而出后，形成鸡菌。所以采摘鸡时，不能破坏了下面的蚁巢，否则竭泽而渔后，你就再也刨不到鲜美可口且营养价值极高的鸡菌。虫草也是真菌的一种，它因有特殊的药用价值，被炒得实在火爆，较好的虫草，每市斤竟然高达二三十万元，它的生成更神奇。青藏高原，特别是喜马拉雅山海拔在 3400 米的地方，生有一种蝙蝠蝶，到繁衍后代的时候，它会把卵排在土穴里面，只有这样才不会被冻死或被其他虫子吞食。到一定的时候，卵便化成蛹，继而又由蛹成为肥实的毛毛虫，在它从巢穴中爬出、欲到新的天地时，便被一种可伸缩的草紧紧裹住，经过天地之神奇孕化，终成为价值连城的虫草。可见虫草不是什么地方都可以生成，包括较为普遍的青头菌、见风青和黄丝菌、大把菌，都是自然选择、天地造化的结果，在深山老林里，只有含锌的土壤才会生出青头菌，含铁的土壤生出见风青，含铜的土壤里生出黄丝菌，等等。人工菌的价格和野生菌相比，相差 20 倍以上。其根本原因就是人工菌的生长环境没有人体所必需的微量元素。而许超欲成规模种植的羊肚菌，野生的只生长在天气冷凉潮湿、宿舍它所需微量元素的地方。昭通的威信、彝良和昭阳靖安的大耆老均有，又以镇雄产量最高，质地特好，若晒干的，前些年在镇雄一市斤卖到 300 — 500 元。若把晒干的羊肚菌发软、洗净，用昭通产的仔母鸡炖了，那种可口，那种惬意，便会让人感叹道: 此物只应天上有，何时降临到人间矣! 既然如此，切记不能用肉鸡炖羊肚菌，否则就成了鲜花插在牛粪上，暴殄天物了。

那天，我到大耆老，有一个农民就在自己房子背后的山坡上，捡到好几朵野生的羊肚菌，我亲眼见到了。事实便无可辩驳地证明了，大耆老有规模种植羊肚菌的气候和生态环境，许超就这样来到他神往的地方安营扎寨。他选择的种植基地，在洒渔河边的一片平坦的地里，和贯通南北的高速公路相邻，抬眼就能看见穿梭不息、南来北往的汽车飞驰而过。车上的人，也可透过车窗，看到河边那一片种植羊肚菌的大棚，和洒渔河上的垂柳，互相映衬，相得益彰。

许超和大耆老的农户联合，先在那片准备流转租用的土地上试种，见到长势良好、硕果累累的效果了，他才一次流转租用了40 亩土地，建起种植羊肚菌的大棚。基础设施刚刚拉开建设的序幕时，他便带上助手去了四川，他已和培育、生产羊肚菌的菌种场联系了，欲购那里的菌种。到了四川，许超反复了解了情况，又看了示范场里长势极好的羊肚菌，方决定购买能点种 40 亩土地的菌种。几经谈判，双方以每点种一亩 5600 元的价格签订合同，并付了预订金。

当年 11 月，在新建的大棚里，许超按规范整理好了土地，对土壤消了毒，施放了农家肥和特制的有机肥，并由经过培训、流转了土地的农民，规范地播了种。

那个冬天，许超怀着忐忑不安的心情，和他的合伙人流转了土地，成为他种植场的农民厮守在大棚那里。没有急事，须臾也不想离开半步，亮晃晃的大棚里，装着他的梦想和希望，装着大耆老不少农民的期盼。就是 2015 年春节，他匆匆地回到家里团了年，第二天按昭通的习俗吃了汤圆，便赶回大耆老。许超不敢掉以轻心，点播完 40 亩菌种，他前前后后花去了 50 万元。里面除了自己的血汗钱外，大多是通过贷款筹来的，他只能成功，不能失败，否则自己倾家荡产了，还须背负一屁股两肋巴的债。

阳春三月，大耆老早就桃红柳绿，莺飞草长，春光明媚，生机勃勃。那天，有些心急如焚的许超钻进大棚，顺着垄沟往前走过去，他还没有走出 10 米左右，突然眼睛一亮，便情不自禁地欢呼起来……他弯下腰去，但见星星点点的羊肚菌菇破土而出了，他忘乎所以，来回顺着整洁的垄沟走了几转，40 亩的土地上，稀稀疏疏，全是他朝思暮想、争相破土的菌菇。五六天以后，该破土而出的菌菇，都出土了，他便对参加管理的人员进行培训，直到明白了道理之后，他又带他们进入大棚，亲自示范管理的步骤，直到大家都能按规范操作后，他才放心。

许超看着一天一个样儿的羊肚菌，喜上眉梢，待平静下来，便思考下步该如何走的大问题：第一，他想扩大种植规模，只有做大做强，产品才有竞争力，同时才有效益，小打小闹，成不了大气候。他决定将大棚再扩大 180 亩，总规模达到 220 亩，这样农民再通过土地流转，得到出租土地的租金，同时还可到他的公司打工。那天，许超对我说：种植羊肚菌，都是细致，且有一定技术的手上活路，磨人，却不太劳累，他付给的酬劳是每天男劳动力100元，女的则是80元，优先满足土地流转的农户。那天，他还告诉我，若不想采取土地流转出租形式的农户，还能以入股的形式加入他的公司，成为股东，这样便可收益分红，同时也得承担相应的风险。公司的规模扩大了，还得招收栽种、管理和采摘的男女工人，不少的大菁老村民便有了固定的酬劳，脱贫就有了一定的保障，真是一举三得的好事啊！

　　刚进4月，成熟的羊肚菌便可以采摘了，许超和昆明某公司签有购销合同的陈经理也几次来电话催促了。于是，他便把第一批成熟的羊肚菌全部送往昆明，每公斤的价格是140元。结果一发不可收拾，收购他羊肚菌的那家销售公司，仅是几家有供需关系的饭店，就供不应求，连连提出增加供货的数量。有一家颇具规模，上点档次的饭店，一旦推出土鸡炖羊肚菌的品牌菜后，便赢得食客赞不绝口。随之食客慕名而来，络绎不绝，后来者没有吃到，不仅心存遗憾，甚至牢骚满腹……今年这个夏天，许超所生产的近3000斤羊肚菌，全部销售到昆明了，昭通市场却没有见到它的芳姿，食客更没有领略到它的韵味，让人感到有些遗憾。

　　我对他说：你把种植地点选在大菁老，真是选对了，它这里不仅气候适宜，而且环境也适宜。既然有野生的，说明这片土地得天独厚，含有羊肚菌所需的微量元素，否则，它就变成绵扯扯且无香味的人工菌了。你有如此的胆魄和信心，取决于你的学识和智慧啊。许超笑了，说道：学识和智慧谈不上，更多的是想尽快摆脱贫穷，让一家人过上美满幸福的生活。所谓的胆魄，是认真读了三年书，又有了两年的实践经验，才让我坚定了决心和信心，实践证明，只有知识才可以彻底改变人的命运。所以，越穷越偏僻的穷苦娃娃，越要奋发读书，否则你只能日出而作，日落而息，一辈子都脸朝黄土背朝天。就是外出打工，也只能干苦力啊！这是许超发自肺腑的真言，也道出了靖安，乃至昭通600万人民群众的心声，所以，市委、市政府把教育作为发展昭通的六大战略之一，一经问世，便得到全市干部、群众的拥护和支持，都说昭通大有希望了，因为所有的昭通人都看到了朝阳喷薄而出的霞光……

昭阳区青岗岭回族、彝族民族乡从靖安划出6个村，加上洒渔划出的乐德古村，至今，刚刚建乡28周年。它的面积不到120平方公里，东与盘河镇毗邻，南与北闸镇交界，西和洒渔镇接壤，北和靖安镇紧紧相依、相连，情同手足。它的地势东西高，中部低，形成东西两边山峦逶迤起伏，巍然对峙，挤出中间一块富饶的坝子。全乡人口3万左右，回、彝、苗3个少数民族的人口接近1万，耕地却不到24000亩，人均不足八分，其中还有1万多亩属中低产田地，加之气候冷凉，无霜期短，虽年降水量适中，但自然灾害频繁，能养活这3万人，真实属不易。五十多年前，我曾随同学来过青岗岭的白沙，几个十四五岁的娃娃，赤脚从城里走来，路经章衣沟，我前面已描写叙述过，这里不再赘述。几十年过去了，但留在我记忆中的章衣沟，始终挥之不去，那里真是青山绿水、金山银山，却在"文革"中彻彻底底，永远地消失于毁林开荒。而这些年，由于青岗岭党委、乡政府高度重视生态环境的修复，到目前为止，全乡的森林覆盖率超过了40%，林地的面积达到了56000亩。站在公路上，极目远眺，便能看到重重叠叠的绿色。2015年，全乡的生产总值接近3亿元，人均可支配收人4678元，而却有7000多人外出务工，收人超过2亿元。种植、畜牧加上林果，全年产值还不到1亿元。可见，仅靠传统农业，农民无法彻底摆脱贫困，所以，在稳定传统农业的基础上，一定得有其他规模化产业。陈云说："无工不富，无农不稳。"真是至理名言，吾辈当反复思虑，身体力行，处理好这对立统一的辩证关系，二者不可偏废。

那天，我在乡党委的办公室里，和几位领导就如何发展青岗岭，让农民尽快脱贫致富，开怀畅谈。他们的思路十分清晰，不愧是善做基层工作的行家里手,他们对我说:青岗岭未来三四年的工作,将始终围绕经济发展、社会进步、农民致富。

在种植业上,他们的指导思想是围绕农业增效,农民增收这个中心,以优化产业结构调整为重点,通过样板建设和科技措施推广来实现种植业的突破。所以要创建并扶持科技示范户40家,同时利用洒渔河两岸丰腴的土地资源引导农户种植蔬菜和种植党参、天麻等中药材。要实现这个目标,首先要认真贯彻执行党的各种惠农政策,并且兑现到户、到人,切忌以种种借口截留。其次,发展蔬菜和中药材种植,必须以市场作为导向,不能盲目,在这个问题上,我们教训太多,机关部门可以折腾,因为有政府替他们买单。而渴求脱贫的农户不行,一旦遭遇挫折,他们就雪上加霜,甚至一蹶不振。我认为:任何中药材都是自然选择的结果,是上天赐给中国人安身立命的特殊物种,岂能违背天意,否则,中医将毁于中药。其实,生态恢复了,荒山和干涸的沟壑都恢复为青山绿水了,神州大地上的中药材便可取之不尽,用之不竭。人只要掌握了中药的药用价值和其习性,便可不需种植,上山就可信手拈来。

在畜牧养殖业上,能向产业化、规模化发展的关键在于政府首先要起好主导作用。主要是提供产前产后和防疫、良种引进的服务,青岗岭的畜牧养殖业必跃上新台阶。回族生性就极擅养牛,在他们的呵护下,再瘦再老的黄牛,用不了多少时间,也变得十分壮实。在昭通,经阿訇宰杀后的牛肉名冠天下,这是人们无须争议的共识。这些年,牛肉的价格居高不下,且还有上涨的趋势和空间,它是由市场决定的。现在的一头壮牛,动辄两三万元,更加壮实的,一头黄牛的价格接近4万元。青岗岭乡的回族同胞接近1400户,养殖菜牛的潜力极大,根本的问题是政府如何引导和扶持,并提供相应的服务,这样必如虎添翼矣。

林业是青岗岭乡可以做大、做强,并能保证农户致富的大产业,其原因是可以催生带动旅游产业的发展。那天，我在乡上几位领导的引领下，专门去了一趟沈家沟村，我便强烈地感觉到，青岗岭发展旅游，有它独特的几个优势。

第一，青岗岭距昭通的中心城市只有 23 公里，原来的昭麻公路和未来的昆渝高速公路都经过那里，城里人到青岗岭旅游，乘车只需 20 分钟左右。它的景点之一的沈家沟、洒渔河和黑石罗水库的主干渠及靖洒公路，就途经这里，交通便捷，景点集中。

第二，洒渔河是昭阳区的母亲河，历史上，它以洒渔烟柳的自然风光而受到邑人的追捧和赞叹。现在，从渔洞水库大坝开始，一直流向靖安汇人关河，洒渔烟柳的美妙和神韵却在青岗岭的乐德古那里。河堤两岸，不仅有婀娜多姿、风情万种、撩人心扉的垂柳，而且有团团如盖、碧绿欲滴、巍然挺拔的杨柳。春夏交融的季节，洒渔河碧绿如练，犹如一条玉带，缥缈在如诗如画的洒渔坝子上。清晨，太阳初露的时候，洒渔河烟雨氤氲，霞飞岚涌，如梦如幻，仙境一般，因此成为昭阳八景之一。前些年，随着人们生活水平的提高，对精神生活的追求便成为一种必然，从而刺激和促进了旅游产业的兴起和发展。其结果，尚存的大龙洞、葡萄井、望海楼和洒渔河便成了开发的几个风景热点。但几年下来，只有以望海楼为核心，凤凰山为烘托的望海公园，成了昭通最美、最吸引游客的地方。不管清晨、晚上，还是夏日炎炎的午前、午后，均游人如织，且交口称赞。在我的眼睛里，它比昆明的翠湖还漂亮，就因为它的湖旁，有葱茏、碧绿的凤凰山，现今又把凤冠上让昭通人尴尬且发呕的一座现代建筑拆去了，变得更加美轮美奂了，政府为昭通民众实实在在做了一件功德无量的好事。随着时间的推移，社会的发展，知道感恩、记情的昭通人，都会将凿了龙洞，将灵泉活水引进昭通坝子，使之生机勃勃、活力无限的文齐；都会将在利济河上筑了三道坝，引水浇灌两岸肥田沃地，让昭通坝子堆金砌银的沈升遴；都会将修了三多塘，把龙洞水引人昭通城，滋养了万千生灵，以后又将三多塘扩为公园的王禹甸；都会将修了省耕塘，使东门外几千亩荒芜的不毛之地变成了良田，同时修了官学风池书院的徐成贞；都会将捐资修了永丰水库，至今仍福荫老百姓的龙志桢，牢牢地记在心里，并传之子孙后代。

而龙泉映月、葡泉涌碧和洒渔烟柳却被搞得面目全非，失去了往日的风采，足让昭通人感叹嘻嘻嘻嘻，没有了脸面。所以，游人寥寥，甚至无人问津，空有其名。

青岗岭的沈家沟若作为旅游景点开发，则有着别处无法相比的几个优势：其一，以农村危房改造和抗震安居工程为契机，把现存的200多户定为D级危房，全部拆除重建。按60平方米、90平方米和120平方米3个规格为标准建设，做到依山傍水，错落有致，适宜居住又充满田原风情。那天，我去了一个民居相对集中且户数较多的村庄，村子的前面也许就是他们称之为靖洒的公路，现在已完成了路基的铺垫，双车道。公路的坎下，是一片宽30米、50米不等的庄稼地，种着苞谷，长势苗壮，青枝绿叶，每棵上面都背着两枚苞谷。苞谷棵棵的间隙处，栽了樱桃树，枝繁叶茂，长势极好。乡上和村上的领导告诉我，三五年后，这片苞谷地就成了樱桃林，现在鲁甸的小寨年年举办樱桃节，名气很大。以后，我们也要搞类似的旅游节，宽大马路，离城又近，肯定也很热闹。我听了，默默地点头后，便说道：小寨樱桃节已成气候，更为重要的是得到了昭通人的认可，你们现在才起步，会不会……不等我把话说完，乡长便抢过话去，兴奋地说道：我们相互都不会受影响，这是老天爷定下的。我便有些不解，面对我一脸的困惑，他又笑眯眯地说道：我们青岗岭和小寨相比，气候偏冷凉，气温相差两三度，故樱桃的成熟期不一样，大致相差十天半月。待小寨已人去楼空之时，青岗岭的樱桃正处于旺盛的成熟期，有私家车的昭通人，想玩，正没有去处的时候，便涌来青岗岭。今年，3天时间都不到，家家晚熟的樱桃，便被抢购一空，不少的人没有买到樱桃，乘兴而来，败兴而去。因要等一年后才能吃到樱桃，今年青岗岭的樱桃价格，一斤要比小寨的高出三五元，卖得农户喜笑颜开，都觉得：老天是公平的，只要勤快，天生一颗露水珠，你这棵苗就不会被旱死。我频频点头，并说道：不知为什么，昭通城里的人有一种思维定式，总爱抢先、吃后，甚至不惜花钱买新上市或罢脚的农产品，诸如蒜章、香椿、樱桃等。所以，刚上市的香椿卖到三四十元一斤，樱桃竟卖到二十元左右一斤，罢脚的更是如此。所以，青岗岭晚熟的樱桃，恰恰迎合了昭通城里人的消费心理。乡长便对我说道，我们已把核桃、板栗、樱桃、香椿的种植，和乡村生态旅游结合在一起，青岗岭已种植核桃 3 万多亩，实现人均一亩，今年新栽樱桃树 980 亩。仅是沈家沟村，原有樱桃 600 亩，今年又高规格地新栽樱桃树 900 亩，共计 1500 亩，实现了人均一亩的目标。还发展连片林下土鸡养殖 5000 只。这些举措，就为了发展旅游打基础的，同时还得在青岗岭辖区内的洒渔河两岸，种植垂柳，它的生命力强，又长得快，只要三五年，就可以恢复洒渔烟柳的美景，农户的致富就有了保障……说到这里，我看他一副充满憧憬、充满梦想、充满喜悦、如痴如醉的神态，内心颇受感染。我接触过不少的基层干部，以前，作为领导，听他们的汇报，你想听什么，他就给你讲什么，天花乱坠，什么目标都敢定，什么话都敢说。但深入问他几个问题，就没有什么底气了，那时虽有不少的惠农政策，但却没有什么实际的扶持措施，更没有基础设施方面的投入。只能说得多，做得少，或者根本不做，农村基层的工作成绩，都在汇报材料里，都在党委书记和乡长的脑壳里，说来说去，直到升迁了，几乎所有的规划，都还锁在领导的办公桌里。上面有点钱了，但处处都穷，都是嗷嗷待哺的婴儿，手背手心都是肉，十年难逢一个金满斗，只能采取撒胡椒面的办法。结果，得到的专项经费杯水车薪，什么事都做不成，只能补烂衣裳。到后来，钱用去了，而烂衣服却越补越烂，这样的基层领导确实难当，不说假话，就坐不稳那把椅子，所以一门心思只想往城里调。现在不同了，基层干部的积极性高涨，惠农政策，一个接一个，不仅有了干好工作的方针、政策之强大精神力量，而且还有了配套的物质基础。巧媳妇，有了米，岂有做不出好饭之理？最近一段时间，我去了十多个乡镇，那些年轻力壮，又有事业心、责任心、良心和党性的基层干部，大多摩拳擦掌，都说道：有党中央这么多、这么好的惠农政策和干好事情的条件，我们还不能把工作干好，还不能帮助贫困人口走出窘况，过上美满、幸福的生活，就只能怪自己日脓，不称职了。

据乡长说，在沈家沟村现在人均有一亩的樱桃和核桃了，但是否如此，我有些心存疑虑，于是也不客气，便叫他们领我去看看。如今真是军中无戏言，所到之处，确是成排成行的果树，且长势极好，青枝绿叶，生机勃勃，让我也看到了青岗岭的希望和未来。那天，进了村子，我看了一家正在装修新房子的农户，夫妇俩满面春风，笑容可掬地将我迎进屋里，我楼上楼下仔细看了，外观和房子的格局和其他农户没有什么差别，都来自同一规格的设计图纸。唯一有差别的是，肯动脑的夫妇俩，在楼梯间的空旷处，用不锈钢搭建焊接出一间七八平方米的阁楼，铝材预制的窗子就镶嵌在楼梯间处，美观大方。女主人告诉我说，她有一男一女两个娃娃，都在读书，以后长大了，便各有一个房间，做作业、复习功课都不会互相干扰。我频频点头，颇为赞赏，觉得两口子想得周到，真是物尽其用。出了后门，离新修房子的不远处，有一间破小的房子，主人告诉我是猪厩，我便对他俩说道：应该搬一下，离主建筑太近，加之居高临下，牲畜的粪便对你们的生活就会造成直接的影响，应该修远一点。主人笑了，说道：我们已经想到，待新房子修好了，会重新找个地点，修大点，既喂猪，又养牛，晚上还得关鸡。我们农村，不像你们城里，什么东西都靠钱买，我们农村得步步操心，瞎子打婆娘，松不得手。多么形象、诙谐的比喻啊，我由衷地笑了，他们都不笨，讲生活能力，远远在我之上，现在有条件了，在各级党委、政府的引导、扶持下，他们的生活会一天比一天好，会很快地富裕起来。

出了这家的大门，站在房子前已经规划成花园的空地上，往洒渔河的对岸看去，映入眼帘的是层层叠叠、逶迤蜿蜒的山峦。不算陡峭的山坡上，东一处，西一处，种有苞谷，不知是因为缺肥料，还是缺水，长得不甚壮实，看得出有些偏黄的颜色。再往上眺望，树木也不太繁茂，稀稀疏疏中，看得出一块又一块的荒山，左右延伸，对面的山峦，似乎都是这个样子，我便问道：对门那片山峦，都是你们青岗岭？得到的回答是十分肯定的，我便说道：你们说，要把沈家沟村打造成十分漂亮的旅游景点，到处伤痕累累就不行，还有东一块，西一块的苞谷地，若讲经济效益，远远不如一棵果树。其实，对面的山峦上，恰恰就是种植香椿、樱桃和核桃的好地方。据我所知，真正具有洒渔烟柳神韵的河道，好像就在对面山脚的不远处。乡上和村上的几位领导，都频频点头，十分肯定地说道：我们的想法和计划，和老师的一样，但因为家家户户忙于盖房子，腾不出手来，我们也忙得脚底板翻天，还来不及落实。洒渔烟柳最好的地方，就隔沈家沟不远，我们拼命苦它一两年，青岗岭就能彻底变样了……

为了这一天的到来，青岗岭乡已经开始了之前的基础工作。首先，实施村容村貌整治，幸福家园建设，提升发展能力和培育文明风尚的四大工程。其次，强势推进沈家沟、黄家沟口、蒋家湾、赵家址口和温家沟、大寨子等自然村为依托的乡村生态旅游带的开发和培育。最后，为提高乡村旅游的品位和待人接物的层次和水平，青岗岭乡将对涉及产业发展有关的5000人进行有的放矢的培训。其实，所有产业的竞争，都是人才的竞争，谁掌握有各种各样的人才，谁就能抢占先机，夺取制高点。

第五章

在这部长篇报告文学中，我情有独钟，曾多次引用过习近平总书记讲过的一句话："人民群众对美好、幸福生活的向往，就是我们的奋斗目标。"习总书记这是在要求我们各级党组织要全心全意为人民服务，坚持以人民为中心，坚持人民至上，坚持人民情怀，坚持人民立场，坚持人民主体地位。一句话，不忘初心就是不忘我们党对人民的赤子之心。我相信，在党委、政府的精准带领下，全乡3万多各族人民群众通过努力、奋斗，定把青岗岭变成山清水秀的大花园，更将用自己勤劳的双手，彻底摆脱贫困，过上美好、幸福的生活……

我是在昭通城云兴街过街楼附近，一间楼上楼下还不到30平方米的破旧房子里长大成人的。大跃进时，所有的人都进了公共食堂，放学回家，我就无事可做了，便在城里的大街小巷游玩，时间长了，每条街的街名，我都记得滚瓜烂熟。更让我刻骨铭心的是，城里所有以手艺谋生的摊点，我都聚精会神地站在那里观摩、品味过，甚至想过，以后长大了，我该从事一项什么手艺，才能养家糊口。就是补锅、补瓷碗、做木梳、包汤圆、做面条、卜卦算命、阉猪、阉鸡，我都看了全过程，所以，至今对此我仍记忆犹新，这对我的文学创作，裨益极大。而在农村，我较为熟悉的除了炎山、田坝和大山包、洒渔外，就数盘河了。当年我曾在炎山、田坝工作过两年，以后又在大山包、洒渔当过工作组的队员和组长，在昭通县委工作时，我曾三次到盘河，参与组织端午的苗族花山节，故对盘河怀有深深的思念之情。

苗族同胞对花山节，远比中华民族对春节还依恋、还神往。因为花山节对于他们来说，是凤凰涅槃、浴火重生，极其悲壮的苦难历史纪念；是他们长途迁徙而形成的一部惊心动魄的不朽史诗；是用血和泪凝聚而成的壮丽篇章，所以，在他们心目中，比任何庆典，任何节日都要神圣。正因为如此，当花山节即将来临之时，他们便会全力以赴地做好各项准备，距盘河镇上较远的山寨里的人们，几乎在凌晨两点就打着火把出发了。男的背着芦笙、弩箭、花衣服，有的还牵着赛马。女的更把自己用几乎一生的情感，乃至生命织成的花衣服，理了又理，熨了又熨，整整齐齐地叠了又叠，直到满意了，才用花布包了。同时还包进了她们用于梳妆打扮的木梳、小镜子，用花线编织好的蝴蝶结。几乎所有的苗家女，都居住在高山峡谷里，她们不知道胭脂口红是什么样子，但爱美之心，却是每个姑娘的天性。于是，在赶集的时候，几个苗家女，会两角、五角地把钱凑出来，到集镇上买一张色泽艳丽的大红纸，裁小了，分给每个凑了钱的姑娘。实在凑不出钱来的，她们也会分给她小小的一份，因为花山节是每个苗族同胞的节日，伙伴们不会让她自卑而孤单。她们在男同胞的呵护下，步履匆匆地来到盘河三寨举办花山节的广场时，天已经蒙蒙亮。于是涌向流水潺潺的河滩，各人找一块被河水冲洗得滑溜溜的石头坐下，开始梳妆打扮。她们没有香皂和洗头液，用的则是自制的胰子，待把头发洗得干干净净，梳理后，或披在肩上，或扎成辫子，系上蝴蝶结，并穿上花衣服。最后，才把事先准备好的红纸拿出，用水轻轻地浸湿后，才小心翼翼地把红红的颜色抹在自己的嘴唇和脸庞上。直到用小镜子反复照了，觉得满意了，才像花蝴蝶那般地跑向早已人头攒动的广场。

几乎所有来参加花山节的苗族同胞，没有钱，更没有粮票到供销社的饭店，或城里的小食店专门来盘河为花山节设立的小吃摊点吃一碗面条或米线，甚至买两个包子，或者馒头，更不能舒舒服服吃一顿有回锅肉、三鲜汤的大米饭。在他们每个人的肩上，除了背着芦笙、弩箭和花衣服的布包外，还有一个装有洋芋或者荞粑粑、燕麦粑粑的裕链。庆祝仪式还没有开始，他们便三五成群地坐在一起，拿出洋芋、粑粑惬意地吃起来。吃饱肚子后，又到河里喝些山泉水，便聚到一起。男的吹起芦笙，女的便跳起了欢快的舞蹈，有的苗族同胞，却一群一伙地聚在树荫下，对起了山歌。四里八乡前来看热闹的乡亲，还有城里来的人，便集结过来，把他们围得水泄不通。那时盘河的农民，贫穷得连面条和米线都买不起一碗吃，但精神却十分富有，花山节是他们共同欢庆的节日……

那年，在内昆铁路昭通段的开工仪式上，因我负责庆典时的文艺演出。为了营造、渲染百年梦想一朝实现的欢乐，喜悦且十分隆重的气氛，我便邀请了盘河的200名苗族同胞前来演出广场芦笙舞。得到通知后，他们欣喜若狂，倾其所能，做了极为充分的准备，原来约定，上午8点，有4辆客车前往盘河三寨接他们。殊不知，他们头天夜里凌晨一点就赶到那里了，硬是在还有几分寒意的盘河小集镇上相依相偎，挤在一起，蹲了一夜，他们担心来迟了赶不上客车，误了政府的大事，宁愿自己受苦受累，也不能失信。苗族同胞的纯朴、善良和诚实，确实让人赞叹和由衷地佩服。

有一次，我率领宣传队到盘河五马海隧道工地慰问演出，同时为长篇纪实文学《天堑变通途》的创作准备第一手资料，和隧道工区的指挥长，曾有过较长时间的交流。谈话间，我声情并茂地讲了盘河的贫困和居住在这里的苗族同胞的艰辛和苦痛，请求他能安排一些苗族同胞到工地做一些力所能及的事情，让他们有点收人，以解燃眉之急。指挥长便笑而答道：你的心情我完全理解，但你别看我们整天和岩石、泥巴打交道，可样样都是技术含量极高的专业活计，不经过严格的训练，是无法承担的。新挖掘出来的隧道里，为了防止松散的岩石随时落下，必须喷水泥沙浆加以硬化，固定后，才能进行支砌。这些工人也确实是湖南招来的农民工，但他们却跟随我们南征北战，干了十多年，不久前才从广西转战到昭通。修路、架桥和打隧道，是百年大计，不可有半点疏漏，否则就会留下不可避免的隐患。爱莫能助啊，实在对不起。

转瞬，20多年便过去了，但一想起盘河，想起那些极为纯善和勤劳的苗族同胞，我便心酸，却又万般无奈，我无法改变他们的命运。今年六月，我终于有了前往盘河采访的理由，便带着极其复杂的心情去了。汽车刚刚过了颛家垭口，转朝盘河方向不到一公里的弯道时，扑人我眼帘的便是蜿蜒起伏，重重叠叠，直接天际的葱绿。我便情不自禁地变得有些激动难抑，心灵受到震撼，仅仅十多年和盘河失之交臂，怎么就换了人间？在我的记忆中，盘河境内的生态，曾遭受过两次毁灭性的劫难，在我1981年第一次去盘河时，看到的是山河破碎、满目疮痍、满目凄凉，用穷山恶水来描述它，再贴切不过了。当年，不知是什么技术部门、什么人在盘河发现了铜矿，并声称品位高、储量大。于是昭通地县两级，便组织机关、厂矿和学生、民兵上万人，前往盘河挖山开矿、砍树烧木炭冶炼铜矿。结果，折腾一年多时间后，费了九牛二虎之力，耗损了国家不少的人力、物力、财力，除了零星挖到一些鸡窝矿，炼出一些似铜非铜的炉渣外，根本没有发现有点规模的矿脉，只得悻悻然下马，而盘河的大树几乎被砍光，山体伤痕累累，以后导致自然灾害频繁，河谷两岸的肥田沃土，年年遭到洪水的荡涤、冲刷，成了卵石重重堆砌的河滩。盘河雪上加霜，几乎陷人万劫不复的深渊。备受煎熬的贫苦农民，万般无奈，只得在山上到处开荒，点种苞谷、洋芋和荞麦。盘河的生态再次遭受劫难，便不可避免，它的悲剧完全是人祸造成的，但那时谁也不为这样的灾祸买单。1977年，我曾在昭通县公安局工作时，奉命和其他几个干警前往盘河抓捕一个因抢劫 17 元钱而杀伤受害者的犯罪嫌疑人。在公社的大门前，他年迈的母亲，步履蹒跚地赶来了，他一见，便倏地跪在母亲的面前，因戴着手铐，他只能用头去碰母亲的双脚，呜咽道：妈，儿子错了，您老替儿子求求情，我再也不敢做这样的事了……他白发苍苍的老母亲，弯腰将儿子的头抱起来，亦是老泪纵横，但却说道：儿子，乖乖地跟政府的同志进城去，不管判你几年，在监狱里，你还能顿顿有饱饭吃，比你妈还有福气。听到老人的这番话，我的心战栗了，目瞪口呆，竟回不过神来……

1983 年，我调离原来的昭通县，以后又去了昭通师专，1999 年再来盘河五马海处的铁路隧道工地慰问时，盘河两边的大山上，除了苞谷、洋芋外，还能见到一些灌木，生态仍是那样脆弱。

顺着平坦，宽畅的柏油路一直到了五马海村，两岸青山便奔来眼底，郁郁葱葱，碧绿欲滴，阳光下，熠熠生辉，生机勃勃，格外耀眼。谷地中间的那条河，左右全是石头砌成的堤岸，不知延伸到哪里，犹如一条玉带，流光溢彩，文静而潇洒地从东向西漂去。我透过车窗，向河谷两岸的山峦看去，没有任何一个地方种有苞谷、洋芋了，全是密密麻麻、遮天蔽日的大树和灌木。在盘河乡党委的办公室里，党委书记周飞告诉我，盘河镇现在的植被覆盖率为 64%，除去灌木，森林覆盖率接近 37%，在昭阳区分别为第一和第二，是名副其实的天然氧吧。但盘河因属冷凉的贫困山区，故贫困面大，层次深，这些年，尽管市、区加大了脱贫的力度，到现在仍有 1360 户，近 5000 人处于贫困线下，我们始终任重道远，必须更加努力地工作。所以，自 2015 年底，在已脱贫 600 多户，2500 人左右的基础上，计划在 2016 年底，脱贫近 600 户，超过 2000 人；2017 年再脱贫 500 户，1500 人；争取在 2018 年底，最后剩下的 300 多户，1100 人全部脱贫出列。

这两年，盘河镇根据市、区的统一安排、部署，在精准二字上下功夫，坚持长短结合，因地制宜谋划产业布局。短期以劳动力转移为主，在加强培训的基础上，一部分劳动力外出打工，从事第二、三产业，留在家里的以养鸡为主。目前全镇9个村1360贫困户，已和提供仔鸡幼苗的公司签订了近7万只的供货协议，第一批在9月20日至10月5日之间，供货3万只，第二批在10月20日前，全部到户。根据盘河的实际和农户自愿的原则，有单家独户按传统喂养的方法，也有自行和饲养大户联合饲养的方法，共同出资、共同管理、共同承担风险、利益均分。而大规模的则采取合作社代为饲养的方法，即农户将自己的50只，或者更多的鸡苗交由合作社代养。在保证鸡苗成本不因风险而流失的前提条件下，每年合作社按鸡苗成本的30%分红，若农户因故自愿退出时，合作社如数还给农户购买鸡苗的成本。

长期脱贫的措施，则采取猪、牛、羊的规模养殖和林果的种植。盘河乌金猪是驰名滇川的优质物种，其肉质细腻、肥瘦相宜，香味醇厚而声名远播。用乌金猪腌制的火腿，在解放前是四川大户人家逢年过节必备的食材，从而显示自己的身份和能耐。在昭通更是如此，解放前，龙卢两家的公馆，包括颇有名气，诸如清华饭店这样的大酒店，都特喜欢用盘河的乌金仔猪来烤香猪。选择的均是12—14斤重的满月猪，烤熟后，不仅全身金黄，猪皮酥软化渣，就是里面肥瘦相间的肉也毫无半点腥味，喷香扑鼻。据说，当时有钱有势的昭通人，为到清华饭店吃上一顿烤香猪，也得排队等上十天半月。后来，因为乌金猪个小，又不肥不瘦，加之喂养的成本高，特别是计划经济时期，缺油少肉的昭通人便和它绝缘了，盘河的农户更没有条件养乌金猪了，其命运便可想而知。

七八年前，一个朋友约我到乡下的农家乐休闲，特别叮嘱道：他从盘河买到一头有百多斤重的乌金猪，听说是猪中之珍品，是否如此，尝尝去。我第一次见识盘河的乌金猪，果真不同凡响，它不仅肉质细嫩、绵软、糯实，有嚼头且特别香。我便问朋友，这种肉每斤能卖多少钱？他告诉道：买整头猪，连皮带毛和内脏算在一起，接近 20 元一斤，若在市场上，每斤 30 元，今年春节，好点的，甚至卖到三四十元一斤。

盘河镇把养乌金猪、牛、羊和栽刺老苞、方竹、天麻、白发作为贫困户长期致富的项目，是可行的，牛羊肉和刺老包在昭通市场上，每斤的价格也是可观的，加之盘河的天时地利，会很快形成自己的优势。

镇党委书记周飞，毕业于昭通师专中文系。他曾在大山包工作过，那里极为艰苦的条件和独特的旅游资源，使他感悟良多，并积累了不少的经验。所以，他自奉调到盘河工作的那一天开始，就把发展民族特色文化旅游，作为自己反复思考，深入调查研究的一个大课题。那天，我去了盘河，周飞最想做的一件事，就是邀请我去五寨地处山区河谷地带的啊初噜苗族村寨看看，那里 700 多村民中，苗族同胞就近 500 人。这个村寨，地处昭阳、大关、彝良三县地界的交会点上，即将建设的宜昭高速和接近竣工通车的盘玉公路，就距啊初噜村寨很近，似乎就是专门为它而建的。我们过了一条宽约 20 米，水流却十分舒缓的河流，便径直到了啊初噜村寨，它山环水绕、花木扶疏、林森涧幽、景观独特、依山而建、错落有序的百多栋楼房，就掩映在一片片碧绿葱茏中，若隐若坝，如梦如幻，不是仙境，却胜似仙境。

今年端午，啊初噜村寨举办苗族花山节活动，正值漫山遍野的杜鹃花盛开，故吸引了上万的人，趋之若鹜赶来这里，一睹为快。据老辈人的心传口授，啊初噜村的苗族同胞在 300 年前，分别由威宁、彝良等地迁徙而来，故源远流长，历史厚重，从而形成了独特的民族文化。其表现形式有祭山神、祭门神、祭祖和传统手工织成花衣裙，同时还有蜡染、刺绣等工艺品。苗族同胞更为显著的文化禀赋就是能歌善舞，达观纯和，传统的芦笙、口弦、木叶等乐器，传统的古歌、飞歌、酒歌和各种内容，各种姿态的芦笙舞，用以抒发他们的思想感情，传递他们对真善美的感悟、憧憬和追求。同时，整个盘河的苗族同胞还在花山节时，有着对来宾欢欣鼓舞、厚礼相迎的过三关，喝羊角酒的仪式，让客人倍感亲切，颇为赞叹。

2010 年，昭通市举行民间文艺展演，啊初噜的苗族同胞独占鳌头，获得金奖。以后，他们又参加了云南全省酒歌大赛和青年歌手大赛，分别荣获银奖和铜奖，因此，声名远播。最近几年举行的大山包国际旅游摄影节，昭阳区苹果节和昭通市庆新春演出，都特别邀请啊初噜村寨的苗族同胞参加。2012 年，云南举办首届苗族农民艺术合唱大奖赛，他们组团前往参加，凭借吴斌的苗族两首原创歌曲，获得了合唱优秀奖、组织优秀奖和精神文明奖。更让人们感到欣喜的是，云南省民族宗教事务委员会授予了他们"苗族合唱之乡"的荣誉称号。今年，昭通市委举行建党 93 周年合唱晚会，啊初噜苗族合唱团应邀前来参加，他们朴实无华却极富民族风格的服装，受到观众的热捧。特别是他们从心灵深处自然流淌出来的天籁之声，更是征服了所有的观众，从而引起了强烈的共鸣，市、区的领导亦备受感染，给予了较高的评价。为此，昭通市电视台还专门为啊初噜农民合唱团制作了专题纪录片《寻找歌声嘹亮的地方》。去年，他们由区文体局牵头，参加了全市送文化下乡的新节目展演，荣获原生态一等奖，因此代表昭通前往昆明，出席云南省第九届民族民间歌舞乐展演，凭借原创歌曲《超卓拉莫》荣获"彩云奖"银奖。啊初噜村寨一路走来，不仅为盘河镇赢得了不少的荣誉，训练了队伍，培养了人才，更为重要的是为盘河镇以啊初噜为依托，独创特色民族文化旅游产业，奠定了坚实的基础，现在万事俱备，只欠东风了。所以，周飞现在除了争取市、区有关部门的帮助、扶持外，还得征求各方的意见、建议，从而提升民族文化艺术的水准和啊初噜旅游的品位，只有这样才能成为农户致富的产业。

在啊初噜村寨，我看了村容村貌，听了周飞介绍的规划，又到文化室看了，里面除了奖状和锦旗外，还有农民画。书架上，摆着几十本书籍，除了指导种植、养殖的科普书籍外，还有中外名著，却无人问津，封面铺着厚厚的一层灰尘。我便想：啊初噜的苗族同胞能唱歌能跳舞，很大程度靠的是口传心授，从总体上讲，他们接受正规教育的年限短，文化水平普遍不高，从而造成了他们在继承传统文化的同时，缺乏创新。一代又一代，几乎是老调重弹，这样会使游客和观众产生审美疲劳。旅游的本质是享受文化，游客追求的是通过品位较高的旅游，使自己的心灵受到启迪，情趣受到陶冶，精神得到满足和充实。啊初噜能歌善舞的苗族同胞聪明、好学，也有自己的梦想，可塑性很强。现在，从根本上讲，他们就是在文学艺术和音乐舞蹈上，缺乏高层规划设计的人才，以及实现规划设计的教师。盘河镇党委、政府在看到民族特色文化的同时，也想到了如何挖掘，创新的根本问题，但却心有余而力不足。既然扶贫攻坚，决胜小康是全党、全国人民为之奋斗的目标，我们每个人都有责任，市、区有关部门更是义不容辞。所以，盘河镇方可实施请进来，走出去，加大培养人才的战略决策，否则，民族文化艺术之树，不可能长青、繁茂，甚至会枯萎，有特色的民族文化旅游产业就无法做强做大。

其实，啊初噜村寨，岂止只有苗族古歌、飞歌、情歌、酒歌、芦笙吹奏和芦笙舞，还有不少可以惊天地、泣鬼神、震撼心灵的美丽传说。一旦将这些美丽传说，创作成歌剧、舞剧，完全可以和《阿诗玛》《白蛇传》等脍炙人口的精品媲美。习近平总书记视察北京大学时指出："推进中国改革发展，实现现代化，需要哲学思想指引，需要历史镜鉴启迪，需要文学力量的推动。"啊初噜的苗族同胞，既然300年前从彝良、威宁迁徙而来，他们必然和这两个地方有着相同的遗传基因和文化基因，肯定知道不少美妙而传奇的故事。其中流传经久的《召采和卯蚩彩娥翠》的故事就十分精彩而感人，这就需要题材资源的最佳配置，只有通过各种人才的通力合作，才能成为集大成，有民族特色，又能深深吸引游客的经典之作。我们昭通有作家群，有音乐舞蹈的各种名家，各级政府应出面邀请他们为苗族同胞的脱贫致富，贡献自己的聪明、才智，创作出具有民族特色的精品力作，使啊初噜在继承优秀文化传统的基础上，得到创新，为乡村的生态旅游，提供强力的文化支撑，只有这样，才能把这个产业做强做大。那天，市长郭大进曾对我说道：大山包的旅游，需要一场昭通自己原创，有昭通历史文化底蕴和文学艺术品位相结合的大型演出，方可和雄奇险峻的自然风光相融合，成为特有的人文景观。

我相信，又特别期望，大山包和盘河的旅游因有厚重的人文景观而誉满神州大地。

永丰镇地处昭鲁坝子的腹心地带，是昭通人称之为火腿心心的鱼米之乡，但仍有小闸、元龙和青坪是建档立卡，整村推进的贫困村。这里以种植水稻、苞谷和洋芋为主，很少有经济林果为支柱的产业，人均收人不到2700元，直到现在还有建档立卡的贫困人口562户，1925人。在脱贫攻坚中，永丰镇党委、政府始终按照中央"发展生产脱贫一批，易地搬迁脱贫一批，生态补偿脱贫一批，教育脱贫一批，社会保障兜底一批"的总体部署，结合自己的实际，干得如火如荼，方兴未艾。今年6月中旬，我去永丰时，党委、政府以易地扶贫搬迁，宜居环境建设为契机，全面推进元龙陈家营、青坪杨家湾、新民虹山口等16个示范点的建设。同时促进大面积的D级危房拆除重建和升级改造，所到之处，挥汗如雨的农民，满脸喜悦，干得热火朝天。那天，在小闸的一个村庄里，有一家人正在杀猪，女主人笑眯眯地对我说道：她家拆除重建的房子今天封顶了，忙了大半年，总算要完工了。为讨个吉利，以后能发家致富，宰个猪，请帮忙的乡亲父老欢欢喜喜地吃顿饭，表示感谢。她家新建的两栋房子联在一起，同梁共柱，两楼一底，近600平方米。我仔细看了，几分迷惑地对她说道：我到过不少地方，看到很多刚刚建成的房子，你家的建筑面积是最大的，你住得了这么宽的房子吗？她笑了，说道：原来这里就是两路瓦房，两个儿子一家一路，新建了也得一家一路。我又问道：门前帮着宰猪的两个年轻人，是不是你的儿子？她摇摇头，说道：不是，两个儿子都在深圳打工，我老公也跟着儿子在深圳。我更有些纳闷了，又说道：自己家盖新房子了，怎么还在外面打工，把这样大的事情交给你一个人。她笑了，却几分神秘地对我说：在深圳打工，每月四五千的工钱，爷三个除掉吃的，每月能攒下万多块，修房子的这些材料，全靠他们挣钱回来买的。他们守在这里，哪里拿钱来修嘛？我家新修的房子，包工不包料，我又跟老板打工，除了有一份工钱，还能学到一些本事。我便说道：修房盖房，全是出力气的重活，你受得了吗？她却说道：以前，我就在你们城里的建筑工地上打工，什么苦都吃过，背水泥、拌砂浆、打板，不牛一样地苦，哪有钱来修房子嘛？盖在房子上的一砖一瓦，都是一家人的血汗啊！她说话时，一脸的喜悦，一脸的自豪。习近平总书记曾说过："美满、幸福的生活，要靠我们的双手，勤奋劳动创造出来的……"女主人一家，能盖这样的楼房，是用辛勤的劳动和血汗所换来。临离开她家的建筑工地时，我又问她道：房子修得实在大了点，没有人住，空着是很大的浪费啊。她摇摇头，说道：儿子和他爹春节时回来过年，一家人就认真地算过账，又反复商量了决定的。以后，大家的生活都好了，周围团转都是人家户，我们就想把一层用来开个饭店，除了大堂，你看，左手边隔成小间的，就是包厢。一年到头，这个村子里，办红白喜事的，多的时候上百家，少的时候，也有三五十家，不会让它闲着……

离开小闸，走在路上，我便反复在想一个问题：在昭鲁快捷通道上，透过车窗，扑人眼帘的都是一栋栋错落有致，掩映在绿树碧翠中的别墅式楼房。就是中等发达之西欧那些国家的农村，其建筑也不过如此而已，不少的甚至还不如我们新修的那样漂亮、气派。但进到家里，其幸福指数就相去甚远，不能同日而言，根本的原因是人的素质造成的。有好日子了，如何过好它，正是我们思考和想办法解决的大问题，否则便成为金玉其外，败絮其中，精神贫困才是致命的。午后时分，我去了小闸陈家营，好几家新修的房屋里，大多数人家都买了崭新的家具、沙发、换了大屏幕的电视机。但有着好日子不会过，沙发上，堆放着脏衣服，甚至臭袜子，让人无法坐下去。家里也有洗衣机和自来水，一家老少，闲来无事，愿意挤在那里看电视，吹牛谈天，却不愿意随便就把脏衣服洗干净，整整齐齐地叠放在柜子里。厨房里更是一片狼藉，中午吃了饭，就没有收捡，我下午三点多去了，还脏兮兮且十分零乱地摆在那里。区委、区政府下决心，欲想将凤凰、永丰打造成美丽乡村的生态旅游区，并以农家乐的形式，吸引八方来客。若这种状况不改变，并形成良好、整洁、卫生的家庭生活习惯，别人来一次，除了大叫其苦外，就是赌咒发誓不会再来。有一家，儿子春节时结了婚，摄了一套姿态各异的婚纱照，大大小小十多张，新郎和新娘却把它不分主次，更不分高低，全部贴在客厅里的一面墙上，让我啼笑皆非。我便问他：你知不知道黄金分割法，挂照片得有讲究，按他回答说：我只初中毕业，还大多还老师了，哪里知道这些高深的学问嘛？完全贴在墙上，客人来了，想看哪张就看哪张，省掉我不少的麻烦……

永丰镇党委、政府在规划中，决心发展好3万亩苹果，3万亩核桃，扶持好年出栏生猪3万头，肉牛3000头的养殖基地。充分依托龙卢家祠、三甲的文化氛围资源，打造好300个生态农庄，力争两年后，全镇总产值超5亿元，实现人均纯收入达万元以上。但却任重道远，话好说，但要做的事还很多，得花大力气，采取行之有效的硬措施，才能改变农村的陈规陋习，养成良好的卫生习惯，提高美满、幸福生活的指数。只有这样，客人才会慕名而来，尽兴而去，从而留下始终挥之不去的眷恋。只有这样，才能把永丰打造成集历史文化、休闲度假、商业贸易、民俗体验、产业示范、环境宜居为一体的特色旅游集镇，使之成为昭通中心城市的后花园和昭鲁城市一体化，锦绣走廊上的一颗璀璨明珠。

我到鲁甸采访那天，恰遇县委书记夏维勇、县长马洪旗头天参加市委、市政府组织的观摩点评现场会归来。他俩在学到兄弟县区的先进经验的同时，亦看到自己的不足，正和副书记张洪坤、扶贫办主任，以问题为导向，研究、商量下一步该怎么办的时候，我便径直去了夏维勇的办公室。礼节性的寒暄后，我便直奔扶贫攻坚、决胜小康的主题，夏维勇告诉我：参加了全市脱贫攻坚现场观摩点评回来，结合存在的问题，按照华平书记，大进市长务必及时抓好整改落实的要求，今天上午，我们就在这里开了碰头会，统一了思想，从而坚定了信念和决心，不管遇到什么样的困难，都得完成今年底脱贫出列 30 个村，10661 户 30849 人的硬任务。我代表县委立了军令状，已经没有了退路，只能以壮士断腕，破釜沉舟的气魄和决心，紧紧围绕"两不愁，三保障"的目标要求，决一死战！并再次确定了 2016 年脱贫攻坚的工作重点，仍是通过"户户安居建设""通村公路建设""产业发展建设""集体经济建设""工作经费保障"五大举措，确保今年的任务按时按量按质完成。

户户安居建设，在 30 个村里，除建档立卡和易地搬迁的 10661 户外，还有 4213 户的住房亦十分破旧、简陋，算不上安居房。县委、县政府研究决定按照农危改补助标准和其他惠农政策统筹安排，争取尽快启动，确保今年 11 月底完成，做到户户有安居房。其他还有 4 个非贫困乡镇的 6 个贫困村可根据群众的积极性和自愿原则，采取"先建后补"的方式，经乡镇签字认可后，亦可提前启动建设。

通村公路经由县交运局核实，今年出列的 30 个村，还有 145 公里的需求，可以优先确保今年底完成。

发展产业是精准扶贫的关键，县委、县政府要求 30 个贫困村的乡镇，本着一村一策、一户一策、一人一策的原则，在精准二字上下功夫。一旦确定，帮助、扶持就显得十分重要，它和年底全部出列，命运攸关，不可含糊。县委、县政府决定按照建档立卡的贫困户每户 3000 元的标准测算拨付到乡镇，由乡镇根据自己的实际，缺什么补什么的原则统筹安排。其中用于扶持发展产业的资金每户 2000 元，用于基础设施建设的资金则为每户 1000 元。

在 30 个建档立卡，且今年底计划出列的贫困村中，没有集体经济的，要求乡镇按照村集体经济发展的规范，制定出实施的具体方案，一经县委、县政府认可后，由县级财政每村安排 10 万元的扶持资金。

在和夏维勇、马洪旗和张洪坤的交谈中，我觉得他们有个共同的特点，就是话不多，却非常实在，临分手时，又对我说道：昭通有句俗话，耳听为虚，眼见为实，今年县委、县政府的计划安排就是这些。但具体的工作却在乡镇上，村社里，现在进展的情况如何，请你自己到基层看看，随便和乡镇、村社的干部和农户交流交流，定能得到不少你所需要的东西。

鲁甸的新街，位于县城的西北部，面积近 120 平方公里，最高海拔接近 3000 米，最低海拔约 2000 米。全镇有耕地 4 万多亩，牧草 15000 亩，森林面积 85000 亩，森林覆盖率 40%。全镇 5196 户，共 22000 人，农民人均收入 4300 元左右，人均有粮突破 900 市斤。我在炎山小学时，爱人在苏甲小学，来来去去，新街是必经之路，故印象极深。新街是一块长约二十华里，宽三五里的小坝子，洒渔河穿镇而过，便滋润出阡陌纵横的肥田沃地，气候不冷不热，最适合人居住。往西不远，便是通往转山包、大包山和大寨、炎山的道路，全是磅礴、逶迤的大山。过河往东，行不到多远，便是起伏、蜿蜒的群山，这里山不高，林深鸟鸣，走在绿荫如盖的山林里，十分惬意，心情舒畅。更让人欣喜的是满山遍野都有采不完的野生菌，只要走上一两里路，便可采到十来斤青头菌、见风青和大把菌。菌子破土而出的时候，也是野生杨梅成熟的旺季，红彤彤且大颗、大颗地缀满了枝头，颇具诱惑力，让人垂涎欲滴，不管男女老少，都会顺手摘几颗，既解渴又醒脑。当年，龙云、卢汉两家的人进昭通城，不走炎山石垭口，而是出门就走大沟梁子，一直走到磕头坡上面的曾家沟北侧的转山包，然后下坡三五十里，就到了新街。龙云任滇军第一军军长、滇中镇守使时，为了让龙卢两家的亲戚来回昭通城和炎山方便，又十分体面，便拿出一笔钱来，在新街修了一座四合院的驿站。房子修得小巧玲珑，十分讲究。门窗完全镂空和雕花，且是清一色的苦桃木料，天造地合的花纹，樱桃红的色彩，故不上任何底料，只用桐油漆了，便锃光发亮，光彩照人，犹如熟透的樱桃。周围十多间房子，且设备齐全，成了新街地标式的建筑，就是新街、炎山和附近塘房、苏甲的乡绅、财主，若有机会进龙卢两家的驿站吃顿饭，哪怕喝喝茶水，亦是极大的荣耀。驿站里配有厨师、使女，鲁甸还专门派了一班宪兵守卫，其姓赵的管家，便成了新街的名门望族，无人敢惹，炙手可热。

　　解放后，龙卢两家在新街的驿站被人民政府没收了，成了乡公所的办公室，以后又成了新街大队的办公地点。因为年久失修，破烂不堪，新街大队也不愿意厮守在那里，另寻地方搬了，驿站便成了孤魂野鬼暂打一杵的歇脚处。2000年以后，随着经济的发展和社会的进步，特别是人民生活水平的提高，很多人有了闲钱余米，旅游亦成了中国人热谈的话题。特别是昭通久违的黑颈鹤又迁徙到这里越冬，昭阳的大山包、鲁甸的转山包，因精灵的造访，先是成了摄影爱好者的天堂，从而带动了旅游业的发展。而新街是南来北往的游客，欲到大山包、转山包看黑颈鹤的必经之地，从而成了吃宿的中转站。就在没有了极"左"思潮和旅游热的大背景下，新街镇便在当年的基础上，翻修了驿站，但因各种原因，却无法恢复原貌，所以，到现在也没有热起来。

随着大山包旅游的逐渐升温和基础设施建设的突飞猛进，日新月异，特别是直通的旅游高速开工建设，并即将竣工的时候，新街不可替代的旅游优势便显露出来。

现任新街镇的党委书记陈国勇，原是龙头山的镇长。在鲁甸"8·03"的抗震救灾和灾后重建中，他奋不顾身，吃苦在前，始终坚持在灾民需要他的第一线，从而得到上级党委的肯定和群众的认可。2014年的国庆，他没有回家度假，仍坚持在龙头山灾后重建的工地上，原本夫妇俩欲带着儿子到三峡旅游，也毅然决然地放弃了，妻子却带着儿子到龙头山陪他度过了平生最甜蜜、最幸福的国庆节。而就在国庆节那天，我去了龙头山，在工地上见到了他，并进行了较长时间的交流、摆谈。我被他默默无闻地做了很多事情，却不张扬，更不邀功请赏的质朴秉性感动了。所以，在长篇纪实文学《生死涅槃》中，用相当的篇幅，深情地写到了他，出版后，我到鲁甸赠书时，却没有见到他，才知他已调任新街镇的党委书记。

那天，我去了新街，陈国勇和他的几个同事，便根据我写作的需要，接受了座谈式的采访，他们告诉我：镇域经济发展滞后，且不平衡，不协调，更不可持续，导致经济总量小，结构性矛盾突出，贫困面大，程度深是新街的镇情；生态敏感脆弱，受地震灾害影响，地质灾害的隐患，点多面广，基础设施较为薄弱，是阻碍新街发展的瓶颈；产业结构单一，规模小，层次低，支撑弱，缺乏竞争优势，无法抵御市场风险是新街致命的难题；社会发育程度低，基本公共服务有不少的薄弱环节，增加收入和改善民生是新街面临的最大挑战。如此，等等，严重地影响和制约着新街的经济发展和社会进步。所以，必须以问题为导向，清醒并理智地面对它，才能奋起直追，让老百姓过上美好、幸福的生活。正因为如此，新街党委、政府，把2018年前3个贫困村出列，8580名贫困人口脱贫，作为自己奋斗的目标。本着创新、协调、绿色、开放、共享的五大发展理念，把新街建设成为大山包国家旅游区的重要门户，高原特色农业的重要示范区，渔洞水库径流区重要的、安全的生态屏障，西凉山片区的重要交通枢纽。要达此目标，关键的问题是以新街的现实基础、发展潜力和资源禀赋特点为客观依据。按照发挥比较优势的原则，引导生产要素向适宜区域融合，促进产业聚集，人口聚集和经济融合，努力形成一区、一廊、一纽、一带的空间布局。所谓一区，即酒房和新街高原特色休闲农业的综合示范区；所谓一廊，即大山包国家旅游区的长廊；所谓一纽，即北下四川及西凉山南下汇聚的交通枢纽；所谓一带，即渔洞水库径流区生态文明的示范带。

这个目标一旦形成党委、政府的共识后，他们第一个要破解的难题，便是如何发挥土地资源的优势。而现在新街的状况是地多人少，种得多收获少，青壮年都外出打工了，留下的大多为老人和儿童，便撂荒了不少的土地。面对如此困局，他们提出了"坚持土地流转，引进企业投资，改造传统产业，发展新兴产业"的思路，从而进行了产业调整的探索和实践，新街镇不搞一刀切，而是坚持按照"一村一产业一特色"的总体思路和因地制宜，全面规划的基本原则进行。所以，我便去了新街社区、转山包和酒房3个社区，通过土地流转，龙头企业带动，规模发展的模式，从而实现了农业产业的规模化、集约化、产业化。

新街镇党委、政府以国家投入农田水利基础设施建设资金作为股本以及土地流转的形式和云南汇通种植有限公司成立了新街社区蓝莓庄园。从而形成了"项目资金入股＋龙头企业＋社区蓝莓种植服务中心＋收益分红"的发展模式。蓝莓庄园 539 亩的种植园区，就坐落在离新街镇不远的一片叫母猪漆的山坡上。我觉得这个地名颇为奇特、别致，便问一位年纪和我相差无几的老农。他名字叫臧庆相，是新街社区的监委主任，一个质朴、开朗、达观的老人。他告诉我，这里原来有一棵高大繁茂的百年漆树，厉害得很，见不得漆的人走那里过，哪怕是远远地看一眼，便会生漆疮。甚至有的人，提起这棵树，浑身就发痒，甚至也生漆疮，于是就叫它母猪漆，以后那棵树老死了，那个地点就叫母猪漆了。

云南汇通种植有限公司的董事长姓邓名文通，是曲靖富源人。据说原来是挖煤的老板，他觉得挖煤风险大，常常提心吊胆、太折磨人了，于是改弦更张，成立种植公司。2015 年，他经过反复考察后，便落脚新街母猪漆种植他称为水果皇后的蓝莓，当年便栽了 200 亩，秋天就结果了。蓝莓一般生长在海拔 2000 米以上高寒冷凉处，喜酸，且生命力较强，而新街村社母猪漆那片广阔的山地，最适宜栽种。它土壤的 pH 值是 4.8，且肥沃，那里虽冷凉，但阳光却十分充裕，日照时间长，得天独厚。故产于母猪漆的蓝莓花青素含量极高，科学研究表明，花青素是抗癌、防癌的，加之口感也特别好，一经上市，便成了顾客争相购买的宠儿。种植在母猪漆的蓝莓，每亩挂果 60 公斤，亩产值达到 7200 元，今年开始进入盛果期，产值便可接近 3 万元。试种成功后，2016 年就扩大为 539 亩，今年初夏收获的果实，除供昭通一部分外，其余的都远销昆明、广州和深圳。邓文通告诉我说：今年的蓝莓因为颗粒大，口感好，加之外观在蓝莹莹的表皮上，又有一层薄薄的粉，显得极高贵，销路极好，且供不应求。说到高兴时，他更喜形于色地指着不远的一片坡地说道：那片有 2000 多亩的土地，已和农户签订了土地流转的合同，明年就准备种植了。两年后，其产量可达 15 万公斤，产值突破 1500 万元，但愿蓝莓产业不要热闹一阵之后，又成为泡沫。前不久，我听朋友说，昆明市场上，因蓝莓的数量太大，每市斤的价格，就在 20 元左右，差原来的每市斤 60 元太远了。今年 7 月，我去了水富，和当地的农户交谈中，得知气温如此高的水富也种植出了蓝莓，他们亦说产量高，味道佳。是否如此，因时间仓促，我没有前往种植基地看过，但我相信农户不会说假话。可见，蓝莓不仅仅能在海拔 2000 米以上的冷凉山区生长，同样可以在气温超过 30℃，海拔不到 500 米的地方快活而茁壮地生长。所以，邓文通若再把产于新街母猪漆的草莓运到昆明、广州和深圳，就真的得不偿失了，再傻的人都不会做这样的蠢事。

新街社区的农户，把土地流转给邓文通，每亩 400 元，并且可以在蓝莓庄园打工，其他未流转土地的农户，便没有打工机会。在土地整理、栽种树苗和开垄施肥时，男劳力每天 100 元，女劳力每天 60 元，采摘时，便全是女人的活计，除了均是手上活外，还得细心。两年过去了，新街社区流转了土地的 110 家农户，加上务工收入，两项加在一起，每户平均收入 2.5 万元。若农户养有牲畜的，积攒的农家肥，还可以卖给邓文通，每车 400 元，其重量在 2000 斤左右。农户陈世贵，家里养了上百只羊子，他仅仅是卖羊粪，2015 年就收入超 1.5 万元。

镇党委、政府计划在两年中，把蓝莓的种植增到 3000 亩，能否实现，其关键在于市场和对蓝莓的深加工。新街社区是把国家补助给他们的基本口粮田和农田水利基础设施建设的 700 万元入股，并按该项目总投入的 1% 分红。若再发展一两年，其入股的资金就接近 1200 万元，每年的红利收入便可达到 12 万元左右。

那天，在庄园里，我和在地里采摘蓝莓的农户愉快、欢欣地交谈，每个人的脸上都挂着满意的笑容，欣喜地说：我们就喜欢动脑筋、门路宽、肯干事、心里装着农民的干部，他们把有钱的老板引来了，就把我们不想点种的土地盘活了。若点种苞谷、洋芋，苦死苦活，每亩收入 500 元上下，刨掉种子、化肥和农药的费用，就红萝卜打马，大半节不见了。明年再把规模扩大点，收入增加了，就不愁没有幸福、美满的日子过……

新街社区通过产业发展和"红色股份"试点工程的启动，加快了规模产业的发展和产业结构的调整，同时，让农民增收脱贫了，初步过上了好日子。通过土地流转，有效地改变了农民长期日出而作、日落而息的传统和简单的劳动，提高了土地的科技化，规模化的经营水平，更为重要的是改变了农村集体经济的"空壳"现状。同时探索了农村经济发展的有效途径，既扶持了优秀农业企业和农民专业合作社，又培养了农村脱贫致富的带头人。实践还无可置疑地证明了，因为镇村的党政领导，都到第一线扶持帮助农民建立、发展致富的产业，在加强党的基层组织建设的同时，强化了党和群众的血肉关系，增强了党在农村的执政基础。

离开新街社区蓝莓庄园，我便在镇党委书记和镇长的引领下，翻山越岭去了转山包。进入腹地，我便看见东一片、西一片的玛咖种植基地，它的枝叶已开始衰败、枯萎，说明已成熟，但却不见有人收获，问过放牛羊的山民，才知老板跑了。他们并说：这些老板确实陷得很深，亏大本了，连我们土地的租金和帮他们打工的工钱都没有付，就跑了。我便说：何不把地里已经成熟的玛咖挖出来，多少卖点钱，还可抵土地的租金和工钱。山民却笑了，说道：现在把这些东西挖出来，还找不到地方卖，就是有人买了，还抵不了挖它的力气钱，只有让它烂了肥地。在我的印象中，玛咖一度被炒得十分火爆，连珠炮似的虚假宣传和推销，声称其药用和滋补价值竟远远超过虫草等名贵中药材。产于玉溪、丽江的所谓高科技提取的精华含片和胶囊，一瓶百粒装的在昭通专卖店里，标价700多元，在一段时间里，有谁在运动之后和麻将桌上拿出几粒当众吃下，便是身份的象征。而在我的心中，只觉得真的有如此神效，就轮不到昭通人来种，来吃了，如果吃下后，觉得神清气爽，一定加有激素和兴奋剂。结果，在昭通闹腾了不到两年，玛咖就偃旗息鼓，灰飞烟灭了，其命运十分凄惨。所以任何人、对任何事都需理智，不可头脑发热，盲目跟风，而应该脚踏实地、兢兢业业，通过自己辛勤的双手，才能创造美满、幸福的生活。

离开一处规模较大的玛咖种植基地，顺着蜿蜒，却十分平顺的乡村公路，绕过两三个山头，便看见灿烂的阳光下，一片蓝绿色的建筑和排列整齐的光伏片，犹如千军万马，举着盾牌的军阵，气势恢宏。它正是昭通茂创能源开发有限公司鲁甸县30wm农业地面光伏电站，是龙头山地震后，国家重建的重点项目。它由河北能源工程设计有限公司设计，江苏启安建设集团有限公司施工承建。整个电站项目占地1200多亩，总投资近3亿元，其中还包括一个50亩的现代农业集中示范区，其余为光伏农业推广实验区。仅光伏发电部分，年均发电量近4000万千瓦小时，在25年的使用寿命期内，可发电9.45亿千瓦小时。每年可节约标准煤1.24万吨，减少二氧化碳排放量近3.77万吨，具有明显的经济效益和社会效益。现在已投入使用，开始发电，从而给转山包的村民带来福祉。其实，在电站及配套工程开始施工后，不仅是转山包不愿外出打工的农民，还有大山包，甚至大寨的农民，都闻讯而来，在工地上打工。有的参与进场公路的修筑，有的整理光伏板下的土地，并跟随工程技术人员安装光伏板，从而学到了不少的知识和技艺。可见一个好的项目，既可带动村民脱贫，又能在项目的实施过程中，提高村民的整体素质。有的村民，参与了厂房的建设，一年多的时间，原来多少有些技艺的村民，打工收入超过5万元，就是从事简单劳动的村民，也有两三万元。质的飞跃，让他们明白了一个道理，死守在气候恶劣、土地贫瘠的传统农业上，苦死苦活，最多能解决温饱。若老天不睁眼，洋芋、荞麦正在生长的时候，突然来场毁灭性的灾害，就颗粒无收，靠政府救济过日子，人活着还有什么意义。他们参与了光伏电站的建设，接触了各种各样，并来自天南海北的人，历经的事情也多了，思想观念和生活方式便发生了根本性的变化。我在地委宣传部工作时，包扶的就是大山包的一个村，接触的时间长了，普遍的农户，等靠要的思想较为严重，一个基本的想法就是，共产党不会让任何人饿死，若哪个村社发生了饿死人的情况，上上下下的一堂官，都难逃干系，都会受到处理，严重的还得蹲监狱。我就遇到这么一个 30 多岁的中年人，就因为奸懒毒，连有点残疾的寡妇也不愿嫁给他，快接近 40 岁了，还孤身一人，常常是饱一顿、饿一顿。那次宣传部筹钱买了被子送去，既有棉絮，又有被套。这个人，就懒得连棉絮都不愿装在被套里，于是便将被套铺在荞草上，成了垫单，光盖棉絮，结果半月不到，就被他蹚得稀巴烂，用不成了，简直让人啼笑皆非。他没有粮食了，村干部叫他到粮管所去背，他说，我肚子饿，背不动，你怕我出事，就叫人送来，真是拿他没有办法。其实，大山包和转山包，当年由于等靠要成风，大多年轻人都懒惰，他们三五成群坐在屋檐下，东边有太阳，就在东边晒，西边有太阳，就转到西边晒，让人怒其不争。省烟草公司有一段时间，也负责大山包的扶贫，他们便挑选了十多个看似精灵的年轻人去了昆明。这些人普遍文化低，大多初小没有读完就辍学了，什么事都做不成，只有叫他们当保安。结果半个月时间不到，通通跑回大山包来了，理由很简单：不自由，上班时，站在办公楼的门外，脚都站麻了，受不了，还是回大山包好混日子，至少没有人管。真是穷有理啊！

那天，我看了光伏电站的操控室和配电房，又去参观了光伏板下面的农业推广试验区，那里栽了各种各样的时鲜蔬草。长势苗壮，叶片碧绿欲滴，生机勃勃，气象万千，让我非常感叹。离开光伏电站的场区，我便去了几家农户，却很少遇上年轻人，几乎完全是老年人，都结伴坐在新修房子前的空地上，悠闲地喝着茶，抽着烟，在那里吹牛谈天。每个人的脸庞上，都漾着欢欣的笑容，我便问：年轻人都到哪点去了，怎么见不到啊？他们便回答道：不管男女，都到外面打工去了，大多数家庭，就只有老人和正在读书的娃娃……我去了好几家的屋里，闻不到烧海堡的阵阵腐臭，生活用的全是电器，屋里也不脏，更不太乱。这一切的一切，都源于是光伏电站的落地，不仅改变了这个村子的贫困、落后，而且更新了不少人们的思维方式。如今，转山包的人们懂得了幸福、美满的生活，凭等靠要，只会越闲越懒，越吃越馋，只有靠自己勤劳的双手换来收人，才最值得骄傲和自豪。所以，在转山包，我没有看到三五成群的年轻人，蹲在屋檐的墙脚处晒太阳，此时此刻，他们也许正在昆明、成都和重庆，甚至在广州、深圳的工厂里、工地上，为了自己的梦想，辛勤劳动，挥汗如雨……

从转山包回到新街，趁天色还早，我便去了酒房。这里也是通过土地流转，租给一个到昆明开饭店而致富的家乡人，种植他称之为荷兰豆的菜豌，有一百多亩。流转的方式，仍和母猪漆那片土地相同，但栽培豌豆，不管如何吹嘘，它的种植方法和管理，科技含量比蓝莓少多了，投人的人力、财力和物力，更是远远不如蓝莓。那天，我随便摘下一个豆荚吃了，比昭通本地的菜豌硬多了，甜脆也差远了。我便对流转了土地并在这家公司打工的农民说道：不管它叫荷兰豆，还是叫美国豆，你们种了大半辈子庄稼，知道它是什么东西。土地可以流转租给他，也可以帮他打工，增加收人，但不能所谓的人股分红，他可以折腾，你们则不行，绝不能做那种血本无归的蠢事。几个农户笑笑，不置可否，算是对我的回答。

那天在新街镇，新到任不久的县长马洪旗也来了，因他还将去龙树，我们便分手了。在酒房，他针对新街镇的实际，谈了自己的看法，提出了希望，颇有见地。他说道：

集镇的规模，经过近几年的建设，已见成效，不仅有了鳞次栉比的房屋和商铺，还在镇中心有了依山傍水的公园，亭台楼阁上均是昭通名家撰写的楹联，为公园增色不少，从而有了浓厚的文化品位。但是，脏乱差却是它的致命弱点，以后成了大山包国家旅游景区的第一站，南来北往的客人见到这种状况，是什么感觉，便是不言而喻的。从现在开始，镇党委、政府必须下最大的决心，拿出最大的魄力，来解决这个棘手的大事。鲁甸县城，由于加强了治理，规范的督促检查，时间不长，却发生了大的变化，说明一个问题，只要想干，就能克服重重困难，达到我们追求的目标。新街镇只有街道整洁干净，秩序井然，鸟语花香，才留得住客人，成为中转站，从而促进美丽乡村、生态旅游的发展。

在美丽乡村的建设中，要在改造上下力气，在功能齐备上下功夫，不能缺鼻子少眼睛，汤来水不来，这样就不是美丽乡村。其关键的重点，就是要结合实际进行改造，不能贪大求洋，弄巧成拙，增加农户的负担。要把对美丽乡村的管理放在相当重要的位置抓好、抓死，管理不善，再美丽的乡村，都会被自己建起来，自己又毁掉它。管理好美丽乡村，是和陈规陋习宣战，并和它决裂的大事，所以除了有毅力外，还得有魄力，舍此，就什么事情都做不成。

产业是牵动和到达目的地的火车头，舍此，我们只能画饼充饥，有再好的美丽乡村都枉然。在产业的培育上，必须规模化、规范化和标准化。否则，我们始终在传统农业上迈不开步子，美丽乡村的建设就失去支撑，幸福、美满的生活就无法变成现实。所以，土地流转的多少，能表明我们在规划上、管理上和思维上，突破了原有的思维模式，更上了一层楼。当然做工作，必须先易后难，不能贪多嚼不烂，与其伤其十指，不如断其一指。

要把新街镇打造成大山包国家旅游的前站，现在就得思考和计划，并付诸建设能承载大量游客的各种设施，能提供优质服务的条件，从而促进第三产业蓬勃、健康的发展。

美丽乡村的建设，归根结底要从实际出发，得到群众的认可和支持，否则就成了无源之水。

新农村建设和灾后重建，为新街镇带来了千载难逢的历史机遇，但却转瞬即逝，站在新的起点上，必须以更加坚定的信心、更加振奋的精神，更加务实的作风，锐意进取，开拓创新，新街璀璨的前景就在明天。

之前很长一段时间，我始终在想一个问题，那些易地搬迁、集中安置的贫困农户，十几家，甚至几十家，集中到一个环境、条件较好的地方生活。虽然道路、水、电、娃娃读书和看病求医等带有根本性的问题都解决了，确实是件千载难逢的好事。但是，他们远离了赖以生存的土地，如何耕种，何以为继啊？那天，在和夏维勇交谈的时候，我又问起心中的这个疑惑，他却笑笑，不作正面回答，而对我说道：今天，我专门请了扶贫办主任陪你去江底镇坡脚村石水井易地扶贫搬迁的点去看一下，这个安置点现在离城很近了，且列为县级易地扶贫搬迁的示范点。欲分手时，夏维勇又特别告诉我说：我们县的扶贫办主任，原来就是江底镇的党委书记，对那里的工作十分熟悉，你有什么问题都可以问她，对她的回答，你会十分满意的。

江底，对我来说，是一个既熟悉又陌生的地方，当年我在昆明读书时，寒暑假从昆明回到昭通，路经江底时，不管时间早晚，哪怕只是午后一两点，客车都必须在江底住上一夜。对于归心似箭的游子来说，明明离家不远了，还得在路上吃两顿饭，住一晚上旅店，多花两块钱、一斤粮票的心灵煎熬，是不言而喻的，但却敢怒不敢言，那时的客车司机俨然就是上帝。依山傍水而建的小镇背后，是裸露的山岩，上面除稀稀疏疏长有树冠不太繁茂的树外，就是一蓬蓬生命力极强的仙人掌。晚上躺在供销社旅店里，汗渍渍、黏糊糊、怪味杂陈的床上，辗转反侧，就是无法入睡。屋外，只有牛栏江滚滚的波涛，拍打着江岸，撞击着礁石，而使江底的那条小街永远处在呼啸和喧嚣之中……

现在前往昆明的高速，仍经过江底，且把亚洲第一高桥建在了那里的两座峰峦之间，让人赞叹。江底是昭通名副其实的一夫当关、万夫莫开的南大门。触景生情，便对江底莫名地生出了既陌生又熟悉的感觉，这也是人之常情。

江底的面积有140多平方公里，人口3万多，其中建档立卡的贫困户有2178户7240人。为体现精准，江底始终坚持长短结合的思路，从而推动了产业的多元化，依托现有的10万亩核桃和1.2万亩花椒，加强培育管理，提质增效，使农户多增加收人。同时还建成了5000亩油用牡丹和600亩小蜜枣，加大了能繁母牛的养殖和优质辣子的种植，从而做到了缺什么、补什么。到我那天去江底镇上，已有建档立卡的贫困户1237家有了安全住房，其余正在施工建设中，953户有了稳定且洁净的人畜饮水，2129人有稳定用电，2133户有病能及时得到医治，1108户有了稳定发展的产业和收人，554户有了能摆脱贫困，甚至能致富的技能，532户有了稳定高产的田地，2002户贫困户还参加了新农保。

那天，我特别参观和采访了坡脚村石水井易地搬迁集中安置的示范点。我在走进安置点乡村的公路上，放眼看去，一排排依山势而建的一楼一底、统一设计、面积大小不等、却装修统一的别墅式楼房，全掩映在重重叠叠的绿树丛中。隔民居不远的几栋建筑，看似便是学校，镇上的领导欣喜地告诉我：适龄儿童读书，且就近上学有了保障，村里还设有卫生室，伤风感冒等小病，在村子里就能得到医治，极为方便。楼房的前面，是一小片洼地，除修了供人畜饮用和生活用水的水井外，还架有高压线，规范整洁，洼地上还种有苞谷一类的庄稼，长势极好，油绿发亮。集中安置点的前后左右，似乎全是枝繁叶茂的核桃树，缀满了青绿色的果实，路过那里的乡亲告诉我：今年雨水多，天气偏凉，光照时间不够，核桃结得多，却个头小，成熟期要比往年推迟十天半月。我顺路看了，除了核桃树，还有板栗和我拿不准的树种，密密麻麻，看不到一点闲置的土地。

我沿着新修的水泥路，进了一家还在装修和整理客厅的农户，夫妇俩满面春风、喜笑颜开，还几分自豪地对我说道：我们是从山那边搬到这点来的，政府出了大头的钱，我们又贷了款，加上平时省吃俭用攒下的钱修的。此生此世，山里的穷苦农民能住上这种只有城里人才有的房子，做梦都不敢想啊！来过我们鲁甸龙头山灾区的习总书记和李总理，对我们穷人太好了，把我们如何过上好日子的事情，想得这样周到，安排得这样仔细，让我们真有些过意不去，党和政府的大恩大德这辈子都无法报答了。我便对他夫妇俩说道：习总书记就说过这样的话，人民群众对美满、幸福生活的向往，就是我们奋斗的目标。现在国家强大了，加上我们辛勤的劳动，老百姓的日子会越来越好。

告辞了夫妇俩，我又去了坎下的好几户人家，其中有一家的室内已经装修完毕，并从城里买来了崭新的家具、沙发和大屏幕的彩电。我一见便赞许地说道：你家现在的别墅式新房子，加上这些家具，比我们的还阔气。若这样的房子修在昭通城里，就是富人了，我们工薪阶层都望尘莫及啊！他们一家人没有说什么，而脸庞却笑成了一朵花……

扶贫办主任领着我去了文化活动广场，足有1000平方米，旁边我以为是学校的建筑，原来是老年活动室，建筑面积有300平方米。这让我感到十分惊诧，感慨良多：扶贫攻坚战，既是政治责任，也是历史担当，必须站在全面和长远，系统谋划，聚合资源务实推进，做到扶真贫、真扶贫。这一切的一切，在这最为贫困的山区，得到了真真实实的体现。

石水井示范点的规划占地40亩，总投资2440万元，其中补助农户建安居房的为1200万元，基础设施为540万元，产业建设500万元，公共服务设施110万元，生态建设90万元。集中安置在石水井的 74 户，我去时已有 55 户基本完工，还有 19 户正在紧锣密鼓的建设之中。同时硬化了村组道路 18 公里，串户硬化路 2 公里，还在公共场所和道路两旁，安装了路灯 83 盏。石水井不再是封闭、贫困，被人们遗忘的穷乡僻壤、不毛之地。可以相信，在未来的岁月里，不管白天、黑夜，它都是美丽乡村的山林公园。

石水井在转瞬之间换了人间，成了美丽乡村，安居乐业的贫困村民欣喜若狂。其根本就是党的惠民政策给他们带来了实现梦想的福祉。是昭通各级党委、政府精准扶贫，决战小康，不搞形式，不建形象工程，以民为本的结果。同时，也和江底镇党委慧眼识珠，为他们请来了对桑梓父老舐犊之情、养育之恩没齿难忘和富裕不忘穷乡僻壤的致富能人聂正江有很大关系。当天，我从城里出发，赶到石井村万亩油用牡丹种植基地时，聂正江已等在那里，他回乡以后，就被选为石井村的党支部书记。接触后，我觉得他的学历没有我的高，智商却比我高，头脑极为清醒、灵活，敢拼、敢闯，敢成为第一个吃螃蟹的人。前些年，他离开家乡，来到鲁甸城里闯荡。最先只想有个立足之地，找一份能挣钱养活家小、孝敬父母的事情干干，便十分满足了。所以，他不分昼夜，如牛负重，拼命地劳作，什么苦都吃过，什么难都得咬咬牙齿挺过去。一个信念，就是在城里找到自己的立足之地，否则就无法回去见自己的父母和乡亲。其实，在自己的家里，也得这样地劳苦，而烦恼的是，尽管费尽移山心力，如果天公不作美，随便给你点脸色看看，一家人就难得温饱。既然进城来闯荡了，好男儿，就不能吃回头草，否则，此生就完了。美满、幸福的生活，是通过自己的双手，用血和汗换来的，天上不会掉馅饼。结果，聂正江成功了，他通过自己辛勤的劳动，渐渐地有了积蓄，并且越积越多，为他从事其他行当储备了一定的物质基础。在朋友、亲戚的帮助和有关部门的扶持下，他做起了建材生意，又是通过几年时间的勤奋努力和诚信经营，他的建材生意顺风顺水，虽不能说得心应手，日进斗金，但他的羽毛逐渐开始丰满，他想翱翔蓝天。于是，凭借自己做建材生意时建立起来的社会关系，他的重点便转移到建筑产业上来。其结果，他成了买卖建材和承包工程的老板，自己的口袋里，也有了相当可观的钱财，而他却不张扬、狂妄，知道自己是个农民，名字仍叫聂正江。古人说：退路宽平、清淡悠久。即是说：争强好胜，道路就觉得很窄，假如能后退一步，自然觉得路面宽平了许多；太过浓艳的滋味是暂时的，能清淡一分会觉得滋味历久弥香。有了钱的聂正江选择的是后退，并且一退，就退到生他养他的穷乡僻壤，就退到了他时常牵挂的父老乡亲之中。这便是他的智商比我高之所在，机灵聪明之所在，所以，吃饱了肚子，便知道放碗。我见过一些老板，不知他用什么手段，确实赚到了一些钱，便不知天高地厚，不管在什么场合，装出一副老子天下第一的样子，就会口出狂言，说道：昭通人的胆子越来越大了，脸皮也厚，一张烂微型车，公然敢停在我的"宝马"旁边……我不认识他，却想教训他两句，于是，便不管他是跟着朋友来的，就很不奉情地说道：那张微型车是我的，差点难道就不是车子，你们有钱人吃肉，是肉味，我们没有钱的人吃肉，难道吃出来的是草味？我告诉你，在这个世界上，不管尊卑贵贱，人格是平等的，你有本事，你有钱，你现在就穿三只皮鞋让我们见识一番。说完，我便拂袖而去了……

聂正江当了石井村的党支部书记，想得最多的问题，就是该发展什么样的产业，才能让父老乡亲脱贫过上好日子。他也想到栽果树、发展中药材和养殖，但大家都一窝蜂地搞同一种产业，现有的市场就无法承受，谷贱伤农，水果和中药材贱了，更伤农。反复思虑后，聂正江便有了主意，和乡亲命运攸关的大事，不能草率，得慎之又慎，他们无法承受因折腾带来的打击。他便决定带上几个人，到外面看看，实地认真考察一番，结合石井村二半山区的实际情况，才能确定产业发展的方向。

聂正江他们去了昆明、四川、湖北和河南，最后，在一个朋友的启发、引导下，他去了山东菏泽，并找到油牡丹种植加工的尧舜开发商贸集团。该公司的总经理知道他是来至乌蒙山区鲁甸贫困县，一个最基层农村的支部书记后，十分热情，对他说道：你且不要忙着跟我谈业务，先到田间和加工厂看看后，需要我们帮你解决什么问题，再慢慢谈。于是，便叫办公室的工作人员带他看了加工车间和规模栽培的种植基地。时值果实成熟的季节，他顺手摘了一颗，其形状就像婴儿的手掌，四五个肥壮的分枝，犹如饱绽的黄豆角。他剥开一个豆角，有五六颗豌豆大小的牡丹花豆，颗颗壮实，油滋滋的，取出一颗，用手搋了，便有亮晶晶、香喷喷的油脂。他便问：这牡丹花豆，在这里多少钱一斤？工作人员答道：分品质，10—12 元一市斤，若榨成精品油，每斤可卖 500—2000 元，这也是以品质论价。聂正江完全被吸引了，他又迫不及待地问道：每亩可产籽多少斤？得到的回答是：幼苗栽植 3 年后，即可结籽，这时亩产可超过 100 斤。我们现在的这些植株完全成熟了，加之科学管理，每亩的产量都保持在 700—800 斤左右。聂正江频频点头，再问道：牡丹籽油有什么用处？工作人员回答道：它是一种食用油，但一般不用它来炒菜，这太奢侈，成本太高、太可惜了，大多做成牡丹乳，制成用途广泛的精油，做成高级化妆品、护肤霜、添加在糕点里，市场很好，供不应求。聂正江就讲了他的家乡江底石水井的环境和气候条件，却问道：不知这样的地方，能不能种植，是否有收成？工作人员的回答十分肯定：中国的牡丹虽是国色天香的国花，却不娇贵，除西藏和大西北的戈壁沙漠，南北的很多地方都能种，特别是你们那里的主产是水稻、玉米和马铃薯，栽种油牡丹非常适合，若管理到位，长势和产量都会很高。聂正江便说：刚起步，种植面积不大，产量不高，牡丹籽不多，如何加工呢？那位工作人员便十分肯定地回答道：若要自己进行加工，种植面积需在万亩以上，这样建个小工厂，买套小设备，是很有效益的，少了，造成设备闲置，不划算。聂正江便接过话来，切人主题问道：我刚刚起步，面积不会太大，收获的牡丹籽不多，怎么办啊？那位工作人员先问他说：你打算栽种多少？聂正江回答道：先试栽 5000 亩，情况好了，就扩大到一万亩。那位工作人员便十分明确地告诉他说：收获的牡丹籽你不要担忧，只要你愿卖给我们公司，有多少收多少，并且价格也会十分合理，我们企业的宗旨就是扶持农业发展、让老百姓脱贫致富。

回到公司本部，聂正江就把自己决心发展油牡丹，带领石井村贫困农户脱贫的打算坦坦诚诚说了，希望得到支持。至于如何操作，他得回到家乡和村民商量后，把流转土地，成立油牡丹种植合作社的事宜定笃了，就来菏泽购买花苗，正式签订有关合同。总经理频频点头，说道：这些程序是必要的，我看你是个既想干事情，又十分实在的人，我会全力支持你的。

回到石井村，聂正江先召开了支委会，很快就统一了大家的思想，都觉得石井坡脚村地广人稀，历来都是广种薄收，不管你使多大的力气，就是只能填饱肚子，一年苦回来的收益，不如到城里打一个月的工。所以，年轻人都不愿耕种了，宁愿把地撂荒，也不点苞谷、种洋芋。以后又开了几次村民大会，很快就达成了共识，几天就落实了土地流转的事情，并成立了石井油牡丹种植合作社，聂正江当了社长。

于是，聂正江以每亩 300—350 元的租金，将农户的土地先流转了 5000 亩，完全用于成片地种植油牡丹。凡流转了土地的村民，都是合作社的社员，可以到种植基地打工，分工种和技术含量，每天的报酬为 80—150 元。合作社的事情定笃了，聂正江又召开了家庭会议，决定倾其所有，凑齐 400 万元，用于购买牡丹苗，流转土地和付村民干活的酬劳。父母都是以善为德、敦厚诚实的人，就觉得儿子挣到了钱，还想着乡亲父老，倍感欣慰和骄傲，便十分支持儿子这样做。

聂正江万事俱备，带上购买牡丹苗的钱，便去了菏泽，并和尧舜油牡丹开发商贸公司签订购买了 5000 亩牡丹苗和三年后由该公司按质以 10—12 元一斤的价格，收购石井合作社的牡丹籽的合同，总经理还答应他，帮助他发展到一万亩后，若自己想提取牡丹精油，他可以提供全套设备和技术，并帮助培训工人。若自己提取精油有困难，他继续按市场价，无条件收购牡丹籽，他的公司不愁销路，只愁牡丹籽供应不足，导致经常停工待料。

去年，春暖花开、莺飞草长的时候，聂正江带领合作社的社员，在整理好的 5000 亩土地上，按技术规范栽下了油牡丹的幼苗。从山东菏泽运过来，加上购买幼苗的价钱，每株六角，今年春天，他又栽了 5000 亩，总规模达到了 10000 亩。

于是，我去了石井坡脚村油牡丹的种植基地，在距鲁甸县城五公里左右的地方，转入乡村公路，约莫一两公里，便到了。那里山不太高，全是蜿蜒起伏的丘陵，山脚是全部栽上油牡丹的土地，山麓和山顶全是葱绿的松树和其他少量的杂树。有弯弯曲曲的牛车路把连绵的山峦接在一起，放眼看去，颇有韵味。去年栽下的幼苗，普遍已齐膝盖，高的接近我的腰际，枝繁叶茂、碧绿欲滴。间或有开着粉红、粉白花朵的植株，花朵不大，却十分鲜艳、漂亮和抢眼。聂正江告诉我说道：去年栽下的全部都开花了，为了让植株长高、长大，多抽出些枝条，必须把花苞摘掉，不能让它开花结果。相反，还得施农家肥、有机肥，让它长得更苗壮，明年开花结果了，收成才好，花籽不仅产量高，而且粒大，含油高。我问他：明年结籽了，每亩能产多少斤花籽，能有多少收入？他十分肯定地告诉我说：我们这里的土壤和气候，都十分适宜油牡丹的生长，明年亩产会突破 100 斤，按每斤 10 元的价格计算，每亩可收入 1000 元，5000 亩的总收入就有 500 万元，剔去各种各样的费用，至少有五六十万的利润。我问他道：农户的收入，据你的估计，能有多少？他诡谲地笑了，说道：村民从土地流转那天开始，就有收入了，仅是租金，多的有五六千的，少的也有两三千块。加上整理土地和栽培幼苗的工钱，很多农户都突破一两万，多的还有三万的，目前的风险，都是我一个人扛着的。我听后，便笑道：有本事的聪明人，都是后发制人，再过三五年，你便日进斗金了，想不要钱都不行，只是……我欲言又止，聂正江却知道我心里在想什么，于是便说道：你是担心我的油牡丹热一下，就像玛咖那样，一落千丈，甚至彻底垮掉。我老实告诉你，当年就有人来约我种玛咖，我不相信它有那么神奇，若像有些人说的那样，就轮不到我们昭通人来种了。油牡丹我在菏泽亲眼见了，花籽里真的能提出精油来，我闻了一下，香得闷人，添加点在糕饼里，味道就不一样。其实，我们鲁甸也有牡丹花，不仅花好看，煮鸡蛋是吃脑壳晕的，根用来蒸肉饼，是补虚辨的，浑身都是宝。国家也十分支持尧舜公司做强做大，但它缺的就是花籽，吃不饱，我们不加工，花籽全部卖给他们才高兴，并且就想签订长期的供货合同。听了聂正江的话，我便有些想不通，既然如此，菏泽的农民为什么不种植嘛，不等我开腔问，聂正江就告诉我说道：山东那些地方，太发达了，农户所从事的产业太多了，不像我们昭通，为了扶持一个产业伤透了脑筋，那里只要人勤快，能动脑，到处都能淘到宝。我还是想等到这万亩油牡丹到成熟高产期时，修一个提取精油的小型工厂，仅靠卖原料，产业就不能壮大发展。于是，我便对他建议道：牡丹花亦属观赏花卉，你们合作社有万亩牡丹，并能和连绵不断的青山浑然一体，从而构成了不可多得的自然景观和人文景观，高度和谐统一的乡村旅游热点。昭通到鲁甸，再到石井坡脚村的路不远，沿便捷通道，不要一个小时就到了，真是绝好的天时地利。可以想象，当万亩油牡丹盛开的时候，极目远眺，姹紫嫣红，如云如霞，如梦如幻，整个石井坡脚村俨然成了牡丹的花海。让游客目不暇接，美不胜收，不是天堂，胜似天堂的地方，你到哪儿去找啊！我认为，你目前要做的事情首先是规划出整个景区的范围和必要的设施和停车场，修好进景区的路和一步一个景的观赏大道；其次，培训好各种管理人员和服务人员；再次，挖掘和开发江底，还包括鲁甸的风味小吃，并在制作和服务上提高品位，这就需要培训；最后，旅游的本质是享受文化，这里应该体现和传播什么样的文化，要走出去，请进来，在挖掘自身特有文化的同时，借鉴别人适合自己的文化。有这万亩油牡丹，大的旅游基础已经具备，后面的一切，就是投资不多，水到渠成的事情。

石井坡脚村油牡丹种植专业合作社，参加并流转了土地的有 266 户村民，其中建档立卡的贫困乡亲有 100 户 275 人。到今年春末，除先后种植了油牡丹一万亩外，并种植了芍药 600 亩，都间植于牡丹之中。牡丹配芍药是中国传统的理念，它俩相依、相偎，互相映衬、相得益彰，故增色不少，显然是为旅游而精心准备的。还有榛子 300 亩，板蓝根 600 亩，板栗 3000 亩，核桃 15000 亩。他们预计，仅是这一万亩油牡丹到两三年后的丰产期，产值可达到 4800 万元。到那时，200 多户村民的生活将是另一番模样，是可想而知的，我祝福他们因油牡丹过上美满、幸福的生活。

我在这段章节里，用相当的笔墨写了和我只有一面之交，并没有畅所欲言谈了相当时间的石井村支部书记聂正江，其根本原因除了佩服他的襟怀和胆魄外，更为重要的是为江底镇党委能把这位农村的致富能手请回来，带领贫困农户脱贫致富，过上好日子而点赞。要做到这点，它必须具备两个条件，第一，不管男女，必须是致富能手，并有一定的积累；第二，这样的人必须怀有真感情，诗人艾青曾写道："为什么我的眼里常饱含着泪水，因我对这片土地爱得深沉……"怀着对生他养他，哺育他长大成人的土地和纯朴、善良而勤劳的乡亲父老，有着羊羔跪乳，乌鸦反哺式的深情的人，方可做到。现在国泰民安，为不少人创造和提供了施展才华的条件及机会，他们亦通过自己的努力、拼搏，有了事业，积累了相当的财富。但这些人中间，却有不少吃娘奶长大的人，他们连含辛茹苦的父母和一奶同胞的兄弟姐妹都弃之不管，不讲孝悌。甚至诅咒自己为什么会出生在这样的家庭，有这样的父母和兄弟姐妹，更发誓道：局尿都不会朝着生他养他的方向。这样的人，哪怕有万贯家财，也无法沾到一分半文，这是不容置疑的。而恰恰就会有这样的人，拍胸打肚地说道：靠党的富民政策和各级领导的扶持、帮助，以及家乡父老的厚爱，确实挣到了一些钱，现在美其名曰：响应党和政府号召，要回家乡来，带动、帮助乡亲父老脱贫致富。这样的人值得警惕、防备，现在党的惠农政策很好很多，加之每个脱贫的项目，国家都有相当的配套资金。他们并不爱生他养他的那片土地，也不爱对他有养育之恩、舐犊之情的父老乡亲，他盯着的就是钱。其结果，钱用去了，留下的是农民没有得到任何收益和好处的烂摊子，以及经不住诱惑而贪腐，最终进了监狱的个别领导。所以，凡对这片土地和乡亲父老没有真感情的人，需特别注意、警惕，不能听他的花言巧语，得看他平时的一言一行、一举一动。

　　鲁甸的小寨，历来就闻名遐迩，在我的记忆中，它似乎是昭通城时鲜蔬菜的生产基地和供给商。当昭通坝子还春寒料峭，蚕豆、豌豆还没有从寒冬中苏醒过来，蒙蒙胧胧之时，小寨河谷两岸的蚕豆、豌豆和莴笋，因得天独厚的环境和气候，加之有长年不断的淙淙流水的浇灌，已近成熟，过不了多长的日子，鲜嫩诱人的蚕豆、豌豆和粗壮的莴笋便在昭通城的市场上出现了。而此时，正是昭通城里人焖蚕豆、豌豆饭，赶时髦的机会。所以，不管你运多少来，只要听说是小寨的，便争相购买，很快就被抢购一空，从而让我知道了鲁甸的小寨。有一次，我到巧家，路经小寨时，专门下车到田野里走了一转，便发现这里不仅土地肥沃，精耕细作，气温也高出昭通坝子两三度。所以，小寨不管种庄稼，栽蔬菜，成熟期都会先于昭通坝子十天到半月，并且长势极好，枝壮叶肥，绿得醉人。昭通葡萄井杨家湾的樱桃质地极好，成熟时色泽艳丽、沉稳，回味有一种蜂蜜的甜味，颇受世人的青睐。故杨家湾的农户，便有一种皇帝的女儿不愁嫁之感，四平八稳地坐在家里，让城里人上门购买。所以，他们就根本不想通过一种什么形式推销自己的樱桃，把这个产业做强做大，结果失去了发展自己的机遇。而鲁甸则不然，这些年，在樱桃成熟的时候，县上和镇上都要举办樱桃节。为扩大影响，提高樱桃节的品位和力度，他们不惜花重金，特别请来一帮又一帮演艺界的明星，在广场上搭台演出。并提前发海报，精心宣传，进一步提高这些明星的知名度，在社会上营造出一种捧星、追星的氛围。樱桃节开幕时，鲁甸人山人海，戒备森严，不仅把防暴警察调去了，甚至连装甲车也随之前往，有些让人心惊胆战，感叹噫嘻……小寨那里，更是人头攒动，乱得尘土飞扬，人声鼎沸，极为壮观。昭通人喜欢热闹，便成群结队，驱车而去，甚至不少人见朋友就喜形于色说道：鲁甸请我去参加他们的樱桃节，用以显示身份。真是山潮、水潮，不如人潮，故各种类型的汽车便铺在公路上，汽车喇叭声、吼叫声、怒骂声不绝于耳，拥挤不堪。停车场无法停靠了，万般无奈，只得把车停放在还未涨水的河床上。街上，卖各种小吃的摊摊比比皆是，热气腾腾、气象万千……此时，家住在小寨街上，乃至延伸到谷地尽头和小山坡上，栽有樱桃树，并完全成熟了的人家，便格外地喜笑颜开，兴奋而激动。摘樱桃、买樱桃的人，趋之若鹜，应接不暇，就是这么一两天时间，树上的樱桃全卖完了。大多收人一两万，多的甚至三四万不等，效益很好，这里能有樱桃卖的农户，确实脱贫致富了。

小寨二万多人中，还有1564户，4425人是建档立卡的贫困群众，从 2015 年开始脱贫攻坚，按照现在的标准，已有 591 户、1756 人脱贫出列，2016 年再脱贫出列 2169 人，剩下 500 人，明年就轻而易举地脱贫出列了。为了体现精准，并从小寨的实际出发，他们制定了"六个一批"的脱贫路径。即发展产业使 301 户 1009 人实现脱贫出列；通过外出打工脱贫 282 户 954 人；社会保证兜底的 345 户 621 人和医疗救助的 140 户 298 人，亦可陆陆续续出列；剩下恢复重建的 306 户 904 人和易地搬迁安置的 190 户 639 人，到 2017 年底，便可基本脱贫出列。

为了达到这个目标，小寨采取的措施是"近抓养殖，远抓林果"，坚持发展核桃、花椒和樱桃，同时推出有销路，却市场需求不大的桃子、板栗、红梨、杏李等林果。并且发展的速度极快，到今年已种植核桃 8.2 万亩、花椒 2.2 万亩、樱桃 1.4 万亩，冬季的时鲜蔬菜 2000 亩，出栏畜禽 12.27 万头（只），势头很好，前景可观。

在座谈中，他们说得最多的话题仍是美丽乡村旅游、并且提出了"家家有精美农庄，户户有接待能力"的发展目标，正因为如此，他们整合资金，在小寨街的旁边，着力打造了一个美丽乡村的旅游景区，修了亭子，上面写了楹联，并均出于昭通名家李宪章先生之手。小憩的亭子里，抬头不管你从哪个方向望去，满目青翠和掩映其中的别墅式楼房，便扑面而来，让人心旷神怡，优哉乐哉犹如置身于诗画之中。亭子外的樱桃林中，有供漫步的曲径和小坐的石桌，骚人墨客徜徉于此，谈经论道，却别有一番情趣和韵味。

从镇上送给我的有关材料中，我也清晰地看到，2016 年樱桃文化旅游节期间，短短的几天时间，共接待游客 50 多万人次，旅游收入高达 6800 万元。小寨镇不大，我问过镇上的工作人员，全镇的总人口，不过 20000 多人，就以 25000 人计。樱桃旅游节那几天，不分男女老少，全镇出动，每人接待的游客当在 20 人以上，特别辛苦。但收人也极为可观，全镇人均收人超过 2700 元，故可冠以 3 年不开张，开张吃 3 年之美游矣。

鲁甸县的脱贫攻坚，决胜小康所采取的基本思路和行动，除了推进产业扶贫，项目扶贫和易地搬迁安置扶贫外，还把小寨红樱桃乡村游，伊斯兰民族风情游，千年朱提银锦绣龙头山和新街湿地游，列为脱贫的重要产业。龙头山和新街规划了，但现在似乎还没有实质性启动，除了小寨外，桃园乡伊斯兰民族风情游，原来已竣工且初具规模的伊斯兰堡旅游景点，前几年就对外开放，并赢得了普遍的赞誉。我那天去到桃园时，就遇上乡、村的几位领导，他们正紧锣密鼓地建设以"唤醒楼"清真寺为中心的水体公园旅游区。因现在正整理土地，挖掘沟渠和人造湖，还看不出整个公园的雏形，几位领导便指着正在施工的地方，描述未来公园的总体布局和特色景点。当年从昆明到昭通，必经之路就是桃园，那里原是一片烟波浩渺、水鸟翔聚、渔歌唱晚的湖泊。来往的客人或在葫芦口海口桥，吃了鲤鱼和野鸭、秧鸡的全席，或在桃园品赏了地道伊斯兰的盛宴后，便可乘船来往于海口桥和桃园。这种惬意，这种舒坦，若有缘，只能在当年零星的文字中，领略其神韵。我在创作长篇小说《李家花园》时，凭着自己曾看到的少许记忆，写出了当年我心目中，晚清时期的桃园：进了葫芦口，来到桃园，极目远眺，刚刚返青的秧苗碧绿如锦，且一望无垠。进人村寨，青瓦楼舍，小桥流水，花木扶疏，所有的农舍都掩映在翠竹绿树之中。这里的男人脚踏轻便的布鞋，长裤长衫，头戴玫瑰色的毛呢礼帽。脸庞清瘦，棱角分明，五官端正，高高的鼻梁使得炯炯有神的眼睛更加深邃，特别那颇具特色的胡子，更让男人羡慕。女人的衣服更为讲究，白色或嫩绿色的长衫似乎都是丝织的，身材窈窕、修长，她们都顶着极漂亮的纱巾，把头遮得严严实实的，只露出秋水一般清澈而明净的眼睛，充满了异国风情。进了村子，走不到一箭之地，有一栋气势恢宏，有如宫殿一般的建筑，它便是闻名遐迩的拖姑清真寺，名曰：唤醒楼。取这样的楼名，足以证明，那时汉回两个民族已经相互融合，亲如一家，而汉文化和伊斯兰文化更是相互渗透，相互影响，从而形成多元文化。事实上，当年随哈元生到昭通征战的回族同胞，待战争平息后，便在这里屯田，以后又娶汉家女为妻，而永远地定居下来了。昭通故有回族的爹、汉族的妈之说，不少回族同胞的血管里就流着汉族同胞的血液。回汉两族亲如一家，打得骂不得，真可谓打断脚杆连着筋。

拖姑清真寺建于雍正年间，其建筑和装饰，既有西亚风格，又有深厚的中国传统文化。整个桃园居住的都是穆民，信奉的都是伊斯兰教，拖姑清真寺便是他们礼拜诵经的地方。随着昭通的安定，从此没有了战争而定居在这里的穆民，用自己勤劳的双手，开辟出了这片锦绣田园。随哈元生前往昭通平乱的，除少数人来自西亚，大多来自新疆和蒙古，有些甚至是成吉思汗的后裔，所以给昭通带来了香料、番茄的种子和胡琴……晋人陶渊明写了惊世且传颂千古的《桃花源记》，先生写道：

"复前行，欲穷其林。林尽水源，便得一山。山有小口，仿佛若有光，便舍船，从口人。初极狭，才通人。复行数十步，豁然开朗。土地平旷，屋舍俨然，有良田美池桑竹之属。阡陌交通，鸡犬相闻。其中往来种作，男女衣着，悉如外人。黄发垂髫，并怡然自乐。"

这个地方之所以叫桃源，正是取了陶渊明《桃花源记》之意，战争之后的幸存者，向往的地方便是世外桃源，只有这里才能安居乐业，太平千万载。

可以想象：桃源的水体公园一旦建成，和伊斯兰堡相互映衬，互为补充，相得益彰，便可比翼双飞，我期待着、神往着……

那天，我在小寨时，特别游了精心打造的景区，给我的强烈感觉是：几天樱桃节的喧腾、繁华过去后，归于小寨的是清寂，这让人感到失落和苦恼，美丽乡村的旅游，路在何方，值得每一个人深思，更值得鲁甸和市上各主管部门的深思。旅游是个系统工程，仅靠鲁甸和小寨，可以办一些事情，但要成其气候，做强、做大，并保持能让农民增收致富的势头，就必须形成合力，打造昭通版的航空母舰。

1967年初秋，我中师毕业了，给生计十分窘迫的一家人带来了翘首以盼的希望。然而，这一年却是中国十年内乱中争斗得最为激烈的一年，昭通两大派忙于武斗，导致所有的党政机关都瘫痪了，导致我一家的美梦幻灭了。父母甚至哭鼻抹泪担心我还能不能分工，因而焦虑万分，度日如年，直到第二年的冬季，知识青年开始下乡接受贫下中农再教育的时候，才接到县生产领导办公室分我到炎山小学任教的通知。我便将破旧的被盖从学校里背回来，由母亲替我洗干净，并补得服服帖帖之后，和其他3个同时分到炎山的同事约定了启程的时间。那天，我们凌晨五点不到就出发了，因为冻雨靠靠，山高路滑，摸到龙树的塘房，已近深夜。摸进塘房的那条小街，除了一阵高似一阵的狗吠外，家家都关门闭户睡去了。我们4人又冷、又饿、又乏，却不知供销社下属的旅店在哪里，好在和我同时分到炎山的同事中，有一个叫柏世忠的是从部队退伍回来的。他便拿上手电，挨家挨户找了好大一会，总算把旅店的服务员叫醒了，他骂骂咧咧地披衣起床，但知道我们4人是刚刚分到炎山的小学教师，还是同意我们住下。但只有一张床，叫我们4个人随便挤挤，总比蹲在外边屋檐下好过。于是每人交了4角钱，便上楼去了，好在楼上的角落处，堆有荞草，4个人便相依为命，挤在一起，把被子横着盖在身上，总算有了个蜗居的地方。那天夜里，我又冷、又饿、又累，一双脚酸疼，所以躺在荞草上，辗转反侧，就是无法入睡。想到明天，从塘房到大山包，一直爬坡，足有五六十里，从大山包下到炎山，更有七八十里，不知还得付出多大的代价……想着、想着，便迷迷糊糊地睡去了，柏世忠老师将我叫醒时，天还没有亮。他说：从塘房到炎山，就是走小路，还有100多里路，比今天还艰难，快起来上路。我便对他说：肚子太饿了，是不是等到天亮，在供销社买点吃的再走。柏世忠就几分嗔怒地说道：你以为这供销社是你家开的，专门为你准备了饭菜，你不想走，我们就先走了，你一个人慢慢地来吧。当时，我想打退堂鼓回昭通去，就是跟父母学裁缝，也不愿受这样的罪……这时，我的耳畔便响起临离开家时，父母叮嘱我的话：儿子，你到炎山，不管遇到什么困难，都得咬紧牙齿忍住，你虽每月只有32.5元的工资，但对我们家太重要了，至少用它以买回供应的粮食，我们家不能没有你这点钱……我的眼泪滚出来了，暗暗下定决心，炎山就是刀山火海，为了父母和弟弟、妹妹，就是去死，我也不能退半步。于是我勒紧裤带，随同事饿着肚子，踏上了去大山包的崎岖山路。从此，我记住了塘房这个地方。其实，我在炎山两年多的时间里，塘房成了我一步步走近梦想的驿站，在这里，我留下了太多的喜怒哀乐。因为从昭通到炎山，再从炎山回昭通，若步行，它是无法绕开的必经之路，在这里，我至少十次以上停下过自己行走的脚步，只有在这里才能得到精力和体力的补充，让我继续前进。我和塘房便有了一种特殊的感情，一种始终泯灭不了的记忆……正因为如此，那天在新街，听鲁甸县文联的几个人讲起塘房人吴仕昌因家庭实在太困难，姐弟俩便辍学外出打工，经过20多年的拼搏，有了钱后，又回到塘房养牛，带动山区农民致富的故事，我便感动得落了泪。

1994年，吴仕昌13岁，姐姐吴仕英也只有15岁，姐弟俩便辍学了。姐姐说：仕昌，父母起早贪黑，脸朝黄土背朝天，牛一样地劳苦一年，一家人却不得温饱。塘房这样苦寒的地方，不能再待下去了，否则，我俩长大了，还得像爹妈这样，永远苦不到头。吴仕昌频频点头，说道：二姐，我一样都不知道，听你的。姐姐便毅然决然地说道：仕昌，我俩都不要读书了，到外面打工去，挣了钱，既可养活自己，还可以补贴家用，减轻父母的负担。吴仕昌想都不想，就问道：二姐，到哪里打工呢？吴仕英便说：仕昌，昭通和鲁甸虽然近点，但是怕难找事情做，想走就走远点，我俩到昆明去，那里是省城，市面大，好挣钱。吴仕昌还是说，他年纪小，不懂事，完全听姐姐的。那年，春节过完，姐弟俩东拼西凑了去昆明的费用，便随家乡外出打工的人群去了昆明。

经家门间堂兄介绍，吴仕英找了一家饭店，店主见她长得清秀、机灵，便叫她做了餐厅的服务员，为客人端茶送水、上菜。吴仕昌便到了白马小区的建筑工地，工头分给他的活计是用铁铲搅拌水泥的公分石。他虽然长在农村，吃过不少的苦头，但毕竟只有 13 岁，只劳动了 1 天，手掌上便满是磨出来的血泡，钻心般地痛。吴仕昌没有流泪，更没有退却，躺在工棚的简易床铺上，他暗暗地下定决心，再苦再累都不能放弃这份工作，不管怎么说总比在塘房好，在这里打工，看得到希望。他用针刺破血泡，放了淡血水，第二天，捡了一双别人不要的烂手套戴上，又继续拼命地在工地上干活。他毕竟来自农村，父母给他的就只有不停地劳苦和拼搏的遗传基因，奸懒毒，无法改变自己的命运。他一咬牙，便挺过去了，三五天后，他的血泡，却变成了老茧，吴仕昌有了厚实、且能干活挣钱的双手。半个月过去了，吴仕昌躺在床上，又夜夜难眠，他在反复计算，自己该领到多少钱了。领到这些钱后，他留下饭钱，其他的要全部交给姐姐带回家，父母拿着儿女用劳动换来的钱，该有多么高兴啊！就是在睡梦里，吴仕昌也常常会笑醒，有梦想，就有希望。殊不知，这个歹毒的工头，却想方设法在算计一个还不懂事，却十分勤劳、善良的娃娃。

有一天，工头突然神秘兮兮地告诉他说：监管部门发现他的工地使用童工，这是违法的，叫他暂躲两天，再回来，同时把半个月的工钱算给他。万般无奈，他只得去找帮别人卖录相票的堂哥那里住两天。结果，当吴仕昌兴致勃勃，重新回建筑工地讨算工钱时，工头已不知去向，这个狗杂种，竟然为了100多块钱，丧尽天良。走投无路的吴仕昌只好去向堂哥借了20元钱，批发打火机到火车站去卖，结果一天就赚了六块钱。聪明的吴仕昌见到了商机，又去向表哥借了50元，去批发一些廉价的小商品，摆地摊卖。结果摆了两个多月的地摊，他竟赚了1400多元，在塘房，他父母一年苦到头，除收获赖以生存的粮食外，从来没有见到这么多的钱。家里实在要用钱了，父母只有自己舍不得吃，把鸡和鸡蛋一起拿到集市上卖了，买回煤油、盐巴一类的家用品。

两年后，因摆地摊挣着一点钱的吴仕昌，几乎跑遍了昆明城的大街小巷。他虽没有完全融人这个都市，但他却十分熟悉这个城市老百姓是如何生活的。于是便花了4000元，把位于南亚风情园附近一条小街上的饮食店转过来，这笔钱中，有一部分是二姐吴仕英凑给他的。开张后，吴仕昌专门经营昭通鲁甸口味的小吃，在姐姐的帮助下，他还加人了昆明人喜爱的口味，故生意兴隆，忙得不亦乐乎。晚上关门了，坐下盘点、数钱，他心里乐开了花，并盘算着，再踏踏实实地苦一年，他就有好几万了。殊不知，善良、纯朴的吴仕昌再次受骗了，直到开发商上门来撵他了，才知道他转过来的小食店，早被主人卖给开发商了。他只经营了10天左右，4000元的转让费便被别人骗走了，姐姐吴仕英半年多的酬劳也贴进去了。转瞬之间，他的大脑一片空白，完全蒙了，双脚一软，便一屁股坐在石坎上，欲哭无泪，心却很疼……但他无力回天，只能怪自己幼稚到无知的程度，竟然两次被人轻轻松松地骗了。他两手空空，连去见姐姐的勇气都没有了，只求人廉价买了他还有些崭新的锅瓢碗盏，垂头丧气地回了塘房老家。

父母见儿子回来了，听了缘由，也没有责备他半句，却笑眯眯地安慰他说：仕昌，只要人好好的，被骗了无所谓，吃一堑长一智，只要肯苦，又不悲观，加上政策很好，跌倒了，忍着疼痛爬起来，就能把失掉的希望重新找回来。

当年过了春节，他怀揣着父母给他的 100 块钱，搭乘家乡人的车，又去了昆明。他打算先去找姐姐，殊不知，到昆明的当天，他就找到一家专门焊拖拉机车厢的技术活计，先当学徒，供吃住，每月工钱 100 元。3 个月后，他凭着自己的机灵和勤奋，便能独立操作电焊车厢的技术活，他每月的工资变成了 150 元。两年后，他俨然成了师傅，每月可挣 400 元，那时他刚满 18 岁，却在昆明闯荡了 5 年时间，酸辣苦甜，喜怒哀乐，始终伴随着他的成长，从而塑造了他的性格，改变了他的人生。羽毛渐丰的他想翱翔蓝天，神往更加广阔的天地。在同乡和朋友的鼓动和引荐下，他跳槽来到郊外新修公路的工地，做了一名卖苦力的杂工，在这里只要肯出力气，每月能挣到千元左右。经过历练的吴仕昌，懂得了人情世故，加之他做事认真，不偷奸耍滑，在工头的关照下，他开始承包砌挡墙、铺垫路基的活计。他手下也自自然然有了十多个为他打工的人，在不知不觉中，吴仕昌竟然成了建筑队的老板。因为吴仕昌做事踏实，不偷工减料，他承包的工程都按时、按质、按量完成，他自然形成的工程队越滚越大，他的收入也越来越多。昭通人爱说：运气来了，抵门杠都顶不住。吴仕昌不仅当了老板，挣到了大把、大把的钱，在阿诗玛的故乡，他还收获了爱情，妻子就是有如阿诗玛那样漂亮、贤惠的石林姑娘。吴仕昌不想回塘房那苦寒、贫困的家乡，于是便在石林修了宽畅、漂亮的房子，他想着以后把父母接到石林来，让老俩颐养天年。而父母却不愿离开家乡，老俩的根，早已深深地扎在塘房那块贫瘠的土地上，因为贫瘠，根便扎得很深、很深……而此时的吴仕昌，更是春风得意马蹄疾，他的工程越做越大，然而，他却高兴不起来，他想起生他养他的塘房金塘村，那里虽偏僻、贫瘠、穷困，但铭刻在他心上的儿时记忆，却怎么也挥之不去。他常常在梦里看到了家乡的青山绿水，看到了山上那一蓬蓬的杨梅、一串串的野生菌，看到了儿时和小伙伴一起在小河里捞鱼摸虾，尽情地嬉戏打闹；看到了他牵着牛到山上放牧，傍晚，当村子里炊烟缕缕，袅袅上升的时候，他便横骑牛背，山歌悠悠地归家了，那种诗情画意，是那样地让人回味。他更看到了，每天他背着书包去上学，母亲已早早起来，把洋芋烧熟，刮得黄生生的递给他，他一路走，一路吃，是那样的香甜，充满了浓浓的母爱……往往这个时候，他会凝痴痴地看着家乡的方向，心潮起伏，他在盯心盯肝地思念塘房。妻子知道他的心思，也十分理解他，便问道：仕昌，你是不是想家了，还想回鲁甸创业，不要闷在心里。吴仕昌默默地点点头，却说道：你愿跟我回鲁甸吗？妻子真诚地回答道：嫁鸡随鸡，嫁狗随狗，这是我们农村的古规常道，不可违抗，所以你到哪里，我就带着娃娃，跟你到哪里……

吴仕昌和妻子便辞别了在石林的亲人，回到昭通，他们先在鲁甸县城开了一家农机公司，很快，他就把公司交给妻子经营，自己便回到了久违的塘房金塘村。

家乡的青壮年都外出务工了，剩下的却是老人和娃娃，几乎家家的土地，除了栽点蔬菜，点种少许的苞谷、洋芋外，其余的无力耕种，都撂荒了。吴仕昌知道家乡的父老善养牛，是因为水草丰富，环境适宜，他便决定以养殖为产业，并做强做大，带动乡亲父老脱贫致富。于是他便在锅底塘村流转了500多亩土地，低洼的地方辟成养鱼塘，其余的地方作为牧场，种植牧草、苞谷、燕麦和荞子做饲料，从而成立了"新昶种养专业合作社"。他先后投资了500多万元，修建了养牛的标准厂房，除了有饲料储藏室和供牛活动的地方外，还建有隔离室，用作母牛繁殖和抚育小牛犊。整个厂房的规模很大，可容纳 600 头牛，其设施科技含量很高，是一座规模化、规范化的养殖场。万事俱备后，他先到镇雄引进了西门达尔的新品种，这种来自澳洲的牛个大体肥，出肉率极高。同时他又购进了不少昭通本地的黄牛，这种牛的肉质相当好，筋道喷香，特别适合昭通人有些挑剔的口味。

吴仕昌打算以"新昶种植专业合作社"为龙头，让当地农户从流转土地、进厂务工得到相应报酬外，还鼓励农户散养。合作社提供技术和销路，他还投资扶持农户打造品牌，扩大散养的规模，由他负责深加工和销售。可以肯定，这条养殖的道路，既符合鲁甸农村的实际，又能让农户脱贫、致富，我祝福吴仕昌的同时，已眺望到了希望的曙光。

陈孝宁先生在为我的长篇小说《李家花园》所写的序言中说道："人生是谜，命运就是谜中之谜。

历史之所以扑朔迷离，人生之所以变幻莫测，就是因为冥冥之中命运的存在。"

道家的鼻祖庄子认为，"命"是一种必然，是人和事在未形成之前，就注定在其中了。在中国人的心里，"命"可随"运"而改变，故有命运之说，即是说"命"是先天不变的定数，"运"是可变的变数，所以，成事在天，但谋事在人。任何人，都可以通过自己主观的努力和在时势的促成下，从而改变自己的命运，人就在这种改变中，转换着角色，演绎着命运。吴仕昌 13 岁就离开自己贫困的家乡，到昆明闯荡，他两次就在一个小小的拐弯处，两个人的出现，而使他受骗，改变了命运。他只得落荒而逃，回到家乡以后，又因为不甘心，他又只身前往昆明，结果就因为一次重要的选择，便彻底改变了他的命运。终于完成了从一个只想有饱饭吃、有衣服穿的贫困农村娃娃，到能投资 500 万元建养殖场的商业精英的蜕变。这改变命运的人生历程，他走得十分坎坷、艰难，但却初心不变，继续前进，最后用自己勤劳的双手，坚韧不拔的精神和流血流汗的劳苦，走向了辉煌的人生。

吴仕昌改变自己命运的旅程，值得每个人深思、借鉴……

第六章

　　巧家县位于昭通的西南部，东北与鲁甸、昭阳隔牛栏江相望，西北隔金沙江与四川会东、宁南、布拖、金阳 4 县相邻，东南面与会泽、东川接壤。东西宽 57 公里，南北长 98 公里，面积 3245 平方公里。

　　西汉建元六年（公元前 135 年）置堂狼县，属犍为，蜀汉分犍为属国立朱提郡，仍为堂狼县。以后，巧家的归宿时而东川，时而乌蒙，直到 1943 年方明确属昭通管辖。

　　巧家地处金沙江、牛栏江交汇的三角地界，地势东南高、西北低。由云岭分支的尖山、玉屏山、绛云露山绵延于巧家，派生出大药山、轿顶山、大红山和堂狼山、赖石山等 56 座气势恢宏、磅礴的大山，大药山海拔超过 4000 米，是昭通最高之峰峦。境内有金沙江、牛栏江和以礼河，其中金沙江由蒙姑小河口入境，流经蒙姑、金塘、白鹤滩、大寨、茂租、东坪、红山等乡镇，流长 139 公里。巧家属亚热带季风湿润气候，夏秋雨量充沛，冬春少雨干旱，而金沙江和牛栏江河谷地带，则集光、热、水、土壤资源之大成，是不可多得的天然温室。出境水量接近 13000 亿立方米，现规划、设计为 1860 万千瓦的白鹤滩电站，前期工作已基本结束，牛栏江已规划、设计装机容量超过 36 万千瓦的四个电站，正有序推进，前景广阔。

　　然而，在这片让人神往的热土上，却基础设施落后，产业发展薄弱，社会事业滞后，仍有 9 个贫困乡镇，93 个贫困村，15 万多的贫困人口，占全县总人口的四分之一强，不仅贫困面大，且贫困程度深，属国家级的贫困县。他们绝大多数都居住在高寒山区、高二半山区和干热河谷地区，属环境造成的生存条件恶劣所导致的贫困。正因为如此，它的贫困发生率较高，欲彻底改变它，难度大，且需付出移山心力。而这些贫困人口比重大，资源相对匮乏的地方，让人谈穷而色变，从而产生了蜀道之难，难于上青天之畏难情绪，这些地方，一度成为被遗忘的地方。所以，基础设施差，甚至没有，产业层次低，社会事业严重滞后。这些人只能一代又一代地厮守在贫瘠的土地上，日出而作、日落而息，用祖祖辈辈传统、落后的耕作方法，艰难地苦磨时光。

直到现在，巧家还没有实现乡乡通油路的目标，甚至还有130个行政村的道路没有硬化，畅通率只有30%，比全市的平均水平，整整低了2个百分点。因居住在山上的农民要吃饭，他们的生存是至关重要的，故前些年不能在这些地方搞退耕还林，25度以上的坡地，还有34万亩，占全县总耕地面积的30%以上。正因为如此，导致全县水土流失的面积高达1750平方公里，占全县面积的50%以上，山河濒临破碎。而长期以来，历届县委、县政府都不敢有丝毫的懈怠，但是，面对这件百孔千疮的破衣服，却越补越烂，费尽移山心力，水土流失的现象仍无法遏制，只能望着破碎的河山而兴叹。大家心里都十分清楚，唯一的出路，就是退耕还林，彻底修复生态，但这嗷嗷待哺的一二十万人，将如何安置啊！这些水土流失严重的土地，恰恰是雨水来了，便肆意肆虐，卷走熟土，冲毁庄稼。大水过后，除了留下被切割得更加惨烈的沟壑、暴晒在酷日之下外，农民又得忍受资源性缺水的窘况。加之基础设施的缺失，这些地方既没有规模可观一点的蓄水池，也没有水库，导致65%以上的耕地得不到有效的灌溉，甚至还有近5万人还没有完全解决饮水安全的问题。真是越穷越见鬼，屋漏又遭连夜雨。至今还有近6000户，没有实施农网改造，他们的正常用电也就无法保障，乱砍滥伐便无法制止，烧柴成了他们生活的一个基本常态。巧家不少的穷困山区，有 65% 的农户的住宅都是破旧、简陋的土坯房，所以需要改造的危房，多达 58251 户。

基础设施的落后，交通、水利建设的严重滞后，无疑成了制约巧家经济发展、社会进步的瓶颈，从而决定了"一产不优、二产不强、三产不活"的劣势和窘态。其表现就是一产缺乏农业龙头企业的引领、带动。千家万户的传统小产业，若不遇天灾人祸，尚能耗子舔米汤糊糊嘴，勉强可以解决温饱，无法融进千姿百态、风云突变、充满险恶的市场，只得在自给自足的小农经济的圈子里徘徊。这样的窘况无法让农户的思想观念发生转变，也就无法走出贫困，迈向小康，产业的选择、发展和带动，在巧家和脱贫致富命运攸关。

第二产业先天不足，后天乏力，弱小而分散，犹如波涛汹涌的大海中一艘极不起眼的轮船，无法抵御任何风险。所以，巧家尚有的，当年似乎还有点名望的 9 家企业，随便遇到点风浪，就有 5 家处于停产和半停产的尴尬状态。今年上半年规模以上的工业仅完成增加值 1.24 亿元，特别是矿冶产业，受到国家产能过剩，需要调整的时候，就昏昏然处于半死不活的状态，始终回不过神来。就是正常生产的企业，也只能生产原材料，自己不能深加工，眼睁睁地把太多、太多的利润让给别人，自己只能啃点骨头。

客观规律告诉我们：在城市化发展的过程中，必须有足够的文化含量，就大文化而言，它是人类物质文明和精神文明的总和。所以，文化含量必须体现在物质生活和精神生活的聚集，从产业角度讲，便是第三产业的聚集。一座城市、一个县和市第三产业是否发达，取决于社会的再分配能力，只有随着经济的发展、人民生活的提高，市民生活的集约化才能成为一种趋势，才能实现科学、合理的社会分工，从而扩大就业的范围和机会。所以，巧家以物流业、现代服务业、休闲养身、冶性和文化旅游业为主导的第三产业则处于刚刚起步的阶段，在产业发展中比重偏低。马克思政治经济学的基本观点告诉我们，人类对物质和精神财富的追求是分层次的，就物质而言，即是生存资料、享受资料和发展资料。改革开放之前，就以财政供养的所有人员而论，那个时候的工资极低，并且一定就是十年、八年。间或晋一次五块为标准的工资，往往只有5%的人员有资格享受，故评定时，同事各不相让，争得面红耳赤，甚至恶言、拳脚相加。当年，我小学的老师转正后，每月的工资是37.5元，十年之后，我中师毕业了，分到炎山小学后，不知为什么，有两位老师从城区小学调往山区小学，而工资，我的是32.5元，他俩的仍是37.5元。所以，领到工资时，第一件事情就是把政府供应的每月30斤粮食，半斤肉，四两油和半块肥皂先买了，所剩无几，还得计划着买点蔬菜和其他生活用品。当时，我们夫妇二人加起来每月只有65元，上要赡养父母，下要抚养两个孩子，往往是一分钱掰成两半用。尽管如此，还常常捉襟见肘，若遇老人或儿女病了，就得借债，而那时又是穷鬼拉着饿鬼扯的世道，问遍全校的同事，也无法借到一分钱。而我的女儿小时候又常常生病，好在岳父是解放前参加革命的老同志，每月工资有70多元，故经常周济我俩，否则就抓天无路了。那时，我们拥有的收人，仅仅能解决生存，只要把每月供应的半斤肉买回来，全家老小油油地吃顿饭，就算是最大的享受了。

改革开放以来，特别是最近十年突飞猛进的发展，神州大地上，物流业、现代服务业和文化旅游业才生机勃勃、欣欣向荣。全国除还有5000万人处于贫困外，几乎所有的人家都有了一应俱全的家用电器，不少的人家还有了私家车。我居住的仅仅是教师小区，有的人家竟然有两辆，甚至三辆私家车。可见，就是昭通这样欠发达的地区，有很大一部分人，开始从生存向享受的层次奇迹般发展了，且方兴未艾，如火如荼。所以，这些年，物流产业、服务产业和文化旅游产业发展很快。往日，街上的汽车一辆接一辆，似乎就铺在地上那般，国庆小长假，街上清静了，不少的人驾着私家车，外出旅游了，有的甚至还去了国外。我看过一个资料，中国对世界旅游的贡献，是旅游总消费的20%，到美国、日本等国旅游的中国游客，人均消费接近5000美元。台湾的蔡英文，执政不到五个月，因为她骨子里不承认"九二共识"，欲卖掉祖宗牌，认贼为父，伤了大陆同胞的感情，一气之下，便不去台湾观光了。和去年相比，前往台湾的游客减少了六成，结果导致了台湾旅游业塌方式的衰败，从而让成百万的从业人员衣食无着、陷人困境。随之而来的，还有商铺关门，旅游景点冷落，抗议示威的民众甚至打出了我们要"九二共识，不要蔡英文"的标语。此举除彰显了血浓于水，打断骨头连着筋的亲情外，同时也表明了中国的强大和富有，台湾无法离开大陆，这是不争的事实。

巧家的经济不发展，第三产业只能停滞在起步的阶段，无法得到发展，相反，有点钱的巧家人，还把闲钱余米用在他们神往的旅游景点去了，让别人肥肉上添膘。

社会事业滞后，导致巧家教育、卫生、文化等社会事业的发展落后，表现在基本的公共服务和社会保障体系不健全；贫困群众受教育的年限少，文化素质偏低，从而使得劳动技能低，生产方式粗放、简单，加之没有钱投人农业生产，辛苦一年，只求能解决温饱；思想观念落后，生活方式简陋，要靠自身的努力改变环境，脱贫并走向小康，是根本不可能的事情。

要改变生存环境所决定的物质生活的绝对贫困，仅靠精神力量是行不通的，它需要投人，否则一切都是空谈。其实，昭通的扶贫攻坚，据我所知，从20世纪80年代开始，至今已超过30年，但仍有130多万贫困人口为生存而备受煎熬。从总体上来讲，从市到县区，各级党委、政府是十分着急而深感忧虑，曾努力拼搏过，但却囊中羞涩，故说得多、做得少。只能把扶贫变成救急，哪里的情况严重了，就像消防队那样扑向哪里，能解决的问题只能是暂时的、局部的。其根本原因就是投入远远不够，僧多粥少。远的不说，近几年来，巧家投入的各项扶贫资金已达 2.21 亿元，但与巨大且刚性的贫困相比，这点钱杯水车薪，只能解决燃眉之急，无法从根本上解决绝对贫困的窘况。近年，巧家在整村推进的扶贫攻坚上，就是示范点的自然村也仅仅投入 60 万元，这点钱要做到整村推进，就只能覆盖局部且基础条件较好的自然村。巧妇难为无米之炊，那些特别需要的村社，就只能望钱而兴叹……

以善为德，扶危济难，是中华民族的遗传基因所决定的，早已溶在血液之中，是不可置疑的，否则就不成其为大爱无疆的华夏民族。在扶贫攻坚中，之所以有畏难情绪，把扶贫工作始终存在于文件上、表格中、口头上，雷声大、雨点小，甚至只打雷不下雨。说千道万，就是扶贫投入太少，或者基本没有，手长衣袖短，不画饼充饥，还能做什么呢？当然，亦有少数干部，畏难情绪大，工作中敷衍了事，作风漂汤油那般，茫茫然、昏昏然也。甚至置老百姓的疾苦而不顾，把救命的钱，用于搞为自己涂脂抹粉的形象工程，欺世盗名，极个别的还贪赃枉法，丧尽天良……

习近平总书记说："小康不小康，关键看老乡，没有贫困地区的小康，没有贫困人口的脱贫，就没有全面建成的小康社会。扶贫开发是我们第一个百年奋斗目标的重点工作，是最艰巨的任务。"

面对巧家扶贫攻坚，决胜小康的严峻现实，县委、县政府和全县干部群众，不气馁、不悲观。习近平总书记站在实现"两个一百年"的奋斗目标，实现中华民族伟大复兴的中国梦和协调推进"四个全面"战略布局的高度，提出了扶贫开发的新思想、新论断和新要求。从而向全国发出了扶贫攻坚，决胜小康总攻击令的同时，也擂响了攻坚、决胜的鼙鼓！

巧家县委、县政府深刻地认识到，到 2020 年，全国 5000 万贫困人口要全部脱贫，平均每年要减少 1250 万贫困人口。其中巧家每年需脱贫 38000 人，形势严峻、时间紧迫、任务繁重、使命重大，要求全县各级党委、政府和领导干部要以贫困不除，愧对历史的使命感，以群众不脱贫致富，寝食难安的责任感，以攻坚克难制胜的勇气，以锲而不舍、金石可镂的精神，立下军令状，拿出硬措施，坚决打赢扶贫开发的攻坚战，闯出一条跨越式发展的新路子，谱写好中国梦的巧家篇章。

在擂响了进军扶贫攻坚的鼙鼓时，巧家县委、县政府的头脑是清醒的。针对投人不足的瓶颈制约，第一战役就力争在项目资金的整合，协调金融支持和融资模式，力量投人诸方面要有新的突破，用一个个局部的胜利，来开创崭新的局面。

扶贫攻坚最大的难点，就是在资金投人严重不足的同时，资金的使用规定太多，故难以整合，无法做到集中优势兵力打歼灭战，使工作举步维艰。今年根据中央和省委以及市委的有关精神，在今年扶贫攻坚的资金使用上，将通过转移支付的方式，直接打捆到县，项目由县级具体安排，根据项目的性质，县级直接审核。这样便赋予了县级的主动性和灵活性，为集中优势兵力、断其一指的胜利，提供了千载难逢的机遇。说得更直接点，就是从根本上解决了脱贫攻坚该如何做、怎么做的大问题。这样的结果，就避免了不精准的弊端，做到一切从实际出发，群众缺什么，就补什么，在帮扶贫困群众的关键上，做到雪中送炭，饥饿中送粮。所以，各乡镇的党委、政府，必须把规划做好，把实现目标的措施、办法制定好，这样就可以做到有的放矢，精准无误，从而体现社会的公平、公正。

扶贫攻坚、决胜小康是个系统工程，并且是中国开天辟地第一次，要让巧家 15 万多贫困人口脱贫，仅仅整合扶贫的资金是远远不够的，它需要资金的全力支持。在市委、市政府的努力下，已建立了市级平台公司，实行"市级统贷统还，县级分别承担"的原则。且时间很长，这样的结果，就能进一步有效地控制县级债务增长，同时扶贫贷款的利息低，有很大部分由上级政府贴息，这样就可以减轻县级的债务负担。这种机遇，千载难逢，稍加迟缓，机遇便擦肩而过，故需主动且千方百计和金融部门协调沟通，以抢占先机。

政策性扶贫资金，因为国家的富强和中央的高度重视，便有相当的资金支持，但是昭通却贫困面大、层次深、任务繁重，难免一时会出现僧多粥少的局面，巧家就需要在融资模式上有新的突破。而这样关键的问题，县委、县政府想到了，并且早已胸有成竹。今后，公益性建设属财政兜底，微利或是能投入市场的，财政的钱只作为资本金。投融资、建管等方式，必然发生重大变革，规划、申报和财政支持拨款，组织实施的方式，也会随之改变。从而把PPP模式作为重点引入到投融资体系中来，成了水到渠成、势在必行。所以，县委、县政府希望各级领导要加强学习，懂得并把握什么是PPP，它运转的模式和内在的客观规律只有这样，才能让自己理智而自觉地掌握它，抢占先机，夺取制高点，实现融资模式的新突破。

在扶贫攻坚中，巧家县委、县政府更十分清楚地认识到：在万事俱备的情况下，各级领导的宗旨、信念和精神、奉献，将和全县的脱贫命运攸关。所以今后对干部的考核、选拔任用等要把扶贫工作的成败作为一项决定性的重要内容，把干部的心思和行为，引到以民为本、踏踏实实的工作上来，认真践行人民群众对美满、幸福生活的追求，就是我们奋斗的目标。具体化后就是2020年实现脱贫、摘帽、出列、增收。即每年实现近3万贫困人口脱贫，通过五年时间的拼搏、奋斗，使15万多的贫困人口全部脱贫，在全县基本消除绝对贫困；在全县实现贫困县摘帽的同时，做到9个贫困乡镇和93个贫困村全部脱贫，按时、按质、按量完成任务。计划 2016 年完成 13 个贫困村整体脱贫；2017 年完成苞谷城、新店的 12 个贫困村的整体脱贫；2018 年，再完成东坪、中寨的 13 个贫困村脱贫；2019 — 2020 年，最后让炉房、红山、崇溪、老店、药山整体脱贫。使他们的人均可支配收人增幅不低于全县平均水平，争取达到一万元以上。这样的计划和目标既是党中央，省市党委、政府对巧家的要求，更是巧家近 60 万各族人民群众梦寐以求的期盼和向往，必须义不容辞地担负起这个庄严历史使命，再难的工作也要干，再重的责任也要担，再硬的骨头也要啃，不忘初心，继续前进。

去年初，习近平总书记考察昭通时，反复强调要全面提高农村民房抵御地震灾害的能力，把农村民房建成群众的"保命房"。省委、省政府也始终重视昭通农村危房改造和抗震安居工程建设，因为它是全面建成小康社会的重要内容，是保障农民群众生命财产安全的重要举措，是建设美丽乡村的重要环节，是扩大内需、拉动经济增长的必要手段。市委书记更是直白坦诚地说道：解决好群众安全住房的问题，是扶贫工作的第一道门槛，是一项重大的民生工程和德政工程，我们必须不折不扣地完成这个使命。

在巧家县委、县政府几位领导的记忆中：龙头山地震，竟造成 12 万间房屋倒塌，700 多人遇难，近 3000 人受伤，23 万人紧急转移，它是云南近十四年以来，破坏性最大的一次地震。震级不大，却造成意想不到的灾难，这就在于灾区的民房，几乎全是没有任何抗震能力的土坯房。一旦受到外力的推操和摆动，便犹如疏松的山体倒塌那样，里面被压的人很难有生存空间，即使不被压死，也会因窒息而死。所以，贫穷的地方，农户能遮风挡雨的土坯房抗震性能极差。其实，不少贫困农户的土坯房，就是承受自身的重量都很勉强，似乎有些摇摇欲坠，只要遇上哪怕只有四五级的地震，都会摧毁它，给人们带来无法想象的劫难。鲁甸和巧家，造成这么惨重的痛苦，就是贫穷，无力建造能抗震的住宅。

正因为如此，有识者才说道，房屋坚固抗震，才是地震灾难中拯救生命的王道。

据市住建局统计，他们从 2009 年到 2013 年的 5 年时间里，投资 22 亿元，共改造农村危房 27 万户。其中鲁甸的危房改造和地震安居工程 14850 户，灾难袭来，倒塌损毁的只有 104 户占 0.7%，受损严重的仅 506 户占 3.4%，轻度受损的 858 户占 5.6%，未受损的 13382 户占 90.1%。

巧家实施农村危房改造和地震安居工程 14850 户，在地震中，除苞谷城乡 2007—2008 年实施的 218 户受损严重、498 户轻度受损外，苞谷城和新店镇 2009 年以来分别实施的 1330 户，无一户受损。虽不能说固若金汤、坚如磐石，但却只有少数的房屋出现裂缝，根本没有人员受伤，甚至死亡。就目前世界的科学水准而论，地震不可预测，更不可以避免，人类唯一的办法，就是修建小震不坏、中震可修、大震不倒的防震民宅。

历经过地震灾难的巧家几位领导，对此深有同感，他们相信，在地震灾难到来时，房屋的坚固牢靠，确是拯救生命的王道。

据统计巧家县有 5.5 万多农村整体性 D 级危房，从 2015 年开始，到 2020 年结束，平均每年需实施民危建设近万户。在灾后重建的实践中，并达成了共识，不管有什么困难，他们都得想方设法完成易地搬迁和危房改造的任务。所以从今年 8 月底前开始，他们以易地搬迁为契机，同时启动了 5000 户民房的建设。其中建档立卡的贫困户 3400 户，一般贫困的 1600 户，计划下达后，干部群众的积极性特高，开工率达到 100%。到 9 月底，主体工程基本完工的有 3054 户，全面完工的 667 户，有 112 户正在做最后的装修，只待完毕，就彻底离开破旧、简陋的土坯房，欢天喜地，鸣放鞭炮，搬进新居。之所以如此神速，是县委、县政府谋划全县整体工作中，统筹力量，集中攻坚，把易地搬迁和危房改建当成了第一道必须跨过的门槛，优先确保开工。并由主管扶贫攻坚的县委副书记毛玫明、副县长陈坤分别任组长、副组长的领导组来统筹协调和督促落实易地搬迁和危房改造。这样的结果，必然形成县委、县政府统一领导，县级领导挂钩指导、县直部门各负其责，乡村具体组织实施，农户为主体的责任体系。做到了<u>丝丝人扣、环环相接、层层不虚、各领风骚</u>的格局。使得这5000户易地搬迁和危房改造的农户，从开工到搬进新房，都有人管、都有人帮助解决施工建设中的各种困难，农户便能集中精力修房盖房。所以，仅开工三个月，就有近800户基本竣工，甚至有100多户，竟然搬进了新居。它无可辩驳地证明了，什么事情，只要自己想做，就没有克服不了的困难、跨不过的沟沟坎坎，所以不少农户便感叹道：现在是国家的惠民政策越来越多、越来越好，事事为我们老百姓着想。特别是县上和乡村的干部也变好了，把老百姓的事当成自己的事来办，从放线、挖基脚，到浇灌抗震柱和砌墙，都寸步不离。忙了这家，忙那家，修这么大的房子，两三个月就好了，真是做梦都不敢想啊。我们一步登天，得感谢国家、感谢党，感谢以习近平同志为核心的党中央啊，山旮旯儿的老农民，也住上了城里人的洋式房……

房子修好了，特别是那些易地扶贫搬迁的农户，今后何以为继，县委、县政府在选址上，就颇费了一番心思，始终围绕"搬到哪里去和收入哪里来"这两个带根本性的大问题，反复调查研究。于是，便有了科学选址、安全选址和发展选址的有关硬性规定：不准在地震断裂带和难抵御地震的地方建房；不准在滑坡、泥石流易发，以及洪水易发的地方建房；不准在塌陷易发地、地下采水区和采沙区建房，以及自然灾害频发点建房；不准在高压线路下和公路红线内建房。只有这样，才能保障易地搬迁的5000户贫困农民的生命财产安全。

在结合发展产业选址上，巧家十分重视特色、突出主业，做到一乡一村一品，错位发展的思路，防止产业过剩，而使商品失去竞争力。故在规划中，既要发展短平快、吹糠见米的种植和养殖项目，更为重要的是引导农户发展长远且能致富的项目。所以，巧家重点发展的仍是蚕桑、核桃、花椒、畜牧、蔬菜等产业。2016年必新栽蚕桑1万亩，养蚕4.5万张，实现产茧1750吨以上；种植且收购烟叶7万担，实现产值9450万元以上；新增核桃3.2万亩，建设花椒、核桃科技示范园各1万亩；确保出栏牛、马大牲畜2.7万头（匹），生猪89万头，肉羊14.5万只，家禽165万羽，肉、蛋9.6万吨，实现畜牧产业之产值接近20亿元；发展商品蔬菜18万亩。

与此同时，加强农村剩余劳动力的技能、知识培训，确保转移，输出富余劳动力14万人，争取全年外出打工收人超过25亿元。

就在巧家扶贫攻坚，万马战犹酣的时候，前往昭阳、镇雄等县区参加观摩、点评的张华昆、陆颖回来了。于是便趁热打铁，召开了全县易地搬迁、危房改造和产业建设的专题会议，传达了市委、市政府在各县区观摩、点评时，针对易地搬迁、产业培育和重点项目推进等诸多大事的指示。范华平、郭大进在观摩点评中，向各县列出了问题清单，指出在脱贫攻坚战的部署和实施过程中，仍然存在上热下冷的现象，且较为突出；项目建设的进度缓慢，资金效益发挥不好；规划引领作用缺失和产业培育严重滞后，政策落实不到位，整体协调联动不够和档案管理混乱等问题。同时，还提出了县区难以突破和解决的三个问题，即项目指标不足，不少村社脱贫出列缺乏项目支撑和建档立卡的对象不够精准。他俩本着授人以鱼不如授人以渔的古训，反复强调，要落实好党的各项扶贫政策，只有这样，才能实现我们脱贫攻坚的目标。在产业扶持上，要特别注意具有农村特色的合作社经济，农村致富带头人的发现和培养，扶持他们把产业做强做大，使农户增加常态化的工资收人。金融服务更要深人到农村，按国家有关规定，让产业有了资金的扶持，可持续发展的问题，就可以迎刃而解。

张华昆和陆颖通过这次观摩点评，看到了其他县区好的思路、好的做法和好的措施，结合巧家的实际，不少的经验值得学习、借鉴。他俩共同认识到盐津庙坝黄草地村，通过电商基地，采取"互联网＋"的方式，把盐津不少的农特产品销售到上海、新疆和内蒙古等地，提高了盐津的知名度，增加了农户的收人。

镇雄芒部镇通过易地搬迁扶贫的建设项目，把五保户、留守老人和儿童等特殊的弱势群体，通过集中供养的方式，来解决他们的居住和生活问题。

他俩从而看到了自己的不足，召开全县的专题会议，就是要把巧家前期扶贫攻坚的相关工作和存在问题进行认真的梳理、再部署，才能把各项工作抓落实。特别是围绕产业发展，易地搬迁安置，重点项目的推进，确保巧家按时、按质、按量出列。

目前，巧家已栽植核桃80万亩，已有50万亩进人了丰产期；花椒近30万亩，现有20万亩进人丰产期；巧家的蚕桑产业不仅初具规模，而且丝的质量非常好，普遍达到6A级，其他产地的大多为5A级，前景十分乐观。他们决定学习借鉴盐津庙坝黄草地村电商基地的做法，把巧家优质的桑丝推介到全国各地，用于增加农户的收人，打造巧家这艘不沉的产业航空母舰。

他俩还深切地感到，巧家扶贫攻坚的重点和难点，都在高海拔山区，受环境和气候的影响，靠种植业是无法完全走出困境的，得培育养殖业，大力且重点发展鸡、羊、猪和牛的养殖。可喜的一件事是，省、市、县挂钩部门的职工采取年初买鸡、羊、猪和牛给帮扶对象喂养，年底用相当或者高于市场的价格，向帮扶户进行回收的方式，当年，贫困农户就可达到或超越最低贫困线。那天，我送稿子到侨通公司时，工会正把一袋袋花椒作为劳保福利发给职工，我感到十分纳闷，觉得把作为作料的花椒当作福利发给职工，且是每人两袋，职工几年都难用完，实在有些滑稽。公司的总经理张靖便告诉我说道：他们挂钩帮扶巧家红山乡的安邦村，那里的生存环境和条件实在太险恶了，除了种植苞谷、洋芋外，成规模的就是花椒，其他的林果只是稀稀疏疏几棵。花椒成熟了，农户不知流了多少血和汗，把花椒采摘下来，晒干簸净，分级包装后，却因山高路远，很难背到集市上卖掉。到后来，只能廉价卖给二道商贩，农户增产而不能增收，红山乡安邦村的农户，生存实在艰难。今年，侨通公司派驻红山帮扶贫困农户脱贫的驻村第一书记陈焰见状，心里十分着急。便打电话请示张靖，建议、请求他用职工的福利费，向红山安邦村的农户购买几百斤花椒发给职工，解贫困农户的燃眉之急。张靖不加任何思虑，便真情且坦诚地说道：只要把这些钱花在贫困农户的身上，帮助他们在脱贫上有点起色，就按较为优惠的价格给农户，买上300斤左右吧……结果侨通公司以每斤50元的价格，在安邦村买了300多斤花椒，花去了16万元。侨通公司是叫人上门收购，且不挑不拣，更不为难农户，农户喜笑颜开，拍手称快。

张华昆和陆颖还深刻地认识到，不管是市委、市政府的专题会议和观摩点评，还是回到巧家的传达、贯彻、学习的会议，归根到底就是一个干字，否则一切都将成为空谈。很快，巧家便组织了以张华昆、陆颖、毛玫明和陈杨东分别为组长的4个队，到金塘、苞谷城、小河和红山等乡镇，进行观摩点评，无一疏漏，做到了观摩点评全覆盖。

张华昆率第一组，到了金塘、崇溪、蒙姑和白鹤滩、县委副书记余铁、县人大主任袁崇彦、副县长陈坤等领导随同前往。4个乡镇的主要领导亦参加了，县委、县政府要求他们，通过观摩点评，重要且十分关键的问题，是在看到自己成绩的同时，务必正视自己的不足，相互学习，取长补短。

在金塘镇观摩点评了双河社区田坝的特色产业和2016年脱贫出列村的工作推进情况及相关的档案资料，又去了煤炭村三组，易地扶贫搬迁安置点的建设工地。认真地观摩后，张华昆说道：

双河村的葡萄种植形成了"支部＋协会＋农户"的模式，带动了当地农户的脱贫致富，做得很快，要结合各自的实际，加以推广。金塘镇得天独厚，距县城较近，蔬菜种植已成气候，农户得到了较好的收益。但镇党委、政府和下属有关部门，要强化对菜农化肥和农药的监管，让群众吃上放心菜。决不能因个别农户的见利忘义，毁了金塘这块招牌，从而堵断广大农户的致富道路。这不是一件小事，务必认真对待，万不可掉以轻心。

张华昆要求其他几个乡镇的领导，观摩了兄弟乡镇做得好的，要从中受到启迪，并找出自己的差距，结合自己的实际，做好工作，切忌盲目乐观、夜郎自大。同时还强调：要利用好当地大学生村干部的优势，他们文化素质高，接受新鲜事物快，头脑灵活、思路开阔，能不断创新种植、销售的模式，让农户尽快增收致富。他还特别强调，巧家立体气候突出，要认真探索，分层次考虑产业发展，万不能脱离自己的实际，更不能好高骛远、急功近利，贫困农户经不住折腾，他们只能吃补药，不可吃泻药，否则便一蹶不振。

煤炭村三组安置点还要加快速度，下一步要统筹好施工建房用水问题，老房子要拆除，打造出具有特色的美丽乡村。农户安居了，重点的工作就是要考虑产业支撑，否则就无法做到乐业，决不能让易地搬迁安置的农户住在崭新的房子里受穷挨饿。

在崇溪镇，张华昆一行观摩了背风村的养殖产业，硝洞易地扶贫搬迁安置点和全镇2016年脱贫出列村社工作推进情况及相关的档案资料。大家又去了蒙姑镇的干冲村、壁山村观摩了扶贫搬迁安置点建设和建制村公路硬化和产业的发展。张华昆点评道：崇溪镇的黄毛乌金猪是特色产业，要加大规模化、科学化，品质化的扶持。并通过"公司＋合作社＋农户"的运作模式和一体化销售的方式。蚕桑、烤烟是蒙姑的优势，要调整种植面积，竭尽全力培植好这两个产业，让群众尽快地增收致富。

在白鹤镇，张华昆特别观摩了仁惠馨业养殖开发有限公司在中村林下的土鸡养殖场，看后，大家兴致很高，议论纷纷，都觉得：仁惠馨业公司已具有相当规模，管理规范标准、品质好，故土鸡销售供不应求，在促进当地群众脱贫做出了贡献，具有很好的前景。张华昆也赞同地表示：仁惠馨业养殖的林下鸡，应在确保品质的同时，在现有的基础上再进一步提升社会的认知度，扩大规模，拓展销售渠道。县委、县政府将对公司给予大力的扶持，使之成为养殖的"龙头企业"，并实行"公司＋农户"的模式，带动老百姓脱贫致富。

张家坪自然村地处金沙江边的山峦上，海拔1600多米，全村92户，355人，其中建档立卡的贫困户有30户，共128人。县委、县政府决定张家坪村易地扶贫搬迁，涉及农户67家242人，覆盖3个村民小组有建档立卡的贫困户。总投资1300多万元，除建房的补助款外，还包括基础设施，公共服务设施，能源、环保等项目的建设。新建的安置点依山傍水，错落有致，全掩映在碧树绿荫之中，家家户户的庭院，花木扶疏，小桥流水。以后，白鹤滩水利枢纽工程建成以后，站在自己的家门口，极目远眺，整个巧家县城便奔来眼底，气象万千、美不胜收。它是旅游、休闲、养生的绝好地方。建制村的硬化路铺砌已接近尾声，足有5米宽的户间道路已通到一家一户，广场、文化室的建设紧张有序、接近竣工。已栽种的核桃树、桃树和冷凉蔬菜郁郁葱葱、长势喜人，饲养的林下上鸡，沽蹦乱跳、自由自在。一切的一切，都体现了张家坪生机勃勃、春意盎然的景象。所以，张华昆看后，颇为感动，他十分赞许地说道：

"各乡镇村级组织到中村来学习他们村级组织建设的思路，脱贫致富的发展规划，借鉴他们的先进经验和具体做法，推进各项工作的扎实开展。若各乡镇村级组织支书、主任都像张发德一样，县委、县政府就放心了。"

到现在为止，张家坪 92 户，355 人都有了安全漂亮的住房。在此基础上，张发德为了确保按计划脱贫出列，便把任务、措施落实到村民小组和农户，甚至落实到每个贫困人口。他认为：中村要发展，村级的组织基础一定要牢，村干部必须在各方面的工作中起模范带头作用，对任何事情都要做到不怕辛苦、敢于担当、公平公正。所以，在易地扶贫安置点，中村通过"产业发展、教育扶持和医疗救助、社保兜底"等方式，实现了该贫困村民"两不愁""三保障"的目标。他计划做到 2017 年，张家坪易地扶贫搬迁的贫困群众，在稳定粮食生产的基础上，通过政府投入的扶贫资金，加大养殖业的扶持，开展农村适用新技术培训和输出劳动力的定向技能培训，确保常住居民人均收入达到 5000 元。2018 年到 2020 年，着力培育规模产业，加大养殖大户的扶持力度，规模投资 300 万元以上，重点扶持推广林下养殖技术，占地不低于 200 亩。同时加快土地流转，大力发展冷凉蔬菜和核桃种植基地的双突破。探索尝试农业合作社的组织形式和生产模式，加大招商引资的力度，初步实现农产品初、深加工一体化。推进"市场＋工厂＋合作社"模式推动产业规模化，向无公害发展，延长农业的产业链，争取做到农户持续、稳定地增收致富。

中村之所以搞得风生水起、朝气蓬勃、充满生机，其根本的原因就是村"三委"齐心合力、敢于担当地带领群众脱贫致富，中村有个让县委、县政府放心的脱贫致富带头人张发德。

张发德是 2010 年 3 月，通过全村党员和村民选举出任村党总支书记和村主任的，他到任后，就深入村社、小组了解情况。在和村民的交谈中，反响最为强烈的便是通往外面的道路太崎岖坎坷，村民欲将自己的农产品运到集市和县城交易，或者买回诸如化肥或其他的生活用品，运输都得通过人背马驮，生计十分艰难。同时，更让张发德看到中村以种植为主的产业太单一，日出而作、日落而息，尽管脸朝黄土背朝天，辛苦一年，只能勉强解决温饱，家底薄的贫困户便家徒四壁，日子过得十分窘迫。张发德便反复思虑，觉得造成中村贫困的原因，既有历史的，也有现实的，原因很多，不能眉毛胡子一把抓，俗话说，家有三件事，先从紧的来。所以，重点解决中村的交通和发展产业，才牵住了牛鼻子，突破致命的瓶颈制约。

从那天开始，张发德就抓住"通达工程"和"一事一议"的机遇，又学当年武训靠乞讨筹资办学的精神，四处游说，八方筹措，终于在三五年的时间里，筹得资金400万元。从而修通了中村到汉谷地村并通往大湾组、代家坪组等公路24条，从而实现了村村通公路，彻底解决了全村35个村民小组、2803人行路难的大问题。让天堑变通途之后，张发德的工作重心便转到产业的建设发展上来。这个十分实在的农村基层干部，懂得农民该做啥子，会做啥子，所以，他不想入非非，好高骛远，一板锄就挖出一个金娃娃。而是从中村的实际出发，脚踏实地发展脱贫产业，提倡鼓励、劝导农户种蔬菜和烤烟。不少的村民觉得村村通公路了，运输真的方便了，你号召我们种蔬菜，卖给谁啊？于是便问他道：张主任，你叫我们种蔬菜，如果种多了卖不出去怎么办？张发德不假思虑，笑而答道：你们放心，种出来的优质蔬菜卖不出去，我来承担责任。农户听了，知道张发德说话算数，不是花麻撩嘴的漂汤油，于是根据他的指导，并精耕细作，种了品种多样的时鲜蔬菜。

正当各种时鲜蔬菜长势很好的时候，张发德便通过种种关系，为农户的蔬菜找买家，结果一箭中的。现在中村的蔬菜，成了巧家天力超市、卓达酒店的订单产业，且供不应求。

蔬菜成了中村一个脱贫的产业，种植户得到了好处、尝到了甜头，欢乐喜悦自不必说。但张发德却在思考另一个问题，即仅仅种植蔬菜、烤烟，其小小的产业还无法支撑农户脱贫致富奔小康，还得发展其他的产业。恰好此时，有家公司想在中村发展魔

芋种植和加工产业，便找到张发德，他的回答很干脆，说道：只
要是有助于农民脱贫致富的事，我都会竭尽全力支持。只是我们
中村的农户以前没有种过魔芋……不等张发德把话说完，公司的
经理便抢过话去，十分肯定地说道：主任，我们知道你在中村的
威望很高，虽不能说一呼百应，但你想叫村民种植什么、发展什
么产业，绝大多数村民是支持、拥护你的。张发德笑了，却说道：
正因为如此，我才需要对农户负责，不能让农户因种魔芋而返贫。
经理便问道：那你的意思，想如何办呢？张发德便毫不犹豫地说
道：今年我先在自己的承包地里试种，若种植效果好、收益大，
再在群众中推广种植。同时还可通过我的试种，总结出一些经验、
教训，从而提高栽培技术。经理听后，颇受感染，频频点头，说道：
有你这样心中装着群众的当家人，是中村的福气啊！结果，张发
德今年就在自己家地里试种了几分地。因他要在农户中推广种植，
所以，管理得十分到位，如今魔芋长势极好，丰收在望。魔芋既
能保健，又能减肥，颇受那些需要身材匀称、能呈曲线形的女人
青睐和吹捧。每每油腻的红烧肉和黄焖鸡中，都要放些冻魔芋条，
结果往往是锅里的魔芋拈完了，锅里剩下的全是鸡肉。据说魔芋
属粗纤维食品，又不在胃里消化，而在肠子里消化，不会产生太
多的热量和营养物质，它不仅能带走肠子里的油脂，还能带走影
响人体健康的有害物质。我还知道，魔芋炖鸡，能补老人的虚弱。
小时家穷，买不起鹿茸、虫草一类的补品，母亲便在冬至的时候，
用全个的魔芋炖鸡，给年老体弱的父亲享用。父亲活了八十多岁，
和其有无关系，没有细细探讨过。我们永善的金江魔芋就十分驰名，
大量远销日本，我想他们不仅仅是为了减肥，是否在生化工业上，
还有什么特殊的用场，值得我们探索研究，方可使这个产业做强
做大。

　　村民田国祥属村里的贫困户，住的是破烂简陋的土坯房，家
里除了照明的电灯外，就没有什么家用电器，一家人想看电视了，

就只有跑到邻居家去看。他信了张发德的话，种了蔬菜，并精心管理，一两年工夫，就糠箩跳米箩，在政府的帮助下，不仅搬进了窗明几净、装饰漂亮的小洋楼，还买了家具、彩电、洗衣机、摩托车和太阳能热水器，现在日子过得滋润、甜蜜。

县委、县政府之所以肯定张发德，并号召乡镇村社的基层干部向他学习，就在于他在中村有着良好、深厚的群众基础，更在于他充分发挥了基层党组织先锋模范和战斗堡垒作用。中村党总支和村委始终把人民群众的利益放在第一位，始终把自己深深地扎根于中村这片沃土之中，始终把为人民服务放在自己工作的首位。所以，在扶贫攻坚中有责任、有担当、有作为。

张发德和中村党总支，虽然处于最基层，但他们始终坚持了为人民服务的宗旨，所以，中村党总支才有了正确的努力方向，有了成长的沃土，保证了在人民群众支持下的不断前进，赢得扶贫攻坚的一个又一个胜利。中村的实践证明了，只有坚持为人民大众服务，才拥有战胜一切困难的力量源泉，所以，张发德位卑未敢忘忧国，带领总支一班人和全体党员，树立起了至高无上的道德标准和价值追求，用此保证基层党组织的先进，从而得到人民群众的拥护和支持。巧家县委、县政府号召各乡镇、村社学习张发德，其根本意义就在这里。

县委副书记、县长陆颖亦带领县政协主席王朝德、宣传部部长孙莉萍和副县长童世玲一行去了苞谷城乡、老店镇和马树镇、炉房乡进行观摩点评。

在苞谷城乡，他们重点观摩了小营新区，听了介绍，陆颖便十分兴奋、十分肯定地说道：凡省市领导来巧家，都必看小营新区，他们认为在国务院批准全市规划建设的三个重点集镇中，小营新区是建设得最好的。当年，革命老前辈万里曾说过，市长的主要任务是管理、经营好城市。现在苞谷城乡有了建得较为规范、功能也较为齐全的小营新区集镇，借用万里副总理的话，亦可以说，苞谷城乡的乡长的主要职责也是管理和经营好小营新区集镇，但需首先学会如何管理和经营。和小营新区集镇命运攸关的是要保留住那里的青山绿水，让小营新区集镇变成生态大花园中的楼台亭阁，只有这样才能提升集镇的品位，激发出群众的自豪感和荣誉感。一旦欣欣向荣、多姿多彩的集镇和他们休戚相关，人民群众不仅有了积极性，而且有了自觉性，环境是大家的理念，便形成了每个群众的行动。

老店镇的尹武社区，8个村民小组200多户800多人，就分散居住在海拔2260米以上山高坡陡的地方，且大多数是土坯房，属4D危房。这里以种植苞谷、洋芋为主，经济收入单一，不管怎样劳苦，都只能勉强解决温饱。在巧家纪委扶贫工作队耐心细致的思想工作后，统一了村"三委"和广大村民的意见，决定易地扶贫搬迁，集中安置。但在峰峦叠嶂，斧砍刀削的巉岩上，找一块能安置200多户村民的地方，真是件天大的难事。扶贫工作队就和村社干部一起，几乎走遍了尹武境内的山山水水，费尽移山心力，终于在夏家箐和新营找到了两个集中安置点。他们又用了好几天的时间，顶着烈日，挥汗如雨，踏着泥泞，淋着大雨，犹如落汤鸡那般，坚持在安置点丈量山地。晚上回到住宿地，又在电脑上做计划、设计方案、反复推敲、反复修改，直到自己满意了，才到村民中征求意见。村民看不懂那些规划设计方案，谁都不放心，嘴上又不便说，所有村民都不能明明白白地表个态。见状，驻村工作队便十分肯定地承诺道：

"你们放心，房子只能越建越好，生活必须越过越好。"

村"三委"的基层干部也说道：他们来我们尹武就是扶持我脱贫致富的，来了半年多时间，每月只回县上五六天就回来了，和我们村"三委"在一起不知开了多少次会。全社区742户，家家都去过，有些户，还去了好几次，几乎跑遍了所有村子的杳晃角落，什么情况都熟记于心，哪会说假话来骗我们嘛？小集镇上那条脏乱差的小街，晴天尘土飞扬，不仅脖子里，头发上全是尘土，就连吸进的空气里，也夹杂着不少的尘土。雨天泥泞不堪，稀泥浆陷到脚背，只能穿水鞋，或光着两只脚。结果，人家工作队进驻社区还不到三个月，就舍嘴失脸在县上给我们东拼西凑，要来了160多万元，我们尹武哪里见到这么多的钱嘛？结果硬化了镇上的街道，还修了排水沟，盖上水泥板，转眼就改善了尹武社区和周围团转村民的生产、生活条件。受益的人，不说一万，至少也有九千啊，这点事情，我们做梦都不敢想啊！以后，把我们集中搬迁到夏家箐和新营两个地方的新房子里，加上产业扶持，过的就是神仙日子了。工作队长接过话来，欣喜地说道：不仅搬进了新房子，还得让我们每一个村民记住乡愁。有个年轻人便笑眯眯地问道：过上好日子了，还记那些苦愁干什么？队长就简单明了地解释道：乡愁不是忧愁，你们以后搬到新建的村子了，还看得见我们熟悉的山、熟悉的水；还记得我们逢年过节时，虽然没有好菜好饭，但有一家老小围在一起的欢乐；还记得邻里之里发生的美好故事；还记得上山放牧、摘野果、捡菌子、到溪流里洗衣、戏水和捞鱼摸虾，这些就是乡愁……村民们听了，便欢笑起来。村"三委"的基层领导又说道：在县委、县政府的扶持下，把家家的房子修好后，政府还得拿出钱来，为我们修好进进出出和连着各家各户的道路，还要帮我们修好活动场所，这样的安置点既舒服，又安全，真是一跤就跌进福窝窝里来了。

现在，按照县委、县政府要求，夏家箐和新营两个安置点已按计划和要求建成了。那天，陆颖一行专门去了夏家箐安置点，观摩点评后，县长颇为感慨地说道：这里自然条件太好了，交通也方便，这里山清水秀、鸟语花香、很适合人居住，虽然群众的居住相对分散一点，但借助交通和生态的优势，还可以打造观光旅游的农家乐。除此之外，产业的选择和配套要提前谋划，尽快落实，和农户的脱贫配套发展。

其实，老天对人的眷顾是公平的，凡有人在的地方，都有人赖以生存的自然条件，关键的问题，就在于人的把握和开发利用。江南阡陌纵横，物产丰富，江湖星罗棋布，蟹肥鱼壮，景色秀美，是天赐的鱼米之乡。加之历史文化厚重，自古教育就十分发达，江南便是出才子佳人的地方，从武则天女皇开科取士的一千多年里，半数的状元、榜眼和探花，都出自江南。民国到现在的百余年间，中国文化，科技的巨匠和专家、学者，不少也出自江南。但却没有什么矿产资源，而这些又恰恰出产在云贵高原、青藏高原和新疆、内蒙古、陕甘较为贫瘠的地方。天道忌盈，给你这样，就不会再给你那样，所以，昭通人便说，天生一棵苗，必有一颗露水珠。尹武社区正是这样，虽海拔高，气温偏低，但却非常适宜辣椒和黄花菜的种植，而辣椒固然是昭通须臾不可离开的调味食材，若规模种植它，市场还是有限。为了打消村民把辣椒、黄花菜作为产业，并规模化发展的顾虑，县纪委派往尹武的工作队员，便四面奔走，八方联系，并从昭通农科所请来了种植、加工和销售黄花菜、辣椒的专家、技术人员、行家里手。这些人到尹武后，便到田间地角培训农户种植辣椒和黄花菜的方法、技术，同时和相关企业洽谈，引进资金和搭建销售平台。2016年春播时，就在小石岩、关村两个村民小组试种辣椒和黄花菜13亩，参与试点种植的农户每亩享受300元/年的推广补贴。对贫困农户更为关照的是投资企业，还为试种的村民无偿提供籽种、地膜和肥料，同时到地里手把手地辅导栽培技术。投资企业进入尹武的当天，还带来事先拟好的协议，待辣椒和黄花菜秋熟采摘后，按较为优惠的价格，批量收购。种植户皆大欢喜，拍手称快，都觉得政府如此扶持，都还不能脱贫出列，就只能怪自己太懒惰、太不通人情世故。

黄花菜是多年生的草本植物，采摘晒干、新鲜的也可用来作为鸡汤、肉汤的配料一起烹饪，其味香甜可口，其妙无穷。当年，昭通清华饭店的当家特色菜看三鲜汤，用的就是黄花菜，故在餐桌和酒宴上黄花菜常常受到追捧。原来昭通的干货市场上，几乎是从四川那边进来，昭通本地似乎没有农家栽种。巧家尹武种植了，不仅补上了这个缺失，而且还可让贫困农户脱贫，真是两全其美、锦上添花，以后，它又可以再到昭通老百姓的饭桌上和各色饭店的酒宴上。黄花菜种下3年之后进人盛产期，所以科技人员就在前三年，辅导农户把辣椒和黄花菜套种，这段时间就靠辣椒作为主要收人，今年仅靠辣椒，预计每亩可收人3000元左右。待黄花菜三年后进人盛产期时，每亩可带来5000—8000元的收人，当然得按规范种植，精心管理，任何收获都是用辛勤的汗水换来的。任何人，只有通过艰难的劳动，才能换来美满、幸福的生活，靠投机取巧，可以蒙骗一时，却可毁掉自己的一生，这是颠扑不破的真理。我衷心祝愿，尹武社区的这条脱贫致富路，会越走越宽敞，越走越幸福，越走越滋润。

治乐村亦是老店镇下属的贫困村，他们的扶贫攻坚，起步较早，到今年已有100多农户利用种植、养殖产业让这百多家农户增加了收人。其关键，用范华平书记的话来说，就是发展农业产业一定要掌握核心技术，只有这样才能在提高市场竞争力的同时，提高村民的素质，从而使农户增收。

治乐村还在2012年时，就依托企业成立了大多农户参加的种养殖农民合作社，目前已吸纳会员108户。近4年时间，治乐村已建成标准化果园50亩、连片种植核桃8700亩、樱桃800亩、杨梅600亩。还建立了生猪养殖点2个，加之现在运营正常，已发展为治乐村的支柱产业。两年前，他们又引进会泽枢康中药材种植公司，共同凑资1400万元，开发并已种植白发27亩。今年白发长势很好，丰收在望，农户的脸上绽出了会心的笑容。

在炉房的观摩、点评中，县长陆颖特别赞赏炉房乡党委、政府在产业扶持建设上，不盲目，更不乱点鸳鸯谱，而是从自身的实际出发,先确定项目,拟出规划,并形成共识后,才分步进行。他们最先而又十分重要的一件事,就是率领各村社的支书、主任,先到邻县,并初见成效的鲁甸,考察学习他们的林下养鸡。他们选择这个脱贫致富的产业,既可以充分利用自己现有的森林资源,又能让农户脱贫致富。用这样的方式养鸡,不仅能恢复、保持鸡的天性,使鸡在活蹦乱跳和觅食各种虫、蚂蚁后,保持鸡肉有弹性、有嚼头。而鸡还能啄食危害树林生长发育的害虫,让山林生长茂盛、郁郁葱葱。同时还能将鸡的粪便作为山林生长的养料,互为补充,相得益彰,是一件有百益而无一害的好事。但陆颖在点评中却反复强调,林下鸡的群养,最致命的事情就是鸡瘟的防疫,舍此,便功亏一篑、得不偿失。他要求需进一步论证林下养鸡的再续能力和防疫治病的措施,他希望乡上要主动和畜牧部门多联系、多沟通,必须依靠他们专业防疫的技术和措施,确保农户林下鸡的健康发展。林下鸡成为产业了,寻找、开辟市场便命运攸关,否则就会导致农户增产而不能增收。最好的方法,就是"多条腿"走路,主动出击,不能有皇帝的女儿不愁嫁的思想观念,要把视野放宽放大。把林下鸡送到酒店、宾馆让客人品尝、鉴赏,形成品牌,只要有几个上点规模、上点档次的酒店、宾馆和咱们形成订单养殖,这个产业就有希望做强做大、做出特色。这还不够,得与互联网相结合,把产品变成商品,让农户有更多的货币收人,从而促进林下鸡这个产业的发展壮大。

县委副书记毛玟明也率县委组织部部长李廷鑫、副县长郭健、马江林、人大常委副主任陈堂国等领导到小河镇、新店镇、药山镇、中寨乡进行观摩、点评。与此同时,县委副书记陈扬东也率县委政法委书记、统战部部长陈宏、县人大副主任唐友、副县长黎平、杨永玲和县政协副主席陈德盛等领导到红山乡、东坪镇、茂租镇和大寨镇进行观摩、点评。这些乡镇通过半年多的易地扶贫搬迁,危房改建,基础设施建设,产业建设,文化教育和社保、兜底，等等形式、措施，扶贫攻坚取得了日新月异的变化。不管是巧家的山区，还是河谷，所到之处，真是碧叶生辉、金果耀眼、莺歌燕舞、流水潺潺。一栋栋、一排排别墅式的楼房掩映在青山绿水之中。温馨、宁静的庭院，花木扶疏，不是天堂，胜似天堂……大家在看到一派新气象的同时，也看到了不足，几位领导都希望乡镇和村社，应不懈地努力，懂得行百里者，九十则半的道理、再接再厉、一鼓作气，出色完成脱贫致富的任务，按时进入小康。就在他们奋力继续前进的时候，市委书记范华平又率市人大常委会主任张绍雄、市委常委周福昌、江先奎、陆维智、余伟和市人大、政府、政协的赵卫、禄松、石邦云、杨桂红、赵洪乖、晏祥莉到巧家。

那天一大早，范华平等领导先来到白鹤滩镇巧家营社区三家村易地扶贫搬迁安置点。三家村安置点为汉族、布依族混居地，共77户，其中建档立卡的特困户50家。这77户易地安置的住宅依山傍水，错落有致，花木簇拥，溪水鸣唱。住宅中央，是文化广场，路灯有序排列，顺着硬化的水泥路，一直延伸到各家各户。放眼处，阡陌纵横，堆金砌玉，时值深秋，烟雨氤氲，岚蒸霞涌，朦朦胧胧之中，晨雾、楼房、青山忽隐忽现，变化万千，俨然构成了一幅水墨丹青。每个人便觉融入了仙境那般飘飘若仙，神清气爽，感到格外的心旷神怡。在村子的文化广场上，范华平一行听取了巧家县白鹤滩镇和三家村脱贫攻坚工作的汇报和有关情况的介绍，便开始从村容到住宅的观摩。这时，范华平走进了贫困户胡永学的家里，主人一家十分高兴，热情地招呼他坐下，他凝视客厅的装饰和摆设后，便问道：老乡，你家有几口人？修房子用了多少钱？胡永学一脸的喜悦，欣然答道：5口人，修房子用了10多万元。范华平频频点头，又笑容可掬地问道：老乡，国家补助了多少钱？你贷了多少钱？胡永学不假思索，爽朗地答道：国家补助了4万元，又贷了20年期的6万元，村上的干部告诉我说，3年以后，每年连本带利只还 3200 元，其他多余的利息，由政府帮我还，共产党好啊，政府好啊……范华平也一脸的喜悦，问得很细，促膝谈心般充满了温情。

离开胡永学的家，走在路上，他对陪他访问的巧家县委、县政府的领导说道：在以后易地扶贫搬迁安置点建设的过程中，要本着因地制宜、实事求是的原则，指导群众合理控制建房的面积，不能贪大而增加负担。若因修房子而负债，也许又会返贫，这个问题虽是局部、少数，但必须引起我们的重视，做好耐心细致的思想工作，为他们把把关。厨卫人户的同时，还得考虑他们的实际需要，不能买来了，用不上而闲置。所以，必须一切从实际出发，以人为本，以生活的实际需要出发，完善新修住宅的使用功能，把这件好事做得好上加好。

白鹤滩镇巧家营社区是全镇 6 个贫困村之一，去年末共建档立卡 534 户，共 1886 人，其他 5 个村，精准扶贫也干得如火如荼、方兴未艾。

我在前面已经写过，巧家的药山海拔 4041 米，属昭通境内最高的峰峦，它是由云岭分支的尖山、玉屏山、绎云露山于巧家而派生出来的，雄奇险峻，气象万千。整座药山由二半山区、高二半山区和高寒山区组成，因受特殊地形的影响，气候悬殊，小气候突出。有人说，云南不少的山区十里不同天，而在药山，它便是五里不同天，甚至三里不同天，所以形成了特殊的立体气候和复杂的自然环境。药山全镇的面积近 400 平方公里，辖 3 个社区 14 个行政村，108 个自然村，14690 户 5.7 万人，其中 11 个贫困村，建档立卡的贫困户 4960 户 16016 人，扶贫攻坚的任务艰巨且道路坎坷、曲折。

药山的大村，是昭通市食药监局的帮扶村，但有 21 平方公里左右的大村，只有耕地 3723 亩，草地 18644 亩。它海拔 2680 米，年平均气温不到 10℃，年降水量高达 1230 毫米，属典型冷凉且淫雨霏霏的高寒山区，所以只能生长产量不高的玉米、洋芋和荞子、燕麦。在这样苦寒的地方，却有716户2836人，人均只有瘦薄、贫瘠的土地1.3亩。如此这般，何以为继啊？正因为如此，大村建档立卡的贫困户接近300户，1045人。

市食药监局接受帮扶大村的任务后，他们不嫌村民贫寒，缺衣少粮、家徒四壁的窘状，更不惧山高路远，坡陡岩险，毅然决然地去了大村。

药山山体的面积为220平方公里，1984年，经云南省政府批准，建立了药山自然保护区，界定的保护区范围是102平方公里，2005年，药山升级为国家自然保护区。当年，巧家县志写道："西北行，上高山、羊肠绳曲八十余里，而攀木而升，或绳索相牵而上，缘陟若将阶天。南中诸郡，以为至险。"县志所记，还无法表达药山之雄奇险峻之神韵，它西坡地势陡峭，悬岩绝壁从两江汇流的谷地中凌霄而起，柱地擎天，高不可攀。绝壁错落，形成自上而下的三级阶地，每级高差在千余米。南坡之地势较为平缓，药山自然保护区的主要森林植被，诡异瑰丽的岩溶景观都集中在这一片。翻开《昭通风物志》，不妨领略邹长铭先生是如何写药山之雄奇险峻：

"远眺，药山主峰俨然是一位跌坐参禅，意态安详，妙相庄严的圣僧，无思、无念、无准、无色、无相，内禅外定，已然进入'佛有自性''人神俱不夺'的至高境界。在'圣僧'的脚下，数十万亩由多种植物群落组成的天然林，跨越丘岗，郁闲溪谷，绵延数十里，各种珍稀动物、植物活跃其间。登高临远，不由让人顿生臆想：这茫茫林海，这万顷碧涛，这点缀于林海碧涛中的姹紫嫣红，万类霜天，莫不是'高僧'泼墨挥洒的一轴立意高远，气象万千的丹青长卷。"

从岁月的深处走过来，迄至晚清，药山仍被以乌蒙冷杉为主的针叶林和以高山栎为主的常绿阔叶林构成的原始森林覆盖。天然林郁闲变高，为野生药材、珍稀植物生长和野生动物生息繁衍创造了良好的条件。药山本因出产各种药材而得名，著名的野生药材有柴胡、党参、贝母、天麻、虫草、黄芪、草乌、防风、龙胆草、仙茅参、刺参、秦高、黄连、重楼、短炳乌头、升麻、岩参、芍药、三七、蚕豆七、玉竹、黄精、丹皮、麻黄、细莘、玉带草、伸筋草、见肿消、弩箭药等,在中草药市场素享盛名；野生动物如虎、豹、熊、豺、牛羚、野猪、金猫等，出没林莽丛杂间；而大面积的琪桐群落，更是国内外罕见的奇观。从 20 世纪初开始的延续达 70 余年的毫无节制的戕伐，药山以冷杉为主的针叶林被砍伐殆尽，以高山栎为主的阔叶林也惨遭破坏，满山遍野的药草失去了滋生繁育的土壤，1000 多个泉眼枯竭断流，琪桐、香楠等珍稀名贵树种只能在人迹罕至的幽谷深箐中孤独地守望。然而药山不老。药山在承受了苦难的时候用苦难警示自毁家园的人类；药山以受害者的宽容、博大唤醒施虐者尚未完全泯灭的良知。在建立省级自然保护区后，经过十几年的保护、管养、恢复性发展、重建药山自然生态环境的努力得到了回报。由高山栎群落、箭竹群落、杜鹃群落和次生灌木丛组成的天然林区又焕发了生机；重新返回森林乐园的云豹、黑熊；重新获得适宜生存空间的奇花异草，地产物材；稀世珍奇，绝代风华的琪桐群落，是药山为每一位有幸光临者安排的最真诚的礼仪。

翻越天然林，攀登至海拔 3000 米以上的地带，以森林为魂魄的药山所展现的又别是一番景象：错落有致的"V"形谷，在倾斜的阶地上刻画出移步换景的无穷情致；100 多个泉点清流不竭，或流而成溪，或泻而成瀑，或积而成潭，百态千姿，各尽其妙。最令人一见倾心，不忍离去的是称为"大龙潭""小龙潭"的两个冰川湖。大龙潭面积 2 万多平方米，水深 30 余米。潭水清澈明净，潭底潜流如注，水波不兴，水流有声。仲夏时节，潭水冰彻肌骨，而至隆冬，水雾氤氲，融融若有暖意。潭边，数十个突兀峭拔的巨石以潭为中心，呈不规则的同心圆排列。巨石色青灰、表面莹润光洁，质地、纹理与当地岩石迥异，极为特殊，有人疑为陨石，未得到证实。从大龙潭南行 3 公里左右，便是小龙潭。小龙潭面积约为 1.4 万平方米，水深 5—6 米，被两壁排列成梯形的悬崖左右围护，悬崖上古柏森森，俯临水面。潭中心有一块形如人形的石柱耸立，高出水面近 10 米。石柱四周，又有 18 块形态各异、大小不一的石头参差环立，半没水波半朝天，托物寄寓，当地人称为"十八罗汉拜观音"。龙潭泻水口，左右崖岬若即若离，相距十余米对峙，却将一浑圆如珠的巨石横亘其中，因形赋名，当地人称为"二龙抢宝"。潭水至清至洁，无数游鱼或游弋石穴、孔洞之间，或嬉戏清波碧浪之中，水花飞溅，光影摇摇，涟漪叠叠，俯临潭水的断崖、古柏、观音、罗汉，便真有些如痴如醉、不胜其乐的景象。口碑流传，小龙潭有两种灵异。其一，临潭的古柏上常有不知名的红色、绿色的各一只鸟栖息，每有树叶、草茎飘入潭中，小鸟即飞衔而出，故潭水一年四季皆明洁无尘；其二，如果有不安分的游客为寻开心而往潭中抛石头，顷刻间便狂风大作，雷霆交加。主峰金顶山北，终年积雪，冰柱垂枝，银装素裹。山南，岩溶地貌发育，石峰群立，如笋、如柱、如狮跑、如虎跳、如持戟冲锋的武士、如闺阁伤春的少女……皆惟妙惟肖。流连其间，恍若置身于名闻天下的路南石林，却有更多一种居高临下的广阔情怀。

药山是朴素的、纯洁的、美好的。药山是远离世俗尘嚣的清新世界，是返璞归真的精神乐园。药山之旅，时光在了无痕迹的流动中走过亚热带、走过温带、走过寒温带；一日之行，身历春之温煦，夏之火热，秋风之苍凉，冬雪之圣洁。"会当凌绝顶、群山腾浪、浩瀚苍茫、极目远眺，金沙江、牛栏江若白绸灵动飘逸；大凉山云岚，乌蒙山烟霭，数百里外的坝子村寨依稀，千里河山尽收眼底。有兴者，何妨选胜登临。"

长铭先生的神来之笔，把药山的自然风光和超然神韵描写、刻画得淋漓尽致，不愧为国家的自然保护区。所以，巧家县进一步扩大了自然保护区的范围，并将保护区缓冲带的居住村民全部搬迁至大村。搬迁时，因当时经济诸多条件的限制，基础设施建设，产业发展等后续帮扶的措施没有跟上，加之海拔高、气候恶劣，必然使搬迁村民雪上加霜，变得更贫困。市食药监局进入大村时，除了进出的道路特差外，就连村公所的办公地点也惨不忍睹，根本没有办公的条件。万般无奈，市食药监局只好硬着头皮，从自己极为紧张的办公经费中，忍痛挤出一些钱来，先为村委会购买了必要的办公桌椅和其他办公用具，同时还给工作队员买了一台电视机，总算初步有了办公和生活的基本条件。

以后的日子，这些工作队员，便逐一走进贫困户的家里，和他们面对面地交流谈心，并结交成了朋友。由于心灵的沟通，相互之间便没有了什么隔阂和鸿沟，能做到以心换心，畅所欲言，从而全面掌握致穷的根本原因。在此基础上，他们便能精准地建档立卡，做到了一户一策，一人一策，拟定以强化通镇村道路的改造硬化，为建设美丽乡村打下基础。然后规划出发展一批中药材产业，有的放矢，开展农业技术培训，利用大村优良的地理环境，发展养殖业，开展义务巡诊，开发打造旅游项目，促进第三产业的发展等六大产业规划。他们决心用 5 年的时间，让大村旧貌换新颜，彻底摆脱贫困。

市食药监局很快就启动了短期内脱贫的行动计划。他们首先邀请市里的不少专业技术人员到药山大村实地考察，经过和村民反复商讨、研究，又进行多方的协调，从而达成了共识。于是，他们便引进了昭通恩安药业公司到大村发展规模化的中药种植。为了让贫困的村民打消竹篮打水一场空的顾虑，协助药山镇和恩安药业公司签订了 18 万元的购销合同。放下了忧虑的贫困户，种植药材的积极性陡然增长，并转化为实际行动。今年就在水塘子、老屋基等5个社种植了当归300亩，准备试种成功后，在全镇推广。现在连片种植了当归的50亩山地，苗棵苗壮，郁郁葱葱，生机勃勃，实在让人眼馋心跳，无怪乎当了20多年老社长的李洪科喜悦地赞叹道：当归这种药在我们这里种得，药山就是出这种当归的好地方，难怪长得这么好，种就要像这样种好。

药山镇的草地面积高达30多万亩，并且十分丰腴，最适合做强做大养殖业，而大村村民的传统却是"养牛为耕田、养猪为过年"的自给自足的自然经济观念。因而没有进取心和规模化养殖的思想观念，对此，工作队员便走村串户、苦口婆心地向村民宣传，做疏导工作，同时鼓励他们种草养畜，以此尽快脱贫。今年，药山镇准备投资100万元退耕还草，发展150户种草养畜，只有这样，他们方扬长避短。在恶劣的气候下，如果靠十分贫瘠的土地种植收成不大的苞谷、洋芋和荞麦，连温饱都无法解决，谈何脱贫致富啊！

今年春节时，市食药监局为100多户贫困户送去毛毯、大米、食用油。在相濡以沫、共同谋发展的过程中，彼此的心贴得更紧了，他们亲如一家，从而助推了扶贫攻坚的工作。到国庆节前夕，大村完成了民房的建设，街道、广场、道路的硬化亦完成了，美丽乡村的风貌开始显现。所以，从今年开始，药山镇计划投资近3000万元，依托药山国家级自然保护区这张名片，把大村打造成旅游胜地和药材、牲畜商贸的集散地，同时辐射、带动周边的小村、半箐、药山、小河山堡5个自然村。若这个计划能落地，可使连片的1.3万人脱贫，我想：只要决心想做，总会找到实现这个目标的方法和途径。那天，我和市食药监局的局长曹松平谈起这件事，他用诗一般的语言说道：巍巍药山可以为我们做证，只要我们继续努力下去，在各级党委、政府的带领下，这个目标一定能实现。我仿佛看到了药山镇大村的万亩草地上，成群的牛羊、或静静且甜蜜地吃着营养丰富的草，或活蹦乱跳，追逐着、嬉戏着，这些颇通人性的牲口亦在欢歌曼舞。仿佛看到了巍巍然的药山直插云端，在峰峦之巅，霞飞岚涌，彩云缭绕；在峰峦的下面是茂密的琪桐林、高山栎和重新焕发生机的冷杉林；而在人们的面前，是姹紫嫣红、争奇斗艳的杜鹃，如云如霞，无边无际，我似乎还听到了如织如梭的游人中，有人在吟诵杜甫的"子规啼血杜鹃红"和李商隐的"望帝春心托杜鹃"的千古之绝唱；仿佛看见了，在树林和花海的间隙中，勃勃生长着的是当归、芍药，还有那些自然选择、生机无限的柴胡、党参、黄精、草乌和重楼……还时时散发着悠长且沁人肺腑的药香。而在自然保护区外，那一幢幢掩映在葱茏中的别墅式小楼，是在党和政府的扶持下，脱贫致富后的农家小院，一切的一切，构成了一幅幅壮美的画卷。此景只应天上有，如今它却潇潇洒洒落人间……

陈焰是侨通公司人事部的部长，在精准扶贫、决胜小康的鼙鼓刚刚擂响的时候，她奉命任巧家县红山乡安邦村的第一书记。之所以设这么一个职务，想必市委、市政府是颇有讲究的。我的理解，即是把安邦村的精准扶贫作为党和政府的第一要务交给侨通公司、交给陈焰。又用第一书记这种形式，立下了只能成功、不能失败的军令状。到我提笔写陈焰在安邦村究竟做了哪些事时，她已去了近一年时间。那天，在张靖总经理的引荐下与之见面时，这个近40岁的陈焰，瘦了，甚至没有了中外合资企业、白领阶层的高傲和奢华，健康红润的脸庞，显露着她在牛栏江峡谷和莽莽苍苍的大山中，摸爬滚打的深深印记。不等我问她有关红山的情况时，她却抢先说话了，欲和我探讨一个她想到，却有些困惑的问题。她觉得安邦村的绝大多数村民，不是土生土长的山民，他们的先辈颇有来头，也许因为战争，且与安邦定国有紧密的关系。更让陈焰有些迷惑的是村民的讲话特有意思，乡政府是首脑机关，他们不说上政府，而是说下政府，甚至到巧家，亦是说下县府去，明显的居高临下。我不假思索，说道：安邦村在山上，乡政府在谷底，巧家县城比安邦村就更低了，就方向地势而言，肯定是下。
陈焰摇摇头，说道，他们口中的上下，不是上山下山之意，而是
上有朝拜，下有巡视的味道。所以，我觉得他们的先辈是因为争
夺天下，而溃败到这里避难，以后根本没有了东山再起的机会，
万般无奈，只得蜗居在这深山老林里，一待，就一两百年过去了。
受她的启发，我想起了当年太平天国的翼王石达开，曾兵败辗转
来到巧家，以后，石达开过了金沙江，取道宁南、普格、西昌，
去了大渡河，最后死于曾参加李蓝起义军、在宜宾叛变投降了清
朝、昭通大关人唐友耕的刀下。石达开在巧家时，也许为何去何
从有过争论，结果石达开率大部西渡金沙江去了四川，而另一小
部则北上来到了红山。在这里，早已人困马乏而又绝望的败军，
见现在的安邦村偏僻，人迹罕见，便在这里停下了溃逃的脚步⋯⋯
陈焰听了，觉得我似乎为她找到了推断的一些理由，也就认可了，
然而，历史是不是如此，不得而知，只能作罢。

　　安邦行政村有 4 个自然村，18 个村民小组，共有村民 412 户，
1887 人。由于山高坡陡，自然环境差，产业结构单一，经济基础薄弱，
群众的生活十分困难，现在还有建档立卡的贫困户 201 家 900 多人。
我问陈焰道：你觉得安邦村贫困的根本原因是什么？她不假思索，
坦诚地说道：除了环境和产业单一的原因外，最根本的原因是素
质性贫困。侨通公司的工作队还未去安邦村时，乡上就想改选党
支部和村委会，但找遍全村上百人，就无法物色到一个能带领全
村老百姓脱贫致富奔小康的带头人。从外面派来，也极不现实，
家族的势力太大，任何人都无法在这里立足，更无法开展工作，
只能将弯就弯了。在农村，特别是边远、贫困农村，这种现象还
较为普遍，就是踏破铁鞋，也难找到一个能带领贫困农户脱贫致
富的能人。唯一的办法，就只能依靠乡上盯紧点外，想方设法发
现和培养村社的带头人。要改变素质性贫困的现状，不能一蹴而
就，是个较为长期的系统工程。但要立竿见影地在短期内让建档

立卡的贫困户脱贫，侨通公司能为他们做的，就是加强基础设施的建设。在安邦村，还有不少的群众行路难，难于上青天，在生产和生活中，仍是人背马驮，生计十分艰难，村民盯心盯肝盼望的，就是修筑通往外界的公路。安邦村到小河镇只有不到7公里的距离，因为没有公路，虽近在咫尺，但相望而不能相即，若前往，也只有人背马驮。陈焰和乡村干部带着侨通公司的几个老总到现场看了，总经理张靖便毅然决然地拿出40万元，修通安邦村到小河镇的公路。天堑变通途，让安邦村的湾子、田坝、街子、毛坡、河沟5个村民小组近千人到小河镇，可以来去自如。随即，侨通公司又出资启动了安邦村的街道建设、便民服务站的办公场所和村级文化广场亦开始了建设。

在打造安邦村小镇的时候，本着美丽乡村的要求，重在硬化、美化和亮化，同时需做到功能齐全且配套，不能汤来水不来，缺胳膊少腿。所以在修建街道的同时，需特别注意排水、垃圾处理和公共厕所的布局，更为重要的是栽树种花。只有文明、清洁和绿树成排、花团锦簇才能成为宜居、宜商、宜游的美丽乡村，切忌污污渣渣、混乱不堪。同时，还得有路灯，当夏日炎炎的时候，晚上在树荫下便有纳凉聊天的村民，从而提升小镇的品位、档次和人民群众的幸福指数。

修建便民服务站的办公场所，就是体现以人为本，服务到位，特别为那些远道而来，需要村委帮助解决的疑难问题，诸如开具证明。只有这样，才能让村民抱着希望而来，带着解决疑难而归的喜悦和满足，踏上回家的路。

安邦村的集镇形成了，这里将会聚集不少的居民，他们在物质生活得到相应满足的同时，必然会追求丰富多彩的精神生活。这是不以人们意志为转移的客观规律，所以马克思便说："人的本质，除了其社会性外，就体现在对精神生活的向往和追求。"所以，侨通公司还得帮助他们建一个村级的文化广场，满足人民群众对文化生活的追求，今年四月初，就开始选点，到我提笔写到这里时，已建设竣工。

更为重要的是，侨通公司在尽力做好公益基础建设的同时，还通过各种渠道，各种方法，为贫困户寻找创业的机会。想方设法扶持一批种植和养殖产业，目的就是增加收人，只有这样才能稳步脱贫，能致富，又不会返贫。

前段时期，总经理张靖告诉我，他们在帮扶中，还在安邦村挑选了几个相比后较机灵的青年去到侨通公司上班，结果没有干多长时间，便先后悄悄地跑掉了。其根本原因就是他们只习惯日出而作、日落而息的传统生产方式，他们接触的是自给自足的自然经济，所以散漫、随意。进人侨通的生产车间后，不懂得，更不适应那种社会化的机器大生产，并且是科技含量较高的生产技能。陈焰说，安邦村是素质性的贫困，得到了证实，可见，素质性贫困才是致命的，要解决这个问题，唯有教育。所以，侨通公司就决定扶持安邦村在校就读的高中生和大学生。4月，就派出专人寻访到4名在校的高中生或大学生，并取得了联系，根据各人的实际需求，侨通公司开始了扶持。我相信，只要他们刻苦努力，必大鹏展翅，扶摇直上九万里。这使我想起，当年师专毕业，因品学兼优而留校任教的康道恩，就是红山安邦村贫苦农家的子弟，现在他已是副教授。就因为一家人出了留校任教的大学生，家里的侄男阁女就十分喜欢读书，且十分刻苦努力。虽不能说，每个读书的都能像康道恩留校任教，当了副教授，但可以肯定，就是外出打工，也能很快成为一名有专业技能的工人，因为文化素质高，便会很快融人这个社会。这是一个带普遍性、根本性的问题，值得我们深思。不妨建议我们下到农村精准扶贫的各单位，适当拿出点钱来，学学侨通公司，选拔几个刻苦努力，而又家贫的子弟，助他们一把，也许会成为栋梁之材，若是这样，功莫大焉。

镇雄县地处云贵川三省的交界处，东临四川的叙永，南接贵州的毕节市赫章县，西交彝良北靠威信，东西长 99 公里，南北宽 54 公里，国土面积 3696 平方公里。二半山区、高山区和高寒山区的总和，构成了镇雄的全部面积，其中高山区约占了一半。而县城乌峰的海拔却比昭阳区的辕门口处低了近 250 米。

镇雄历史悠久，夏商时属梁州、雍州；周时为屈流大雄甸。西汉建元六年（公元前 135 年）属犍为郡之南广县。东汉建安十九年（公元 224）改置南昌县，属朱提郡。蜀汉延熙元年（公元 238 年）置南广郡。隋开皇五年（公元 583 年）改设协州，不久废。唐武德元年（公元 628）复置协州。天宝战争（公元 754 年）后改为芒部。宋熙宁七年（公元 2074 年）置西南番部都大巡检司。元至元十年（公元 2273 年）置芒部路军民总管府。明洪武十五年（公元 2382 年）设芒部卫，相继改为芒部府，隶云南布政司；十六年改隶四川布政；十七年升为芒布军民府；明嘉庆五年（公元 2526 年）援引"大雄"古名，改称镇雄军民府；万历三十五年（公元 2609 年）改称镇雄府；清雍正五年（公元 2727 年）改隶云南；六年，降府为州，属昭通府；宣统三年（公元 2920 年）升为直隶州。

全县地势为西南高，东北低，中部和南部较平缓，西北部多受河谷切割，造成山岭河谷交错，地表崎岖、坎坷，山大坡陡，岩溶发育，多溶洞伏流，形成深山峡谷多的侵蚀山地。气候总体上属暖温带季风气候，少数河谷地区属北亚热带气候，年平均气温只有 22℃左右，冬季多西北风，夏季多东南风。

现有土地 554 万亩，可耕地只是 224 万亩，有宜林地 244 万亩，水域面积为 3.5 万亩。生物资源却丰富多样，其中五加皮、半夏、厚朴、何首乌、淫羊藿是名贵中药材，林木繁茂，郁郁葱葱，水果大致和昭阳差不多。

矿产资源，已探明远景煤储量为 72 亿吨，可开采的储量近 6 亿吨，硫铁矿 2500 多万吨，大理石 420 多万立方米。

劳动力资源尤为丰富，超过 20 万人。这是最宝贵的财富，毛泽东主席曾说过："人是最宝贵的，只要有人，什么人间奇迹都可以创造出来……"

镇雄是个人口大县，更是一个贫困大县，至今贫困人口多达 34.5651 万人。贫困发生率为 24.06%，分别比全国、全省高出 16.86%、8.75%，只比全市低 1.64 个百分点。造成贫困的原因很多，归结起来，至少有几个原因：

其一，贫困面大，贫困程度深，这 30 多万贫困人口，大多分布在交通不便、信息不灵、资源匮乏的高寒和边远山区。基础条件极差，产业发展滞后，扶贫成本高，返贫压力极大。

其二，基础设施薄弱，少数的地方根本没有什么基础设施。乡镇所辖的行政村，至今还有 370 公里的通村公路没有硬化，177 个行政村无文化活动场所，48 个村未通清洁、卫生、安全的饮水。91 个村 11 万户未实施农网改造，他们的照明除了少数村落有高昂电费的电灯外，就只能依靠煤油灯、松明，没有电视和其他家用电器，处于与世隔绝、蒙昧和半蒙昧的生活状态。他们只能日出而作、日落而息，脸朝黄土背朝天地辛苦劳累一年，若遇天灾人祸，还不得温饱，生存极为艰难。行政村如此，贫困村民小组就更加困难，到现在还有 246 个村民小组未通村组公路，277 个组 10607 公里户间道路没有硬化，8.4 万户 D 级危房亟须改造，9130 户群众基本失去生存的条件，更需易地搬迁，否则无法脱贫。

其三，没有支撑脱贫致富的产业。就是在全县范围，也是一产不优、二产不强、三产不活的状态，始终困扰着全县干部、群众，路在哪里，还需不懈地上下求索。有的乡镇，除了传统的种植和养殖外，连一件拿得出手，又看得过去的产业都没有。已有突破的，仍停留在产业发展整体处于"小而散"的状态，其表现是农业组织化程度低，市场联结不紧密，龙头企业牵引力小而差，故效益不高，导致农民增收不稳定，农户脱贫致富仍缺乏强有力的产业支撑。

其四，很大部分的规划脱离贫困乡镇、村社的实际，故指导性不强。有部分的包保单位不知包什么，怎么帮，干部、群众不知道干什么、怎么干，一头雾水，有些迷迷茫茫、懵懵懂懂。个别的乡镇、村社不把规划当成一回事，或拖拖拉拉，行动不积极，实在需要应付，便草草了事；或把规划束之高阁，应付上级检查；或索性丢在一旁，我行我素，导致规划成了一纸空文。

其五，缺乏以人为本的思想观念，不明白贫困户既是扶贫的对象，又是脱贫的主体，故宣传解读脱贫政策不少流于形式。加之思想工作不到位，不少群众对党的扶贫政策理解不深不透，甚至少数的农户莫名其妙。从而导致有些群众把贫穷当成天注定的命运，把愚昧和一些陈规陋习看成固有的习惯，没有主观能动性，只有"靠着墙根晒太阳，等着别人送小康""人穷志短、马瘦毛长，无所作为，听天由命"，导致等、靠、要的惰性滋生。

其六，干部的作风需进一步转变。有的帮扶干部浮在面上，挂钩挂在嘴边，帮扶帮在纸上。有的帮扶队员不驻村，或早出晚归，去点个名，喝喝茶、吹吹牛，就打道回府了；或三五天不去一趟，去了就坐在那里发牢骚，说风凉话，品头论足，老子天下第一；或是不过问，不干事，借挂钩帮扶为幌子，吃"空饷"。有的乡镇、村社干部把扶贫攻坚当成数字游戏，凭上级有关部门的要求，编造虚假数字。故基本数字不精准，措施南辕北辙，东扯西拉，忽悠上级，忽悠群众……如此等等，不一而足。

面对镇雄扶贫攻坚的艰难困苦和重重险阻，县委、县政府却以破釜沉舟、决一死战的胆略和气魄，披荆斩棘、攻坚拔寨。遵照习近平总书记提出的"必须认清形势，聚焦精准，深化帮扶，确保实效"和"脱贫攻坚是干出来的，靠的是广大干部群众齐心干"的教导，吹响了冲锋号，拼着老命，全面打赢脱贫攻坚战。

应不以事难而不为，不以任重而畏缩，倒排工期，落实责任，强力推进。一定实现三年脱贫摘帽，两年巩固提升的规划，不达目的，誓不罢休。为此，他们开辟了脱贫攻坚、易地扶贫搬迁和农危改三个战役。

扶贫攻坚的目标是按照乡、村两级贫困发生率分别下降到5%、7%以下，贫困乡镇农村常住居民人均可支配收入增幅高于全县平均水平，贫困村农村常住居民人均可支配收入增幅高于所在乡镇的平均水平。同时还要求贫困村有集体经济，使脱贫户做到"八有四无一超一受益"，即是：有固定且稳实的住房，有安全饮用水，有生活用电，有电视和其他家用电器，有路通自然村，有义务教育保障，有医疗保障，有收入来源和最低生活保障；脱贫户无重病人，无重度残疾人，无人居住危房，无重灾户；2016年度贫困户家庭常住居民人均可支配收入稳定超过国家标准；贫困户得到过扶贫项目和帮扶政策的支持，或通过整村推进、整乡推进、产业扶贫等帮扶措施的覆盖而受益。通过这个脱贫攻坚的具体实施，总体上要求，确保鱼洞、黑树、花朗、果珠、尖山和雨河6个贫困乡镇，29个乡镇或街道办事处中的75个贫困村脱贫出列，126457贫困人口稳定脱贫。当然，未列入今年底脱贫出列计划的乡镇，不是就无事可做，坐等下了计划再说，而是要主动抢占先机，争取主动，争取早日脱贫出列。所以，县委、县政府特别要求推迟出列的乡镇，应及早谋划，披挂出征，把产业培育，发展周期长的项目基础打牢，一旦行动，便势如破竹。

易地扶贫搬迁，县委、县政府今年就批准和决定了拟建的50个搬迁点，并且着力打造8个示范点和14个精品点，用于启发、牵引其他28个一般的易地扶贫搬迁点。这50个易地扶贫搬迁点涉及搬迁对象4956户，20412人，其中建档立卡的2496户，9260人，并于今年4月30日前就完成了对象审定、选点、规划，同时落实了建户用地、贷款等工作。5月1日开始破土动工建设，8月底，大部分已完成了主体建筑，9 月底前，又完成了部分扫尾工作，装修后，国庆节便鞭炮齐鸣，村民欢天喜地乔迁住进了新房。紧接着，便很快地完成了旧房子的拆除和土地的复垦。

事实不可辩驳地证明了，只要扶贫攻坚成为一把手工程，成了最大的政治，成了各级党委、政府为之奋斗的目标，就会想出各种各样的办法，采取各种各样的措施，让贫困农民，在不长的时间内，美梦成真，住进了昼日夜想的别墅式小楼房，并通过自己的辛勤劳动，一步步过上美满、幸福的生活。

今年，镇雄县委、县政府决定改造 4D 危房 17799 户，其中 2016 年脱贫出列 75 个贫困村中的 14604 户，二级公路沿线的 25 个村，共计 2964 户和芒部松林村的 231 户。还有镇华、镇凤和镇威 3 条二级公路沿线 4D 危房 6732 户非 4D 级的危房风貌改造。并决定 4 月 30 日前，必须确定所有改造对象的名单，同时进人系统，开始改造前的业务培训、建房选址等基础工作。今年 5 月 10 日前后，危房改造已拉开序幕，随即就掀起高潮，到处车水马龙，如火如荼，表明人民群众对美好、幸福生活的想往和追求。到今年 8 月底、9 月初，近一万八千户的危房改造已接近尾声。国庆前后，村民喜滋滋地搬进了由国家扶持一部分资金，自己出一部分资金，又通过自己的双手辛勤劳动而焕然一新的住宅。

强化安居工程的建设和改造，固然十分重要，但房子建好之后，必有产业支撑，这样才能做到变"输血"为"造血"。县委、县政府便围绕着"公司＋基地＋农户""能人＋农户"的发展模式强力推进，培育发展特色产业，增强自我发展的能力。所以，要求每个贫困户要有增收产业、村有集体经济，并且彰显特色、突出主业，做到一乡一品，错位发展，切忌不顾市场需求，跟风盲目发展。努力做到宜农则农、宜工则工、宜商则商、宜游则游，要深人调查、研究，一切从实际出发，不可勉强，更不能盲目。

一旦失误，贫困户无法承受反复折腾，结局只能债台高筑，很快返贫、陷入窘境。所以，县委、县政府要求，务必以脱贫攻坚布局和发展产业，务必以产业发展布局基础设施建设，务必以基础建设整合项目资金。只有这样，才能做到大力扶持贫困村、贫困户因地制宜发展特色、优势产业，努力做到贫困家庭50%以上的收入由参与产业发展而获得。

土地是农民赖以生存最基本、最重要的生产资料，如何盘活土地、命运攸关。所以，县委、县政府要求各乡镇既要帮助农户制订短平快和中长期农业产业的发展计划。加强农业技术培训，确保贫困群众既能在短期时间内通过猪、牛、羊、鸡等养殖增加收入，又能在中长期内通过林产业、水果、中药材等特色种植业增加收入、实现持续的发展。一两年中，按照"公司+基地+农户"的发展模式，芒部镇引进了加工型的马铃薯种植，大湾则引进了香菇的种植，泼机发展的则是板栗种植。这些尝试的效果极好，不少的贫困农户真正得到了吹糠见米的短期效应，就是板栗种植农户亦通过土地流转和打工获得了收益。乌峰办事处则通过"公司+合作社+基地+农户"的模式，发展中药种植和种养项目产业。这样的模式，既能使贫困群众避开市场风险，稳定增加收入，又能实现村有集体经济的发展目标。

最近，昭通的不少县区，把自己无污染、品质好的农副产品通过电商打入了上海市场，并得到了青睐和热捧。镇雄经过调查、研究，决定以此为契机、组织农户把镇雄的特色蔬菜、经济林果、优质的猪、牛、羊肉和鸡禽，以及高原特色产品销售到上海。并且通过信誉，做到长期、持续、定点直供上海的超市及社区，不断地拓展镇雄农特产品的市场和销售渠道，拓宽且稳定贫困农户增收的渠道。

镇雄是劳务输出的大县，又是农户脱贫致富的一个最佳渠道，2016年，凡愿外出务工的农民，实行全免费的职业技能培训，确保今年培训贫困户的劳力 2.7 万人，转移就业 1.3 万人，真正实现"一户一人，一人一技，一技促脱贫"的目标。

电子商业的崛起，为镇雄的农特产品提供和开辟了更加广阔的市场，使他们的农特产品源源不断地进入到上海等大都市。在使农民增收的同时，也提高了镇雄古邦的知名度并开阔了农民的视野，从而改变了他们的思想观念，以及思维方法和生活方式，使其变得更加聪明而有智慧。县委、县政府便以泼机镇张基屯村为核心，打造、建设"西南电商第一村"。同时，以此为标杆、为引导，加快建立乡镇电商的服务站，并形成网络，促进电子商务创业园区的培育，抓住机遇，趁势培养一批农村电商专业人才。而最关键的是如何打造一批具有镇雄特色的农副产品，想方设法通过电商让群众和市场对接，使农特产品尽快进入市场。从而改变镇雄有产品无品牌、有品牌无市场的窘境，让贫困农户尽快融入这个日新月异的时代，同时能尽快而稳定地脱贫致富。

清雍正五年七月，镇雄改土归流并划归云南管辖后，知州崔乃镛呈文报云贵总督鄂尔泰建镇雄城，选址乌峰山南麓，就是现在县城之所在地。鄂尔泰准建后，令其筹划，尽早动工，殊不知，正当崔乃镛紧锣密鼓筹建之时，奉朝廷调配离开了镇雄，由李至接替崔乃镛任了知州。雍正九年，昭通总兵徐成贞奉皇命，将昭通城从天砥移至二木那建新城时，李至也奉云南巡抚张允随之命修筑镇雄城。并委易门县尉王景周督工。历时两年，镇雄县城竣工，周长近两公里，设四门，东门名"肇有"，南门名"文德"，西门名"庆丰"，北门名"沛泽"，雉蝶，水洞齐备，却无护城河。乾隆五年改建为石城，并改"肇有"为"肇庆"、"文德"为"启文"、"庆丰"为"宝城"、"沛泽"为"拱宸"。

清同治四年，威信苗族青年陶三春率饥民起义，杀死当地作恶多端的土豪劣绅，随即又攻破威信县城，杀了知州，烧了衙门后，挥师南下，直逼镇雄。知州纳莫弃城逃走，陶三春率义军进城后，城墙尽毁，又烧了衙门、仓库、庙宇，还有不少豪门富宅。同时开仓放粮，赈济饥寒交迫的老百姓后，便一直南下，驻军于云贵交界处的猪拱箐。陶三春率领的起义军，在深山老林里坚持了近十五年，最终被岑毓英率部剿灭，在昭通的历史上，留下了光辉而悲壮的篇章。

第二年，镇雄知州呈文云南布政司，恳请拨款重修满目疮痍、居民流离失所的县城，因国库空虚，拿不出太多的银子，城垣的修复就只能从简。毁前的镇雄县城周长为八百二十五丈，半年之后竣工的新城，便缩小为周长四百五十六丈，几乎缩小了一半。但却仍开四门，并增建了南、北两座城楼，南楼为"启文"、北楼为"迎恩"也。新修镇雄县城有东、南、西、北四条主街，其中间有若干里巷，城内并设饮用水井十余口，名曰：大龙井、小龙井、冒沙井和肖家井等。新建成的县城，先后又修了江西、四川、贵州等会馆，建了文昌宫、武庙、魁星阁、万寿宫、观音庙等十来座庙宇。按照中国的传统文化，各庙宇、会馆均有碑石，刻有碑记，题有楹联。其中魁星阁的楹联是写镇雄县城势态、风物和景致的，故从古至今，市民口传心授，引以为豪，录之以飨读者：

"笔岫耸城南，喜将旧阁翻新，创宏规，台开八面，楼建三层，登临时，一览众山皆小；奎垣迎北斗，看移文宫傍武，接正脉，后枕乌峰，左倚凤翅，对列处，共扶多土联登。"

新建成的镇雄县城，遍植各种树木，春明季节，城里城外，姹紫嫣红，多姿多彩；夏日炎炎，却绿荫如盖，好一片清凉世界；金风秋时，硕果累累，美不胜收；冬雪素裹，房前庭后，蜡梅绽蕊，花香悠然，沁人心脾。便有风景名胜曰："乌峰耸翠""白人仙影""凤岭樵歌""佛寺垂杨""墨池留香"和"飞瀑流珠"等。

1936年的春天，原计划前往贵州安顺建立根据地的二、六军团，由于受到蒋介石的中央军、川军、滇军和黔军的围追堵截，只有放弃到安顺建立根据地的计划，转身离开毕节，进入了镇雄，从而开始了近一个月的乌蒙回旋战。在贺龙、任弼时、萧克和王震的带领下，红军不改初心，胸怀崇高的共产主义理想，克服了在镇雄、彝良、毕节、赫章、威宁、宣威等乌蒙十万大山中的艰险。忍着极度的饥饿和寒冷以及瘟疫和疾病的折磨，与十多倍于己的敌人周旋，凭着一双铁铸般的双脚，时而向南、时而向北，声东击西，以运动战的形式，牵着蒋介石的牛鼻子，让敌人疲于奔命，满山遍野乱窜。从而在古今中外的战争史上，留下了壮阔、瑰丽、史诗般震撼人心的篇章。后来，丧心病狂的敌人设下了两层由重兵组成的包围圈，计划在镇雄南部、赫章北部的狭小地带，全歼二、六军团。面对凶残的敌人，贺龙、任弼时毅然决然地决定，除枪支弹药外，丢掉其他有碍急速运动作战的包袱。料敌如神，且提高了运动速度的红军，神奇地从国民党郭汝栋、樊嵩甫两个纵队之间的夹缝中突围出来，神不知、鬼不觉地三进三出彝良奎香，搞得敌人晕头转向，竟分不清东南西北，更看不见犹如天兵天将的红军在哪里。贺龙、任弼时、萧克、王震抓住战机，带领主力红军，以迅雷不及掩耳之势南下，在昭通和威宁之间，突破滇军孙渡的防线，直驱滇东，日夜兼程进人云南，过富源转人贵州盘县。从此，摆脱了郭汝栋、樊嵩甫的围追堵截，跳出了蒋介石精心设计的包围圈，挥师北上，大踏步，胜利地到达陕北延安，三个方面红军实现了大会师。在保安，毛泽东十分兴奋地对贺龙、任弼时和萧克、王震说道：

"二、六军团在乌蒙山打转转，不要说敌人，连我们也被你们转昏了头。硬是转出来了嘛！出贵州、过乌江，我们一方面军付出了大代价，二、六军团讨了巧，就没有吃亏。你们一万人，走过来还是一万人，没有蚀本，是个了不起的奇迹，是一个好经验，要总结、要大家学习。"

厚重的历史文化，依山傍水，风景旖旎的镇雄县城和如梦如幻的美丽乡村，为红色旅游、生态旅游、民族文化旅游和休闲养生旅游，提供了千载难逢的机遇和条件。所以，县委、县政府要想尽各种各样的方法和措施，支持鼓励贫困村和贫困农户参与乡村旅游的项目开发。努力把农产品变成旅游资源，变新修且花木扶疏的农家庭院设施，成为扩宽贫困农户的增收渠道。

李纪恒说：镇雄难在路上，困在水上，缺在电上。县委、县政府觉得他的话一语中的，说得十分精准、十分恳切，便很快拟出清单，各方筹措资金，倒排时间，争取在2020年之前，抓好88公里的通村公路和2643公里户间通道的硬化，65公里的村组公路的新修。同时完成532件供水工程的建设，新建通信基站11个和实施农网的升级改造。全面破解长期以来制约贫困革命老区和贫困地区发展的瓶颈障碍。但是，在75个脱贫行政村基础建设的清单上，不少的项目是没有专项资金补助的，要完成这些亟须解决的问题，资金缺口很大，必然得另想办法、另找门路。县委、县政府面对如此之窘况，希望和要求各乡镇认真开展一次社会帮扶"回头看"，进一步动员各界社会力量参与社会的脱贫扶持，有钱出钱，有力出力。同时，号召、动员受益的农户投工投劳，在切实减轻财政压力的同时，推进项目建设的进度，尽早让农户摆脱无路、无水和无电的困境，从而提高幸福指数。县属各行各业主管部门，也要加大、做实向上级部门的汇报，争取他们雪中送炭。锲而不舍，金石为开，总能有所收获。县上的各金融部门，也要发挥主观能动性，用活用够各项政策，积极争取信贷的额度，以解扶贫攻坚中，加大基础设施建设的燃眉之急。

教育扶贫，在全市区域内，镇雄有4个特别让人眩目的闪光点。李纪恒在视察镇雄时，说道："治穷先治愚，贫困地区和贫困家庭只要有了文化和知识，发展就有了希望。"要做到这一点，唯有重视教育，否则一切都是空谈。尽管镇雄人多，劳动力是优势，但如果没有文化和知识，他们只能从事简单劳动，所能创造的社会财富就少，甚至只能养活自己，他们就无法融人这个社会。正因如此，县委、县政府就把发展教育放在更加突出的位置上，做得最为精彩的就是在昭通首开先河，和云南师范大学联合在镇雄开办了附属中学。教育在贫困地区，除了阻断贫困代际的传递外，更为重要的是可以提高贫困群众的造血功能，让他们在城市化的进程中，以另一种崭新的风貌，理直气壮地融人城市生活，同样成为城市的主人。为此，他们对贫困村社，贫困家庭实施了多元化的扶贫政策，落实了控辍保学的责任制，加大了扶持农村学校的政策倾斜和全面提升了教育教学质量。

所谓多元化扶持政策，即是加快、夯实，构建全县贫困家庭学生到户、到人的扶贫工作体系，从幼儿园到高中，包括中职教育，按"奖、贷、助、减、补"等政策给予多元资助，确保每一个贫困家庭的子女享受同等受教育的机会。对贫困家庭的高中生按一等2500元、二等1500元给予助学金奖励；对考人129所国家重点高校的贫困家庭高中毕业生，省级财政给予每人每年5000元学费奖励；对贫困家庭子女接受职业教育的，免除学杂费，并每人每年补助2000元；对初、高中毕业未能继续升学的贫困家庭的富余劳动力，100% 免费进行技能培训。同时，县财政将每年预算100万元，建立教育扶贫基金，特别在贫困山区，专项用于资助贫困学生完成学业。

所谓落实控辍保学责任制，即建立健全"双线四级承包"，县、乡、村、组和教育局，中心校、学校、教师的责任工作机制，确保贫困学生不能因贫困而辍学，适龄儿童完成九年义务教育，初中毕业未考人高中的学生进人职业学校就读。

其实，昭通的农村中小学，学生流失的现象是较为普遍而严重的，特别是中学，有一所学校，三个年级只有十几个学生。贫困是流失的一个原因，而更主要的原因是读书无用的思想和影响，在农村比城市尤甚。现在的大学，无限膨胀，乱象丛生，只要能招收得到学生，并且收得到昂贵的学费，什么专业都敢办，什么学生都敢收，动辄几千，有的一两万。甚至置硬软件于不顾，只要能招到学生，人满为患也不怕，故学校无力且疏于管理，从教学到生活都显得十分混乱，哪里像所大学？我曾去过好几所大学，晚上，教室里灯火通明，却只有三五个，最多的也没有超过十个学生在教室读书，做作业。就是偌大的阅览室里，也只有稀稀疏疏的三五十人，最少的只有二十多个，混三四年毕业了，除了上网、玩手机较为精通外，其余的专业知识，一知半解，何以在社会上立足呢？在校三四年时间，学费、书本、住宿费和生活费，少则五六万，多的则超过十万，不少家庭，经济本来就不太富裕，不少的还比较拮据，为供孩子读书，早已债台高筑。特希望孩子一旦毕业，家庭的窘况便可以随之改变，但大学毕业后的孩子却无法就业。更为恼火且痛心的事情是，孩子在大学里不仅没有学到谋生且养家糊口的本事，相反学到了不少公子哥儿和富家小姐的烂脾气，大事做不来，小事又不做，整天游手好闲，让家长痛苦不堪。我曾做过一些必要的社会调查，农村十五六岁的小姑娘，高一、高二就退学了，不少的初中毕业就不读高中，大多便进城打工了。在昭通，她们基本从事的是第三产业，若在一般的饭店、宾馆打工，每月的薪酬800—1200元，还供吃、供住。一些在洗脚和美容店里打工的，每月酬薪、底薪加提成，多的可以超过五千，一般的亦在二三千元，同样供吃、供住。不少农村姑娘，干上几年，积攒了一些钱后，就自己当起了老板，并把表姐、表妹和同学带出来了。甚至不少的还在城里结了婚，在城里买了房子，或住进了廉租房，小日子过得十分惬意，甚至当了老板，开着较为豪华的车，不少的车甚至我连车名都不知道。在昭通市、区或县上，有相当叱咤风云、财大气粗的老板，几乎没有高中毕业生，更没有大学生，都是没有读过几年书的初中生、小学生，甚至连自己的名字都写不伸展的人。当年，他们离开农村、进城闯荡时，肯出力、受得苦、遭过白眼，亦受到过别人的欺负。但他们却通过自己的努力和拼搏站住脚，并当上了腰缠万贯的大老板，值得我们深思、研究，他们在社会上学到的知识，远远超过大学的课堂。在昭通，我就亲眼见到有清华等名牌大学的毕业生，在来自农村之房地产商的麾下打工，更看到不少姿色娇美的女大学生，甘愿给土老财当姨太太，如此等等，不是个别。我的一个乡下在城里打工的朋友，前几年，他的儿子高中毕业，考取二本因费用太贵，且需连续支撑4年，愁得焦头烂额。那天遇到我，说起此事，我就建议他叫儿子在学校里报名参军，这无疑是条体面的出路，他接受了我的建议。结果在内蒙古当了两年兵，不仅接受了正规的军事训练，而且磨砺了自己的性格和体能，懂得了人生的价值取向，从飘飘浮浮的半空中，踏踏实实地落到了地上。去年退伍回来，部队给了几万块的安家费，他便用这点钱作资本，试探着走上了创业的道路。现在，他虽没有完全确定自己最终的职业，仍在对比摸索中，但他却不要父亲的半文钱，不忘初心，不改军人的本色，一直向前跋涉，我相信，他会闯出一条有益于社会，又适合自己的发展道路。

镇雄县的"双线四级承包"是个防止学生流失的好制度、硬措施，值得在全市学习推广。而大学的乱象，我们只能感叹噫嘻，只有寄希望于国家的深化改革，方可改变考大学比进幼儿园、名牌小学、中学容易得多的怪象。

镇雄县委、县政府发展教育的第四个措施，就是狠抓教育教学的质量。他们首先是全力推进云南师范大学附属镇雄中学创建一级完中为重点，引领带动全县各级各类学校抓基础、抓质量、抓品牌、抓提升，确保到2019年义务教育的均衡发展，全面达标，高中教育、职业教育走进全市的先进行列。

其实，教育的本质，除了传承民族的优秀文化，提高整个民族的文化素质外，它的功能还需为国家培养大量的栋梁之材，为我们的经济发展、社会进步，永远立于世界民族之林抢占先机。所以，一所有影响力的高中，之所以受到家长和莘莘学子的热捧和趋之若鹜，其关键就是因它有厚重的历史文化渊源，有良好的学习环境和风气，有众多才高八斗、学富五车、十分敬业、传道、授业、解惑的名师。昭一中百年校庆时，我和陈孝宁、张友炎被叫回母校，回忆当年在昭一中的学习、生活，那段人生难以忘怀的经历时，我们共同的感慨都是昭一中多名师，随便回忆后，便是一二十位。我初中毕业，考入昭通师范学校，只读到二年级期末时，就搞"文化大革命"了，大学读的是理科。我特别喜欢读书的习惯，就是在昭一中养成的，古文的基础亦是初中时打下的。那时候，尽管极"左"思潮的泛滥达到了前所未有的程度，使大多数老师都成了惊弓之鸟。但是尽管如此，他们在教书育人，传播知识、督促学生用功学习上，却一点都不因频繁的政治运动而放松。到了师范，因为知识结构不同于普通中学的高中生，师范侧重于基础知识的训练，在知识的广度和深度上也有不同。而我酷爱读课外书的习惯始终不懈，还常常习作些散文和诗歌，结果遭到全校的批判，说我不安心当小学教师、想成名成家，走白专道路。面对口诛笔伐的批判，我始终不公开认错，心里只有在初中时就形成的信念，任何社会、任何时代读书都没有错误，都需要知识。所以，我在所谓的检查中写道：我十分坦诚地说，我的专业思想比任何同学都巩固，因家里太穷，我太需要这份职业了。所以，初中毕业，我便毅然决然填写了报考昭通师范学校的志愿……毕业分到炎山小学后，又被派到金沙江边的一所单小，三个年级，只有20多个学生。那时，"文革"还没有结束，没有什么书可读，手里只有毛主席的选集乙种本和张仲景的《金匮要略》及《汤头百解》。

所以，我就拼命读了这 3 本书，并且把不少的章节背下来，对我现在的小说创作裨益不小，凡写到中医药时，虽谈不上信手拈来，但能把阴阳五行的辨证施治，用小说的语言表述出来。以后又读了《黄帝内经》，对适时养生便有所了解，并转识为智，用到自己的日常生活中来，把读书写字作为自己养生的一个重要部分。我之所以在这里哆哆嗦嗦地写了这么一大段文字，无非想说明一个问题，名校之所以成为名校，其根本原因就是云集有各科的名师。一旦有这些名师教诲我们，不仅能学到知识、学到做人做事的真谛，还能在他们的教育、引导下，养成读书和如何读书的好习惯。现在昭一中，当年的省立二中，就因有众多的名师，办成了云南的名校，又因名校得天下英才而教之，又吸引了不少的名师，从四面八方云集到省立二中来，这个传统一直延续至今。前些年，我曾对一位领导说过：看一所中学办得好坏，不能光听汇报，光看数字，现在的大学都考不起，真是生成一副猪脑壳了。看学校办得好不好，你晚上悄悄地到学校看看，老师在做什么，学生在做什么，就一目了然……凡办得好的学校，不管你白天去，还是晚上去，几乎看不到在职的老师沉溺在麻将桌上，或者其他的娱乐场所。他们不是在教室里辅导学生，就是在灯下伏案批改作业和备课。学生亦是如此，他们不是在打打闹闹、抽烟谈天和搂肩搭臂谈情说爱，而是坐在树荫下、水池边看书、背诵课文。见状，你都不想打扰他们，而是轻手轻脚离开。这样的学校，何愁培养不出国家的栋梁之材？无可置疑，云南师范大学附属镇雄中学的创建，将会吸引有真才实学的名师荟萃一堂，以便施展自己的才华，体现自己人生的价值。镇雄县委、县政府的目标，就是确保到 2019 年，高中教育和职业教育走入全市的先进行列，实现教育扶贫的奋斗目标。

镇雄县委、县政府扶贫攻坚的第六个措施，就是通过社保兜底，让贫困群众中，完全或部分丧失劳动的群体，进行临时救助和保证兜底。确保扶贫道路上"不漏一户，不少一人"。要做到这点，必须对社保兜底的对象，有严格的准人界定标准和审核审批要求，既不能将不符合条件的家庭纳入兜底保障的范围，又不能将符合条件的人拒之门外。更不能搞亲疏里外，失去社会公平。所以要求相关部门和各乡镇要认真摸底，精准识别，并尽快建立完善"特困供养人员""重点保障户""基本保障户"三类兜底的对象档案，杜绝错保、漏保的现象发生。对社保兜底扶贫的对象，要进行动态管理，做到有进有出，符合条件的应保尽保，稳定脱贫则需有序退出。要做到这一点，民政部门应抓住契机，尽快制定和完善农村最低生活保障和扶贫开发政策有效衔接的实施方案，从而实现农村脱贫标准线和农村低保标准线，切忌随心所欲。更要分类救助，不能眉毛胡子一把抓，对特困供养人员，全部纳入集中供养的范围，实行应救尽救、应保尽保；对重点保障户和基本保障户，按农村低保政策全部给予兜底保障；对重特大疾病致贫的家庭，要加大医疗救助的力度；对突发性、临时性、紧迫性的困难问题，造成暂时生活困难的家庭和个人，实施应急性、过渡性救助。努力实现扶贫政策与城乡低保、五保供养、临时救助、医疗救助等政策的无缝衔接，良性互动，把这件利国利民的事做好。

镇雄县委、县政府在扶贫攻坚、决胜小康的实践中，深深地感到：要做到真扶贫、扶真贫、真脱贫。其根本就是要坚定不移地遵循习近平总书记的教导和嘱托，以更大的决心、更明确的思路、更精准的举措抓工作。县委书记翟玉龙抓得特紧，常常下到第一线，深入调查摸底，回到县上分析研究工作形势，及时解决突出问题，确保脱贫攻坚底数清，情况明，措施实，成效好。同时，建立领导小组全体会议和专题会议制度，领导小组由书记或县长适时召开，专题会议由副组长主持，每月一次。由于建立了层层落实的工作机制，从而做到了日常问题定期沟通，重点问题及时沟通，有争论的问题反复沟通，确保意志统一、决策统一和行动统一。这样的结果，必然使领导小组具有权威性、统领性。所以，领导组作出的决策，发出的文件，提出的要求，没有讨价还价的余地，只有一丝不苟执行的义务，只有这样才能层层落实责任，传导压力，让每一个人对政令都有了敬畏之心，便不敢视同儿戏。根本目的就是及时行动，迅速推进，让老百姓该得到的福祉，落地生根，美梦成真。

那天，市委书记范华平轻车简从，顶着萧瑟秋风，冒着霏霏淫雨，去了镇雄花朗乡、大湾镇、以勒镇、林口乡、塘房镇、泼机镇等乡镇，就脱贫攻坚中的基础设施建设、产业发展和基层组织建设，进行调研和督查。

花朗乡仓上村的马殚村民小组，坐落在大山深处，虽不能说马殚之道，难于上青天，但山高坡陡，似乎与世隔绝，却是真实写照。这里没有通往外界的公路，村民的生活、生产只能靠人背马驮，年长一些的老人，腿力不行，只能以山为伴，不知外面的世界发生了哪些精彩的变化。马殚的老老少少夜夜的梦想，就是有一条能走出大山的公路，但一年又一年过去了，他们望眼欲穿，却因为种种原因，这条路仍在乡民的神往中。去年，脱贫攻坚的暖暖春风，越过山峦重叠的大山，吹进了马殚，给村民带来了新的希望，修条通往外界的公路，转瞬便成为现实。首先是花朗积极整合一笔项目资金，家家户户出工投劳，硬是在悬崖峭壁上，用血汗和不甘贫困的决心，以启山林，凿出一条"天路"。范华平徒步冒雨走在新修的公路上，心情格外愉悦，他反复叮嘱和他同走在一起的县乡干部：看到这条由国家补助，村民自己动手修筑的，和脱贫致富奔小康、命运攸关的乡村公路，心里十分高兴，它表明了人民群众争取尽早摆脱贫困的心愿，值得肯定和赞扬。我希望你们要积极地探索农村公路管护的问题，才能有效地加强道路的管护；特别做好道路边坡的治理，除了延长道路的使用年限，更重要的是防止地质灾害的发生和确保行车的安全。有了公路，就需更好地结合自己的实际发展产业，可以走"公司＋支部＋合作社"的方式，带动贫困农户尽快脱贫，过上好日子。有了公路，不仅出行方便了，而且娃娃读书安全、舒适了，要好好教育孩子，努力学习，立志成才，走出大山。

以后，范华平又去了大湾镇罗甸村坝头村民小组和以勒金钟社区。每到一处，给他的感觉都是青山绿水，新修的房子四周，花木扶疏，整洁清秀，生机盎然，如诗如画……这些翻天覆地的变化，都是在党和国家的扶持下，镇雄的各级党委、政府带领群众，挥汗如雨，用自己勤劳的双手干出来的。

最近，市长郭大进、市委副书记王忠、政协主席成联远又率领市级有关领导到镇雄观摩点评。他们前后去了伍德镇、赤水源镇和雨河镇，观摩、考察了几个带动农户脱贫的生态农业公司和易地扶贫搬迁及人居环境示范点。

赤水源镇螳螂村银厂坪易地搬迁安置点，是以社会扶贫投资为主，整合易地扶贫搬迁和"农危改"等资金，带动群众投入合力打造的社会扶贫示范工程。占地400亩，搬迁安置贫困群众140户419人，其中建档立卡的46户162人，总计划投资4000多万元。着力将这个搬迁安置点打造成"生态、宜居、宜游、宜业"于一体的精品美丽村庄。

赤水源镇原名板桥镇，是2005年受贵州茅台酒厂的恳求而更名的，其中蕴藏着一段让人拍手称快的佳话。茅台酒享誉中外，之所以成为国酒，靠的是绝妙的酿制工艺和举世无双的自然环境外，再有就是赤水河得天独厚的神水。于是，茅台酒厂的总经理，便亲率有关专家、学者，逆流而上，为的是寻找给他们带来美誉和财富的赤水河源头。他们不畏艰险、翻山越岭、跨涧攀岩、披荆斩棘，沿着猿猴难攀缘、飞鸟不能越的悬崖峭壁，不忘初心，餐风宿雨，行程几百里，来到板桥镇。他们没有停下前进的脚步，在向导的引领下，终于在绝壁千仞的岩洞前，见到一泓从山岩深处潺潺流出的琼浆玉液，它汲天地之灵气，是那样的清澈、澄碧。见状，他们先是有些呆了，继而喜极而泣，撕心裂肺地吼道：这就是孕育了国酒茅台的赤水河源头啊……

以后，又经专家、学者的反复勘测、研究，不可辩驳地确定了，赤水源头就在昭通镇雄的板桥镇，贵州茅台酒厂亦深信不疑，于是刻石立碑以证，并在他们的恳求下，经有关部门批准，镇雄县政府将板桥镇改称为赤水源镇。

赤水源镇位于县城西北，两地相距近 10 公里。前几年在城镇化的推动下，镇雄在世人畏为凶险之途的将军坡附近修筑了一条贯穿南北的大隧道，天堑变通途，赤水源镇和县城，似乎近在咫尺。那天，我们的车通过能冲洗掉旅途征尘的一道水幕，沿着四车道的坦途，便进入了灯光璀璨的隧道。转瞬，透过风挡玻璃，映入眼帘的便是一栋栋拔地而起、依山而建、大多为 20 层以上的高楼大厦。细雨蒙蒙中，云雾缭绕其间，让我生出一缕如梦如幻、如诗如画的神思遐想，我便想：若我是哪栋楼最高层某一居室的主人，看着窗外若隐若现、轻轻缭过的雾霭，肯定有一种飘飘欲仙的感觉，那种惬意、那种快活，真是奇妙无穷矣。车进入车水马龙的城区，宽敞的大街，鳞次栉比、熠熠闪烁着霓虹灯的摩天大楼里外，人头攒动，谈笑轩轩，恋人相依，购物品茗，好一派歌舞升平、和谐温馨的清雅世界。我从小喜静，无事时，不愿东跑西窜，故十年有余，未来过镇雄，那日得见，恍若隔世一般，竟在不长的时间换了人间，足让我感慨万端。正因为如此，赤水源镇在扶贫攻坚、决胜小康的战役中，就着力把螳螂村易地脱贫搬迁安置点打造成休闲旅游的美丽乡村，并以此为产业，带动农户脱贫致富。

这不是随心所欲的感情用事，更不是热昏的胡话和幻觉，赤水源镇利用和县城唇齿相依的区位及便捷交通的优势，把螳螂村打造成县城后花园的梦并不遥远。最多用一年的时间，便能建成看得见青山、望得到绿水、记得住乡愁、贫困农户开始走向富裕道路的锦绣家园……

第七章

螳螂村在赤水源镇的西北部，它的面积有 16.5 平方公里，辖 13 个村民小组，有农户 1179 户，共 5161 人。

在银厂坪易地脱贫的建筑工地上，我见到了镇上的党委书记冯永钧和村支书、村主任，他们正和紧张施工的农户和工匠热烈地讨论着即将竣工住宅的扫尾事宜。这家农户的区位极具优势，就坐落在文化广场和人工湖的正对面，主人告诉我说：他是通过抓阄儿得到这块建房土地的，这样做虽然有些凭运气，但却十分公平，家家农户都心服口服。前些年，什么事都是由领导说了算，他们的亲戚朋友就得了不少便宜，我们老百姓心里有气，却不敢说，得罪了这些人，不死都得扒层皮。这时，站在旁边的几个村民插进话来，说道：现在从村上到镇上的领导都非常好了，从动员我们从高山上搬下来，就开了二三十次群众会，让每个人都把自己心里的话说完了，镇上、村上的领导才最后决定的。现在的领导什么事都为我们群众想得周周全全的，说话笑眯眯呵，一点都不霸道，让我们的心暖乎乎的……另一个村民不等他说完，忙着抢过话去，说道：全是人家邓坤这个大好人，挣到钱了，不忘我们这些穷乡亲，花 2000 万元买下螳螂村这片火腿心心的土地，我们这些高山上的穷苦农民，才一下子从糠箩跳进米箩，托习总书记的福呀……我一听，便感到十分惊奇，这个叫邓坤的人，简直神了，他竟然一下子拿出 2000 万元，这在昭通，乃至云南，都算首屈一指。其实，在昭通这片热土上，靠党的惠民政策富起来的人很多，有些甚至一夜暴富，家资超过几亿元，他们却视钱如命。那年豆沙关地震，市建筑学会发起为灾区捐款的公益活动，原以为他们的属下都是腰缠万贯的房地产商和建筑老板，一定能募捐到大笔的救灾善款。殊不知，只募捐到不足3万元的善款，让人寒心，感叹噫嘻嘻……可见这些人十分聪明，之所以能成为老板，他们知道自己的钱该送给谁。我便问冯永钧，这个叫邓坤的是哪里的人？他告诉我：就是螳螂村本乡本土的人。说话间，他用手指着山脚下不远的一栋房子说道：他家就住在那里。我便想采访他，遗憾的是邓坤去重庆办事了，通过村上干部的手机联系到他，他说乐意找个时间和我摆摆他的传奇人生。

在村公所，我看了螳螂村银厂坪美丽乡村建成后的效果图，转头又看了正在紧张施工的别墅式民居，心里那种激动、快活，真是无法用语言来表达。它让我看到了：人民群众对美好、幸福生活向往的目标，通过干部、群众的心血和汗水，正一天天变成现实。这时，冯永钧走近我，说道：螳螂村现在建档立卡的贫困户有130家，493人，他们计划并开始了行动，通过农业生产脱贫一批38户153人；易地搬迁脱贫一批31户110人；医疗救助脱贫一批3户16人；发展教育脱贫一批4户，18人；社会保障脱贫一批22户61人；劳务输出脱贫一批32户135人。努力奋斗，争取今年底，整体出列。我相信他说的是实话，那年在白鸟村，我第一次见到他时，他刚20多岁，是该村的副支书。18年后再次见面，他已从白鸟村的一个极普通、最基层的乡村干部，通过纳编，走上了乡镇的党委书记的岗位。毋庸置疑，这18年中，他肯定是用对党、对事业忠诚无二的信念，用心血和汗水走过来的。这18年，他始终没有离开镇雄这片热土，始终植根在老百姓的沃土之中，汲取养料和热力日益成长。他现在如此拼命地劳苦，便是对老百姓的舐犊之情、养育之恩的回报。于是按照"缺项补项"的要求，冯永钧亲自为贫困户制定切实可行的脱贫措施，把自己完全融人到老百姓之中，成了贫困户知暖、知心的基层带头人。市扶贫开发办公室对他多有点赞，觉得他有几件事情做得好。

2016年，冯永钧就几次组织群众到贵州和盐津的豆沙关镇学习美丽乡村的建设，重点观摩、考察别人易地搬迁后的产业建设。同时还学习别人的思想观念、思维方式和生活方式，用于改变家乡的生活环境和落后、简陋的生活习惯。赤水源籍的老板邓坤，就是在他的反复启发、动员下，无偿地捐资2000万元，为易地扶贫搬迁的贫困户购买了修房建屋的地基，从而大大地减少了搬迁贫困户的负担。今年10月，他又到昆明参加了招商引资的座谈会，以他的敬业、真诚打动了不少企业，从而成功地引人1.5亿元项目建设资金，为今后赤水源镇的脱贫奔小康奠定了基础。同时，他还像当年的武训那样，动员劝说企业的老板为贫困群众看病和供寒门子女读书，募捐到150万元善款。这150万元，不知将助推多少莘莘学子，为中华的崛起奋发读书，努力成为国家民族的栋梁之材。

作为基层党委书记的冯永钧，在扶贫攻坚中，兢兢业业、踏踏实实且一丝不苟的工作作风体现在"精准"二字上。为此，他不知召开过多少次干部群众的会议，不知到过多少村社和贫困户的家里，倾听他们的意见和诉求。从而剔除了不符合建档立卡的255户，964人，做到了精准，实现了社会的公平、合理，得到了干部群众的认可和支持。

在冯永钧不懈地努力下，赤水源镇今年成功地实施了整村推进的项目4个；维修通村公路近70公里，建成安全饮水工程2个，惠及357户需要易地安置的贫困农户。同时，在他夜以继日，不辞辛苦的拼搏下，完成农改625户和革命老区特困户安居工程70户，建成通户硬化路30多公里。

冯永钧用自己"真扶贫、扶真贫、真脱贫"的行动，赢得了干部群众的认可和支持，群众需要这样的基层干部。

我频频点头，却问道："围绕着今年底整体出列的这个大目标，你做了哪些事情？"他便回答道："全镇163个村民小组的人畜饮水问题已全部解决了，今年下半年又对11个村民小组的人畜饮水进行提升改造，共安装了输水管道46千米，新建水池3个，维修水池2个，正在全力推进，争取年底全面完工。"

"对俱倘村、向阳村等6个村民小组进行了农网升级改造，共覆盖村民500户1940人，今年9月底已全部竣工。"

"全镇4个贫困村的通村公路共35.2公里，到现在已全部油化。通村组的70多公里的公路改造硬化，今年底全部结束，螳螂、铁厂的7公里，已经硬化，到年底，全镇190个村民小组的通户路就可以全部硬化。"

"已开始改造危房624户，已完成125户，其余的年底全部完成。革命老区3年计划安居房建设70户已全部启动，现在完成了63户，余下7户，年底前结束。易地扶贫搬迁点3个，涉及农户359户，其中建档立卡的贫困户186户721人，现已完成主体工程的28户，其余的12月底结束，并让农户搬进新房。特殊群体无房和危房的有14户，现在已启动建设，年底完工。"

说到这里，我打断他的话问道："易地扶贫搬迁的农户，用什么资金来修房盖屋？"冯永钧回答道："建档立卡的贫困户每户补助6万元，贷款6万元，3年后，每年偿还3600元，没有建档立卡的农户，国家补助1.5万元，贷款6万元，亦是20年还清，每年3600元。"

我最为关心的事情是这3个易地搬迁安置点的农户，以后通过什么产业来维持生计，并脱贫致富。冯永钧回答得十分肯定："其实在易地搬迁选点的过程中，最为关键的问题就是能发展什么产业？适宜发展什么产业？我们选择螳螂村银厂坪，就是利用它和县城之间的地理和交通优势，发展美丽乡村的旅游，同时促进种、养产业的兴起。现在已种植各色林果 5200 亩，投资 1100 万元建成木瓜村大杉树养牛场 1 个和撮箕湾养鸡场 1 个，规模较大，采用的模式是'公司＋合作社＋农户'。同时，又在螳螂村、铁厂村、板桥村、俱倘村投资 14.5 万元，建成统共养殖黄牛 150 头、商品猪 750 头的养殖场 4 个。其中螳螂村的两个养殖场分别养商品猪 350 头、黄牛 50 头，还种植林果 200 亩。年初，我们又将 15 万元的扶贫产业资金入股三阳野生菌公司，现已有 120 人在该公司就业，他们既可参与分红，又可得到参与种植、管理野生菌的劳动报酬。不愿进入公司的农民，进行其他技能培训。"到我去螳螂村时，他们已培训了电工 88 人、装饰工 81 人、初级厨师 40 人，并有一半左右的人外出务工了。

螳螂村银厂坪易地搬迁扶贫点是镇雄县委、县政府利用社会捐资扶贫的示范点，集中安置 116 户共 410 人。整个美丽乡村由重庆设计院负责规划设计，从已建成的房屋看出，其风格是以川南民居的特色为主，加有欧式别墅的元素，每户占地 135 平方米，建筑面积均为 118.44 平方米，余下的土地辟为花园，以后宜果则果，宜花则花，和整个美丽乡村相得益彰。114 户民居、2 个广场、2 个人工湖、1 公里多的公路和幼儿园、卫生室及"两污处理厂"，已开工建设，整个安置点可望年底完工。

更为精彩的是，农民务工基本不出村，建档立卡的贫困群众 125 人，由联建委员会和镇村干部进行统筹，并根据各自的特长安排适宜工种。现在农户既可以监督承包商按质按量修好自己的住房，又可以在工地上打工，根据劳动强度和工种，他们每月的酬劳 2000—5000 元不等。那天，我看了他们的工资表，从 7 月开工以来，全村的平均工资达到 3000 元，到年底完工时，每人收入接近 2 万元，他们就可以把这些钱用在建房和购买家具上。建档立卡的贫困户，国家补助 6 万元，又贷了 20 年期偿还的 6 万元，两笔钱加起来，足够修 118.44 平方米的房子了，而欠国家的这 6

万元，3 年后，每年连本带利偿还 3600 元。当时，我在工地上，所到之处，不管是补助 6 万元还是 1.5 万元的农户，无不喜笑颜开，都说是中国共产党、习近平总书记，让他们这样穷苦的农民过上了美满、幸福的生活。

房屋建成后，易地安置在银厂坪的村民，除在休闲观光的旅游公司打工，或自己开设家庭旅社和饭店外，其余全部可以到邓坤在城里的建筑工地上打工和种植野生菌。三阳野生食用菌产业园，根据农户的实际情况，每年提供 300—500 袋菌棒，每袋可获 15—18 元利润，待农户有了收人，三阳公司再收回提供菌棒的成本，仅此一项，农户每年可增加收人 4000 元左右。

邓坤是银厂坪土生土长的农家娃儿，从小就十分喜欢读书，并刻苦努力，父母告诉他，只有这样才能走出大山，彻底改变自己的命运。所以，从小学到中学，他都是品学兼优的学生。高中毕业，他考人云师大下属的一个技术学院，就想有了一技之长，便可通过自己的努力立足社会。毕业之后，他没有离开昆明回镇雄，而是找了一家经营马可·波罗地砖的销售公司打工。他主要想通过打工，熟悉各类地砖的品位、质地和销售渠道以及进货的批发公司。他通过一两年的奔波、辛劳，不仅掌握了马可·波罗地板砖的经营程序和做强做大所具备的条件，而且还有了一笔可观的储蓄。于是，他便辞去销售员的职务，自己开设了一家销售马可·波罗瓷砖的公司。因为讲诚信，从不以次充好，或者出售假货。通过三五年的拼搏，他的生意越做越大，在昆明小有名气，资本亦有了相当的积累，他的羽毛开始丰满后，便转让了自己的公司，回镇雄开了雄峰建筑公司。又通过超乎常人的努力，流血流汗，他不仅在镇雄竞争激烈的建筑市场站稳了脚，而且事业得到了相应的发展，成了镇雄的一枝独秀。今年初，易地扶贫搬迁的安置点，就选在螳螂村——他老家门前那块平坦的工地上，但要征用这块土地需要 2000 万元，按有关规定，这笔钱均由搬迁户承担，而都是贫困户的村民无法承担。就在赤水源镇党委、政府进退维谷、一筹莫展的时候，邓坤毅然决然地拿出这笔买地的钱，便一时成为佳话，受到村民的崇敬和社会的赞赏。从而在昭通树起了一个致富不忘乡亲的标杆。

芒部从唐天宝（公元 754 年）开始，到元朝元至十年（公元 1273 年），又到明洪武十五年（公元 1382 年），先后 3 次成为滇川黔相邻几个县的政治、经济、文化和军事的中心，故历史悠久、积淀厚重，被称为"大雄古邦"。可以想象，在这块地理气候恶劣，大半年以上淫雨靠靠、大雾弥漫，寒风凛冽、雪花狂舞的土地上，曾发生过多少次刀光剑影的搏杀和惊心动魄的改朝换代……让人不解的是芒部这块古寒的大地，为什么在历史上竟 3 次成为政治、军事之重镇，至今仍没有一个历史唯物主义的诠释，到现在始终无法揭开它神秘的面纱。它的面积为 142.52 平方公里，有人口 13729 户 52775 人。它无霜期短，每年朗朗的晴天不足 100 天，农作物以冷凉为主，且产量不高，常常是农民脸朝黄土背朝天，辛苦一年，却不得温饱。气候和环境极端恶劣，不少地方已不适宜人的生存和发展，这是人们贫困的根本原因。所以在芒部镇，易地扶贫搬迁成了精准扶贫的重要手段，舍此，便断无出路。在 5 万多人的芒部，建档立卡的贫困人口多达 2432 户 9425 人，在镇雄刚刚拉开精准扶贫的序幕时，芒部镇党委、政府，便根据中央、省、市、县的决策部署，也随之吹响了向贫穷宣战的进军号角。他们把易地扶贫搬迁与美丽宜居乡村建设相结合，与新型城镇建设相结合，与发展乡村旅游相结合，与发展后续产业相结合，与发挥群众主体作用相结合。从而，做到了精准编制村庄的发展规划，精准设计项目方案，精准确定搬迁对象，使得易地扶贫搬迁项目很快得以施行。并根据"大分散小集中"的原则，今年就启动了松林上下街、团山店子、新地方青山和口袋沟老房 5 个易地扶贫搬迁点的建设。

　　那天，冒着茫茫大雾，靠靠淫雨，踏着泥泞，我在几位文友的引领下，到了松林上下街的集中安置点。这里是云南省委书记陈豪和省政府挂钩的脱贫安置示范点，它包括上街和下街两个村民小组，共67户，因受地形、环境的限制，集中安置23户，其余44户分散自建。到今年10月底，分散自建的44户，已有35户完成了主体建筑，正进行室内装修，其余9户属鳏寡孤独、由村社发动群众助建，正进行主体支砌。同时，还为这9户弱势群体根据实际情况，辟出30—60平方米不等的爱心家园，土地已整理出来，只差支砌裙边的装饰。上下街集中安置的23户中，70%以上的是彝族，只有6户汉族。芒部镇和松林村召开了几次村民大会，除了建筑面积和国家补助、贷款等事宜外，在集中安置点的建筑风格上，突出彝家的建筑文化。统一施工建成后，因为户型和面积一样，各家各户，采用抓阄儿的办法，在确定自己的住宅归宿上，达成了高度的共识。在细雨蒙蒙、泥泞陷到脚背的施工现场，我采访了芒部镇党委书记熊良纯和在上下街指挥施工的县政协副主席吉鸿，他俩告诉我说："上下街安置点由葛洲坝设计院勘测设计，实现了'房在山水间，产在田园中，人在桃源里'的理念。不管站在村子里的哪个地方，抬眼望去，都看得见郁郁葱葱的青山和清澈碧澄的绿水，让乡亲们记住了乡愁……"

　　在他俩的引领下，我先看了喷在防水塑料上的、上下街竣工后的效果图，它有两处水体公园，一栋民族文化陈列馆和一个民族文化广场。凝视片刻后，我转身望去，起伏的山地上，23栋新修建，并且有着浓厚彝族风貌的民居和养殖的畜舍，已经全部完工，承包该安居工程的云天化下属的天鸿公司的工人正在紧张地进行室内装饰。每家住宅的山墙上，已浓墨重彩地绘上了反映彝族文化、艺术的壁画，鲜艳夺目，异彩纷呈，惟妙惟肖，栩栩如生。我便问熊良纯道："广场和水体在什么地方？"他用手指指便回答，"两处水体，已征地38亩，现正在浇筑引水处的水坝。文化广场已平整土地 1500 平方米，一旦室内装修完工，云天化天鸿公司便全力以赴地修筑进村公路和排水沟渠，以及硬化通往各家各户的道路。道路完工后，就进行广场和水体公园的建设，保证在春节前让村民搬进新居，同时享用所有的公共设施和游乐场所。到那时，你再来上下街安置点时，用你们文人的话来说，它就成了不是天堂胜似天堂的地方"。

回到现场指挥部的临时办公室，我们集中谈论的问题，便是如何发展产业，保证安置点的贫困农户能短期脱贫，长期致富。熊良纯胸有成竹、十分自信地向我介绍道："我们党委、政府的发展思路十分明确，就是'资金跟着穷人走，穷人跟着能人走，能人跟着产业走，产业跟着市场走'。现在，松林村已种植经济林果 500 亩，冷凉蔬菜 400 亩，规划养殖 350 头本乡本土的乌蒙小黄牛，确保每个贫困户都有一项脱贫的产业。"现在，他们依托邦兴生态园、盛杰蔬菜、聚鑫源养殖等种、养殖专业合作社，采取"村委＋合作社＋基层组织＋贫困农户"的运作模式，带动建档立卡贫困户进入产业链。那天中午，我们在芒部镇的机关食堂吃饭，煮在火锅里的蔬菜，全是产于邦兴生态园和盛杰蔬菜的冷凉蔬菜，一大棵一大棵的，嫩油油的，时鲜脆甜。

临离开现场指挥部的办公室时，进来了一位叫刘昌富的老人，他来找村干部说："前几天村里死了一个老人，人家响应党和政府的号召，第一家带头火化，今天要安埋骨灰了，村上的领导应该去看看，顺便安慰家人几句才对……"我觉得这位头发胡子都白了，极敦厚、朴实的老人所提及的事很好，说明他很有主人翁的精神，便请他坐到我的旁边，想顺便采访他。老人朗朗地笑着，欣然答应，其实他只有 68 岁，比我小 3 岁，可由于常年的劳累，他的脸庞上刻着岁月的沧桑，显得比我老多了。但他却特别乐观，他告诉我说，他家虽是建档立卡的贫困户，但感到十分的羞愧，之所以贫困是两个儿子不成器，奸懒毒造成的……原来，他的两个儿子都是 30 来岁，气饱力壮的劳动力，家里的农活不愿干，实在没有钱到馆子里喝酒、吃肉了，就到外面打工，挣一文，吃出两文来，从不给家里寄回一分钱。两个儿媳妇，实在过不下这种日子，先后离家出走了，几年香无音信，却丢下 4 个年幼的孙子，由他老俩哺养，6 张嘴吃饭，怎么能不穷不苦？俩儿子在外面混不下去了，回到家，也是十指不沾香，一样农活都不愿干。有时到镇雄城里打短工，挣到钱了，也不想着给娃娃买件衣服、买几个本子和几支笔，全吃喝完了，才回来。老人还说，有这样的两个儿子，让他们老俩在乡亲面前抬不起头来。我听后，就对熊良纯说道："我跑了几十个乡镇的村落，第一次遇上因儿子奸懒恁毒而致贫的，我想主要责任还在你们身上。芒部镇五六万人，你们都领导得好好的，为什么就不管管这样的两个懒汉，你们只要帮老刘兄弟管好他的俩儿子，让哥俩改掉好吃懒做、不顾父母和孩子的恶习，他家不仅能脱贫，而且能致富。"熊良纯当即便慨然答应道："论辈分，我是他哥俩的叔叔，今天，就把哥俩交给我了，我不把他哥俩教育过来，不仅对不住刘大哥，更对不住老领导了……"刘昌富一听，便显得有些激动，眼里似乎还闪着泪光，他稍加思虑，突然对我说道：知道你是个记者，我心血来潮，编了一首打油诗，若不嫌弃，我念给大家听听。在座的便拍手称快，刘昌富便念道：

"松林是个好地方，记者来得正相当。先看高房大屋已修起，白墙刷得亮堂堂……感谢书记为我管儿子，幸福日子长又长。"

多么纯朴、多么善良的感情啊，在场的人无不为之动容，连连和他握手、点赞……

离开上下街安置点，我便随熊良纯等人去了聚鑫源养殖场，它的运作模式是"村委+合作社+村民小组+贫困农户"，其规模很大，除了养殖场外，还有乡村旅游的农家乐和垂钓池塘。因为淫雨霏霏，寒风嗖嗖，加之是上午，未见到游客，我便径直去了养牛场。现在的聚鑫源养殖场，已养有西门达尔牛50多头，每头都在千斤以上，还没有到吃草料的时候，每头牛都静静地躺在地上养神。饲养员告诉我：尽管槽里有草料，因为养殖场特定的音乐没有响起，这些牛也不会站起来吃草料，它们很听从我们指挥。养殖场内，除了少数专业的技术人员外，其余的都是当地农民，除这些牛外，山上还圈养着青山羊和林下鸡。若天气晴好，就有在这里务工的农民将青山羊放牧到附近的山林里，下雨就投放事先准备好的草料。牛舍的旁边，是饲料储藏室，里面有四五个容积很大的青绿饲料发酵池，每池的容量都在几万斤，甚至十几万斤。芒部因为气候的原因，种植的苞谷常常不会成熟，农户必然歉收，不得温饱，而发酵青绿饲料，恰恰就是需要这种不成熟的苞谷。9月底，10月初，农户便将青枝绿叶，没有完全成熟的苞谷收割，连苞谷棒棒和苞谷草一起卖给养殖场，其收入大大高于完全成熟的苞谷籽。其实，在镇雄的不少地方，苞谷的植株都不大，苞谷棒棒亦不大，就是成熟了，每亩的产量也不会超过300斤，产值也就是400—500元，除去成本，往往得不偿失。现在作为青绿饲料卖给养殖场，收入大大地提高了不说，还免去了因气候恶劣带来的种种烦恼。在养殖场，我遇到几个在场内打工的农户，他们个个都喜笑颜开，并告诉我说："现在习总书记精准扶贫的政策，让我们睡着了都能笑醒，在养殖场打工，得到一份工资，卖青绿饲料又得一份报酬，真是肥肉上添膘了……"

进入了产业链的贫困户，在能人的带动帮助下，改变了原有"等靠要"的懒惰思想，激发了内在的活力。觉得幸福美满的生活，在党的惠民政策扶持下，还得靠自己勤劳的双手去创造，村里富裕起来的人家，都是用血汗换来的，精神面貌发生了巨大的变化。扶贫攻坚让贫困户长了志气，这是最为宝贵的。

在精准扶贫中，芒部镇党委还重点抓了基层党组织的战斗堡垒作用和党员的先锋模范作用。他们在每个行政村都成立了党员扶贫先锋队，动员鼓励各级干部争做"乌蒙扶贫模范"，党组织争当"乌蒙扶贫堡垒"，党员争当"乌蒙扶贫先锋"和能人争做"乌蒙扶贫英才"，贫困户争当"乌蒙脱贫能手"。所以，在全镇，特别是易地扶贫安置点，更干得热火朝天，方兴未艾，处处都在比进度，比突破，看特色，看亮点。现在基础设施改善了，实现了所有的搬迁贫困户饮用自来水，用农改之后的电，走的是硬化了的水泥路，居住漂亮、安全的新房子。同时，拓宽了增收的门路，每个易地扶贫安置点都有一到两个，甚至三个产业，从而增强了贫困群众自我发展的能力。公共服务更是有了进一步的发展，在易地扶贫搬迁安置点，大多地方专门设置了文化广场、老年活动室、幼儿园、卫生所，甚至还在几个安置点的中心地带建了小学校。环境改变了，农户的收人增加了，生活的幸福指数也就随之提高了，不少的农户，家用电器增多了，家里的清洁卫生状况大大改观了。每到一家，给我的感觉都是整整齐齐、清清秀秀，甚至还有了几样抢眼的家具。更让我惊喜的是，普遍的农户都有了保护生态环境的意识，他们不再乱砍滥伐，而是见缝插针地栽植各种各样的果树。这样不仅使自己增加了收人，而且保护了生态环境，防止了水土流失，免除了无灾不成年的忧虑。芒部镇的几个易地扶贫搬迁安置点，通过村民的辛勤培育，真正成了看得见青山绿水，记得住乡愁的美丽乡村。

素有镇雄北大门的雨河镇，是出滇入川的主要通道，迄今已有 2100 多年的历史，故文化积淀厚重，具"小京洲"之美称。全镇辖 10 个行政村 164 个村民小组，11103 户 46808 人，其中 9 个村属贫困村，2014 年的贫困人口 11097 人，2015 年已脱贫 3884 人，到现在仍有建档立卡的 1980 个贫困户 7213 人。全镇面积 137 平方公里，人均耕地 1.2 亩，人均有粮 485 公斤。

雨河镇到 10 月下旬已建成乐利左家村一个易地扶贫搬迁安置

点，另一安置点瓜雄前进村正在建设中。

那天中午，我结束了威信的采访，沿着宽敞、平坦的柏油公路，驱车20多公里，便看到一座横额写有"大雄古邦"的石砌牌坊，我知道已进入了镇雄的辖地。过了牌坊，一座小亭前，镇雄的文联主席尹马和县委宣传部的一位副部长已等在那里，他们与我既是文友，又是学生，做我采访的向导，真是太合适不过了。一见面，他们便问道："老师想去哪个乡镇、村社，采访哪些对象？"我回答道："我想见的地方和采访的对象，就是原来十分贫困，通过精准扶贫，而发生变化的村社和贫困农户。"尹马便笑眯眯地说道："老师，这很容易，过去不远，就是乐利左家村的集中安置点，现已全部竣工，农户已经乔迁新居一个多月了。"我频频点头应诺。驱车不到10分钟，便在公路的左侧，闪出一片崭新的别墅式建筑群，且建筑模式一致，墙体的色调相同，显得特别和谐而光彩照人。我站在村口写有"乐利村"的一块岩石前，放眼看去，依山傍水而建的农舍错落有致，在晨雨初晴，岚蒸霞涌，烟雨氤氲中，忽隐忽现，如梦如幻，不是仙境，胜似仙境。此时的乐利左家村，时而飘飞着蒙蒙细雨，时而又蓝天白云，缕缕璀璨、瑰丽的阳光，便洒在青山掩映的房舍之上，绰绰倒映在绿水之中，流光溢彩、充满诗情画意，让人魂牵梦萦、充满了无限的神往和遐想……正在我如痴如醉之时，镇上和村上的几位领导来了，我便随他们走进新建的乐利新村。踏着青石板铺砌的街道，右边是整齐划一的别墅式民居，左边便是新修的利河，村上的干部告诉我：这条河原来是条不大的水沟、常年失修，下暴雨时，河水猛涨，洪水恣肆，漫进田地，冲毁庄稼；天旱时，它又成为藏污纳垢的垃圾桶，臭气熏天，蚊蝇肆虐，让周围的老百姓苦不堪言，却又无法治理。今年4月，新建左家村集中安置点时，挂钩扶贫乐利左家村安置点的县委书记翟玉龙，在深入调查的基础上，决定先治河，后建村。于是乐利村就整合美丽乡村的资金和连年都得整修这条河的水利资金，组织村里的农户投工投劳，便把这条危害老百姓很久的河道从山脚起到公路旁，挖深拓宽。又在河底铺砌了石板，河堤也砌了石条，供人行走的河堤两岸，用产于镇雄的墨玉花岗岩装饰了特别讲究的护栏。我到过国内外的一些地方，就是当年皇家的颐和园，其四周的护栏也是汉白玉，并非是墨玉，想必乐利河上的护栏，甭说在农村，就是在大都市，也是首屈一指啊！好在镇雄逶迤磅礴的群峰中，有着取之不尽、用之不竭的墨玉，这是上天赐给镇雄民众的一笔财富，我相信，总有一天，它会走红神州大地。河堤留有一公尺左右，供人游览的人行道，道旁栽有各种各样的风景树，树的一侧便是修于大街旁的花园，一直延伸到街道的尽头。现在的乐利河水，清澈见底，颇有建筑和艺术造诣的设计者，在铺砌河底的石板时，又间或留下了阶梯式的落差。河水流淌时，哪怕流量不大，在阶梯处也会激起朵朵浪花，奏鸣出撩人心扉的旋律，悠扬婉转，俨然就是约翰·施特劳斯的《蓝色多瑙河》之曲。如果你此时扶栏向水花远处望去，碧澄的河水跌跌宕宕，激越自如，让人感觉到的却是如泣如诉，神魂颠倒的串串涟漪……

乐利河的对岸，是一个接一个的花园，花木扶疏，楼台亭阁，完全掩映在葱茏的绿荫和奇花异草中，较为明显的便是卫生所，老年活动室和幼稚园。于是，我便从桥上走过去，进了老年活动室，因是午后，人不多，里面却有人在打扑克，也有老年人在闲谈，还有一位七十多岁的老人在拉二胡。我便走过去，请他为我们独奏一曲，以分享他闲情逸致的快活，他一点都不怯场，调调弦，便为我们演奏了一曲《没有共产党就没有新中国》。他不是演奏家，乐声不那么动听、悦耳，音准也不敢恭维。但他演奏得十分认真、动情，追求的是陶冶情趣、颐养天年，从心里流淌出来是对党的深情厚谊，我们便情不自禁地鼓掌点赞。

随即，我去了镇上的便民服务站，虽是星期六，但仍有工作人员办公，这对农民是一件天大的好事。以前且不说外出打工的村民补办身份证，就是在家的村民来办理各种各样的证件，介绍和审批各种申请，也是十有八九要吃闭门羹。镇上的这个衙门那是相当难进。若是极普通的老百姓，离镇上又远，带着干粮，不知要来回跑多少趟，弄得皮塌嘴歪了，才能如愿以偿，否则政府的权威和办事人员的淫威便显示不出来。进了大厅，我遇到一个补办身份证的年轻人，问到此事，他就笑嘻嘻地告诉我说："现在办事方便了，镇上的所有机关都集中在这间屋子里，再难的事情，个把钟头就好。若在以前，你不来回跑十天半月，不把鬼毛都跑得竖起来，休想办到。面对这种卡人村社领导，你还不敢发牢骚，惹眦了，轻者让你多跑几天，重者……"他不愿说了，稍停片刻，他才换了口气说道："以前当农民真是苦啊。精准扶贫，是最大的政治，它不仅让贫苦农民有了幸福感，而且有了荣誉感和自豪感，同时也让干部改变了作风，知道了权为民所用的内涵，党群关系便在扶贫攻坚的相濡以沫中，变得水乳相融了。"

离开便民服务站，本来想去村公所看看，同时再问一些情况，但我看到村公所的旁边，就是一所新修的学校，便感到十分亲切，执意去学校看看。星期六，学生没有上课，只有看门的保安，好在有一位教四年级的教师就住在学校不远的地方，保安便很快将他请来了。他是一位教书育人的老教师，颇受当地村民的赞扬，当年毕业于昭通师范学校。他把教室门打开，里面窗明几净，一切都是崭新的，黑板的旁边，有个两米左右高，一米多宽的书柜，我打开书柜的门，里面除了有几十本儿童读物外，还放有《史记》的原文版本和《唐诗》《宋词》的通俗读本，以及农业科技、文学读本。后墙有学生自办的板报，内容有唐诗、励志的格言和学生自己的习作，板书认真、清秀、充满童趣，可见学校的管理到位，教师十分敬业，教学秩序正常。我们一行，有几个做过教师，特别是我和陈孝宁先生，既当过农村小学和城市中学的教师，又当过大学的教师，看到农村小学发展到如此程度，心里感到特别的欣慰。

乐利小学是和安置点一起竣工的，除了教学楼、学生营养餐食堂，还有教师的周转宿舍和操场，布局合理，十分漂亮。

离开学校，我顺着整洁的街道走过来，便去了几个农户家，问了他们的衣食住行，共同的回答都是：刚从偏僻的深山老林搬下来，原来很穷，不得温饱，现在虽有了很大的改变，但是原来的家底太薄，若让新房子里有点儿像样的摆设，得闷着脑壳再苦几年。这方面，政府为我们考虑了很多，加上党的惠农政策好，让我们看到了希望，有了奔头。

在一户三口之家，六十来岁的爷爷带着两个未成年的孙子生活，他从很远的山沟里搬下来，孙子也进了亮堂堂的学校读书，每天都有一顿营养餐，他就在工地上打工，一个月能挣 2000 元左右。几个月下来，他除了顿顿米饭，还省下一些钱给孙子添置了过冬的衣服，同时又买了几样必需的家具。这时，涌进几个乡亲，大家便七嘴八舌地说道："儿子死了，媳妇跑了，他一个人支撑这个多灾多难的家，实在不容易，但他不向困难低头，非常乐观，见事就做，白天晚上地干，就是不让两个孙子饿着、冻着……"老人十分乐观，笑眯眯地对我说道："我从糠箩一下子就跳进米箩，做梦都不敢想，到了这么大、这么漂亮的街上，只要人勤快点，就饿不着，冻不着，眼一晃，两个孙子长大了，我就享福了，这得感谢党和政府啊！"门外的乡亲越聚越多，我们走出来，有位乡亲指着一个四十岁开外的妇女笑逐颜开地告诉我：她是我们这个村子里，山歌唱得最好的，以后搞旅游了，就让她给客人唱山歌。我就叫她唱两首听听，她有些羞涩地说道：在乐利这山沟沟里，劳动时累了，唱几句解解困乏还勉强可以，唱给你们大城市的人听，怕你们笑掉牙。我说："山歌就得有乡土味，你就唱两首，让我们见识见识啊。"她便爽朗地笑了，张口便唱道：

"三月里来采蕨苔，望郎早去早回来。路边野花你莫采，家中牡丹正在开。"

我一听便蒙了，这首山歌，在昭通农村十分流行，且旋律亦完全一样，怎么在这里也流行，它的源头究竟在昭通，还是在镇雄？于是，我便问她："你的老家在昭通？"她摇摇头，肯定地说道："我就是土生土长的雨河人。"在多年前，我曾收集整理过昭通的山歌，便对她说："我也记得一首，只是自己不会唱，我把词告诉你，你来唱，'大田栽秧坼对坼，郎一坼来妹一坼，但愿老天下大雨，冲断田梗变一坼'。"她听了，稍加思虑，便唱了，唱完，她说，我还有一首更好听的，说着就唱道：

"妹想郎来脸发黄，郎想妹来心发慌，白天想郎一起走，晚上想妹睡一床。"

在场的人听到如此泼辣、如此直白、如此执着的情歌，笑得前仰后合。我便对站在旁边的书记和镇长说道：昭通和你们这儿的山歌，旋律一样，但却有些哀怨，不明快悠扬，我就觉得它的旋律是不是由孝歌演化而来，值得探索，研究。以后，搞文化旅游，应该在原有的基础上创新，既喜闻乐见，又得悦耳、欢快，以后的乡村旅游，就得通过传统的民间文化来吸引游客，让城里人领略农村文化的神韵。

走在宽敞的街道上，我和党委书记、镇长仍在讨论乡村旅游的问题，我便建议他们道：既然如此，就要在调查研究的基础上，结合当地乡民的实际，尽快把位定准，这样才能让村民参与进来，并通过旅游，增加收人，脱贫致富。不仅要保持美丽乡村的外环境，还得打造每家每户的内环境，客人来了住在哪儿、吃在哪儿和休闲娱乐时各项有特色并能吸引旅客的内容。我在威信采访过的一个苗族村寨，他们是以红色文化为主，吃苗家菜，住苗家房，所以，每家每户都有两个标间，一次可接待4位客人，每天的住宿费100元。为了不因争夺客人而发生矛盾，破坏了村子的和谐和安宁，由村主任统筹安排，做到了每月各家各户的收人大致相当，每年都在 5000—6000 元。所以，就得花费一些功夫，对村民进行烹饪、接人待物和民族传统文化展示的培训，否则村民没有办乡村旅游的素质，有了机遇也会转瞬即逝。

乐利左家沟易地扶贫搬迁点，覆盖雨河乐利、龙井等 8 个村 43 个村民小组的 150 户 588 人，其中建档立卡的贫困户 77 户 324 人。项目总投资 2250 万元，其中县统筹安排 395 万元，安置房计划投人 1500 万元，群众自筹 240 万元，户均投资 10 万元。设计标准为一层半，建筑面积 120 平方米，屋外还有一块近 20 平方米的花园或菜园。工程实施采取统规联建，并由搬迁户推选出 7 名代表监管资金的拨付和建筑的质量。现在基础设施、公共服务设施和民宅全部竣工，并投人使用。

第二个易地扶贫搬迁点，位于距雨河镇 12 公里的瓜雄村前进村民小组，共 95 户 341 人，其中建档立卡的 95 户 341 人，覆盖瓜雄、茶坝、前进等 4 个村 37 个村民小组。项目投资 1582 万元，其中县级统筹补助资金 192 万元，农发行长期贷款 1045 万元，县发改局整合惠农项目资金 320 万元，群众自筹 25 万元。设计标准 2 层，建筑面积亦是 120 平方米，户均投资 11 万元，其他的亦和乐利一样。

两个安置点，除乐利将把旅游作为大产业外，其他的仍以种养殖产业为主。他们采取的模式是以 50 万元的红色信贷为载体，盘活可利用的各种资源。新河村人股远华养牛场，龙井村人股天沐肉鸡养殖场，乐利人股林下养鸡场，官庄村人股沟头沙石厂，瓜雄村人股和尚寨沙石厂，茶坝村进行生猪养殖，黄坪村则进行集体公益林场养护和采摘竹笋。到目前为止，天沐养殖合作社已吸收贫困户会员 208 户，远华养牛基地吸收了 285 户，乐利的林下土鸡养殖合作社则吸收了会员 190 户。去年以来，这些易地扶贫搬迁安置点已种植核桃 18000 亩，板栗 1200 亩，木漆 11000 亩，冬桃 1074 亩，花椒 1400 亩。

临离开乐利村时，已近傍晚，又下起了蒙蒙细雨，大家的兴致很高，便去雨河天沐生态养殖农民专业合作社。他的法人代表是脱贫致富带头能人吴道贵，他在几年前投资了 1200 万元，组建了这个合作社。天沐养殖合作社以发展蛋鸡、肉鸡、生态土鸡为主，同时还为村民提供鸡苗、饲料、技术、防疫和回收、销售服务。建社两三年来，合作社的占地总面积已达 4 万平方米，建筑面积 5000 平方米，并且学习、借鉴国际合作社的基本原则和经验，使养殖场和国际接轨，并正常运行。到我进场采访那天为止，共发展社员 126 户，其中建档立卡的贫困户 93 户 353 人。现在，合作社建有一幢全自动、现代化蛋鸡饲养车间和 2 幢半自动现代化的蛋鸡饲养车间，能同时饲养蛋鸡 38000 多只；两幢半自动化育雏室，能一次育雏 3 万多只；林下鸡喂养场地年出栏生态鸡 1 万只以上。社员单独喂养肉鸡、蛋鸡和生态土鸡的总量超过 4 万只，社员人均收入超过 3000 元。

现在天沐养殖合作社贷款 250 万元，自己出资 50 万元，新建"乌蒙山鸡"种鸡的繁殖基地。新建"乌蒙山鸡"，本地土鸡繁殖育种鸡舍一栋，孵化室一间，引进现代孵化设备，育雏脱温设备两套。这个项目完全建成投产后，可改良推广"乌蒙山鸡"30 万只以上，新增帮扶贫困户的能力 100 家以上，户均年增收可达到 3 万元。同时，可大幅度提高"乌蒙山鸡"种鸡的生产性能，全面提高土鸡的品质，推广土鸡的标准化生产，增加社员的收入。吴道贵雄心勃勃，他不仅要带动雨河镇的贫困农户脱贫致富，还想辐射周边的乡镇和村社的农户，进行土鸡的标准化、规模化的喂养，用以提高农民的素质，让他们脱贫致富。

雨河龙井村东风组村民柳昌发，一直在浙江、广州等地打工，他自己觉得收入还可以，但除去房租和食用，便所剩无几，加之父母年老多病，他便辞去工作回到家乡。此时恰遇吴道贵的天沐养殖合作社初建，在外见过世面的柳昌发便将在外打工节余的钱拿出来入了股。以后，他又在养殖场里务工，每月工资3000多元，加上入股分的红，全年收入超过9万元。现在，他既可以照顾年迈多病的父母，又能帮助家里做事，收入还比在外务工多，一举两得。养殖合作社的成立，让柳昌发一举两得，锦上添花，过上无忧无愁的舒适日子，所以，从早到晚都是乐哈哈的，心里充满了快活。

临离开天沐合作社时，吴道贵告诉我说：据有关官方信息得知，在不少的大中型城市，市民对肉禽产品的需求，不再允许活禽进入交易市场。因此合作社要提前准备，计划建设生产车间一个，对生态鸡进行深加工，并引进两条全自动的生产加工分割线。这样，天沐养殖合作社便可抢占先机，赢得销售的主动权。

那天尽管淫雨霏霏，我还是顺着硬化的水泥路，走到放养林下鸡的场地，透过隔离栏的空隙，我看到有少量的土鸡仍在雨中觅食，它们在锻炼自己的体质。而大多数的鸡都挤在棚舍里，相依相偎而取暖，秩序井然，让人感叹不已。

现在天沐养殖合作社年产鲜蛋210万多枚，加上肉鸡、土鸡的销售，实现经营收入220万元左右，且市场稳定，现在已能满足镇雄、威信和四川叙永的市场。以后，天沐养殖合作社还要发展电商产业，借助"互联网＋平台"，将林下土鸡销售到昭通、毕节、宜宾，甚至昆明、贵阳和成都、重庆。我祝愿这些有心、有情的致富带头人，美梦成真。

中屯是1988年区乡体制改革新建的乡。2012年撤乡建镇。全镇辖7个行政村190个村民小组，总人口为21257户69340人，面积74平方公里，人口密度高达每平方公里937人，但只有耕地27770亩，人均耕地不足0.4亩，远低全省全市的人均水平。就是在镇雄县，它也只有全县平均耕地面积的50%，是典型的人多地少的乡镇。2015年，全镇的粮食总产量是14073吨，人均有粮仅

202 公斤，几乎只有全省平均水平的一半，且以苞谷、洋芋为主。好在常年有 17733 人在外务工，故全镇在 2015 年实现经济总收入 5.39 亿元，人均纯收入接近 6000 元，否则连温饱都无法解决。所以，中屯不属于贫困乡镇，而 7 个行政村中，却有 6 个是贫困村，建档立卡的对象有 3466 户，共 12935 人。

雨河镇为镇雄的北大门，而中屯镇则为镇雄的南大门，这几年，城市化发展较快，中屯镇几乎和新开发的城区相连在一起。受城市经济、文化、教育的影响和熏陶，中屯镇的娃娃读书十分勤奋、刻苦，故小学的入学率 100%，初中入学率 98.6%。升学率为 78.3%。外出务工的人员中，具有初中文化的占 47%，高中文化的占 36%，大学文化的占 16%，三者加起来，高达 99%，总收入达到 2.42 亿元，人均年收入达 14000 元。外出经商资产超过 100 万元的竟有 110 人，公职人员有 1200 多人，科级以上的领导干部多达 150 人，这便是重视教育的结果。

中屯在扶贫攻坚刚刚拉开序幕时，他们建档立卡的贫困对象为 4305 户，共 15774 人，经过"五查五看""三评四定"的方法和流程，认真开展了"回头看"，同时又召开了多次的群众大会，广泛听取意见，最后张榜公布。结果，共核查出不精准的贫困对象 340 户，其中拥有机动车的 204 户，拥有商品房的 36 户，有公职人员的 95 户，甚至有实体产业的还有 5 户，最终竟剔去不符合贫困对象 839 户，共 2839 人。

扶贫对象精准了，又张榜公布，并发动群众参与评议，驻村包户的 211 名干部、职工又多次进村入户走访，几天以后，上上下下没有异议了，便开始对贫穷发动了声势浩大的攻坚战役。根据中屯的实际，镇党委、政府计划通过生产脱贫 594 户 2084 人；易地扶贫搬迁 66 户 249 人，生态补偿脱贫 28 户 105 人；发展教育脱贫 360 户 1721 人；社会保障兜底脱贫 341 户 954 人；劳动输出脱贫 452 户 1690 人；发展电商脱贫 2 户 7 人；医疗救助脱贫

71 户 190 人。

今年 6 月，中屯镇启动了易地扶贫搬迁 200 户，其中建档立卡的贫困户 114 户 403 人。其中青山村集中安置 50 户，头屯村集中安置 84 户，分散安置 66 户。到 7 月底，青山村安置点的场坪已完成，地基已划定，并完成堡坎支砌 30%，同时启动了主体建设。头屯村安置点，不仅场坪、泄洪沟的修建已全部完工，20 户的孔桩基础也接近尾声，分散安置的 66 户亦全面建设。

全镇 687 户 D 级危房改造，也和易地扶贫搬迁安置点一起开工建设，600 多家 D 级危房改造中，有 254 户是建档立卡的贫困户。到 7 月底，二层盖瓦结束的 93 户，一层支模打板的 486 户。房屋外貌改造也全面启动，到今年 8 月底，已全部完工。

青山 5 个村，8 个村民小组引水工程水源选点和具体实施方案已经批准，现在正进行水质的取样和检测。29 条 35 公里脱贫村组的公路建设已完全启动，到 8 月初完成了其中的 23 条，26公里。

发展生产脱贫的 594 户 2084 人，其关键的就是产业支撑，从中屯的实际出发，首先是巩固，发展现有的 28000 多亩经济林果。同时在柳林村打造 3000 多亩的核桃提质增效样板，以此引领、带动核桃管护全覆盖。在郭家村和柳林村种植冬桃 500 亩，项目已立项，一旦批准，可在 10 月底前后实施。

培育和成立 2 家种养殖农民专业合作社，重点发展蔬菜和蚕桑产业，现已经形成订单农业，从而吸引了更多贫困农户的参与。

头屯河、坪坝河是乌江的两条重要的支流，它流经中屯、头屯、青山、坪坝和郭家河等 6 个行政村。莽莽苍苍的乌蒙山，磅礴逶迤千里，到了中屯，突然失去了雄奇和险峻，使得急湍、奔腾的两条乌江支流，变得格外温柔，形成了风景旖旎的小三峡。她犹如一个年轻的母亲，怀抱露着淡淡笑靥的婴儿，让他吸着甘甜的乳汁，自己哼着摇篮曲，轻轻地爱抚着，让他甜甜地人睡。

特别是春冬两季，小山峡的清澈、碧澄，犹如一条晶莹剔透的玉带，拦腰镶嵌在秀美的青山之间，使它在伟岸中透着可人的清丽。再配上头屯的温泉、郭家河的生态渔庄和柳林花通城古文化遗址，在充满现代的氛围中，留着浓浓的古朴，深深的文化积淀。中屯人把它冠以小三峡，简直是神来之笔，让人拍案叫绝。这便是中屯不可多得，极富价值的旅游资源，游客到这里，除了尽享小三峡秀美的风光，还可在温泉惬意、快活地泡澡，更可在柳林花通城古遗址上享受文化，受到启迪，增长见识并在郭家河生态渔庄品尝原生态的各种鱼烹饪而成的美食佳肴。

中屯有近 18000 人在外打工，绝大多数为初中以上学历的年轻人，有相当的文化素质，但仍不适应高速发展的社会需要，还得不断地提高他们的素质，因此得有计划地开展技能培训，今年中屯就培训了 1350 人，有 831 人通过考核，基本符合条件，并发给了结业证书。

郭家河冷水鱼养殖不仅是带动贫困户脱贫的支撑产业，还是带动旅游发展的支柱产业，因此在中屯镇党委、政府的扶持、努力下，成立了汇泉花渔洞生态养殖专业合作社，以养殖、经营虹鳞鱼、鲲鱼等冷水鱼，同时带动农家乐的发展。项目协议总投资为 8000 万元，其中，固定资产投资 3000 万元，用以购买土地、修建厂房和配备各种设备。项目建成后，预计年产值达到 1200 万元，截至 2017 年 7 月底，已投资 1000 万元，产值已达到 400 万元，远景十分可观。

除此之外，中屯还发展誉满镇雄的柳林面条，现在柳林村已有面条加工作坊 12 家，年均投入 100 万元，年产面条 420 吨，实现产值 378 万元，可带动近百人就业并实现脱贫。

同时，还成立了龙头山中药材种植专业合作社，投资 700 万元，专门种植仿野生的青山天麻，从 2015 年到 2017 年已试种 400 亩，现已实现产值 150 万元。

年前还引进了益龙生态野生养殖有限公司，总投资100万元，养殖野猪，今年可出栏120头左右，实现产值90万元。

中屯镇党委、政府十分重视教育扶贫，这个举措不仅和村民一拍即合，达成共识，而且成为中屯的一个传统美德，所以较之其他乡镇，其村民的受教育程度较高，劳动者素质必然好于其他乡镇。它现有中学2所，在校生接近5000人；小学17所，有学生8281人，中小学生加起来，占了全镇总人口的20%，在180个中学教师中，本科学历以上的教师136人，真是师高弟子强。今年中屯采取一些实际的教育帮扶脱贫措施，确定了258户565人，通过教育而脱贫，其中学前教育28户92人，小学136户219人，初中93户118人，高中71户88人，职中13户15人，大学66户92人。同时还通过医疗救助37户37人。

中屯镇党委、政府现在已抓住了扶贫攻坚的机遇，因而横下一条心，立下了愚公移山之志，以前所未有的努力和奋斗，破釜沉舟，坚决打赢脱贫攻坚战。中屯六万多村民所向往的美满、幸福生活，正通过他们勤劳的双手和改天换地的劳动意志，一步步得以实现。

郎学华是镇雄鱼洞乡青杠村取下沟村民小组的普通农民，早在2002年的10月前，他就只身一人到江苏打工。因他读书不多，又没有谋生的专业技能，只能跑到建筑工地去寻找自己能做的苦力，他跑了一处又一处，身上所带的钱也快用完了，一个工头同情他从昭通镇雄远道而来，便叫他在自己的手下当了钢筋工。镇雄人因生存环境恶劣，从小就养成了不怕吃苦、不畏艰险的性格，一旦有了机会，便不会挑肥拣瘦、偷奸耍滑，而是脚踏实地、兢兢业业地干好自己的本职工作，郎学华就是其中的一个代表。因为工作扎实，心灵手巧，他很快就被提拔为领班，两年时间，他不仅成了一名技艺娴熟的钢筋工，而且省吃俭用，有了发展自己的第一桶金。2004年，他便辞去扎钢筋的工作，当起了承包工程的小老板。因为他诚实、善良守信用，加之天道酬勤，10 年时间，竟然挣下了 2000 多万元，成了鱼洞乡少有的富豪。

去年 10 月，郎学华回乡探亲，恰遇鱼洞乡党委、政府召开社会扶贫的动员大会，动员外出务工，通过拼搏颇有一定经济实力的村民回乡支持脱贫攻坚。郎学华知道后，心里荡起了思绪的涟漪：他觉得自己生长在鱼洞乡，就因为山高路远、交通极为不便，加之气候恶劣、生态环境较差，乡亲们脸朝黄土背朝天地辛苦劳作一年，到头来，连温饱都不能满足。是得益于改革开放和党的惠民政策，他这个乌蒙山区的普通农民，才走出巍巍大山，来到吴侬软语的江南水乡务工，并通过 10 年的努力、拼搏，成了腰缠千万的富人。为报桑梓父老的养育之恩、舐犊之情，他自觉应该为家乡做点力所能及的事情。乡上的领导便对他说道："从大地到青杠村有 9 公里的公路需要硬化，县交通局设计的标准宽 4.5 米，若有哪位有实力的老板来修，我们乡上每公里补助 50 万元，以便解决两地村民的出行难和运输难。"郎学华听后，便欣然自喜，十分肯定地说道："这条公路，我早就想修了，何况现在政府每公里还有 50 万元的补助。如果交给我来修，我保证加宽到 5 米，这样就可保障公路畅通无阻；若别人来修，我每公里再补助他 1 万元。"乡领导一听，十分高兴，连连说道："这条从大地通往青杠村的公路，是条经济发展、社会进步的交通要道，又是一条两个村致富的道路，你若将它修成 5 米的道路，我们乡上就把它交给你。"

工程开工后，郎学华完全按设计图纸施工，还在容易滑坡和塌方，且图纸上没有设计到的地方，加了保坎、修了涵洞，从而延长了公路的使用寿命，保证了行车的畅通无阻。为了修这条通村公路，郎学华专门办了一个沙石料厂，除了就地取材，还加快了公路竣工的速度，但需要相当的投人，而他不计较这些，一心只想把路修好，造福一方百姓。此时，恰遇取下沟相邻的两个村民小组正在建设安居房，特需要沙石，郎学华就叫他们来自己的沙石厂拉沙石料，现在拿不出钱来，随便记个账，以后有了只还点成本。村民听了皆大欢喜，到他的沙石厂拉料，不仅运输路途近，还能赊账，真是肥肉上添膘了。对那些建档立卡的贫困户，郎学华就全免了，"乡里乡亲的，就算我为你们尽点心意"。

在修筑这条公路的同时，郎学华觉得：自己做好事就做到底了，于是决定自己出钱，把村子里的通户公路也就一起修了，除了走路，还可运输，便把通户的路修到了1米多宽，全部加起来，足有8公里。在修建的过程中，他亦不偷工减料，马虎搪塞，仍是该打保坎的照样一丝不苟地打保坎，遇到火巴软的土层，他就拉来块石垫平筑牢实。到六七月份，这条公路，连同通户的道路便竣工通车了。

因为修公路，村子里那些特别贫困的村民，便来他的工地上打工挣钱，开工不久，村民晋方兴就在工地上打工，到公路竣工，他便获得劳动报酬3万多元，有个叫邓开勇的村民，姗姗来迟，苦了两个来月，也收入了5000多元。青杠村民小组的村民吴道平，因家里负担过重而贫困，女儿两三岁了，都没有裤子穿。郎学华知道了，就叫人把吴道平喊来工地上干活，几月下来，他挣到了几千元钱，真是雪中送炭，解了燃眉之急，他逢人就夸郎学华富了不忘穷乡亲。

有10户村民，因山体滑坡，失去了居住的条件，按鱼洞乡的安排，全部搬到了取下沟重新修房居住，按有关政策，政府补助10200元。村民便将这点补助全部交给郎学华，他又给每家拿出了5万元，便修了同规格、同式样、砖混结构的房子，同时又把室内装修好，才让这10户村民搬进新居，他贴了好大一笔钱，却不让任何一家再拿出额外用去的钱。

在修筑大地至青杠的公路时，开压路机的驾驶员不小心操纵失误，连人带车翻下了悬崖，当场身亡。经有关部门协调，郎学华需赔偿死者家属 39 万元，他二话不说，如数赔偿了，村民小组长吴学美便说道：幺哥，你帮我们修了路，盖了房子，花了不少的钱，现在又得赔偿人家的抚恤费 39 万元，我发动村民，得多少凑点给你才对。郎学华笑了，诚恳地说道：给大伙修路，需由我补上不足款，是我自愿的，怎么能叫乡亲们为我出钱呢。

郎学华致富不忘穷乡亲，表现了他以善为德的情怀和博大的胸襟，用毛泽东的话来说，他是一个脱离了低级趣味，有益于人民的人。

市长郭大进挂钩帮扶点在以古镇岩洞脚村，那天他在其他乡镇调查研究之后，专门去了岩洞脚村的下寨村民小组，进了贫困户、苗族同胞陶宇的家。陶宇的妻子段昭莲是彝族同胞，他俩居住的地方，不仅是偏僻的大山，而且自然环境极差，两人辛劳一年，收获微薄，根本无法解决全家人的温饱，始终在贫困线上挣扎。万般无奈，他和妻子只有背井离乡，到村里的小集镇上租了房子开了一个超市，经营群众需要的副食等日常家用商品。易地扶贫搬迁，在各级党委、政府的亲切关怀下，他在新开辟并已建成的小集镇上，修了一栋两层的楼房，利用一层的门面，仍然经营他的超市，这样的结果，使陶宇既免去了房租，又扩大了经营范围和规模。他夫妇俩都是闲不住的庄户人，每逢超市淡季的时候，陶宇又外出务工，家里的收入便日渐丰厚，一家的小日子，真如芝麻开花节节高啊。

郭大进市长进了陶宇家的超市，先走走看看后，便问道："老乡，你家几口人？"陶宇回答道："四口人，两个大人，两个娃娃。"市长又笑眯眯地问道："老乡，你这个超市，首次铺货要多少钱，每月的收入有多少？"陶宇不假思索，坦诚地回答道："首次铺货需要 5 万元，大约每月能挣 2000 元。"郭大进频频点头，感到非常的高兴，于是便欣喜地说道："你们过上好日子了，我心里感到十分欣慰，你们做生意，一定要合法诚信，热心服务老百姓，打造良好的口碑，把生意做大做长久。进货时，要严把商品的质量关，高度重视食品的安全，千万不能销售有害有毒的食品和那些变质及无检疫合格证明的小食品还有质量低劣的粮油加工食品，以确保老百姓舌尖上的安全。"段昭莲听后，频频点头，笑眯眯地说道："来超市买东西的，都是低头不见抬头见的父老乡亲，怎么能昧着良心，做伤天害理的缺德事嘛。"

离开陶宇、段昭莲夫妇的超市，郭大进又去了苗族贫困户杨银海老人的家。杨银海今年已满70岁，是退伍的老党员，在部队里，不管是站岗放哨，还是参加训练和救灾，他不仅流过汗，还流过血，曾获得"毛主席的好战士"等光荣称号。退伍回到家乡，因为自然环境等原因，杨银海缺失了在部队里的那种敢拼敢搏的虎气，变成了建档立卡的贫困户，日子过得有些窘迫。郭大进随便坐下后，开腔就说道："老杨，你是我的结对帮扶对象，咱们就是亲戚啊！你老俩的身体怎么样？"杨银海见郭大进如此亲切和随便，心里便没有了什么顾虑，话匣子一旦打开，便畅所欲言，拉起了家常。两人从生产、生活讲到下一步的幸福美满生活，心里喜滋滋的。这时，杨银海满是皱纹，满是沧桑的脸庞忽然变得几分愁苦、忧虑，这些细微的变化郭大进一眼就看出来了，便急切地问他，"有哪些不快的事，不要积郁在心，忧伤肺啊！"杨银海稍加犹豫后，还是讲出了心中的难言之隐……他的小儿子在外务工，由于涉世不深，加之想走捷径发财，而误入歧途，加入了传销公司，违法乱纪，受到国家有关部门的追究。一波未平，一波又起，小儿子骗父母说自己在外找了对象，并且到了谈婚论嫁的时候。杨银海老俩欣然自喜，为儿子吸取教训，走了正道而高兴不已，于是不惜将自己的养老钱毫无保留地拿出来，一并寄给了在外乡打工的小儿子。结果老俩得到的却是竹篮打水一场空的悲愤结局……杨银海说到这里，浊泪纵横，伤心不已。郭大进一边好言相劝，一边叫镇村干部想办法拨通老杨小儿子的手机，他要亲自告诫劝说杨银海的小儿子痛改前非，浪子回头，走上正道，通过自己的辛勤劳动，改变贫穷，走上致富的道路。

离开杨银海老人的家，走在路上，他告诉镇村干部，要加强与外出务工的村民联系，摸清他们在外的情况，了解他们的喜怒哀乐。叮嘱他们在外勤劳务工，并遵纪守法，提高防范意识，避免受骗而误入歧途。又反复叮嘱镇村干部要特别关注少数民族中的贫困户，搞好民族团结，走共同富裕的道路。要想办法挖掘这里的人文历史，并利用生态环境的优势和民族风情的优势，发展乡村旅游，增加农户的收入。打好打赢脱贫攻坚仗，带领贫困群众早日脱贫奔小康。

昭通市司法局"挂包帮"和"转走访"的对象就是雨河镇新河村，它距镇机关所在地较近，被列为 2016 年全县脱贫出列的贫困村。它的面积近 15 平方公里，海拔不算太高，却天气阴冷，年降水量多达 1300 多毫米。全村现有 1199 户，4699 人，却只有耕地 4155亩，其中高产稳产的田地只有 464 亩，人均耕地只有 0.85 亩，今年各种粮食的产量加起来，合计 962 吨左右，人均却只有 204 公斤。粮食只有玉米、洋芋和大豆，除去籽种和饲料，粮食不能自给，故难以解决温饱，从而导致新河村贫困面积大，程度深。加上文化、经济基础薄弱，科技、教育、卫生落后和自然气候、生态状况差，全村建档立卡的竟有 198 户，682 人。万般无奈，外出打工的人数接近 1500 人，约占全村人口的三分之一，可以想象，家里剩下的就是一些老弱残疾。所以，新河村因灾、因病返贫的比例较大，并在短时期内无法根治。

新河村拥有林地 4386 亩，林果就是梨和桃，畜牧业以养牛、养猪为主，全村有牛 783 头，今年出栏 727 头，生猪存栏 8388 头，今年计划出栏 5241 头。农民的收入以外出打工和种植业为主，经济总收入达到 986 万元，农民人均纯收入 3210 元，而绝大部分是外出务工所得。

市司法局奉命派出的几位帮扶队员，进入新河村后，做了几件实实在在的事：

第一，摸清贫困家底，方可聚焦精准。党委班子的全部领导，分批分期先后五次亲临新河村，认真开展"挂包帮""转走访"的调研工作，从而摸清了村情、民情，通过研究，提出有针对性的扶贫工作措施。在此基础上又先后开展了两轮"回头看"，新河村的贫困户由原来的261户1048人，调整为198户682人，并得到了群众的认可。于是，每名局领导负责挂钩5户，干部职工负责挂钩3户，共挂包136户455人。经过近一年的艰苦工作，严格按照标准和程序，本着贫困户"八有、四无、一超、一受益"的标准，又经村民小组反复讨论评议，张榜公示无异议后，今年83户366人贫困人口脱贫出列。之后，按照有关规定和程序，分批次有重点地进行了"回访"，实现了"回访"工作的全覆盖。尽管如此，他们还结合"回访"的成果，规范地进行了建档立卡，并完善了所有资料，同时还进一步落实帮扶措施，使脱贫户有了自己的产业和稳定的收入。

第二，市司法局力所能及，不说套话，更不说空话，到10月底，他们直接投入扶贫资金36.18万元，其中用15万元修复了新河村"8·14"和"8·17"被洪水毁损的桥梁，解决了千余名村民的行路难的问题。用2.5万元创建了新河村调解委员会，且能规范化进行调解，从而减少了邻里之间、亲人之间的矛盾，人与人之间变得和谐而亲近，体现出村邻之间守望相助的古风。又用3万元聘请了社区矫正工作的管理人员，从而加强了社区的矫正工作，积极教育引导社会服刑人员痛改前非，积极投身于扶贫攻坚战中来，用自己的实际行动，获得乡亲父老的关爱，有效地杜绝了脱管漏管的现象发生，切实维护了雨河镇的社会安定。2016年春节，市司法局用5万元购置了大米和食用油，对261户"挂包帮"的农户进行了慰问，给他们送去了党和政府的温暖和关怀。今年5月，在新河村河头小学开展了"送法进校园"的法制宣传和捐赠活动，为河头小学师生捐赠了价值1万元的文体用品，同时建立了4.68万元的新河村教育扶贫资金，实实在在为贫困学生和留守儿童做了好事。市司法局筹集的达36万多元的扶贫资金中，有19.68万元是市律协、司法鉴定机构及局机关全体干部职工自愿捐助的。他们都是靠工资养家糊口的，能主动帮穷扶困，充分体现了他们大爱无疆的胸怀，值得点赞。

市司法局的扶贫工作队员，能在新河村做这些贫困农户得益的好事、实事，除了严格的组织纪律和坚持考勤，吃住在村及每月不少于22天坚持在村的制度外，把扶贫攻坚视为最大的政治，才是他们内在动力的源泉。正因为如此，驻村的工作队员，才不断地访贫问苦，因户施策，因人施策，一户一策，做到了精准扶贫，精准脱贫。他们利用整乡推进的项目，在陆家沟和岩头上，养殖本地黄牛100头，肉牛40头，价值超过150万元。新河村共有125户属D级的破旧土坯危房，需重建和改造，其中建档立卡的有32户，今年10月底前，已有10户搬迁，其余的已全部改造结束。他们正积极参与并协调修筑3.5公里的通村公路，同时还完成了6个村民小组的户与户之间的硬化路11200平方米。

市司法局驻新河村的工作队员，一年多时间以来，用自己脱层皮且流血流汗的实际行动，体现了他们的忠诚、担当和干净。

离开镇雄的前夕，我在师专的几个学生闻讯赶来旅馆，10多年不见，他们的事业各有所成，我感到十分高兴和欣慰。听说我这次是以作家的身份，为写昭通精准扶贫的一部长篇报告文学，而到基层进行采访，故不敢打扰任何当权者。他们便自告奋勇地说道，我们既可当向导，又能介绍精准扶贫的情况，我欣然接受，他们便争先恐后，娓娓道来：

镇雄从2014年开始，在有实力、有责任的企业和能人的引领、扶持下，开始建立各种专业合作社，到今年10月为止，登记注册的农民专业合作社已达 670 多家，现仍方兴未艾，如火如荼。采用的生产和经营模式均为"合作社＋基地＋农户"和"互联网＋"的电商经营模式。五德镇龙艳养殖农民专业合作社成立最早，2014 年他们通过土地流转，投资 300 万元，建成占地 1200 亩，总投资超过 1000 万元的标准化蛋鸡房 6600 平方米。到现在已有1000 多户农户加人这个养殖合作社，其中建档立卡的有 400 多户，通过两三年的努力，每人的平均收人突破 3 万元。农民普遍反映，原来只种苞谷、洋芋，连本带利，不算投人的劳动力，一年的收人仅有 2000 元左右。加人合作社，又在养殖场务工，有的还当上了技术员，这样的农户，一年的收人近 20 万元，一般的也在 10 万元左右，最差的也有 3 万元。新寨六合村的村民唐修陆，合作社建设伊始，他就看准了龙艳养殖场的发展前景，拉账拽钱人股了 5 万元，现在不仅全部收回了股本，每年还可分红10 万多元。

现在镇雄县近 700 家的农民专业合作社，已覆盖了全县 29 个贫困乡镇的 196 个贫困村，在合作社务工的村民多达 31000 人，其中建档立卡的贫困人口就有 3500 人左右。现代农业已在镇雄广袤的大地上，如雨后春笋般涌现，它在改变传统农业日出而作、日落而息、自给自足的自然经济的同时，更不容置疑地改变着农民的思维方式、生产方式和生活方式，他们已抓住"十三五"时期以习近平总书记为核心的党中央高度关心贫困群众的历史机遇，全身心地投人扶贫攻坚之中；他们已自豪而骄傲地张开双臂，去拥抱属于自己的美满而幸福的生活。

彝良地处云贵川三省结合部的乌蒙山区，它东临镇雄、威信，南接贵州威宁、赫章，西靠昭阳区、大关，北与盐津、四川筠连县毗邻，总面积 2804 平方公里，山地占 96%。

天地有大美而不言。人们知道版纳，知道丽江，知道大理和香格里拉及罗平的油菜花。但人们却不知道昭通，更不知道彝良，其实，云南的山水之美就在昭通，就在彝良，它的山水有一种震撼人心的大气之美。金江龙盘，乌蒙虎踞，雄关锁钥，古道千里。大山飘雪，密林飞花，云壑瀑流，峡谷泉奔，是那样地沉郁、厚重、磅礴、雄浑。你只有走进彝良，才知道什么叫高天厚土，什么叫大野长川，它既不同于骏马秋风的蓟北，更有别于杏花春雨的江南。这里是山的国度，山的海洋。这里的山，没有泰山的帝王之尊，没有黄山的才子之气，没有华山的奇险，没有庐山的诡谲。因为彝良的山太多，便成了山中的芸芸众生，也就成了伟人笔下的"泥丸"。

风中的群山，守望在时光的长河里，平凡而伟岸，安详而沉着，质朴而奇崛。一代又一代的彝良人，就在这山的皱褶中，生存着、繁衍着，却巍巍然站起了军事家、红军和新四军的战神罗炳辉，中国共产党早期的省委书记、革命烈士刘平楷，奋不顾身救人的徐洪刚。如果以彝良的大地为书，这里该读出多少动人的故事！如果以彝良的大山为文，这里该写出多少传世的篇章！以"中国小草坝天麻"而名扬天下的朝天马，气势恢宏，雄奇险峻，它青山叠翠、怪石嶙峋、古树参天、飞瀑荡谷。在朝天马近20万亩的自然保护区内，有高等植物193科，属1220种，其中属国家一级保护植物的有琪桐；二级保护植物有银杏、香果树、水青冈等；三级保护植物有银叶桂、白辛树、笼竹、黄连、楠木、厚朴、油核、黄柴。还有十齿花、鹅掌楸、领椿木、连香树、木瓜红、蛾眉含笑、大四照花、岩匙铁坚杉、般木、南乡红豆杉、刺楸等等。广袤的森林和深山中，还有黑熊、猕猴、小灵猫、羚羊、白鸭、岩羊、小熊猫、穿山甲、大鲵和红腹角雉等16种国家重点保护的野生动物。以驰名中外的天麻为主的中药材，资源丰富，产量极高，每年均能收购20万—30万公斤。奇花异草更是数不胜数，兰花、杜鹃花品种多，品位高，每到春天，满山遍野的杜鹃花盛开，如云如霞，十分壮观，让人震撼。

彝良县辖 15 个乡镇，137 个村委会，2921 个村民小组，总人口 60.14 万人，农业人口 49.67 万人。因它是山的国度、山的海洋，境内必然山高坡陡，沟壑纵横，最高海拔 2780 米，最低则只有 520 米，相对落差大。故立体气候明显，一山分四季，十里不同天，由于历史、气候、环境诸多原因，彝良经济社会发展滞后，是国家新一轮扶贫开发的重点县，又是革命老区。当年，贺龙、萧克率领二、六军团，三进三出彝良奎香，筹划、指挥打响了"乌蒙回旋战"，突破了国民党重重的围追堵截，渡过金沙江，和红军主力会合，受到毛泽东的高度赞扬。彝良人民永远记住了这段光辉灿烂的历史，并将它化作了扶贫攻坚的动力。到 2017 年初，尽管全县仍有建档立卡的贫困乡镇 10 个，贫困村 101 个，贫困人口 41705 户，145168 人，任重道远。但县委、县政府不忘初心，继续长征，拿出破釜沉舟的胆魄和决心，和贫困决一死战，计划 2016 年底脱贫出列 4 个贫困乡镇，36 个贫困村，11980 户，41027 人；2017 年计划脱贫出列 3 个贫困乡镇，38 个贫困村，15103 户，52294 人；2018 年计划脱贫出列 3 个贫困乡镇，27 个贫困村，14622 户，51847 人。让近 15 万贫困人口，摆脱贫困，过上美满、幸福的生活。

正因为如此，彝良县委、县政府，根据中央、省市的有关文件，结合自己的实际，采取措施，扶贫攻坚，决胜小康。

创新推行县处级领导担任贫困乡镇脱贫攻坚的"第一书记"、非贫困乡镇脱贫攻坚"第一责任人"的工作机制，由"第一书记"或"第一负责人"统揽该乡镇的脱贫攻坚的各项工作，将责任压实到县级领导，坚持一包到底，不脱贫不脱钩，并立下军令状。同时实行扶贫开发党政主要领导的"双组长"责任制，领导组下设产业发展、基础设施建设和住房建设、数据调查认定等 8 个工作组，根据分工，由县级相关领导担任组长，职能部门的主要负责人为成员。并将具体的工作目标和责任明确到人，细化到部门。

同时签订脱贫攻坚的责任书，以"挂包帮""转走访"为手段，落实"三包三保"责任，即第一书记包乡、保计划精准；科级干部包村，保项目精准；市、县、乡、村、组五级干部包户，保帮扶精准。真是环环相扣，丝丝无隙。

除了压实任务并责任到人，县委、县政府还要求每个亲赴前线的指挥员和战斗员，必须工作思路清晰，力求精准到位。从而避免了糊糊涂涂的儿戏之举，做到了有的放矢，提高了扶贫攻坚的效益。按照省、市的要求，并结合彝良的实际，提出了"123456"的扶贫工作思路和奋斗目标。即到2018年全县脱贫出列这一目标，不管荆棘遍野，道路曲折坎坷，不管付出多大的代价，攻坚拔寨，务必取得决战的全面胜利；在扶贫攻坚中，突出区域开发，即产业建设和精准扶贫两个重点；兼顾大局的同时，突出边远山区和少数民族聚集区的历史和现实的客观实际，处理好三者的关系，不可偏废，更不能顾此失彼；坚持扶贫与扶智，安居与乐业，"输血"与"造血"，开发与保护的辩证关系，两者互为因果，辩证统一；启动"三年五片区"区域脱贫攻坚规划；实施民生改善，产业发展，基础设施建设，普遍提升民众的素质和社会事业、生态环保六大惠民工程的建设。

彝良县委、县政府，为了使2018年实现全县扶贫脱帽这一奋斗目标，结合贫困行政村"四道四有"，特困自然村"五道一有"，贫困户"十有一保障"的要求，出台了《彝良县易地扶贫搬迁实施意见》等7个做好脱贫攻坚工作的政策性文件。同时，还制定了《彝良县易地扶贫搬迁资金管理办法》和"挂包帮""转走访"，驻村扶贫工作等方面的9个考核办法，为攻坚拔寨、决胜小康提供了强有力的政策和策略的保障。

镇彝威是革命老区，老一辈为中国革命的胜利曾作出过卓绝的贡献，正因为如此，全国人民没有忘记他们，云南省政府批复了《彝良县革命老区精准扶贫三年行动计划》。县委、县政府根据这个行动计划，结合县情，绘制了作战地图、资金投向占比图、项目建设时间表，将资金争取和项目落实，将建设、管理的责任，分解、落实到县级领导和相关的职能部门。对照贫困行政村、特困自然村、贫困户的基本脱贫标准，按照"缺什么，补什么"的原则，以自然村为单位召开若干次群众会，广泛征求意见，以乡镇为单位，全县梳理出概算投资117.06亿元的脱贫攻坚项目需求清单。同时，采用新建或盘活闲置资产两种方式，在15个乡镇分别规划建设一个"关爱中心"，主要解决鳏寡孤独等特困群体的安置问题。

县委、县政府遵循"统筹安排，渠道不乱，用途不变，各记其功"的原则，加大了资金的整合力度。把危房改造、通村道路、饮水安全、农网改造、土地整理、一事一议等项目资金尽量集中整合，打捆使用。从而形成规模效应，重点用于易地扶贫搬迁等项目建设。今年，省里已拨付彝良专项扶贫项目资金1.83亿元，农发行8亿元易地扶贫搬迁贷款已到位4.2亿元。年初已划拨乡镇2.4亿元，发放到户7200万元。在强化专项资金整合的过程中，彝良严格按照专项资金不少于50%，行业项目资金不少于40%的比例，统筹整合各行业、各部门的项目和资金，集中用于区域开发和产业建设。年初已落实项目73个，资金8714万元，整合部门资金2.7亿元，集中用于今年的两个片区、4个贫困乡镇、36个贫困村按时脱帽出列。2016年，县委、县政府通过压缩部门的工作经费，安排产业扶贫等方式，决定从2016年始，县财政每年投入5000万元的扶贫专项资金。产业是精准扶贫的重要支撑，没有产业，脱贫的农户，特别那些基础薄弱的农户很快就会返贫。所以，彝良按照户均不低于3000元的标准安排产业扶贫资金，并坚持"长中短"相结合的原则，重点发展天麻、山羊、土鸡、竹笋、核桃等优势产业。同时，差别化发展蔬菜、养殖，乡村旅游等特色产业，确保贫困群众近期实现增收脱贫，远期稳定致富。年初至年中，彝良已落实专项扶贫资金 3700 万元。

扶贫关键在于精准，只有精准，才能体现社会公平，才能杜绝大大小小的腐败现象。彝良县委、县政府始终坚持"五查五看""三评四定"的要求，从严从实从细，一刻都不放松"回头看"的工作。在此基础上，全县精准识别出贫困对象 41064 户，计 14.5 万人，同时针对乡镇需要保留的 250 家贫困户，县纪委成立了专项督查组，严格按照有关程序和要求，做到 100% 的核实，100% 的精准。

彝良在实行双组长的基础上，进一步完善了工作体制的机制，实行扶贫领导组办公室、革命老区三年行动领导组办公室、易地扶贫搬迁指挥部办公室和"挂包帮""转走访"联席办公室"四办合一"，同时抽调了 20 名工作能力强、政治素质高、求真务实的工作人员合署办公，统一指令，统一声音，从而形成了坚不可摧的合力。又特别在"四办"之下设立了综合项目、资金监管和考核四个组，主要职能就是对扶贫项目的实施和资金的使用审核、监督、检查。更为重要的是对乡镇扶贫资金进行月审，还要求县审计局每月均安排出 3 天时间，对 15 个乡镇扶贫资金，特别是易地扶贫搬迁资金进行专项审计。因此做到了资金安全、项目安全和干部安全。

扶贫攻坚的战役是个系统工程，它需要互相配合，互相支持，忠于职守，形成合力，切忌出现缝隙和漏洞。所以，必须压实工作责任，彝良便实行"定单位、定人、定点和定责"的挂钩帮扶。为此，县委、县政府先后出台了 9 个考核办法，形成并建立督促检查、考核激励等行之有效的制度，挂钩扶贫后浪推前浪，很快便潮涌浪翻，气势磅礴、锐不可当。挂联彝良的 5 家省级，14 家市级单位，5457 名各级挂包干部，101 支驻村扶贫工作队，624 名工作队员，在建档立卡、精准扶贫上做了大量切实有效的工作。且各具特色，省国行在"挂联示范点"的建设上就独具特色；云南民族大学发挥自己的特长，在干部培训和高考录取上，对彝良实施定点招生；市财政局强力推进"四位一体"等项目，不仅见到成效，而且硕果累累，形势喜人。在此胜利在望的关键时刻，彝良又顺势新组建了扶贫先锋突击队，充实到第一线，使扶贫攻坚如虎添翼，捷报频传。今年4个贫困乡镇，36个贫困村，11980户41027人有望兴高采烈脱帽出列。

彝良县委、县政府不忘初心，以继续长征的精神投人了攻坚拔寨，决胜小康的战役。加之思路清晰、措施过硬、方法得当、各路主攻部队方向明确，以金戈铁马、气吞万里如虎的英雄气概奋斗了一年有余，目前已初见成效。

拟投资9.5亿元的全县76个易地扶贫搬迁安置点项目，已百分之百地启动开工，它覆盖3488户14647人，其中建档立卡的2188户7242人；相对集中安置的有2066户8781人，分散安置的有1422户5866人。到今年6月底7月初，累计完成投资4.01亿元，其中，房屋建设累计完成3.6亿元，基础设施建设累计完成投资4100万元。在3488户住房的建设中，10月底人住110户，竣工1164套，进行主体施工的1529套，基础动工的685套，可望在年底竣工，春节前后搬人新居。基础设施建设，其中道路建设完成90.6公里；饮水管网完成136公里；电网建设15公里；电信、移动、联通等通信部门正开展光纤项目相关的设计工作；文化活动场所已完成3000平方米的建设。

4D土坯房农危改造，全县6800户，今年已百分之百地开工改造建设，到10月底已竣工4752户，竣工率超过70%，由国家补助的资金1959.47万元，县级配套的3160万元，合计3319.47万元已全部到位，并投人使用。政策性贷款和房贷，农发行易地扶贫搬迁的8亿贷款已到4.2亿元，今年五六月前后，已拨付到乡镇2.44亿元，其中农户有偿使用资金2.1亿元，基础设施建设的启动资金0.34亿元；农户建房贷款已完成放贷1959户，发放贷款 1.5 亿元。

由国家扶贫的专项资金，省上已拨付彝良 1.6113 亿元。到 10 月，2015 年第一、二批切块到县资金 2528 万元已启动项目实施，完成投资 1011 万元；2016 年第一批切块资金 4385 万元，已完成 450 万元。三个整乡推进项目的 4000 万元，完成投资 1300 万元。其中投资 200 万元的劳务输出，已完成劳务转移输出 9.7 万户 14.5 万人，技能培训 90 户 94 人。镇彝威革命老区的专项资金 5000 万元，目前实施方案已编制完成，正组织评审后，报上级部门审核批准。

彝良县到今年 10 月底，严格按照"六个一批"的要求，围绕"两不愁、三保证"标准，全力推进精准扶贫，精准脱贫。现在已脱贫出列 6986 户 25157 人，贫困群众实现了短期脱贫、长期致富的奋斗目标。

那天，市委副书记王忠及有关部门的负责人，到了两河镇大竹村金科食用菌专业合作社、万物生养殖合作社和钟鸣村海子易地搬迁现场进行观摩点评。他颇为感叹地说道：

"近期，省委书记、省长陈豪，省委副书记钟勉先后来到彝良调查研究，并督察检查工作，对县委、县政府的工作给予了肯定，但不能骄傲自满，你们还有很多工作需要做，可谓任重道远。总的来看，彝良各级党委、政府和各级挂联单位，驻村工作队高度重视扶贫攻坚工作，认真落实了省、市相关要求，结合彝良的实际搞扶贫攻坚，有认识、有行动、有氛围，做了大量卓有成效的工作。特别对不符合标准的 985 户 3349 人，已经建档立卡的贫困户贫困状况进行了严格的核查，就查出了不少问题。其中有公职人员 47 户 145 人，有机动车的 839 户 2852 人，甚至有法人代表，出资人及企业高管 99 户 352 人，核查出不精准的对象 724 户 2534 人，目前已锁定需剔除的对象 3263 户 11110 人。却增加了真正的贫困对象 3410 户 11344 人，这是一件值得称颂的大事，既体现了实事求是的精神，又实现了社会的公平，树立了党和政府的良好形象，难能可贵啊。彝良扶贫攻坚工作，之所以任重道远，除掉脱贫出列的 6851 户 25439 人，全县还有贫困对象 41064 户 145168 人，还需我们努力工作，继续前行。"

"抓机制保障、资金筹措和抓项目实施、产业培育都有新举措、新经验，都有值得借鉴和学习的突破和创新。特别在产业培育上，坚持短中长相结合，发展天麻、山羊、竹笋、花椒、核桃等优势品牌产业。并按照户均不少于 2000 元标准，安排产业发展扶持资金，目前已落实了资金 3700 万余元。"

王忠副书记同时指出：县、乡、村三级上热下冷的现象还存在，尤其是乡镇，村组干部的作用还没有完全发挥，群众等、靠、要的思想还不同程度地存在。在相关的脱贫规划中，因以乡镇为主，由于没有专业技术，视野不宽，规划还不够完善，技术性和合理性有一定的差距。所以规划中难免有重叠和遗漏的现象，项目实施也有不够精准的地方……

通过王忠副书记的点评，彝良县委、县政府深切地认识到，乡镇、村社存在的瑕疵，虽是局部，必须引起高度的重视，否则，扶贫攻坚就不够精准。于是，便以问题为导向，分别到各乡镇、各村社，那些美中不足的问题很快就迎刃而解了。彝良近 3000 平方公里的锦绣河山，更加潮起潮涌，生机勃勃，丽日中天，日新月异，就在这个时候，我兴致勃勃地来到了魂牵梦萦的小草坝……

当年，诸葛亮南征，平定朱提之后，以孟获为向导率部进入小草坝。《华阳国志》清楚地记载道：孟获，朱提人也；即是地道的昭通人，他以后任了蜀国的监察御使。诸葛亮经闸心场，顺五马海，下龙塘进入角奎，小草坝彝族部落首领济火早已在那里等候。诸葛亮十分清楚：在离角奎百里之外的小草坝，因蜿蜒起伏，错落有致的小山峦中，有一片叫大草坝的地方，在它的周围还有6个独有牧草的坝子。而它的四周却因大树参差，翳天匝地，翠竹翁蔚环卫，且林木的根长到边地即止，人们便称之为小草坝。这7个坝子犹如天上之北斗七星，济火时代便称它为七星营，但因小草坝呼之朗朗上口，部落里几乎所有的人便称这片莽莽苍苍、古树参天蔽日的大森林叫小草坝。

那天，诸葛亮到了小草坝时，天色已暗，加之军旅劳累，便歇息了。第二天，太阳刚刚升起，他在杨仪、孟获、马岱、济火的陪侍下，进了小草坝的深山密林。行不到半个时辰，诸葛亮但见小草坝山峦起伏，逶迤磅礴，犹如碧波万顷的大海，烟波浩渺，足让人感慨万端，不禁神思遐想。在清晨薄薄的雾霭中，翡翠一般的山峦若隐若现，霞飞岚涌，如梦如幻，气象万千。此时的森林里，除了百鸟啾鸣，就显得特别地幽深空寂，而流泉、飞瀑又从偌大的岩石上或缓缓地淌过，或溅起朵朵激越的浪花，空灵的岩石，竟成了鬼斧神工雕制而成的古琴，经飞瀑犹如纤纤玉指的弹拨，就传来了山泉颇有韵味的旋律。诸葛亮便想起古曲《高山流水》中，伯牙和钟子期的故事——他俩正是在皓月当空的秋夜相遇的。那天晚上，伯牙乘船出游，小船停泊在江阳江口，面对平静的江面和长空皓月，雅兴大发，便在船上焚香弹起古琴，一曲《高山流水》未终，他的琴弦断了。伯牙便惊叹道，一定有人在偷听我的琴声。自语间，只见朦胧的月色中，一个打柴人挑着一担柴薪向自己的小船走来，他便暗暗吃惊，樵夫本是山野村夫，他怎么听得懂高雅、深奥的古琴之旋律。于是，他便接上琴弦，若无其事地弹奏起来，一曲弹完，樵夫便惊叹道：多美的琴声啊，它的旋律多像那雄奇险峻的高山。伯牙听了十分吃惊，接着便以涓涓溪水为意境，又弹奏了一曲，琴声刚停，樵夫又赞叹道，这一曲犹如淙淙流淌的溪水那样秀美。伯牙倏地站起来，惊呼道，我总算遇到了知音……互相见礼后，伯牙才知樵夫叫钟子期，亦是弹奏古琴的高手，便惭愧之极，以后，他俩便成了知交。后来，钟子期不幸生病逝去了，伯牙得此噩耗，悲痛之极，便毅然扯断琴弦，摔破琴身，发誓终生不再弹琴，因为天地之间，他再也遇不到钟子期这样的知音……

时值仲秋，层林尽染，诸葛亮抬头看去，有巴掌大的枫叶已经发红，在金色灿烂的阳光下，妩媚娇艳中显出几分光怪陆离，他触景生情，心都醉了。他见过不少的枫叶，如此漂亮的还未曾见过，天地之大，真是无奇不有，小草坝却独占鳌头也。

那天，诸葛亮兴致极高，他又骑马翻过几座山峦，见到了济火称之为鸽子花的琪桐，他便情不自禁地走进了遮天蔽日的琪桐林。琪桐和恐龙是同时代的，在地球上已有五六千万年，之后，地球经历了一次极为寒冷的冰川时代，恐龙灭绝了，而琪桐却奇迹般地留下了为数不多的物种，成了地球发展变化的活化石。诸葛亮尽管是智慧的化身，但他却不懂这些——这是现代科学所研究证明的。他抬头望着鸽子花，它树冠高大、美观，时值仲秋，但碧绿如洗的树叶，仍是那样鲜嫩、肥厚，叶面纹路清晰、细腻，极富规律。它的树干，就像丝绸，用手去触摸，细嫩如人的肌肤，让人心旌摇动，浮想联翩。诸葛亮第一次见到琪桐，竟让他瞠目结舌，感慨万端。此时正是中午，整个小草坝的千山万壑都沐浴在秋天金色的光芒中，极目远眺，日照树明之处，红叶耀眼，金光生辉，好一个让人失魂落魄、心灵震撼的人间天堂啊……

这时，一阵带有寒意的山风吹来，满头是汗的诸葛亮不禁全身一颤，一股冷气便直袭心脾，回到营地便病倒了。杨仪便叫人去传随军的太医，济火便挡住说，一点小病，我把毕摩叫来，便药到病除。

毕摩应召而来，只随便看看，便觉得诸葛亮心神过于劳累，一路走来，又餐风宿雨，起居饮食有违常规，心气上逆，导致卫气不畅，血运不足，冷热不调，又染风寒。使得肝风骤起，心惊头晕，精神倦怠，四肢无力且有些麻木。毕摩便拿出天麻，并对诸葛亮说道，此药根据它的茎叶形状和药效，叫赤箭或定风草、鬼督邮，只产于小草坝的山林中，其药性味甘平和，有平肝、熄风、活血、益气和定惊的奇效。故用它来治疗头晕目眩、心神不定、失眠早泄、风湿腰损和四肢痉挛，甚至半身不遂、口眼歪斜和肢体麻木。毕摩更说道，就是早先魏王曹操的头风病，哪怕它发作时头疼如裂，痛苦难耐，生不如死，如果常服天麻，也可收到药至病除的奇效。

诸葛亮看着山药式的块状物，它油沁沁的具有光泽，结构紧密，如铜铁那般坚硬、厚重，便问道，毕摩先生，这么坚硬的东西，如何才能服用它啊？毕摩便说，既可熬水，亦可炖成肉汤，无异味，不仅味美，而且可以治病，我这儿磨有细粉，用鸡汤便可送服。诸葛亮便用鸡汤服了两勺，觉得味道极佳，连连服了两碗。半个时辰之后，诸葛亮便感气顺头轻，心律平稳，不烦不躁，倒在床上一觉睡到第二天申时。

以后，诸葛亮又连服了几次，原来的心神不宁，头晕目眩，恍恍惚惚且失眠困倦的症状完全消除了。他不禁感叹道：这天麻是上天赐给朱提郡小草坝的神药，为什么称为天府之国的成都竟不能长出这种神药……真可谓人杰地灵，小草坝从那个时候起，更是名扬四海，誉满神州。

小草坝因受四川盆地南下的暖湿气流和云贵高原北上干冷空气的交汇影响，在这里形成了春夏清凉潮湿，秋冬阴雾寒冷的特殊气候，从而为天麻的生长，提供了独特的自然和生态环境。这是得天独厚，物种自然选择的结果，它不可复制。正因为如此，我对小草坝情有独钟，故春夏秋冬四季，都去过小草坝，所有领略到的神韵，足可滋润我的心灵，直到成为灵魂皈依的地方……它不仅有神奇的天麻，而且还有杜宇啼血染红的满山遍野、火焰般燃烧、无比瑰丽娇艳的杜鹃花……

然而，小草坝却在我们手里遭受过两次毁灭性的浩劫。一次是 1958 年的大炼钢铁铜，为了烧制炼钢所用的木炭，小草坝莽莽苍苍的原始森林中，不少的参天大树遭致无度的砍伐。结果除炼出一些似铁非铁的炉渣外，却没有得到我们所需要的东西，得不偿失，使小草坝遍地疮痍，很多年无法恢复。以后，又变成国有林场，几十年的砍伐，更使小草坝雪上加霜，除了深涧、沟壑、悬崖峭壁上，无人能涉足的地方，留下一些诸如琪桐、银杏、香果树和青冈、桢楠等参天古树外，其余的地方，只留下让人潸然泪下的小灌木。自然资源的深度破坏，不仅破坏了原有的生态，而且使气候变得格外地恶劣，从而苦了祖祖辈辈居住在小草坝的山民，小草坝也渐渐地成了被边缘化，甚至被遗忘的地方。

改革开放后，小草坝又进人了昭通乃至外省不少人的视线，但是因为交通不便，基础设施极差，多少年过去了，它仍然苦苦地挣扎在贫困线上。直到习近平总书记发出了精准扶贫、拔寨攻坚的总动员令时，小草坝还有建档立卡的贫困户 2228 户 7127 人，在县委、县政府的统一领导、部署指挥下，敏锐的镇党委、政府死死地抓住了这个千载难逢的机遇，乘势而上，使小草坝发生了翻天覆地的变化。今年，他们便规划实施了易地扶贫搬迁工程的五个安置点，惠及 313 户 1028 人，其中三道村庙坪安置 84 户274 人，建档立卡的 66 户 218 人；三道村下海安置 55 户 180 人，建档立卡的 29 户 96 人；小雄马村廖家坪安置 52 户 170 人，建档立卡的 37 户 123 人；小草坝村广东安置 109 户 357 人，建档立卡的 78 户 258 人；大桥村刘湾安置 13 户 47 人。今年 7 月先后启动，到现在已基本竣工，三道村庙坪的 84 户，274 人已先后搬人新居。

今年 11 月底，我去了小草坝。相隔两三年时间未去，变得有些陌生了，沿着平坦、通畅的柏油路，从彝良县城出发，就是这么半个小时多一点的时间，便来到了妙坪。昔日星星点点，萧瑟、破败的荒村，现在变成了青瓦白墙，有着现代韵味的民居，一栋接一栋，绵延几里，俨然形成了一条大街。每家每户的过道前，都砌有贴了瓷砖的花台，上面栽有木本的花卉，时值深秋，花期已过，但却青枝绿叶，让人感到生机勃勃，春意盎然。民宅阶梯之下的公路两旁，每隔 3 米左右，植下的几乎全是樱花，小碗口粗细，均三米左右高，树叶完全落了，看不到姹紫嫣红、成串成簇的各色樱花。可以想象，明年春暖花开时，将是一番什么样的景观。从妙坪到小草坝集镇，再到景区，足有 20 公里的公路，它便有近 15000 棵樱花树构成的林荫道，其景观该有多么地气派和恢宏，它也许是全省第一条景观大道，至少也是全市独一无二的。以后到小草坝旅游，就算不进风情万种的林区，仅在这条被樱花覆盖的大道上徜徉，也是心旷神怡，流连忘返。

我进入小草坝景区，不是时候，既不是杜鹃吐蕊、鸽子花绽放的美好时节，也不是漫山遍野、霜叶红于二月花的金秋，而是雪飞霜冻的孟冬晚期。所以，几乎所有的阔叶树都落叶了，变得光秃秃的了，没有落叶的，也进入了休眠期，好像有点无精打采，它们正积聚能量，等待来年绽放更加生机无限的活力，故显出清寂。

在一处农家乐，我们吃到了地道的土鸡炖天麻，还有石磨推出的豆花和当地原生态的蔬菜，女主人告诉我，这些蔬菜全是野生的白菜、青菜。围在火炉旁，那种惬意，那种舒畅，那种家的感觉，激起了缕缕乡愁……

吃完午饭，天气又变得雾气茫茫，淫雨靠靠，山风吹来，有种冷飕飕的感觉，尽管如此，却无法吹冷我渴望去三道林庙坪安置点的热情。汽车沿着通村公路，驰进了蜿蜒、逶迤的群峰之中，雾遮云漫，看不清山势，眼前只有忽隐忽现的通村公路，弯弯曲曲地伸向三道村庙坪。半个多小时后，汽车开始下坡，薄薄的雾霭中，云开雾散的地方，依山而建的楼房便展现在眼前，从建筑上模模糊糊的文字，我知道那是新竣工并投入使用的学校，十分漂亮且气派。在这样闭塞的高寒山区，能见到修成高楼大厦的学校，实在让人感叹，从而印证了副市长杨桂红的一句话，"在农村，你若见到特别抢眼的建筑，那一定就是学校。当年，我中师毕业分到现在的昭阳区田坝桐子林单小任教，学校是土坯的草房，只有两间，一间只有20平方左右的是教室，里面摆着10多张破破烂烂的桌子，墙上钉了2块三尺见方的木板，涂了黑色的油漆，便是黑板，3个年级，不到20个学生。另一间却十分狭窄，是我生活、备课、批改作业的地方，每月两块钱的办公费，没有电，供销社每月按计划供应2斤煤油。在这里，我通读了毛泽东选集的乙种本，背诵了《汤头百解》和《黄帝内经》的缩写版本，除此，便没有其他的书可读，两年后，我离开那里，去了昆明求学，毕业后便在城里的中学任教。20世纪90年代，我受邀请回田坝参加通车典礼，才知田坝已从炎山分离出来，独立建乡了，所以，县上才修了这条沙石铺垫、十分简陋、坑坑洼洼的通乡公路。趁此机会，我专门去了桐子林单小，那间破败的教室还在，学生却只有十多个了，教师是在当地录用的一个回乡知青，我只能感叹噫嘻……"

庙坪是群山中的一块坝子，中间是一条清澈见底，淙淙流淌着竹根水的小河，三道村84户易地扶贫搬迁的贫困户，就安置在这个叫庙坪的坝子里。这84户真是依山傍水而建，依山42户，傍水42户，两排房子之间相隔10米左右，俨然成了一条整洁而宽畅的小街，并铺砌了整齐划一的石板。经过雨水的冲刷，石板一尘不染，家家门前的走道也扫得干干净净，门枋上还贴了不同内容的大红对联。小草坝的镇长邹胜丽告诉我："易地扶贫搬迁，在提升人居环境的同时，我们按照'缺什么，补什么，实施什么'的原则，综合考虑三道村的区位特点，突出小草坝镇旅游开发的优势，将安置点定位为乡村旅游和特色产品供给基地来打造。不仅栽了桂花作为巡道树，同时搞了美化、亮化工程，现在让人一看，便赏心悦目。今年初，还在酝酿易地扶贫搬迁时，我们就下功夫抓了移风易俗和环境卫生综合治理。教育、培养群众树新风，讲文明、讲道德、讲诚信、爱卫生，并持之以恒，形成习惯，现在能有如此的效果，不知费了多少口舌，流了多少汗水……"我进了五六家有主人在的农户，客厅里全是新买的八座沙发，上面铺有绒毯，前面放有既可当饭桌，又可取暖的电烤炉，上面罩着既美观又能保温的布罩。我不管去到哪家，他们都把我拉了坐在沙发上，又很快将桌罩拉来盖在我的膝盖上，那种宾至如归的感觉，就像在自己的家里。石永兵、吴道根、彭申富，都是从头道、二道搬下来的建档立卡贫困户，在他们家里，我才明白为什么叫"三道村"。从庙坪，沿崎岖的山路，上到峰顶，10多公里，不知得翻多少座山峰，来来往往的村就在有明显标志的峰峦处，叫它头道、二道和三道，久而久之，习惯成自然，便得到19个村民小组1095户4029人的认可。和他们三人交谈，都不约而同地告诉我：原来住在山上的烂房子里，一年四季，有七八个月，都在雾茫茫、冷风刺骨中熬过来的，哪里是人过的日子啊。说话间，便把他们原来居住房子的照片拿出来让我看，都是低矮破烂的土坯房，惨不忍睹，让人潸然泪下。现在我们能搬到这样好的房子来住，得感谢党，感谢习总书记和县委、县政府啊。我便问他们，现在的房子花了多少钱？得到的回答是：庙坪安置点，从规划到招标，都是村民说了算，最后结算的钱是15.48万元，国家补助6万，贷款6万，20年还清，我们拿出38000块钱，就搬进了这么好的房子。镇上还安排我们40多个特别困难的村民到工地上干活儿，几个月下来，领得七八千块的工钱，剩下的钱，就轻轻松松地交掉了，真是高兴啊，睡到半夜都笑醒了……

那天，我又去了徐正高、蒋春廷家，他俩都是从头道搬迁下来的。蒋春廷大门上的对联写道："竹影上窗眼界新，兰香入室心境爽"我便问他：这副对联是谁写的？他告诉我说：是来庙坪扶贫的工作队员写的，听说他是林业局的干部，这80多家的对联都是他写的。我想见见这位对联撰得好、字也写得漂亮的工作队员，镇长邹胜丽告诉我说，他今天有事回角奎了，我便有几分遗憾。在和蒋春廷的交谈中，我说："你们的房子真是修得很漂亮，街道比角奎还清爽、整洁，你们以后的好日子用什么产业支撑啊？"他轻松地笑了，说道："这事，不用你操心了，在政府的扶持下，我们庙坪的80多家，已种了林下天麻250亩，竹子450亩，保障每户不少于3亩天麻，5亩竹子，种得最多的超过8亩天麻。"我又问他道："一亩天麻和竹子，一年能有多少收人？"他说："每亩天麻的成本大约7000元，用来买菌种和径材，一年后挖出来的天麻可以卖12000元到14000元。竹子去年才种的，今年每亩采竹笋100斤，价钱也低，平均2.5元一斤，到了丰产期，每亩可采竹笋200多斤，年收人一般的人家都有两三万，多的就能达到七八万块钱。"我频频点头，颇为感慨，蒋春廷又告诉我说道："我们庙坪的农民，自己家的事情都忙不过来，几乎没有人到外面务工，只要人勤快点，满山都是宝。其实小草坝的天麻，个头大、品质好的都出在我们三道村，产量也很高。"我说："天麻、竹笋的产量高了，能不能卖出去啊？"蒋春廷笑了，说道："只要有，就不愁卖，其实天麻都还在林子里，就有人问上门来了，我敢夸嘴说，我们三道村庙坪的天麻和笋子，都是别人上门来收购的，我们只需种下去，管理好，保证产量高、品质好就行。"最后他还告诉我："菌种和径材都是四川人送上门来的，我们栽下的径材，树还小，舍不得砍。"

离开徐正高和蒋春廷家，走在新修的街道上，我又遇到两个抽着旱烟、背着双手、迈着方步、悠闲散步的老人，便和他们闲聊起来。两个老人都十分健谈，说到高兴处，眼睛都笑得眯成一条缝，连连说："有生之年住上这样好的房子，过上衣食无愁的好日子，真是做梦都没有想到，我俩70多岁了，还赶上这样好的世道，真是福气啊！"

离开庙坪安置点时，镇长邹胜丽有意带我乘车直穿街道，从新修的学校门口驰过。因上课不便进去参观，就只站在外面看看，除了窗明几净的教室、高大气派的校门外，还有学生食堂、图书馆和教师以及寄宿制学生的宿舍。要不是我亲眼所见，根本不会相信，那样偏僻、贫困的山村，竟有这么好的学校。

之所以有庙坪这样漂亮的安置点，让祖祖辈辈蜗居在破败、无法遮风挡雨的土坯房里，苦苦煎熬的山民搬下山来，住进修在小坪坝，一觉醒来，就听得到山上百鸟啾鸣，就感悟得到有如欢歌曼舞般旋律溪流旁的新居，除了国家的强大、党中央始终以人民为本的执政理念外，还跟彝良县委、县政府和小草坝镇努力拼搏，认真、细致、踏踏实实的工作是分不开的。从今年初开始，县长陈祥彬就带领有关人员来到三道村，走访调查，先后进了100多户贫困农家，促膝谈心，倾听他们的诉求。同时，镇上的党政领导和村支书李其富、副支书余浪，又不知召开了多少次群众评议会，反复张榜公布，又反复听取了不同意见，直到大多数村民拍手称快，镇上审核，最终经县上最后批准，才从11个村民小组中选拔出84户267人为最后的搬迁对象。这84户中，就有建档立卡的66户201人，他们住在三道村的高山峻岭之中，一年中常有两百多天处在大雾弥漫、细雨飘飞、寒风呼啸、冰凌封山的恶劣环境中。不仅受到交通严重制约，而且还受到滑坡、泥石流的威胁，已经失去了生存的基本条件。所以，其余的农户心服口服，都觉得把硬骨头啃掉了，他们目前存在的困难就能迎刃而解，之所以分批分期，党中央、国务院就是为了让他们在最近两三年中，彻底脱贫，进人小康。

三道村的实践证明了：只要上下左右、干部群众的心想在一起了，就没有克服不了的困难，做不好的事情。未来3年，小草坝的前景可观，整个彝良县的前景更加可观！

从小草坝镇转回县城时，我又去了龙安的木椿沟苗寨，它有57户村民，其中苗族就有37户132人。2012年，由群众出让土地，政府整合那时的各项惠农资金，又由政府贴息，村民贷款5万，国家补助38000元，新修了一座集美丽乡村建设和民族风情于一体的旅游景点，于2014年完全竣工并投入使用。

木椿沟苗寨的面前，是一条称为河湾的山涧，它清澈透明的水流长年不断，河里怪石嶙峋，姿态各异，横卧直立，证明了那片土地的变迁，经历过大起大落的生死涅槃。还没有过河，就看见寨子前那巍巍然矗立的标志性塔楼建筑，全和贵州苗寨或者两湖土家塔楼建筑一脉相承。由此证明，木椿的苗族同胞，在远古时期，因战争从湖北、湖南迁徙到贵州，又从那里迁到彝良木椿后，方停下他们的脚步，定居在这里。它的整个建筑全用卯榫结构而成，体现中式建筑师的聪明和智慧，让人赞叹不已。拾级而上，便到了寨子的中心广场，四周都是川南民居特色和苗族建筑风格相融的民居，错落有致，交相辉映，和谐而温馨。房子和房子之间不是硬化的乡间小道相通，就是用石砌阶梯相连，房前屋后，花木扶疏，有橘树、李子、桃树和枇杷，以及树下碧绿欲滴的各种时鲜蔬菜。寨子的背后，是一座不高却树木葱茏的山峦，它修砌有宽畅、弯弯曲曲的石梯，可直达山顶。顶上，古时铜鼓型的基座上，矗立着一把巨大的芦笙，它也许是用钢筋水泥浇筑而成，但是它象征着苗家儿女能歌善舞，在他们血管里奔涌流淌的鲜血，能奏出悲壮、美妙，史诗一般的旋律，因为他们是战神蚩尤的子孙。若每个到木椿沟苗寨观光旅游的客人，都能拾级而上，选胜登临，极目远眺，便有群山飞涌、沟壑蛇舞的感觉，若能隐隐约约看到角奎县城那幢幢崛起的高楼大厦，特别是万家灯火的晚上，便有"疑是银河落九天"的感觉，那该是多么地美妙啊！

刚刚开放时，木椿沟苗寨的游客常常是络绎不绝，趋之若鹜，山上山下，人头攒动，摩肩擦背。现在随着旅游景点增多，这里只有逢年过节和双休日才有客人光临，他们到那里主要是享受苗族特有的文化。所以，不少的苗家儿女以糍粑、凉粉等特有小吃迎接游客，有的就出售自己制作的各种乐器、苗族的花衣服和蜡染的饰品。有的游客还专门租用花衣服穿着照相，10 元一次，每天均有三五百元、一两千不等的收入，若是春节长假，收入多的超过 5000 元，一般也有两三千。村主任告诉我说，你来的不是时候，若是春和景明的时候来，这里漫山遍野的桃花都争相怒放了，你一定会住下来，欣赏一两天，否则会感到遗憾……我说，明年桃花盛开时，我还真的想来，欣赏苗家儿女演唱《在那桃花盛开的地方》。

我又在村子里游走了很长时间，并且去了农户家，和他们相谈得很投机，很尽兴。每个人都是漾着幸福、欢乐的笑靥……

冬天的天气黑得早，离开时，已是灯火齐明，璀璨耀人的晚上。

彝良是出将军和英雄的地方，在这片滚烫的热土上，他们还能创造的奇迹，就是在以习近平总书记为核心的党中央领导下，攻坚克难，用最后三四年的时间，彻底摆脱贫困，使全县人民过上小康生活。

第八章

威信县地处滇川黔三省的交会处，东与四川叙永县、古蔺县接壤，南与镇雄县、贵州省的毕节相连，西与彝良县和四川省的筠连县交界，北与四川省的琪县、兴文县毗邻，总面积 1398 平方公里，而山区却占 90%。

西汉武帝建元六年，即公元前 135 年，设置犍为郡，元封二年，即公元前 109 年，犍为郡归益州，现在之威信便属犍为南广县，就是今天的镇雄。此后，威信的建制多有变化，直到 1934 年才独立设置威信县。1943 年正式列人昭通市的管辖范畴。现有 9 个乡镇，83 个行政村和 1 个居委会，人口近 40 万。

全县地势呈鱼脊型，中高，南部、北部较低，有麟凤河、罗布河和扎西河，属长江水系；气候属亚热带季风气候。全县有耕地 40 万亩左右，其中旱地 34.84 万亩，水田 5.27 万亩；森林面积 120 万亩，森林覆盖率 57.3% 左右，活立木蓄积量达到 420 万立方米，是云南省首屈一指的杉木用材林；还有竹产业基地 16.2 万亩，是全国绿化先进县。有国家一级保护动物金钱豹、云豹、野牛、白鹳、白颈长尾雉；二级保护动物青尾猴、红腹锦鸡、娃娃鱼；三级保护动物黑熊、岩羊、穿山甲、水獭、獐等。有一级保护植物杪椤、琪桐、水杉、秃杉；有二级保护植物福建柏、鹅掌楸、银杏、木瓜红、水青树、杜仲；三级保护植物穗花杉、桢楠、领椿木，笼竹、八角莲和红豆杉。

威信是红色的革命基地，中国革命胜利的起点……

土城战役后，红军北渡长江，把根据地建立在川西北的计划已无法实现。红军被迫渡过赤水河，进入云南昭通的扎西。

1935年2月4日至14日，红军在扎西近11天的时间里，召开了几个使红军转危为安的重要会议，并作出了相应的决策，其历史功绩，可与日月同辉。

我曾五次去过水田寨花房子。20世纪70年代，我去时，花房子的主人还健在，他向我讲述了那次会议是在天要亮的时候召开的，正是五更寒，最冷的时候，天上又飘着大雪。他和几个警卫员坐在门前的石坎上，烧着柴火，还冷得瑟瑟发抖，那锅酸辣汤，就是他煨好了，由陈昌奉送进去的。他又对我说：前几年，来了几个当过大官的老红军，过了街子，还没有到我家花房子，他就认出了开会的地点，县上和乡上的领导，先跑过来对我说道：范老将军来了，他当年是周恩来的警卫员，他现在还记得你，说你是花房子的主人。两人见面，只稍稍犹豫了片刻，相互就认出来了，范老将军指着石坎说道：当时，我俩就坐在第二蹬石坎上。范老将军名叫范金标，当时是云南军区的副司令员。中央党史办的几位专家、学者，在研究博古交权的这段历史时，搞不清开会的地点，便去问周恩来总理，他只随便想了想，就说道：我记得很清楚，开会的地点在一个叫鸡鸣三省的小山包处，一个老百姓称之为花房子的地方，现在，我当时的警卫员范金标还健在，你们到云南军区找找他，他能当向导，找到那间叫花房子的开会地点。

范金标进了屋子，就指着堂屋里的那张八仙桌，说道：那天的会议就围着这张大桌子。随即，范金标老将军又指着桌子边放着的条凳，说出毛泽东、周恩来、张闻天和博古、陈云坐的位置。从那个时候起，博古交权的会议地址才无可争议地确定为扎西水田寨花房子。

90年代末，我和时任地委副书记的朱恩铸去了花房子，年逾花甲的房主人仍住在那里。那天，他正在煮猪食，满屋烟熏火燎、乌烟瘴气，我俩就对县乡的领导说道："我们说过多少次了，这屋里不能再住人，应该将它买过来，翻修一下，好好地保护下来，如果哪天不小心，引起火灾，被烧了，我们就成了十恶不赦的罪人。"当时，县上和乡上的领导沉默了好大一会儿，才几分无奈地说道："我们找过几次房主人，他要5万块才卖，我们想了很多办法，哪里去找这5万块？"朱恩铸和我商量后，便说："现在就搬出去，就是一时无法搬迁，也不准在里面喂猪、生火，一旦出现意外，谁也无法交代。5万块钱由地委宣传部出，很快就能到位……"

以后，房主人另修了房子，搬出去了，花房子也进行了维修。随着革命传统的教育进一步深化和对扎西会议这段光辉历史的研究和宣传，整个红色扎西在人民群众的心目中，才如日中天，声名鹊起，扎西成了万众瞩目，全民神往景仰的地方。

21世纪初，时任市委书记的王建华曾率领市级几套班子的成员重走长征路，我作为市委巡视员亦参加了，徒步从两合岩下面的那个村子出发，沿着红军当年走过的路，一直走到扎西城里。以后，又在水田寨和农民同吃、同住、同劳动了两天。所以，我写了长篇纪实文学《扎西会议》和三十集电视连续剧剧本《乌蒙磅礴》，那天又去了水田寨，当年，花房子会议的场景便在脑海里激荡，怎么也挥之不去……

1935年2月5日，在扎西水田寨花房子，中共中央召开了政治局常委会议。按照遵义会议"常委在适当的时候进行分工"的决议，洛甫接替博古任中共中央总书记。那天，已近拂晓，天气奇冷。花房子里，毛泽东和张闻天居住的屋子里生着火，壶里烧着开水，三盏马灯，熠熠生辉，屋里显得格外明亮。参加会议的博古、周恩来和陈云相继到来，坐到屋中的八仙桌旁。陈昌奉送来一锅酸辣汤，屋子里的气氛变得活跃起来。陈云端着一碗，边喝边乐呵呵地说道：

"这扎西的天气，比四川冷多了。酸辣汤可以祛寒，发汗解表，诸位多喝两碗哟,没有姜汤,这个时候能喝上酸辣汤也实属不易啊。没有朱砂,灶心土也可入药。"

毛泽东抽着烟,也兴趣盎然地说道:

"从川南到扎西,实在是冰火两重天,迎着风雨行军,衣服又单薄,我们都伤风感冒了,酸辣汤正如陈云所说,它能发汗解表。扁鹊曰:疾在肌肤,汤药之所及也。我们湖南老家农村,就爱用酸辣汤治感冒,灵验得很啊!"

大家都乐了,屋里充满了欢悦的气氛。博古坐在桌子边,却不说话,心事重重。周恩来侧脸看了他一眼,便说道:

"博古同志,常委都到齐了,请你主持会议。"

博古抬起头来,心情复杂地看着周恩来,良久才从牙缝里挤出一句话来:

"恩来,我身体不太舒服,就由你来主持吧。"

周恩来十分理解博古此时的心情,于是说道:

"博古同志的身体不舒服,授权由我主持政治局常委会议。根据遵义会议政治局常委适当进行分工的决定,本次会议的内容就是研究常委的分工问题,请同志们发表意见。"

毛泽东没有首先发言,而是摸出一支烟来点燃,悠然自得地抽着。其他的人也没有说话,周恩来便笑道:

"泽东同志,大家都在等你发表意见,你就先说吧。"

毛泽东深深地吸了一口烟,方胸有成竹地说道:

"遵义会议后,党和红军面临的最大问题,是战略方向问题,这需要中央认真研究作出决策。而常委中对很多事关红军生死存亡的重大问题,还存在分歧,无法形成统一的意见,如果不进行适当的调整、分工,势必影响党的团结,甚至导致分裂。"

张闻天放下手中的笔,抬起头来,非常认真,非常严肃地说道:

"泽东同志的意见很对,我十分赞成。由于常委的意见不统一,遵义会议的精神至今还没有在党内和红军中传达，造成了思想上的极大混乱，红军出现了减员，甚至流失的情况。中央直属纵队的三营副营长王山，是个老红军了，打仗很勇敢，17岁就跟着共产党干革命。前些天，思想产生动摇，对革命能否胜利，失掉了信心，裹胁了几个战士，当了逃兵，这是十分危险的，必须引起我们的特别重视。"

周恩来接过张闻天的话，亦说道：

"在中央苏区坚持斗争的项英同志多次发来电报，要求中央对目前和今后的行动给予明确的指示。但是，中央没有进行研究，至今也没有给项英同志明确回电。"

陈云喝了一大口酸辣汤，把碗放到桌子上，用手擦擦嘴，才不紧不慢地说道：

"红军从瑞金出来时有10万人，过了湘江，只剩下2万多人，不少的营、连、排，只有营长、连长，战士寥寥无几，都成了光杆司令。行军时，战士们背着很大包袱，抬着不少的箱箱柜柜，都成了搬家的队伍，这样的军队能打仗吗？离开瑞金，10万来人，3千多挑子，人多，勉强应付，现在只剩下这点儿人了，莫说打仗，就是这些挑子也得把红军拖垮、拖死，大家想想，值得吗？所以，缩编和轻装，已迫在眉睫，需要中央尽快作出决策。"

周恩来接过陈云的话来，切入正题，坦率地道：

"常委如何进行合理分工，我和泽东、洛甫交换过意见，我提议由洛甫接替博古任党中央总负责人的职务。"

陈云首先举手赞同道：

"这个建议很好，时机也十分成熟，我拥护。"

张闻天却说道：

"我马列主义的理论水平不高，领导水平有限，又不懂打仗，我的意见是让毛泽东接替博古，只有他……"

不等张闻天把话讲完，博古抢过话去，却说道：

"我不同意洛甫的意见，莫斯科回来的人都不行了？斯大林同志认可的人也不行了？把领导权让给只会带着红军钻山沟的毛泽东，我们如何向共产国际交代，向斯大林交代？"

毛泽东悠悠地摸出烟来点燃，坦然地吸了几口，方笑眯眯地说道：

"博古同志，你说得对，我毛泽东确实没有喝过洋墨水，只会钻山沟。正因为如此，我才真正懂得人民大众的利益是什么，中国革命的前途在哪儿，应该如何去实现它。"

毛泽东的肺腑之言，对博古是个震撼，解除了他半个月来的心理阴霾。沉默了片刻，博古激动地站起来，说道：

"我的思想经过反复的斗争，现在想通了，我服从大家的意见。今后分配我做什么工作都可以。"

最后，常委会议通过决议，发表了撤销博古职务的声明，由张闻天代替博古任中共中央总书记，毛泽东为周恩来军事指挥上的帮助者，博古任总政治部代理主任。

随后，博古向张闻天交出中央委员会的印章、中央政治局书记处印章和中央书记处条形章。

毛泽东注视着博古，心里百感交集。他发现此时的博古和从前的博古不是一个人了，好像在一夜之间成熟了。他慨然说道：

"博古同志也是一个顾大局，有原则、有组织观念的人嘛。"

此时，天已破晓，气候却十分寒冷。博古拉紧身上的棉大衣，精神抖擞，昂首阔步地径直向花房子背后的小山峰走去。雪地上留下了他深一脚，浅一脚的印迹……

在扎西水田寨花房子，洛甫接替博古任了中共中央总书记，从而在组织上摆脱了共产国际的控制和"左倾"机会主义的影响，为最终确立毛泽东在全党全军的领导地位奠定了坚实的基础。

2月6日到2月7日，在扎西大河滩庄子上，中共中央召开政治局会议。会议讨论和通过了洛甫同志代中央起草的遵义会议决议，即《中共中央关于对反对敌人五次"围剿"的总结决议》。会议研究讨论认为：中央原定北渡长江，进入四川，在川西北建立根据地的计划已不能实现；红军新的行动方案，应以滇川黔边境为新的发展地区，用战斗的胜利来开展局面，最后争取从黔东南向黔西北的发展。进而统一了全党全军的思想，为红军转危为安奠定了坚实的思想基础。

2月9日，在扎西的江西会馆，中共中央召开了政治局扩大会，研究决定了缩编和轻装：撤销八九兵团，并分别并入第一、三、五军团，三五军撤销师的编制，各辖三个团，从而充实了第一线。大大地提高了红军的灵活性、机动性和战斗力，使二渡赤水，回师东进，再占遵义的战略部署得以顺利实现。从此，红军真正摆脱了国民党几十万军队的围追堵截，跳出了蒋介石精心策划的包围圈。

在扎西，中共中央还决定成立川南特委和川南游击纵队，在滇川黔边境地区坚持游击战争，灵活机动地打击敌人，牵制滇川黔之敌，配合和掩护中央红军顺利转移。川南游击纵队后来遭到了敌人残酷的镇压和血腥屠杀，徐策、余泽鸿、戴元怀等领导相继牺牲。司令员王逸涛背叛革命，投降敌人。但是，中国共产党人是杀不绝的，他们擦干净身上的血迹，掩埋好战友的尸骨，又前仆后继地去战斗了。在殷禄才等人的领导下，一直坚持到1947年。川南游击纵队，在血与火的斗争中，全员壮烈牺牲，没有迎来新中国的成立，但全国人民永远记住了他们……

红军在扎西前后11天的日子里，在中国共产党的历史上写下了极其壮丽，极其光辉的篇章，红色扎西为中国革命的胜利作出了卓越的贡献。中央红军离开扎西时，威信有3000多人参加了革命，到新中国建立的时候，只有两人活着回到扎西。现在的威信是一个聚红色元素、生态元素、和谐元素于一体的红色历史文化旅游名县和进行不忘初心、继续长征、永远前进的红色教育基地。

在不忘初心、继续前进、打赢扶贫攻坚战役的号角声中，威信县委、县政府经过几轮的"回头看"后，最后确定了建档立卡的贫困乡镇 5 个，贫困村 32 个，贫困人口 10646 户 38562 人。按照省市的要求和安排部署，威信务必在 2017 年实现昭通市第一家脱贫摘帽的目标和任务。他们用两年的时间去完成脱贫的五年规划和红色革命老区三年的行动计划，无疑是时间紧、任务重、困难多，只有发扬长征精神，继续前进，才能夺取这场决胜小康战役的全面胜利。为此，他们实实在在做了几件事情：

第一，县委、县政府认真学习了习近平总书记扶贫开发的战略思想和贯彻落实中央扶贫开发工作会议、东西部扶贫协作座谈会的重要精神，结合威信的实际，确定了 1134446 脱贫攻坚的思路，即：锁定一个目标，2017 年，务必实现在全市率先脱贫摘帽的目标；以实施《威信县革命老区精准扶贫精准脱贫两年行动计划实施方案》为主线，切实发挥党政主导、社会帮扶、群众主体的三大作用；坚持片区开发与精准扶贫相结合，坚持统筹协调与重点推进相结合，坚持经济发展与生态保护相结合，坚持政府主导与自力更生、奋发图强相结合；聚焦"交通、产业、房屋、劳动技能"制约威信脱贫攻坚的四大短板，强化组织保障、政策保障、资金保障和纪律保障；着力实施好民生保障和改善基础设施建设、特色产业培育、能力素质提升、公共服务保障和生态环境保护六项工程。同时，聚焦贫困村和贫困户，科学谋划，精心组织，精准施策，决战威信的扶贫攻坚。

威信县从 2015 年 4 月，开始编制《威信县革命老区精准扶贫精准脱贫三年计划》，今年获省政府核准，决定把三年精准脱贫的计划变为两年。

要实现这个目标，县委、县政府要把扶贫攻坚这一最大的政治责任扛在肩上，抓在手上，落实在行动上，真正成为一把手工程。并严格实行一把手负总责的限期脱贫责任制，县、乡、村三级书记一起挂帅，同时立下军令状。

随即，威信县相继出台了《关于全力打赢精准扶贫精准脱贫攻坚战的决定》等20多个配套文件，从而形成了较为完善的政策支撑体系和一整套的作战方案。

滇粤扶贫协作和对口帮扶是党中央、国务院推动区域协调发展、协同发展、共同发展的大战略。是广东和云南两省加强区域合作，优化产业布局，拓展对内外开放新空间的大布局，也是贫困地区实现脱贫攻坚，全面建成小康一次千载难逢的大机遇。威信县委、县政府对此十分重视，争分夺秒，积极主动，做好与广东东莞和中国太平洋保险集团的帮扶对接。今年9月7日，东莞调研组一行赴威信开展调研，并召开一系列的对口帮扶座谈会，在产业、教育、卫生等诸多方面达成共识，决定互派干部，打造示范点等帮扶大事上达成意向性协议。威信县委、县政府更是高度重视，以良好的精神状态和扎实的工作作风，成立了以书记、县长为双组长的东莞对口帮扶协作领导小组，统筹制定对口帮扶工作的思路、总体方案和具体措施。同时形成全县上下的一致行动，并建立健全了扶贫协作相关的工作机制，拟定了《扶贫协作三年规划》《易地扶贫搬迁示范建设方案》和《产业园区建设方案》等八个方案，以便找准切入点和着力点，根本目的是确定好帮扶的具体项目。

今年6月和9月，中国太平洋保险集团两次派调研组分别到昆明、威信，开展行之有效的帮扶工作。通过座谈和积极的协调、洽谈，很快就达成共识，中国太平洋保险集团决定对威信的产业、教育、卫生、三无家庭、村组公路建设、贫困村试验、示范打造等方面给予帮扶。威信县党组织喜出望外，围绕洽谈并形成合作的事项，进一步细化，制订了乡对乡、村对村的具体实施方案，为下步实际的帮扶工作夯实了基础。

万事俱备后，威信县开展了六大工程的建设：

第一，抓好易地扶贫搬迁的安置工作，并按照建档立卡贫困户建房补助 6 万元的标准，又配套贷款扶持的原则，通过两年的努力奋斗，完成 3000 户搬迁安置的目标。对有意愿进入城镇，符合条件的搬迁农户，允许他们用建房补助的资金、转贷资金在城镇购房安置。又对照建档立卡贫困户除易地扶贫搬迁外的扶贫安居户，户均补助 2.5 万元，并对按时按质按量完成的农户奖励 5000 元。今年，5703 户建档立卡非易地搬迁的危房改造工程，已全面启动，年底将全面完工。

第二，在易地扶贫搬迁安置点和危房改造建设启动，并干得如火如荼的时候，通建制村的公路硬化、村组公路新建和村内道路硬化、户间路硬化等项目又紧跟其后，更是干得热火朝天。在村与村、组与组之间，还存在一些断头路，也借乡村基础建设的东风，一起启动，以满足人民群众出行和运输的需求。有了房子和道路，人畜饮水的安全和家家户户的用电，便迫在眉睫，举足轻重。所以必须抓紧抓好骨干水源、山区"五小水利"和人畜饮水安全，以及农村电网的升级改造，只有这样，才能提高村民的幸福指数。随着新农村日新月异的变化，要着力推进电信网、广电网、互联网的三网建设和有线、无线、卫星等的全覆盖，努力在 2016 年底，实现 4C 无线宽带网络在行政村的全覆盖，使昔日极为闭塞、落后的小山村，与外面的世界，在思想观念、思维方式和生活方式等方面接轨。

第三，马克思主义的基本观点告诉我们，人类要生存发展，必须不断地从自然界获得赖以生存的物质资料，若哪一天停止了这样的活动，人类也就完结了。扶贫攻坚、决胜小康，就是让人民群众拥有赖以生存、发展的物质资料和精神追求，过上美满、幸福的生活。而人们需要的物质资料是多种多样的，从而形成各种各样的产业，舍此，便不能生存发展。所以，在这部报告文学中，我几乎在每章、每节，甚至在每一段中，都把产业作为一个无法避开的根本性问题列在最为重要的位置上。对于产业发展，须臾都不能忽视，否则，脱贫奔小康，就成了无源之水，无本之木，何以为继啊，更谈不上追求美好、幸福的生活。正因为如此，威信便把产业发展规划的项目进村到户，确保每个贫困村有一个以上产业的发展项目，同时组建一个以上的专业合作社，贫困户更是至少有一个能稳定增收的项目。在产业项目推进中，坚持长短结合，因户施策的原则，以"能人＋农户、合作社＋农户、公司＋合作社＋农户"等模式为驱动，成立专业合作社，使资金跟着贫困农户走，贫困户跟着能人、公司走；在能人、公司的带动下，跟着市场走，确保贫困群众稳定增收，按时出列。今年就安排300万元资金扶持发展高原特色农业，重点扶持天麻、山箭菜、蚕桑和特色中药的培育；积极筹建院士工作站，重点抓好猕猴桃、方竹、"桂枚一号"等新品种的引种试验示范，加快现代农业的发展；重点发展栽培方竹20万亩、能繁母牛4000头和乌金猪、圈养羊和林下土鸡的养殖；计划发展10个村寨的乡村旅游；对全县65个贫困村，每村给予20万元的集体经济发展资金。

按照贫困户"户户均有一人接受职业教育或技能培训后，能掌握1—2项实用技术，且培训一人，就业一人，脱贫一户"的原则，争取在2017年完成建档立卡贫困户的培训全覆盖。

为了实现贫困人口大病救治的全覆盖，防止因病致贫，因病返贫，威信便着力抓好公共服务的保障工程。做到并完善新型农村合作医疗的相关政策，加快推进贫困村卫生室标准化的建设，提高贫困村公共卫生的服务能力。同时，做好农村低保制度和扶贫制度的衔接，实现农村低保标准与扶贫标准"两线合一"，切实发挥农村低保制度的兜底保障作用，确保低保标准、保障范围与经济发展水平、小康社会建设的进程相适应。到2017年，努力将符合保障条件的贫困人口纳入农村低保范围。

威信在抓好原有生态环境保护的同时，还深入实施退耕还林还草，加强天然林保护等重大生态工程。同时，加强重点森林、草地、河流生态系统的保护，提高生态环境质量的承载能力。在使美丽乡村看得到青山、绿水，记得住乡愁的同时，切实改善农村人居环境，关键就是要一丝不苟地做到一切按照村庄建设的规划，首先治理"脏乱差"，做到人畜分离，对垃圾和臭水进行处理，对以村庄绿化为重点的突出问题进行整治。用此推进改厕、改厩、改灶、改院和治弃、治污、治乱修、乱建、乱搭，保护好历史文化遗迹、古树、名木等人文景观。在治理中，不断养成良好的卫生和生活习惯，创建干净、整洁、山清水秀、满目青山的人居环境。

今年初，2016年计划搬迁的3224户，其中建档立卡的2314户，随迁的910户已全部开工建设，已竣工2273户；扶贫安居工程计划实施的5703户，已开工5484户，到今年11月初已竣工5000户，其余的在11月中下旬能全部完工。维修加固的176户，到10月底，也全部完工。

在全县83个行政村中，按标准建成的村级卫生室现有11个，整改扩建中的有14个，新建的20个，剩余的38个计划在明年建成。建成后，按每个贫困村卫生室不低于3名医生的配备标准，明年可完全招聘配齐。

在83个行政村中，除水田镇河坝村和旧城文兴村的公路不通畅，需加大投人，加大工程量，需在明年底完工通车外，其余的行政村的公路硬化，今年底可以完全正常通车。在所有贫困村通电的施工中，已架设10千伏输电线路62公里，低压输电线路232公里，安装变压器65台，户表4815只，明年就可以实现贫困村全部通10千伏以上的动力电，户表率100%。现在，贫困村通广播、电视已达96%多点，其余3个村正在进行设备预定和安装工作，年底前可实现83个村的广播卫星全覆盖。在宽带网络方面，已全部通宽带，实现了4G全覆盖，少数边远偏僻的村民小组正开展"广覆盖"和"深覆盖"工程，今年底前可实行全覆盖。

32个建档立卡的贫困村已全部实现安全饮水，仅25个偏僻、边远村民小组取水半径超过1公里，目前也启动了安全饮水的惠民工程。同时，这32个贫困村已拨付资金200万元，用于启动20个农村文化活动室的建设，年底将竣工并投入使用。有些贫困村，还实施了体育基础设施的建设，在发展体育运动、增强人民体质方面做了实实在在的工作。

从去年底到今年的10月，威信县全力扶持，加之认真有效的引导，已成立农民专业合作社370个，吸收社员3914人。其中，65个贫困村成立专业合作社100个，采取的模式是"支部＋合作社＋贫困户"，36个"能人＋合作社＋贫困户"和59个"公司＋合作社＋贫困户"，其他模式的有5个；其中养殖类76个、种植类的24个；建档立卡的贫困社员1572人。到我赴威信采访那天，养殖类的合作社已采购能繁母牛2200头，发放了1000头。目前，正加紧采购，年底有望能购到1300多头，一旦到位，即发给农户。同时，还发放了不少的仔猪、羊和鸡给农户，目标是让他们在短时期内脱贫。种植类的合作社，已种植各类药材11000亩、山备菜2200亩、花椒600亩、园林苗圃6100亩、猕猴桃500亩、稻田养鱼10400亩、方竹20万亩；规划新增加乡村旅游5个村寨。更让我欣喜的是，凡建档立卡的贫困户，发展养牛产业，每户补助财政专项扶贫资金6000元，其余种养殖业户均补助5000元。同时，还积极协调县农村信用联社向农户发放产业贷款，政府并给予贴息，其原则是只贷1万元，政府完全贴息，1万—2万元的，政府贴息4%，农户1%。在产业发展中，政府不采取"一刀切"，把选择权和主动权交给群众，让农户根据自己的实际，独立思考，自主选择符合自己的发展模式，充分调动农户的积极性和参与意识。对有劳动力，并有种养意愿的建档立卡贫困户，由乡镇将种苗、种畜发放给农户自行种植和养殖；对有种养殖意愿，但缺乏劳动力的贫困户，便以行政村为单位成立专业农民合作社，采取"合作社＋农户"的模式，贫困户将财政扶贫资金、土地、山林等资源入股合作社，参与产业发展；在合作社产业发展中取得劳务、股权和资本收益，帮助贫困户稳定增收，按时脱贫出列；在有种养殖公司的地方，贫困户还可以采取托养、寄养、种畜入股等形式，利用"公司＋农户"的发展模式，利用种养殖公司的养殖技术和信息优势，获得稳定的收益。

威信县还抓住国家对 25 度以上陡坡地进行退耕还林的政策机遇，积极争取指标，加大植树造林力度，实施好生态脱贫工程。实现全县 3 万亩坡地造林，3 万亩封山育林和 90 平方公里石漠化治理等生态工程。

通过教育脱贫一批，是中央采取的一项极有效且十分长远的措施，边远贫困山区的孩子，只有通过教育才能走出大山。在威信，历届的县委、县政府都十分重视教育，不管是城市、农村，再穷再苦，家长就是拉账借钱，自己不吃不喝，不穿不戴，也要供娃娃读书。其实，威信的孩子读书，亦特别用功，他们心里都十分明白，只有读书，并学有所成，才能改变自己的命运。我在师专十年时间，学校的各个系，都有威信籍的教师，他们都十分崇德、敬业，且在学术上颇有造诣，故受到学生的敬仰和爱戴。学生也十分刻苦、用功，他们毕业后，不少回到家乡，服务桑梓父老，现在都事业有成，成了教书育人的名师；不少人先后走上领导岗位，亦成了口碑很好、乐于为人民办好事、办实事的好领导；也有不少继续深造后，成了专家、学者和教授，在学术上作出了贡献，这一切的一切，都是威信重视小学、中学教育的结果。这些年，威信始终推进义务教育的均衡发展并达标。全县 126 所小学和 15 所初级中学达标比例为 100%，今年 5 月已通过市级复核，7 月通过省级评估，均受到肯定。现在正对县一中、县二中和扎西中学、扎西小学、逸夫小学等5所城区中小学列标推进，以迎接今年底的国检，预计可获通过。

今年威信还加快了县一中平桥校区，县二中南部校区和县民族中学（即县三中）的建设。同时，实施对特困学生的救助计划，今年大学生助学贷款1500人，对贷款助学的建档立卡贫困生，做到了全覆盖，使他们得以安心学习。还有2844人享受高中助学金507.9万元，人均接近1800元，确保每一个贫困生不因贫困而失学。在此基础上，又整合人社、扶贫、人力资源办等部门的资源，按贫困户户均培训一人的标准，抓好技能培训，为确保培训收到实效。在上级部门补助1000元的基础上，县财政按每人4000元的标准，确保每人的培训经费达5000元，做到了治穷先治愚，同时让他们树立起了脱贫致富奔小康的信念和志气。

剩下一批鳏寡孤独和丧失劳动力的残疾人，就由社会兜底保障。为了不留空白和盲点，威信现在正编织低保五保社会救助、新农合和新农保等基本生活安全网，使完全或部分丧失劳动能力的贫困人员，得到社会保障体系的惠及和全覆盖。

在威信的几天时间里，我去了扎西、罗布和水田寨，采访了颇具特色，如今开始脱贫的不少人家，他们开始过上了好日子。

中央红军离开威信水田寨花房子，第二天便来到大河滩。这里两面是山，中间是一里见宽的谷地，山上林木葱茏，郁郁苍苍，谷地的一侧，是一条常年不断的河流，清澈见底的河水静静地向北流去，为这块狭长的谷地平添了几分灵气和韵味。河上架有木桥，过河去，依山傍水便是参差依稀的农舍。此处地名，当地村民叫它"庄子上"，先头部队奉命到达这里，便将中央机关和毛泽东、洛甫、周恩来等人的驻地安排在这里。

中午时分，毛泽东、洛甫、周恩来、朱德先后到达这里，朱德便建议说："渡过赤水河，进入扎西，这几天都是急行军，大家都很累，今天就不走了，路上我和恩来商量，他也赞同我的意见。"毛泽东一见这个叫庄子上的村子掩映在一片翠柏、绿竹之中，也十分赞同地说道：这庄子上依山傍水、修竹婆娑、林木参天，倒是清幽宁静的地方。张闻天频频点头，兴奋地说道："吃过午饭，大家抓紧时间，作些必要的准备，晚上就在这里召开政治局会议。"

下午，中央红军陆陆续续到了大河滩。两面山上，到处都是红军的宿营地。冬季夜长昼短，不到五点，太阳便偏西了，各连排都埋锅造饭，缕缕炊烟，袅袅上升，转瞬之间，便被绚丽多彩的晚霞染成一幅幅奇妙无穷的丹青水墨。

晚上，在熠熠生辉的马灯照耀下，召开了政治局会议，根据毛泽东建议，经过认真的讨论研究，决定：就目前的形势而言，红军北渡长江，红军进入四川的计划已不能实现，中央决定放弃这个计划。决定以川滇黔边境为发展地区，以胜利开展局面，同时应抓住贵州空虚的大好时机，争取从黔西向黔东发展。

当时，林彪、聂荣臻率领的第一军团仍在四川的叙永、古蔺一带，正伺机渡过长江，突然接到军委总部的急电，命令第一军团立刻脱离川敌，迅速向滇境扎西、镇雄集中。林彪见中央军委的急电，一脸的不高兴，极不耐烦地说道："军委总部，根本不知道红一军团在什么地方，简直是瞎指挥。叫我俩去扎西、镇雄干什么，明摆着去送死嘛！"聂荣臻忙劝道："军团长，军委总部叫我们到扎西、镇雄集结，一定有他们的道理。"林彪不以为然，仍很固执地说道："有什么道理嘛，难道送死亦是道理？"聂荣臻这才十分严肃地说道："军团长，我们必须执行军委总部的命令，这是大局……"林彪这才无话可说，他稍犹豫片刻，说道："服从军委总部的命令，命令第一师现在就出发……"

两天后，一军团在林彪、聂荣臻的率领下，进入现在的麟凤乡，军团总部就驻扎在斑鸠沟，其余的师、团、连围绕着斑鸠沟，驻守在周围的附近村庄和山林深处。

距斑鸠沟不远的荒田苗寨，亦驻守了红军，据当年见过红军的老人说：寨子里大约来了200人，当时周围团转的乡绅、财主都跑了，在保甲长的威逼下，荒田苗寨的十多户人家也关了门，跑到村子对面的悬崖峭壁之上躲起来。第二天，村子里胆子大的几个乡亲悄悄地回来了，看见红军就冒着大雪睡在屋檐脚下，有的就是一些树枝临时搭建成棚棚，盖上些松树枝，就挤在里面，一个靠一个地坐在地上睡了，除了站岗的，都还没有醒来……几个乡亲见状，胆子就大了，踏着积雪，借着朦胧的曙光，便摸进了村子。哨兵发现了，几个乡亲想跑，哨兵就大声喊道："老乡，我们是红军，是穷苦人民的军队……"那几个乡亲站住了，随即见到了营教导员，听他说，他就是给财主当长工的，生活得猪狗不如，才参加红军，跟共产党干革命的。"你们快去把乡亲们叫回来，外面天气冷，会冻出病来的……"那几个乡亲见营教导员和蔼可亲，就跑到岩脚处，吹响牛角号，不到半个时辰，荒村的10多户苗族同胞便赶着牛、羊、猪，抱着鸡、鸭，背着粮食回来了。见着红军的老人姓韩，在村子里辈分最高，当时他只有10岁，前两年，在他80多岁时逝世了。现在有41户203人的荒田苗寨，没有谁当年见过红军，但在这里住了七八天的红军，其感人至深的故事，通过老一辈人的口口相传，却铭刻在一代又一代后辈人的心中，成了永远的自豪和骄傲……

七八天以后，驻扎在荒田苗寨的一两百名红军奉命回师东进，二渡赤水，要和乡亲离别了，那种情深意厚，那种依依惜别的断肠时刻是可想而知，不言而喻的。据威信县党史办介绍，当年就有3000多威信的优秀儿郎参加了红军，到革命胜利，建立共和国时，回到威信的只有肖发文和晋绍武两位英雄，其余的都为了我们今天的幸福，献出了自己宝贵的生命。

可以想象，荒田苗寨肯定也有为人民大众谋福祉的血性男儿，他们随一军团参加了革命。在3000多名的威信英烈中，他们也许把最后一滴血流在了爬雪山、过草地的长征途中；也许牺牲在抗日的平型关战役中；更有可能战死在埋葬蒋家王朝的枪林弹雨中，五星红旗璀璨、瑰丽的红色中，有他们一滴永不褪色的鲜血。

红军临离开荒田苗寨的时候，100多名红军战士，各理其事，为老百姓上山砍了不少的柴火；又割来一大捆又一大捆枯黄的茅草，帮老百姓把破破烂烂的权权房盖好，以便能遮风挡雪，暖暖和和地度过乙亥年寒冷的冬天；尽管村子里坑坑洼洼，泥泞没脚背，红军战士还是帮助苗族同胞清除了污泥，疏通了连接外面的沟渠，又在村子外不远的山沟上架起了一座由树干连接的桥……目睹眼前的这一切，纯朴善良而又不善言谈的苗族同胞，眼里噙满了热泪，只会说，我们见到了从天而降的活菩萨，红军就是救苦救难的活菩萨。这时，教导员把族长请到那棵硕大的核桃树下，真切地对他说道："韩老伯父，我们在土城战役中受伤的十多个战士，因为缺医少药，没有及时得到医治，伤口发炎化脓了，又从四川那边行军到扎西，伤口越发严重。到了你们寨子，通过苗药的救治，大多痊愈了，但还有3个较严重，无法跟随部队行军，只有托付给韩老伯父，继续在你们寨子里住几天，等伤口好了，再来追赶大部队了，给韩老伯父添麻烦了……"族长不等教导员把话讲完，抢过话来，便慨然说道："教导员，你放心，我会像对待自己的孩子一样对他们三人，他们是为了我们贫苦老百姓流血的，我一定把他们医好，送回部队。"教导员沉吟片刻，还是说道："我们离开后，就担心……"教导员欲言又止，族长便慨然说道："教导员，有荒田苗寨的十多家，五六十人在，就不会让他们3人出任何闪失，就是拼掉我这条老命，也要保护好这3个受伤的红军。"

部队离开荒田，随中央红军回师东进，二渡赤水，为再占遵义进人贵州。

在荒田苗寨的对面，有一片立壁千仞的悬岩，有一个被古树绿荫掩蔽了的岩洞，只有飞鸟和猿猴才能攀缘到那里，但却挡不住苗家儿女翻岩越涧的步伐。族长便叫来寨子里的几个猎手，先叫他们把路径探好，又把岩洞收拾出来后，就把3个红军伤员送到岩洞保护起来，等到伤口完全好后，再送他们去追赶大部队。

中央红军在扎西的五六天时间里，以苏维埃政府的名义，召开公审大会，枪决了恶贯满盈的民团团长肖增武。同时没收了肖家的全部财产，分给了受苦受难的老百姓，并开仓放粮，一部分做了红军的军粮。当即就有3000多威信的优秀儿郎参加了中央红军。

红军离开扎西，二渡赤水，进入贵州后，潜逃在外的肖家后人，杀进扎西城。他们以十倍的仇恨，百倍的疯狂，向革命进行了反扑，妄图消除红军在民众中的影响，扑灭红军在扎西播下的星星之火。这帮穷凶极恶的豺狼，纠集起上百人的民团，对凡驻扎过红军的村寨进行罪恶的扫荡……那天，肖增武家族间的侄儿肖小三，带着10多个身背步枪、手持大刀的打手闯进荒田苗寨，族长叫乡亲们家家关门闭户，不要出来，由他一人对付。之前，他已想到肖家会在红军离开扎西后，对和红军有过友好交往的民众进行报复，加上岩洞里又藏有3个红军伤员，他便做好了充分的准备。在伤员居住、养伤的岩洞里不仅配备了足够的粮食和治伤的草物，还打了一只岩羊给伤员补充营养。同时，族长不仅在山岩的附近安装了捕获猎物的机关，箭头上还涂上见血封喉的药膏，更派了几个手持弓弩的小伙子在岩洞里守护红军的伤员。肖小三进到村子，开口就一唬二吓地吼叫道：老者，听说你们苗寨里藏有红军的伤员，主动交出来，奖你100斤苞谷，若隐瞒不交，我就叫人烧了寨子，杀掉你全家老小！族长知道他在敲山震虎，便装出一副恭敬的样子，并用苗语对他讲道：老总，我就是有吃雷的胆子，也不敢做得罪你们的事情啊，红军来到这里，就像下了一场大雨，最多让山沟里涨几天的洪水，就过去了，我们一生一世还在你们手里，哪敢抹了帽子去钻刺棵嘛……肖小三一句也没有听懂，他咆哮地吼道：我听不懂苗话，你说汉话。族长摇摇头，却说道：汉话我能听得懂几句，就是不会说。肖小三又咆哮道：寨子里的人死绝啦，怎么就只见你一人？族长便说道：小老总，年轻人都上山打猎了，不上山就得饿肚子，剩下的婆娘、娃娃穿得单薄、破烂，屁股都露在外面，哪个敢出来见你们嘛，就怕吓倒你们，还以为见到野人了。肖小三仍没有听懂，气汹汹走到一家权权房，用力推开门，只见火塘边蹲着几个蓬头垢面，披着草席、赤身裸体的娃娃，他们的母亲也是衣不蔽体，吓得肖小三这狗杂种连连退了几步，惊呼道：见到鬼了……他走过来，抬头往对面的悬岩看去，一脸的困惑，回头便说道：你爬得上对面那壁悬岩吗？族长摇摇头，仍用苗语说：只有不要命的人才敢去爬。肖小三问不出什么名堂来，呵斥、警告后，便带着那帮打手悻悻然地走了，还没走到村口，一条大黄狗吼叫着扑过来，肖小三举起盒子炮，连连放了两三枪，大黄狗痉挛着，便倒在血泊里。不等族长说什么，肖小三便命令手下说道：今天也不算白跑，把这条送上门来的大黄狗抬回去剐了，熬成一锅汤，让兄弟们好好地吃一顿……

在荒田苗族同胞的精心护理和照料下，那3个重伤的红军战士很快就痊愈如初了。在族长的安排下，先后派出几拨人去探了消息和路径，确定安全无疑了。才在一个月明天青的夜晚，由5个荒田的苗族同胞，顺罕无人迹的深山老林，一直把那3个伤愈的红军战士送到四川摩尼，才依依不舍地分手了。临别时，那几个战士泪流满面地说道：兄弟，等革命胜利了，我们一定会回荒田看望救护我们的父老乡亲……8个人都泪流满面，紧紧地抱在一起，哽咽着说不出话来。

解放了，荒田苗寨的乡亲们望眼欲穿，却没有等来这3个和他们相依为命，共度过 20 多天艰难困苦生活的红军战士。在后来血与火的生死搏杀中，他们也许都牺牲了，否则他们不会食言的……

多少年过去了，直到人民公社，以后又到改革开放的 80 年代，当年见过红军的荒田苗族同胞也先后逝去，所剩无几了，他们的大多数也没有离开破破烂烂的茅草房子和权权房，仍处于极度的贫困之中。究其原因，除了在极"左"思潮的影响之下，无休止地折腾外，就是不搞计划生育，小小的山村，耕地也十分有限，竟然从新中国成立前的十多家人，变成了近 40 户，人口接近 200人。当时的威信县委、县政府认为：荒田苗寨如果不严格执行计划生育政策，控制人口的膨胀，只能是越生越穷。这次陪我到各乡镇、村组采访的县人大主任白孝华当年就是扎西镇的党委书记，在荒田村的计划生育问题上，真是伤透脑筋，却又一筹莫展。他告诉我说：荒田是扎西镇最边远、偏僻的小山村，那里什么都好，就是计划生育无法搞，从而陷入了越穷越生、越生越穷的怪圈。我便好奇地问道：在我心目中，苗族本来就是一个最纯善、最与世无争、特别能满足的民族，怎么你就管不住他们的计划生育？他却苦笑道：我连育龄夫妇都见不到，怎么能落实计划生育的政策嘛。那时，为了躲避我们进村做育龄夫妇的工作，采取相应措施，他们家家户户都养有狗，不少的人家还养有两条。因闭塞、贫穷，他们也很少到扎西城里，几乎就是日出而作，日落而息，家里即使有再大的困难，也不会到镇上找任何领导解决，几乎与世隔绝。都是我们上门找村民，往往去了，才走到村口，不知哪家的狗看到陌生人来了，便扑过来又咬又叫。其他的狗听到叫声，随即全村的几十条狗就吼叫着，冲你而来，让人只有招架之功，没有还手之力。听见此起彼伏的狗叫声，几乎所有的育龄夫妇，便夺门而出，无脚撂手地跑进山林，不知藏到哪里去了，让我们哭笑不得，尴尬之至，又万般无奈。这时，村社的干部来了，狗也不叫了，而育龄夫妇却早已跑得无影无踪，而村社干部还笑嘻嘻地戏谑道：

这些死狗，连白书记都认不出来了，叫啥子嘛……白孝华说道：面对荒田越生越穷的窘况，我心里十分难过，但又找不到解决这个症结的措施和办法，感到格外地痛苦。

过了两年，省、市给威信下了新农村建设的指标，政策又特别优惠，扎西镇便捷足先登，得到相当可观的指标。但省、市的文件说得十分清楚，规定得十分具体：新农村建设是形象工程，其建筑要放在乡镇附近，或者交通沿线，让人看得见的地方，胭脂花粉要扮在脸上，不能擦在屁股上……白孝华拿着指标便有些发怵，觉得像荒田这样的小山村，就是太贫穷，成了被各种惠农政策遗忘的地方。要改变他们的思维方式和生活方式，必须首先改变他们的生存环境，让他们建立起自信、自强和自尊，才能使他们融入这个时代，这个社会。白孝华和镇上的其他党政领导就觉得可以借这个机遇，换掉荒田的茅草房和权权房，把这个美丽乡村建在为革命曾做出过贡献的荒田苗寨。于是他便去找时任县委书记的龙进和县长张顺民，他俩一听，便拍案叫绝，表态道：荒田用这笔惠农政策的专项资金，就能旧貌换新颜，变成美丽乡村，只是修在了偏僻的深山老林，成不了形象工程。但可借势打造红军洞的红色旅游景点，这样就可改变荒田的贫困面貌，孝华，你们镇党委和政府的意见若高度统一，我俩就竭力支持。你回去后，尽快做出规划，拟定设计方案，经批准后，就开工建设，有什么问题，出什么差错，责任我们承担。我们不要装门面的形象工程，要的是让荒田的苗族同胞，离开茅草房、权权房，搬进新居，走出贫穷，实现当年红军的厚望和理想。

因要以红军伤员躲藏过的岩洞为依托，发展红色旅游，新建的苗寨民居就规划设计为一楼一底，楼上并有走廊，可住客人的标准客房，一楼就辟为房主的生活用房。为了尊重苗家人的传统，凡分了家的弟兄，除了各自的生活用房外，还在一楼的中间修一个堂屋，遇到逢年过节和红白喜事，作为全家团聚和举行典礼的地方。所以现在以川南民居风貌为主，又突出苗家特色的民居，一经建设起来，荒田苗寨便展现出让人惊叹，又流连忘返的新农村旅游景点。那次省委组织部部长刘维佳到威信视察工作，来到荒田苗寨，听了市、县领导的介绍，又看了红军洞，便兴奋地说道："踏破铁鞋无觅处，得来全不费工夫，这荒田苗寨正是我们进行革命传统和理想教育的最佳地点。对面那个保护过红军伤员的岩洞，稍加修葺和装点，就名正言顺地叫它红军洞，开展红色旅游，让这里的苗族同胞增收、脱贫、致富。我还建议你们，以扎西为核心，成立进行革命传统和理想教育的干部学院，让所有的公职人员，适时到这里接受教育，重走长征路，树立为共产主义奋斗终生的理想。"市、县领导欣然自喜，拍手称快，很快这个一举多得的建议，变成了现实。从那个时候开始，荒田村民小组便改成"红军荒田苗寨"，又在保护过红军伤员的岩洞旁，大大地雕刻了"红军洞"3个大字，并用油漆涂成红色，同时又从村子处修了蜿蜒到达"红军洞"的栈道和护栏。因红军荒田苗寨距扎西城区较近，交通也较为便捷、畅通，加之美丽乡村名副其实，南来北往的旅客和接受传统、理想教育的对象便趋之若鹜，红军荒田苗寨成了昭通的延安。

那天，在白孝华的引领下，我和陈孝宁、崔洋、吕亚平便兴致盎然，怀着几分崇敬的心情去了红军荒田苗寨。汽车出了扎西县城，行不到几里，便拐进了一条山村公路。汽车穿行在全被绿荫掩映的公路，两边是蜿蜒、逶迤的群山，郁郁葱葱，碧绿欲滴，让人心旷神怡，如痴如醉。行不到半个小时，汽车转过山坳，红军荒田苗寨便扑面而来，它依平缓的山势而建，错落有致，栋栋楼房犹如一块巨大的碧玉上有序地点缀着的星星点点的羊脂乳玉，是那样地协调，那样地恰到好处。下了车，走进村子，迎面便是一个不大的小场坝，它便是荒田的中心。自然村的主任韩兴红迎出来，先和我们打了招呼，便匆匆地进了他的厨房。那晚有客人来吃饭，他正忙着焖红烧的土鸡，场坝靠边处，撑着蓝顶铝框架的晴雨棚、里面摆着桌子和凳子，是客人吃饭的地方，简单却整洁。正面是一楼一底的房子，是韩启聪哥俩的住宅兼客房，中间是供全家聚会的客厅，因没有需举行的仪式，大门紧闭，不让外人轻易进去。我们进了弟弟韩启江的家里，经过交谈，才知兄弟俩之前都在浙江打工，哥哥韩启聪开龙门吊车，弟弟韩启江在纺织厂。荒田的红色旅游兴起并热闹了，哥俩便回乡经营客房，他哥俩的房子修得宽敞，就是哥俩用打工的积蓄和国家的补助建造的。我看了弟弟韩启江的厨房、卧室，又绕到后室看了煮猪食的地方，都整理得整整洁洁、清清秀秀，否则就不会有客人光顾他家。我们在他的引导下，上了楼，哥俩各有 4 间客房。我走进客房，宽畅的实木双人床，靠背是雕花的；旁边放有床头柜，摆着台灯；窗子上挂着和室内摆设相得益彰的窗帘；床的对面墙上挂着镜子；下面是书桌和靠椅，还有电脑。我又看了洗漱间和厕所，都很规范、干净。只是厕所没有在卧室里，晚上起夜不方便，特别是冬天，容易让人感冒，客人便感到麻烦。我又去韩正楚、韩兴明、韩正东、韩正伦家，房子的格局和其他家的摆设都差不多，清爽卫生，每家每户都有四间客房，床和床上的摆设都一样，整个红军荒田苗寨的 41 家村民，就构成了有 160 个床位的大宾馆。这样牵涉到各家各户的切身利益，会不会发生恶性竞争，破坏了村子里的和谐。这个问题，我有些想得多了，村上的办法是统一接待，按序分到各家各户，除建档立卡的贫困户有所倾斜外，其他的基本收人一样，每间客房的价格都是统一的 100 元。我去每家每户都问一个问题，每年的收人有多少，所有的人回答都是一样：今年的收人，没有往年多，今年到现在才有六七千块，往年到这个时候，已有一万多、两万块了。我说：六七千块也不错，坐在家里，不被风吹雨淋，客人就把钱送上门来了，你们该做的事情，就是换换被褥，打扫一下卫生……村民听了便笑了，都说：能有这一天，做梦都没有想过，托的是共产党和习总书记的福啊，只是……他们欲言又止，我便问道：心里想什么，就说嘛。有人便说道：这间房子就是韩云鼎老人家的，红军来荒田那年，他只有10岁，红军曾对他说过，红军是穷苦群众的军队，他们流血牺牲，就是要推翻反动的国民党政府，等到革命胜利了，我们穷苦老百姓就能过上好日子，有吃有穿，有好房子住。结果老人等了一辈子，穷了一辈子。86岁那年死的时候，正在修现在这些房子，老人没有住上一天，就走了……我的心也咽巴巴的，为韩云鼎老人感到遗憾，但他总算在生前看到全村破烂不堪的草房和权权房被拆除了，由党和政府补助大部分的钱盖起了现在能开旅馆，接待游客的房子，韩云鼎老人可含笑九泉矣……我顺着屋檐走到连户的村间小道上，路边便是韩云鼎老人乡邻房子的山墙，上面画有一幅当年苗家儿女挥泪送别红军离开荒田，踏上征程的壁画，它出自威信本土画家黄河的手笔。所以，画面栩栩如生，惟妙惟肖，十分形象生动，让人过目不忘。

村子间的连户道路，全是硬化的水泥路，十分干净，可以说一尘不染，路边是条清澈见底、潺潺流淌的溪水，碰到横亘沟渠中的顽石，便会激动朵朵浪花，并发出金石声响。整个荒田苗寨，绿荫如盖，修竹婆娑，花木扶疏，百鸟啾鸣，好一个悠然、和谐的清平世界。我游了村子一周，又重新回到村子中心的场坝之上，站在那棵硕大的百年核桃树下，抬眼望去，"红军洞"那3个红艳艳的大字，在晚霞中，熠熠生辉，更加光彩照人。那天，正遇昭通马永升麾下的48个职工，在马东的率领下，前来重走长征路，接受革命传统和理想教育，他们穿着当年红军的灰色军装，戴缀有五角星的八角帽，正走在盘旋向上的栈道上，让我感慨万端。在扶贫攻坚中，红军荒田苗寨选择并打造了红色旅游这个产业，让村民就利用自己现有的资源，开起了旅馆和饭店，坐在自己的家里，就稳定脱贫致富了。昊龙公司的48名职工，分住在12家村民的客房里，除去吃的，仅住宿一项，每家便是400元。更让我感到欣喜的是，村民在接待四方来客中，受到了熏陶和启迪，学会了接人待物的各种礼仪，从而改变了固有的思维方式、思想观念和生活方式。真正地做到了既扶了贫又扶了智，两全其美，锦上添花。但是，荒田苗寨，从越生越穷，越穷越生，解放近60年了，大多数村民还住在破烂的茅草房和权权房里，家徒四壁，辛苦一年不得温饱的极端贫困，蜕变到现在美满、幸福的生活之中，其间走过了多少坎坷，遇到了多少困难。但最后让他们彻底改变命运的还是威信县的各级党委、政府。没有当年龙进、张顺民和白孝华不搞形象、面子工程的胆魄和亲民的情怀，荒田苗寨现在又是一番什么样子，是可想而知的。我走了不少的县乡和村寨，不少地方在产业发展上，都把历史人文旅游和美丽乡村旅游作为脱贫致富的产业来打造、发展，这是无可非议的。但是，其关键是如何让规划变成现实，这需要各级党委、政府从自己的客观实际出发，在旅游的定位上，加以引导。做到你无我有，充分发挥自己的特长和优势，并相互配合，相得益彰，共同发展。我每到一个乡镇，在采访过程中，都会问相关的领导：客人来了，让别人享受什么有特色的文化，进了村寨，住在哪里？吃在哪里？若要做到"红军荒田苗寨"这种层次，这种品位，我们要做的事情太多了，没有软硬实力的储备，乡村旅游是搞不起来的，勉强做了，只能是得不偿失，劳民伤财。

第二天，我又去了水田寨的大湾苗族古村寨，它又是另一个被炒得很热的旅游景点，它靠的是用巨石支砌起来，固若金汤的城堡式古村寨，至今已有500多年的历史。同时，还有3棵树龄超过千年的紫薇树，且是开白花的，此外在全国只有在贵州的梵净山有这种紫薇，但若论树龄及气势，却不能望其项背。整个苗寨的建筑，完全按湘西的风格建造起来的，房子间的连接，交织着明路和暗道，村寨的设计和建设，显然除了居住外，更主要的功能是适应战争中的易守难攻。可见，大湾子苗寨的祖辈，是因为躲避战争，甚至是因为战争失败，且战且退，最终从湖南西部迁徙到威信水田寨大湾子的深山老林中来，一住就是500多年。房子一楼一底，空间却低矮，全是穿尖斗榫的木框架结构，走道亦是如此，且和房子相连，形成一个整体。房子与房子之间，每家每户的堂屋和房间之间，全是用金丝楠木板装扣而成，包括大门的装板也是金丝楠木的。500年过去了，均不腐朽，似乎完好如初。80多岁的族长告诉我说："有不少的专家、学者来到这里，都赞不绝口地说道，这座小小的村寨价值连城，非常宝贵，就是这批门枋和两三尺见方的装板，一块的价值都在一万到三万之间。"族长的老伴，坐在小小的天井里，神情专注地在布上画准备蜡染的花鸟，我们便随族长走出寨子，来到那棵千年的古紫薇树前。时令已进深秋，但大湾子的生态极好，树木之繁茂，只能用密不透风来形容似乎才贴切，所以，那棵巍巍然挺立的紫薇还青枝绿叶，显示着生机勃勃的活力。这时，族长把我们带到大树脚的小洞处，揭开特别的盖子，便见一小孔清泉，里面甘冽的泉水，似乎来自树上，又似乎来自地下，让人无法确认。族长便说：这是神水，人喝了，有病除病，无病消灾，若想喝神水，必点香拜过神树，方可取水饮下。他看我们显出犹豫，又说道：你们算啥子，省委书记来了，要喝这神水，都得烧香拜过。我们便点了三炷香，虔诚地敬了那棵气势非凡的紫薇，一个同伴还递给族长100元钱后，他方用打酒的提子将神水打起来，递给我喝了，其味确实有些甘冽清凉。我们在场的人都依次喝了，族长才最后说道："那天来了几个专家，他们都觉得这水来得奇怪，却不相信神水之说，就带了一瓶回去研究、化验。后来，只对我说，这水里可能含有微量元素，经常喝，对人的身体健康确有好处。"

那天，我们在那里吃了一顿颇有特色的农家饭，有现打的糍粑和现磨的豆花，还有自养的土鸡。回城的路上，大家都感到心情愉快，觉得大湾子苗寨，有古朴厚重的人文历史景观和让人感到震撼的自然景观，不虚此行啊。

威信的红色旅游和美丽乡村旅游很有特色，且成了气候，值得借鉴、值得研究。

到威信的第3天上午，我去了罗布的丁家坝和魏家沟两个村社。

丁家坝村社名副其实，143户685人中，就只有6家汉族，其余的全是苗族，他们却相处得十分和谐，日子过得平静而舒畅。丁家坝社以种植为产业而脱贫致富，是源于它得天独厚的自然和生态环境，它的肥田沃地就分布在坝子两侧的偏坡上。那里的村民舍得花力气，又舍得把厩肥和厕所里的农家肥，大挑大挑地送到农田里，深翻土地后，把农家生态肥一层又一层地铺施在田地里。所以，丁家坝的土地肥得流油，且疏松透气，土层十分厚实，适宜烤烟、时鲜蔬菜和苞谷、洋芋的生长，产量极高。这两年，烤烟因受市场的影响，播种面积减少，乃至不栽烤烟，全用来种时鲜蔬菜，其品质闻名遐迩，誉满威信。那天，我去丁家坝村社时，恰遇深秋时节的绵绵阴雨，时大时小，一个上午就没有停息过。我所乘坐的汽车，驰过写有楹联"翻身不忘毛泽东，致富全靠习近平"的石牌坊，便在不远的村民文化广场处停下来。这里地势有些低洼，四面的水都似乎流向这里，积得差不多了，再流向旁边的沟渠。但不管雨水是从哪儿流来的，都清澈见底，我走在广场上，皮鞋却越走越干净，没有沾上哪怕是一星半点儿的泥土。文化广场的四周，是枝繁叶茂的绿化树，似乎有香樟、桂花……穿过广场，进了一个小院，那里修了一排楼房，村支书李坤告诉我说：这里是苗家民族文化的陈列室，它包括苗家史诗，极其悲壮、极其让人心灵受到震撼的迁徙史和口传心授、代代相继的古歌、音乐、医药、蜡染、服饰等，还包括他们长期生产且有所演变的农具，家庭生活用品，狩猎的弓弩，如此等等，不胜枚举。不仅如此，还在每处的实物或者展板上，都用汉苗两种文字作了详尽的介绍，图文并茂，一目了然，给人以知识和启迪。

出了民族文化陈列室，我去了几家农户，都是苗族同胞。进到屋里，便使我赞叹不已，整洁的客厅，清洁而有条理的厨房，节能灶上贴了瓷砖，且擦得锃亮，我揭开锅盖，用过的铁锅也洗得干干净净，橱柜里有序地摆着碗筷，一点儿都不零乱。旁边的铝制低柜上摆着洗漱的口缸、牙刷，说明他们洗脸时，也刷牙漱嘴，这是一个向往美好、幸福生活的飞跃。我又不经主人的许可，进了杨天云家的卧室，床上挂着仿丝蚊帐，被子虽没有折叠，但却平平整整地铺在床上。对此，我十分惊讶，在我的印象中，苗族同胞因为贫穷，生活习惯极为简陋，也不爱干净、整洁。几年前，我曾去过盘河的农家，恰遇他家杀猪，砍成一块块还在渗着血水的猪肉，放在大簸箕里，却摆在床上，主人甚至拉过被子的一角，盖住了半边簸箕……我便问主人："你怎么能把猪肉放在床上，这不卫生嘛。"他笑了，却说道："屋里又小又挤，床上宽敞，山里没有那么多的讲究，吃饱肚子了，再脏再乱的床，我都睡得着……"目睹杨天云现在的家，真是天壤之别，以前连温饱都无法解决，哪能顾及清洁卫生？我便问随我前往采访的乡党委书记："这个寨子里，家家如此吗？"他不假任何思虑，便笑而答道："随你到哪家，都如此，不少的人家，还比他家讲究，摆设更花阔，他家是村子里建档立卡的贫困户。"他又说："有些变化，我们是下了一番苦功夫的。"

前两年，省上搞红色乡村的建设，丁家坝社被列入其中，随着省、市、县的批准，除了修通村和通户的硬化道路外，农户采取差什么补什么的原则，进行补贴，并得到了实施。杨天云家改成节能卫生灶，补助了3000块钱，人畜分开，并修了专门的厕所，亦是国家补助的。我去看了他家的猪厩，躺在干草上喘着粗气的两头猪，加一起足有千斤以上，他笑嘻嘻地说道："大的那头，超过 600 斤，小的那头，也不下 500 斤。"我便对他说：今年春节前后，你杀一头到市场上卖了，短期就脱贫了，至少可卖6000—7000 元。杨天云摇摇头，却说道：我舍不得卖，两头都杀了自己吃，全家四五口人，种蔬草、蒜苗很苦，娃娃读书也辛苦，没有肉吃，哪来的力气吗？这两头猪，得让全家年头吃到年尾，亲戚来了，也得有肉招待啊！我又问他道：你栽种些什么蔬菜，好卖吗？他便回答：我们丁家坝的蔬菜，在扎西城里是抢手货，每斤的价格都比别处的贵点，蒜苗一斤要贵一两元，所以我就栽了白菜、青菜，排了蒜苗。我们这里的蔬菜不仅好吃，而且大棵，嫩生生、绿茵茵的，城里人见了，就争着来买。近两年，城里的小商贩一大早就来了，到各家各户收蔬菜，不想进城的，就便宜点批发给他们。杨天云家，不仅种植了时鲜蔬菜，还栽了好几亩甜脆李和香桃，甜脆李是从四川那边引进来的。深秋时节，在杨天云家门口的地边，有一棵栽了不长时间的甜脆李，竟然满树开了星星点点的白花，表明树已成活了。

离开杨天云家，我又去了杨开宗家，他家 15 岁的女儿患了代谢性、晚发性软骨病，小学四年级就休学了。前些年，杨开宗夫妇发现女儿的下肢畸形，站不起来，更无法走路，在昭通到处求医，医生都说女儿缺钙，什么药都吃了，不仅不见好，而且一天比一天严重，直到退学。杨开宗对我说：昭通的政协主席熊启怀，就是我们村子里当得最大的官，万般无奈，我只有带着女儿到昭通找他。经过他的帮助和联系，我们去了昆明的一家大医院，才找准了病根，做了一次大手术，才勉强能站起来，走路还十分吃力。昆明的医生说，回家好好地养息一段时间，让身体有所恢复了，再去做第二次手术。那天，小姑娘坐在沙发上，我扶着她，并叫她站起来走两步，她吃力地站起来，蹒蹒跚跚地走了几步，她自我的感觉是比以前好多了。她对我说，她最大的愿望就是把病医好，还想进学校读书……几个领导都对我说：为了让小姑娘医好病，我们专门为她申请和办理了大病补助，过了春节，就让她到昆明做第二次手术。

整个村子，连户路已全部用水泥硬化了，淅淅沥沥的秋雨把路洗得干干净净，不管走到哪里，都觉得舒服，惬意。村支书告诉我：通户的硬化路，各家自己打扫干净，公用的路，就包到各家各户负责打扫，村委会有专人督促检查。现在责任落实，又划定了地界，各家各户每天都会把自己负责的地段打扫干净，很快就形成了习惯。

中午，我们是在农户家里吃的饭，因天气阴冷，吃的是火锅，排骨熬成的汤里，煮着的都是地里现摘来的各种蔬菜，还有只生在苞谷地里的野生菌，村民称之为苞谷菌。坐在暖和的炉子边，配着蝴辣子做的蘸水，我们每个人都吃得舔嘴抹舌，赞不绝口，因为它简单，却不失品位，不愧是一顿省钱、省工、省时的佳肴。

整个苗寨生活习惯的跨越式改变，还包括红军荒田苗寨和大湾苗寨，威信县委、县政府是下了一番苦功夫的。几年前，就由县委宣传部牵头，组织文化、教育、妇联、共青团、工会等党团机关、组织工作组下到各乡镇。先从最基本的生活小事做起，从起床第一件事该做什么教起，如洗漱、用牙膏刷牙，用香皂洗脸，并且做到一人专用，特别是牙刷，不能共用，否则会传染牙病和口腔的病。先起步时，十分费力、别扭，慢慢地便习惯了，若哪天不刷牙、洗脸，就感到极不舒服。不讲究卫生，是种习惯，讲究生活的品位，同样是一种习惯，体现的则是生活的质量和人的素质。

第二件事就是吃了饭，该做什么，如必须收拾碗筷，洗刷干净，整整齐齐地放在橱柜里，不乱丢、乱摆，以免满桌、满屋一片狼藉。

这些事情教会了，且成了习惯，便是个人的卫生，包括按时洗头、洗澡、洗衣服，不能把脏衣服乱扔乱丢，劳动回来了，得洗澡换衣服，如此等等。最后，就是整个家庭的卫生和室外的环境卫生，这些看似简单的事情，不下点功夫，不硬着头皮，不持之以恒，要彻底改变粗放的生活习惯，还真是不容易。

下到村社，每个工作队员都承包三五家，不教会良好生活方式，并形成习惯，不离村，有关部门要抽查、考核、验收。

离开丁家坝村社时，在村口，我又看了写在牌坊上的楹联，感触和刚来时就发生了变化，"翻身不忘毛泽东，致富全靠习近平"，写得再朴实不过了，但它却是过上了好日子的农民群众，发自心灵深处最诚挚、最无华、最厚重的思想感情，更是亿万人民最强烈的心声啊！

车离开丁家坝社，行不到三五公里，便到了魏家沟社，迎面的墙壁上，挂着"商品牛养殖基地"的牌匾。转弯进了村子，在错落有致的民居之间，蓝色玻纤瓦和不锈钢架建成的牛舍，一个接一个，十分抢眼，俨然形成了一道产业的风景线。它告诉人们，这个村落是以养殖商品牛而脱贫致富的。

在路边，我随魏家沟的村民小组长陶忠凯走进了养牛大户陶忠升的家。他的住宅和牛舍依山而建，非常紧凑且避风。门前有块不大的坝子上，用篱笆围成两米左右高的圆筒，并用塑料薄膜盖了，里面堆储着酒糟，我便问主人道：这是不是饲料？你养牛的诀窍就是让牛吃酒糟？陶忠升便说：酒糟牛很爱吃，但没有营养，只能吃饱肚子，因为苞谷的精华和营养全变成了酒。要让牛很快壮实起来，必须喂它足够的苞谷面，这是不能省的，否则牛的品质不好，就卖不到好价钱。陶忠升买卖商品牛，有30多年的时间了，50多岁的他，在不到20岁时，就随父亲下四川，到贵州买牛、卖牛了，是罗布远近闻名的"牛贩子"。几十年的奔波、煎熬，都离不开各种各样的牛，加之他聪慧和肯下功夫，便练就了一身看牛、识牛、辨牛、养牛的绝技。在市场上，不管牵一头什么样的牛来，他能马上说出哪个地方的牛，肉质和口味如何，再用手摸摸，就能说出牛的重量，能值多少钱，相差就在十多斤左右，村民或买或卖，就听陶忠升说的这句话。所以，村民买牛、卖牛都得请他去看看，只要他点头默认，村民便会大胆地买下，大胆地卖掉。罗布镇的书记和镇长，就想把他聘为牛博士，发放一定的酬劳，把他养起来，指导全镇的养牛户如何喂养、如何买卖。但他却笑眯眯地拒绝了，并说：只要乡亲找到我，我就不会拒绝，一定为他们当好参谋。我一家人富了算不了什么，有本事了，要带动全村的乡亲富起来，也不枉自别人叫我"牛贩子"了。我就问他道：你一年能挣多少钱？他说：怕有七八万块吧。他儿子提着自己家酿的酒站在我旁边，这是苗家人的习惯，客人来了，得先敬杯酒，小陶便悄悄地告诉我道：一年有 10 多万。我又问他道：听县上的领导说，你家存在信用社的钱有两三百万。小陶稍加犹豫，便说：没有这么多，有百多万。我便点点头，说道：我心里实在高兴，盛情难却，你就倒一口酒给我吧。

　　陶忠升有两个牛厩，我先进了小点的那个，里面养着 6 头本地的黄牛，有 1 岁左右，个个都毛色发亮，精神抖擞，他真是养牛有方。另外一个大厩，养有 22 头澳大利亚引种的西门达尔肉牛，也是 1 岁左右，我就问他道：本地和进口的牛有哪些区别？他对我说道：本地牛个头小，毛色纯。西门达尔牛个头大、体重，都是花脸巴，不管公母，脸上都有杂毛，分布均匀，十分明显，一眼就能看出来。我又问他道：这些牛现在有多少斤了？能不能卖了？陶忠升便回答道：现在有八九百斤，再过一个月就可出栏，那时就超过 1000 斤，有的会接近 1100 斤，我每年出栏 3 次，能卖的肉牛七八十头。我听了有些愕然，便说道：你何必这样忙啊，把牛喂得再大，再壮点，价钱不是就成倍增加了。陶忠升笑了，却说道：各人习一行，养牛你就不懂了，我的牛一年出栏三批，就卡在四个月左右，时间养长了，就赚不到钱。到时不卖，你若将它当老爷爷养起来，就黄萝卜打马，大半截不在了，这样就不叫商品牛了。我频频点头，连连说道：今天到你家，我又学到了点儿本事，增长了见识。兄弟，你的牛卖到哪些地方去呢？陶忠升说：大多数是开着车到村子里来买卖小牛的，不少的也是用车拉到村子里来。他们看上哪家的，就买哪家的，但是，不管本村，还是外村的，买卖时，都会来叫我和儿子去看看，我点头了，村民才放心大胆地买卖。我听了，于是问道：你收不收村民的咨询费，他却十分肯定地说道：我一家人富起来不算本事，让全社的村民富起来，过上好日子了，比给我多少钱都值得。

有时候，陶忠升和乡亲不仅买进小牛，合适的时候，还会买进大牛，稍加精心饲养十天半月，转手就能赚他几百、千把块钱，凭的就是识牛、养牛的本事。所以，魏家沟成了商品牛的集散地，全组 57 户人家，百分之七十的农户都饲养商品牛，以此作为脱贫致富的产业。对此，国家给予了大力地扶持，凡修牛厩的，每户补助 3000 元，买牛饲养的，每户补助 6000 元，若每户贷款 2 万元，政府为农户贴息三年。在魏家沟，既有国家的惠农政策，又有陶忠升这样的"神人"，农户真是锦上添花，如虎添翼了。

那天，我和陶忠升一帮人，就站在牛厩里的料槽前采访，说话的时间超过 40 分钟，我们每个人都没有闻到牛厩里那固有的臭味，闻到的却是草料的清香。陶忠升的儿子告诉我说：我和哥哥每天都得打扫、消毒，见那头牛局屎局尿了，就即时清扫，牛在这样的环境里，十分舒服，不仅不会生病，而且长得也快。可见，任何动物都和人一样，只要生活得好，心情愉快，无忧无虑，身体都会十分健康。

回到客厅，陶忠升给我们一行倒了茶水，欲和他再交谈几句时，他的两个儿子突然端来一大碗炒好的肉片，还提着酒，并拿来酒杯，叫我们喝酒、吃肉。盛情难却，又为了感谢女主人的劳累，我提议说：因还要到桃坝村，有别的事，加之不会喝酒，我们每人拈一点肉吃了，表示表示心意，你们的日子过得幸福、美满了，我们比吃山珍海味还高兴。陶忠升满脸笑容，频频点头，把筷子递给我们，于是每个人便高高兴兴地拈了一点儿吃下，否则以善为德的苗族同胞会觉得我们看不起他。

离开魏家沟村民小组，我来到桃坝村易地扶贫搬迁安置点，今年6月落实了修房盖屋和发展养殖修厩的土地，到11月初，户均117平方米的房子大多已完成主体建筑，养殖的厩也全部竣工。每家每户的菜园地也完全划定，并砌了地绠，插着写有户主的小牌。进村通户的公路已夯实了基础，并铺上了石块和沙子，只待硬化，村子里的绿化树也栽好了，只等它明年春天时发出新芽，长出碧绿欲滴的树叶。在安置点上，我遇到了个40岁开外的妇女，因天下着稀稀疏疏的细雨，不能施工，她只能在自己初见格局的房子里拾掇散乱的建筑材料。她兴高采烈地告诉我说：丈夫和两个孩子都外出打工，这栋新修的别墅式楼房，就是她一个人招呼着建起来的，又当工人，又当监工，忙得不分白天晚上，皮都被晒得脱了一层，人也苦变形了。但是特别值得，看着自己要过好日子的梦想实现了，心里比吃蜂蜜还甜。她带着我，楼下走到楼上，并高兴地对我说，哪间是儿子住的，哪间是女儿的，哪里是厨房，哪里是客厅，连沙发摆在哪里，电视机放在哪里，她都想好了。我便对她说：自己参与修房盖屋是十分辛苦的，你为什么不把丈夫和娃娃叫回来，你一个人忙里忙外会累垮的。她便说：除了政府补助的，还贷了款，自己也得拿出一部分钱，他爷三个不在外面打工挣钱，用什么钱来装修、买家具和还贷款？农村里的人苦惯了，闲下来还一身会痛，再说，好日子都是苦来的……离开她家，我便顺普通村的公路，走到村口，那里塑着一大块标语牌，上面用印刷体写着习近平总书记的一句话：

"有梦想，有机会，有奋斗，一切美好的东西都能够创造出来。"在我还没有退休的那些岁月，国家还没有现在这样繁荣富强，昭通的农村贫困户，也有梦想，也在不断地劳作、奋斗，但却没有太多，且实实在在的机会。所以，当国家擂响扶贫攻坚、决胜小康的战鼓的时候，600万人中，还有近140万的贫困人口，任重道远。但从2015年算起，我们仅仅才开始了两年的扶贫攻坚，就成绩斐然，真真实实换了人间，桃坝村易地扶贫攻坚安置，仅仅才启动了不到半年时间，美丽乡村便奇迹般地展现在了世人的面前，怎不让我感慨万分，心潮澎湃啊！

临离开威信的那天上午，我又去了扎西镇的河口村，它的面积近17平方公里，森林覆盖面积19250亩，属典型的山区闭塞山村。全村有741户，3278人，耕地面积虽4532亩，但都在陡峭的山坡上，水土流失严重，耕作十分困难。现有劳动力2200个，外出务工则超过800人。全村的经济收入主要靠种养殖和务工收入，目前仍有建档立卡的贫困户119家，多达417人。

造成河口村贫困面大，深层次的原因主要是自然条件恶劣，山高坡陡，交通极为不便，很多人家，几乎与世隔绝，严重地制约着产业的发展。对此，老百姓有民谣唱道："河口像口锅，出门就爬坡，天干三日无收获，一日暴雨土下河。"多么直白、通俗，而又多么生动形象的写照。到现在辖21个村民小组的河口村，只有村委会通往扎西政府的28公里水泥公路，却不是河口的专用公路，且道路狭窄，所以村民外出之难，难于上青天，进出的生产、生活物资，只能靠人背马驮，运输能力极为低下。21个村民小组，只有6个村民小组的通村公路是硬化的，其余的均为坎坷不平的崎岖山路，严重地制约、影响着村民的生产、生活和产业发展。

不知什么原因，像口锅而人均又有近6亩森林的河口，应该是块山环水绕的风水宝地。但它却经常发生干旱和泥石流，只要天大旱3天，那里就会面临绝收的灾难；若遇大雨倾盆，只要连续下半个时辰，庄稼地的土便会冲刷得满目疮痍，让村民无法在短时期恢复土地的原貌。这样的地方必然造成村民悲观无奈的心理，造成无能为力的思想观念，村民除了日出而作，日落而息、靠天吃饭的传统耕作外，没有其他谋生的技能，加之疾病，脱贫致富便困难重重、压力很大。所以，交通和抗拒自然灾害的频发，是使河口村脱贫的两大硬仗。

首先，重点修建河口村河沟等涉及 13 个村民小组与外界隔绝的桥梁，完成 15 个村民小组的通村公路硬化。因为河口村的整个地形，犹如一口大铁锅，山高路陡，沟壑深切，一旦有雨，洪水从山头奔腾呼啸而下，其势雷霆万钧，锐不可当。若不在这样的沟壑之上架座桥梁，河口村的岩方、核桃、大子、木坪、岩口、文笔、老房子等 13 个村民小组的 2324 人，就完全与世隔绝，无法通往外界。所以，在河口村民小组处修筑桥梁迫在眉睫，势在必行，因它和河口村扶贫攻坚、决胜小康命运攸关。现在，通过河口村驻村工作队的深入调查、研究，又在有关工程技术人员的帮助下，已规划、设计出来了。计划投资 100 万元左右，该桥梁设计桥墩 3 个，墩高出地面 9 米，过水面 12 米，桥面净宽 5 米，并支砌挡墙 2013 立方米，可通载重车辆。桥建成后，不算社会效益，仅就 13 个村民的 2324 人，出行和运输路径缩短 5 公里计算，每年每个村民可减少交通运输费用 200 元以上，可让 2000 多个村民增加收入 50 万元，同时还可减少人背马驮的艰辛。是惠民的人心工程，老百姓便宵衣旰食，翘首以盼，希望早一天建成。

市委、市政府派驻河口村的工作队长，并兼该村第一书记的王骥，是市民政局基层组织建设科的科长。他写得一手好字，在圈子里颇有名气，人却十分低调、恭谦，又十分厚道、诚恳。在威信时，我们同住在烟草宾馆里，吃早点时，突然相遇，真是缘分，古人曾说过：只有缘分来找人，人是找不到缘分的。似乎在冥冥之中，总有需要相遇的时候，有一种无形的力量把相互之间推在一起，从而演绎出多少爱恨情仇，悲欢离合。他乡遇故知，我们都十分欣喜，说话时，方知他正是河口村的第一书记，而我要去采访的地方，恰恰正是他当扶贫工作队长的地方，双方倍感惊奇之中，又倍感亲切。市委、市政府要求驻村工作队员，每月在基层工作的时间不少于 22 天，而王骥却近 1 个月没有回家了。那些日子，既是村上易地扶贫搬迁和危房改造干得如火如荼、打板封顶的决胜关头；又是申报、踏勘和设计河沟大桥的关键时刻；他的心和河口村 2000 多村民的心，相系、相连、相忧、相盼，无法割舍，所以，他一直拖到 10 月 29 日那天才离开河口准备回昭通。他背着行囊离开宾馆时，听说我要去河口村，便断然放弃回家的计划，决计陪我们回去采访。我说：王骥，你回昭通的车都订好了，我自己能去，况且还有县人大主任白孝华陪着我们，过了此山无鸟叫，你还是按原计划启程回家吧。他恳切地说道：不行，订好了回昭通的车，可以退，一定得陪你们到河口去，我现在是河口的半个主人，有些情况我也清楚。吃了午饭重新找一辆车，天不黑就到昭通了。情真真、意切切，我不能再拒绝，叫他把行李包丢上车来，一同前往。一路上，我问了他不少的问题，他都对答如流，可见，他的脚一踏上河口村，就深深地扎在那片热土上，同村民凝聚成了鱼水之情。他对我说：他今年已 44 岁，生日就在河口村度过的，觉得意义非凡，以至无法忘怀，浮想联翩，写了"猴年自寿"的古风，聊以自慰、自勉。我也是舞文弄墨的人，对此极有兴趣，便叫他朗诵一遍，分享其快乐，他于是便吟诵道：

"写于驻河口村扶贫之际：四十四年欲何求，未许封侯已碰头。当年江海弄潮儿，如今扶贫驻河口。脚走千家体民情，心系百姓解民忧。兴房修路沐风雨，建档立卡历春秋。群众待我如亲人，人户每醉蜂蜜酒。我视群众为父母，奔走呼号未停留；河沟喜添连心桥，交通改善有盼头。福彩资金助村建，办公场所待维修。黄金桐子签合同，殡改新风成气候。种养基地增活力，致富猪患拔头筹。贫困乡村会群英，革命老区结良友。五湖四海心一条，不摘贫帽不罢休。涛声如雷惊诗梦，素月分辉起乡愁。自愧无力侍慈母，更惭妻儿少问候。闲暇且把心经录，祈愿苍生增福寿。无悔人生贫贱乐，翰墨书香竞风流。"

我对古诗词一知半解，不敢妄加评议。但古人说，诗言志，听了王骥"猴年自寿"的古风，我知道他驻村四个月以来，他想些什么，为老百姓做了什么。人不管有什么身份，这不重要，根本的问题是在自己力所能及的范围内，为群众踏踏实实、尽心尽力做几件好事，便没有什么遗憾，此生足矣。周永康、徐才厚、白恩培和仇和，尽管他们身居高位，权倾一世，却不为人民谋福祉，贪婪无度，成了不齿于人类的狗屎堆，被永远地钉在了历史的耻辱柱上。哲人说：因为有爱，这世界才会如此温暖。大爱就像春风化雨，润物无声，大爱是无私的，是尊重宽容他人的，付出的爱不会带来任何束缚和压制，不求给予回报，不会让对方感觉到的……王骥和所有派到扶贫攻坚第一线的工作队员，他们所做的便是大爱无疆，善行天下。

离开河口村公所，我们翻过几座大山，去看了几家正在封顶打板的农户，他们虽满身泥泞，一脸的汗水。但却满脸的喜悦和幸福，他们谁也没有想到，就是这么短短的半年时间，他们竟离开修在山野中的茅草房，搬到大路边来修了钢筋水泥的洋式房。若不是自己的房子就在面前，并且还参与支模板、拌水泥砂浆，简直不敢相信，美好幸福的生活会来得这么快。所以，在接受我的采访时，他们脸庞上那种欢欣，那种喜悦，是自自然然从心灵深处流淌出来，让我亦感同身受。面前的一切的一切都来自国家的富裕、强大；来自以习近平为核心的党中央亲民、爱民、为民和以人民为中心的情怀和胸襟；来自中华民族伟大复兴的中国梦。

临离开农户建房的工地时，路边突然走来一对40岁开外的夫妇，上前便说道：同志，看你们这样子，一定是县上来的领导，我们是这个村子的农民，在城里打工，能不能搭你们的车进城去，我俩已3天没有上工了。我欣然应允，他俩便高高兴兴地上了车，一路上，夫妇俩十分健谈，开腔就对我说道：我俩是河口村岩下村民小组的，因新修的房子封顶打板，必须回来，等了大半辈子，在党委、政府的关照、扶持下，梦想总算实现了，感谢习总书记啊！交谈中，我知道男的叫郑少辉，女的叫邓凤梅，夫妇俩都在城里的瑞丰大酒店打工，郑少辉烧锅炉，每月的工资2200元，邓凤梅当服务员，每月1800元。我听了，便说道：你俩收人不错嘛，一定是村里的富裕户。他俩便说：两个儿子都在昆明读书，负担还很重，仍在拼命地爬山，还得苦几年，才能走到平路上。他俩很风趣，听我问他俩的儿子在昆明读的什么学校时，便高兴地回答道：大儿子在云师大，今年读大四了，明年秋季就毕业了。小儿子今年才考上昆明的林业技术学院，本来小儿子的成绩也很好的，因为生病，做了两次手术。不仅花了不少的钱，而且还耽误了学习，就只考取专科了。我便说：在河口这样艰难的环境里，两个儿子都能考取大学真是不错了，我也是云师大毕业的，你儿子跟我还是校友。夫妇俩稍加迟疑，便说道：你现在是国家养着的，肯定工资很高，大儿子明年毕业，还不知道有没有一个铁饭碗。我说：市委、市政府把教育列为昭通发展的六大战略之一，昭通今年就开工修了十多所中学，威信也十分重视教育，今年需要的教师很多。只要你儿子是品学兼优的毕业生，到处都会争着要他，特别是那些需要教师的地方——你们的日子就锦上添花了。夫妇俩听了，便摇摇头说道：还得拼命苦几年啊，兄弟俩除了书费、学费，每月还需生活费，哥俩都是吃长饭的，读书也很苦，得让他们吃饱。现在修房子，除了国家补贴的，我们还贷了不少的款，得陆陆续续地偿还国家。所以，我俩套在头上的牛笼头还取不掉，还得拼命苦几年，不过有现在这么好的世道，再苦再累，心里都高兴啊！

我频频点头，说道：以习总书记为核心的党中央，决心用三五年的时间，使全国5000万人全部脱贫过上小康日子，我们昭通130多万贫困人口也要完全脱贫进入小康，那时，就能过美满、幸福的生活了。夫妇俩都说：我们相信，要是能把我们河口村的路都修成现在城附近的那些路，河口村也能变成福窝窝了啊……我说：村上的工作队和村委会正在计划申报，先修河沟村的这座大桥，再修通村、通户的硬化路，相信，不等到你大儿子毕业，桥也有了，通村通户的路也有了。夫妇俩连连说道：相信、相信，现在的党委、政府说话，一是一、二是二，说过的话都做得到，我家的房子从划地到开挖基脚，还不到半年，就封顶打板了。今年春节，两个儿子也放假回来了，我们全家就要在新房子里吃团圆饭。

夫妇俩的脸庞笑成了一朵花，农民群众这种欢快和喜悦，我不管走到哪个村寨都能看到，都发自心灵深处，故显得特别真实。

盐津是云南东北部的边缘，东北面与四川的筠连、高县、宜宾接壤，南靠彝良，西与大关、永善和绥江毗邻，北和水富连接。自古以来，盐津便是中原人滇的门户，锁钥南滇，咽喉西蜀，也是历代王朝经略云南的第一站。秦开五尺道、汉置郡县，巴蜀文化、夜郎文化、滇池文化在这里交汇融合，成为祖国西南开发最早的地方之一，瑰丽灿烂的朱提文化，在这里闪烁着神奇炫目的光芒。

《华阳国志》曾有记载道：有奇男子从天而坠，止于朱提。3000多年前，朱提发生了一次亘古未有的水灾，杜宇率部落和洪水进行了殊死的搏斗，但无法战胜洪水，面对已成为泽国的朱提坝子，万般无奈的杜宇只得率部落渡过汪洋一般的朱提坝子，顺流而下。他们翻山越岭，披荆斩棘，以启山林，用自己的血肉之躯开辟了一条通往四川的羊肠小道，历经三年时间，杜宇几千人的部落到达成都平原时，已不足五百人。杜宇率部在成都平原定居后，便开垦田地、耕云播雨、栽桑养蚕、抽丝织锦，同时吸纳包容当地的居民，短短几年时间，他竟将自己的部落发展到近万人。公元前五百年左右，杜宇在四川双流建立了蜀国，称为望帝，立梁利为后，梁利也是和他同甘共苦，从朱提到达成都的血性女人。

那时的蜀国，北至陕西八百里秦川，南到莽莽苍苍的云贵高原，西接峰峦叠嶂的横断山脉，东以涪江为界和重庆相连。杜宇建立蜀国后，把朱提先进的农耕文化和青铜文化带到成都平原，从而结束了蜀国历史上的蒙昧阶段，巴蜀文明开始形成并走向繁荣。成都平原，沃野千里，阡陌纵横，老百姓栽桑养蚕，织缎造锦，到处男耕女织，小桥流水，好一派五谷丰登、六畜兴旺的景象。

后来，修完都江堰的李冰父子奉命来到盐津，采取积薪烧石，趁势浇水，使岩石热胀冷缩后，发生崩裂的方式，修筑了一段五尺道。我有一次到都江堰，拜谒李冰父子的神像，无意之中，竟然在一块碑文上见到李冰是杜宇的第七代子孙，由皇帝特赐李姓的记载，如果历史确如此说，李冰也是我们昭通人。

秦始皇统一中国后，为有效地控制云南边陲，实现中央集权，他派大将常頞继承李冰父子未竟之事业，沿着进入盐津的五尺道继续往南延伸。常頞没有辜负秦始皇的厚望，他屯兵滇东北，完全用士兵的血肉之躯，历尽千辛万苦，几年时间让五尺道更具有了规模，它犹如九天飘下的一条玉带，从盐津一直延续到曲靖，全长2000多华里。盐津，乃至昭通，就因为有了这条能通向外界的道路，使物质文明和精神文明已发展到相当程度的巴蜀诸地，对昭通和盐津的影响和渗透，更加紧密和直接。沿着五尺道这条崎岖的山路，巴蜀乃至中原的能工巧匠，带着工具，器皿进入盐津，再到昭通。他们在漫长的岁月中，繁衍生息，世代相传，把精湛的技艺永远地留在了这片丰饶的土地上。我的诤友陈孝宁先生在《石门怀古》中，是这样来描写和讴歌盐津五尺道的：

"有一条路，从远古走到现在。有一条线，拴起了过去和未来。它，就是五尺道……我抬眼向关河的峡谷望去，残阳如血，五尺道像条银色的飘带，在芳翠的群山间明灭起伏。我似乎看到了我们的先民当年年路蓝缕以启山林的情景，野火焚天，烈焰翻腾，巨岩崩裂，山鸣谷应。这是古人对自然的征服，是文明对愚昧的一次伟大进军，是梦幻和向往的一次冒险。五尺道与昭通有着太多的纠葛。杜宇从这里率领他的部落北上，在成都盆地建立了蜀国；诸葛亮南征，以攻心为上，七擒孟获。忽必烈挥师迂回，包抄南宋；明太祖数十万士兵平定云南；鄂尔泰改土归流；护国军北上讨伐袁贼；姜亮夫只身人蜀求学，成为一代国学大师；龙云崛起炎山，叱咤风云，成为云南王。走的都是这条路。"

陈孝宁先生所指的石门，便是唐时所凿之石门关，使盐津成了中原人滇的南大门。唐贞元六十年，御使中丞袁滋，奉旨持节册封异牟寻为南诏王。从西安出发到大理，经盐津人昭，在石门关摩崖题名记事，颂扬了国家统一，民族团结和边境安宁。宋朝开始，直到元明时期，苗族、回族经过盐津五尺道，陆续进人昭通，和当地的彝汉民族结合在一起，为昭通的历史抒写了华美的诗章。在创造灿烂的历史过程中，各民族之间互相联系、互相影响、互相渗透，形成了昭通独特的，积淀极为厚重，底蕴极为深邃，集中原文化、荆楚文化、巴蜀文化、滇文化于一体，使昭通人感到骄傲和自豪的朱提文化。

明清时期，为了运输产于昭通的朱提银和黄铜开辟了金沙江和长江黄金水道，从四川叙府，沿金沙江水道上溯几十里，便可直接进人横江，直到盐津老鸦滩。这样，自贡的井盐、丝绸便通过水路直接运到盐津，再由马帮沿五尺道运到昭通。雍正改土归流之后，昭通曾遭遇一次劫难，朝廷只得调川粮进人昭通赈灾，所有的粮食也通过水路运至盐津，再转运昭通。

盐津的生态极好，森林覆盖率高达百分之六十，山林里生长着稀有珍奇、遮天蔽日的楠木和其他亚热带阔叶乔木。我曾去过盐津牛寨，去时的昭鲁坝子还春寒料峭，萧瑟枯焦，而温暖潮湿的盐津早已桃红柳绿，距县城不远的牛寨更是蓓蕾绽蕊、争奇斗艳，千山万壑花团锦簇。汽车沿通村公路只驰行了10多分钟，青山绿水中便出现一排别墅式的小洋楼，又绕过一片竹林和香樟树林，在郁郁葱葱中，我见到了两间川南民居式的老房子，它和新修的别墅式小洋楼相比，显得古朴而厚重，房前屋后嵌刻着历史的沧桑。县委书记李晓告诉我说：这两间老房是盐津的瑰宝，它的门窗，还有一些家具，甚至楼枕、楼板都是金丝楠木的，它已有七八十年的历史。我下了车，便迫不及待地进了屋子，一看更蒙了，它哪里是民居嘛，俨然就是价值连城的古董，几十年了，没有油漆过的楠木，几乎还完好如初，在透过窗棂射进堂屋的阳光下，熠熠发光，甚至在不经意中，似有缕缕青香沁人肺腑，让人神清气爽……主人没有在家，虽有隔壁邻居在，但却无法诠释我所渴求的知识。遗憾之中，我只有用手去反复摩挲房子的楼枕、门框和窗棂。那天，让我特别激动兴奋的是在老房子的侧门，房后的山丘上，巍巍然挺立着需几个人合抱的大树，它枝繁叶茂，绿荫蔽日，树干笔直，不时闪烁着金色的光芒。碧绿厚实的叶子，犹如水洗过那般，玲珑剔透，如仲夏时节秧苗绿的翡翠。我年近古稀，还是第一次目睹到它大家闺秀的芳姿和领略了它夺人魂魄的气质，我只能虔诚地仰视它。我走近大树上挂着的牌子，上面清晰地写道：桢楠，树龄四百五十年。李晓走近并告诉我说：就在老屋子过去不远的地方，还有十多棵这样树龄的桢楠，甚至是成片的，只是还得走几里山路。尽管山势陡峻，天气酷热，我还是随他们去了。行不到三五里，我不仅看到了五百年以上树龄的金丝楠木，笔直挺拔、直上云天。特别幸运的是我不仅抚摸了没有粗糙感、十分滑腻的树皮，还拥抱了树干，但却让我隐隐地有一种虬辱撼树的羞愧感觉。

当年，我有幸去中央党校深造时去过十三陵，参观了神宗皇帝定陵的地宫，其奢华首屈一指。在定陵，我看到了昭通的两件瑰宝，即是盐津的金丝楠木和鲁甸的朱提银。

十三陵东北西三面环山，处在燕山支脉天寿山的环抱之中，为北京的风水宝地，占地40平方公里。全陵区有一条极为明显、长达7公里的中轴线，布局严谨，极为气派，彰显了中华民族的聪明和才智，为世界所仰慕。在中轴线上，从南向北，依次排列着牌坊、大宫门、碑亭及四座华表，还有石人、石兽群雕，在这条所谓的神道的背后，建有棂星门，也称龙凤门，长陵的棱恩殿，方城明楼和明城宝顶。而十三陵的各座棱恩殿，都以巨大的金丝楠木支撑，均需3人以上方可合抱住，人们便称它为楠木殿。定陵的棱恩殿的楠木全伐于盐津，现历经400余年，仍纹丝不动，轻轻击之，便发出金石声响，让人赞叹不已。以深山砍伐的楠木，不知用什么办法运至关河边，但有记载曰："进山一千众，出山却五百。"可见，矗立于定陵棱恩殿的楠木，是当时千百个伐木人用生命和鲜血换来的。在关河边，将楠木捆成木筏，沿横江进入金沙江、长江，再由京杭大运河运至通州，等到冬天时，在通往十三陵的路上浇了水，冻成厚厚的冰道，再由人工拖到陵墓的施工处。

五十两一锭的朱提银，却是在定陵的地宫中发掘出来的，我见到它时，是和孝端皇后的凤冠放在玻璃柜中。它的表面，没有被氧化成黑色的氧化银，依然光彩照人，锃亮如初，可见神宗皇帝和孝端皇后对朱提银情有独钟。证实了鲁甸的朱提银质地、品位之优，非其他产地的银子所能匹敌。

我之所以用这么长的篇幅写了盐津的历史，只想说明，从古至今，它因有五尺道和关河水道，以及得天独厚的自然资源，对昭通经济和社会的发展举足轻重。长期以来，由于受关河、白水江的深切，从而造就出峰峦叠嶂、壁立千仞、山势陡峭、沟壑纵横的地形地貌。全县辖 6 镇，4 乡、94 个村（含 16 个社区）2579 个村民小组，总人口 387890 人，耕地面积 398130 亩，其中水田近 8 万亩，其余均为旱地，人均耕地仅有 1.2 亩。因受自然诸多因素的影响，岩溶石漠化逐年加剧，土壤板结日趋严重，导致土地的肥力每况愈下，贫瘠渐深，产量减少，难以维持生计，解决温饱。

全县 2015 年末，还有 6 个贫困乡镇，55 个贫困村，共 17571 户 65977 人。其中甚至有人均收入低于 2300 元的特困人口 80135 人，贫困发生率高达 18.56%。这些特困人口又生活在边远高寒山区，故资源尤其匮乏，生态环境和生存环境都十分恶劣，加之水、电、路等基础设施极为落后，几乎没有自我积累和自我发展的能力，从而丧失了最基本的生存条件。

就全县而言，还有破败的危房 21702 户，接近全县总农户的 28%，在 94 个行政村中，还有 14 个没有通硬化的道路，333 个自然村没有通村公路。就是已通的 709 个自然村，路面极差，坑坑洼洼、坎坷不平，通路不通车，通户的硬化路，就不言而喻。还有 2802 户没完成农网改造，其中 1383 户不通电。

2015 年，全县第一、二、三产业结构的比例为 22.8：46.5：30.7，与全国相比，第一产业的比例偏高 2 倍多，生产总值低于全国平均水平 5 倍还多，城镇化水平更是低于全国 32.22 个百分点。可见，经济发展水平低，特色产业发展缓慢，根本无法形成特色。贫困村社更是没有龙头产业，农户单纯的种植和零散的养殖，始终没有突破传统农业的桎梏，加之素质不高，基本处于日出而作，日落而息的原始生产和生活状态。正因为如此，教育、文化、卫生、体育等方面的软硬件建设都严重滞后，甚至成了被遗忘的地方。所以，高寒山区的农户，往往享受不到公共设施等公共的社会资源，仅就教育而言，贫困山区的平均受教育年限只有 8 年，中小学生的辍学率为 3.6%，人均教育的支出只有

930 元，也许实际情况远比这样严重；29 个村没有规范、健全的卫生室，村民看病十分艰难，卫生支出仅为 465 元；农村中基本没有中高级的专业技术人员，科技对农村经济的增长贡献率较低。

如此等等，造成了县内地区差距、城乡差距、贫富差距越来越大，从而导致乡镇之间的发展极不平衡，盐津的扶贫攻坚举步维艰，任重道远。

面对泰山压顶的窘局和艰辛，盐津县委、县政府不忘初心，继续前进，按照中央、省、市扶贫攻坚，决胜小康的部署，团结带领全县各族人民，坚持以脱贫攻坚统揽经济社会发展的全局，高起点谋划，超常规着力，迎着重重困难上，破釜沉舟，甩开膀子干，从六个方面擂响了决胜小康的鼙鼓。

盐津按照市委、市政府的思路，同样成立了由县委书记、县长为双组长的扶贫开发工作的领导小组，真真实实地把扶贫攻坚作为一把手工程。并设立了县、乡、村三级作战指挥部，挂图作战，各守其隘，攻城略地，务必全胜。从而整合了资金，实现了项目和力量的调配一盘棋格局，做到了集中优势兵力，断其一指，避免了伤其十指，各自为政的弊端。同时，建立了定期专题研究扶贫攻坚的会议制度，实行县处级领导挂乡包村、包户的制度，分兵把守，压实责任，各项工作有条不紊，形成了"资源整合、分工协作"的新局面。

盐津从自己的实际出发，不断探索，实践村党支部领导下的"理事会＋合作社"带动群众脱贫攻坚的工作模式。努力做到"决策共谋，发展共建，建设共管，成果共享"，摸索破解了"上热下冷"的难题。同时，又强调坚持"理事会＋合作社＋农户"的工作机制，用此促进村级集体经济的发展。在此过程中，他们还借鉴精神文明建设中曾搞过的星级家庭的有效方法，启动、推广"挂星摘帽"的激励措施。以贫困户的收入为主要标准，"五看法"为主要内容，逐户列出脱贫需求清单，完成一项，挂上一颗星，公开脱贫的具体形象制度，接受社会的监督，增强了荣誉感和自豪感。

因易地扶贫搬迁，涉及的都是失去生存环境和资源匮乏，无力发展产业的贫困户，为了把这件得民心的事情做好、做实，盐津专门成立了联建委员会。重点工作在规划选址、工程招投标和施工队伍的确定，以及对工期、建材、建房价格、工程质量，特别是资金管理，进行有效的监督。此举赢得了群众的赞许，截至今年五六月份，易地扶贫搬迁的安置点相继开工建设，年底便可竣工，再经过各家各户的打理，绝大多数的农户，可在今年春节前后搬进新居，开始美梦成真的生活。

扶贫攻坚，并实现"三年脱贫摘帽、两年巩固提升、五年建成小康"的总体目标，是开天辟地的伟大创举，是马克思主义政治经济学的根本立场，充分体现了以习近平总书记为核心的党中央，始终坚持以人为本、民生为先的执政本色。所以，盐津决心分三年减贫 55 个贫困村，17571 户 65977 名贫困人口，确保到 2018 年底前，全县实现"脱贫出列摘帽"，与全国、全省、全市同步建成全面小康社会。

这是盐津县委、县政府和各级干部的共识和总体规划、工作机制，要实现这个总的目标，道路不仅漫长，而且坎坷、崎岖，需要他们脚踏实地，流血流汗，埋头苦干，方可实现。所以，保证精准，是第一要务。第一，他们坚持"五看识别"和"四步认定"的方法，按照"三公示一公告"贫困退出程序，将精准识别的贫困户分别在所属的村民小组、村委会，以全面接受村民的评议、监督，确保贫困户退出符合标准，群众无任何异议。第二，建档立卡，通过电子档案和纸质档案，将贫困户全部信息录入云南省贫困人口信息管理系统。同时在本县和乡镇为群众建立纸质档案，确保贫困户的信息精准、档案精准。事物是因条件而变化的，没有一成不变的东西，不变是相对的，变化才是绝对的。所以，建档立卡的贫困户必须进行动态管理，已达到脱贫标准的，要及时完成退出程序，对新返贫、识别后新增的贫困户应及时议定纳人，实现贫困户有进有出，进出规范方可体现公平，不徇私情。按此原则，在建档立卡的 17571 户 65977 人中，清理剔除不精准对象 1691 户 6377 人，把符合条件的 1689 户 6377 人建档立卡，成为重点帮扶对象。

在易地扶贫搬迁中，充分征求群众的意见，按照群众自愿的原则，做好认真、细致的思想工作，严格按照"农户申请、村级初审、乡镇审核、县级审批"的程序进行认定。同时对确定搬迁的对象向社会进行公示、公告，得到村民和社会的认可。坚持把易地扶贫搬迁作为消除绝对贫困，推动城镇化，舒缓生态压力，留足发展空间的重大机遇。所以，盐津制定并实施以"三进一建"的方式安置贫困农户，从 2016 年开始，用三年的时间完成 4500 户易地扶贫搬迁建设，解决 16720 人的住房困难，其中建档立卡的贫困户 3000 户 11149 人。今年，省级下达盐津易地扶贫搬迁计划为 2608 户 9691 人，其中建档立卡的贫困户 1763 户 6553 人，贫困人口和脱贫均与省、市下达的规模、指标一致。通过规划、设计、论证，盐津已启动 25 个安置点的建设，安置农户 2873 户 11587 人，建档立卡的有 2194 户 8580 人。到我动笔时，基础动工的是 589 户，主体施工的 692 户，竣工的 499 户，其中进县城的 80 户，进集镇的 1148 户，进旅游景点的 492 户，建新村安置的 1238 户。开工伊始，到位贷款资金 1.98 亿元，省扶贫投资公司拨人各类资金 2.95326 亿元，县级整合各类资金 2000 多万元，累计扶贫、惠农的资金超过 5 亿元。并拨付给农户无偿补助资金 2396 万元，其中集中安置点的 2086 万元，进县城的 280 万元，进集镇的 30 万元，有偿资金 3090 万元，配套设施资金 6610 万元。

农村 D 级危房的拆除重建亦同步启动，计划 450 户，已拨付改造资金 3118 万元，贷款 1359 万元，到 10 月已竣工 2300 户。

易地扶贫搬迁的贫困户，何以为继，关键是产业。盐津县首先是巩固发展千亩玫瑰、万亩茶花等块状特色种植产业经济，做大做强彩云归、银海等 25 个农业庄园，形成稳定的就业岗位 3000 个以上；围绕优势农林资源，策划包装亿元以上农村产业融合项目 22 个，推动财政支持，政策性贷款，实现招商引资和创业有效叠加。全县现有各种类型的合作社 479 个，吸纳了 5000 多个贫困户入社，同时安排了风险补偿资金 2000 万元，充分带动建档立卡贫困户创业、就业。盐津重点扶持山地畜牧、蔬菜、茶叶、中药材、竹笋等特色优势产业。在此基础上，还积极向外输送劳动力，2016 年，盐津有序地输出劳动力 12800 人次，实现务工收入 1 亿多元。

盐津是全国乡村旅游示范县，现在上下一条心，全力以赴，充分利用现有的自然生态资源，结合地方实际，加快旅游规划设计和投资建设。现在除了已具规模，形成气候的旅游景点外，还新建有规模、有品位的旅游景点 3 个，并在今年 12 月前后，开工建设。其中"牛寨山水花园"已和浙江一家旅游公司签订了合作开发的协议，它占地 2000 亩，集生态景点和人文历史为一体，打造让人能享受文化、赏心悦目且流连忘返的一流旅游景区。已签订合作协议的还有"云药花香小镇"，地点就在仅距盐津县城 15 公里左右，高速公路一侧的水乡中和镇。它除了培育极有特色的中药材和花卉外，还要在镇中心处摆放展出两万盆精心培育、打造的盆景。可以想象，在中和青山绿水和多姿多彩的建筑群中，有如此高雅的园林艺术相辉映，这里不是天堂胜似天堂。

去年，盐津在闻名遐迩的酒乡庙坝举办了一次千亩油菜花节。没有太多去处的昭通人，驾着私家车，趋之若鹜，赶赴庙坝，加之盐津的游客蜂拥而至，盛况空前，让主办方猝不及防，却抓住了商机。今年，由县旅游局主导，四处筹资，趁势开发了庙坝"花香酒谷"的乡村旅游景点。第一届油菜花节，游客接近 3 万，小小的庙坝，人山人海，挤攘不通风，满山遍野人头攒动。来来往往的私家车，更是前不见头，后不见尾，无法找到地方停下来，犹如铺在地上那般，只能见车，却见不到路。游客更是买不到能充饥的饮食，就是炸洋芋也一盘难求，这是所有人都没有想到的。它无可辩驳地证明了，人们在满足了物质需要的同时，如饥似渴的便是对精神生活的追求，从而体现在对文学艺术、音乐舞蹈和自然、人文旅游的向往和追求上。所以，盐津抓住机遇，开发了庙坝"花香酒谷"这个新的旅游景点。现在，他们种植了优质油菜花 1000 多亩，同时配植了其他可供观赏的花卉，在油菜花凋谢之后，便可欣赏其他的美景，这样就延长了季节性的旅游时间，用以增加农户的收人。为了迎接明年的油菜花节，盐津不仅加宽、加长，硬化了旅游景点的道路，还修了能停放 800 辆私家车的停车场，且都是农户拿出土地，自己集资、自己经营、管理的。更为精彩的是，从现在起，盐津就积极组织当地的农户，在餐饮，特色小吃和待人接物方面进行培训，以提高村民的服务素质，这样方能吸引更多的游客，增加更多的收人，跟上全国的步伐，昂首阔步，进人小康。

盐津不负国家的厚望，它成为名副其实，不辱使命的"全国乡村旅游示范县"之梦想，已经近在咫尺，将以仪态万千、风姿绰约的神韵，娉娉婷婷向世人走来……

上海东华大学是盐津的帮扶挂钩单位，该校是由当年的华东纺织大学和其他几所大学联合组建成的教育航空母舰，故科技实力极强。所以，盐津县委、县政府抓住这个特殊的机遇，组织县属的党政干部、企业家和乡村教师等 70 多人，分批分期到上海进行培训。同时，又请了专家到盐津进行专题讲座，先后培训了科级干部 200 多人。这 200 多人经过培训见了世面、开阔了视野，更新了知识，更新了观念，真是如虎添翼，给盐津带来了新的思维，新的气象。更让人叹服的是，他们联合妇联和共青团到农村、社区，对大学生村干部和200多名城乡青年进行电商培训。建成了黄草农村电商孵化基地和电商一条街，入驻各类经营实体店46家，创办了电商公司4家，淘宝网店和腾讯微店40个。让盐津大山里的村民，通过电商和网络与全国的都市做生意，进行平等、诚挚的交流。随着时间的推移，交流、经营的兴旺、稳熟，三千年前的五尺道，便能和现在高速发展的科技有机形成一条时间隧道，告诉人们盐津一路走来的辉煌。

陈自源先生就是来自东华大学的教授，盐津的不管哪位党政干部和平民百姓，都说：如此有学问、有造诣的教授，平常得就像一位敦诚、纯善的长者，不惊不诧，默默无闻地在盐津做他自己该做的事情。真理是最平凡的。这次，他负责两个乡、六个点的污水、垃圾处理场的勘测、规划、设计。县上原来计划投资760万元左右建成并投入使用，结果老先生用自己的认真负责和渊博的学识，搞出来的规划、设计只需470万，整整节约了300万元。

另一位叫陶康乐的青年辅导员，亦是东华大学派驻盐津庙坝镇黄草社区的第一书记和驻村扶贫工作队的队长。他不仅放弃了上海国际大都市的繁华和舒适的生活，来到白水江边的山旮旯，而且把襁褓中嗷嗷待哺的孩子丢给了妻子，一走就是千山万水，365天。他对不起妻子和孩子，却对得起庙坝黄草村的乡亲父老。一年多以来，他几乎跑遍了黄草的每一片山林、每一块土地和每一家农户，在脑海里谋划着发展的路子，访贫问苦，让贫困户走出家徒四壁的窘境。

面对党支部软弱涣散和党员老龄化的现状，他没有退缩，而是更加激发了搞好工作的决心和信心。他十分明白，组织不仅要他担任工作队长，而且还任他为社区的第一书记，目的就是希望他通过"两学一做"，彻底改变黄草社区软弱涣散的状况，树立基层党组织的影响力和号召力。于是陶康乐通过交心谈心，主动上门找支委做认真、细致的思想工作，同时通过组织生活会，开展党内批评和自我批评，从而收到了意想不到的效果。原来的党支部，很长时间没有发现和培养苗子，缺乏新鲜血液，故而有些老气横秋，不思进取。更为关键的是，党支部的几个主要成员，对黄草社区的脱贫攻坚缺乏信念，失掉信心。觉得上面有政策来了，大家热热闹闹地走走过场，拍拍空巴掌，贫困老百姓不仅没有改变面貌，就连实实在在的惠农扶持也没有得到，就担心这次的扶贫也是在当阳的地方搞点形象、面子和政绩工程，真正贫困的老百姓得到的还是一个个"望黄蛋"。陶康乐觉得基层干部有这些想法和顾虑情有可原，因为种种原因，我们以前的扶贫工作确实存在说得多，做得少，广大群众没有得到实惠。针对这些思想，他带着党员学习总书记关于精准扶贫的讲话和中央的一系列文件精神，使有软弱涣散思想和情绪的基层，受到了教育和启迪，一致认为：现在国家更加强大了，有了雄厚的物质基础，让老百姓过上好日子。更为重要的是以习近平总书记为核心的党中央，把消除贫困、改善民生、逐步实现共同富裕，看成是社会主义的本质要求，是我们党的重要使命。黄草党组织和全体党员的思想明确和统一了，便焕发了青春，很快形成了扶贫攻坚的强大力量，在黄草社区掀起了一浪高过一浪的扶贫攻坚热潮。同时发现并发展年轻的人党积极分子向组织靠拢，支持他们做大做强各种专业合作社，培养他们成为群众身边的致富带头人。通过半年的努力，黄草社区的面貌发生了改变，到处春意盎然，生机勃勃，在2016年建党节前夕，黄草社区的党组织被昭通市评为先进基层党组织，在盐津是唯一获此殊荣的基层党组织。

陶康乐以黄草社区为家，多次向学校要求和不断协调系科，请来专家到盐津，先后举办了科级干部和中小微企业家的专题培训班，提升了受训干部和企业家的综合素质。还先后选派了11个乡村教师到上海东华大学附属实验小学进行为期三周的业务培训，让他们如虎添翼后，又回到学校培训其他的教师。这还不够，他还几次邀请应届毕业生到黄草来义务支教，从而给偏僻闭塞的山区带来了新的观念，开阔了教师和学生的视野，形成了为中华崛起而奋发读书的氛围，在黄草激起了涟漪，山区的孩子也开始神往外面的世界。陶康乐不仅仅如此，他还多方联系，多方请求，先后为盐津乡村学校募集了1万多元的助学基金、800套服装、14台电脑和2000册图书及价值2万多元的乐器。他经过反复的实地勘察，给东华大学发去了要求解决海子村民小组出行难的专题报告。后经校长办公会议研究决定，拨付53万元帮扶资金，修通并硬化海子村民小组外出的道路，余下的部分，补助贫困户修建新房和进行危房改造。

陶康乐尤为精彩的是充分利用学校和自己的知识优势，把盐津和庙坝的农特产品销往上海。阿里巴巴还进驻东华大学成立了"云梦盐津"营销的师生团队，使得盐津的农副产品在东华大学师生中火爆销售。正因为如此，阿里巴巴还以"农村淘宝"的项目形式进入盐津，使之成为昭通市第一个淘宝入驻的县域。有了这样高起点的迈步，便可和各类电商平台合作，通过这种商业模式的嫁接，盐津县便可整合全县乌骨鸡合作社，做大做强品牌，与已成气候的网站推销乌骨鸡和鸡蛋。陶康乐心里十分清楚，黄草毕竟不是他的久留之地，一旦这里的贫困户脱贫出列，过上美满、幸福的生活，他将奉命回到学校。他于是组织带领有关干部和企业家到上海进行培训，又请来专家，一次次为专业合作社开办讲座，为他们出谋划策，使得企业的老板与合作社的领头羊有了产业标准化、规模化的意识，因而使盐津实现了优势农产品到"优质网货"的重大跨越。

通过近一年的努力，黄草集镇长期脏乱差的状况得到了全新的改变，不仅垃圾有了固定的堆放点和专人处置，还进行了绿化。

明年春光明媚时，黄草一定是莺飞草长，花木扶疏。你若有闲情逸趣去黄草，休闲的广场上，不仅有嬉戏的儿童，还有翩翩起舞的中老年乡亲，而且还有电商的门面展位。到处莺歌燕舞，更有流水潺潺，黄草旧貌换新颜，不少外出务工的年轻人闻讯，决定回家创业，做一个经销家乡走俏农产品的电商。

习近平说："我们既要绿水青山，也要金山银山。"黄草正在为建设生产发展、生活富裕、生态良好的文明社会而奋发努力。有梦想、有机会、有奋斗，一切美好的东西都能创造出来。

第九章

　　我在盐津县委副书记撒兰忠的引导下，去了豆沙关、普洱、滩头三个镇的几个易地扶贫搬迁安置点，回到县城后，我还采访了县委书记李晓和县长郑磊。在采访中，他俩说得最多的是政治路线确定以后，干部便决定趁势打造，提升盐津全县的旅游产业。在狠抓转变各级干部工作作风，提高工作效率上，县委、县政府始终坚持脱贫与党建"双推进"，着力整顿软弱涣散的党组织。同时采取"四看四晒"的方式，通过看亮点，晒成绩，找差距，加压力，对"挂包帮""转走访"易地扶贫搬迁"挂星摘帽"，精准识别档案管理、扶贫项目实施等情况进行观摩点评，推动精准扶贫由点及面，向纵深发展。对县乡村三级领导班子及主要负责人、驻村扶贫工作队、第一书记制定了考核办法，将单位、个人"挂包帮"的考核结果纳入年终考核的重要内容。扶贫攻坚开始时，全县就组建驻村扶贫工作队78支，工作队员565人，加上省市和外省市的工作队员，全县驻村扶贫的工作队员达到了3377人。同时还强化了督促检查，及时发现问题，及时督促整改落实。2016年22月22日，李晓就针对落雁乡龙塘村小岩易地扶贫搬迁安置点，是否按批复时限完成项目建设，是否办理完项目手续，是否按规定完成报账和资金拨付，以及下一步怎么办四个问题召开专题会议。并要求县委常委、纪委书记宗双林，副县长晋建维和县直相关部门，落雁乡党政主要领导出席，同时邀请了深圳花开季有限公司的相关人员列席会议。会议开得别开生面，在听取了县纪委对第一批八个安置点的监督执纪情况汇报后，李晓当场根据自己的调研所掌握的情况，对落雁乡党政领导进行了提问，最后得出结论：小岩安置点系全县第一批最早规划的四个安置点之一，但工程进度远远落后于县委、县政府的要求和搬迁贫困户的渴望。存在的问题是：征地拆迁远远滞后于施工进度，二期土地还未完全交付使用，三期规划与地块实际不符；小岩安置点建设业主方与施工方多次出现不沟通、不协调，各执一词的现象，施工方置落雁乡党委、政府的要求于不顾，自行其是，对县委、县政府的要求落实严重不力；小岩安置点存在手续办理严重滞后的问题，从而影响了工程的进度；多次施工，总揽协调不够。

出现上述问题的根本原因是各级干部的工作作风不实。李晓首先做了自我批评，说道："我挂钩联系小岩安置点，把工作做深做细有差距，虽然一直引导干部学习，但没有达到预期的效果……"李晓又说道，"张宗江同志和晋建维同志当'老好人'，虽然组织召开了推进会，但监督检查督促不力。乡村两级干部工作责任心不强，既不敢坚持原则，又缺乏工作灵活性，尤其是对安置点工期掌握不够，杨华同志累而无用，统筹不力；郑波同志连基本建设程序和手续办理有关事宜都知之甚少。"李晓形成了此次专题会议的决议：要以春节前完成小岩安置点主体建设为目标，倒排工期，决战 60 天。

欲完成这个决议的任务，必须采取超强可行的措施：小岩安置点的责任人、落雁乡党委书记杨华从明天开始进驻龙塘村委会，负责统筹协调好工期、图纸审批等项目建设的有关工作；施工方负责人徐进亦进驻安置点，按照工期节点要求，加快项目建设，按时保质完成任务；落雁乡党委副书记、乡长郑波不再主持落雁乡人民政府的全面工作，由排名第一顺位的副乡长主持乡政府全面工作，待郑波同志完成小岩、桦稿坪、保隆安置点项目建设的各类手续后，再恢复对乡政府的全面工作责任，由组织部派员前往落雁乡宣布县委的这一决定；落雁乡党委委员、武装部长、龙塘村党总支书记张廷华进驻小岩安置点，负责好群众工作、项目进度监督等工作，若到期末完成，立即予以停职处理。

这个会议不仅开得别开生面，而且十分及时，这些干部变压力为动力，进一步懂得了幸福不会从天而降，好日子是干出来的。于是便坚定信心、勇于担当，把小岩安置点的建设项目的责任重新扛在肩上，把决战 60 天完成主体建设的任务死死地抓在手上，破釜沉舟，决一死战。所以使小岩安置点的建设干得热火朝天，从而掀起了前所未有的高潮。

习近平总书记曾说道："面向未来，全面建成小康社会要靠实干，基本实现现代化要靠实干，实现中华民族伟大复兴要靠实干。"

空谈误国，实干兴邦，我们每一个人，特别是担负一定责任的领导，应该既是梦想家又是实干家，既要胸怀理想又要脚踏实地，把自己的事情做扎实，这点，李晓和县委、县政府的领导做得好。在精准扶贫中，如果只有纸上谈兵而不真抓实干，再宏伟的蓝图都会落空，我们应该在全社会弘扬真抓实干、埋头苦干的良好风气。特别是领导干部更要带头发扬实干精神、出实策、鼓实劲、办实事，不图虚名，不务虚功，只有这样才能披荆斩棘，勇往直前！

李晓告诉我说，落雁这个乡镇，凭含有"闭月羞花、落雁沉鱼"的乡名，就能看出是人杰地灵的地方，与我认识并十分友好的李晓波，就是落雁人，他们李家在落雁就是受人尊敬的书香门第。今年考取清华大学机电系制造专业的唐天祥和考取上海复旦大学自然与科学专业的王郫，就是落雁的莘莘学子。特别是唐天祥，一岁多时，父亲因病早逝了，母亲无法忍受家徒四壁的生活，把仍在襁褓中嗷嗷待哺的唐天祥丢给年迈的奶奶，离家出走，从此便彻底地和唐家断绝了关系……祖孙俩相依为命，苦度日月，好在落雁乡的邻居遵循古训，以善为德，乡邻之间始终相守、相依、相助。他们买不起奶粉，便磨来米浆、熬来苞谷糊糊和用红苕滤出粉，送到唐奶奶破破烂烂的木板房来。冬天来临，乡邻担心唐天祥被冻病，想方设法给他送来过冬的衣服，哪怕有些是旧衣服，并打了补丁，但却是乡亲们温暖的心啊。那时的唐奶奶还不到60岁，但家庭的不幸，生活的艰难和过度的劳苦，使她干核桃一般的脸庞上，满是岁月的沧桑，她羸弱的身躯佝偻了，犹如一只弯虾。每逢春播秋收，乡亲们都会主动帮老人耕地耙田，点播栽插，收获苞谷、水稻，并碾成大米，给老人送到家里。唐天祥就在乡亲们如此地呵护和关照下，吃百家饭，慢慢地顽强地长到了六七岁，老人便将他送进落雁的中心小学，这是儿子弥留之际的叮嘱——不管再穷再苦，都得拼命扶持天祥读书，他是唐家的希望，儿子不孝，以后就让孙子为母亲养老送终了。唐天祥从进学校那天起，就十分刻苦努力，科科成绩都在全年级名列前茅。回到家里，做完作业，他就帮着奶奶找猪草、做家务，什么事情都抢着做，生怕奶奶劳累过度，一旦有个三长两短，他就真的成了孤儿了。

穷人的娃娃早当家，唐天祥不负众望，小学毕业时，他竟以全班第一名的成绩考入初中。在以后的三年时间里，他仍然是那样地勤奋、努力，年年都是品学兼优的三好生；仍然帮着奶奶耕种承包的土地和做家务，常常夜阑更深了，他还在复习功课，奶奶心疼他，却不好劝阻他，劳动和读书成了他的习惯。市长郭大进曾对我说过："苦难的经历总能塑造坚韧的性格，它是人生最宝贵的财富。但是，仅有苦难是不够的。辉煌的事业首先需要良好的社会环境，更需要不断进取的精神和认真求索的人生态度。"唐天祥的生长过程，证明了郭大进市长的这番感悟。初中毕业，他又出人意料，以特别优异的成绩被昭通一中录取。唐天祥从盐津来到昭通，环境变了，但他始终不改初心，继续以不断进取的精神和认真求索的人生态度，更加刻苦、努力地为中华的崛起而读书。不难想象，他这样的家庭，这样的处境，高中三年是如何坚持过来的，他必须对得起党和国家的培养，对得起家乡父老对他的呵护、关怀，对得起年老羸弱的奶奶对他含辛茹苦的养育。所以，他必须放弃影响自己健康成长的一切杂念，为实现中国梦而努力、奋发。他做到了，并以优异的成绩被清华大学录取，但学费和其他的杂费太贵，他和奶奶无计可施，从而陷入了深深的苦恼和茫然……就在唐天祥几乎陷入绝境的时候，县委书记李晓得到了云南省委、省政府发给的"县城经济科学发展奖"之10万元奖金。李晓便觉得为国家培养栋梁之材，是这笔奖金最好的归宿，于是他便拿出6万块钱给了唐天祥，用作四年在清华大学的学费和其他杂费。李晓不需要祖孙俩的感恩戴德，只要求唐天祥为中华的崛起而奋发读书。唐天祥要离开奶奶，离开呵护、养育他成长的父老乡亲了。这时的李晓又想到唐天祥已76岁且孤苦伶仃的奶奶谁来赡养和照顾。便去了落雁乡动员唐天祥把他奶奶接进城里来定居，买一套小户型的商品房，国家便可补助8万元，同时低息贷款6万元，且二十年还清。老人无依靠且丧失劳动力了，便可通过国家社会保障兜底养起来，让老人在城里颐养天年。李晓还说："购房子的6万元贷款，你们就不要操心了，我个人以后帮助你们解决。"唐天祥摇摇头，真切且十分肯定地说道："李书记，您已为我和奶奶付出太多了，您也是靠工资生活的，我实在不忍心让您为我操劳了。这6万元贷款，等到我毕业了，一定连本带息还给国家，您一定要相信我。"李晓不再说什么，他觉得唐天祥是有志气，今后能为国家做出贡献的人，便满口答应了。

前些日子，李晓奉命到中央党校学习培训，在那里遇上了昭通老乡虎玉雄，他是回族同胞，1993年考入北京大学，毕业后留校，现在已成为北大党办的主任兼组织部副部长。两人一见如故，十分投缘，虎玉雄就说："我能为家乡做点什么事情，你说啊。"

李晓便说："你可以发挥传播知识的优势，为我们盐津培训一些农村的适用人才。"虎玉雄便爽快地说道："北大'青鸟'职业学院，就是专门培养适用人才的学院，我马上联系，为家乡做好这件事情。"结果，李晓在高考落榜的农村子弟中选拔了35人送到北大"青鸟"职业学院，根据各人的实际情况，其中8人攻读信息工程专业，其余的全部攻读国际性酒店的部门管理和服务专业。因是扶贫，通过虎玉雄的协调、帮助，35个来自农村的子弟全部免除学费和杂费。

盐津的扶贫攻坚任重而道远，需要锲而不舍、驰而不息的努力，并且不放过任何一件对人民大众有益的事情，上下戮力同心，神往的小康社会，便会向我们走来。

那天，我从大关出发，便径直去了豆沙关镇的汇同溪易地扶贫搬迁安置点。在逶迤磅礴的大山中，有两条不同方向的山涧在这里交汇，从古至今。老百姓便称它为汇同溪，这里依山傍水而建的村子便叫同溪村。这里是四川进入云南，也是昭通去四川的必经之路，它就在豆沙关的山脚，所以来往于川滇的马帮和挑夫必在这里歇息。环山近水的同溪村客栈马店云集，无法说清它究竟有多少家，因为劳累一天的赶马人和挑夫，早已人困马乏，不管是人是马，必在清澈见底而又水势较大的汇同溪里洗去一天的征尘和汗渍，才去饮酒、喝茶、吃饭、喂马料。当地的村民告诉我说，新中国成立前后，这溪水边少说也有二三十家打马掌、钉马掌的棚架，直到1958年修了公路，才渐渐地消失了，客马店也就关张了，同溪村也就随之冷落了……

汇同溪的两河交界处，有一块偌大的坪子，有四十亩左右，集中安置点就选在这里，150户，建档立卡的就有110户。他们均从小石岗、石门、黑喜等村社搬迁而来，这些村民居住在高高的大山里，不仅分散，而且常常受到滑坡、泥石流的侵害，加之生态恶化、产业单一，已失去起码的生存环境。我去时，安置点几乎所有的房子，主体建设已经基本竣工，余下的事情就是外墙装饰和房顶盖上装饰瓦，以及内部的整理。剩下的就是配套基础设施建设，这里交通方便，距原有的二级路，最多就是两三公里，适宜大型机械施工。建于汇同溪上的进村大桥，其桥墩已巍巍然矗立在那里，很快就可完工。镇党委书记和镇长告诉我，有望在春节前，绝大多数的村民便可搬进新居过年，这个集中安置点肯定会成为豆沙关镇第一个最美丽、最热闹的村落。

汇同溪安置点新修的民宅，面积最大的有 120 平方米，最小的是 90 平方米，规划时，严格按市县的有关规定，不能突破 120 平方米的建筑面积。否则，会造成村民之间的盲目攀比，随意扩大面积而债台高筑，刚刚搬进新居，又返贫了。我问两个镇上的领导，这么多的村民搬到这里来了，用什么产业支撑，保证他们的日子越过越好。我得到的回答则十分肯定，就是通过旅游，养殖和种植茶叶、竹笋。现在已种植茶叶和竹笋 2000 亩，加上原有种植的，每户都能保证有 2 亩以上的竹笋和一亩以上的茶叶。养殖除了牛、羊、猪以外，大量的村民则通过"合作社＋农户"的模式喂养林下乌骨鸡。

说到旅游，我便有几分疑虑，汇同溪集中安置点相距豆沙石门关旅游景点不远，因地震，灾后重建了规模较大的豆沙关新镇。又有开发商建了档次很高的酒店、商铺和住宅，现在又进行升级改造。尽管如此，直到现在，这里的旅游也还没有形成气候，成为旅游热点，处于冷不冷、热不热的尴尬境况。想必这里不会太热。两位领导便直言不讳地告诉我说，两处的风格和定位不一样，汇同溪主要以美丽乡村旅游为主，客人享受的是自然、生态的民俗，民风文化，吃的是农家菜和极有特色的农家小吃，且花费不大，而且给人的是一种清新、自然的感觉。更为重要的是，这样的乡村旅游，基本不要什么太大的投资，村民挑水带洗菜，客人来了就接待，没有客人就做自己该做的事情。我就说，这个想法，定位很好，贵州去年全省接待的客人为 3.5 亿人次，大多数的客人选择的就是美丽乡村旅游。客人需要和热捧的就是清新和自然、纯朴和真情，有一种宾至如归的感觉。我就建议他们组织一些人去贵州看看，不少地方值得我们借鉴和学习。

离开汇同溪集中安置点，我又去了豆沙关古镇，这里正在升级改造。原来修好的文化一条街，除了重新装饰得更加陈旧、古朴外，又从一楼处加建约两米宽的走廊屋檐，从而变成贵州茅台镇的那种风格。上个月，我从威信、镇雄回昭通时，顺路又去了豆沙古镇，那里正在施工，已搞出样板，现在却停工了，不知遇到什么麻烦，或者存在考虑不周的什么问题。开发商那边的工地则是冷冷清清的，让我有些百思不得其解。我反复在街上走了几转，这次给我的强烈感觉是，在豆沙关的中心景点，除了唐袁滋摩崖和五尺道的马蹄印外，便没有什么抢眼的景点。而唐袁滋摩崖和五尺道，除了史学家和文化人对它情有独钟，感慨万千外，一般的游客不会流连忘返的。因为游客不多，生意清淡，豆沙关不少的特色小吃，也不是天天充盈街市之上。我连续几次去过，见到的大多游客，还是当地的居民，若是气候炎热，不少男人赤身裸体，或坐在树荫下喝茶、谈天，或斜靠在屋檐下的躺椅上，闭目养神，以打发光阴。豆沙关是盐津旅游的核心景区，亦有相当的知名度，但欲让它热起来，值得我们深思，值得认真研究，该如何定位、打造，才能吸引游客。

我认识辛永燊的时候，他还是靖安一所小学的校长，在我的印象中，他是个特别爱读书，又十分敬业且求上进的聪明人。他从不满足自己的中师学历，工作之余便自学复习高中的课程，孜孜不倦，结果考取了云师大曲靖分校中文专业的函授生。几年后，便以优异的成绩毕业了，他神往外面更加广阔的世界，于是通过考试，成为了昭通一中凤池分校的试用教师。而他却没有停下自己继续前进的步子，仍在繁重的工作之余，努力、奋发地读书，结果参加全国选拔录用公务员的考试，被市旅游局选拔录用了。又是通过兢兢业业、踏踏实实的工作业绩，被市旅游局一步步提拔为办公室主任。今年初的一天，他突然来到我家告别道："根据市委的要求，我被派到盐津豆沙关镇的银厂村任第一书记，驻村参与精准扶贫。"我便对他说："你虽来自农村，但从小就一直读书，中师毕业后，就当了教师，以后又通过选拔考试到了市旅游局。基本不认识农村，更没有吃过什么苦。这次把你派到银厂村，让你重新认识并回归农村，重新延续和农民的血肉关系，是一次十分难得的机会，要特别珍惜，多为贫困农民做点好事和实事。"他却对我说："我虽离开了农村，但我仍是贫困农民的娃娃，我的根仍深深地埋在生我、养我的那片土地上……"

那天，我去了盐津，并见到了辛永燊。通过介绍，我才知道银厂村十分偏僻、闭塞，距豆沙关有 40 里的山路，到县城则接近百里。31 个村民小组 821 户 3453 人，都住在平均海拔超过 1100 米、山高坡陡、沟壑纵横的高寒贫困山区，人均耕地不到 1.3 亩，林地却接近 7 亩。这种地方因远离政治、经济和文化的中心，加上交通特别闭塞，几乎所有的农民只能日出而作，日落而息，与世隔绝，从而造成经济、社会的发展十分缓慢。2015 年底，有建档立卡的 344 户 1296 人，住房特别困难的竟超过 391 户，贫困发生率高达 37.6%。村民刘德燕、刘德平 3 兄弟有妻儿 8 口人，加上父母，10 个人就蜗居在破破烂烂，只有 3 间卧室的房子里，惨不忍睹让人潸然泪下。刘德燕两兄弟前些日子到山东打工，攒下了一些钱，就想抓住国家精准扶贫的机遇，修房盖房。但是，仅靠人背马驮，就是把两兄弟累死了，也凑不拢修房子的建材。尽管如此，勤劳且不畏艰险的刘家两兄弟，还是利用回家过春节的机会，用背箩，以坚韧不拔的奋斗精神，从公路边，爬坡三五里，向老家居住的地方搬运了数量可观的建筑材料。攀缘高山，如牛负重，每迈一步，都得付出血和汗的代价，但因为他们心里有梦想、有追求，便能竭力克服。那天辛永燊遇到背建材的两兄弟，他俩开腔就说道，只要政府把公路修通，其余的贫困问题都能自己解决，只要自己不好吃懒做，要不了几年，就能富起来。

而银厂村根据实际则需要22条70公里左右的公路，到现在却只有16条41公里。其中硬化了的只有13公里，其余全是简易的泥土路，道路不通车，群众的生产、生活只能人背马驮。辛永燊便觉得造成银厂贫困的原因，除基础设施差和根本没有外收入，而交通是最为根本的，必须奋力解决，否则断无出路。

辛永燊进人银厂村，第一件事就是带领工作队员李云、李文巧，在村干部的引领、配合下，在精准二字上下功夫。通过深人细致的走访、查看，又召开若干次的党支部会议和群众大会反复评议，最后张榜公布，得到全村群众认可后，才确定建档立卡的贫困户和一般贫困户。心里有底了，他便和大家商量，我们来到银厂村搞扶贫攻坚，该做什么事？应该怎么做好事？只有思路符合银厂村的客观实际了，才能找准彻底改变贫困的出路。他走访了很多家村民，就社长谭太平和原来的老社长汪远才有点思想，村民刘良、谭德宽、吴永中和刘家两兄弟有点见识。当问到银厂村贫困的根本原因，他们都不假思索，异口同声地说道："只要把进人我们村社、小组的道路修通，其他的我们都不怕，我们有双手，银厂村的群众也不懒，再加上党的惠民政策，我们会很快富裕起来。若有公路，我们到现在的银厂隧道，不到两公里，若走山路，将近二十华里，站在村公所，大关的黄荆坝看得清清楚楚的，走起路来，得两三个小时。"所以，辛永燊得出结论：银厂村千难、万难，交通是第一大难，必须列为第二件大事，想办法突破它。但是，事实并非那么容易，不是你想干什么事，就可以轻而易举地实现，得经历不少的曲折和坎坷，否则，银厂村的扶贫攻坚就会半途而废，不了了之。他在不断向上级有关部门反映的同时，不等不靠，既然有路基了，就得想方设法让它通车。他先带领村民，把原有的公路路基加宽、加牢，用砂石垫平。同时在那些危险的地方，砌了挡墙，加固了路桩，扩宽了视线，经过两三个月的努力，终于使近三公里土路，勉勉强强能通农用车了。这样的结果，让不少新建房屋和危房改造的农户，免去了人背马驮建筑材料的劳苦，加快了建房的速度。刘德燕、刘德平兄弟，就靠因地制宜改造好的公路，把建筑材料用车尽可能地运到距工地较近的地方。加上两兄弟熬更守夜的劳苦和乡亲们的帮助，他家终于告别了只能蜗居的破烂房子，奇迹般地住进了就地安置的新房子。两兄弟更为高兴的是，他们还得到了所有的惠农政策。刘德燕住进了新房子的老父亲，脸庞上有了久违的笑容，他不管走到哪里，见到乡亲了，就饱含热泪地说道："做梦都没有想到，此生此世能住上这么漂亮的房子，早上一睁开眼睛，就会自然地对老伴说，共产党好啊，习总书记好啊！"

在辛永燊和村上的干部、工作队员的努力下，他们从省市有关部门已经协调到专项资金50万元，用于修通一条7公里的断头路。这条断头路一旦完工，便基本能把全村的公路连接起来，虽不能说四通八达，但真真实实地初步解决了银厂村"道之难，难于上青天"的窘况。

辛永燊作为银厂村的第一书记，做的第三件大事，是在柏果坪建立了有100家规模的易地扶贫搬迁安置点，其中建档立卡的有78户326人，一般贫困的有22户77人。柏果坪顾名思义，便是群山中的一个相对平坦的小坝子。易地搬迁的贫困户原来大多住在高山峻岭之上，又特别分散，生计艰难，几乎丧失了生存条件。这个点是经驻村工作队和党支部认真选择后，易地搬迁的贫困户也拍手称快，十分满意之后确定下来的。镇上又多次到村里实地考察，同时还请来了县上相关的专业技术人员，经过复勘，并查阅了有关的地质资料档案，最后才一致认可。形成规划和具体方案并报请县上批准后，已近八月，平整完土地，待施工人员进人现场时，距国庆节只两三天了。开工那天，几乎全村的乡亲都来了，这样的壮举，是有人在银厂村定居下来的第一次，村民那种激动、那种喜悦，无法用语言来形容。特别是那100家贫困户的300多人，不管男女老幼，不少的人眼里嗡满热泪，有的老人竟然老泪纵横，连连发自心灵深处地说道："共产党实在是好啊，习总书记做什么事情都想着我们老百姓啊……"其情其景，在场的人现在回想起来，还激动不已，感叹万分，这就是民心，这就是高天厚土啊！

新建的民宅，根据各户的实际，建筑面积最小的是90平方米，最大的是120平方米，国家补助6万元，贷款6万元，20年还清。那些90平方米的户主，就是这12万元就足够，农民可以不掏一分钱，就可以搬进新居，那些120平方米的，农户也最多出两万元左右，有村民对我说，到外面打工，不要一年，就把这点儿钱挣来了。

银厂村盖了新房的村民，还沉浸在无限喜悦和幸福之中时，辛永燊和村党支部的成员及工作队员，又在为村民谋划产业的发展，它和村民的稳定脱贫致富命运攸关。经过反复的调查、研究，又走访了村上的好几个能人，银厂村仍把种植、养殖和美丽乡村旅游作为重点抓好的三个产业。到现在为止，已种植竹笋1100多亩，今年已有700亩得到收益，到明后两年，这1000多亩竹笋都进人了丰产期，便能保证银厂800多家村民，每户除了自己消费外，还可获现金收人1000元以上。在养殖业上，银厂主要发展肉牛、乌骨鸡和中蜂的养殖，肥猪也是村民的传统养殖项目，但除了农户自己消费外，目前尚不能形成村民脱贫致富的产业。银厂今年准备出栏西门达尔肉牛900多头。他们除有一个养殖肉牛500头的合作社外，其他的都由农户散养，养得多的有四五头，一般的都在两三头。村民刘正方，原来外出打工，现在回到银厂，主要是养殖林下乌骨鸡，大大小小有近千只。其他的村民，学着刘正方亦养林下乌骨鸡，多的近 500 只，大多为几十只上百只。现在，辛永燊正深入调查研究，想方设法引进公司或者能人，实在不行，就立足本乡本土的养鸡能手，支持他们组建合作社，把林下乌骨鸡的养殖和销售做强、做大，成为银厂村农户脱贫致富的产业。因为乌骨鸡是盐津驰名昭通乃至昆明、宜宾、自贡的名特商品鸡，享有盛誉，有广阔的市场前景。村监事会主任田厚均和村民胡宗能就热衷养林下乌骨鸡这个产业，辛永燊正想方设法为他俩创造条件，扶持他俩把合作社建立起来。

银厂村春暖花开时，满山遍野都是鲜艳的油菜花、桃花、李花，特别适宜养殖中蜂，现在村民刘后金就在村委和驻村工作队的扶持下，引进了 200 箱中蜂。辛永燊欲通过刘后金的试养，从中总结经验、教训，兴利除弊，以便在村民中推广。养殖产业，对于银厂的村民是轻车熟路，他们都很有经验，辛永燊对此很有信心，加上国家对特色养殖又有不少惠农政策，他有决心把现在确定下来的几个产业做强做大，让村民能脱贫致富。

在产业的培育中，辛永燊和银厂村的党支部、村委会想方设法着力打造的就是乡村旅游，因为他们有个得天独厚的条件，那就是依托人间仙境般的罗汉坝。

罗汉坝虽在大关县的天星镇，但距银厂较近，不到 10 公里，更让他们欣喜的是，大关县委、县政府正倾力将罗汉坝打造成国家 4A 级景区。并以生态康养、度假、旅游为品牌，打造高端山居度假、健康疗养、户外休闲运动和文化深度体验相融合的特色旅游区。如果在最近一两年的时间里，大关县美梦成真，银厂确实可以依托罗汉坝发展自己的乡村旅游。现在银厂村正对家住罗汉坝附近的村民进行培训，并以待人接物，民风，风俗和各色小吃的挖掘、开发为重点，用以提高村民的素质，开展自己的特色旅游。

辛永燊做得较为精彩的一件事，就是主动、积极地为重病贫困户实施医疗救助，对那些特别困难的农户给予雪中送炭的关照、扶持。村民徐成亮，今年还不到50岁，就成了家庭的负担，一家人为了他，弄得家徒四壁，生计维艰。八年前，他患了股骨头坏死，一家人东奔西忙，拉账曳钱为他治疗，结果债台高筑，全家人不得温饱，却没治好徐成亮的病，徐成亮卧病在床，完全丧失了劳动力，从此让这个家庭雪上加霜。现在，刚满18岁的女儿，只得外出务工，用自己稚嫩的肩头，为母亲分忧解难，其实，她在前几年就辍学了，真是穷人的孩子早当家。她的弟弟今年只有13岁，母亲觉得她已害了女儿，不能再让儿子退学，她就是苦死、累死，也得咬着牙齿支撑着这个家，不能让它散架而破碎。女儿在外务工，省吃俭用，也积攒下了两三千块钱，她寄回家来，叮嘱母亲一定要把父亲的病治好。母亲便搀扶着徐成亮再次到盐津的县医院进行治疗，经过反复诊断，可以进行手术，有望痊愈，但需手术，医疗费用要10万元。父母一听，便蒙了，10万元对于这样的家庭来说，简直就是敢都不敢想的天文数字，夫妇俩流下了绝望的泪水……驻村工作队来了，辛永燊很快就到徐成亮家里探望并了解情况，觉得自己有责任帮扶徐家渡过难关，若能将徐成亮的病治好，他家的生活一定会发生根本性的变化。

借回昭通休假的机会，辛永燊回到自己所在的单位——市旅游发展委员会，向领导汇报了徐成亮一家的窘况，希望单位搞一次爱心捐赠。时任主任的杜崇忠除同情徐成亮一家的遭遇外，也十分支持辛永燊的提议，结果在单位里筹得善款1.5万元。同时又以单位的名义，到盐津三六医院找到院长和主治医生，说了徐成亮一家的情况，恳求他们伸出爱心援助的手，帮助已陷入绝境的徐家。盐津三六医院的领导和主治医生颇为感动，都说："救死扶伤，是我们义不容辞的神圣职责，一定想尽办法治好徐成亮的病！"结果，10万元的手术治疗费用，医院收了市旅游委职工捐赠的1.5万元，徐成亮只承担5000元，其余的8万元便减免了。

院长说："我们也该为扶贫济困贡献我们的力量。"盐津三六医院很快安排手术。今年3月6日，18岁的女儿接到母亲的电话，也匆匆赶回盐津，帮着母亲服侍父亲。

手术很成功，彻底地切除了徐成亮坏死的股骨头，换上了人造股骨头，十天左右，他便出院回到家里休养康复。现在，被疾病整整折磨了八年的徐成亮站起来了，完全康复了，开始了种植、养殖的劳动，家里有了久违的笑声。妻子和女儿更是容光焕发，笑口常开，逢人便讲："我们一家能从苦难的阴影里走出来，得感谢党和习近平总书记，感谢党和政府的惠农政策，感谢驻村帮扶的辛永燊队长，感谢向我们一家付出爱心的医生和那些不知名的好人啊！"徐成亮更是一天到晚乐呵呵的，喜悦地到处讲："我这一生还能丢掉药罐子，不仅能站起来，不拖累一家老小了，还能劳动，真是做梦都不敢想啊！我今后只有通过辛勤的劳动，甩掉贫穷的帽子，过上好日子，才能报答党和政府对我的关怀、爱护，报答驻村工作队对我们一家的帮扶。"

我祝愿徐成亮美梦成真，一定会过上美满、幸福的日子。

银厂村所处的地理位置十分偏僻，村民若有急事到镇办理证件，不仅来回得跑一天，还需用去交通费50元，加上随便吃顿饭，无疑得花七八十元，老百姓苦不堪言。市旅发委领导得到辛永燊的报告，毅然拿出3.5万元，改造重修了银厂村的政务服务大厅，盐津县委组织部又为他们搭建了政务服务的平台，今年8月15日便投入了使用。银厂从此再也不为办理证件和开具证明疲于奔命，劳民伤财，都能在家门口的政务服务大厅完成，真正做到了方便老百姓，服务老百姓。

幸福不会从天而降，好日子是干出来的，银厂村的变化，说明了这一点。不精则糙，不恒则退，要彻底改变银厂的贫困，只有矢志不渝地执着跋涉，方能邂逅最险境的壮美风景。辛永燊和他的战友，正是以恒心、信心、精心和潜心，锲而不舍地坚守在精准扶贫的岗位上，银厂村将会迎来更加美好的明天。

盐津普洱镇有 12 个行政村，3 个社区，却有 9 个贫困村；496 个村民小组，却有 3000 贫困户 12713 人。其中灯草村尤为贫困，在 600 多户中，就有 182 户 740 人属建档立卡的贫困户，更让人揪心的是，在 182 户中，有一半左右的农户因滑坡、泥石流等自然灾害的侵扰，丧失了正常生活的条件。还有一部分分散住在山顶或险峰之上，生产生活极为不便，几乎与世隔绝，应采取易地扶贫搬迁。但须在政府的宣传引导下，群众自主自愿搬离，否则无法充分调动群众参与的积极性。所以得有贫困户提出书面申请，村"两委"、理事会主导，参与，召开村民代表和贫困户代表的会议，民主评议确定易地扶贫搬迁的对象。然后张榜公布，广泛征求村民的意见，直到绝大多数村民口服心服，才最终确定搬迁对象。易地扶贫搬迁要发挥搬迁户的主人翁精神，镇村两级都不能包办代替，故需搬迁户民主选出群众公认，能公平、公正为群众办事，在村里又有威望并多少懂得点建筑技术的人参与督查的领导小组，监控、管理安置点的房屋和基础设施的建设。最后才以"一个安置点，一个指挥部，一套人马"的机制，统筹县、镇、村和搬迁户人员的力量，做好集中安置点的建设。在灯草安置点，是以镇人大主席宋祥为组长，工程技术人员和村"两委"人员参加的工程建设指挥部；同时成立以镇纪委书记为组长，工程技术人员、村"两委"成员、搬迁户代表为成员的监督委员会；这还不够，又从搬迁户中选举出联建委员会，真是滴水不漏，机制健全，让谁都不敢在易地搬迁扶贫款项上打主意，形成了手莫伸，伸手必被捉的高压态势。他们的职能十分明确，互相配合、互相监督，各司其职：指挥部统筹整个安置点的建设；村委会具体领导理事会和联建委做好具体的日常工作；联建委负责调动搬迁村民的主动性和积极性，代表搬迁村民的意愿和权益，协调好搬迁村民和镇村、施工单位的关系；监督委负责建设过程中的质量、工期和资金的监督。

灯草安置点占地 46 亩，集中安置了 98 户 419 人，全是建档立卡的贫困户，总投资为 2358 万元。根据相关的政策，征用土地的款项不能纳入投资预算，经过联建委认真、细致的工作后，搬迁的村民每户征地出资 1.5 万元，共 147 万元，征用了其他村组的 43 亩土地，每亩的征地费用不到 3.5 万元。这体现了灯草社区的村民以善为德、惺惺相惜、扶危济贫之传统美德。施工单位公开招标后，由搬迁村民无记名投票决定，每平方米的造价为 860 元，根据家庭每人居住面积不少于 23 平方米的原则，灯草村新建的安居房面积最大的是 140 平方米，最小的为 95 平方米。按此造价，国家补助 6 万元，贷款 6 万元就可完全建好 140 平方米的新房，95 平方米的农户，最多只贷 3 万元就可以了，搬迁村民现在拿出的资金就是征地的 1.5 万元，从而大大地减轻了村民的负担。

那天，我到灯草村安置点时，新建的 98 套民宅已全部竣工，施工单位正在清理街道上的建筑垃圾，一条宽敞的大街已展现在村民的面前，只差最后的硬化。每户当街的小花园，足有 20 平方米，已整理成形，施工单位的工人正在栽花植树，已经入住的村民，全是年迈的老人，他们对我说："娃娃都外出务工了，我们干不起重活，只能帮着浇浇水，递递树苗。"他们的脸上，绽着少有的笑容和喜悦，在高山上住了几乎一辈子的土坯房，现今搬到平央央的河边，并住进了洋式房，他们的心怎能不如蜂糖那般甜蜜啊！

灯草安置点依小山，傍清溪而建，一字排开，形成了一个花木扶疏的小镇，临前往永善溪洛渡水利枢纽工程的专用公路那一排，足有 60 套。除了民居外，在街的尽头，建有村民便捷购物店、老年活动室和政务服务大厅，店里面还附设有电商的交易平台，玻璃橱柜里摆着土鸡蛋、时鲜水果、蔬菜和山货药材。依小山而建的那一排，30 多套房子刚刚建到一处约有两亩面积的小山包那里，独具匠心的设计师便将它辟为一个小巧玲珑的小花园。迎街的一面砌了带装饰性的挡墙，左右两边是拾级而上的阶梯。上面已栽了桂花、樱花，还有一丛丛的灌木花卉，石块铺砌的小径，弯弯曲曲，围花园而设。山上面有一条长年不断流的山泉，建设者便在花园里凿了一口井，名曰"思泉"，即不忘党和习总书记的恩情之意。"思泉"的旁边是一个农夫赶着牛在耕田耙地的雕塑，栩栩如生，寓意不忘根本，幸福、美满的生活只有靠勤劳的双手、艰苦的劳动才能换来。

街上和附近，还建了文化广场、卫生室、公共厕所和养殖小区。之后，我去了已经入住的几家农户，他们的新房大多都是95平方米的，在一位叫赵福能的老人家里，一楼还空空如也，除了从老家搬来的几样炊具和碗筷外，还没有什么摆设。上了二楼，是老人的卧室，床和被褥不新不旧，却干干净净，没有床头柜和电视，床前摆了一张编织袋，上面放着老人的拖鞋。我问她叫什么名字，从哪儿搬迁到这里来的。她颤颤巍巍地走到卧室的窗子前，推开了窗子，指着对面云雾缠绕的山巅对我说道："就是从对面的高山上搬下来的，看上去不远，就是十多里，但上下一转，得走大半天。像我这样上了点年纪的老人，好多年不敢下山来了，费多大的力下来了，就没有本事回到家里了。"我又问她："看你家里这个样子，就是一人住在这里，老伴和儿子、姑娘呢？"她说道："老伴没有我这样的福气，前些年，只有60多岁就走了，没有享到住新房子的福。两个姑娘，也是在前些年先后成家了，只有一个儿子，在外打工挣钱。"我再问她道："你现在最想得到的是啥子？"老人不假思索，爽朗地说道："给儿子想办法娶个媳妇……"老人说到这里，一脸的黯然，沉吟少顷，又说道："住在对面的老高山上，加上穷苦，哪有姑娘愿意嫁到我们那里去嘛。所以儿子今年超过32岁了，还没有娶到媳妇，他不包不憨，又手勤脚快，找不到媳妇，是我们做老的害了他。"我便说："老大姐，现在搬到花园一般的灯草村来了，他一定在今年底，就给你带一个儿媳妇回来。"赵福能老人摇摇头，却说道："今年怕没有望头，你看这新崭崭的房子里，除了有个电饭煲外，到处都是空落落的，儿子得拼命地工作，攒钱买电视机，买沙发和居家过日子的家具，哪天看到这个家像点样子了，我死了也就闭眼睛了。"我便笑了，说道："老大姐，你只大我两三岁，好日子还在后头啊，再活十年没有问题。"她频频点头，发自内心地说道："托习总书记的福，我一定要抱上孙子才能死，不然到阴间见到老伴了，不好交代。"赵福能老人的新房和邻居的新房，用农村的话来说，是同梁共柱的，卧室前约有 20 平方米的阳台是共用的，以后方便晾晒粮食。邻居亦是一位独居的老人，儿女外出打去了，我便从阳台处去了她家，房子的结构和赵福能家一模一样，屋里也没有什么摆设，最好的家具，也是由施工方统一制作的铝合金灶台。她家也在等待儿女打工挣钱，春节时再买了，我问她："猪喂在哪里？现在多大了？"宋祥主席指着不远的一排红砖房说道："那就是新修的规模养猪场，安置点的近百家，全部做到人畜分家了。"我问他："规模这么大的养猪场，能养多少头猪啊？"他说："能养 400 头到 500 头，现在的模式是'公司＋合作社＋农户'，我们引进的这家公司叫瑞新公司。合作社和农户，与瑞新公司的合作非常灵活，只要对农户有益的方式他们都接受，由农户自主选择，所以，也可入股分红，亦可代养，一句话就是把养殖业做强做大，让农户增收脱贫。"

临离开灯草村时，我最为关心的事情是，他们从山上搬下来了，仅靠养殖是无法致富的，又不能上山耕种了，基本生活如何解决。站在赵福能老人家的新房子前，围上来的几位老人便争相说道："山上的土地全部退耕还林了，年初全部种上了竹子，只要卖一亩的竹笋，就是全部买成大米，就够一两个老人吃一年了……"

临离开灯草村安置点，我侧头便看见用红油漆写在公园挡墙上的三句话："新房新产业，新村新生活，新景新发展。"是市人大主任张绍雄为他们题写的，我触景生情，便颇为感慨：消除贫困，改善民生，小康不小康，关键看老乡。灯草村安置点贫困户一旦离开了他们都视之为畏途的大山，转瞬就有了新产业、新生活和新发展。这个变化和成就，足可载入盐津社会历史发展的史册，足可体现中国共产党领导和具有中国特色社会主义制度的无比优越性。

灯草村是张绍雄的扶贫挂钩点。为了将它打造成宜居、宜发展产业的美丽乡村安置点，张绍雄不知去了多少次，与村民和县乡有关领导开了多少次座谈会，更不知他在这个安置点上费了多少心血。他殚精竭虑，为灯草村安置点的建成，给村民送去了太多的关爱和太多的温暖……

离开普洱灯草村，我便径直去了滩头镇玉坪安置点，过了关河大桥，刚刚转进通往玉坪安置点的公路时，因一辆运输建材的大货车抛锚，将唯一的通道阻断了，万般无奈，我只得弃车徒步走到玉坪安置点。在昭通，凡带有坪字的地方，均为崇山峻岭中的一块大小不等的坝子，显得特别地稀奇，故为大山中最适合人居住的地方，加之用"坪"而不用"坝"，让它充满了诗情画意。在滩头那个地方，若要找一块能安置近 200 户 800 多人的平台实属不易，玉坪便成了首选。但是却要沿着曲折的石砌回廊攀缘而上，不管春夏秋冬，不出一身热汗，不喘几口粗气，是无法到达的。所以，玉坪安置点建成后，大多数的人只能坐车上下，那天我顺回廊拾级而上，气喘吁吁不说，两条腿都有些发麻了。

玉坪易地扶贫搬迁安置点，共 189 户 800 多人，其中建档立卡的贫困户有 126 户 600 人，他们来自 6 村一社区。安置点加上其他的公共设施用房，从上到下，俨然形成了两条大街。我站在已经平整碾实的文化广场上，抬眼望去，确实蔚为壮观，真乃大手笔啊。滩头党委、政府规划、报批，到征地建设，只用了不到六个月的时间，现在几乎所有的主体建设，已基本完工，就是外墙的抿糊，也接近了尾声，下一步就是道路等基础设施的建设。我从下看到上，再从上看到下，整个安置点给我的感觉就是气势恢宏，极有气魄。其根本的原因，是它的规划、设计和建筑的造型，几乎完全采用徽派的建筑风格，与周围的山势相映，便有一种虎踞龙盘的震撼。在昭通，我曾见到过几十个集中安置点的建筑，也许滩头镇玉坪安置点是第一家徽派建筑风格，故别开生面。

徽派建筑是中国传统建筑最重要的流派之一。徽派建筑宅居的基本形式为天井庭院型布置，玉坪安置点因建筑规模大，便用街道取代了天井，徽派建筑体现了中国聚族而居的古风，它诠释了相邻、相守、相望、相助的美德。其民居建筑以柱、枋、梁、模、椽构件组成，梁托、瓜柱、叉手、雀替、斗棋大多进行镂雕加工，装饰以漂亮的花纹、线脚，非常生动。相互勾连迂回的流畅线条，飘逸俊秀、美不胜收。玉坪安置点因用现代建筑材料，少了木料，加之造价高，便没有了镂雕，但流畅、飘逸的线条随处可见。

玉坪安置点的徽派民居建筑，还着重选择了马头山墙的建筑造型，它将房屋两端的山墙升高超过屋面及房脊，并以水平线条状的山墙檐收顶。为了避免山墙檐距屋面的高差过大，采取了向屋檐方向逐渐跌落的形式，既节约了材料，又使山墙高低错落、富于变化，增加了美感。其实它主要是为了防火，故称"风火墙"。

徽派建筑在功能上，屋内光线充足，空气流通，并利于排水。中国传统文化的特质就是"天人合一"，徽派建筑追求的便是"天人合一"的理念。这里的"天"既是自然的，又是人文的。玉坪安置点为山岗丘陵地貌，溪流纵横，它便借助山水之格局，依山傍水而建。白墙青瓦马头墙，绿水青山蔚蓝天。玉坪安置点的建筑，安全与大自然融为一体，真乃妙哉，值得研究和借鉴。

大关县是昭通市的腹心，东北与盐津毗邻，东南与彝良接壤，南和昭阳交界，西面和北面与永善唇齿相依，紧紧相连，总面积为1692平方公里。大关境内仅有12平方公里的平地，其余全是V形山坡地，境内峰峦林立叠嶂，沟壑深切纵横，真乃一夫当关，万夫莫开，雄关漫道真如铁，故名曰："大关。"

大关现有人口30万左右，总耕地为55万亩左右，其中水田3.42万亩，其余均为旱地，有草坡林地168万亩。境内以金属镁为主要矿产，已探明储量为278万吨，远景储量超过1亿吨，硅石储量也高达1亿吨，它是制造玻璃的绝好原料。同时探明煤质好、发热量大的煤矿储量超过600万吨。

大关森林资源丰厚，植物种类有一千种，珍稀优势树种有琪桐、湘妃竹等22种，为生态人文旅游提供了得天独厚、钟灵毓秀的条件。现已探明并确定的旅游景点有80多处，由黄连河瀑布群、青龙洞、罗汉坝和云台山组成的自然风光，天然溶洞及人文景观，早已享誉省内外，故在1994年被云南省政府命名为"省风景名胜区"。

但因种种原因，大关经济发展、社会进步较之发达地区，严重滞后，是国家592个扶贫开发的重点县之一，更是云南乌蒙山区域发展与扶贫攻坚的重点县。到2016年初，全县还有6个贫困乡镇，68个贫困行政村，建档立卡的贫困户多达19273户73026人。大关不仅贫困面大，程度深，贫困人口又处于冷凉、贫瘠、十分偏僻的二半山区和高寒山区，扶贫攻坚任重道远且坎坷崎岖。

习近平总书记指出："如果贫困地区长期贫困，面貌长期得不到改变，群众生活长期得不到明显提高，那就没有体现我国社会主义制度的优越性，那也不是社会主义。"所以，大关县委、县政府真切地认识到，扶贫攻坚、改善民生是最大的政治，大关已到了啃硬骨头、攻坚拔寨的冲刺阶段，再难，都必须破釜沉舟，决一死战。幸福不是等来的，而是用血和汗换来的，所以必须坚定信心，勇于担当，把脱贫的职责扛在肩上，把脱贫的任务狠狠抓在手上，筚路蓝缕，殚精竭虑，坚决打赢这场脱贫攻坚战。实现 2016—2018 年每年脱贫出列一个贫困乡镇，15 个贫困村，1.8 万人；2019 年确保剩余的 3 个贫困乡镇，23 个贫困村，5.5 万贫困人口全部脱贫出列，不达此奋斗目标，誓不罢休。

大关在吹响扶贫攻坚号角的同时，健全机制，压实责任，成立县脱贫攻坚指挥部，由陈刚、巫运松担任双指挥长，从乡镇、县直部门抽调了 27 人到指挥部。从而实现联席办、扶贫办、农办和产业办集中办公的大格局，工作人员多达 42 人。指挥部下设综合协调组、项目规划管理组和资金保证组，并由县级挂钩的领导担任各乡镇的脱贫攻坚督导组组长。县委常委会每月听取乡镇督导组组长的工作汇报，并研究解决各乡镇在扶贫攻坚中的困难和问题，以此类推，各乡镇也成立了第一线的指挥部。紧接着紧扣脱贫摘帽的时间节点，围绕"两不愁、三保障"和贫困行政村"四通四有"，特困自然村"五通一有"，贫困户"十有一保障"，编制了易地扶贫规划和易地扶贫的三年行动计划。同时，配套完善了 51 个扶贫搬迁安置点的规划设计和全县扶贫攻坚的规划，并完成寿山镇、吉利镇整乡推进规划和 68 个贫困村，14 个非贫困村精准扶贫规划的审定。指挥部还很快批复了 30 个行政村、19 个深度贫困村的 23 个产业项目和财政专项扶贫项目《实施方案》。

那天，我从上高桥回到县城，便随陈刚、巫运松去了县脱贫攻坚指挥部，从二楼到三楼，但见长长走道两边的墙上，挂着的全是各乡镇精准扶贫、拔寨攻坚的规划，行动计划和产业发展的图纸，不仅精准到行政村、自然村、社，而且精准到户和个人。只要你从那二、三楼的走道经过，哪怕只随便浏览一下，便会强烈地感觉到什么叫最大的政治，什么叫一把手工程，什么叫精准扶贫，从而让你的心灵受到震撼。不仅如此，极为规范的图纸中，还间穿插着大关旅游景点，诸如黄连河、罗汉坝、美丽乡村旅游地的精妙推介，引人人胜，赞叹不已。我驻足看了罗汉坝色彩缤纷并复印在规划图上的照片，开篇就用这样的文字写道：

"位于滇东北乌蒙山区的大关县，是一风光旖旎，景秀怡人，底蕴深远，人文丰厚的地方……"

"在大关县天星镇内海拔 1900 米的地方，那里秀竹挺拔，山花烂漫，原始森林神秘幽深，杜鹃湖泊风光旖旎，草甸宽阔秀美，这就是被称为'人间仙境'的罗汉坝。"

文字简略、隽永、典雅，让人浮想联翩，欲罢不能……

我到指挥部时，已过下午六点，初冬的大关，也是寒风嗖嗖，雾气茫茫，天色朦胧阴暗。但办公室却灯火通明，热气腾腾，万马战犹酣。直到这时，我才发现，整个指挥部的指挥员，战斗员集中在机关食堂里开伙，随便吃饱肚子，又回到自己的办公室，常常是夜以继日，以干好、干完手头的工作为止。这样严肃、紧张、生动、活泼的气氛，完全是责任意识，担当和实干、苦干的精神所激发和培养起来的。

2016 年，根据大关的实际，县脱贫攻坚指挥部决定易地扶贫搬迁 2815 户，超过一万人，建设集中安置点 30 个，年初便先后全部启动，并始建房 1800 户，到十月底，已完成 178 户，水、电、路等基础设施也完全启动，累计完成投资 8253 万元，预计元旦前后，178 户可以搬入新居，其他的贫困户也可在春节前搬入新居过年。在紧锣密鼓建设 30 个易地搬迁扶贫安置点的同时，全县又启动 2500 户的危房改造，到今年十月底，已竣工 2350 户，完成投资 1.9546 亿元。根据部署，今年启动扶贫项目 43 个，划拨资金 1500 万元，现在已完成 548 万元；玉碗、寿山和吉利三镇整乡推进的项目也随之启动，进入十一月，已完成专项扶贫资金 1710 万元，三镇其美好的前景，已初露俏容，正有序推进。

大关在易地扶贫搬迁和危房改造的同时，便率先启动了产业的培育和发展，它和脱贫致富命运攸关。他们以高原特色农业为统领，远抓"竹、林、果"，近抓"药、蔬、畜"，着眼小而精，不搞望梅止渴，大力推广"公司＋合作社＋基地＋农户""党支部＋合作社＋大户＋农户"的发展模式。重点发展畜牧、中药材、茶叶、竹子、果蔬五大传统产业，力争在今后的三四年时间里，新增茶、竹、药的栽培面积13.5万亩，提升蔬菜品质13万亩，时鲜、畅销水果4万亩。新增畜禽出栏47.5万头（只），力争农业总产值年均增速为9%以上，从而带动建档立卡的10588户30950人脱贫。为达此产业发展的计划，已到位2.1777亿元的扶持资金，其中县财政产业发展引导资金500万元，扶贫切块资金1277万元，农村信用社发放扶贫再贷款1000万元，到户小额贴息资金9000万元。

大关是2015年就列为权力、责任、任务、资金"四到县"的试点县，到现在已累计收到市财政局和扶贫办切块到县，及整乡推进的扶持资金6792万元，并批复实施了83个项目，帮助2016年、2017年的两个乡镇脱贫出列。

脱贫攻坚贵在精准，重在精准，成败之举在精准。习近平总书记说道："必须在精准施策上出实招，在精准推进上下实功，在精准落地上见实效。"

正因为如此，党中央、国务院实施了"五个一批"工程，即发展生产脱贫一批，易地搬迁脱贫一批，生态补偿脱贫一批，发展教育脱贫一批，社会保障兜底一批。大关县从自己的实际出发，在认真启动"五个一批"工程的同时，围绕"六个到村到户"的要求，加上了劳务输出就业和探索资产收益脱贫一批的两项工程，创新式地贯彻执行中央的伟大战略部署。

在发展生产脱贫一批上，通过扶贫切块资金整乡整村推进，主要着力于退耕还林，新型农业社会化服务建设资金，产业发展引导资金和扶贫再贷款，扶贫贴息贷款等措施。优先扶持15个2016年度出列村发展一村一品的特色产业，主要覆盖建档立卡户。到现在为止，大关以发展高原特色农业为统领，在茶、竹、药、菜、猪、牛、羊、鸡、水产九大产业上下硬功夫，努力带动了万人脱贫。

坚持"六搬五近"的原则，易地搬迁脱贫一批，将5000户17397人纳入云南省易地搬迁三年行动计划。2016年，大关拟建设易地搬迁安置点30个，安置2815户，其中建档立卡的有1955户，通过易地搬迁实现脱贫。

以就业为导向，加大劳务输出的专业性技能培训。今年县财政已拿出173万元培训资金，已培训2942人次，经过培训后，初步有了一技之长的村民正根据自己的意愿，陆续向外输出，并开始就业。

大关严格按照国家教育扶贫的相关政策，已于今年拨款12万元，资助学前教育的困难适龄幼童398人；义务教育阶段15396名建档立卡的贫困户学生，已全部享受"两免一补"的政策，同时免除普通高中建档立卡家庭1970个困难学生的学杂费78.8万元。同时发放了普通高中国家助学金218.55万元，1217个贫困学生受益，还对1105个困难大学生发放了助学贷款850万元。到目前为止，大关县不管是中小学生还是大学生，没有一个因贫困而辍学。

从2016年始，大关加大了退耕还林还草，天然林保护和石漠化治理等生态修复和保护工程的力度。现在已完成新一轮退耕还林9000亩，利用天保工程的契机，人工造林4000亩，石漠化人工造林9000亩，封山育林已全面完成2.5亩，造林补贴5000亩和林权流转560亩。现已建立县级核桃示范样板3个，合计2070亩和435亩的一个方竹示范点。通过这些措施，从而提高了贫困人口对生态建设获益的水平。

今年以来，昭通市委、市政府把精准扶贫、改善民生是推动发展这个根本目的作为出发点，提出并扶持全市每个贫困村至少建立或提升发展一个专业合作社，实现825个贫困村全覆盖。这样的发展，是以人民为中心的发展，全面建成小康社会，进行改革开放和社会主义现代化建设，就是通过发展社会生产力，满足人民日益增长的物质文化需要。就本质而言，抓民生，就是抓发展，离开经济发展奢谈改善民生，就成了无源之水，无本之木。而"支部＋农民专业合作社＋贫困户""公司＋农民专业合作社＋贫困户""学校＋农民专业合作社＋贫困户"和"能人＋农民专业合作社＋贫困户"的模式，正是农村自给自足的小农经济和社会主义市场经济相结合的切入点，其根本目的就是发展经济，让贫困农民通过自己的努力拼搏、勤奋劳动改变贫困，走向富裕。大关县委、县政府心领神会，在全县积极推广，全力扶持，鼓励支持贫困户以土地、扶贫贷款入股企业或专业合作社，实现资源向资本的转变，使自己的资本在生产、流通和交换中增值。进入大关的乌撒牧业投资1.6亿元，流转土地25000亩建设农业庄园，带动项目覆盖区的贫困户增收脱贫。甘海、甘顶两个贫困村，引进龙头企业，并流转了土地1000亩种植和发展猕猴桃。农民在获得土地租金收益的同时，又就近在企业轻车熟路地务工，结果在没有任何生产投入的情况下，收益远远超过自己耕种。所以，在大关"公司＋基地＋农户"和"能人＋基地＋农户"的模式搞得风生水起，前景广阔。大关不仅引进了乌撒牧业，还引进了华曦牧业、益康百草和贵州百鸟河等七家龙头企业，从而带动并发展了养殖大户972家，183个"两社一会"。到目前为止，全县新增中药材种植面积7200亩，累计中药材的种植面积达到了9.6万亩；畜禽出栏88.2万头（匹、只），实现产值5.4亿元，比去年净增6.3%；2016年种植方竹、筇竹1.6万亩，现共有笋用竹25万亩，一两年就可进入丰产期，产值超过2000万元；全县栽种时鲜蔬菜13万亩，同时还建立了4120亩的冬早蔬菜基地。从而在提升农业组织化、产业化水平的同时，也不断地提升了农民适应社会主义商品经济的总体素质。

大关在生产发展的同时，基础设施也得到了翻天覆地的变化。

近年投资 9.24 亿元，兴修各类水利工程 5406 件，使得农村的 9.2 万人既解决了饮水难和饮水安全的大问题，又增加灌溉面积 5.52 万亩，有效地提高了灌溉面积，初步实现了农民旱涝保收。新增公路 2048 公里，硬化了建制村公路 305 公里，麻昭高速公路建成通车，国道 213 线的改造也基本完成，处于昭通腹心地带的大关，成了"十县通衢"的交通枢纽。

大关近年建成各类保障性住房 10.2 万平方米，改造农村危房 2.31 万户，消除茅草房和权权房 9.6 万平方米。在改善群众住房条件的同时，群众的收人亦得到相应快速的增长，全县农村居民的人均可支配收入从 2011 年的 3002 元，提高到现在的 7025 元。在群众生活得到提高的同时，教育亦有了长足的发展，而大关独创的"六搬五近"的真搬实迁，得到了省、市的认可和赞许。在今年滇东北片区产业建设及易地扶贫搬迁推进会上，被列为昭通唯一现场点进行了参观，并在大会上作了经验交流。所谓"六搬五近"，即是"高搬矮、远搬近、寒搬暖、散搬聚、危搬安、差搬好"和"近城镇、近村委会、近学校、近卫生室、近乡村公路干线"。将生存环境恶劣，甚至失去生存环境的深山区、石山区、高寒山区的贫困人口，生态环境脆弱，限制和禁止开发的旅游核心区、水源保护区的人口，受到滑坡、泥石流等地质灾害威胁又急需紧急避险的农户，地处边远、偏僻，交通极为不便，居住较为分散和无长远发展地方的贫困农户，也全部搬迁到生存适宜区和集镇居住，从而彻底改变了子女人学、看病就医和安全出行等生存的基础条件。

大关悦乐镇新寨村，有一个由元堡山、大岩、大堡和中山四个村民小组连成的堡山自然村。年初，居住在这里的 54 户 238 人却怎么也无法"悦"，更无法"乐"。20 年前，这里的 102 户 420 人，就居住在海拔 2000 米以上的悬崖峭壁之上，四周被大山阻隔，只有两条在悬崖上开凿出来的羊肠小道通往他们极为羡慕的世外桃源。下到崖脚，路程不算太远，却十分险峻，真可谓"噫吁嚱，危乎高哉！堡山道之难，难于上青天……黄鹤之飞尚不得过，猿猱欲度愁攀援……连峰去天不盈尺，枯松倒挂倚绝壁。飞湍瀑流争喧豗，砯崖转石万壑雷。其险也如此，嗟尔远道之人胡为乎来哉！"当年，中山村民陈玉兵、陈玉海兄弟外出打工，找了女朋友，趁春节回家过年，便带了各自的女朋友回堡山见父母，那种喜悦和快乐自不必说。殊不知，几人到了山脚刚刚下车，女朋友便问："从这里到你家，还得走多远？"陈玉兵便高高兴兴地指着路对面白云缥缈的峰峦喜滋滋地说道："不远了，爬上对面那座山顶，就是我家了。"兄弟俩的女朋友听了一怔，继而眼泪便夺眶而出了，她俩却连告别的话都没有说一句，转身便走了。两兄弟蒙了，还来不及解释，他俩的女朋友已上了另一辆回大关城的车，陈玉兵、陈玉海痴痴凝望着因失望而离去的恋人，眼泪只能往心里流……所以，堡山村 40 岁以上的单身男人，至今还有 12 个，久而久之，这里便成了让人心酸的光棍村，就因山高坡陡、冷寒贫穷，剥夺了他们的天性。

村民梁仁福 1992 年杀过年猪，因下雪院坝湿滑，一时制服不了求生的肥猪，它东窜西逃，竟然从房前的悬崖处摔下去。梁仁富费了九牛二虎之力，只捡回几块被摔得支离破碎的残骸。1997 年刮大风，关在猪舍里的猪受到惊吓而逃窜，直接坠下崖去，连碎块都未找到，一年的期盼便化成了泡影。

堡山村的山民不仅居住的环境如此险恶陡峻，气候亦十分寒冷，一年四季，至少有三个月是冰天雪地，无法走出家门，只能蜗居蜷曲在低矮的土坯房里烤柴火，烧洋芋吃，一天又一天，一月又一月，打发百无聊赖的时光。村民抱怨，生存环境和自然气候，不仅让他们的生存艰辛、困难，而且导致生产、生活的成本极高，真是雪上加霜。头两年，实施农网改造，因不通公路，羊肠小道又极险恶，除项目补贴外，每户村民还得自筹资金万余元，否则你只能一年黑灯瞎火。架线时，工人亦付出了巨大的代价，电线杆，靠人无法扛上山来，只得用卷扬机一步一步地硬提上山来。有些群众想建房，在山下，一袋水泥只需20元，背上山来，没有100元不成。村民梁克三建房，用马去驮建材，没有跑几转，驮马便失蹄跌下山去，当场摔死了。村民梁克诚建房，也用马驮运建材，一年累死三匹马，但驮到山上的材料，却无法建起房子……

近些年，尽管大关县委、县政府一直没有忘记堡山的村民，想方设法帮助、扶持他们。但手长衣袖短，僧多粥少，堡山村民的生活虽有所改变，却始终不尽如人意，他们仍在贫困线上挣扎。就在这些年，有58户182人，因为无法忍受似乎无望改变的困境，远走他乡，留下了200多既对堡山村怀着深厚感情，而又有些无奈的人，散居在这个让人望而生畏的地方。去年底，昭通扶贫攻坚刚刚拉开序幕的时候，县委书记陈刚和县长巫运松便在第一次扶贫攻坚指挥部的会议上，斩钉截铁地说道："堡山村那54户238人，不能再住在与世隔绝的悬崖峭壁上了，一定得把他们搬迁下来，这是精准扶贫我们要做的第一件事情。习总书记叮嘱我们说道：'民生无小事，枝叶总关情。'在保障和改善民生的过程中，要格外关注困难群众，时刻把他们的安危冷暖放在心上，关心他们的疾苦，千方百计帮助他们排忧解难。要多做一些雪中送炭、急人之困的工作，少做一些锦上添花、花上垒花的虚功。要做好这件绝好的事情，我们的干部首先要上山，堡山的贫困群众才能下山，干部要脱皮，群众才能脱贫，他们才能理直气壮地甩掉'光棍村'的帽子。所以，从明天开始，先上到堡山村的悬崖峭壁上，入户讲政策，挨家挨户引导宣传，召开群众会，动员他们从悬崖峭壁上搬下来。"通过几天走村串户和苦口婆心的思想宣传工作，大岩、大堡和中山三个村，就有31户主动搬迁到安置点建房，有4户还愿意搬到县城居住以求得发展。而堡山村民小组则主动要求全部搬迁到安置点建房，对此，干群欣喜若狂，都说："干群一条心，搬出光棍村。"

之后，又经过勘查、规划、设计和指挥部的批准，堡山易地扶贫搬迁集中安置点，选在了离大桥集镇只有3公里左右，却低于原来居住地海拔1100米，且平缓而宽敞的偏坡上。共规划安置了43户162人，其中建档立卡的有37户136人，随迁的还有属农危改的6户。这些搬迁户看到了这个安居点，不少的人便热泪盈眶了……他们都觉得以前下山时，来来回回不知经过这个地方多少次，不管累不累，都会情不自禁地找块阴凉的地方坐下来歇歇脚。同时抬起头来，东张西望，心里就在想：若哪一天时来运转了，我们老山上住的人能在这里有座居住的房子，死了也值得啊！但是，尽管做梦也想着这样的好事，等了一代又一代，都只能是画饼充饥，吃到的都是忘黄蛋呀……现在习总书记为我们办到了，真想打个电话谢谢他，习总书记对我们老百姓想得太周到，太好啦！习近平总书记曾说过："一定要看到，农业还有'四化同步'的短腿，农村还有全面建成小康社会的短板。中国要强，农业必须强；中国要美，农村必须美；中国要富，农民必须富。"大关堡山村能从悬崖峭壁上搬下来，无可辩驳地证明了：中国的富强和以习近平同志为核心的党中央的英明、伟大无法分开。

为了把堡山易地扶贫搬迁安置点建设好，镇村两级还成立了现场指挥部，同时还在指挥部建立了临时党支部，为的是凝心、聚力，为的是实现今年国庆节前，让43家农户搬进新居。所以，四月底启动建设工程后，干群齐心，夜以继日，餐风宿雨，流血流汗，用了不到一个月的时间，便把进场的公路、护坡的挡墙和场平所有的基础工作搞好了。在这个过程中，43户搬迁的村民，不管男女，只要能劳动的，都主动到工地上大帮小补，干得热火朝天，其场面蔚为壮观。五月底便放线，挖基础，到八月底，43户的主体工程基本完成，随即就抿糊，装饰和进行其他诸如街道、排水等配套的基础设施建设。到了九月中下旬，整个堡山易地扶贫搬迁安置点，便呈现出家家户户清除建筑垃圾，置办家具、电器的热潮，几乎所有的搬迁户，从早到晚，脸庞上都荡漾着美满、幸福的笑容……

那天，陈刚和巫运松去了堡山易地扶贫搬迁安置点，刚到村口，他们便激动难抑，连连说道："光棍村终于全部搬下山来了，终于全部搬下山来了！"当即看了几家搬人新居的农户，便在指挥部的临时办公室里召开会议，主题是：让贫困群众脱贫致富奔小康才是我们党实施易地安置的出发点和落脚点。要让群众搬得出，稳得住，有事做，能致富，是我们当前工作的重点和难点，务必抓死，抓落实。

村总支书记田盛琪首先汇报道："工程还在建设过程中，我们就提前在安置点附近协调十亩土地，根据实际，保障每户有二三分的蔬菜地，并办理了转让的手续。"紧接着指挥部的几位领导便十分清楚地汇报道："目前，已在迁出的区域退耕还林700亩，用于栽漆树；已成立了养殖合作社，现已养殖青山羊400只；还在安置点的建设过程中，我们就分批分期对搬迁户中的富余劳动力进行了培训，现在已有48人离开安置点，外出务工了，35名小学生做到了就近人学。这只是初步的，待村民稳定下来，镇上和村上，还需进一步研究，想方设法让搬迁的43户，短期能脱贫，长期能致富。"

陈刚、巫运松频频点头，并说道："堡山易地扶贫搬迁已初战告捷，但不能骄傲松劲，堡山村的脱贫攻坚还任重道远。特别是这43户，他们贫困程度深，底子薄，更需在产业扶贫上做到一户一策，一人一策，不能急于求成，务必稳扎稳打，做到真扶贫、扶真贫。我们相信，在以习近平同志为核心的党中央领导下，在党的惠民政策的阳光普照下，质朴善良、勤劳勇敢的堡山村民，一定能脱贫致富进人小康，从而过上美满幸福的生活。"

大关县社科联派驻天星镇双河村的第一书记李华，前往堡山安置点观摩考察后，激动难抑，写下了《光棍村的变迁》，他在文章的结尾写道：

"堡山，多么响亮的名字，在党的富民政策指引下，人们顽强拼搏的战天斗地精神，改写了光棍村贫穷、落后的历史。如今新房安居，夫妻齐心，家庭和睦是你的真实写照。你的旧貌换新颜，你饱经风霜的历程，清风明月难以吟唱，笔墨难以描绘，大山的子子孙孙难以忘怀。

拥抱蓝天，感谢党的阳光普照！亲吻大地，嗅着泥土的芳香！堡山，一个离天最近的地方！

胜人者力，自胜者强！堡山，你的明天必将更美好……"

今年八月底，全省产业扶贫暨易地扶贫搬迁滇东片区推进会在昭通市召开，省委副书记钟勉和副省长张祖林相继带领全省的与会人员去了大关。先后参观考察了天星镇斜文村地上易地扶贫搬迁安置点的建设工地和上高桥"支部＋合作社＋公司＋基地＋农户"的琦鑫黄牛养殖专业合作社。

清咸丰九年（公元1859年）春，在洪秀全率领太平天国起义军反清斗争取得节节胜利的影响和鼓舞下，昭通人李永和、蓝朝鼎和大关人唐友耕也联合起义抗清，号称"顺天军"，共推李永和为顺天王。起义军提出不交租、不纳粮、不纳税、"诛贪官污吏""打富济贫"等口号，深得广大贫苦老百姓的拥护支持。起义军转战云南、四川、陕西、甘肃、湖南、湖北、河南7省，三年多时间，曾先后攻占云南，四川等地60余州、县，最兴盛时，义军人数达30多万。战斗中，擒斩、阵杀清总督、总兵、副将、都司数百人。在陕西甘南与太平军、稔军密切配合作战，击杀清朝钦差大臣、督办陕西军务的多隆阿等重臣。咸丰皇帝得知，惊恐万状，九月丙申，又谕军机大臣，再次增兵5000人，以期迅殄丑类……

李蓝起义军，从昭通起事后，随即到了大关，并和唐友耕部会合，贫苦老百姓纷纷参与，此时起义军已超过万人，便屯兵天星地上，并以此为根据地（即今天的斜文村），以抓紧训练。现还有练兵场和点将台等遗址。

一个月之后，起义军在地上誓师后，为了表示与清朝不共戴天，便剪掉长辫，以唐友耕为先锋，挥师北下进入四川。六天时间，连克筠连、庆符、高县，在宜宾又擒杀四川提督马天贵、参将高克塞，随即又提出"凭我雄兵猛将，横扫胡腥十七省山河"的反清口号。

唐友耕率部进攻宜宾，提督占太率副将张禄、都司明耀光增援，他在大关随他而去的师爷煽动、教唆下，率部投降了清军。因此，满清政府授予唐友耕五品顶戴。以后几年，唐友耕因屠杀太平军有功，特别是率部在大渡河生擒并杀害了太平天国翼王石达开，被提拔为云南总督。

唐友耕叛变后，李永和、蓝朝鼎仍率部攻下自贡，紧接着李永和又进驻眉山，蓝朝鼎则进攻绵阳，形成夹击成都之势。以后又转战川南、川西北和川东北各地，纵横驰骋80余州县，使得四川总督数易其帅，尽管唐友耕叛变投清，但仍是李蓝起义的最强盛时期。公元1861年，李蓝起义军在绵阳和骆秉章展开决战，蓝朝鼎不敌败走丹稷，次年一月在突围中战死。李永和也曾多次和石达开联系，两人虽经多次努力，但始终会师受阻，石达开在大渡河被唐友耕擒俘，李永和也在宜宾被俘，押往成都，骆秉章许以高官厚禄劝降，李永和大义凛然，不为所动，最后在成都死于骆秉章的屠刀之下。李蓝麾下的蔡昌龄、梁成福、夏起顺仍率残部5000人，和骆秉章进行了殊死的战斗，最后终因敌我力量悬殊，蔡昌龄等5000壮士全部战死，李蓝起义在坚持了近十年血雨腥风的搏杀后失败了……

唐友耕率部从四川取道盐津，前往昆明就任时，路过大关。这个魔鬼，竟带领部下千余人，趁月黑风高之时，悄悄摸进天星地上，不分男女老幼，残杀毫无防备、毫无反抗能力的无辜民众万余人。这凶残的豺狼还不解恨，又叫属下开胸剖腹，将心肝取出丢人山洞，被杀老百姓的尸身抛进山坑……150多年过去了，万人坑的尸骨还历历在目，山洞里的心肝亦炭化了，这便是对罪恶的满清政府和血债累累的魔鬼唐友耕深恶痛绝的控诉……

那天，我去了现在叫斜文村的地上，一下车，迎上来的村支书和主任，就向我讲述了这段不堪回首，又是那么悲惨的历史。同时，还要带我去看练兵场、点将台和万人坑的遗址，我却摇摇头谢绝了。此时，天上飘着蒙蒙阴雨，刮着冷飕飕的山风，想着唐友耕惨杀无辜老百姓的血腥和残忍，我毛骨悚然，心灵发颤，浊泪不禁夺眶而出了。似乎觉得靠靠淫雨是老天在为惨遭杀害的无辜流泪，飕飕的冷风，更是老天在为死于非命的无辜鸣冤、呐喊、哭泣……

我曾写过李蓝起义，却不知这段唐友耕屠地上彝族山寨的悲惨历史，足让我惊心动魄，他为什么要下此毒手，地上的彝胞亦是他的桑梓父老啊！进了村公所的办公室，村主任又对我说道："听老辈人一代又一代的讲述，李永和、蓝朝鼎练兵结束，率部离开地上，挥师进人四川时，寨子里就有百多青壮男儿参加了起义军。"我这才醒悟过来，唐友耕之所以下此惨无人寰的毒手，就是惧怕地上彝胞的血性，他怕哪一天官逼民反，地上又揭竿而起，杀向四川和昆明，他必罪有应得。

地上村有1072户3028人，彝族同胞有1260人，斜文安置点有78户286人，其中建档立卡的有68户，根据人口的多少，占地分别为60平方米、80平方米和120平方米，与其他安置点相同。因这个易地扶贫搬迁安置点的大多数人家是彝族同胞，建筑便很大程度上突出彝家的风格。这个安置点，今年4月27日开动，我去时，主体建筑大多已基本竣工，就准备抿糊、装修。但地上属冷凉的高寒山区，人秋以来，天气总是淫雨靠靠，冷风飕飕，大雾弥漫，百米之外就朦胧一片，再远一点，连山峦也无法辨认其真面目，正因为如此，耽误了不少工期。特别是从外面进来，阴雨绵绵，进村的公路因是弹石路，湿滑不说，视线不好，加之弯道又多，从安全角度考虑，材料运到工地上来也有些困难，只能将就气候。尽管天下着阴雨，我还是随支书、主任去了几家农户，他们都在整理室内，讲起易地扶贫搬迁，他们每个人的喜悦都溢于言表，都从内心感谢党和习近平总书记。他们都对我说，他们都是从山那边的水塘和苦寨搬来的，原来的住房，没有哪家是瓦房，全是土坯的草房。现在能在国家的扶持下，修了钢筋水泥的洋式房，真是睡着了都会笑醒，托习总书记的福啊！

38岁的彝族同胞张才彬是个孤儿，12岁以后就没有住过房子，他是吃百家饭长大的。儿时，吃饱了肚子，哪里困了，就蜷曲在哪里的草堆上，或者村民的屋檐下，呼呼地酣然入梦了。他的生命力极强，不管在什么恶劣和艰难的条件下，他都没有得过什么大病，时而生点小病，随便扯点草药嚼了，最多一两天就痊愈了……

张才彬就在这样的环境里慢慢长大了，十六七岁他便离开家乡外出打工养活自己。在打工的过程中，他竟然偶遇本村的一个姑娘，她亦是穷家小户的贫家女，共同的处境，共同的命运，把他俩紧紧地连在了一起，几年后，两人从相识、相恋，最后结为了夫妻，现在已有两个儿女。斜文村吹响了向贫穷宣战的号角，并进行易地扶贫搬迁安置的时候，村"两委"没有忘记张才彬这个在苦难中，靠自己的拼搏养活自己的孤儿，通知他回到久违的故乡。村支书和村主任告诉他说："你虽是孤儿，外出打工又这么多年了，但你仍是斜文村的村民，你也应享受党惠民政策的温暖。你的家不仅被列为建档立卡的贫困户，还可以按有关规定修一套安居房。"小两口听后，激动得泣不成声，俄顷张才彬方饮泣道："我从小到大，做梦都想有一间自己的房子，这间房子很牢固，不怕地震，雨下来了淋不着，太阳出来了晒不着，如今美梦果然成真了……"

张才彬的家，在离斜文安置点 10 里左右，名叫铁厂的山坡上。父亲早逝，他和母亲就蜗居在一间烂草房里。刮风下雨，母子俩十分害怕，就怕草房垮了，便无家可归，特别是刮大风、下大雨的时候，母子俩就相依相拥在一起，他吓得瑟瑟发抖……母亲便会对他说："儿子，不要怕，老天爷、列祖列宗会保护我们的，天神菩萨会保佑我们的……"这句话，母亲不知对他说了多少次，但一次都不灵验，就在他 12 岁的时候，竟然成了孤儿。那年，母亲患了疾病，无钱医治，加之山高路远，他母亲终于没有挺过来，带着遗憾，永远地离开了。12 岁的张才彬无力掩埋母亲，是村民帮助他，才让母亲入土为安了。

母亲死后的几天，张才彬破败的草房彻底垮了，万般无奈，他便开始了四处流浪……

张才彬现在的房子，就建在村委会和文化广场不远的石坎上，今年四五月动工，现在基本竣工了，全家人已搬进新居。那天见到他时，他满脸堆笑，说道："新修的房子离公路、卫生室都很近，两个娃娃读书也很近便，以后，我出去打工，也就安心了。"说到最后，他抑制不住自己的感情，泪流满面地说道："我母亲在世时，就想过好日子，所以，经常烧香、磕头，祈求菩萨保佑，结果母亲死了，房子也坍塌了，天神菩萨没有保佑，相反让我成了孤儿。现在看到新崭崭的房子，共产党、习近平总书记才是救我张才彬跳出苦海的活菩萨，是共产党，是习总书记为我修了房子，圆了我的美梦……习总书记才是我的救命大恩人啊……我以后得加倍地苦干，用勤劳的双手，创造美好幸福的生活。"

有个叫王伟的彝族同胞，告诉我说，他家的产业是养林下鸡，现在有 2000 多只，鸡苗是华新养殖公司提供的，他们的仔鸡是脱瘟的。王伟说话时，我感到他十分激动和兴奋，我便对他说："看你这副高兴的样子，你今年是不是要发财了。"他毫不掩饰地说道："你说对了，今年春节，我至少能上市百多只吃虫蚂蚁和粮食的林下鸡，收入能接近2万元，除去本钱，我能净赚三五千块钱。"我连连说道："祝贺你啊，但你一个人富了，不算有本事，要组织合作，带动乡亲富起来，我就更佩服你了。"王伟笑了，十分肯定地说道："只要乡亲愿意，村上也支持帮助，我就来做这件事。"离开王伟的家，支书和主任又告诉我说："前面我们现在看得见的那片坡，要在上面栽种500亩的樱桃，鲁甸小寨年年搞樱桃节，我们的安置新村建好了，也要搞。"我说，这里没有人家鲁甸小寨的条件，路远、交通不便，会不会有客人来？他俩十分肯定地说道："我们这里适合樱桃生长，只是成熟期要晚半个月到二十天，全昭通都没有樱桃卖了，我们这里刚成熟，就是没有人来玩，我们还不等拿到城里，在天星镇上就抢完了。"我频频点头，连连说："有道理、有道理，到那时，天星、黄荆坝的热带水果都上市了，你们这里还有樱桃卖，确实能吸引人，一定能卖个好价钱。"

欲离开斜文村了，我见新建的学校，就在安置点不到五十米的地方，修得十分漂亮，就想进去看看。他俩却说："学校修得很好，却没有读书的娃娃……"我十分惊诧，问道："这么好的学校都没有学生，难道这里的娃娃不愿读书？"他俩便说："教育局说，上级有规定，教育资源要相对集中，不能分散。就把好的老师调走了，娃娃们也只能到离斜文村较远的地方去读书了。你别看我们这个村子小，又偏僻，在外务工的人有600多，剩下的全是老人和小孩，学校远了，老人们无法送孙子到学校，孩子就只能辍学了。守在家门口，修得这么好的学校娃娃用不上，真是可惜啊，我们也反映了多少次，就是解决不了，你能不能帮我们反映一下。"我无言以对，我现在是闲云野鹤了，按现在的规定，不知农村的小学该如何办，既然已经把这样好的学校修好了，怎么却把娃娃叫到其他很远的地方去读书呢？

离开天星，我便匆匆来到吉利的龙坪村。吉利镇面积 126 平方公里，除小寨、回龙和营底属高二半山区外，其余的村社均属二半山和干热河谷地区。全镇有 128 个村民小组，7310 户，18774 人，其中城镇人 5574 人，均居住在集镇上，全镇有耕地近 4 万亩，其中水田为 1830 亩，人均耕地 2 亩多，有粮超过 1000 斤。但受气候和环境的影响，全镇经济社会的发展不平衡，到现在为止，建档立卡的仍有 1635 户 6273 人。吉利镇按照"五个精准"和"六个到村到户"的要求，抓实抓准贫困户建档立卡的动态管理，健全"挂包帮""转走访"的工作机制，推动各项惠民政策和措施到户到人。因而整合了交通，水利、供电、安居工程等项目的资金，集中实施干田、田坝 2 个易地扶贫搬迁安置点的建设；启动回龙、营地 2 条通村公路的硬化建设；完成涉及 7 个村的农网改造工程项目；实施农村危房改造和抗震安居工程 203 户；扎实推进整乡推进项目建设；今年抓紧培训了各类技工 1000 人，转移输出劳动力 4000 人次；加快贫困村的基础设施建设，确保龙坪、营底 2 个贫困行政村今年内脱贫摘帽出列；同时制定了明年 5 个村的脱贫摘帽出列的规划。

为确保今年扶贫攻坚的任务按时完成，吉利镇倾心倾力推动产业的发展。在稳定畜牧、毛竹、核桃、果蔬和中药材"五大产业"做优、做特外，着力抓好龙坪、吉利、尾甲和鱼田四个产业示范园的建设，实施 4000 亩核桃、毛竹、脐橙的提质升级，使之成为名特产品。发展无筋豆 900 亩，新增林地面积 4700 亩，保持吉利青山常在、绿水长流。今年启动了集镇的供水及防洪堤尾段工程的建设，继续完善农村人畜饮水工程的改造和龙坪村农业综合开发项目，培养壮大 5 个村级集体经济，和富农、辰民、黄荆竹业、着力扶持利和种养殖等 8 个农民专业合作社，实现今年畜禽存栏 6.8 万头（匹、只），出栏 9.2 万头（匹、只），实现村村均有一个集体经济和一个富民产业。

吉利在抓好全镇脱贫攻坚，建设美丽乡村的同时，还很好地服务明磊纸制品的生产线、华欣重晶石项目建设投产及鑫河电力有限公司的技改。吉利镇依托自己的区位优势，不放弃任何发展的机遇，结合扶贫攻坚，提升和完善集镇的功能，推动零售、电商、运输、住宿餐饮的发展，带动农民群众脱贫致富。

吉利镇生机勃勃，活力无限，已展现出美好而璀璨的前景。

汽车沿着刚刚改造过的二级路，还没有到黄荆坝的集镇，透过车窗，虎踞龙盘，逶迤磅礴，仰头直插云天的茫茫山峦下，一片如诗如画的葱茏苍翠便奔来眼底，那就是群峰怀抱之下的龙坪。过了关河大桥，汽车沿硬化过的乡村公路，一直蜿蜒向上，行不到三五里，便豁然开朗，闪出一个人间仙境般的坝子。它开阔、恬静，优美的田园乐土之上，阡陌纵横，栽种的全是时鲜蔬菜，闪巍巍、晶莹剔透，如碧玉那般。田垄之间，清溪环绕，窈然澄碧，玉佩声响，真有点转折绣长曲。菜园一旁，是一片足有200亩的脐橙，两米多高的植株，姿态飒爽，青枝绿叶，熠熠生辉。竹柏苍然，郁郁葱葱，万绿丛中，一栋高楼大厦平地而起，那是刚建不久的中学，墙裙上镶嵌着白底红字的校训，给人一种万绿丛中一点红的感觉。我觉得，这里的中学生太幸福了，在此山环水绕、万木葱茏的地方，莘莘学子之中，必出栋梁之材。在这片连绵几公里的肥田沃土中，除此学校之外，便没有其他多余的建筑，更没有东一幢西一间的民宅。而大量的民居建筑，却在公路上面的缓坡上，依山而建，错落有致，都掩映在花木扶疏之中。每个村民的心里都十分明白，面前绵延十几里的膏腴之地，是近3000人赖以生存的生命之源，需格外呵护它，除了学校，谁也不能强占它。在稀稀疏疏的民宅旁的高地上，今年初平出了一块偌大的台地，正在修建民居，那便是龙坪易地扶贫搬迁的安置点，他们将从桃湾、岩口、干河和坪子等高寒山区搬迁下来38家贫困户，共126人，其中有建档立卡的30户安置在此。这38户原来所居住的地方，就在龙坪村背后，在刀劈斧砍、壁立千仞、白云缥缈的悬崖峭壁背后。全属高寒山区，上面只能种植荞子、燕麦和洋芋，较少的地方可以勉强种点苞谷，若遇天公不作美，常常绝收。一片一片的草甸可以发展养殖业，但交通极为不便，站在高耸入云的山崖上，春光明媚时，似乎看得见豆沙关，而黄荆坝好像近在咫尺，但要到黄荆坝集镇，且是来去匆匆，得走一天时间。所以不管是生态气候环境，还是交通制约，桃湾等5个村民小组，已经丧失了生存条件，唯一的选择，就是搬迁，否则断无出路。那天我去时，一层已经完成，正浇筑第二层的防震柱和支模板，再加上硬化安置点的道路，今年春节前，就可搬进新居。

我进了村子，家家户户的房子，外墙的装饰都十分整洁、美观，色泽全村基本统一，看得出来，大多数的房子都不是推倒重建，而是危房改造，保存着原有的民居风格。房前屋后都是即将成熟的橘子树，满树红彤彤的橘子，只是个头小。村民告诉我说："这些果树大多是本地的老品种，栽了十多年，现在退化严重，需要更新，村上引来了四川雷波的脐橙，还有永善黄华的白橘。自前年栽下后，长势很好，但还没有结果，我们这里的气候，土壤适不适合，还拿不准，所以也就没有更新它。再说，房前屋后的几棵树，一年收下的橘子都是自家吃，不靠它脱贫，等有机会了，再更新不迟。棵棵树都长得绿茵茵的，用来乘凉也很好。"

龙坪村户与户之间的通道，大多是青板铺砌的，只能供行人通过，无法通车，就是摩托也十分艰难。但道路十分干净，可以说一尘不染，特别让我感叹的是，我走了好长一段连接各家各户的道路，路边都有一条清澈见底的小溪，潺潺流水，叮当作响。溪壁和溪底都是石头砌好的，虽不规整，但妙趣横生，一眼就可让人看出是村民自发修砌的。欲离开龙坪了，我突然问年轻的总支书记道："村子里是否定有乡规民约，环境卫生是不是轮流打扫的，怎么这样清洁卫生？走了这么长的路，我就没有看到溪流里有垃圾和其他的废弃物，更没有看见小孩把尿撒在溪流里。"他笑而答道："没有乡规民约，更没有轮流打扫清洁卫生的说法，之所以如此，是习惯成自然。哪家的房前屋后脏了，主人家不打扫干净，就觉得失了脸面，大人娃娃都如此，习惯成自然。"我便说："这是中华民族的传统美德，守街坊惜邻舍，所谓邻居，就得相望、相守、相依、相助，这就是乡愁。所以，我敢肯定，龙坪村人与人之间，肯定十分友善、和谐。"他笑了，说道："就是这样，我们村子背后的山脚处，有一棵百年拐枣树，现在衰老了，怕它倒了，对不起老一辈，就用石头围了，还填满了土。每逢拐枣成熟的时候，村民都不会爬上去摘，更不用石头和竹竿打，都觉得这样做不文明，而且伤了树。只有熟透了，拐枣自然落到树下来了，才会去捡起来，在场的人，大家分着吃。"我随他去看了，果真如此，树干上还有乡亲为它系上的红布，但愿这棵百年拐枣树越长越大，越长越茂盛……

龙坪村还在村子边的一块巨大的岩石上，修了一个观景台，四周用栏杆围了，上面还设了石桌、石凳，可供一二十人乘凉小憩和观景。扶栏远眺，山下景色尽收眼底，关河犹如一条缠在龙坪山岩腰际处的玉带，往南蜿蜒而来，往北飘然而去，云雾缥缈之处，忽隐忽现的一线天那里，便是盐津的豆沙关……当年，唐德宗的御史中丞袁滋，持节从霞飞岚涌的五尺道，向黄荆坝走来，到大理册封异牟寻为南诏国国王，从而留下了国家统一、民族团结的历史佳话。站在观景台，我想了很多，感叹之余，我突然转身问年轻的总支书记道："你为什么想到在这里修一个能隐隐看到豆沙关的观景台啊？"他笑笑、坦诚地告诉我说："在这里其实看不到豆沙关的房子，但能看到通往外面精彩世界的一线天，我要让龙坪所有的年轻人知道，从那里走出去，就是更加广阔的天地……"我频频点头，感到自己落伍了，能想到的是思古人之悠悠，而他想到的是龙坪之外，还有更加精彩的世界。

离开观景台，我随村干部去了办公室，一进大门，便看见《中央八项规定》《龙坪村政务公开制度》《村干部轮流坐班制度》《村民小组长考核奖惩制度》，也有《村规民约》，条条款款写得清清楚楚，我颇为感慨，他告诉我说："我们村这几年，在巩固文明村的基础上，以创建星级农户为载体，深入持久地在龙坪村开展群众性的精神文明建设，主题就是'扬正气，促和谐'，引导村民养成科学、健康、文明的生活方式，常抓不懈，习惯就成自然了。"龙坪村的通户道路的硬化，九股水片区的农业开发项目，环境的综合治理和一地三改能源的项目，都是在国家的补助下，发动村民自己动手搞起来的。现在，所有的农户都各忙各的事情去了。到了晚上，村子里的路灯亮了，文化广场上挤满了娃娃和大人，有跳广场舞的，有跳健身舞的，还有坐在树荫下拉二胡、打快板的，到处都是歌声和笑声……不少村民还会来"农村书屋"看书，学习种植、养殖的知识，同时用到自己的种植、养殖上去，所以龙坪村有不少科技示范户和致富能手。这样的结果是，一年 365 天，打架斗殴的，在龙坪村几乎看不到，违法犯罪的人更是越来越少了，而争做文明村民的人却越来越多了。

欲离开龙坪前往上高桥时，我又去看了稻田养鱼和通过土地流转种植的枇杷和无筋豆。龙坪党总支先整合资金 10 万元，扶持帮助建立"支部＋协会＋农户"的"股份制专业合作社"。到今年为止，稻田养鱼已发展到 100 亩，2016 年，秧苗返青时，龙坪的稻田养鱼合作社便投黄辣丁鱼苗一万尾，俄罗斯鲤鱼 3000 斤，草鱼 5000 斤，当年毛收入达到了 35 万元，村集体收入 1.5 万元。今年，社员没有按股份分红，而把所有的收入用于明年的扩大再生产。现在稻田里育有鱼苗，其方法就是在稻田里铺上塑料薄膜，形成临时孵化池，放入鱼苗，引入长流水，上面进下面出，有指甲大小的鱼苗在里面生长得很好。来年，稻田里插上的秧苗返青了，再将鱼苗捞起，按照稻田的大小，投放鱼苗，稻子成熟并即将收割时，放完田水，就可捕获了。总支书记告诉我，今年的鱼大多有半斤一条，大点儿的有七八两，甚至有一斤左右的，活蹦乱跳，金灿灿的，拿到市场上，特别受顾客欢迎，加之价格适中合理，很快便被抢购一空。

站在田埂上，他指着那片葱绿的田地，对我说道："那片通过流转的土地有305亩，除200亩已种植脐橙外，其余的都种植了枇杷和无筋豆。"这个年轻的总支书记充满了活力，是一个十分敬业、务实的基层干部，我特别喜欢他这种工作作风和担当精神，于是便问道："龙坪村已搞得很好，但要村民过上更加美满幸福的生活，还得加倍努力发展产业，你下步打算怎么做呢？"他不假思索，侃侃道来："龙坪已与大关辰民种植专业合作，龙坪种养殖协会合作建立'龙橙'农业产业园，集农家乐休闲区、果蔬种植区、畜牧养殖区、稻田鱼养殖区、储存加工商贸区五大板块为一体。"具体的实施方案为：农家乐休闲区拟建以餐饮、住宿、休闲娱乐、会议为一体的多功能农庄一家；建立10户可餐饮、可住宿的农家乐；果蔬种植区，在原有305亩规模的基础上，把脐橙扩大为1560亩，枇杷为1400亩，李子为820亩，板栗为280亩，核桃为3000亩，无筋豆为2000亩；发展果蔬加工作坊5户。畜牧养殖区的模式是"合作社＋协会＋大户"和农户散养的模式，计划发展能繁母猪1000头，生猪4000头，山羊3000只，黄牛500头和家禽30000只；稻田养鱼仍以"合作社＋协会＋大户"和散养的模式，计划发展到500亩。储存加工商贸区，包括果蔬加工作坊3间，电商1户，冷藏室2个。

龙坪村发展种养殖产业，主要以"集体经济"为杠杆，以自然生态环境资源综合利用和发展高科技生态农业循环经济为主导，将农事活动、自然风光、科技示范、休闲娱乐和环境保护融为一体，实现生态效益、经济效益和社会效益的统一。

习近平总书记说："中国梦的本质是国家富强，民族振兴，人民幸福。"所以，中国梦既是国家的梦，民族的梦，也是每一个中国人的梦，"得其大者可以兼其小"。"宏大叙事"的国家梦，也是"具体而微"的个人梦。而每一个人的命运和前途都与国家民族的前途、命运紧紧相连。现在国家繁荣富强了，中华民族振兴了，我们每一个人民群众亦过上了美满幸福的生活，龙坪村每一个人的小康梦，正一步一步地实现，他们拥抱的是更灿烂的太阳！

大关高桥乡大寨村属高寒山区，它的年平均气温只有 11℃，生存环境较为恶劣。那天，我从龙坪赶到大寨村时，还没有过申时，这里已冻雨弥漫，似乎还夹杂着雪花，温度至少比龙坪低了三五度。因为自然环境和气候恶劣，这里仅能种植玉米、洋芋和荞子、燕麦，但却种多收少，农民生计十分艰难、窘迫。直到 2016 年初，全乡仍有贫困村 5 个，特困自然村 31 个，建档立卡的还有 1748户 6650 人，占全乡 4724 户 17972 人的 37%。40 多年前，丁琦就出生于大寨村一个贫苦的回族家庭，直到要进学校读书了，在他的记忆里，他还没有穿过一套新衣服，一双新鞋子。在他幼小的心灵里，梦想就是能穿一套新衣服，一双新鞋子和戴上鲜红的红领巾。一年又一年过去了，戴红领巾的梦想实现了，而对新衣服和新鞋子的渴望，却是那样的渺茫，因他的兄弟姐妹太多，能有旧衣服穿已不容易。父母告诉他说："我们没有本事，生错了地方，让你从小就受穷受苦，但让你吃饱肚子，爹妈就实在不容易。你要想吃白米饭，穿新衣服，就得好好地读书，有本事了，吃好的、穿好的，就不成问题。"渐渐懂事的丁琦记住了父母的话，就觉得在环境如此恶劣的高寒山区，父母要养活一家人，牛一样地劳累，已经费尽心力了。人要过上好日子，就得拼搏。丁琦渐渐地懂事后，虽然没有通过刻苦读书改变命运，但初中毕业后，他始终没有放弃自己的追求。他曾摆过小摊，卖过耗子舔米汤—仅能糊口的小商品，种过中药材和水果，尽管他十分努力、勤奋，但终因天时地利的限制，他始终没有获得成功。高桥的大寨种水果，哪点能和昭鲁坝子的永丰、乐居、洒渔和土城、三甲、茨院等地相比嘛。尽管他精心栽培，费尽移山心力，高桥种出的苹果和其他水果，不管品质、外观，在昭通市场上，都没有一席之地，结果只能以失败告终，还欠下别人的债。但他不忘初心，始终坚信，只要不放弃自己的追求，通过自己的辛勤劳动，皇天是不会负有心人的。天无绝人之路，夫妇俩一商量，决定在上高桥的集镇上，开一家回族餐馆，除了方便群众，就是渴望改变贫穷。二十年前，商品经济还没有现在这样兴旺、发达，高桥镇还是分三、六、九赶集，做生意的人极少，城里的间或去了几铺摊子，都是赶溜溜场，卖的东西无非就是一些针头线脑的一类小商品。而绝大多数的赶集人则是当地的农民，他们来到高桥集镇上，就是到供销社打煤油、买盐巴，或者给读书的娃娃买简单的学习用具，再或者就是买农药和化肥。所以，高桥集镇没有什么大宗商品的交易。而农民尽管从很远的地方来到高桥，也大多自带着荞粑粑和洋芋一类的干粮，他们没有多余的钱到丁琦的饭店舒舒心心吃一顿，就算是没有带干粮的农民，也最多到他那里吃碗米线或面条。故一场赶集，丁琦夫妇卖不了什么钱，若不逢赶集，他连米线、面条都很难卖出一两碗，小餐馆的命运只有关门，这是市场决定的，它不以人的意志为转移。但是，有心的丁琦，却在这次不算成功的食品经营中，学到和悟出不少烹饪的窍门和手艺，为他今后"琦鑫牛肉"的深加工奠定了相当的基础，他交的这点学费值得。

万般无奈，丁琦只得背井离乡前往建水的阿拉伯文学校去学习阿拉伯文字和语言，同时学习《古兰经》，也许他那时的理想是做个阿訇，以后回到家乡讲授经典和主持伊斯兰的教仪。阿拉伯文和伊斯兰教义博大精深且不容易学，因他有梦想和追求，在建水潜下心来，苦苦地学习了10年。虽不能说这时的丁琦已满腹经纶，有所造诣，但是 10 年苦读，他还是掌握了不少的知识，何况十分聪明、机灵的丁琦，去时多少有些阿拉伯文和《古兰经》的基础，否则，他不敢贸然前往建水求学。

那时，高桥的不少父老乡亲都认为学到本事的丁琦肯定不会回到自己苦寒贫困的家乡，他翅膀长硬了，应该远走高飞，否则，他就没有必要在建水苦读十年。而丁琦却在乡亲们的意料之外回到了高桥大寨，他变得老成持重，转识为智了。他对父母说道："儿子在建水十年苦读，在学到不少知识的同时，开了眼界，心里有了一份担当和责任，从而深感高桥太贫瘠苦寒了，我必须回来，和父老乡亲一道，通过自己勤劳的双手，过上幸福美满的生活，否则，我这十年书就白读了。"

丁琦在寻觅，探求脱贫致富的艰难过程中，走了不少的弯路，通过理智的思考，他觉得自己屡屡受挫的关键，就在于没有正确认识高桥的天时地利，从而扬短避长。他觉得老天是公平的，给你这样，便不会给你那样，故天道忌盈。昭鲁坝子有着高桥所不具备的阡陌纵横的肥田沃地和夏无酷暑、冬无严寒的自然环境，因而成就了堆金砌玉、花果飘香、五谷丰登、六畜兴旺的农耕文明景象。但高桥地势险峻，有"一山有四季、十里不同天"的特殊地貌和奇特自然环境和气候。正因为如此，自古以来人烟稀少，从而留下并保持了最原始的自然生态环境，山清水秀，草原广袤，绿草茵茵，肥如乳汁，它是牛马羊的天堂。发展畜牧养殖，得天独厚，若用之发展种植，便是本末倒置，扬短避长了。

昭通的回族，少数是沿古丝绸之路进入中国，以后又辗转来到昭通，他们是因经商而来。而绝大多数是随哈元生平乱而进入昭通的，战争结束后，便卸下戎装，告别鞍马劳顿的军旅生涯，淡忘了离乡背井的愁怨，怀着安居乐业的希望，开始在这块土地繁衍生息。他们不嫌弃山高石硬、水冷风寒，更不怕贫穷落后，以坚韧不拔和大无畏的精神适应了昭通。他们大多来自蒙古草原，在遗传基因里就有着放牧养殖牛羊的特殊本领，所以便逐水草而居。以后，又因历史的种种选择，很大一部分回民从事农耕，但也有不少的回民选择了高寒山区的茫茫草原，已居住了几百年。然而，不管从事农耕，还是放牧，饲养牛羊却是他们与生俱来的特别技艺，因而誉满滇东北。

有一年，新西兰来了几个饲养牛羊的专家，我陪他们去了守望的水井湾，旨在考察回族同胞如何饲养黄牛。那时，昭通的黄牛仍是不可须臾离去的苦力，它们默默地为人们拼命地劳苦，不仅耕地、耕田，还得拉车。长年累月，几乎耗尽了自己的全部心血，老得瘦骨嶙峋了，才卸去笼头和枷。以后，回族同胞不知用什么独到的办法，竟然将垂垂老矣的黄牛，饲养成膘壮体圆，毛色鲜亮的肉牛，让那些外国专家瞠目结舌，赞叹有加，说昭通人真是把牛对人类的贡献发挥到极致，真是有本事，应该发扬光大，昭通有发展养殖的优质环境和良好条件。

转识为智的丁琦回过头去想想，才觉得自己的扬短避长，源于对生他养他的高桥缺乏本质的认识。广袤、肥厚的草甸，恰恰就是饲养黄牛的天堂，加之又有与生俱来的潜质，他看到了家乡脱贫致富，跳出苦海，充满希望，且阳光灿烂的坦途。那就是饲养黄牛，并且形成带动村民脱贫致富的大产业。目标确定以后，他却没有盲目饲养，而是外出考察，他觉得昭通散养的传统必须改变，一是没有规模可言，二是浪费资源且破坏生态，得不偿失。必须走产业化、规模化、科学化的养殖，否则，高桥断无出路。于是他便去了寻甸等地，学到了变放养为圈养的科学养殖方法。回到高桥，在县畜牧局的扶持帮助下，他先在自己的承包地里种植黑麦草，开始了圈养本地黄牛的尝试。一年下来，他种植的黑麦草喜获丰收，说明黑麦草恰恰适合生长在高寒山区，而黄牛又十分喜欢食用它。更让他欣喜的是，时而站立，时而躺卧，在十分保暖厩舍里的黄牛，因为运动量极小，其能量的消耗不大，它所有的营养都转化为脂肪和瘦肉。圈养的黄牛，一天一个样，吃得饱，睡得香，几个月下来，就膘壮体大且毛色发亮，成了可投入市场的肉牛。同时，还保护了天然草地，使之始终保持原始状态，做到了有计划的可持续发展。放牧的工人，便可在天气暖和的时候，轮换着将牛放牧到水草丰茂的地方，使草甸始终保持着勃勃生机的原始状态。丁琦的圈养黄牛成功了，他不失时机地拿出了自己的所有积蓄建了一个占地 2.2 亩的圈养场。他有了养殖场，却没有黄牛，便找亲戚朋友，四处借贷，尽管债台高筑，他也要在摸索中独自承担风险，所以他多次婉言谢绝了上门找他入股的村民。机灵的丁琦，边饲养，边总结经验教训，形成了自己一套独特的养殖技术后，在县、乡党委的扶持下，于 2011 年正式成立了琦鑫黄牛养殖专业合作社。养殖场占地八亩，并有几家农户参加，他此时已是大寨村的党支部书记，他就想以"党支部＋合作社＋公司＋基地＋农户"的发展模式，把琦鑫养殖专业合作社做大做强。他就想先以党员带头养牛，带动其他的农户种草养牛，用于脱贫致富。合作社与农户之间，利益共享，风险同担，从而激励了农户的主人翁精神，大家凝聚在一起，集思广益，同呼吸，共患难。一年以后，养殖合作社得到了让人羡慕的发展，榜样的力量是无穷的，那些观望、等待的村民，看到琦鑫养殖专业合作社的前景，纷纷加入合作社。丁琦的事业在高桥如日中天，并很快就形成种草养牛的高潮，如火如荼，方兴未艾。

在这个时候，不少农户种了草了，却无钱购买黄牛，丁琦便出面担保，为贫困户贷款买牛，到 2015 年，在他的带动、帮扶下，1058 户社员户均年存栏 3 头黄牛。在这 1000 多户中，建档立卡的就有 634 户 2538 人，这些贫困户若每年出栏一头黄牛，便可增收 5000 元以上。同时，丁琦还决定，养殖专业合作社的社员，若在 2015 年内增加一头小牛犊，合作社补助 1900 元，那年共补助了 19 万元。这样，大寨村就有 42 个村民在合作社就业，每月收人 1800 元左右，其中 22 人，就是建档立卡的贫困户。

高桥洗马溪的村民范天军，因右臂残疾，无法外出打工，家庭生活十分贫困。丁琦就上门动员他加人琦鑫养殖专业合作社，成为社员后，可无偿地提供草籽，同时帮助、协调能繁母牛的补助资金 2.8 万元。范天军就是在丁琦的帮扶下，一步一步地走向希望，并摆脱贫困，走向了幸福。他现在已有草地 300 亩，郁郁青青，十分肥壮，有黄牛 31 头，今年已出售了 8 头，到春节时，还将出售 8 头，平均每头售价 1.2 万元，2016 年，除去成本，他的纯收人可达到 7 万元。从此，范天军不再为生活艰辛而整天愁眉苦脸，蔫巴巴的，而是红光满面，一脸的喜悦、欢欣……

到今年十一月底，琦鑫养殖专业合作社，已流转土地 1800 亩种植牧草，建立大小不等的养殖场 5000 多平方米，以赊养创业贷款、担保贷款等发展模式，帮助社员大力发展黄牛养殖产业。现在社员中养得最多的有黄牛 30 多头，最少的也有 3 头到 5 头。大寨村的养殖势头正旺，发展前景广阔。而丁琦的合作社，在回收社员的黄牛时，总把利益让给村民，每头的回收价，始终高出市场价 300 元。五年来，合作社通过统一品种，统一饲养管理，统一加工销售，实现了产、供、销一体化的经营，带动了周边农户发展黄牛养殖。2016 年，全乡黄牛存栏 3600 头，到 2014 年，便增加到 7756 头，到 2016 年，已经超过万头，村民仅凭养黄牛，可实现纯收人 5000 多万元。丁琦告诉我说，为保证社员脱贫致富，合作社采取了六项措施，做到每 3 个月有一次养殖黄牛的技术培训；每年有一份收购协议，确保社员的收益；每年有一笔帮扶贷款，保证社员发展产业的投人；保障社员有 10 亩人工草场；每户有 30 平方米的标准的畜圈和 30 立方米的青贮窖。

正因为如此，合作社先后被评为"市级农民专业合作社示范社""省级农民专业合作社示范社"和"云南省科技型经济合作组织"。

高桥的草甸没有污染，绿草繁茂，一望无垠，从而造就了黄牛无与伦比的优良品质。它体态强健，骨骼匀称，形貌美观，皮毛鲜亮，头顶、颈项间有特别的发绺和斑纹，明显区别于北方草原牛和江南普通黄牛，其肉质紧密糯实，口感极好，香味四溢，营养极好。而昭通的回族不仅善养黄牛，而且特别能制作以牛肉为主要原料的美食佳肴，让人吃了，满口留香，回味无穷。所以，2013年，利用自己的优势，丁琦投资300万元，注册成立了"大关县琦鑫农产品生产有限公司"，现有职工100多人，占地22亩。公司成立以来，一直从事生态黄牛的养殖、屠宰及牛肉食品的精加工，年生产麻辣牛肉、黄牛干巴、卤牛肉、红烧牛肉、牛蹄筋、牛肠、牛鞭等5800吨，产值3000万元。因质优味美，各种黄牛制品除了云南全省，还远销四川、重庆、贵州、北京、宁夏，还走出了国门，颇受热捧，供不应求。这得益于丁琦夫妇当年曾开过餐馆，加上他极有悟性，使得他的企业如虎添翼，兴旺发达。

那天，我去了丁琦的公司，宰杀了黄牛的阿訇正在指导工人按部位分割牛肉，一位称职且技艺娴熟的烹饪师，能根据自己欲制作的佳肴选择肉的部位。诸如犍包是制作卤肉的上品，胸子则是冷片和涮牛肉的最佳选择，牛的筒子骨则是制作高汤不可缺少的原料，要让麻辣牛肉有嚼头，且回味无穷，就要选择肌肉纵横交错的前颊。我近前仔细看了一下，又用手去抚摸了一番分割成块的牛肉，它干生生，红蠕蠕的一点都不粘手，说明肉质很好，并含有大量的血红素。它不是含有添加剂的饲料喂养的，而是用草料和粮食按传统方法喂养的，这样喂养出来的牛肉让人见了，岂有不拍手称快之理。

我祝愿丁琦信守自己的承诺，以坚持原生态喂养黄牛为准则，以为消费者提供安全、放心、营养、绿色的牛肉为使命，把琦鑫黄牛养殖专业合作社再做强做大，带动更多的村民脱贫致富奔小康。

那天，我欲离开大关扶贫攻坚奔小康的总指挥部时，又在三楼的走道上，看见县委、县政府欲开发罗汉坝景区的规划图，便特别感兴趣。我曾去过那里，至今仍魂牵梦萦，挥之不去，它是昭通为数不多，却始终保持原生态群落的地方。它山峦起伏，逶迤磅礴，蜿蜒数十里；它岚飞霞涌，彩云缠绕，瀑布跌宕，卷起千堆雪，谷鸣山娆，气象万千；它山花烂漫，姹紫嫣红，林海茫茫，葱翠幽森，松涛林韵，百鸟欢唱；它湖泊清澈，波光激艳，秀竹婆娑，草甸如毯，此景只应天上有，为何潇潇洒洒独宠大关？

按照县委、县政府开发旅游发展的总体思路，结合罗汉坝景区资源、地域特点，将以创建4A级景区为目标，把罗汉坝打造成生态康养、度假、旅游的品牌，构建高端户外休闲运动，山居和文化深度体验相融合的旅游景区。故需构建一个生态康养、度假综合服务中心，一个山野休闲度假村；同时，修建两条特色景观绿道，五大重点旅游功能区，八条主题精品游览环线，十大核心引擎项目的总体布局。从大关的实际出发，不能一蹴而就，而是稳扎稳打，步步为营，搞一处成功一处，在分步建造中，总结经验教训，务必将罗汉坝打造为生态康养、度假的绝妙品牌。

对此，县委、县政府颇有信心，颇有胆魄，在他们拟定的规划中，骄傲且自豪地，用诗一般的语言和诗人一般的激情吟诵道：

"这是一个天然大氧吧，生态、宁静！

这是一个人间仙境，景美醉人！

我在春天等你，要化着多彩的山花，满山遍野开放！

我在夏天等你，要化着这一湖碧波，杜鹃声声！

我在秋天等你，要化着满山燃烧的红叶，热情似火！

我在冬天等你，要化着漫天飞雪，迎风起舞！

梦幻罗汉坝，神秘杜鹃湖！"

如此让人神往遐想的规划蓝图，是中国梦的大关篇章，我相信，通过几十万大关人民勤劳的双手，顽强的拼搏，一切的一切，都会离我们越来越近。张开我们的双臂，去拥抱属于我们更加辉煌的明天!

永善东与大关、盐津接壤,南倚昭阳区,西隔金沙江与四川雷波、金阳相望,北连绥江,境内东北最宽处 47 公里左右,南北最长 121 公里,总面积 2789 平方公里。

永善县建于清雍正六年,隶昭通府,建县前,北部为四川马湖府地,南部为四川乌蒙府地。清朝时,永善地域辽阔,号称沿江 800 里,金沙江现仍流经县域 9 个乡镇,168 公里,属云贵川之三省门户,历来为兵家必争之地。永善现有 8 镇 7 乡,142 个行政村(社区),总人口 46.8 万人,有耕地 96 万亩,旱地 89 万亩,水田约 7 万亩,有林地 150 万多亩,天然草 80 万亩和人工草场 20 多万亩,可畜牧 50 万头(只)以上,发展畜牧得天独厚。永善水资源极为丰厚,现装机容量为 1260 万千瓦的溪洛渡水利枢纽工程就建在永善和四川雷波,现属世界第三大电站。1994 年 5 月,72 岁高龄的全国政协副主席、知名水利水电专家钱正英来到永善,她站在拟建溪洛渡电站的坝址上,极目远眺,金沙江犹如一条腾飞的巨龙,怒吼着翻滚而去,两岸鬼斧神工般造化的悬崖峭壁,巍巍然矗立,雄奇险峻。它在区域地貌上处于青藏高原、云贵高原向四川盆地过渡的地带,溪洛渡坝址的工程区恰恰处在峨边,金阳断裂,莲峰断裂与马边,盐津隐伏断裂所围限的雷波和永善三角形块体的中部。此块体南北长 80 公里,东西宽 40 公里,从结构上讲,三角形具有稳定性,基地刚性强,没有区域性的深层大断裂切割,地震活动较弱,属地震的外围波及区,库区岩石裸露,库岸稳定性好,不会向邻谷永久性渗透。溪洛渡峡谷约有 4 公里长,坝址就选在其中段,河谷对称且河道顺直,岸坡陡峻,基岩裸露,山体雄厚,无沟谷切割,地形较为完整。河床基岩和两岸谷坡均为二迭系上统峨眉山玄武岩组成,呈青黑色,地层总厚度在五百米左右,岩性致密坚硬完整、无大断层。钱正英颇为赞叹道:"永善溪洛渡,真是修世界级大电站最为理想的地方，是上天赐给永善最为宝贵的财富。"她激动难抑，过了江，站在雷波一侧，又往永善这边眺望，转瞬便惊呆了，赫赫然，偌大的一座悬崖峭壁直插云端，巍巍然矗立在那里，俨然就是一块镇江之石，恍惚中，钱老就觉得这天外来石，若不是女娲当年炼石补天留下的，为什么如此雄奇险峻。近三百米的大坝，镶嵌在岩石之中的最高点，还不到千仞绝壁的一半。未来的世界第二高坝，在这堵悬崖峭壁面前，犹如酣然入梦的孩子，静静地，非常甜蜜地躺在母亲博大而温暖的怀抱里。她便问站在旁边的永善县委书记孙衍坤，那座高耸入云的绝壁叫什么名，孙衍坤不假思索，答道："钱老，悬崖峭壁上面是一块宽敞的平坝，有几个自然村，老百姓叫它三坪，下面的巨岩叫什么，从未听说过。"钱正英颇为感慨，欣然说道："这块女娲炼过的岩石，补天不成，就让它来做溪洛渡电站的基石，没有地名，就叫它女娲石，走，到三坪看看。"

顺着绿树成荫的田间小道，来到了钱老称之为女娲石的山顶，站在边缘的一块岩石上往下俯瞰，溪洛渡上下三五公里的峡谷便奔来眼底，是那样地雄浑和清晰。平时奔腾、咆哮，卷起千堆雪的金沙江，像一条金色的玉带，蜿蜒、柔顺，飘飘然向北而去，这简直就是一处绝妙的观景台。钱老便颇为感慨地说道："三峡电站大坝的那个地方叫三斗坪，溪洛渡电站大坝的这个地方叫三坪，想必不会是偶然吧，因缘而来，因缘而去，三峡电站一开始就和溪洛渡有缘，建了三峡电站，必建溪洛渡电站，我这次就专程为此而来。若国家笃定修溪洛渡电站了，未来的大本营和观景台，非三坪莫属啊！"

如今溪洛渡电站修好了，大本营和观景台也建在了三坪，永善为国家的繁荣富强做出贡献，值得骄傲和自豪。但是，永善终因山高、坡陡、谷深，发展的基础条件差，生存条件恶劣，历史欠账多，从而决定了贫穷面大，程度深，成了全省脱贫攻坚的主战场和全市脱贫致富奔小康的重地。到今年初，全县仍有 10 个贫困乡镇，90 个贫困村，385 个特困自然村，116224 人，占农村人口的 28%。

习近平总书记说："脱贫攻坚战的冲锋号已经吹响。我们要立下愚公移山志，咬定目标，苦干实干，坚决打赢脱贫攻坚战。"习总书记又说道："必须在精准施策上出实招，在精准推进上下实功，在精准落地上见实效。"永善县委、县政府遵循习近平总书记的教导，面对重重险阻和困难，对症下药，上下一心，"挂图作战"，群策群力，整合资金，将全县脱贫攻坚分成三大战区，从而发起了命运攸关的三大战役。

县委、县政府主要领导挂帅，高位推进，从而组建了五个扶贫规划编制和项目实施巡回指导组，结合年度脱贫任务，分片负责。今年二月初，便完成了 42 个易地扶贫搬迁点实施方案的评审，四月初又完了 36 个贫困村，70 个特困自然村实施方案的评审，坚持高起点规划，县乡分级负责，其中 20 个县级示范点，则由县住建局牵头，负责实施。同时选派了驻村扶贫工作队 105 支，队员 592 人，已按时全部到位，并逐户建立了挂钩包保干部与帮扶对象联系卡。从今年五月开始，县财政已安排保通经费 2000 万元，全力抓好贫困村、易地安置点的道路维修，确保建材和其他物资的正常运输。按照每个贫困村 20 万元，非贫困村 20 万元的标准，已拨付 570 万元扶持发展村级集体经济；审批发放建房贷款 2382 户，2.06 亿元；划拨易地扶贫搬迁安置点基础设施建设贷款 2400 万元；全县 42 个易地扶贫搬迁安置点已在今年五月初全部启动，同时还启动民房建设 2243 户；新建村组公路 6 条 22.8 公里，并完成村组公路维修 26 条 54 公里；启动农村危房改造 4026 户，到五月底，已有 237 户的主体全部竣工。与此同时，还启动码口、青胜、务基、伍寨和马楠 5 个整乡推进，升级改造的建设。

　　为使上述的各项工作，按计划有序、有效地推进，永善县建立县级、县乡两级的联席会议，以问题为主导，及时研究，及时解决，并把扶贫攻坚工作纳入年度综合考核的重点内容。采取"每月检查，季度通报，年度考核，责任期总评"的方式，确保责任到人，任务上肩。从而形成了干部为主导，群众为主体，以干部管理推进扶贫攻坚，以党建带扶贫，以扶贫促党建的双赢格局。更为精彩的是县委还把理论中心学习组的地点安排到扶贫攻坚第一线，观摩点评，做到有的放矢，刺刀见红，促进参加学习观摩的党政领导把责任扛在肩上，抓在手上。永善的扶贫攻坚，呈现出一派"真扶贫，扶真贫，真脱贫"的崭新局面！

第十章

永善茂林，顾名思义，即森林繁茂、郁郁葱葱的地方。20世纪90年代中期，我因在昭阳区洒渔乡搞"社教"，专门去了茂林，刚刚翻过两县交界处的垭口，行不到两三里，所见到的却是满目疮痍，有点惨不忍睹，高大的树木基本被砍光了，就连手臂粗细的灌木也所剩无几。地里的苞谷稀稀疏疏，株不高，叶不绿，比起洒渔的确差多了，给我的印象似乎比昭阳区的小龙洞还贫瘠落后，但茂林的荞粑粑，却誉满昭通。据永善的一个朋友说，广西军阀范石生，当年还是师长的时候，参加蒋桂战争，兵败贵州，带着几个心腹逃往四川泸州，后又化装成商人，取道永善，经昭通、曲靖回到广西。不幸在茂林身染重病，只得在客栈住下来，待痊愈已10天过去了。这当中，他得到客栈张老板的爱女百般照顾，不仅为他煎药，而且每天还将她在子母灰里烤得黄生生的荞粑粑送到范石生的卧室，让他享用。长在广西的范石生，从四川来到茂林，恰遇大雪飘飘，他从未经历过这样的天气便被冻病了，不仅发热，而且嘴里特别苦，什么东西都不想吃。豆蔻年华的老板女儿却劝他咬着牙嚼两口脆生生、苦中回甜的荞粑粑，也许胃口就好了，犹如丧家之犬的败军之将，得到窈窕淑女温情脉脉的关爱，内心便十分感动，撑起身子，掰了一块放进嘴里，慢慢嚼了，回味既香又甜，竟然几大口便将荞粑粑吃了。此后，范石生便十分喜欢荞粑粑，张家小姐便换着花样，时而荞面汤，时而荞疙瘩，还配了可口的羊肉汤锅，使得范石生胃口大开。饮食好了，范石生的重感冒加之吃药，便渐渐好了。真是缘分到了，这范石生兵败贵州，他竟然不就近逃回贵州，偏偏逃到四川，又绕道昭通回广西。所以，临离开茂林时，他便对张老板说了自己的身份，欲娶张家姑娘为姨太太，还连张家老幼一起接到广西奉养，以谢呵护之恩。张老板故土难离，只将爱女许与范石生，离开茂林时，便请了几个挑夫，带走上百斤的荞面。解放后，张家姑娘失去依靠，在广西无法立足，便回昆明定居，她向家里讨要的仍是荞面，一直到与世长辞。

永善茂林的荞粑粑的确是好，凡有朋友去茂林，都会请别人带几个回昭通。而我那次专门去了茂林，也许未逢赶集，便扫兴而归，20多年过去了，始终没有机会再去那里。

这次采访，我第一站便选择了茂林，还是沿洒渔那条我熟悉的路。翻过一座座植被十分茂密葱茏的山峦，越过了一个个垭口，就怎么没有见到当年满目疮痍的茂林。同行的人告诉我说，早已过了洒渔的地界，进入茂林的新林村，再行一段路，就是市纪委扶贫工作队的驻地了。我便感到特别地惊诧，为什么换了人间，农民没有再上山乱砍滥伐了？仍是同行的人告诉我说，山林除了一部分属于集体的，大多承包到各家各户了，茂林这个地方，你只要不毁林开荒和无节制地滥伐，三五年时间就成林了。这些年，年轻人都外出打工了，村里剩下的都是老人和孩子，加之农网改造，煮饭用电饭煲了，乱砍滥伐和毁林开荒的现象几乎看不见了。我颇为感叹，觉得只要守住这片青山绿水，加上国家惠农政策的大力扶持，茂林很快就会好起来。

茂林镇是汉彝回苗的杂居镇，它辖6村1社区，有7917户28837人，其中有建档立卡的3494贫困户11703人，几乎占了全镇人口的一半。这里的最高海拔超过3000米，最低海拔也有1300米，属典型的高寒冷凉山区。现在全镇的经济收入主要是靠外出务工收入和畜牧养殖，种植只能勉强糊口。故导致全镇贫困面大，贫困程度深，扶贫任重道远，压力很大，但面对重重困难，茂林镇党委，政府却不畏艰险，攻坚克难。那天，书记和镇长告诉我说："扶贫攻坚，在我们茂林村村社社都是难啃的硬骨头，既然我们接受了任务，又有党的这么多惠农政策的扶持，我们破釜沉舟、流血流汗，也要打赢这场扶贫攻坚奔小康的战役。所以我们便选择了茂林最硬、最难啃的新林这块骨头，作为今年脱贫出列的攻坚硬仗来打，不获胜利，誓不罢休。"

新林行政村有 72 平方公里，有 32 个村民小组，居住有 1360 户 5768 人，其中建档立卡的有 668 户 2308 人。这些贫困户基本无安全的住房，几乎无资金来源，自我发展能力极差，如果不全力加以扶持，他们永远都无法摆脱贫困。本着党委、政府主导，群众是脱贫的主体原则，镇党委和政府竭尽全力办了几件事：

首先，不知开了多少镇村干部会议、村组干部和党员会议、村民代表会议、村组群众大会，做到了不漏一户一人，宣传党中央、国务院和省市级党委、政府的扶贫攻坚政策；苦口婆心地一家一户做好疏导工作，让老百姓真切地感受到，现在才是真扶贫、扶真贫、真脱贫。除了召开各种形式的大会小会外，还通过广播、壁报、展板和标语，反反复复宣传党的惠民扶贫政策。真正做到了家喻户晓，使老百姓真切地感受到政府不再是说大话、空话了。更为重要的是在各易地扶贫搬迁安置点，张贴平面布置图、鸟瞰图、规划图。同时，市纪委的驻村工作队员，走村串户耐心且仔仔细细，深入浅出地向村民讲解规划平面图和房屋设计图。村民听清楚了，欣喜地说："这样的村子，这样的房子，比城里人住得还好，真让我们睡着了都会笑醒啊。"从而重塑了群众的信心，看到了梦想成真的希望，便以主人翁的姿态，积极配合，投入了扶贫攻坚的战役，让每个人又看到了当年老百姓推着小车，抬着担架支前的动人盛况。

有了这样的基础和氛围，其次要做的事情，便是核实对象，精准施策。这特别需要认真、负责且出于公心，否则就谈不上精准，更谈不上真扶贫、扶真贫和真脱贫。所以，镇上和驻村工作队员，又不知多少次走村串户，和群众促膝谈心，反复核实贫困的原因和程度。通过细致的工作，对3494户11703人又进行了反复核实，除了体现精准外，还得体现社会的公平，从而对不符合条件的722户2094人进行再次调整。除了2014年、2015年脱贫出列的815户2915人外，最后全镇建档立卡的贫困户有2510户8777人，张榜公布后，均无异议，实现了精准，彰显了社会的公平，老百姓拍手称快。

精准扶贫的对象确定后，再次的工作就是规划引领，科学布局。根据村社的实际，按缺什么，补什么的原则，进行科学合理的项目安排。务求做到基础先行，民居优先，产业为重，按环境治理和公共服务相配套的原则做好规划设计，并要求规划设计人员必须深入到点了解并掌握实际情况，再行规划设计，做到因地制宜，有的放矢。

最后便是整合资源、精准发力。县委、县政府确定茂林镇属下的甘杉村、新林村2016年脱贫出列。所以，首先投资628万元，修筑了甘杉，新林通村、通组的公路，从而新建了通村组的公路8.9公里，改造村组公路5条，近25公里。同时建了能通农用车的桥4座，为通村组的公路铺垫了泥石，做到了风雨雪凌都能畅通无阻。

上述几项工作，之所以能做到精准且神速，是因为从今年初开始，党委、政府便把班子的成员、镇干部职工，加上扶贫驻村工作队员，全部集中到易地扶贫搬迁安置点和新林村协助并监督工作。同时成立了以书记为组长，镇长为副组长的领导组，并在4个安置点各成立指挥部，由镇党政班子的一名成员担任指挥长，同时又配备了镇上的四名干部为工作人员。为压实工作责任，全面实现工作目标，镇上还采取了风险抵押，目的是增强干部的责任心和紧迫感。要求正科级干部每人交 3000 元，副科级每人交 2500 元，一般干部交 1000 元，待年终根据各自挂包的村组、农户进行量化考核，完不成任务的，风险金不予退还，干得好的，不仅如数退还风险金，而且给予同数额的奖励。

我是今年六月底去茂林镇的，在新林河边易地扶贫搬迁安置点，一半以上的房屋，一层正在支模打板，有 30 家已在砌墙。这里集中安置了河边和毛坡三个村民小组的 93 户 349 人，其中建档立卡的有 90 户 336 人，总投资 2270.585 万元，其政策仍是国家补助 6 万元，贷 6 万元，还款期为 20 年。

羊棚子安置点，有羊棚子、椿树坪、毛家沟的五个村民小组的 111 户 457 人，其中建档立卡的贫困户有 73 家 284 人，总投资 1682.655 万元。已结束场平的有 44 户，开挖基脚的有 24 户，围梁浇筑的有 21 户，一层墙体砌砖的有 8 户，未动工的还有 6 户。

小伙塘和苏家坪安置点的毛路已经抢通，还正在砌挡墙，电力线也架到工地，关键的问题是缺水，我去时，还没有确定将来用水的水源，有关人员正在比对，务求从根本上解决安置点的饮水问题。我到茂林镇，正是"两学一做"的专题教育活动形成高潮之时，他们以此为契机，把受到的教育，得到的收获，变成了扶贫攻坚的实际行动。从而增强了干部的责任心和担当精神，并充分地体现：不让上级布置的工作在我手上延误，不让传递的文件在我手里中断，不让工作的差错在我身上发生，不让党和政府的形象在我这里受损和不让推诿扯皮的不良现象在我身上出现。以"五不让"为扶贫攻坚的切入点，发扬"在岗一分钟，负责六十秒"的工作作风，静下心来，俯下身子，多学多问，坚决杜绝推、拖、等、靠的消极思想，以一种奋发有为、敢于担当的精神状态，推动扶贫攻坚的各项工作迅速落实，取得成效。所以，我不管走到哪个村社，哪个集中安置点，总体上看到的都是以大局为重、事业为重、人民利益为重的良好风气。同时坚持问政于民，问计于民，问需于民，凝聚民心，集中民智，从而调动了群众的积极性、主动性和创造性，变做给群众看为带着群众干，到处呈现生机勃勃、鱼水情深的局面。

那天，我离开河边和羊棚子安置点，便去了新林村的寒棚岭和谭家营两个社。

寒棚岭地处莲峰、马楠两个乡镇的腹心地带，海拔在2000米以上，属典型的高寒山区。我们驱车近一个小时，爬到了莲峰的最高处，下得车来，站在一块巨大的岩石上，往东南极目远眺，只见雄关漫道的大关和昭阳蜿蜒起伏，逶迤磅礴的群山，全都在莲峰的脚下，俯首称臣。岚蒸霞涌，云聚云散，那一座座峰峦犹如大海万顷碧波中忽隐忽现的朵朵浪花，让人的心灵在瞬间受到强烈的震撼。党委书记刘兴德告诉我，若是天气晴好，万里无云，站在这里，可以清楚地看见昭鲁坝子，就是昭阳的高楼大厦也依稀可见。他还告诉我说，这里恰恰是五莲峰系和乌蒙山系的分界线，气候便明显地有了差异。

在寒棚岭广袤的土地上，没有树木，而是一望无垠的草地，上面看不到一星半点儿荒芜的土地。它碧绿欲滴，是上天赐给永善人的一块偌大且晶莹剔透的翡翠，就生态而言，是大山包无法比拟的，这秀美、温馨的绿色，会让每个人如痴如醉。在草原的远远近近，有三五成群的牛、马和一团团白云般的羊群，在悠闲地吃着草。我反复看过，却不见牧人，更听不到牧人的呐喊和吆喝声，草原显得格外地宁静而和谐。我大惑不解，便问刘兴德道："没有人放牧，难道就不怕偷牛盗马的贼人？"他淡淡地笑了，说道："这里的村民，不管是山脚和山上的都十分善良、纯朴，都不会偷牛盗马，民风特别敦厚。"在茫茫的绿色中，间或能看到一块又一块点缀其中的紫红色和白色，真可谓万绿丛中一点红。市纪委派驻新林工作队员王定春告诉我说，那是村民的承包地，种有荞子和洋芋，此时正是这两种作物开花的时节。其实，这里的村民每顿吃的都是大米，但不舍荞子和洋芋，还加上养猪，家家都会种点荞子、洋芋和燕麦，这也许就是乡愁……

很快，我们便来到寒棚岭安置点，这里有13家村民，大多不是因为贫穷，而是居住分散，显得孤寂，生产生活也极不方便。我便去了旁边的另一个村落，也有十多户村民，进了村民钟大才的家，老老少少都围在火炉边看电视，炉子是特别制作的回风炉，燃料则是从盐津运来的块煤。

钟大才夫妇都近六十岁了，两个儿子已分家，因女婿外出打工了，女儿便带着正在读小学的娃娃和父母住在一起，以便侍奉父母。钟大才坦诚且健谈，知道我欲采访他时，便笑眯眯地打开了话匣子，他欣喜地告诉我说，往年，他家只有6只羊子，生活还是靠点洋芋、荞麦维持，人只要勤快，在他们这里地广人稀，也不会被饿死，可就是富不起来。在他们寒棚岭只能靠养殖才能脱贫致富，但村民口袋里没有钱，买不起牛，只能零零星星地养几只羊，始终提不起兴趣来，前两年也没有兴趣管理草地，家家承包的草场也放得乱七八糟的。近两年，国家给了优惠政策，扶持他们养牛羊，除了给了他们买牛羊的资金，而且还帮助贷了款，一两年时间就发家致富了，特别是今年的扶持力度更大，在寒棚岭，真的使畜牧养殖形成了大产业。

钟大才老两口，只有女儿带着孩子，一家四口人，家里却有122只毛羊，5头西门达尔肉牛，还有6匹马。今年他卖了700多斤澳大利亚半细羊毛，每斤7元，收入5000元，又卖了60多只大小不同的羊羔，收入4万多元，两项加起来，到现在已收入5万元左右了。这60多只羊羔是今年初母羊下的，明年还会下六七十只，有两头母牛，牛贩子出2.8万元一头，他舍不得卖。我叫他带我去牛厩里看看，他说儿子替他吆出去放牧了。我说我想看看他的牛厩是什么样子。钟大才的牛厩，就在他家住宅的对面，是间60平米的瓦房，两边用栅栏和牛槽隔了，便形成两间牛舍，可关养 12 头牛。牛舍的上面搭有楼枕，堆满了晒干的黑麦草，作为冬天的饲料，中间放有锄刀和堆如小山的几十袋玉米籽，他告诉我说足有 5000 斤，够 5 头牛吃一个冬天，是刚买进来的。他儿子家有 200 多只毛羊，10 头西门达尔肉牛，今年，儿子家的收入已超过 15 万元，两家加起来，就有 20 多万元了。我便问他："儿子家的钱也交给你保管？"钟大才笑了，说道："我的钱都用不完，要儿子的整啥子嘛，以前穷了，一角、两角都是钱，现在有钱了，一家人就不分彼此了。"我频频点头，又问道："听你这口气，没有把钱随便乱用嘛？"他摇摇头，说道："你别看我们这里是老山区，大人、娃娃都没有赌的习惯，吃也吃不掉，穿也穿不完，就把它存在信用社。现在党的政策太好了，习总书记对我们老百姓又什么事都想得十分周到，收入只会一年比一年多，政府扶持我们发展畜牧、养殖，真是找对路子了。"我就说："难道前些年，就不支持你们发展畜牧？"他说："也没有反对，就是在经济上没有什么扶持，特别是一家一户，嘴上叫发展，尽是穷人，拿不出钱来做垫本，怎么发展嘛？"

离开牛厩，又回到钟大才的住宅堂屋，他的老伴已将煮猪食的锅抬起来，为我们烙了荞粑粑，他便有点嗔怪老伴，说道："怎么烙荞粑粑招待客人，叫儿子去拉只羊来杀了，今晚上熬了吃，明天打早回镇上去。"我们几个人便说，大家正想吃这种十分地道的荞粑粑，羊子以后有机会再杀。说着话，我便顺手拿过一个来，连连咬了两嘴，苦甜中带着特有的清香，我便觉得昭通城卖的茂林荞粑粑里加了小麦面，故没有农家的地道。

今年，永善为了扶持马楠、莲峰和茂林发展畜牧、养殖产业，采取了不少行之有效的措施，对农户帮在点子上，使得牛羊等的养殖很快就见了成效，增加了农户的收入。首先，县委、县政府发放了黑麦草的籽种，专门组织人，在所有的荒坡上撒了草籽，并作了严格规定：待黑麦草长大以后，准割不准放牧；而天然草甸上准放牧，但不能割草，并根据草生长的状态，须轮换放牧，为的是让草甸休养生息，永远都不会枯竭。草甸是寒棚岭村民赖以生存的天然资源，一旦毁了，便不可再生，所以，每个村民都像保护自己的眼睛那样，保护草甸的生态。县上还派来了固定的技术员和兽医，适时指导他们牲畜防疫工作和轮换放牧地点，整个草甸是那样地宁静和安详，那一群群的毛羊，远远地望去，雪白一片，犹如飘动的白云。这便是人与自然和谐的人文景观，更是体会天人合一最佳的旅游景点。

环境改变了，人的素质也得到相应的提高，便会生出缕缕的思乡之情和缕缕的乡愁，外出打工的村民便陆陆续续回到自己的家乡，过上了安宁、温馨的幸福日子。那次，市委书记范华平去了马楠老铁厂社，走进王吉祥新修的住宅，欣喜之余，颇为感慨。王吉祥夫妇俩外出打工回来，住进了宽敞、漂亮的房子，便把在外学到的思维方法、思想观念和生活方式带回了家乡。不管走进客厅、厨房，还是卧室，到处是窗明几净，加上马楠广袤碧绿的草地，没有风沙，家里真可谓一尘不染，衣服被子也叠得整整齐齐，摆得规规矩矩，让人一看就感到惬意舒心。他便觉得，这才是老百姓需要并渴望的幸福生活。

据说，马楠原来是遮天蔽日的原始大森林，以金丝楠木为主，它曾属四川的马湖管辖，又产金丝楠木，故名为马楠。历史上产于东川的七八百万斤的贡铜，要运到京师，走的完全是凿在悬崖峭壁上的崎岖山路和直上直下的石梯。那时从小江口起程，通过巧家，将铜运到永善，经码口、大兴、黄坪、黄华、务基、开底、吞都、佛滩、桧溪、绥江到宜宾，进人长江，辗转反侧，运往京城。而产于鲁甸的朱提银和产于镇雄等地的红铜，则经昭通运往永善原来的老县城莲峰，直接到黄坪码头上船，顺江而下，再通过京杭大运河，运往北京。但枯水季节，船不能行，需人背马驮，运到绥江方可上船。金沙江两岸全是刀削斧砍、壁立千仞的悬崖峭壁，能行走的路，由人工凿成，艰险无比，一旦失足跌下悬崖，便是粉身碎骨。支撑明清两个封建王朝的滇铜、朱提银的重要通道便是永善，它是用无数苍生的血肉换来的。

乾隆五年，在云贵总督庆复和云南巡抚张允随的竭力奔走、呼吁和奏请下，皇帝终于擢令疏浚金沙江航道，为了滇铜、朱提银京运的方便，从东川的小江开始，到宜宾的新滩止，全长1400华里。工程以永善的黄坪为界，分上下两岸，征调云贵川三省民工近百万，耗资白银万两，历经八年，终于勉强通船。千百年来，中国人用自身的力量，第一次开发利用了金沙江。在这1400华里的金沙江水道上，有大大小小的木船200多只，首尾相连，极为壮观，但行船极为艰险，船毁人亡的悲剧常常出现。乾隆于是诏告天下，滇铜、朱提银京运，若走金沙江水道，须由知县或县丞亲自押送，行船中若掉以轻心，遇到翻船，银铜沉，人员亡，罪不可赦，这当中，有几个知县就因翻船而治罪身亡。体仁阁大学士刘墉就多次上疏乾隆，历数金沙江水运之艰险，有些激流险滩，是人力无法抗拒的，尚属无奈，不应追究，应准予赦免，否则于理不公。乾隆准奏，对忠于职守，不畏艰难者，还要褒奖且恩泽后人。嘉庆时，凉山发生了一次大地震，山崩地裂，大自然竟在昭阳小田坝附近筑起了一道大坝，堵断了金沙江水道。加之冶炼朱提银的成本高，水路又不畅，永善的金沙江水道和县城，再也看不到车水马龙，灯火辉煌，商贾云集，街市繁华的景象。

也许就因为有这条金沙江黄金水道，马楠的金丝楠木被砍伐，毁坏殆尽，留给永善的便是不可改变的悲剧。使得马楠成为一块无霜期不足200天，集高寒、贫困和落后为一身的贫瘠地方。但它却地域广阔，多达211平方公里，有草山18万余亩，人均拥有耕地30亩，有着发展种养殖得天独厚的条件。乡党委、政府便把种养殖作为村民脱贫致富的产业支撑，因为符合马楠的客观实际，便得到村民的支持和拥护，故从2014年开始探索，到2016年已组建养殖合作社 28 家。2014 年组建第一个合作社，开始只有绵羊 800 只，到现在有绵羊 1600 只，加上卖羊毛和羊粪，每年的毛收入接近 100 万元，合作社的 86 户社员，平均每户可超万元。合作社理事长李成荣兴奋地说道："现在党和国家的惠农政策更多、更具体、更实在，社员得到的扶持真是锦上添花了，我们要抓住这个发展机遇，扩大养殖的规模和品种，争取更上一层楼，重点就是多养能繁育的母牛，把社员每户每年的收入增加一倍，争取在两年时间内，达到 3 万。"

现在马楠已组建养殖专业合作社 8 个，有畜厩 1.1 万平方米，入股草场 6 万亩，羊 6000 多只，牛 125 头，总资产超过 5000 万元，社员 334 户 1169 人。党委书记鲁朝富信心满满，他要迎难而上，抓住扶贫攻坚生机盎然、蓬勃发展的势头，在今年让马楠乡再组建 20 个养殖专业合作社，实现所有贫困户的全覆盖。可以想象，在马楠"天苍苍、野茫茫，风吹草低见牛羊"的梦想不会太遥远。

马楠除了养殖外，种植冷凉蔬菜也是他们颇具特色的优势产业。之前，他们曾有过曲折而艰难的探索，第一次是种植 3000 亩北国之春的大白菜，它产量真是大，一亩可产 6000 斤。结果近 2000 万斤的白菜同时上市，永善和昭通都无法消化，没有这么大的市场需要，就是发给全昭通市，人均接近 4 斤，有些太离谱了，只有失败。到后来，费了九牛二虎之力运到昭通的菜，只有无偿地拉到龙头山送给灾民和重建工地的工人。好在种蔬菜的村民没有任何损失，全是由合作社亏本 20 万元保底向农户收购的。但合作社的社员，不沮丧，更不气馁，及时总结经验教训。其失败的根源就是品种单一，且是同一时间上市，欲改变窘况，必须增加蔬菜品种，并分批分期投入市场，否则，这条路无法走通。于是增加了花青菜、青菜、莴笋、莲花白、香菜、葱蒜等能在马楠正常生长的冷凉蔬菜，做到了农户月月翻着花样地卖菜。同时，眼睛不仅盯在永善县城和昭通中心城市，而且盯着重庆、成都、宜宾和泸州，甚至把最平常的葱苗、蒜苗卖到了每斤十元的好价。村民安降贵种了不同品种的蔬菜4亩多，今年的收入接近8万元，就算种得少的，也有六七千块钱，冷凉蔬菜成了他们脱贫致富奔小康的又一个支柱产业。现在，马楠乡种植蔬菜3000亩，有菜农400多户，户均收入能达到一万元。

马楠地处高寒山区，昭鲁坝子有的病虫害，在那里无法生存，加之有较多牛、羊、马和猪的粪便发酵的农家肥，土壤里又没有什么污染，更没有所谓的重金属，其蔬菜便是名副其实的无污染、无公害的绿色植物。马楠根据市场的需求，力争再扩大500亩覆盖800农户，马楠便有了腾飞的种养殖两羽翅膀。

伍寨乡是永善的又一个高寒山区，在4383户15414人中，就有建档立卡的贫困户1101户4116人，他们则通过养殖产业，帮扶贫困户2017年脱贫出列，2020年和全国5000万贫困农民一起进入小康。

伍寨现有8个养殖合作社，其中超逸肉牛养殖专业合作社建立较早，有场地、徐密寨两个村民小组的29户，合作社总投资60多万元。成立之初，国家一笔就给了建牛厩的资金20万元，村民采取保本分红的模式，用国家补助的600元，购买牛犊入股合作社，三年后，合作社按群众入股金额的12%分利，股金仍留合作社滚动发展。合作社成立之初，共购进西门达尔母牛犊28头，现已产息4头，今年底总量可达40头，明年大量产息后，养殖规模可扩大到80头，出栏40头，按现在的市场价，毛收入可达50万元，社员便可按股份比例分红。

除此之外，伍寨乡还有养殖大户，陈世文就是典型，他现有猪40头、种猪2头、仔猪80头、牛13头、羊13只。现在因大力发展养殖产业，他的仔猪在市场上非常走销，卖到每斤20元，且供不应求。前不久，他卖了15头仔猪，收入5000多元。尝到了甜头，夫妇俩欣喜若狂，还想扩大养殖仔猪的规模，这样既方便了养猪的乡亲，又增加了自己的收人，真是一举两得、锦上添花。

通过反复摸索、实践，伍寨乡党委、政府认识到，发展养殖是推动群众精准脱贫奔小康的支柱产业，要格外加以重视和扶持。他们现有已经改良过的草场12万亩，按标准化养殖，可承载各种食草牲畜40000头（匹、只）。现在虽有马2800匹、牛3200头、羊18000只，产值占全乡总经济收人的60%，但还有相当的差距和潜力，必须努力拼搏，在此基础上，突破3万元，争取接近4万元，让伍寨真正成为养殖之乡，农民也因养殖脱贫而奔小康。我真心期盼伍寨通过养殖，成为小康之乡。

省市优秀共产党员，模范村干部谭德才，其声誉在昭通如雷贯耳，让人赞叹不已，也让少数的贪官污吏羞愧至极，无地自容。那天，我到茂林，便想和他坐在一起无拘无束地交谈，也让我走近他的心灵深处。就职务而言，他是一个中国最基层，最低微，最无足轻重的村干部，而他的精神世界却是那样宽广，那样坚韧，又是那样温暖，他能容得下甘杉村的几千人，乃至更多的人。于是，我便去了甘杉村，想徒步走几里山路，去他家，因他一条腿带有较为严重的残疾。就在我站在公路上犹豫不决之时，他却一颠一跛地从山上跑下来了，这让我感到十分地难为情，他却笑眯眯地说道："这条路，我上上下下跑了几十年，习惯了。再说，我们合作社的党参、重楼和续断，就种在这片山上，天天都得跑几趟。"进了办公室，我俩的话题便从他2013年退休开始……

谭德才还没有退休的时候，他就盯心盯肝想着一件事，甘杉村虽不大，但连自己在内，却有30多个残疾人。自己从受伤开始，因有各级党委、政府的关怀，手术十分成功，加之老伴和儿女的精心呵护，恢复较好，甚至跛着一只脚，还能劳动，能自己养活自己。但其他的残疾人就可怜了，特别是家庭贫困一点的，生活更加窘迫。自己当着支书时，对这些人还可名正言顺地给予关照，退休了，不在其位，就不谋其政，在村上，还什么事情都去插手，便有干政之嫌。于是，他便想成立一个合作社，把这些残疾人拢起来，让他们也过上幸福美满的生活。那年，他带着甘杉村上的几十个人曾到河南打工，顺便去了一些地方，知道甘肃的党参品质好，誉满神州。党参含有多种人体所需的氨基酸和微量元素，具有补中益气，清热生津，提神解劳，清补养颜，强精益力，同时还有助消化等功效。男女老幼，一年四季皆宜，且性温和，不寒不燥，属清补的一类上品中药，而甘肃的潞党和文党，则是党参中的珍品。加之党参是多年生药物，劳动强度不大，甘杉这里的自然环境和气候，跟甘肃陇南文县的差不多，特别适宜栽培。谭德才就决定组建一个以党参栽培为主，兼植重楼、续断、金铁锁的农业合作社，并把所有残疾人吸纳为社员。他的这种打算，一付诸行动，便得到各级党委、政府和市县残联的竭力支持，谭德才便成立了"永兴药材专业合作社"，并担任社长，还修了房子，足有2000多平方米，里面包括车间、冷藏室和办公室。现在，"永兴药材专业合作社"已有社员129户，其中残疾家庭28户。

那年，在对社员进行技术培训的时候，谭德才带着几个人，去了甘肃文县，找到党参培育基地。几经协商，最终的价格是每斤五元，按每亩800—900斤的标准，他购买了1500亩的党参苗。但称苗的时候，对方却不抖掉糊在须根上的泥巴，谭德才据理力争，而苗圃的老板则口气很硬，说道："我这里的文党参苗，品质、药效天下第一，供不应求，你看着从苗圃里挖出来的，怎么不带点泥土嘛，你若想把泥土抖掉，我就不卖了，你到别家去吧。"谭德才静下心来一想，觉得他这种做法，就是昭通人说的，扼住我的七寸了。但又万般无奈，否则白跑一趟，前功尽弃了。谭德才不愧是个有胆气，敢担当的人，他一咬牙，花了近70万元，买下了所需的党参苗，因为运输，他只得抖掉泥巴，结果每斤的价，在甘肃的陇南文县，就达到了 7 元。

待谭德才将党参苗辗转拉回茂林甘杉村，在家的社员，已把土地全部整理出来了，他便马不停蹄，带着社员，日夜苦战，按规范把所有的党参苗移到地里。半个月以后，栽上的幼苗完全返青成活了，社员看到了希望，欣喜若狂，几乎每天都来地里，看着苗壮成长的党参，就像对自己的孩子那样，呵护有加，生怕它出现什么意外。之后，谭德才又带领社员种植了重楼、续断和金铁锁，合作社背后的那片山坡上，每天都热气腾腾，充满了欢声笑语……2015 年，一部分党参业已成熟，谭德才又带领社员，净拣着大棵的挖，其中有一支，重量竟达到七两，肉憨憨的，大家争相传看，爱不释手。

之前，谭德才就带着几个较为机灵，有经商头脑的社员去了成都，又转到广州，考察党参市场，通过比对，他们选择了广州。收获的党参经洗净、晒干后红蠕蠕的，色泽厚重，拿在手里，有一种软绵而又油浸浸的感觉，它确称得上党参中的上品。所以，在广州市场上，药商争相购买，价格都在 70 元一公斤，每亩除掉劳动力、苗木和肥料等成本外，纯利可达 2000—3000 元。而广州的药商买回家后，他们又经过自己的进一步深加工，更加仔细地分级后，卖到东南亚，每公斤便是 350—500 元，市场极好。广州乃至东南亚，一年四季都十分炎热，按照中医的观点，心为汗之源，故汗液流得多，必伤心，所以，从年头到年尾，必须进补，否则心力不足，引起一系列的心血管病。而文党便是既廉价，又有滋补功能的上品，且男女老幼都适宜，故受到老百姓的热捧，成了每家每户的首选。谭德才告诉我，其实，广州的药老板的所谓精加工，就是把收购的文党参，再进一步剔去影响外观的根须和残留的茎嘴，以及外皮。然后再用清水反复清洗，做到光溜水滑，一尘不染，方分档次，用漂亮的丝带，打成重量不等的一捆，用盒装了，贴上标签，变成了抢眼且标准化的文党参，从而身价百倍。

我便说，这种所谓深加工的工艺，也很简单，我们自己也完全做得到。谭德才便摇摇头说，他们合作社，从挖到送往广州出售，所有的工艺，都是靠人工，没有任何机械，外观不美观，卖价不高，是必然的。我便说，既然如此，永兴药材专业合作社也可以购买这种能精加工的设备嘛。谭德才抬起杯子，汩了一饱茶水，便说道："如果要把文党的栽培、销售的产业做强做大，花几百万买这些设备也是应该的。但是，认真地想想，也存在大的风险。现在全国都在扶贫攻坚奔小康，我们能种，别人也能种，甘肃那些地方亦很穷，为了脱贫致富，种党参的人也很多，什么东西多了，谷贱伤农啊！今年，我还反卖了近 3000 斤参苗给文县种植基地的李老板，当年我们栽的苗就是他卖给我的，他叫人来运时，我就将须根上的泥巴抖得干干净净，这让他们十分感动。这说明，文县也在发展党参这个产业，我们现在地里的党参不好卖了，可以改种其他的药材，或者改成庄稼地，吃不了多大的亏，几百万买来的设备闲置下来，一两年不用就报废了，若是这样，合作社就彻底垮了，社员还会背上一屁股两肋巴的债。"谭德才事事为群众想得都很周到，故得到老百姓的支持、爱戴，所以，好几个社员都对我讲：跟着谭书记干事，个个都可放心大胆，他就是自己吃亏，也不会让我们群众有什么闪失，他和穷人心贴着心的。我听后，频频点头，问道："现在社员的收人如何？"谭德才不假思索，十分肯定地说道："现在，我们合作社的上下班，都十分正常，社员的自觉性很高，相互之间不分彼此，每个社员的工资都是每月 1500 元，合作社还为每个社员买了保险。"我就问："你身为社长，又是这个社的主心骨，也是 1500 元。"他点点头，肯定地说道："也是 1500 元，我当了 23 年的村支书，前前后后平均下来，每月就是 300 元，也没有发过牢骚，我是共产党员，又是为乡亲父老办事情，就是一分不给，我也得兢兢业业，踏踏实实干好事。只要乡亲过上像我家这样的好日子，银行里还有存款，我就是不要报酬，也心甘情愿。"

谭德才没有说假话，天资聪明而又勤奋好学的他，还在十多年前，就是茂林远近闻名的致富能人，泥、石、木、编的手艺，虽不能说样样精通，但却颇有造诣。讲石工，他能在青石和花岗岩上雕龙刻凤；讲竹篾技艺，亦是千里挑一，他用竹片编成的簸箕可装豆浆而不漏。凭着这一身的过硬本领，他在2001年的村改之前，个人每年的纯收人就接近5万元，他的名下还有一个建筑工程队和规模超过1000只的林下养鸡场，以及一个沙石料厂，他个人的家业如日中天。就在这个时候，村干部第一次由村民选举，马仕方、刘敬富、朱德发等十多个为摆脱贫困的村民想到了谭德才，就觉得甘杉村只有谭德才这样的能人和以善为德的好心人来当村主任，才能带领广大贫困户走出困境，解决温饱。于是，便相约去了谭德才家，动之以情、晓之以理地劝说他，心里想着父老乡亲的谭得才便毅然决然地放弃老板不做，答应竞选每月只有295元津贴的村主任。选举的结果，谭德才几乎是全票当选，这便是民心，这便是渴望改变窘况，向往美满幸福生活的村民最理智、最正确的选择。

甘杉村所处的生存环境，最高海拔3150米，最低海拔也超过2300米，是典型冷凉高寒山区。粮食以洋芋、荞子、燕麦为主，低矮而背风挡阳的地方，可以种植苞谷，但亦是广种薄收。所以，甘杉村到2000年时，人均只有粮340市斤，人均纯收人也仅有340元，但村民的私人欠债和银行贷款，高达95万元，村民一致选举谭德才为村主任，就是渴望他带领群众走出困境。

谭德才首要的事情就是抓好粮食生产，"手里有粮，心里不慌。脚踏实地，喜气洋洋"。他的措施就是覆盖地膜，既保温又保水。同时，又搞了地膜育苗，单向移栽苞谷，他心里清楚，有科技做保障，他就把苞谷的面积一下扩大了400亩。结果，第一年便把甘杉每亩只产三四百斤的苞谷，一下提高到六七百斤，加上洋芋的种植引人了村民可以接受的科技，也丰收了。谭德才上任的第一年，人均口粮就超过了七百斤，甘杉便解决了温饱，从而证明了，他们的选择是正确的。

解决了吃饭的根本问题，谭德才根据自己的认识，觉得在农村无农不稳，无工不富，他的第二件事就是要带领村民搞副业挣钱。甘杉到处是山，有取之不绝、用之不完的石灰石，原来无人监管，私人开采成风，破坏了资源和生态。谭德才召开村委会和村民大会，决定变私人开采为集体开采，但是，村委会没有资本。他想做的事，总有办法，于是请朋友担保，他以私人的名义向信用社贷了三万元。谭德才便用这三万元买了打沙机和其他的配套材料，不足的钱全以他名义赊来和向朋友借来。他原来当过建筑老板，手里有柴油机、发电机和电焊机，还有模板等其他设备、物资，凡打沙用得上的东西，都叫村民到他家拉来用了再说。其结果，是可想而知的，他肥了集体和村民，却损害了自己的利益……而纯朴、善良的老母亲和妻子没有说半句不该说的话，默默地支持他，她俩都觉得，让全村的人脱贫了，比得到什么东西还高兴，这是做人的本分。谭德才为了降低成本，在沙石厂附近修了一个55千瓦的小电站，他带领村民，夜以继日，披星戴月，餐风宿雨，流血流汗，吃睡在工地，竟十天半月不回家，将78岁的老母交给妻子侍奉。殊不知，妻子却病了，连续带了几次口信叫他回去，他觉得电站到了安装的最后时刻，他既是工程师，又是技术员，还是指挥员，怎么能在关键的时刻离开最需要自己的地方，他认为自己对不起母亲和妻子，但要对得起村民对他的支持和厚望，他为村民做了事，母亲和妻子会理解他的……当他把工地的事情忙完了，回到家里时，才知妻子是乡亲送进医院的，那段时间，婆媳相互照顾，相依为命，含着泪、咬紧牙齿，渡过难关。母子、夫妇相见时，都百感交集，相对无言，只有大颗大颗的眼泪，挂在谭德才坚毅的脸庞上。他1994年加人了中国共产党，他没有背叛自己的誓言，他虽只是一个普通的共产党员，但却把自己的一切献给了党的事业，为了让人民群众过上美满幸福的生活而奋斗。

谭德才建沙石厂和修电站，前后投入了 12 万元，几个月后，沙石厂投产了，且销路极好，供不应求。电厂也发电了，不仅供给了沙石厂稳定的电力，还解决了龙门寨一、二、三组村民的照明用电，他的脸庞上有了久违的笑容……

之后，不到半年的时间，谭德才又带领村民，修了 7 公里多的通村公路，同时又架了不通电村组的输电线，使得甘杉在茂林镇实现了组组通了公路，家家有了照明用电。再之后，他还争取到"一事一议"的资金 3 万元，在甘杉村修了一个篮球场，谭德才和村民，终于通过勤劳的双手和汗水，迎来了发展的一个又一个的机遇。

2002 年，国家为了保护作为母亲河的长江，实施了退耕还林的伟大工程，甘杉村用自己的实际行动，赢得了 2000 亩退耕还林的指标。按国家的规定，头八年每亩补助 240 元，后八年每亩补助 120 元，这是一个村民既得现金补贴，又得青山绿水的大好事。谭德才抓住这个千载难逢的时机，带领村民，真的退耕还林，真的植树造林，按质按量地完成了 2000 亩的计划。省林业厅的领导专程来茂林甘杉检查，见到一棵棵小树吐出新芽，生机勃勃、茁壮成长时，颇受震动，他兴奋难抑，紧紧握着谭德才的手，发自内心地说道："你干得太扎实了，明年再给你一些指标，党的惠民政策，就是要向干实事的人倾斜。"第二年，甘杉村又得到近 2200 亩退耕还林的指标，两年加起来，便有 4200 亩。当时，退耕还林的补助，国家是用大米折算的，俗话说，宋江难结万人缘，村里有几个人便怀疑谭德才，无利不起早。他之所以对退耕还林如此不遗余力，就是想多占有一些大米，就是再不贪心，他也会把自己退耕还林的数字整成百余亩，这样，他得到的大米就有几车。结果，谭德才实实在在领到大米的数额，只是九亩林地的，农民生来纯朴，觉得冤枉了他，便主动上门认错，赔礼道歉……谭德才颇为感动，还是说道："我放着每年能挣几万元的老板不当，抹掉帽子钻刺棵，来当每月津贴不到300元的社主任，我为了什么，就是想让甘杉村的父老乡亲过上好日子。"

随着国家的惠民政策越来越多，国家下拨给甘杉村90万元，用于易地搬迁60户到村委会的所在地，新建起一个小镇。每户建房128平方米，政府补助15000元，群众每户自筹8000元，当时的市场承包价是每平方米240元。谭德才的主张是村民自管自建，他负责技术指导，最多请几个熟练的技术工，这样便可节约很大一笔资金，多易地搬迁一些农户，结果，甘杉易地搬迁的是106户。镇上十分支持谭德才这种想着更多农户，又大大减少群众之间矛盾的做法，随即就往镇上派了两名干部，三名村民代表，在购买钢材、水泥、木料等大宗建材时出面议价，镇财政所的出纳周明洪坐镇施工现场支付材料款。因为管理严格、精细，易地搬迁的最终造价为每平方米190元，甘杉村的群众拍手称快，都说他们选谭德才当主任，选对了，有了一个好的领头羊，就不会迷路。

四千多亩土地退耕还林了，村民们无事可做，不是睡觉，就是坐在火塘边烤火谈天，年轻人就打牌，大好时光白白地浪费了。前两天，他接到甘杉到河南打工村民罗昌华的电话说，河南这边太缺乏劳动力，只要肯出力，钱也很好挣，谭德才便想到把这些无事可做的年轻人带到河南见见世面、学学本事。村民洪正宽、林永志当年跟着他打工，学到不少砌墙盖房的手艺，他便上门动员林永志等人，随他带领村里的年轻人到外面打工挣钱，学本事。这些人见谭德才情真真、意切切，又为老百姓的脱贫操心，盛情难却，便同意了。他于是组织了90个人，先到水富乘火车，然后去了成都，取道陕西进入河南。在成都等候前往河南的火车时，没有出过门的年轻人，见到繁华却不知道有多大的成都，就怕丢失了，一个拉着一个的衣服，最前面的又拉着谭德才的衣袖，他走到哪就紧紧地跟随到哪里。就是在十字路口，遇到红灯也如此，过往的车辆只得让路，看着这一大帮有点像逃荒的难民，真是哭笑不得。到了河南，将乡亲们安顿下来后，他就四处联系能务工的地方，结果在砖瓦厂找到了他们的用武之地，大多数都在砖厂务工。县人力资源办得知这个消息后，主动到甘杉办了三期培训班，并先后为有了一点技术基础的农民联系地点，随后外出务工的村民有500多人，他们大多去了海南种植蔬菜和养花，各得其所。这600多人，不管从事什么劳动，除去生活费用外，大多都积攒了一两万块钱。有个村民叫谭显鸿，凭着自己的机敏，就靠贩卖洋芋，每年有纯利润八九千块钱，他便十分满足了，谭德才就上门苦口婆心地劝他跟自己出去，精诚所至，金石为开，谭显鸿随他去了河南。在那承包了一个砖瓦窑，几年工夫，竟成了老板，家资接近400万元，之后，谭显鸿回昆明发展，花了近300万元，在昆明修了一栋楼房，过上了衣食无忧的日子。

在外务工的村民见了世面，学到本事后，渐渐地熟悉了外面的环境，谭德才回到了甘杉，这里还有上千的老老少少，他不放心。有一天，他搭乘周明洪的摩托到镇上为村民办事，在羊皮包包公路的拐弯处，被一辆疾速驰来的小车碰飞了。谭德才翻了几翻，滚在公路边，人事不省，全身血肉模糊，危在旦夕……茂林和甘杉上百的老百姓知道后，赶到现场施救，见到他那番模样，不少人便号啕大哭起来，以为他会离村民而去。茂林镇医院的叶超院长，劝住村民，急速将他送往市第一人民医院抢救，经诊断，大腿、小腿多处骨折，其中两处是粉碎性骨折。根据谭德才当时的伤势和医院的条件，最初的方案是截肢，县委的领导知道后，不同意。都觉得谭德才不是孤立的一个人，他早已属于甘杉几千村民，医院要截肢须经县委同意，若昭通不能保住，就只有送到外地去。

市医院只得邀请了昆明附二院的专家到昭通为谭德才施行手术，腿上的骨头损坏，取腰杆上的骨头补上，小腿的肌肉坏死了，从另一侧割肌肉来补。经过市医院的精心医治和护理，谭德才的双腿保住了，而受伤的左腿却不能弯曲自如，随心所欲地行走，他只得一颠一跛，留下了终生残疾。

就在他的伤势都还没有好，仍躺在床上的时候，村级换届选举的时间到了，谭德才却以高票当选了甘杉村的支部书记、村委会主任。四个多月后，勉强能下地了，他便拄着双拐，来到老母坟的悬崖峭壁上，指挥着村民把500多公斤重，近十米长的电灯杆艰难地抬上老母坟村民小组的村落里。使得51户苗族同胞都用上了电器，看上了电视，但也流了血和汗，16个人抬一根电杆，12根电杆，80个青壮劳动力，整整拼命干了两天。

茂林镇为了减少谭德才的劳累，专门为他买了一辆三轮车送去，他十分珍惜这份关心、爱护，更加拼命地工作。这辆三轮车陪伴了他十年，不能使用了，而他却奇迹般地站立起来了，因左脚不能弯曲，不管在甘杉村的什么地方，仍看得见他一颠一跛的身影，退休了，但仍在为村民不停地忙碌……

那天，我见到他的时候，恰遇四川一位老板找他洽谈生意，老板愿出4000万元，买下他带领村民种植的那片一千亩的杉木林，这近千亩的杉木林，是村民承包的，当年由他收回统一管理，属集体所有。谭德才摇摇头，用不可置疑的口气说道："那片林子不属于甘杉村，更不属于我，它属于青山绿水，属于国家，任何人都无权私自处置它……"

习近平总书记对好干部的标准，有着这样的概括：信念坚定、为民服务、勤政务实、敢于担当、清正廉洁。谭德才只是一个编外且职务十分低微的村干部，他却做到了习总书记的这些要求，成为群众排忧解难、群众信得过、靠得住、离不开的知心人和贴心人。

茂林镇新林村较为贫瘠，亦是一个高寒冷凉的山区，除了高山特有的农作物荞麦外，就只有少量的苞谷。没有什么优势的资源，更没有什么上点规模的产业，所以村民处于较为封闭的环境，日出而作，日落而息，素质相对较低。全村贫困面大，程度深，仅建档立卡的贫困户就多达737户2515人，而永善县委、县政府却把它列为2016年全面脱贫出列的村寨。驻村帮扶的是市纪委派往那里的工作队，面对任务十分繁重且时间紧迫的实际，他们没有自己的选择，只能破釜沉舟，决一死战。2015年深秋进入新林时，那里已时而冻雨霏霏，时而雪花飞舞，气候特别恶劣，在队长刘丞云的带领下，顶着霜冻，踏着积雪，反复去了一家又一家，访贫问苦，确定精准扶贫的对象，同时采取相应的脱贫措施。高寒山区因缺乏生存自然资源，使得村民居住分散，能看到的便是稀稀疏疏、破破烂烂的住宅，交通的制约，村民之间没有太特别的事情，几乎老死不相往来。刘丞云觉得，要彻底改变这里的窘迫状况，第一件事就是先修通连村的公路，否则永远闭塞，永远贫穷。为修通连村的公路，他们到处奔波，加之工作队员对这里世世代代受穷的村民怀有真挚的同情心和爱心，他们想方设法，终于凑来了修路搭桥的资金，带领村民顶着纷纷扬扬的雪花，修筑了连通每个人心灵的公路，让村民感到十分的温暖。老百姓交口称赞，几乎男女老幼都会说这么一句话：市纪委驻村的工作队员，为我们修通了结辘河公路，这是我们祖祖辈辈连想都不敢想的事啊！共产党好伟大啊，习近平总书记对我们老百姓好啊！

刘丞云就是茂林土生土长的农家子弟，他了解这里的山山水水，知道村民的渴求，尽管如此，他还是带领队员，与32个社的社长促膝谈心，商讨村民脱贫奔小康的办法，为的是做到一社一策、一户一策。基本方案形成了，心里便有了底气，他们不分白天黑夜，召开70多次和村民的座谈会，反复征求他们的意见，听取他们的渴求。常常是深夜12点过了，还打着手电，跋涉在通往社组和贫困村民的崎岖山路上，从而使得每个队员的心和村民的心贴得更紧了，感情亦更深了，脱贫的思路更清晰，更符合各家各户的实际。

村民陈礼仁，患有小儿麻痹症，40多岁了，仍孤身一人，日子过得十分窘迫。邻村一个女人死了丈夫，拖着娃娃，万般无奈，经人撮合，两个苦命人便走到一起，但始终无法走出贫困的阴影。工作队进村后，知道她的女儿出嫁去了巧家，仍有一个儿子在读初中，举步维艰。队员康文聪便掏了2000元给他俩，陈礼仁的妻子便以此为本钱，到昭通城里烧洋芋卖，继续支持儿子读书，以后靠知识走出大山。家里准备新修的房子，就由工作队员帮着他家修，夫妇俩感激之至、热泪盈眶。

62岁的许明禄孤身一人，又是哑巴，工作队帮他修了一小栋面积为60平方米的新房子，却没有该具备的家具和炊具。工作队员王定春见状，便给了他2000元，购买这些必备的家具，他十分感动，虽说不出话来，但见人却笑眯眯地翘起大拇指，"啊，啊"地想说话。我听懂了心语，他在说，党和政府好啊，给他们派来了知老百姓冷暖的工作队员，把他今后的日子想得这么周到。

王定春还告诉我说，双眼从小失明的周兴武，今年65岁了，父母双亡后，他凭着坚强而善良的内心，含辛茹苦，既当爹，又当妈，把几个兄弟拉扯大，让他们成家立业了，自己仍孤身一人。小兄弟通过自己的努力拼搏，挣到了钱，就专为哥哥修了一栋新房，但周兴武不愿去住，他说自己什么都看不见，就是住在用金子建造的房子里，也和普通的房子一样。这件事，使王定春颇为感动，以善为德的中国老百姓，只知默默地奉献，却不图回报，吃的是草，挤出来的是奶，我得以他为榜样，在扶贫攻坚中不断地洗涤自己的心灵，做一个优秀的共产党员，这是我最大的收获。他还说，现在周兴武老人还一人独居，只有一条大黑狗和他相依为命，有熟悉的人去了，大黑狗摇头摆尾，哼哼地发着声迎上来。不熟悉的人去了，大黑狗就会大声地吼叫着，想扑过去，它怕别人伤害自己的主人。往往这个时候，周兴武在听到第一声大黑狗的吼叫时，就会从屋里走出来，凭着他熟悉的气息，可在两三米外扑过去，不偏不倚地抱住了黑狗的脖颈，老人的心灵之窗，始终是敞开且十分明亮的……

队长刘丞云觉得，越是贫困的地方，弱势群体就会越大，他叮嘱队员在扶贫的过程中，需特别注意关照弱势群体，事实正是如此。新林村就有五保户、孤寡老人44户46人，驻村工作队员，不管在什么时候，只要进村，都会第一时间去看望他们，一年来，已形成常态。那天刘丞云去新银盘社，他先去82岁的五保户老人家，老人双目失明，身上穿着的衣服十分破烂单薄，疙疙瘩瘩，早已失去了原来衣服的模样，他的心倏地颤抖了，眼泪几乎夺眶而出。第二天一早，他回了自己在茂林的老家，把兄弟姐妹，还包括自己买给母亲的十多件衣服，一起扛来了，送给这位82岁的五保户老人。接过衣服的老人，先是用满是皱纹、满是老茧的双手，抚摸着看不见，却平生没有穿过的好衣服，接着眼泪从她浑浊的老眼里滚了出来……

刘丞云得知寨子社特困户苏坐凤凭自己的刻苦努力，考取了昆明的一所学校。有钱有势的人家，不是专车送去，便是乘飞机而去，一家人肯定前呼后拥，大包小包地提着东西，卡上不说是有七八万元，至少也是三五万元。但贫家女苏坐凤身上只装有母亲借来的500元，花了路费，买点必要的学习、生活用品，她几乎没有什么钱了。刘丞云打听了苏坐凤的卡号，便不声不响地给她打去2000元，这是他私人的钱。一个驻村的工作队员，只要不忘记自己的责任和信念，总会把温暖带给别人，刘丞云做到了。他在自己的一首小诗里，吐露了这样的心声："顶着严寒来，今已百花开，柳絮将随彩云飘，冰雪化溪青山外。归心似清风，一去千里为谁迈，深知乡亲含泪流，不驱穷魔怎离开。"

刘丞云和他的队员，不负党和政府的重托，他们在茂林新林村，真扶贫、扶真贫、真脱贫，他们为深化扶贫，确保实效，为全面打赢扶贫攻坚战，流了泪，流了汗和血，踏踏实实，一丝不苟，贡献了自己的全部力量。

十年前，我曾在长篇纪实文学《溪洛渡》中，写到向家坝水利水电枢纽工程建成后，整个绥江县城被淹没了，新建在五福堂那里的新城是什么样子，凭我的想象，有过这样的描写：

未来新建的绥江城，应是中国又一个最美丽的湖滨城市。淹没后的江滩和县城，形成了一个巨大的湖泊，站在观景台上，极目远眺，对岸的四川那边，莽莽苍苍，远山在朦朦胧胧的雾霭之中，只是一抹又一抹的青黛色，犹如一幅空灵的淡墨丹青。湖泊却看不到边，是那样的烟波浩渺，形成宁静、温馨的蔚蓝色海湾。未来的绥江县城会不会像大连、青岛和珠海？会不会像太湖边的苏州城？从以后形成的湖岸边，往上走不到半里路，便是筹建绥江新城的五福堂。这里山不甚高，丘陵起伏、逶迤蜿蜒，一直延伸到云雾缭绕的大山之下，大概有十来平方公里，建个绥江县城足矣。若当年修的那座彩虹桥还在，它就不会孤单了，既依新城，又靠湖水，歪打正着，便少了不少文人的调侃和奚落，甚至挖苦。读书人常常爱看三国流眼泪，自己的屁股似乎还在流鲜血，总想着替别人医痔疮，我似乎也是这样。但中国的读书人受儒家文化的浸濡，便有着与生俱来的忧患意识，所以常被不买账的官吏耻笑为酸腐和清谈，甚至被斥之为卖弄和好为人师。

未来的绥江县城若像大连、青岛那样，万绿丛中，矗立着一栋栋设计考究、精致，装饰豪华、典雅，红砖红瓦的欧式楼房，这样便充满了浓浓的异国风味。今后想去欧洲旅游的人，就可免除签证的烦恼，旅途的艰辛和劳累，以及语言不通，全成了哑巴的痛苦。于是，便可舍远求近到绥江一游，没有朱砂，灶心土亦可入药啊！

　　未来的绥江县城若像太湖边上的苏州城，它必然有江南水乡的秀丽和典雅，人与自然琴瑟和谐的旖旎风光。它历史悠久，文化底蕴厚重，特具中华民族之神韵的地方。现在它又沐浴着改革开放，现代化建设的春风，与时俱进，开创美好的未来。让人感到偌大的太湖就像一只酒杯，里面盛着一杯浓浓的中华民族历史和现实共同酿制的美酒。

　　若想和海滨城市珠海相媲美，未来的整座绥江城就应该是一个大花园，那里除了巍然耸立的高楼大厦，在花木扶疏中也掩映着一栋又一栋华丽别致的洋房。酷热的夏天过去了，我曾去过一次珠海，此时北方已是千里冰封，万里雪飘。这个季节，我就亲眼看见，那些靠改革开放也不乏钱权交易发了大财的富豪，便带着家眷，甚至二奶或情人，或乘飞机，或亲自驾着自己的大奔、宝马，一路逍遥来到珠海，那里有他们的豪宅。一时珠海街上的珠宝店和高级商场，络绎不绝的大多数是珠光宝气，打扮极为妩媚，雍容华丽的贵妇人。她们一手牵着价格昂贵的舶来爱犬，一手挽着风流倜傥而又踌躇满志的男人，招摇过市。整个冬天，珠海成了北方不少富豪向南迁徙的最佳选择地，这里环境优美、清幽、恬静，无怪乎联合国把珠海列为最适宜人类居住的城市，未来的绥江城，会引来一方富豪吗？一次偶然的机会，我在南方某大城市的贵宾候机室里，有缘看到一份2007年中国百名富豪的排名榜，他们中的首富，那时已拥有资产一千二百多亿人民币，云南两个断后的，合起来也超过50亿元。在百名富豪中，有十六个女人，她们的总资产已接近三千亿元人民币，人均超过180亿元。在这百名富豪中，改革开放前，不少人是泥水匠，或做小生意的商贩及混迹于社会的泼皮。是时代还是命运，或许其他重要的原因，让他们拥有如此巨大的社会财富，结论在哪里，能在马克思主义的经典论著中找到答案吗？绥江建成青岛、珠海和苏州了，能不能引来几个榜上有名的富豪，我们真诚地期待着。

十年过去了，如今的绥江城，似乎建成了我想象中的湖滨城市，究竟引来了哪些榜上有名的富豪，便不得而知。但我却十分清楚，这些年，随着以习近平同志为核心的党中央从严治党的逐步深入，在反腐浪潮一波又一波的涤荡下，2007 年榜上有名的富豪中，有的就是通过钱权交易换来的，他们都得到了应有的下场，被永远地钉在了历史的耻辱柱上。

尽管因向家坝水电站而新建了如此美丽的绥江县城，但整个绥江县到 2016 年仍有三个贫困镇，22 个贫困行政村，49 个特困自然村，34232 名贫困人口；有 121 个村民小组未通公路，603 个村民小组没有硬化的串户路；近 7000 人饮水困难，20000 多人没有脱贫增收的项目支撑。但绥江县委、县政府知难而上，增强了紧迫感和主动性，按照习总书记提出的"不以事艰而不为，不以任重而畏缩，倒排工期，落实责任，抓紧施工，强力推进"，务必在 2018 年全县摘帽出列。

为实现此目标，绥江首先把脱贫攻坚，决胜小康变成了一把手工程。成立了以县委书记为主的领导组，并从人大、政协各抽调一名处级领导，担任了办公室主任和副主任，又从县直单位抽调了能认真办事的 30 多个工作人员，充实办公室人员，负责政策研究、项目规划、统筹协调等日常工作，县纪委和监察局就负责督察，落实领导组安排、布置的各项扶贫工作。乡镇一级，均由县级一个领导挂帅担任指挥长，务必做到不挂虚职，更不当甩手掌柜，只说不做。要把影响全局的重大问题研究深透，每次的专题会议不能少于两个议题。乡镇党委书记，镇长则需谋划全局，统揽全局，狠抓落实。如此等等，一句话，就是让每一个领导牢记责任，敢于担当，真扶贫、扶真贫、真脱贫，从而形成了一系列的意见和办法。所以，年初便将 314 公里通村主干道、210 公里的通组道路和 172 万平方米串户道的硬化任务下达到镇。同时把 4280 户的建房任务亦一起落实到各镇，并提出具体的要求，务必按时完成。到现在，314公里的通村公路硬化工程，在设计结束并审批后，已启动25条152公里的硬化工程，并已完工73.8公里；户间的硬化工程也启动了95.69万平方米，现已完成61.62万平方米；集中和分散建房已启动4231户，到10月底尚有49户未动工，而主体完工的已有2194户，力争年底全部完工。

在所有启动的工程上，由镇指挥部公开发布公告，并通过电视、网站向全社会公开，通过资质审查，符合条件的有228家。报名截止后，由指挥部连同县级有关单位反复评审后，通过投票，选择施工单位，再经三个工作日的公示，选出了128家施工单位，然后再经过竞争性比选，并打分，推荐资金雄厚、技术力量强的建立施工单位库。最后由项目所在村选出村民代表，在推荐的3—5个施工单位中，用抓阄的办法，让尘埃落定。而工程质量，除严格履行合同外，还由村负责人，村民代表和驻村工作队代表组成质量监管委员会，全过程监督管理，让村民得到实惠而感到十分满意。

易地扶贫搬迁后，根本的问题是发展产业，否则搬迁安置的贫困户就成了无根的浮萍，脱贫上没有保障，绥江从而通过种植和利用美丽乡村发展旅游。在安置点大力发展"半边红"李子、猕猴桃、枇杷等优势水果和特色农业，现已在官田安置点种植"半边红"李子5000多亩，做到了建档立卡的每户拥有2—3亩。同时在集中安置点打造千年渔村、四季花香和罗汉坪峡谷观光园及苗族风情园，夫人坝古朴建筑文化园；还有峰顶山现代农业观光园，天宝山赏花摘果园，真武山长江东转游乐园，等等。为留得住客人，选择有一定基础的110家贫困户作为旅游示范户，在餐饮、住宿和垂钓等方面给予扶持和培训，通过旅游促脱贫。同时，还得在美丽乡村上下功夫，在景点区对道路绿化须进行优化布局，在"两污"处理上更要优先，既要让游客见到"白墙灰线格子窗，坡顶灰瓦两头翘"的民居建筑风格，更要让游客见到花木扶疏、翠竹婆娑、小桥流水、硕果累累的田园风情，让游客感到神清气爽，每迈一步，都倘徉在图画之中，展示在游客面前的是"山绿、水清、路好、民富、人美、瓜果飘香，佳肴生态"，不是天堂，胜似天堂。

绥江在扶持农户发展产业的同时，特别注重市场的需求，引导"公司＋农户""合作社＋农户""互联网＋农户"等模式发展"半边红"李子、核桃、枇杷、茶叶、库区渔业。今年6月，上海云品中心、绥江世通农副特产开发有限公司在上海举办了绥江"半边红"李子上海经销洽谈会，仅一天时间，各路水果商就预订了500万元的李子。他们不为此满足，又通过淘宝网店、北京味道网、上海云品中心网站销售绥江的水果，今年，绥江的世通公司＋合作社＋农户，可产优质李子1400多吨，产值达1200万元。全县李子产量预计超过3万吨，产值能达1.5亿元，正因为如此，中国食品行业协会命名绥江县为"中国半边红李子之乡"。规模有了，产量亦有了，能不能把这个名牌再做强做大，市场是关键，是根本，值得深思和研究。

那年，我去了香港才惊奇地发现，不少的人，特别是中小学生，他们吃着世界上最好的水果和洗干净、包装好的菜蔬及粮油，却不知道这些东西长在地里，还是树上。我们昭通的上好天麻、火腿和苹果，在深圳通往香港的关口附近，比比皆是，似乎无人问津。直到这时，我才明白一个道理，穷地方永远都是富地方的厨房，并且送去的东西多了，他们还挑肥拣瘦。我的梦想，就是让昭通人，能坐在自己的家里，吃到全世界最好的东西。

绥江在建好群众安全房的过程中，采取自建、联建和帮建的方式，实践证明，不仅行之有效，而且得到贫困户的一致好评，交口称赞。插花安置户，完全取决群众的意愿，大多采取自建的方式；集中安置点的建设则采取政府统一规划设计，群众联建的方式；鳏寡孤独及五保户，以及伤残无力的贫困户便由镇政府组织驻村工作队员、挂钩帮扶人员和村"两委"帮助建设好。村民颜清富是腿部严重残疾的贫困户，不仅缺劳力，更缺自筹资金的能力，他的房子便由帮扶的县城管局先为他垫付材料款、各种各样的工时费，并找来建筑工人为他把房子建好了，才帮他搬进新居。颜清富感激涕零，说做梦都没有想到，乡邻更是为他感到高兴。

到现在为止，绥江已拨付无偿补助 3610 户，共计 7917 万元，贷款 2393 户，共计 11810 万元，拨付基础建设资金 8034.26 万元。同时还拨付了发展产业的扶持资金 600 万元，整村推进的项目资金 540 万元和农危改资金 3069 万元。从而保证了农户建房的速度和质量，并在县财政非常紧张的情况下，对 8 月底提前建好安居房的奖励 5000 元，12 月底完成的奖励 2000 元。现在的绥江正呈现出一派你追我赶、生机勃勃的景象，36 个易地扶贫搬迁安置点，按照"厨卫入户，人畜分离，两污处理，产业配套"的规划设计，不到一年时间，完全变成了美丽乡村的现实。同时每个搬迁安置点，还修了文化广场和活动场所等基础设施。更为精彩的是，绥江根据实际，动员有潜力的贫困户进城入镇安置，为实现城镇化战略添砖添瓦。截至目前，已有 1166 户贫困群众愿意进城安置，其中有 235 户办理了相关的购房手续。

在易地扶贫搬迁安置点，绥江还充分利用"支部＋公司＋基地＋农户"和"企业代养，农户自养"等产业扶持模式，引导和扶持贫困群众向规模化、规范化和产业化发展。让每个贫困村至少有一项以上的支柱产业，户均有一亩果园、一亩菜园和五亩以上的竹林，从而实现了搬得出，稳得住，能致富，奔小康的奋斗目标。

中城镇所辖的回望村夫人坝，总面积只有 4 平方公里，平均海拔 1280 米，常年气温为 11℃，有村民 41 户 166 人，其中建档立卡的有 25 户 92 人。因明朝时这个村寨的绝世美女甘膜阿兰受封皇妃而得名。夫人坝的村民大多为周姓，属当年"湖广填川"的湖北移民，原有的住宅，均属木框架结构的川南民居，上面盖有青瓦。世代相传，村民便有着荆楚和巴蜀的文化基因，夫人坝不仅自然风光优美，而且历史底蕴深厚，文化氛围浓郁，故规划设计时，就把这个易地搬迁安置点，高起点地打造成美丽乡村的旅游风景区。围绕"夫人回望，云端人家"的形象定位，坚持"尊重民俗，记忆历史，融入自然"的理念，再现古朴的建筑、古朴的村寨和古朴的人文历史。41户33栋的民宅均依山就势，环田而建，木框架，釉青瓦，人均居住面积24平方米，同时预留出农家餐馆、住宿等旅游服务设施的空间，使得建房的面积高达160平方米。在建设中，采取了"就地取材，统规帮建"的方法，从而杜绝了乱砍滥伐破坏生态的后果，同时又降低了村民建房的造价。每平方米的造价仅为750元，这么大的房子，整个造价恰恰就是12万元，国家补助6万元，村民再贷20年期的6万元，就轻轻巧巧、舒舒服服搬进了新居。为让夫人坝安置点和美丽乡村名副其实，不仅改路、改房、改水、改电、改厩、改厕、改灶、改院坝，还清洁水源、家园、田园，提升了美丽乡村的档次和品位。同时硬化了公路7公里，人行驿道4.5公里，新建活动广场3600平方米，停车场2500平方米。

在产业发展上，坚持"长短结合，多管齐下"的原则，多渠道促增收，短期以种养为重点，种植冷凉蔬菜200亩，林下养鸡5000只，生态养猪200头，稻田养鳝鱼200亩，实现产值1000万元。长期致富奔小康，主要以发展集体经济和美丽乡村旅游为主，成立农民专业合作社，以"支部一合作社一农户"的模式，规模发展食用竹、中药材等4000亩，着力打造集度假、养生、避暑、休闲为一体的乡村旅游。夫人坝已初具规模，实现了破茧成蝶的精彩嬗变，放眼"夫人回望，云端人家"易地扶贫安置点，彩云之下，郁郁葱葱，波光激艳之中，楼台亭阁错落有致，它便是让人神魂颠倒的琼台瑶池……

会仪镇峰顶山地处绥江、水富两县的交界处，是绥江距宜宾最近的地方，它有 4 个村民小组，238 户 1015 人，其中建档立卡的有 45 户 151 人。在国家吹响扶贫攻坚、决胜小康的号角之初，在绥江县委、县政府的扶持和公司的牵动下，在自己新建的美丽乡村附近，通过流转土地 1450 亩，种植经济林木 49 万株，建成年出栏 500 头肉牛的养殖场一个和规模 2 万只的养鸡场一个。同时建成观光旅游庄园一个，内有木屋 12 间，步道 3 公里，俨然成了以园林苗木、生态养殖为主，乡村旅游为辅的现代化农业庄园，为峰顶山自然村的脱贫致富，插上了腾飞的翅膀。

今年，峰顶山新建了安居房 21 户，改造了民居 164 户，完成通村公路 8.4 公里，通户硬化路 4500 米。这里山峦嵯峨，幽深葱茏，梯田层叠，花木扶疏，白鹭群聚，百鸟啾鸣，具有发展现代农业、乡村旅游的优越条件。在县、镇的扶持、引导下，通过"公司＋农户"的模式，积极与瑞鸿公司协作，采取"农户贷款，政府贴息，企业代养，保底分红"的组合，使农户脱贫。其办法和措施是，每贫困户申请 1.6 万元的政府贴息产业扶贫贷款，用于购买两头架子牛，委托公司代购、代养并销售，每年按每头 2000 元的红利分给贫困户，养殖风险均由公司承担。3 年后，公司全额退还购牛款，肉牛归公司，每个贫困户可直接获得收益 12000 元，说得清楚点，农户向国家贷款 1.6 万元，转手投给瑞鸿公司，每年可获得的利息是 4000 元，真是天上掉馅饼的惠农扶持啊！

翠羽丹霞，白鹭点点，点缀着一山一水的美丽画卷；朝云暮雨，四围稻香，沁润着一春一季天地万物。在青山绿水间，一条条干净敞亮、连村到户的公路、驿道蜿蜒盘旋，一栋栋青瓦白墙、风格别致的安居小楼坐落其中，一项项承载脱贫、满载希望的产业焕发着勃勃生机，这便是绥江会仪镇峰顶山村的真实写照……

习近平总书记说道："扶贫开发到了攻克最后堡垒的阶段，所面对的多数是贫中之贫，困中之困，需要以更大的决心，更明确的思路，更精准的举措抓工作。"

绥江中城镇的镇长王光涛，面对夫人坝贫中之贫，困中之困的村民，全心全意服务基层，服务群众，把党对人民群众的温暖，一缕缕且又非常及时地送到贫困村民的心灵深处。所以，在打造夫人坝宜居、宜农、宜游的美丽乡村中，他遵照总书记的教导，以更大的决心，更明确的思路，更精准的举措，埋头苦干，殚精竭虑，让夫人坝彻底地旧貌换新颜。

中城镇现有 3730 户 13724 个贫困人口，脱贫攻坚任重而道远，在攻克最后堡垒的决战中，不仅要流血流汗，还得思路清晰，指挥得当，否则，只能以失败告终。夫人坝要成为旅游区，除了公路、驿道、停车场和餐饮住宿的地方，中心广场是不可缺少的。当年，我去过深圳，在它的主题公园里，除了微缩的全国景点外，最震撼人心的便是用作演出的大广场。前往这个公园的游客，绝大多数是为了观看大型舞蹈《创世纪》，每个人都渴望在欣赏这史诗般的歌舞艺术外，受到历史文化的熏陶和启迪。结果公园在每个游客身上得到的收入，是成倍或几倍的增加。我那天是下午去的，喝茶要钱，吃晚饭要钱，看演出要钱，偌大的露天广场座无虚席。这样的演出，作为有点品位的旅游景区是不可缺少的，市长郭大进就曾对我说过，大山包缺的就是一台能反映昭通厚重历史文化、史诗般能震撼心灵的演出。王光涛看到在夫人坝的规划图上，3600 平方米的中心广场，却被一条能通车的公路分割成两块，这简直是滑天下之大稽，鲁迅先生曾说过，把美好的东西撕破给人看，便是悲剧。广场被公路分成两块，它还是中心广场吗？所以，王光涛坚持把公路改往从左边通过，保留扇形的广场，这样的广场，观众不管站在哪里，视觉效果都没有太大区别。我经常说，任何一个城市，任何一个景点，其建筑都体现着决策者和建设者对文化艺术的素养和品位。领导不管大小，都需要有责任心和担当精神，否则就是昏官和庸官，什么事情都不想，什么事情都做不成，老百姓苦矣。王光涛仅仅是把行车的道路稍加调整了，但表现出来的则是胆气、责任心和担当精神。

自古忠孝不能两全，热爱祖国，忠于事业，其实是大孝，没有国，哪有家啊，没有人民群众的美满、幸福，哪有大大小小领导的美满幸福，除非也是一个贪得无厌的贪官。王光涛的父母和妻子儿女在昭通，虽远隔几百里，但是现在的路好了，从绥江回到昭通，无非就是三四个小时。而他却大半年没有回昭通探望父母和抚慰妻子儿女，只是把深深的思念藏在心里，全身心扑在夫人坝安置点的建设上，并且就住在工棚里，三四天都不回镇上。同事反映，每天晚上，夜阑更深了，他的工棚里还亮着灯，仍为安置点的建设和人民群众的脱贫苦苦思索，精心策划。短短几个月，餐风宿雨，太阳晒，白面书生的模样不见了，不仅脱了皮，而且脸庞和手臂都变成了古铜色。

农业社区和大沙村的 8 个村民小组，在移民搬迁前，群众的全部生活用水都是城市自来水供应的范围。后因县城搬迁和二级公路的修建，造成原有的供水管全部报废了，无法恢复，导致该片区的 608 户 2280 人，牟村小学 156 名师生和金山寺的 40 人，共计 2486 人无安全、干净且稳定的人畜饮水。王光涛得到报告，立即组织相关单位召开专题会议，研究解决，这还不够，又跑到城里协调城建局和自来水公司，请来有关工程师和技术人员勘察设计，现在该工程已完成设计，不日便可动工。

那天，他去了回望村落井坝自己联系扶贫的七家贫困户，得知杨昌杰的妻子在今年一月，因车祸导致瘫痪，卧床不起，家里还有两个正读初中的孩子。杨昌杰家本已经很贫困，妻子突遭车祸，更是雪上加霜，陷人困境，原来计划的危房改造，亦完全落空。王光涛进屋后，心里十分难过，除了安慰，他还亲自提笔为杨昌杰写了一份城乡临时救助申请，又协调民政部门批给了 5000 元的救助金。同时，王光涛又帮助杨昌杰申请了 4 万元的建房补助资金，解决了一家人的大困难。今年十月底，杨昌杰一家人喜搬新居时，喜极而泣，热泪湿透了眼眶……

位卑未敢忘忧民，老百姓需要王光涛这样的基层干部。

绥江成了昭通乃至云南较为美丽的湖滨城市，加之在扶贫攻坚、决胜小康的战役中，又让农村旧貌换新颜。实现了习近平总书记的期盼，成为看得见青山，望得见绿水，记得住乡愁的地方。

我相信，绥江的明天，更幸福、美好！

水富县城犹如一块晶莹剔透、碧绿欲滴的翡翠，被上天镶嵌在金沙江和长江的交汇处。又因向家坝水电水利枢纽工程的建成，昔日惊涛骇浪，气势磅礴，卷起千堆雪，奔腾入海不回头的滚滚长江，变得澄碧如镜，温柔贤淑。从而让水富有了"艳艳随波千万里，何处春江无月明"的天下美景。现在水富又修了一条宽 50 米的大街，两旁栽了三排常绿的景观树，郁郁葱葱，气势恢宏，徜徉于此，犹如去了森林那般。所以，水富成为国家卫生县城、国家文明县城、国家平安县城、云南省生态文明县城。

昭通市十一个县区中，它是唯一没有被国家列为贫困县的地方，但在 4 个乡镇中，它却有 2 个贫困乡镇，12 个贫困村，214 个贫困自然村，2429 户 8270 人为建档立卡的贫困人口。

水富地处金沙江和横江交汇处的夹角地带，属四川盆地的南缘，云贵高原的起点，南接乌蒙山麓末端与盐津为邻，西接绥江，东北分别与横江、金沙江为界，与四川宜宾相望。东西最大横距为 36 公里，南北最大纵距为 31 公里，总面积仅为 440 平方公里。虽袖珍，但地理位置十分重要，是云南融入四川、重庆和长江经济带的重要门户和跳板，对昭通经济的发展，社会的进步，举足轻重，命运攸关。

　　全县土地面积 66 万亩，林地便有 35 万亩，故境内野生动植物种类繁多，林木有 62 科 108 属 139 种，属国家一、二、三级保护的珍稀植物就有琪桐、杪椤、水杉、银杏、红椿、桢楠、罗汉松等 20 多种。动物有 100 种，中草药有 34 科 121 种，属国家一、二级保护的动物就有豹、熊、野猪、獐、鹿、中华鳄、白鳄、江团、鲲、鲑等 20 多种。太平乡铜锣坝近十万亩的原始森林，是众望所归，趋之若鹜的旅游景区，现在又因势利导修了水库和通景区的公路，它将和四川九寨沟，一南一北，各领风骚。

　　水富县委、县政府不以自己不是贫困县而掉以轻心，而是以更大的政治热情，更脚踏实地的苦干精神真扶贫、扶真贫、真脱贫。仍成立了以县委书记、县长为双组长的领导组，抽调了 105 个县级单位，4 个镇（街道），连同 3 个市级单位，共 2445 名干部职工与建档立卡的贫困户结对帮扶，做到结对帮扶全覆盖。这还不够，又往县直机关抽调了 66 个精兵强将组成 12 支扶贫工作队驻村帮扶，用以强化领导，压实责任，务必打赢扶贫攻坚、决胜小康这一仗。

　　水富按照村寨与农业产业相结合，相衔接，与旅游观光相映衬，与民族相融合的工作思路，编制了县、镇、村三级脱贫年度计划；县、镇、村易地扶贫搬迁三年行动计划和贫困户脱贫的年度计划。决定三年建设易地扶贫搬迁安置点 55 个，搬迁贫困户 3169 户，10809 人，其中建档立卡 2364 户，7979 人。以两碗镇三角村坪头、太平镇二溪村三星坝回龙堡两个易地扶贫搬迁安置点为示范，带动其他安置点的全面铺开。今年 6 月动工，启动了 1937 户，其中建档立卡的贫困户有 1732 户，到 12 月初，竣工 1080 户，建档立卡的 951 户，已有 359 户搬人新居，同时还有 53 户一般的贫困户亦搬进了新居，他们从内心感到了党的温暖，习近平总书记的温暖。

　　水富之所以有如此的魄力，如此的担当和如此的速度，首先，是他们采取了几个强有力的措施。除了强化领导，压实责任和规划，设计领先外，首要的措施是资金到位。还在他们根据规划，设计，踏勘安置点的地址时，便多方联动，就争取到位资金26911万元，各工程启动后，便完成资金投入26256.3万元，其中易地扶贫搬迁完成投资20729万元，民居建设13363万元，基础设施7292万元，公共服务设施29万元。到今年底，列入危房改造的600户已全部竣工，完成投资1445万元。村民搬入新居那天，不知放了多少鞭炮，杀了多少头猪，那种欢欣，那种喜悦，无法用语言来形容。

其次，始终把党旗举在脱贫致富奔小康的前列，因为从开始，县委、县政府就把扶贫攻坚作为了最大的政治任务。全县从上到下戮力同心，确保水富所有的贫困人口如期摆脱贫困。太平镇在三星坝一回龙堡易地扶贫搬迁安置点成立临时党支部，包括镇的3名班子成员、驻村工作队员和镇村工作人员，共10名党员组成。并且在工地搭起了临时帐篷，挂出了临时党支部的牌子，列出了临时党支部的成员名单，始终坚持在第一线，抓好各项工作。同时，还组建了民主管理委员会，5名委员全部是由村民民主选举出来的群众，他们全权代表群众议定建材价格，对施工队伍进行公开招标。临时党支部，除了指导民管会发挥主导作用外，还在工地上，利用晚上闲暇时间，以"两学一做"的学习教育为载体，组织党员学习党章和习近平总书记的系列讲话，还学习修房盖屋的基本知识。临时党支部还组织人力、物力，确保进场公路的畅通，减少运输成本，保质保量完成建房任务，并引导施工队伍晴天两班倒，雨天保室内。在工地上，临时党支部还组织了党员突击队，做到哪里有危险、有困难，突击队就出现在哪里，整个建房工程经历了半年时间，临时党支部的党旗就猎猎飘扬了近200天。

在水富，坪头安置点和田龙堡安置点是全县最偏远、最贫穷，基础建设最薄弱，群众工作最难开展的两个少数民族聚居区。县委、县政府便把它列为最难啃的两个硬骨头，他们知难而上，让这两个硬骨头先出彩。他们从地域特色和民族风俗出发，把示范点的民居建设与民族、民俗文化相融合，打造成旅游村寨，用以促进农业特色产业的发展。正因为如此，有望实现2016年底，出列一个贫困镇，让6个贫困村，2500人脱贫的奋斗目标。

再次，通过完善"公司＋基地＋贫困户""公司＋合作社＋贫困户"的模式，促进产业的发展，让贫困户短期有效益，长期有收益。同时，推进"一村一品"，努力做大规模，做响品牌，提高贫困户对产业的参与度和受益度，建立并促进企业与贫困户的利益联结机制，让更多的贫困群众更多地参与和受益产业的发展。太平二溪村红岩坪成立了水富红岩坪蔬菜林果种植专业合作社，17户村民自愿加入合作社，其中建档立卡的有9户。并和水富金土地农业开发公司协作，发展无公害蔬菜，公司与合作社签订了合同，约定用保护价收购社员种植的蔬菜。若蔬菜上市时，市场批发价较低，便用最低保护价收购，当蔬菜的市场价高于保护价时，按市场调节价收购，让社员吃下了定心丸。今年，社员户均增收一万元。

现在，水富专业合作社的种养产业发展如火如荼，方兴未艾。已种植茵红李3800亩，砂仁2460亩，竹子3500亩，养殖黑毛猪2498头，覆盖贫困社员4800多人。太平忠怡农庄和云富新寿蔬菜基地，正形成气候，发展势头较好；太平古楼景华公司发展山地林下养鸡，金源农开公司致力于特色生猪养殖，坤达牧业则发展养鹅。到今年底，全县已种植竹子13万亩，核桃3万亩，板栗1万亩，李子1.5万亩，葡萄6000亩；生态黑毛猪6400头，鹅7.6万只，林下鸡3.1万只，羊6000只。水富440平方公里的土地上，春意盎然、生机勃勃。

习近平总书记说："全面建成小康社会，13亿人民要携手前进。让几千万农村贫困人口生活好起来，是我心中的牵挂。"水富县委、县政府2016年，在扶贫攻坚上取得了让人振奋、让人点赞的辉煌成果，"旧貌换新颜，到处莺歌燕舞，更有流水潺潺"。但他们不忘初心，仍继续前进，紧扣"一二三四五"的扶贫工作思路，已把明年攻坚拔寨的作战图，赫赫然挂在了墙上，再次吹响了打赢扶贫攻坚战的号角。一是"抓住一个机遇，明确一个目标"。一个机遇即国家实施精准扶贫开发和昭通实施乌蒙山片区规划这个机遇；一个目标即到2020年，稳定实现扶贫对象不愁吃，不愁穿，保障其义务教育、基本医疗和住房；贫困村内通硬化道路，户户通电，通广播电视，通电信网络；基本实现扶贫对象有饭吃，有水喝，有房住，有学上，有医疗，有产业。城市居民人均可支配收入大幅度提高，农民人均纯收入增长幅度高于全市平均水平，与全国基本同步实现全面小康的目标。二是"实施两轮驱动，打好两大战役"。"两轮驱动"即对没有发展能力的贫困人口加强完善社会保障和救助进行"托底"，维持基本的生存，对有发展能力的贫困人口给予更多的扶持，促进脱贫致富；"两大战役"即统筹打好扶贫开发持久战和阶段性的攻坚战。要深刻认识扶贫开发的长期性、艰苦性、复杂性，做好打持久战的思想准备，进一步增强责任感、使命感和紧迫感，打赢全面建成小康社会的阶段性战役，为最终夺取扶贫攻坚战的胜利奠定基础。三是处理好"三个关系，做好三个名牌"。三个关系即处理好"基础设施，产业发展和社会事业发展"三个方面的关系，使贫困地区基础实施，产业发展和社会进步均衡发展。三个品牌即对贫困人口加大农村实用技术培训、致富带头人培训和技能培训，提高就业、创业的能力，切实拔掉穷根；对无条件外出就业的贫困户给予扶贫到户的贴息贷款，支持他们发展优势产业，对不具备生存条件和发展的地方，结合新型城镇化建设，实施安居工程、易地扶贫搬迁，彻底"挪穷窝"。四是搞好"四个结合，落实四项责任"。四个结合即：坚持整体推进和精准到户相结合。既要精准扶贫突出重点，又要把扶贫规划、城镇规划、交通水利规划和产业区域发展规划统筹起来，加快推进整乡、整村扶贫开发，通过综合扶贫开发改善条件和环境，坚持创新机制和解决突出问题相结合。既要深化改革，推进考核机制、精准扶贫工作机制等创新，又要抓住重点，集中力量解决道路、饮水、供电、房屋、特色产业、乡村旅游、教育、卫生、文化、信息化等贫困地区的瓶颈难题；坚持"输血"和"造血"相结合。四项责任即全面落实党政一把手负总责的工作责任制，扶贫项目廉政承诺制，扶贫项目民主评议制和贫困群众民主评议员制。五是做好"五项工作"实施"五大工程"。"五项工作"即努力争取项目投人，认真搞好项目的统筹规划，加强资金监管，健全干部驻村帮扶机制，推动社会扶贫。实施整镇、整村推进，产业扶贫，易地开发，安居工程，信贷扶贫五大工程。

扶贫攻坚和改善民生是一项长期工作，没有终点，只有连续不断的新起点。习近平总书记说："抓民生要抓住人民最关心最直接最现实的利益问题，抓住最需要关心的人群，一件事情接着一件事情办，一年接着一年干，锲而不舍地向前走。"水富县委、县政府的扶贫工作思路、目标任务和工作措施，完全体现了习总书记的教导和厚望。

两碗镇在吹响扶贫攻坚战的冲锋号之后，坚决贯彻省市县党委、政府的决策部署，以扶贫攻坚统揽全镇经济社会发展全局，举全镇之力推进扶贫攻坚，到今年十二月初，取得了让人欣喜的成效。

两碗有贫困人口 1229 户 4289 人，按照县评审通过的易地扶贫和整乡推进的实施方案，应新建安置房 1050 户，硬化农村主干道 107 公里，新建简易公路 30 公里，硬化连户路 21 公里，安置饮水管网 75 千米，新建文化活动室 24 个。配套供电、通信，太阳能路灯、垃圾池和安置点雨污管网设施。到 12 月 5 日，坪头集中安置点的建设已全部竣工，青坪安置点的主体工程已杀青，共计启动安置房 942 户，超额完成今年的任务，高达 50% 以上。12 条 107 公里的通村主干道，已完成 32 公里，72 公里的软路基已进行了换填及配层铺设了 11 公里，新建简易路已完成路基开挖 19 公里，完成连户道路 4.5 公里，启动文化活动室 8 个，现已完成 5 个。

在产业发展上，已完成李子种植 3800 亩和天麻 800 亩，发放黑毛猪患 1600 头，实现了贫困户的全覆盖。上述工作如期且出色地完成，镇扶贫办副主任陶天文披星戴月、挥汗如雨，历经艰难，默默无闻，在一年时间里，做了一个共产党员该做的事情。两碗属山区，山高坡陡，道路崎岖、坎坷，他联系的罗锅自然村更加偏远，该村有 69 户 313 人全是建档立卡的贫困户，房屋破烂，需要重建，他花了 7 天时间，天天守在那里，把情况摸得清清楚楚，形成了一家一策的扶贫方案后，才拖着困乏的双腿下了山。从 8 月开始，他就始终坚持在建房第一线，修道路，铲泥泞，为的是把建筑材料早一天送到工地。没有机动车，他就和村民一起用手推车，没有手推车的地方，就靠人背马驮，直到把钢筋、水泥和砖运到家家户户的工地上，他才歇下来，靠在一块岩石上就呼呼地睡去了，陶天文实在太累、太乏了。在烂坝，绝大多数村民原有的破烂房子都拆掉了，少数几家没有拆，陶天文就把这几间能遮风挡雨的房子让给老老少少的村民住，自己却蜷曲在羊厩里，抱一捆草垫在地上，以羊为伴。经常因为太累，躺下便酣然入梦了。村民见状，十分感动地说道: 有这样踏踏实实的干部带着我们建房，天大的困难都难不倒我们啊！

两碗今年连遭两次百年未遇的暴雨，全镇几乎所有的通村公路都被毁了。为了摸清灾情，尽快修复公路，陶天文在现场坚守了五天五夜，徒步 107 公里，五六天时间就穿烂了一双水鞋。吃的更是简单，一瓶矿泉水，一包方便面，经常就是他全天的干粮。

他就是这样，在抢修公路的工地上，整整坚持了 15 天，用自己的实际行动，诠释了一个普通共产党员的理想、信念和追求，那就是全心全意为人民服务，为党的事业奋斗终生！

水富紫秋葡萄农业庄园是由水富金源农业开发有限公司具体实施建成的，它隶属云南虹启投资集团有限公司。是按照政府引导、企业带动和农户参与的原则，采取"企业＋基地＋农户"的模式而打造成的现代农业庄园，是集观光农业和生态农业为一体的现代农业庄园。庄园占地 5000 亩，总投资为 8000 万元，现已建成杨柳、小坝、青岗、青龙片区，占地为 1200 亩的核心区，共投资 1850 万元。有 159 户村民流转了土地，每年收入 66 万元，户均 4150 元，在庄园打工的有 100 多人，全年收入 88 万元，户均每月的纯收入为 800 元。

紫秋葡萄苗从湖南芷江县引进，葡萄进入盛产期，每亩可达两吨，主要用于酿酒，"紫印"商标已获国家工商总局批准，年产可达 1200 万元，利润能超过 600 万元。

公司始终坚持走循环农业的道路，拟在大池村青岗组建万头生猪的养殖基地，所产生的农家肥用于紫秋葡萄的施肥。从而实现了养殖产业和种植产业的有机结合，相得益彰，共同发展，农户增加收入。同时，在葡萄成熟期，以采摘葡萄，品尝葡萄酒等活动吸引游客，促进乡村旅游。

紫秋葡萄农业庄园通过土地流转和吸收村民务工，增加了村民的收入，又实现了农业产业的现代化，"公司＋基地＋农户"的合作模式，一举多得，值得探索、发展，更上一层楼。

水富云富街道办事处的新寿村，因为修向家坝水电站，不少的群众成了移民。国家虽为他们建了新房，给予了可观的补偿，但死水经不住瓢舀，他们需要产业支撑，方可持续发展，才能过上无忧无愁的好日子。徐刚是个有种植食用菌 19 年经验的能人，同时还有稳定的客户，他便想利用一技之长，带领新寿村的移民和当地贫困户发展食用菌栽培，用于改变贫困，过上好日子。而食用菌的栽培，不与粮争地，更不与地争肥，可以利用沙地、荒坡、盐碱地、林地；房前屋后的非耕地，甚至废弃的巷道、工地、厂房以及山洞，都可以种植食用菌。徐刚是地道的农家子弟，家庭也十分贫穷，从小就体会到艰辛和痛苦，立志长大后通过自己勤劳的双手，为父母分忧解难，让一家人过上美满幸福的生活。1997年，他便去了宜宾，之后又回到水富楼坝潜心学习，钻研食用菌栽培技术。由于他有梦想，有向往，加之聪明又肯下功夫，几年时间，便学到并掌握了食用菌栽培的核心技术，就有了能发展事业的积蓄。于是，他来到新寿村，走家串户，动员农户跟自己种植食用菌，最先农户不相信他，便显出冷淡。但他却不灰心，继续跟村民谈心，精诚所至，金石为开，总算有了十多户村民愿意跟随他发展食用菌产业。基地建成后，这15户村民成了他种植食用菌的工人，他便手把手地教他们如何搭棚、搭菇架、挖掘排水沟、盖遮阳网。这些村民逐渐熟悉栽培技术后，徐刚又精心教他们制作菌包、装袋、灭菌、接种等核心技术，一次又一次，十分耐心细致，直到村民完全掌握了有关技术。村民有了相当的基础后，他又毫不保留地把各种食用菌的配方传授给村民，特别对贫困户，他更呵护有加，让村民在不长的时间内，掌握了一门脱贫致富的专业技术。

贫困户杨友光因身体原因，无法外出务工，全家人的日子过得十分窘迫，他见到徐刚种植食用菌的基地，十分羡慕和向往。徐刚明白他的心思后，就把他叫到基地先进行技术培训，后又亲自到杨友光家里帮助搭建棚子和菇架，不仅如此，还免费为他提供消毒的石灰和药品，教杨友光对场地消毒、试种。徐刚培育的菌包成熟后，他又拿出一部分先让杨友光栽培，待有收获并出售了菌菇后，再支付徐刚菌包的本钱。在徐刚的帮助和扶持下，杨友光今年仅卖食用菌的收人，就超过了3万元，从此摆脱了贫困。杨友光的脸庞上有了笑容，见人就称赞徐刚是他脱贫致富的大恩人。

徐刚不仅教会新寿村的贫困户种植食用菌，还为他们寻找和开辟市场，现在他已在成都、昆明、昭通搭建了销售平台，鲜菇的年销售量达到 100 吨，还有数量相当可观的盐渍半成品。现在徐刚在新寿村成立了食用菌专业合作社，吸纳贫困群众 20 多户成为社员，其模式是"合作社＋基地＋村级集体经济＋农户"。今年，徐刚免费办了三期食用菌培训，接受培训的村民 200 余人次，还有 10 户村民是在自己的大棚里栽培。他多次去到村民的大棚，在技术上精心指导村民，让他们熟悉了栽培的技术。在整个新寿村栽培食用菌的过程中，徐刚今年发放菌袋 20000 多个，使每个贫困户增收了 16000 多元，让村民看到了希望，增强了脱贫致富奔小康的信念和决心。徐刚却说道："扶贫工作任重道远，我做的工作还远远不够，我期盼凝聚更多的社会力量参与脱贫攻坚，让扶贫的力量汇聚成海，让贫困群众早日脱贫。我相信，在各级党委、政府的坚强领导下，举全社会之力，定能打赢这场脱贫攻坚战，让新寿村的贫困群众一起走上富裕的道路！"

徐刚通过栽培食用菌，使得云富新寿村的几十家农户脱贫，而水富山林胡蜂科技有限公司的总经理黄安冲则利用胡蜂养殖，带动两碗 2000 多贫困户脱贫致富。胡蜂也就是我们称为大马蜂的蜂种，它善在土壤里筑巢，人若要取得蜂巢，必掘地三尺。养胡蜂不是用它来酿蜜，而是把它的蛹作为上等佳肴在有档次的餐厅里出卖。蜂蛹里有丰富的蛋白质、氨基酸、赖氨酸等人体需要的营养物质，同时还含有人体需要的微量元素，它不食花粉，而食小昆虫，鲜牛肉则是它酷爱的食物。你若在蜂巢投人一块五六斤的牛肉，成百上千的胡蜂闻味赶来，转瞬之间便吃得颗粒不留。胡蜂的蛹特别大，它是一般酿蜜工蜂的十倍左右，故特别受到食客的青睐，且供不应求，在昆明、成都、宜宾，每市斤的售价为

180—200元，餐厅做成菜卖出来，就成倍增长。昭通也算得上是一个不大不小的城市，食客亦多，但是至今还未见到哪家饭店有胡蜂蛹做佳肴出卖。

采集胡蜂蛹，若能把握时间，大的一巢可获2万元—3万元，核心技术就在于保护好蜂王和公蜂，最好能培育出蜂王和公蜂，这样它俩便通过交配，源源不断地繁殖出工蜂。黄安冲恰恰就是这方面的行家里手。大马蜂十分凶残，且攻击性极强，这是肉食动物的习性，但敢喂养它，并通过胡蜂来脱贫致富，当然有办法制服、驯顺它，这就是黄安冲和他的社员。黄安冲走的是土地流转，吸纳就业，科学养殖，示范引领，让农户脱贫致富。他通过"公司＋合作社＋农户"经营模式，本着做给农民看，带着农民干，帮着农民赚的原则，和愿意养胡蜂的200多家农户签订了回收合同，使得今年胡蜂养殖超过5000群，预计每户可增收20000元。同时还安置当地贫困村民150人到他的公司务工，让他们增加了收人，连养蜂的收人算在内，每人每年收人可突破3万元。

黄安冲不仅是带领村民脱贫致富的老板，还是一个有着大爱情怀的人。他到两碗建立胡蜂养殖基地后，发现新滩村基础设施落后，公路运载能力差，成本高，人畜饮水特别困难，他便捐赠了50万元，新开辟了两条简易公路，从而解决了百余户，500多人的出行难和运输难的大事。之后又捐资40多万元，新修沟渠20多米，新建水窖14口，解决了3000户村民人畜饮水的困难。在农户新修房屋时，黄安冲还用自己的挖掘机，免费为34家建档立卡的贫困户挖基脚，降低了成本，缩短了工期，很快就让村民永远告别了土坯房，欢欢喜喜搬进了新居。

黄安冲不仅有大爱的情怀，而且还是一个有社会责任心的人，他觉得贫穷的根源，就是教育严重滞后，导致劳动者的素质低，要从根本上改变这种困境，唯有重视教育。因此，他专门成立了"扶贫济困委员会"，从公司的利润中拿出20多万元，资助500多人走出困境的同时，又拿出 10 万多元，资助两碗 46 名贫困学生圆了大学梦。冬天来了，黄安冲又拿出 3 万元，捐赠给孤寡和残疾人，他还在今年的敬老节时，买了 5 万多元的礼品，慰问了 60 岁以上的老人。

毛泽东主席曾说过：一个人做点好事并不难，难的是一辈子做好事。黄安冲就是一辈子都愿意做好事的人，一个脱离了低级趣味，有益于人民大众的人。

李光灯是昭通中华职教社专职副主任，今年被派往水富太平村任了驻村工作队长，一干就近一年。太平村由 25 个村民小组组成，有 269 户建档立卡的贫困户。他一进村，丢掉行李，就深入各家各户走访，目的就是掌握他们贫困的主要原因。短短的时间，他几乎走访了 200 家，同时召开了 80 多次群众座谈会，对基础设施建设、产业发展、人居环境的提升、技能培训，认认真真地倾听了群众的意见和建议。综合整理后，他请教了有关专家、学者，请他们为太平村的脱贫致富诊脉，提出对策，然后召开有关会议，研究扶贫攻坚的对策、方法和措施。在近一年的工作中，他为太平村做了六件大事、好事。

一是以交通、住房、产业发展为重点。一年时间以来，他通过百般努力，千般拼搏，争取了有关部门的支持、扶助。新修并硬化公路 12 公里，实现了 25 个村民小组全部通公路，又打通了 19 个村民小组之间硬化路近 30 公里，硬化了 1700 多户的户间通道，为村民出行和办事，提供了极大的方便，一些村民还买了车和摩托，大大提升了村民的幸福指数。

二是加大了贫困户住房的建设力度。全村新建住房 152 户，到 12 月初，主体完工的有 145 户，维修加固的有 42 户，稳固住房 59 户。还有 16 户到太平镇上买了新房，全村 269 家贫困户有了安全稳固的住房，真是安得广厦千万家，大庇天下寒士尽开颜。

三是大力发展种养殖产业。新植茵红李 1700 亩，砂仁 300 亩，桃 1000 亩，方竹 1000 亩，苦竹 500 亩，魔芋 500 亩；发放土鸡苗 6000 只，黑毛猪 473 头。

四是提升贫困群众自我发展的素质。今年开办了 6 期专业技术培训，有 700 人参加培训，同时转移农村劳动力 1400 余人，其中建档立卡的有 367 人，预计这些贫困户到年底，人均支配收人可达 3500 元以上。同时还做到了每个贫困户有一个产业作为脱贫支撑。

五是推动助学帮扶，助推九年制义务教育，李光灯通过走访，得知太平村有 3 个儿童因贫辍学了，他通过家访，又作了深人浅出的思想工作，使家长和学生对继续读书有了新的认识，并在他的帮助下，重新返校继续学习。同时，他还通过自己的多方努力，让两个初中毕业生就读于中等职业学校，7 名继续接受高中教育，5 名考人大学的学生得到 3000 元助学补助金。他的理念和决心，就是他在太平村一天，就不能让任何一个学生因贫困而辍学。

六是村容村貌的整治。美丽乡村不在于你修了多少新房子，而在于看得见青山，看得见绿山，能记住乡愁，这完全取决于居民的素质，从而形成好的生活习惯。它集中反映村民之间相邻、相依、相望和相助，取决于村容村貌的整洁、和谐，方可成为美丽乡村。为此，李光灯除了新建垃圾房 30 个等环境卫生的基础设施，还召开了整治村容村貌的群众大会 26 次，苦口婆心地讲道理，从思想认识上首先改变生活中的陈规陋习。他不为此满足，因为好的习惯不是一蹴而就的，需要长期的教育、督促，才能逐步形成习惯。所以，他趁热打铁，开展督促检查 30 多次后，制定出乡规民约，并落实了各家各户的责任制。现在太平村村容村貌有了根本性的变化，正向自觉性发展，相信太平村将会越来越美丽，村民的生活越来越美满幸福。

李光灯觉得脱贫出列终有日，为群众服务却永远在路上，虽然自己只是一盏小小的灯，但只要通过自己的努力，用微弱的光亮，也可点燃他人的希望，并不断提高幸福生活的指数。

今年 30 岁的杨植芬，家住向家坝镇水东村上村，她是个有几分传奇色彩的女人，当有人问她道："你不仅在水富成立汇成农业有限公司，还当上了女老板，你的底气来自哪儿啊？"她便莞尔一笑，几分轻松地说道："想要得到你从未有过的东西，就得做你从未做过的事情。"她的这句话充满了胆气和奋斗精神，也极有哲理性。任何人，只要敢第一个吃螃蟹，就能闯出属于自己的天地。所以，当年只有 21 岁的农村姑娘，就身背一个小挎包，带着 1000 元钱，不去宜宾、成都，更不来昭通和昆明，踏出家乡的第一步，便把目的地选在国际大都市上海。这里灯红酒绿，繁华得让人心颤，商品房卖到每平方米四五万元，就说明这里各种精英密聚，又是大老板尽显身手和拼搏的角斗场。只身揣 1000 元的杨植芬不怕，竟通过自己的闯劲，找到了一家相当有规模、有档次的服装店，做了专职的导购员。在这里，她潜心学习，初步掌握了一些经营服装的规律，于是便向亲戚朋友借了 10 万元，在大都市的上海，租了一间 30 平方米的店面，当起了经营服装生意的女老板。在这里她拿出了常人不可想象的拼劲和毅力，起早贪黑，甚至常常忘了吃饭，始终坚持在自己的小店里。她的内心，还是十分担心借贷的 10 万元亏损殆尽，若是这样，她便进退维谷了。古人说：天道忌盈，同时又是天道酬勤。她的服装生意做得十分火爆，30 平方米的店面换成了 60 平方米，这样小小的辉煌，她是以减少 20 斤体重为代价换来的。六年在上海的服装生意，让她从只有 10 万元的资本，变成了 100 多万元，她成功了，而杨植芬的机敏、聪明，晓得吃饱肚子，要知道放碗，于是她选择了离开上海。我们昭通的不少老板，当年曾将自己的事业发展到了无人可以匹敌的巅峰，而最后却以惨败而告终。关键的问题，恰恰是他们在红火的时候，还不明白一个道理，到了巅峰就意味着开始走下坡路，无序的扩张和贪婪，让他们最终兵败如山倒。文武之道一张一弛，这是事物发展的客观规律。

杨植芬回到魂牵梦萦的家乡水富，她却没有停下自己创业的脚步，而是在照顾好自己儿子的同时，相约了闺蜜孙介萍，共同筹资40万元，合伙转接了一个超市。在以后的日子里，她俩仍以诚实、善良、心平气和、流血流汗，兢兢业业地经营打理自己的超市，而只用了三年时间，就共同赚到了200多万元。这时，有了钱的杨植芬想到家乡的青山绿水和始终挥之不去的乡愁，是家乡葱绿碧翠的山峦和潺潺流淌的溪水给了她灵气；更是以善为德的桑梓父老给了她做人做事的禀赋。她必须回报家乡父老的养育之恩，于是便决定回水东上村创办一个农业生态园。

水东上村得天独厚、环境清幽、民风淳朴、交通便捷，是发展种植养殖，酿造美酒和观光旅游的最佳地方。在向家坝镇党委、政府的全力支持和协调下，通过土地流转和资金入股的方式，注册成立了"水富汇成农业有限公司"。采取"公司＋农庄＋基地＋农户"的模式，带动、辐射本村和周边农村发展生态农业产业，促进农业经济和社会进步的和谐发展。

现在，杨植芬的公司，已建立了酿制"龙潭"的酒厂和养殖场，从事生猪、肉牛、林下鸡、鸭和鱼的生态养殖。同时栽植了水蜜桃、茵红李、猕猴桃、葡萄等。更为精彩的是，她不仅把种养殖形成了一条经济链，而且成为一条生态链，得力于她在上海的六年熏陶和浸濡。低俗的人到了上海，看到的是灯红酒绿，花花世界，学到的是浮华、享受和自以为是；聪明且有灵气的杨植芬学到的是上海人的思想观念、思维方法和生活方式。

杨植芬通过一年的努力，她公司的投入从200多万元，增加到了现在的600多万元，流转了租期为20年的土地500亩，每年支付租金30多万元，让每个流转了土地的农户，每亩可收入600多元。同时还招收了长期在公司里务工的农民30多人，水东周围团转受益的人超过130户500多名村民。

现在，杨植芬的公司已拥有占地 800 平方米，酿制优质酒 80 多吨，产值达 160 万元的酒坊一座；出栏生猪 1200 头，建筑面积为 1500 平方米的养殖场；建有溪水且长流的养鱼塘 3000 平方米，年产无污染的活水鱼 7500 公斤；种植了水蜜桃等时鲜水果 200 亩；同时拥有了 900 平方米的休闲农庄。杨植芬的汇成农业有限公司已形成了集美丽乡村旅游、农家餐饮、生态种养殖、娱乐休闲和农户受益为一体的生态农业庄园。

杨植芬一路走来，走得很稳、很扎实，总在做自己从未做过的事，结果得到的是自己从未有过的东西。那就是 500 多名向往美满幸福生活的村民，在她的引领和关照下，正一步一步地美梦成真，她只是一个极普通的农村妇女，但她却通过自己的努力奋斗，实现了真善美的人生境界……

水富是一颗上天镶嵌在滇东北高原尾部的璀璨明珠，将在市委、市政府的带领下，智慧、勤劳的水富人，一定通过自己的拼搏，把中国梦的水富篇章，抒写得更加瑰丽、灿烂……

党的十八大以来，习近平总书记以政治家的气魄与胆略和哲学家的智慧与深刻，在实践的基础上，不断推动理论的创新和自信，以宽广的胸怀和勇于担当的精神，坚定不移地推进有中国特色社会主义的伟大事业蓬勃发展。他是当代中国马克思主义的伟大实践者、创新者和引领者；他紧密结合中国的实际，发展了马克思主义，成为马克思主义中国化的又一次飞跃，从而形成了一系列治国理政的崭新思想，它是我们党和国家必须长期坚持的根本指导思想。而以人民为中心，则贯穿了总书记治国理政思想的全过程，他的"两个一百年"奋斗目标，正彰显了以人民为中心的价值取向。习近平总书记说道："人民是创造历史的动力，我们共产党人任何时候都不要忘记这个历史唯物主义最基本的道理。"只有坚持这一基本原理，才能把握历史前进的基本规律，着力践行以人民为中心的发展思想，把实现人民的幸福作为发展的目的和归宿，做到发展为了人民，发展依靠人民，发展成果由人民共享。党的一切工作，必须以最广大人民的利益为最高标准。

最近几年，以习近平同志为核心的党中央所开展的系列活动，其主题就是紧紧围绕"以人民为中心"而展开。中央八项规定的目的就是让每一个共产党员廉洁自律，改进工作作风，密切联系群众。2013年下半年开展的党的群众路线教育实践活动，主要内容就是为民务实清廉，主要目的是加强党和人民群众的血肉关系。2015年在县处以上领导干部中开展"三严三实"的专题教育，就是聚焦对党忠诚、个人干净、敢于担当，着力解决"不严不实"的问题，说到底要为人民真办事，办实事，办好事。今年开展的"学党章党规，学习总书记的系列讲话，做合格党员"的学习教育，目地就是要解决漠视群众疾苦、不作为等存在的问题，切实树立以人民为中心的工作导向。

昭通市委、市政府遵循习近平总书记以人民为中心的教导，在扶贫攻坚战中，焕发了前所未有的政治热情和敢于担当、敢于负责的拼搏精神，努力逐步实现共同富裕的目标要求。并深刻地认识到，共同富裕是马克思主义的一个基本目标，也是自古以来我国人民的一个基本理想。按照马克思、恩格斯的构想，共产主义社会将彻底消除阶级之间、城乡之间、脑力劳动和体力劳动之间的对立和差别，实行各尽所能，按需分配，真正实现社会共享，实现每个人自由而全面的发展。现在我们的国家，虽然有了翻天覆地的变化，人民群众的生活也有了显著的提高，这是无可辩驳的客观现实。但是，我们仍处于并将长期处于社会主义的低级阶段，我们不能做超越阶段的事情，却能在逐步富裕的过程中大有作为，积小胜为大胜。攻坚拔寨，戮力同心，确保农村所有的贫困人口如期摆脱贫困，全面建成小康社会。正因为如此，昭通市用"四个加法"推动扶贫攻坚提速增效，务必在今年底，使13个贫困乡镇，231个贫困村，24万多人告别贫困，使贫困群众得到党的关爱，从内心感受到党的温暖。

欲达此目的,昭通市创新了现场观摩点评机制,促进县、乡、镇、村的相互学习,借鉴提高。达到检验工作,查找问题,总结经验,相互借鉴。创新了"九个一"现场观摩点评制度,以半年为一个周期,市党政领导各带一支由县区、市直部门主要领导组成观摩、点评队伍,分赴各县区,检查观摩后,由主要领导点评。其内容包括易地扶贫搬迁安置点的建设、产业发展和重点项目的建设。时间均为一个星期,同时包括一天的总结交流,肯定成绩,发现问题,以利再战。以后留出一个月的时间,以问题为导向,进行整改,补齐工作上的短板,做到真扶贫,扶真贫,真脱贫。今年,已进行过二次观摩点评,实地观摩点评了69个现场,让有差距的领导感到了压力,有了敬畏之心,振奋了精神,形成上下一条心和千帆竞驰、你追我赶的良好氛围。

有此机制,还远远不够,必须把扶贫攻坚到岗到人,并且定期约谈县区的党政领导,督查找问题,并正视问题,限期整改存在的问题。今年针对建档立卡"回头看",易地扶贫搬迁和脱贫出列等为主题,查找出问题387条,限期整改348条,对15个单位和184个干部进行约谈,提醒和戒勉,调整和召回驻村工作队员335人。使扶贫攻坚的各项工作落到实处,从而杜绝了浮夸虚报和干部作风的漂浮及敷衍了事。

今年外引了东莞、中山的扶贫资源,共建园区,深化产业合作,并迅速成立了对口帮扶协作领导小组,建立扶贫协作的三方联席会议制度。与两市分别签订了一个扶贫协作的框架协议和示范点建设,劳务输出和劳动就业培训,干部人才培训交流、产业、旅游、教育、卫生、农业等八个领域的合作协议。并以项目为抓手,每月均召开推进会,目前东莞、中山援建的10个易地扶贫搬迁安置点已全部开工建设,并到位资金1亿元。

昭通市内强新型农业经营主体,深化贫困地区的产业扶贫,按照"短能脱贫，长能致富"的思路，加快全市贫困地区特色优势产业的培育、发展。目前，全市的农民专业合作社已达4388个，入社村民17万，带动农户26.6万户112万人，实现销售总额近15亿元。今年在技能培训的基础上，全市转移农村劳动力145.5万人次，预计全年实现务工收入300亿元以上。

易地搬迁安置是挪穷窝换穷业的有效办法，搬迁对象大多分散于穷乡僻壤，已失去了基本生存的环境和条件。为了拓展贫困群众的发展空间，昭通市坚持易地扶贫搬迁集中安置和进城入镇安置并举的原则。今年以来，全市有1047户3743人进城入镇购房安置，其中建档立卡的有818户2842人。同时坚持以精准扶贫对象为基础，以后续发展为核心，以集中安置为主要手段，统筹整合各种资源为手段，强力推进易地扶贫搬迁安置。今年已启动479个安置点建设，45000户，16.5万人，其中建档立卡的有29000户，10.5万人，已竣工19900户，72800人，完成投资45.3亿元。实施农危改，拆除重建87595户，37.67万人，完成投资67.59亿元，昭通市的扶贫攻坚搞得如火如荼，方兴未艾。

习近平总书记说："抓民生要抓住人民最关心最直接最现实的利益问题，抓住最需要关心的人群，一件事情接着一件事情办，一年接着一年干，锲而不舍向前走。"

昭通市委、市政府遵循习近平总书记的教导，一开始就是这样做的。我们党的任何一个干部都来自人民群众，就必须与人民息息相关，血肉相连。否则，我们将会被人民所抛弃。

回顾历史，近代以后，中华民族遭受了前所未有的苦难。面对苦难，中国人民没有屈服，而是挺起脊梁，奋起抗争，一个划时代的标志，就是中国共产党在1921年诞生了。从此，中国共产党带领全国人民，披荆斩棘，百折不挠，不怕任何艰难困苦，用鲜血和生命为代价，全心全意为人民服务，坚持以人民为中心，坚持人民至上，坚持人民情怀，坚持人民立场，坚持人民的主体地位。一句话，就是不忘初心，不忘我们党对人民的赤子之心。走到今天，取得了如此辉煌的就成，都得益于人民群众的拥护和支持。同时还得益于解放思想，不忘初心，继续前进，得益于不断创新为人民服务的形成和内容。如果脱离了为人民谋利益这一根本宗旨，就会产生亡党亡国的危机。苏联党的蜕变，导致党的分裂，国家的垮台，不可置疑地证明了这一点。

十月革命前夕，列宁领导的布尔什维克党，一开始就紧紧依靠人民群众，为广大人民群众谋利益。所以，便赢得广大的人民群众支持，他们便以60%以上的选票投给了列宁领导的布尔什维克党，使得临时政府的代表席位，布尔什维克党占了绝对的优势。更为重要的是，沙皇俄国的旧军队里，绝大多数的官兵支持并倒向布尔什维克党。在彼德格勒和莫斯科这两个全俄的最大城市中，有80%的官兵坚定不移地站在列宁一边，因为他领导的布尔什维克党代表人民的根本利益。而事实上，布尔什维克党虽在民众中有很深的影响，并得到广大群众的支持，但它的军事力量却十分薄弱。若沙皇能调动1000名官兵，那怕只有500—600名官兵，都能不费太大的牺牲，就可攻占列宁领导起义的大本营斯莫尔尼宫，而沙俄独裁者却无法指挥、调动军队，只能是无可奈何花落去，从而终结了独裁统治，还政于人民。

第二次世界大战中，面对希特勒疯狂的进攻和屠杀，苏俄共产党带领全国人民大众，以牺牲2700万优秀的儿女，取得了反法西斯战争的彻底胜利。之后，在苏联共产党的领导下，民众克服了不知多少艰难困苦，忍饥挨冻，在被战争摧毁后的废墟上重建家园，恢复经济，几年时间便取得了社会主义建设的巨大胜利。从而体现了社会主义制度的优越性，创造了让世界震惊的社会生产力，成为社会主义阵营的领头羊。

渐渐地，苏联共产党便忘记了初心，不再继续前进，甚至脱离、丢掉了人民群众，从而丢掉了为人民服务的宗旨和为共产主义奋斗终生的信念和理想，和人民群众背道而驰了。在苏联共产党即将解体、垮台的时候，有过两次规模大、影响深的社会调查，题目旗帜鲜明地提问民众："苏联共产党究竟代表谁？"认为苏共代表劳动人民的只有7%，认为苏共代表官僚、干部、机关工作人员的受访者，竟高达85%。在关于苏共和苏联政府的支持率调查中，苏共和苏联政府的支持率十分难堪，分别只有14%和13%。

出现这样的结果，并不奇怪，说明苏共已背叛了马克思主义和列宁主义，背离了马克思主义政党的性质和宗旨，丢掉了共产主义的理想和信念，迷失了目标和方向，并走向了自己的反面。

2001年，俄罗斯一个社会舆论调查机构搞过一次全民调查，在回答苏联时期，哪个时期最好的问题时，61%的人认为勃列日涅夫执政时期最好。因为他建造了16亿平方米的住宅，很多人都分到了相应的房子，还配有必需的家具，同时免费医疗、文化教育，民众也得到了不少福祉，生活过得还舒适、快乐。但是当问到他们愿不愿意回到那个时代，大多数人却持反对意见，其原因就是大多数人的收人尽管增加了，生活亦得到较大的改善，但腐败盛行，既得利益的权势者开始出现。并且发展很快，势不可当，可怕的是越滚越大，越大越贪，民众的幸福正在一步步丧失。

而此时的苏共和苏联政府，却看不到这一亡党亡国的潜在危机，仍然陶醉在苏联人民的幸福生活是他们带来的昏昏然之梦呓中。而且通过各种渠道，各种手段和办法，强行地向苏联人民灌输，并强迫他们接受是生活在苏联共产党领导的社会主义国家，这样的国家不再有剥削和压迫，人人平等，社会公平，苏维埃所有的工作人员都是人民的公仆。在这样的谎言和欺骗下，苏联人民对平等、公平的诉求更加渴望，更加强烈，对官僚特权阶层出现的腐败、贪婪更加敏感，也更加反感。人民大众在对社会主义价值观迷茫、怀疑、左右摇摆的时候，让他们看到的，现实生活中的苏联共产党已经把理想权力化，权力特殊化，公仆官僚化。党的各级领导干部，包括一般的干部，只关心自己的官位和特权，甚至许多手中握有社会资源支配权的人，权钱交易，可以一夜暴富。他们不仅个人可以如此，而且沾得到亲缘的舅子和老表，甚至同学、朋友也能得到一份或者几份利益。其结果和危害，让被抛弃的人民大众有一种被剥夺的强烈感。从而造成精神和心理上的极大痛苦，看不到任何希望，随着时间的推移，必然演化成一座岩浆奔腾、即将爆发的火山……

到了戈尔巴乔夫时代，这种已经形成，并且壮大的利益集团阶层，他们已经不满足自己的掠夺占有，而希望通过党和政府的力量，把非法占有的社会财富，变成世世代代并可以传之永久的私人财富。要实现这个目标，唯一的途径就是背叛马克思主义，丢掉社会主义，丢掉曾和自己同甘共苦并打下天下的人民群众。在党和政府众多特权阶层的推波助澜中，戈尔巴乔夫彻底地撕掉了遮羞布，放弃社会主义制度，坚定不移地走资本主义道路。他的这种背叛，在当时的苏共高级干部中，竟然近80%的人竭力支持，而这80%的高级干部，恰恰是在党内滋生并占有社会巨额财富的特权阶层。此后，铁的事实证明了，苏联蜕变，用资本主义制度接替社会主义制度，从而使一大批特权阶层所掠夺的社会财富合法化了。

苏联巨变后，经过你死我活的争权夺利拼搏后，只导致高层领导中，发生少许的变化，从巅峰跌到低谷外，那些旧集团中的贪官污吏及其走狗，不少的摇身一变，成了俄罗斯的新党。他们占了新政党领袖中的近60%，新政府官员的75%左右，大富翁中，不少的都是苏共原来的党政高级干部。美国著名的经济学家大卫·科兹一针见血地说道："在苏联社会主义制度下，通过合法途径积累物质财富几乎没有什么可能性，而借助非法手段，也就是权力寻租而积累起巨额财富的各级领导，总是担惊受怕，唯恐有一天被人发现或被起诉。这种心理推动的结果，使共产党员和其高级干部站出来反对自己的党。由此可见，苏共的解体，源于其自身的统治精英对个人利益的追逐，苏共是唯一在自己的葬礼上致富的政党。"

以上，苏共的一些高级干部也深恶痛绝，苏联部长会议主席雷日科夫就哀叹道：

"苏共到 1990 年已经缓慢地濒于死亡。"

戈尔巴乔夫下台后更是痛苦地反思道：

"失去了人民的支持，就失去了主要的资源，就会出现政治冒险家和投机家。这是我犯的错误，主要错误。"

归结起来，苏共的悲剧就是放弃了理想和信念。中国共产党来自人民，植根人民，服务人民，是我们党永远立于不败之地，并取得一个又一个伟大胜利的根本。不管哪一级党组织，不管任何领导，一旦放弃了为人民服务的宗旨，必然迷失方向和目标，丢掉理想和信念，必贪赃枉法，腐化堕落。云南的白恩培、仇和等便是这种丢掉理想、信念和迷失方向、目标，而走向犯罪的人。正因为如此，他们身上政治和道义的力量便随之消失，被永远地钉在了历史的耻辱柱上。来自人民，反映着我们党的根源和成长基础；植根人民，反映着我们党的发展道路；服务人民，反映着我们党的性质、宗旨和根本目的。能不能做到坚持为人民服务，决定着我们党力量的消长，更决定着党的性质，宗旨的坚守。所以，中国共产党是我们事业的坚强领导核心，是历史和人民的选择，正因为有了党的坚强领导和正确引领，中国人民才从根本上改变了命运，中国的发展才取得了举世瞩目的伟大成就，中华民族才迎来了伟大复兴的光明前景。中国共产党的领导是中国特色社会主义的本质特征，是中国特色社会主义制度的最大优势。扶贫攻坚，让全国 5000 多万农村贫困人员在 2020 年前，全面同步进入小康，正是中国特色社会主义本质特征和社会主义制度最大优势最有力、最客观的体现。

昭通市的扶贫攻坚是干出来的，靠的是以习近平同志为核心的党中央坚强、正确的领导，靠的是昭通广大干部、群众齐心干。我们已取得了阶段性的胜利和辉煌，但还远远不够，还得不忘初心，继续前进。

"扶贫攻坚是干出来的，靠的是广大干部、群众齐心干。贫困地区要激发走出贫困的志向和内在动力，更加扎实的工作作风，自力更生，艰苦奋斗，凝聚起打赢脱贫攻坚的强大力量。"昭通市委、市政府和各县区的广大干部群众，正是遵循习近平总书记这些语重心长的教导，从今年初，就带领全市近600万干部群众，擂响了精准扶贫的鼙鼓，并发起了向贫困攻坚的肉搏战。一年时间过去了，虽已初见成效，却处在啃硬骨头、拼命向前冲刺的阶段，必须横下一条心，拿出背水一战的决心和勇气。"有志者，事竟成，破釜沉舟，百二秦关终属楚；苦心人，天不负，卧薪尝胆，三千越甲可吞吴。"昭通两万三千多万平方公里的锦绣大地，正春潮涌动，号角嘹亮，战马奔腾，群情激奋。试看三五年后那不远的明天，必是莺歌燕舞，流水潺潺，碧叶生辉，花果耀眼，人民生活幸福美满，不是天堂，胜似天堂……